JAMES OSWALD

Am Anfang die Schuld

GOLDMANN
Lesen erleben

Buch

In Edinburgh wird eine von Inspector Tony McLean geleitete Razzia auf ein mutmaßliches Bordell zum peinlichen Fiasko. Die Polizeiführung ist um Schadensbegrenzung bemüht, doch McLean kann die Angelegenheit nicht ruhen lassen. Denn der Vorfall ruft bei dem eigenwilligen Ermittler Erinnerungen an einen alten Fall wach. Als junger Polizist war McLean an einem Einsatz in Headland House, einem einschlägigen Etablissement, beteiligt und rettete ein entführtes Mädchen, das in einem schmutzigen Verschlag auf dem Dachboden des Hauses gefangen gehalten worden war. Wer die Kleine war oder wer sie dorthin brachte, wurde nie geklärt. Jetzt aber beschleicht McLean ein furchtbarer Verdacht. Fieberhaft sucht er nach Beweisen und stößt dabei auf ein viel größeres Verbrechen …

Weitere Informationen zu James Oswald
sowie zu lieferbaren Titeln des Autors
finden Sie am Ende des Buches.

James Oswald

Am Anfang die Schuld

Thriller

Aus dem Englischen
von Conny Lösch

GOLDMANN

Die englische Originalausgabe erschien 2016 unter dem Titel
»The Damage Done« bei Michael Joseph, an imprint of
Penguin Books, Penguin Random House UK.

Dieses Buch ist auch als E-Book erhältlich.

MIX
Papier aus verantwortungsvollen Quellen
FSC® C014496
FSC www.fsc.org

Verlagsgruppe Random House FSC® N001967

1. Auflage
Deutsche Erstveröffentlichung April 2018

Umschlaggestaltung: UNO Werbeagentur, München
Umschlagmotiv: Jaroslaw Blaminsky/Arcangel images
Redaktion: Regine Schmitt
KS · Herstellung: kw
Satz: KompetenzCenter, Mönchengladbach
Druck und Bindung: GGP Media GmbH, Pößneck
Printed in Germany
ISBN: 978-3-442-48559-8
www.goldmann-verlag.de

Besuchen Sie den Goldmann Verlag im Netz

Für Stuart MacBride, der mir vor vielen Jahren geraten hat,
die Fantasyliteratur an den Nagel zu hängen und Krimis
zu schreiben

1

Stille erfüllt das alte Haus wie ein abgestandener Tümpel. Sonnenlicht sickert durch den dicht gewachsenen Efeu, der die von Fliegendreck gesprenkelten Fensterscheiben verdunkelt, und bringt in der Hitze tanzende und umherwirbelnde Staubpartikel zum Vorschein. Es liegt eine Ruhe in der Luft, als hätte diesen Ort seit Jahrzehnten nichts mehr gestört. Nur Geister wandeln durch die verlassenen Räume. Gespenster spuken durch die langen Gänge voller Spinnweben. Selbst die Ratten meiden das Haus, und der einzige Vogel weit und breit liegt tot in der Diele, eingeschlossen und verhungert, verwest bis auf die Knochen und Federn.

Mit leichten Schritten tritt sie auf die hölzerne Treppe, hinterlässt Fußabdrücke im Staub. Ihre Finger schmiegen sich um das Geländer, als sie von hoch oben hinuntersteigt. Sollte sie den Verfall ringsum sehen, so lässt sie es sich nicht anmerken, schreitet unbekümmert durch die verdreckte Diele. Geht durch die mit morschen Bücherregalen bestückte Bibliothek, auf dem Boden liegen die Bücher in Haufen, daneben kaputte Möbel, denen weniger der Gebrauch als die Zeit zugesetzt hat. Der Kamin im Salon ist voller Asche und Zweige, und wo einst Feuer brannte, wächst jetzt ein kleiner Schössling. Das Esszimmer ist für eine Mahlzeit hergerichtet, die Teller halb leer, die Essensreste zu Staub zerfallen. Ein Farn wächst in der Ecke, wo Wasser durch ein kaputtes Fenster dringt. Die urzeitlichen Blätter sind zart und hell, beherbergen Insekten und Spinnen. Sie bleibt kurz stehen, nimmt ein Blatt sachte zwischen Zeigefinger und Daumen und begutachtet es wie eine Schneiderin feines Tuch.

»Ich hab was gehört. Wurdest du gestört?«

Sie dreht sich langsam um, erkennt die Stimme ihres Bruders.

»Ich bin aufgewacht, hab so lange geschlafen.« Sie streckt sich wie eine Katze, lange Arme greifen nach der rissigen, mit Wasserflecken übersäten Zimmerdecke. Ihre Knochen in Rücken und Genick knacken, als hätte sie sich sehr lange nicht mehr bewegt. Sie gähnt und zeigt weiße Zähne in einem Mund so schwarz wie die Nacht.

»Wir werden in der Stadt gebraucht.« Er tritt aus dem Schatten heraus, ihr Doppelgänger. Sie löst sich von dem Farn und geht durch den Haufen trockener Blätter und Tierskelette, bis sie direkt vor ihm steht. Nebeneinander sieht man, dass sie Zwillinge sind, auch wenn die Umarmung, mit der sie ihn umfängt, sehr viel intimer ist als eine Begrüßung zwischen Geschwistern. Lange trägt er sie wie einen Mantel, dann entzieht er sich und stößt seine Schwester zurück. Er ist für die Straße gekleidet und hebt eine schwere Ledertasche, als sei offensichtlich, was dies zu bedeuten hat. »Wir werden in der Stadt gebraucht.«

»Ich weiß. Ich habe es auch gespürt.« Mit einem schlanken Finger fährt sie sich über die Lippen und steckt ihn sich in den Mund, als wollte sie kosten, was auch immer da gewesen war. Kurz hält sie inne und sieht sich in dem verfallenen Raum um, dann wendet sie sich schulterzuckend zur Tür.

2

»Alle Einheiten bereit.«

Detective Inspector Tony McLean saß am Steuer eines zivilen Polizeiwagens und starrte über die dunkle Straße auf die georgianischen Reihenhäuser gegenüber. Hier und da schien Licht durch die Vorhangritzen, aber in den meisten dieser Gebäude waren Büros untergebracht und die Angestellten längst nach Hause gegangen. Weiter oben an der Straße klammerte sich ein Gerüst wie Efeu an die Fassade, Müllcontainer waren gefüllt mit Styropordeckenplatten aus den Siebzigerjahren und ellenlangen, veralteten Stromkabeln. Ob hier Apartments entstanden oder ein wohlhabender Anwohner sein Zuhause sanierte, konnte McLean nicht feststellen, nur dass dieser Teil der New Town allmählich wieder zum Wohngebiet wurde.

»Die Show kann beginnen.« Neben ihm starrte Detective Chief Inspector Jo Dexter auf ihr klobiges Funkgerät. In dem engen Wagen roch es nach kaltem Zigarettenqualm und Pfefferminze, nicht penetrant, aber er wäre trotzdem lieber ausgestiegen. Eigentlich wollte er sowieso in vorderster Front dabei sein, aber da McLean die Aktion leitete, hatte ein Sergeant diese Aufgabe übernommen.

»Alle Einheiten gehen wie geplant vor.« Jo Dexter legte das Funkgerät auf das Armaturenbrett, es war auf den für die Operation vorgesehenen Kanal eingestellt, dann lehnten sie sich zurück.

»O Gott, ich könnte jetzt wirklich eine Kippe brauchen.«

»Ich dachte, du hast aufgehört«, sagte McLean, wusste aber, dass es nicht stimmte.

»Hab ich auch. Ich dachte, *du* wärst wieder beim CID?« Dexter schaute aus dem Fenster auf das Geschehen gegenüber auf der anderen Straßenseite. Ein Dutzend uniformierte Beamte strömte aus einem zivilen Transporter, ihre Warnwesten reflektierten im Licht der Straßenlaternen, als sie die Steinstufen hinauf und durch die Haustür eilten, die ihre Kollegen gerade mit einem Rammbock aufgebrochen hatten. Gedämpfte Schreie hallten durch die Nacht.

»Anscheinend bekommt keiner von uns mehr das, was er will. DCI Spence ausgenommen. Hätte nie gedacht, dass ich mich noch mal nach Dagwoods Regiment zurücksehnen würde.«

Dexter machte den Mund auf, um etwas zu sagen, aber ihr Funkgerät krächzte dazwischen.

»Objekt gesichert, Ma'am. Vielleicht wollen Sie jetzt rüberkommen?«

McLean stieg aus und spürte die kalte Herbstluft. Immerhin frisch. In dem Haus auf der anderen Straßenseite, dem ihre ganze Aufmerksamkeit galt, brannten jetzt sämtliche Lichter, die Fensterläden waren geöffnet und die Vorhänge aufgezogen, sodass sämtliche schmutzigen Geheimnisse, die sich dort verbargen, zum Vorschein kamen. McLean sah die Straße rauf und runter und wunderte sich nur ein kleines bisschen, als er einen weiteren geparkten Wagen mit zwei Insassen darin und die Silhouette eines Teleobjektivs entdeckte. Die Razzia sollte geheim bleiben, aber offensichtlich hatte jemand die Presse informiert.

»Paparazzi?«, fragte Dexter und folgte seinem Blick.

»Garantiert. Gibt doch kaum was Besseres als einen Schnappschuss von einer bedeutenden Persönlichkeit, die sich von den Bullen aus einem Puff abführen lässt.«

»Wir könnten ein paar Constables hinschicken, um sie abzulenken. Aber lass uns erst mal sehen, wen wir da überhaupt mit heruntergelassener Hose erwischt haben.«

Im Haus war es warm und hell. McLean trat in einen großen Empfangsbereich, in dem es jetzt von Polizisten nur so wimmelte. Bequeme Sofas säumten die Wände, auf den niedrigen Tischen davor standen ein paar halb volle Gläser und lagen Zeitschriften verteilt. Eigentlich sah es eher nach einem vornehmen Boutique-Hotel aus als nach einem Ort, an dem Männer Frauen für Sex bezahlten. Nicht auszuschließen, dass die Anwälte es mit dieser Masche versuchen würden, sollte es so weit kommen.

Detective Sergeant Kirsty Ritchie entdeckte McLean und schob sich durch das Gedränge zu ihm. Über ihrem dunkelblauen Anzug trug sie eine Stichschutzweste, allerdings offen. Sollte Gefahr bestanden haben, so war die Situation längst entschärft.

»Genau das, was wir erwartet haben, Sir, Ma'am.« Ritchie hielt ein Funkgerät in der Hand und schob es in ihre Tasche, während sie weitersprach. »Hier unten gibt's noch ein paar Empfangsräume, weitere Schlafzimmer sind oben. Am Keller arbeiten wir noch.«

»Ich dachte, Sie hätten gesagt, das Objekt ist gesichert«, sagte Dexter.

»Ist es auch, Ma'am. Sehr sogar.« Ritchie grinste, ein Gesichtsausdruck, den McLean in letzter Zeit nicht mehr oft bei ihr gesehen hatte. »Wird wohl eine Weile dauern, bis wir die Leute da unten aus ihrer jeweiligen, äh … Zwangslage befreit haben.«

»Jemand Bekanntes dabei?«, fragte McLean. »Die Presse steht schon vor der Tür. Wir müssen vorsichtig sein, wenn wir die Leute rausbringen. Du weißt ja, wie Anwälte sind. Beim bloßen Hauch eines Verdachts, wir hätten jemanden vorgeführt, ist die ganze Operation geplatzt.«

Ritchies Grinsen wurde zum Stirnrunzeln. »Presse? Wie haben die das denn spitzgekriegt?« Sie schüttelte den Kopf. »Egal. Wir können mit einem Transporter hinten ranfahren und sie rausholen. Ich kümmere mich drum.«

»Gut. Zuerst werden wir mit denen aber sprechen müssen. Trennt sie möglichst, bis wir die Aussagen haben.«

»Dürfte kein Problem sein. Die Freier sitzen einzeln in den Zimmern. Jedenfalls die meisten. Ich hab jeweils einen Kollegen vor die Türen gestellt. Keiner geht rein, und niemand kommt raus.«

»Gute Arbeit, Sergeant.« Dexter klopfte Ritchie freundlich auf die Schulter und wandte sich an McLean. »Dann wollen wir mal, hm?«

McLean sah sich in der Diele um. Ein paar Mädchen waren hergebracht worden und saßen auf den Sofas. Einige tränenüberströmt, andere trotzig, die meisten aber ließen einfach nur verzagt die Köpfe und Schultern hängen. Am auffälligsten fand er, wie gewöhnlich sie aussahen. Sie waren weder besonders jung noch besonders alt, weder außergewöhnlich dünn noch dick. Ein paar sahen aus, als hätten sie sich für eine besondere Art von Party aufgedonnert, aber die meisten waren einfach ganz normale Frauen, erschrocken und verängstigt, weil sie mitten in der Nacht Besuch von der Polizei bekommen hatten.

»Von oben nach unten oder von unten nach oben?«, fragte er und erntete fragende Blicke von Dexter und Ritchie.

»Fangen wir im Keller an und arbeiten uns bis unters Dach nach oben vor oder anders herum?«

»Ach so.« Dexter stieß ein kurzes bellendes Lachen aus und erschreckte damit ein paar uniformierte Kollegen in der Nähe. »Wir teilen uns auf. Ich fange mit Ritchie oben an. Du nimmst den Keller. Ich vermute mal, DC Gregg ist noch unten?«

»Da hab ich sie zuletzt gesehen.« Ritchie zwinkerte McLean zu, als sie mit Dexter zur Treppe ging. »Viel Spaß in den Katakomben, Sir.«

Er sah ihnen nach, dann bat er einen der Constables, ihm den Weg in den Keller zu zeigen. Der hintere Teil des Hauses war mehr oder weniger genauso eingerichtet wie der vordere, ein paar große Räume jeweils links und rechts an einem schmalen Gang, dazu Fenster mit Blick auf das, was wohl mal ein Garten gewesen sein mochte, inzwischen aber zum asphaltierten Parkplatz umfunktioniert worden war. Über abgetretene Stufen gelangte er hinunter in einen Gang mit unverputztem Gemäuer und einer erstaunlich hohen gewölbten Decke. Ein schmaler dunkelroter Teppich bedeckte die steinernen Bodenplatten, und schwere eiserne Fackelhalterungen waren in gleichmäßigen Abständen an den Wänden angebracht wie in einer schlechten Filmkulisse. Die Flammen darin flackerten unnatürlich, und bei genauerer Betrachtung stellte sich heraus, dass es sich um in Plastik gefasste Glühbirnen handelte.

McLean suchte nach den Drähten, als ihn ein Schrei ablenkte. Er eilte zur nächsten offen stehenden Tür, und als er die Szene dahinter erfasste, begriff er, warum Ritchie ihm so verwegen zugezwinkert hatte.

Der große Raum mit der von zwei dicken steinernen Pfeilern gestützten Gewölbedecke wurde von weiteren falschen Fackeln beleuchtet. Zwei uniformierte Beamte, ein Mann und eine Frau, kehrten der Tür den Rücken zu und starrten einen Käfig an, der an einem eisernen Ring befestigt von der Decke hing. Vielleicht ein bisschen größer als einen Meter achtzig und zylinderförmig war er gerade groß genug für den dicken Mann, der darin eingesperrt war. Seine Füße hingen ein paar Zentimeter über dem Boden, und abgesehen von einer schwarzen Ledermaske war er vollkommen nackt.

»Ah, Sir. Ich hatte gehofft, dass bald ein Vorgesetzter eintrifft.«

McLean riss sich vom Anblick des baumelnden Mannes los, als die ihm vertraute Gestalt von Detective Constable Sandy Gregg hinten aus dem Dunkeln trat. Während sich seine Augen noch an die Lichtverhältnisse gewöhnten, erkannte er noch andere eigenartige Gerätschaften und einen weiteren Mann.

»Was ist hier los, Constable? Wieso ist dieser Mann noch eingesperrt?«

»Der Schlüssel ist im Vorhängeschloss abgebrochen, Sir. Keine Ahnung, ob das beabsichtigt war oder nicht.« Gregg ging zu dem Käfig und rüttelte daran, nicht weit entfernt vom erschlafften Glied des Mannes. Vielleicht weil er die Bewegung spürte, warf er den Kopf von einer Seite zur anderen und brummte irgendetwas.

»Ich glaube, er ist unter der Maske geknebelt.« Gregg streckte die Hand aus und tätschelte den Arm des Mannes durch die Gitterstäbe. »Bleiben Sie ganz ruhig, Sir. Wir holen Sie gleich da raus.«

»Wenn er geknebelt ist, wer hat dann eben geschrien?«

»Oh, das war Mr Jefferies.« DC Gregg zeigte in eine dunkle Ecke, wo McLean jetzt ganz deutlich einen Mann erkannte, der sich in unbequemer Körperhaltung über etwas beugte, das nach einem selbst zusammengebauten Wohnzimmertischchen aussah.

»Was ist mit ihm?«

»Ich glaube, er hat zu viele blaue Pillen geschluckt, Sir. Entweder das, oder er steht auf Uniformen. Es ist uns nicht gelungen, ihn, äh, herauszuziehen. Hängt an einem recht empfindlichen Körperteil, aber ein Arzt ist bereits unterwegs.«

McLean schaute von einem zum anderen. Diese beiden hier würden jedenfalls so bald nirgendwohin gehen, also konnte er auch später noch mal wiederkommen. Er wandte sich an die uniformierten Kollegen.

»Ihr bleibt hier und wartet auf den Arzt. Gregg, Sie kommen mit mir. Wir wollen sehen, welche Vergnügungen diese Einrichtung hier sonst noch zu bieten hat.«

3

Dazu haben Sie kein Recht. Das ist ein privates Haus. Wir haben nichts Verbotenes getan.«

Hätte McLean für jeden aufgebrachten Mann, der ihm diese Worte entgegenschleuderte, ein Pfund bekommen, hätte es für eine einigermaßen anständige Flasche Wein gereicht. Aber um die Bilder von aufgedunsenem weißem Fleisch und dem Geruch von glücklicherweise nicht eindeutig Identifizierbarem in seinem Kopf auszulöschen, hätte er etwas deutlich Stärkeres gebraucht. Menschen waren in ihrer sexuellen Abenteuerlust unendlich kreativ, und trotzdem lief es anscheinend doch immer auf dasselbe hinaus. Dieser Mann war genauso unauffällig wie die anderen, die er bislang befragt hatte, schwor hoch und heilig, nie zuvor bei irgendetwas erwischt worden zu sein. Selbst sein Name war durchschnittlich, so unauffällig, dass sie ihn sofort anhand seines Führerscheins überprüften. John Smith. Gewöhnlich, abgesehen vielleicht von seinen sexuellen Neigungen und seinem breiten Essex-Akzent. Zwei Frauen waren hier bei ihm gewesen, wobei diese sich, soweit McLean gehört hatte, wohl mehr füreinander als für ihn interessiert hatten.

»Sie leugnen also, der Frau Geld für ihre sexuellen Dienste bezahlt zu haben ...« McLean sah in seinen Aufzeichnungen nach. »Verzeihung, den Frau*en*?«

Mr Smith saß in Boxershorts und Hemd auf der Kante des großen, augenscheinlich bequemen Bettes. Auch der Raum, in dem sie sich befanden, war groß, bodentiefe Fenster zeigten zur dunklen Straße hinaus. Die Fensterläden und die dicken Vorhänge waren zugezogen. In Anbetracht der heiklen Lage, in der

John Smith sich befand, war das vielleicht auch besser so. Bislang hatte er allerdings keinerlei Beschämung in Bezug auf sein Verhalten an den Tag gelegt, was McLean auch an den anderen Freiern, die er bis jetzt vernommen hatte, aufgefallen war.

»Gibt kein Gesetz, das so was verbietet, wissen Sie das?« Mr Smiths Stimme hob sich am Ende, um zu signalisieren, dass es sich um eine Frage handelte. Es war der erste Anflug eines Zweifels, den McLean den ganzen Abend über gehört hatte, abgesehen von der Endlosschleife, die ihm selbst durch den Kopf ging. Irgendwas war faul an der Situation hier, und ihn beschlich das unangenehme Gefühl, dass sie äußerst vorsichtig sein mussten, sonst würde die Polizei in einem sehr schlechten Licht dastehen.

»Sex kaufen? Nein.« McLean suchte in Mr Smiths Gesicht nach Anflügen von Verlegenheit und fand keine. »Aber Bordelle sind illegal, und dass Sie dieses hier aufgesucht haben, wird in die Akten aufgenommen werden. Ihren Namen und einige Angaben zu Ihrer Person werden wir an die Kollegen von der Sitte weitergeben.«

Jetzt wirkte Mr Smith durchaus besorgt. »Was soll das heißen? Dürfen Sie das? Ich meine, ich habe mir hier nichts zuschulden kommen lassen. Das ist kein Bordell.«

»Das versichert man mir hier immer wieder, aber wissen Sie was? Ich glaube es nicht. Ob Sie sich was zuschulden haben kommen lassen oder nicht, Mr Smith, das werden wir sehen. Sobald die Ergebnisse des Police National Computer vorliegen.«

»Hören Sie, das ist ein Missverständnis. Ich hab die Mädchen nicht bezahlt.«

»Sie Glücklicher, aber das macht keinen Unterschied.«

»Nein, verstehen Sie doch, das sind keine Prostituierten. Ich habe nichts Verbotenes getan.«

Dasselbe hatte McLean beinahe wortwörtlich auch in allen anderen Zimmern gehört. An die Konsequenzen wollte er gar nicht denken, sollte sich dies als zutreffend herausstellen. Er wandte sich ab und sprach mit dem uniformierten PC an der Tür. »Er soll sich anziehen, dann bringen Sie ihn nach unten. Alle verlassen das Haus durch die Hintertür, vorbei an der Presse. Wir werden das Gespräch auf dem Präsidium fortführen.«

»Auf dem Präsidium? Presse?« Mr Smiths Stimme stieg um eine Oktave. Na ja, alle hatten etwas zu verbergen. »Aber Sie dürfen nicht … meine Rechte …«

»Ihre Rechte, Mr Smith?« McLean hielt an der Tür inne und begegnete DC Greggs Blick. »Klären Sie ihn über seine Rechte auf, Constable. Ich unterhalte mich mit dem DCI.«

Auf halber Höhe der zweiten Treppe wurden McLeans besorgte Überlegungen durch einen lauten Schrei aus einer geöffneten Tür unterbrochen. Er rannte hinunter und streckte den Kopf in ein anderes Zimmer, das noch größer war als die anderen, die er bereits gesehen hatte. Auch war es irgendwie anders, obwohl er nicht darauf kam, inwiefern. Das Bett war genauso groß wie die anderen, und eine Tür führte in ein angeschlossenes Bade- sowie ein Ankleidezimmer. Auf einer Seite fanden sich zwei hohe Fenster mit Blick auf die nachtschwarze Gasse hinter dem Gebäude. Auf einer antiken Kommode, die der im Schlafzimmer seiner Großmutter ähnelte, lagen schwere Bücher und daneben ein aufgeschlagenes Notizbuch mit Spiralbindung, als hätte gerade jemand darin gelesen. Detective Sergeant Ritchie lehnte an der Tischkante, zweifellos weil sie vor den schrillen Schreien der Frau zurückgewichen war.

»Das ist unerhört. Haben Sie eine Ahnung, wer ich bin? Wen ich kenne? Sie können nicht einfach mitten in der Nacht meine Haustür aufbrechen.«

»Das Betreiben eines Bordells ist gesetzeswidrig, Ma'am. Ebenso wie unsittlich erzielte Verdienste. Weiß das Finanzamt überhaupt davon?« Ritchie zeigte auf das aufgeschlagene Notizbuch, dann bemerkte sie McLean im Eingang. »Ah, Sir. Könnten Sie Miss Marchmont wohl die Situation erklären? Mir will sie nicht zuhören.«

»Sir? Wird verdammt noch mal Zeit, dass ich mit jemandem spreche, der was zu sagen hat.«

Die Frau wirbelte herum, den Mund schon geöffnet, um McLean zusammenzustauchen. Er machte sich darauf gefasst, sah die Wut in ihrem Blick, nahm dabei aber gleichzeitig auch ihre vernünftige Kleidung und das schmale Gesicht mit den glatten schwarzen Haaren wahr. Ihre Augen kamen ihm auf verstörende Weise bekannt vor, doch er kam absolut nicht drauf, wo er ihr schon einmal begegnet sein könnte.

»Ich …« Ihre Stimme erstarb, während sich ein irritierter, ratloser Ausdruck auf ihrem Gesicht breitmachte. Oder war es keine Irritation, sondern etwas anderes? Vielleicht Angst? Was es auch war, die Wut der Frau schien ebenso schnell zu verpuffen wie die Luft aus einem alten Partyballon.

»Miss Marchmont, ja?« McLean gab sich Mühe, versöhnlich zu klingen, auch wenn er sich gleichzeitig das Gehirn zermarterte, woher er sie kannte. Der Name sagte ihm nichts. Sie antwortete nicht, sondern nickte stattdessen kaum merklich.

»Uns liegen zuverlässige Informationen vor, denen zufolge in diesem Haus ein Bordell geführt wird. Ich habe einen Durchsuchungsbefehl, und in Anbetracht dessen, was sich im Keller abspielt, denke ich nicht, dass ich mein Vorgehen weiter begründen muss.«

Marchmont ließ den Kopf hängen, als seien die Muskeln ihres schlanken Halses plötzlich zu müde, dessen Gewicht noch länger zu tragen. Ihr langes schwarzes Haar glitt wie ein Bühnenvorhang vor ihr Gesicht. »Sie sind auf dem völlig falschen Dampfer.«

Etwas an ihren Worten, der Art, wie sie sprach, veranlasste

McLean, ihr zu glauben. Kein schöner Gedanke, die Konsequenzen waren kaum vorstellbar.

»Die Einschätzung überlassen Sie am besten mir«, sagte er und machte sich gleichzeitig bewusst, was ihn an dem Raum so beunruhigt hatte. Nicht dass das Bett gemacht und Miss Marchmont offenbar alleine hier angetroffen worden war. Es war der Geruch. Im ganzen Haus stank es nach Sex. Nach billigem Aftershave und Alkohol. Aber hier roch es, wie es in einem Zimmer eines so alten Hauses normalerweise roch. Wie die leer stehenden Räume in seinem eigenen Haus, die er kaum je betrat. Hier wurde offenbar nicht viel Zeit verbracht.

Er ging zur Kommode und nahm das Notizbuch in die Hand. Miss Marchmonts Handschrift war sauber, aber eng, schwer zu lesen. Offensichtlich handelte es sich nicht um buchhalterische Aufzeichnungen, es fanden sich darin keine Spalten mit Namen und Adressen. McLean legte es wieder weg und nahm eines der schweren, ledergebundenen Bücher. Auf den ersten Blick schien es sich um ein juristisches Handbuch zu handeln, was sich beim kurzen Durchblättern der eng bedruckten Seiten bestätigte. Er legte es wieder zurück, und eine schwere Last senkte sich auf sein Inneres. Miss Marchmont wieder zugewandt sah er, dass sie ihre Hand auf ihren Bauch legte, als wollte sie sich gegen diesen Einbruch in ihre Privatsphäre schützen. Ihr Gesicht war zur weißen Maske erstarrt, emotionslos und undurchdringlich, sie spähte hinter dem Vorhang aus glattem schwarzem Haar hervor und sah ihn unverwandt an. Einen Augenblick lang glaubte er zu wissen, wo er sie schon einmal gesehen hatte. Dann ließ sie die Hand sinken, strich sich die Haare aus dem Gesicht, richtete sich auf, und der Moment war vorüber.

»Sie werden hier nichts Ungehöriges finden. Keiner meiner Gäste hat etwas Illegales getan.«

»Und trotzdem – wie kann ich es formulieren – machen Sie nicht mit?«

Die Hand fuhr erneut an ihren Bauch, und auf Marchmonts Lippen erschien die Andeutung eines Lächelns. »Was soll ich sagen? Diese Partys erfordern sehr viel Organisation, und heute Abend fühlte ich mich dem nicht gewachsen. Ich wollte mit meinem Unwohlsein aber niemanden verschrecken, also ließ ich die anderen alleine. Wir sind schließlich untereinander befreundet.«

»Ich glaube, wir haben ein Problem, Jo.«

McLean fand DCI Dexter in der Küche, im hinteren Teil des Hauses im Erdgeschoss. Erstaunlicherweise sah es hier aus wie in der geräumigen Küche eines beliebigen modernen Hauses, wie auf den Seiten einer Hochglanzzeitschrift für Inneneinrichtung. Im Vergleich zu seiner eigenen Küche, die warm und voller Katzenhaare war, wirkte diese weniger gemütlich, aber immerhin funktionierte die Kaffeemaschine.

»Wem sagst du das, Tony? Wir haben aus glaubhafter Quelle erfahren, dass das hier ein Bordell ist, aber inzwischen habe ich meine Zweifel.«

McLean zog einen großen Stuhl heran und setzte sich an den langen Frühstückstresen. Dexter lehnte auf der anderen Seite und hielt ihren Becher mit beiden Händen.

»Es muss aber eins sein. Ich meine, das mag mir alles neu sein, aber soweit ich weiß, gilt ein Haus, in dem mehr als eine Prostituierte tätig ist, als Bordell. Okay, viele Kunden hier behaupten, niemals bezahlt zu haben, aber das dürfte eigentlich keine Rolle spielen.«

»Dürfte es eigentlich nicht, nein.« Dexter nahm einen großen Schluck Kaffee, dann stellte sie den Becher auf den makellos sauberen Tresen. »Verdammt dämliches Gesetz, wenn du mich fragst. Ich wünschte, Sex würde überhaupt nicht verkauft oder gekauft, aber ich bin Realistin. Es passiert nun mal, und meine Aufgabe ist es, darauf zu achten, dass niemand dabei zu

Schaden kommt. Das wäre viel einfacher, wenn diese Frauen sich zusammentun und ihre Geschäfte selbst führen würden, aber das Gesetz verbietet es ihnen. Und jetzt haben wir hier ein Bordell ausgehoben und die Prostituierten auf die Straße getrieben, wo niemand mehr die kranken Arschlöcher im Blick behält, von denen sie ausgenutzt werden.«

»Wenigstens bekommen wir ein paar Namen und Fotos für die Akten.« Das war nicht wirklich ein Trost, aber McLean fiel nichts Besseres ein.

»Aber genau das ist doch das Problem, Tony. Die Frauen da draußen in der Diele. Keine einzige von denen befindet sich in unserer Datenbank. Soweit ich sehe, haben wir auch keinen von den Männern schon mal gesehen.«

Ohne nachzudenken, griff McLean nach dem Becher. Er war noch immer halb voll, die dunkle Flüssigkeit warm, aber bitter. Jo Dexter trank ihren Kaffee gerne schwarz und stark.

»Was willst du damit sagen?«

»Ich weiß es nicht. Du weißt genauso gut wie ich, dass man ohne Nutten kein Bordell betreiben kann. Was ist, wenn es gar keine sind?«

McLean sah sich erneut im Raum um, betrachtete die Inneneinrichtung. In den Tresen, an dem Dexter lehnte, war ein großer Gasherd eingebaut und auch eine kleine Spüle. Die Arbeitsfläche bestand aus poliertem Granit und geöltem Holz. Auch der Rest der Küche war stylisch, die Einbaugeräte ausnahmslos von Topmarkenherstellern. Die Hälfte des Raums wurde von einem Essbereich eingenommen, von dem er sich vorstellte, dass junge Berufstätige dort plaudernd saßen, gut gekühlten Pinot noir oder absurd starkes, selbst gebrautes Bier tranken und sich von ihren Gastgeberinnen Essen servieren ließen, das vermutlich in einem unweit gelegenen Restaurant zubereitet worden war, obwohl Letztere behaupteten, es in stundenlanger Schwerstarbeit selbst gekocht zu haben. Kurz gesagt, eine Designerküche. Nicht der Ort, an dem ein Dutzend Prostituierte sich zwischendurch mal eine Pizza heiß macht oder eine kurze Auszeit von den Freiern nimmt.

»Wissen wir denn, wem das Haus gehört?«, fragte er. Dexter bedachte ihn mit einem durchdringenden Blick, der relativ deutlich zum Ausdruck brachte, dass sie ihn für einen Idioten hielt.

»Wenn du beim Briefing aufgepasst hättest, wüsstest du's.« Sie nahm wieder ihren Becher und trank den restlichen Kaffee in einem Zug aus und verzog dabei das Gesicht wegen des Geschmacks.

»Laut der Aufzeichnungen ist es gemietet. Wem gehört es? Wer bezahlt die Miete?«

»Es gehört einer Immobiliengesellschaft, Sanderson Holdings. Vermutlich gehört sie zu einem Rentenfond oder so. Im Mietvertrag steht Heather Marchmont.«

McLean erinnerte sich an die junge Frau oben in ihrem Zimmer, die ihm so eigenartig bekannt vorgekommen war. »Ah, der bin ich gerade begegnet. Weiß nicht, was ich von ihr halten soll.«

»Wie meinst du das?« Dexter hob fragend eine Augenbraue und zog die andere dabei ebenso hoch, was lustig aussah.

»Na ja, sie sitzt ganz allein da oben in ihrem Zimmer, vollständig bekleidet, und arbeitet an etwas, das eher nach Vertragsrecht aussieht als nach Bordellbetrieb, und das, obwohl um sie herum ...« McLean brach ab, wusste nicht genau, wie er zusammenfassen sollte, auf welche Weise sich die hier Angetroffenen amüsiert hatten. Ebenso wenig wusste er, wie sie etwas an sich so Einfaches wie eine Bordellrazzia so spektakulär an die Wand hatten fahren können. »Ich glaube, wir müssen Marchmont hier raus und in ein Vernehmungszimmer bringen. So schnell wie möglich. Kann es sein, dass das hier wirklich ein Privathaus ist? Und diese Leute hier alle nur Sex mit ihren Frauen und Freundinnen hatten? Eine Art privater Swingerclub?«

Die Skepsis wich aus Dexters Blick, als dieser von McLean weiter an eine Stelle in dessen Rücken wanderte. Er drehte sich um und sah DC Gregg im Eingang. Sie hielt ihr Funkgerät in einer Hand, einen PDA-Kleincomputer in der anderen.

»Vielleicht hab ich was, Sir, Ma'am«, sagte sie.

»Den Beweis, dass sich die Frauen prostituiert haben? Wenn ja, dann will ich Sie küssen.« DCI Dexter raste besorgniserregend schnell durch den Raum und stürzte sich auf die unglückselige Kollegin wie eine Möwe auf eine Tüte Pommes. Gregg wich zurück in die Diele.

»Nein, Ma'am. Tut mir leid.«

Dexter machte ebenso abrupt halt, wie sie losgeflitzt war. »Was denn?«

»Es geht um einen der … äh … Klienten?« Gregg hielt ihren PDA hoch, obwohl sich der winzige Text auf dem Display kaum lesen ließ. »Wir haben einen Treffer im Police National Computer.«

Den Geräuschen nach zu urteilen, die aus der Diele zu ihnen herüberdrangen, hatten sich die Frauen, die in dem Gebäude angetroffen worden waren, größtenteils wieder von dem Schock erholt und machten nun ihrer Verärgerung Luft. Je schneller sie ins Präsidium gebracht und abgefertigt wurden, desto besser. Nur dass McLean nach seiner Begegnung mit Miss Marchmont das entsetzliche Gefühl hatte, es würde vielleicht nicht alles so laufen wie geplant. Er ignorierte sie trotzdem, folgte DC Gregg die Treppe hinauf und in das Zimmer, in dem Mr John Smith sich nun anzog. Ein gelangweilter, uniformierter PC sah ihm vom Eingang aus dabei zu und trat beiseite, um Gregg und McLean hereinzulassen. Smith streifte glänzende schwarze Lederschuhe über und blickte auf.

»Haben Sie wirklich geglaubt, wir würden das nicht rausbekommen, John?«, fragte DCI Dexter.

»Wer sind Sie überhaupt?«

»Sehen Sie, dafür steht das N in PNC, nicht wahr? National. Das bedeutet in ganz Großbritannien. Nicht nur in Schottland. Sie sind fern der Heimat unterwegs, nicht wahr?«

»Wer ist das?« Smith wandte sich an McLean. »Was soll das?«

»Das, Mr Smith, ist meine Chefin, Detective Chief Inspector Dexter. Wäre gut, wenn Sie ihre Fragen beantworten würden. Denken Sie aber immer daran, wahrscheinlich haben wir die entsprechenden Informationen bereits.«

Smith wandte sich wieder an Dexter, sein Kopf bewegte sich auf und ab, während er sie abschätzig musterte. Allmählich begriff McLean. Als er Smith mit DC Gregg befragt hatte, war es ihm nicht aufgefallen. Da war die Frau eindeutig die Untergeordnete gewesen. Als Smith jetzt vor der Person stand, die die Verantwortung für die gesamte Operation trug, und feststellen musste, dass es sich nicht um einen Mann handelte, bekannte er Farbe. Wie konnten sie ihm bloß auf die Schliche gekommen sein? Mit zwei Frauen? Smith war ein Frauenfeind, wie er im Buche stand.

»Wieso haben Sie uns nicht mitgeteilt, dass Sie als Sexualstraftäter registriert sind, Mr Smith? Dachten Sie, eine solche Kleinigkeit würden wir übersehen?« Dexters Tonfall nach zu urteilen, teilte sie McLeans Einschätzung des Mannes. Smith machte den Mund auf, um etwas zu sagen, klappte ihn aber gleich wieder zu und ließ die Schultern hängen.

»Anscheinend haben Sie außerdem vergessen, sich nach Ihrem Umzug bei der Polizei in Edinburgh zu melden. Ist Ihnen das entfallen?« Dexter nickte dem uniformierten Constable zu. »Bringen Sie ihn runter. Je schneller wir alle abfertigen, desto früher können wir nach Hause und uns aufs Ohr hauen.«

Sie trat beiseite, während der PC Handschellen hervorzog, die ganz eindeutig nicht mit Plüsch überzogen waren, und Mr Smith aufforderte, die Hände auf den Rücken zu legen. So wie er sich fügte, vermutete McLean, dass er das Prozedere schon kannte und nicht zum ersten Mal mitmachte. Er war schon fast zur Tür draußen, wurde vom Constable eher geschoben als geführt, als Dexter ihn mit einer leichten Berührung am Arm noch einmal aufhielt.

»Danke übrigens«, sagte sie und erntete einen fragenden bösen Blick.

»Wofür?«

»Dafür, dass Sie hier sind. Ich hatte schon gedacht, wir wären total gearscht, wenn Sie das geschmacklose Wortspiel entschuldigen wollen. Aber Ihre Festnahme rechtfertigt die gesamte Razzia, auch wenn wir sonst niemandem was anhängen können.«

4

Das Licht des frühen Morgens färbte den wolkenverhangenen Himmel rosa, als McLean die Hintertür aufstieß und in seine Küche trat. Die vertrauten Gerüche trösteten ihn, nach der Kälte draußen umfing ihn die wohlige Wärme des Herds. Mrs McCutcheons Katze starrte ihm von ihrem gewohnten Platz mitten auf dem großen Holztisch entgegen, sie schnupperte in die Luft und beschloss, dass er kein Eindringling war, um den man sich kümmern musste.

»Dir auch einen schönen guten Morgen.« Er stellte seine Tasche auf einen Stuhl, hob den Deckel vom Herd und setzte den Wasserkessel auf. Eine reine Reflexhandlung – das, was man eben so macht, wenn man nach einem langen Arbeitstag nach Hause kommt. Kaum hatte er angefangen, einen Becher, einen Teebeutel und optimistisch sogar ein paar Kekse zu suchen, merkte McLean, wie müde er war. Sie hatten bereits mit der Überprüfung der Personen aus dem Bordell in der New Town begonnen, und jedes Mal wenn jemandes Identität bestätigt wurde, hatte sich die Stimmung bei der Sexual Crimes Unit verdüstert. Aufgrund zuverlässiger Informationen waren sie aktiv geworden, hatten eine Razzia in einer Einrichtung durchgeführt, die alle typischen Merkmale eines Bordells aufwies, und waren schließlich in ein Haus mit einem Dutzend Zimmer eingedrungen, in denen Männer und Frauen sexuelle Handlungen unterschiedlicher Perversionsgrade vollzogen. Trotzdem war keine der Frauen, die sie bislang überprüft hatten, eine Prostituierte gewesen, egal, wie weit man die Definition auch dehnen wollte. In keinem Fall ließ sich nachweisen, dass Zahlungen geleistet wurden, und alle Beteiligten schienen lukrativen Tätigkeiten in herkömmlichen Berufen nachzugehen. Ohne John Smith wären sie gefickt gewesen.

McLean grinste wegen seines anzüglichen Scherzes, goss kochendes Wasser auf den Teebeutel und starrte aus dem Fenster in den Garten, der sich allmählich von der Dunkelheit abhob. Selbst mit Mr Smith befanden sie sich auf dünnem Eis, wobei unwahrscheinlich war, dass sich jemand lautstark und öffentlich über die Störung der Swingerparty beschweren würde. Trotzdem freute er sich nicht gerade darauf, dem Deputy Chief Constable die frohe Botschaft zu überbringen. Sehr viele Arbeitsstunden waren in die Operation geflossen, sehr viele Überstunden, enorme Kosten. Alles für die Katz. Kein Wunder, dass Jo Dexter wieder mit dem Rauchen angefangen hatte.

Mit dem Becher Tee, den er nicht zuletzt wegen der Wärme in der Hand hielt, verließ er die Küche, ging durch die Diele zur Haustür und hob den Poststapel auf, der sich, seinem Umfang nach, über mindestens zwei Tage angesammelt hatte. Die Rückkehr zur SCU war ein zweifelhafter Segen gewesen. Damit entging er zwar dem frisch beförderten Detective Superintendent Brooks und Detective Chief Inspector Spence, die beide ihr neues Territorium wie schlecht erzogene Spaniel markierten, aber es bedeutete auch, zu den unregelmäßigsten Zeiten zum Dienst erscheinen zu müssen und einen ohnehin schon sehr beeinträchtigten Schlafrhythmus weiter einzuschränken. McLean konnte sich nicht mehr erinnern, wann er zuletzt nicht müde, ausgelaugt und ganz allgemein bedient gewesen war.

Um in der Diele richtig sehen zu können, war es noch zu dunkel, also kehrte er mit dem Briefstapel in die Küche zurück, blätterte die in Folie eingeschweißten Kataloge durch, die Kreditkartenangebote und den anderen Müll. Eigentlich erwartete er nichts Interessantes. Seit Emmas letzter Postkarte waren

Monate vergangen, und es fiel ihm zunehmend schwer, sich an ihr Gesicht zu erinnern. Wie lange war sie jetzt schon fort? Achtzehn Monate? Zwei Jahre? McLean hatte die Hoffnung beinahe aufgegeben, dass sie überhaupt jemals wieder zurückkommen würde. Und selbst wenn, würden sie dort weitermachen können, wo sie aufgehört hatten?

Das schrille Klingeln seines Handys schnitt in die Stille der Küche. DC – nein, natürlich, Detective Sergeant – MacBride hatte unterschiedliche Töne für die verschiedenen Anrufer einprogrammiert, wobei McLean sich nicht merken konnte, welcher Ton zu wem gehörte. Und auch ein Blick auf die Nummer auf dem Display brachte ihn nicht weiter. Ein Anruf um fünf Uhr morgens war sowieso ein bisschen unsozial, andererseits konnte Verzweiflung der Grund dafür sein, nicht Unhöflichkeit. Er berührte den Kreis und hielt das Handy an sein Ohr.

»McLean.«

»Tony? Bist du das?«

Kurz dachte McLean, es sei Emma, aber nur weil er gerade an sie gedacht hatte. Es war die Stimme einer jungen Frau, allerdings nicht der richtigen. Vertraut, obwohl er nicht gleich auf den Namen kam.

»Äh … ja.«

»Tut mir wahnsinnig leid, dass ich so früh anrufe. Hab einfach nicht gewusst, wo ich hinsoll. Es …«

»Rachel?« McLean konnte sie endlich zuordnen und riskierte einen kurzen Blick aufs Display. Es war eine Handynummer, aber keine internationale. »Bist du im Land?«

»Ich bin sogar in Edinburgh. Keine Ahnung, was ich machen soll. Jen ist bei irgendeinem großen Fashion Event und kommt erst in einer Woche wieder.«

»Mach mal ein bisschen langsam, Rae. Ist alles in Ordnung? Ist was mit Phil?«

McLean hatte gelernt, keine voreiligen Schlüsse zu ziehen,

aber wenn ihn die Frau seines besten Freundes aus heiterem Himmel anrief, machte er sich unweigerlich Sorgen. Zumal sie eigentlich in San Francisco hätte sein sollen.

»Phil?« Pause. In der Leitung knisterte es leicht. »Nein, Phil geht's gut. Der ist auf Expedition unterwegs in New Mexiko. Ich konnte einfach nicht … Ich musste weg.«

McLean zog einen Stuhl heran und setzte sich an den Küchentisch.

Mrs McCutcheons Katze stand auf, dehnte sich und streckte ihm den Kopf entgegen, damit er ihn kraulte. Wann hatte er Phil das letzte Mal gesprochen? Er konnte sich nicht erinnern. Von wegen beste Freunde. Vielleicht sollte man lieber sagen, sein ältester Freund.

»Wo bist du jetzt, Rae? Brauchst du was zum Übernachten?« Die Worte kamen aus ihm heraus, bevor er überhaupt auch nur über die Konsequenzen seines Angebots nachdenken konnte.

»Ich bin noch am Bahnhof Waverley. Bist du sicher? Wäre auch nicht für lange, ehrlich. Nur bis Jenny wieder da ist.«

»Ist ein großes altes Haus, hier ist genug Platz.« McLean versuchte sich immer noch zu erinnern, wann er das letzte Mal mit einem von ihnen gesprochen hatte, oder mit Jenny, Rachels Schwester. Dann fügte sich plötzlich eins ins andere.

»Erwartest du nicht bald ein Baby?«, fragte er.

»Ach, keine Sorge. Das wird noch dauern. Ist aber schon der Grund, warum ich zurückgekommen bin. Der Gedanke, dass mein Baby in Amerika auf die Welt kommt, war mir unerträglich.«

McLean konnte sich nicht vorstellen, weshalb. Phil bezog das Gehalt eines leitenden Professors und hatte darüber hinaus vermutlich auch eine ausgezeichnete private Krankenversicherung abgeschlossen. Trotzdem fragte er lieber nicht nach.

»Soll ich kommen und dich abholen?« Er schaute zum Küchenfenster hinaus und sah graue Wolken, durch die allmählich immer mehr Licht in den Morgen sickerte. Eigentlich wollte er nur ins Bett und schlafen. Aber das schien jetzt in weite Ferne gerückt.

»Nein danke. Ich nehme mir ein Taxi.« Rachel hielt einen Augenblick inne, dann setzte sie hinzu: »Wenn du sicher bist, dass es dir nichts ausmacht.«

»Sonst hätte ich's ja nicht vorgeschlagen. Ich lüfte schon mal eins der Gästezimmer für dich. Komm schnell her, dann erzählst du mir, was los ist.«

Es konnte nicht lange dauern, bis Rachel eintraf. Zu dieser Zeit am frühen Morgen herrschte kaum Verkehr, und wenn sie vom Bahnhof aus angerufen hatte, würde es kein Problem sein, ein Taxi zu finden. McLean eilte nach oben, riss ein Fenster in dem alten Zimmer seiner Großmutter auf, vergewisserte sich, dass das Bett gemacht war, und kehrte anschließend wieder in die Küche zurück. Vage war ihm bewusst, dass er jetzt annähernd vierundzwanzig Stunden nicht geschlafen hatte und spätestens um eins wieder auf der Wache erscheinen musste. Er versuchte Phil anzurufen, aber die Mailbox sprang sofort an und bestätigte, was Rachel gesagt hatte. Sein Freund war unterwegs und bis Ende des Monats nicht erreichbar.

Das Knirschen von Autoreifen auf dem Kies draußen ließ ihn hochschrecken. Er schüttelte die Müdigkeit ab, die ihn am Tisch hatte eindösen lassen, und rappelte sich auf seine müden Füße. Er erreichte die Haustür genau in dem Moment, als das Taxi davonfuhr und eine kleine Gestalt, nur mit einem Rucksack als Gepäck, alleine in der Auffahrt stehen ließ.

»Rae. Hi. Lass mich das nehmen.« Er nahm die Tasche und führte seinen Gast in die Diele. Wenn er ehrlich war, kannte er sie nicht besonders gut. Sie war erst vor ein paar Jahren in Phils Leben getreten, hatte ihn dann aber schnell sehr fest an sich gebunden, was andere vor ihr vergeblich versucht hatten. Bei der Hochzeit war McLean Trauzeuge gewesen und hatte im

Vorfeld derselben viel Zeit mit der künftigen Mrs Jenkins verbracht – oder zumindest häufig mit ihr telefoniert, da sie sichergehen wollte, dass für alle Details gesorgt war. Aber kaum waren sie aus ihren Flitterwochen zurück, hatte Phil einen Job in Kalifornien bekommen. So hatte sich McLean ihr erstes Wiedersehen nicht vorgestellt.

»Ich hab vergessen, wie groß das Haus hier ist.« Rachel stand in der Diele und starrte zu dem runden Oberlicht hinauf. Sie war kleiner, als McLean sie in Erinnerung hatte, oder verwechselte er sie jetzt mit Emma? Nein, wahrscheinlich ließ die deutliche Wölbung ihres Schwangerschaftsbauchs sie vergleichsweise zierlich wirken. Es würde noch dauern, hatte sie am Telefon gesagt. Er war zwar kein Experte, aber seiner Ansicht nach sah es eher danach aus, als würden bis zur Niederkunft nur noch wenige Wochen bleiben.

»Wasser ist aufgesetzt, wenn du einen Tee möchtest. Oder soll ich dir dein Zimmer zeigen, damit du erst mal richtig ankommen kannst? Ich hab versucht, Phil zu erreichen …«

Es war so schnell gegangen, er wusste nicht, wie er reagieren sollte. Eben noch hatte Rachel einige Schritte von ihm entfernt gestanden, jetzt hatte sie schon die Arme um ihn geworfen, sie schluchzte, bebte und vergrub das Gesicht an seiner Schulter. Unsicher, was er tun sollte, umarmte McLean sie behutsam, wartete, bis es vorbei war. Es dauerte lange, aber schließlich hörte sie auf zu weinen und löste sich von ihm. Im heller werdenden Raum konnte er sehen, dass ihr Gesicht verquollen war, die Augen rot vom Weinen. Einzelne graue Strähnen durchsetzten inzwischen ihr schulterlanges rotes Haar, Falten zogen sich über ihre Stirn. Sie sah genauso müde aus, wie er sich fühlte.

»Tut mir leid.« Sie schniefte und wischte sich wie ein Teenager den Rotz mit dem Handrücken von der Nase. »Ich wusste einfach nicht, wohin.«

»Na ja, jetzt bist du ja da, und du kannst bleiben, solange es nötig ist. Aber mal ernsthaft, Rae, was ist denn los? Wenn ich es nicht besser wüsste, würde ich sagen, du bist vor deinem Ehemann ausgerissen.«

»Ich weiß. Ist halt … Ich weiß nicht. Es war nicht leicht. Kalifornien hätte ein Traum sein sollen, aber es hat einfach nicht funktioniert. Die haben versprochen, dass es in der Abteilung auch einen Job für mich gibt, aber ich glaube, das haben die nur gesagt, damit wir rüberkommen. Eigentlich wollten sie von Anfang an nur Phil. Das war schon mal schlimm genug, aber als das dann passiert ist …« Sie tätschelte ihren Bauch. »Sagen wir mal, das hatte keiner von uns beiden geplant.«

Allmählich ergab das Ganze irgendwie Sinn. McLean kannte seinen alten Freund, den ewigen Teenager. Phil mochte ein genialer Wissenschaftler sein, aber er war nicht unbedingt der reifste aller Männer. Wie er wohl mit der Aussicht auf seine bevorstehende Vaterschaft umgegangen war? Wahrscheinlich nicht gut. Er würde sich vermutlich erst dann richtig damit auseinandersetzen, wenn es gar nicht mehr anders ging. So wie immer, seit sie sich kannten, würde McLeans Aufgabe darin bestehen, die Stellung zu halten. Na ja. Schließlich hatte er in seiner Freizeit ja auch nichts Besseres zu tun.

»Komm schon, Rae. Wir trinken erst mal einen Tee. Danach sieht die Welt gleich ganz anders aus.«

5

Er weiß nicht, warum er anhält.

Vielleicht liegt es daran, wie sie angezogen ist: Nicht aufgedonnert wie eine billige Nutte, aber sie versteckt sich auch nicht hinter einer androgynen feministischen Fassade. Beides hat er schon erlebt, hoffnungsvoll den Daumen raus, irgendein weit entferntes Ziel mit dickem schwarzem Filzstift auf ein Stück Pappe geschrieben. Mädchen jung genug, dass sie seine Töchter sein könnten, die sich für ein paar Kilometer auf der Landstraße verkaufen. Sie rümpfen die Nase über die Kapitalistenschweine, die das System repräsentieren, das sie zerschlagen wollen. Und bitten ausgerechnet ihn um Unterstützung – kapieren die nicht, wie widersinnig das ist? Oder wollen sie's nicht wahrhaben?

Aber diese hier ist anders.

Diese ist strohblond, hat die Haare zu einem strengen Pferdeschwanz zurückgebunden und unter einer Mütze versteckt. Sie trägt einen Wollmantel, anständig und teuer. Ihr Rock ist aus Tweed und unmodern lang. Wie weit ihre dunkelbraunen Lederstiefel ihre Waden hinaufreichen, kann er nicht sehen, aber sie sind zum Wandern gemacht, nicht aufreizend. So jung, wie er zunächst dachte, ist sie auch nicht mehr. Jugendlich, aber da ist so was in ihren Augen, eine gewisse Weltmüdigkeit, die erst mit den Jahren kommt. Als sie sich zum Fenster vorbeugt und nach dem Türgriff greift, lächelt sie aber durchaus freundlich.

»Ich möchte nach Edinburgh.« Ihre Stimme ist sanft, fast schon hypnotisch, herrlich rollt sie ihre Highland-Rrrs. Ihr haftet ein Duft an, der ihn an glücklichere Zeiten erinnert.

»Sieht aus, als hätten Sie Glück. Genau da will ich auch hin.«

»Wie nett von Ihnen. Ist für meinen Bruder auch noch Platz?«

Wie hatte er nur den Mann übersehen können? Er steht direkt hinter ihr, hat eine dunkle Ledertasche in der Hand, ein Arztkoffer, nennt man die nicht so? Wenn man sie zusammen sieht, sind sie eindeutig Bruder und Schwester. Dieselbe Haarfarbe, dieselben hohen Wangenknochen, dieselbe schmale Nase, derselbe Teint, dasselbe Lächeln, dieselbe ordentliche, teure, aber leicht altmodische Kleidung. Normalerweise würde er keinen Anhalter mitnehmen, und schon gar nicht zwei, aber irgendwas haben die beiden, das ihn dazu bringt, ihnen zu vertrauen. Was soll schon passieren?

»Ja, steigt ein.«

6

Die Mittagszeit war lange vorbei, als McLean endlich auf der Wache auftauchte. Alle an der Razzia beteiligten Beamten würden heute erst später zum Dienst erscheinen, aber die von der Frühschicht hatten sich bestimmt schon um die Vernehmungen gekümmert, hatten die Männer und Frauen befragt, die die Kollegen in der vorangegangenen Nacht festgenommen hatten. Er hatte nicht damit gerechnet, das Büro der SCU praktisch leer vorzufinden, doch als er eintrat, besetzten nur einige uniformierte Constables die Telefone, und DCI Dexter starrte nachdenklich auf eine vollgekritzelte Tafel.

»Tag«, sagte er, als sie sich zu ihm umdrehte. »Wo sind denn alle?«

Dexter breitete die Arme aus. »Mein wunderbares Team? Die meisten hab ich nach Hause geschickt. Hat keinen Sinn, hier rumzuhängen und Trübsal zu blasen.«

»Was ist mit den Leuten, die wir festgenommen haben? Wer kümmert sich um die?«

»Alles schon passiert. Alle entlassen. Abgesehen von Mr Smith. Dem ungezogenen Mr Smith. Den behalten wir noch ein bisschen, lassen ihn erst mal schwitzen, dann reden wir mit ihm.«

McLean glaubte, einen Hauch von Hysterie in Jo Dexters Stimme zu hören. Na schön, sie hatte nicht mehr Schlaf gehabt, vermutlich sogar noch weniger als die paar Stunden, die er sich zwischen Rachels Ankunft und dem Klingeln seines Weckers noch hatte gönnen können. Aber das war nicht alles; DCI Dexter war schon fast legendär, weil sie sich ausschließlich von Kaffee und Zigaretten ernährte.

»Alles in Ordnung, Ma'am?«

»Hör auf mit diesem bescheuerten Ma'am, Tony. Schlimm genug, dass mich die Kollegen von der Streife ständig damit nerven. Ich komme mir schon vor wie meine eigene Mutter.«

Dexter ließ sich am nächsten Schreibtisch nieder. »Aber wenn du schon fragst, nein. Hier ist fast gar nichts in Ordnung. Schon mal den Ausdruck ›Clusterfuck‹ gehört? Wahrscheinlich ganz gut, dass du jetzt erst kommst, sonst hättest du den Zorn des DCC über dich ergehen lassen müssen.«

McLean lehnte sich an einen Stuhl. »Der war hier? Der Deputy Chief?«

»Anscheinend hat einer der Männer, die wir gestern Abend festgenommen haben, Beziehungen in die oberen Etagen. Wir waren praktisch von Anwälten umstellt, noch bevor wir überhaupt jemanden in eine Zelle sperren konnten. Wir durften keinen Einzigen hierbehalten.«

»Warte mal einen Augenblick. Ein Dutzend Männer in einem illegalen Bordell? Und ein Anruf beim DCC genügt, damit alle nach Hause geschickt werden?«

»Illegales Bordell ist tautologisch, Tony. Es gibt kein legales.«

»Du weißt aber, was ich meine, Jo. Wieso haben wir die einfach gehen lassen? Und die Prostituierten auch?«

»Wären sie tatsächlich Prostituierte gewesen, hätten wir vielleicht bessere Argumente gehabt. Aber das waren keine. Keine Einzige von denen ist schon mal einschlägig aufgefallen. Verdammt noch mal, die haben Jobs, Freunde – einige sogar Ehemänner. Von denen die meisten sogar dabei waren. Allerdings nicht unbedingt im selben Raum, wenn du verstehst, was ich meine.«

McLean erinnerte sich wieder an das flaue Gefühl der vorangegangenen Nacht. Durch Rachels unangekündigtes Auftauchen hatte er seine nagenden Zweifel vergessen. Jetzt kamen sie umso heftiger zurück.

»Du willst also sagen, wir haben eine private Swingerparty gesprengt? Das war ein Privathaus?«

Dexter verzog das Gesicht, tippte mit den Fingern einen immer schneller werdenden Trommelwirbel auf die Tischplatte, sagte aber nichts.

»Verdammt. Wie konnte das bloß so schiefgehen?«

»Weil es letzte Woche ein verdammtes Bordell war, deshalb. Du warst doch bei den Briefings dabei, Tony. Hast die Berichte gesehen, die Informationen, die wir bekommen hatten. Wir wussten, wer dort war, wer dort gearbeitet hat und wer die Freier waren. Hätte eigentlich eine Bilderbuchrazzia werden müssen. Aber was finden wir vor? Einen feuchten Dreck, abgesehen von einem registrierten Perversen, der es versäumt hat, uns mitzuteilen, dass er sich in der Stadt aufhält.«

Dexter stieß sich vom Schreibtisch ab, sie war nervös und explodierte fast vor aufgestauter Energie. McLean konnte nur vermuten, was für einen Anschiss sie vom Deputy Chief Constable kassiert hatte. Jetzt fehlte nur noch, dass die Presse Wind von der Sache bekam.

»Die Presse. Wieso war gestern Nacht Presse da?«

»Hä?« Dexter hatte in ihren Jackentaschen gekramt und ein Päckchen Zigaretten herausgezogen.

»Ich dachte, weil sie einen Tipp von uns bekommen haben, aber wenn's keiner von uns war?«

»Keine Ahnung, worauf du hinauswillst.«

»Du hast es doch selbst gesagt, Jo. Hätte eigentlich eine Bilderbuchrazzia werden müssen. Wir wissen, dass dort ein Bordell betrieben wird, aber als wir dort auftauchen, ist es plötzlich nur eine private Swingerparty. Das kaufe ich denen nicht ab. Die wurden gewarnt. Aber die Zeit hat nicht gereicht, den Laden komplett dichtzumachen, also haben sie das Nächstbeste getan und der Presse einen Tipp gegeben, damit wir noch dämlicher dastehen als sowieso schon.«

Dexter starrte ihn an. Sie klopfte geistesabwesend mit einer Zigarette auf das Päckchen.

»Und ich dachte, mein Gehirn ist verdreht.« Sie schüttelte den Kopf, als wollte sie die Idee vertreiben. »Scheiß drauf, ich brauch erst mal 'ne Kippe.«

»An der Anmeldung ist jemand, der Sie sprechen möchte, Sir.«

McLean war auf dem Weg in sein provisorisches Büro bei der SCU, als Detective Constable Sandy Gregg ihm auflauerte. Er hatte DCI Dexter in dem Bushaltestellenhäuschen Gesellschaft geleistet, das hinter dem Gebäude für die Raucher aufgestellt worden war, aber der ständige Strom an Kollegen, die zum Rauchen herauskamen, hatte es ihnen unmöglich gemacht, weiter über den Fall des Bordells zu sprechen, das anscheinend doch keins war. Er hatte keine Lust, den Anzug wechseln zu müssen oder dem Gott des Tabaks seine Lunge zu opfern, und so hatte er sich entschuldigt und war wieder reingegangen, bevor Dexter sich ihre Dritte ansteckte. Sie machte keinerlei Anstalten, in absehbarer Zukunft wieder an ihren Schreibtisch zurückzukehren.

»Wissen Sie, wer? Ich hab viel zu tun.«

»Tut mir leid, Sir. Hab die Nachricht vom Kollegen unten bekommen. Er meinte, er habe es schon ein paarmal telefonisch bei Ihnen probiert, es sei aber niemand drangegangen.«

McLean zog sein Handy aus der Tasche und starrte auf das schwarze Display. Zweifelsohne würden gleich ein paar verpasste Anrufe und Mailboxnachrichten auftauchen. »Dann geh ich lieber mal nachsehen, wer's ist.«

Es war nicht unbedingt die Absicht der Architekten gewesen, aber der kleine Wartebereich, direkt neben der Anmeldung, verfügte über eine gläserne Trennwand, durch die man aus dem Gebäudeinneren kommend die Wartenden sehen konnte, ohne selbst gleich gesehen zu werden. McLean beobachtete die Leute dort ungern; es erinnerte ihn zu sehr an die Observierungskabinen neben den Vernehmungszimmern und die vor Angst schwitzenden Verdächtigen. Zwei Personen warteten jetzt geduldig hier unten, eine davon erkannte er sofort. Die kleine und rundliche Clarice Saunders leitete eine Hilfsorganisation für Prostituierte, die aus dem Gewerbe aussteigen wollten. Sie war ihm bereits über den Weg gelaufen, als er früher für die SCU gearbeitet hatte, und obwohl die meisten seiner Kollegen sie für eine nervige Wichtigtuerin hielten, hatte er einen Heidenrespekt vor ihrer unbeirrbaren Beharrlichkeit.

»Hab gehört, mich möchte jemand sprechen.« McLean klopfte an die Tür der Anmeldung und erschreckte dabei den uniformierten Kollegen, der sich auf seinem Stuhl zurückgelehnt und in ein Buch vertieft hatte.

»Tut mir leid, Sir. Ja. Vor zwanzig Minuten ist sie gekommen, hab versucht anzurufen, aber …« Wie auf ein Stichwort tutete McLeans Handy in seiner Tasche. Nachricht erhalten.

»Miss Saunders kenne ich. Was will sie?«

Der Sergeant suchte in seinen Zetteln und schaffte es dabei, ein paar Papiere auf den Boden zu befördern. Nach einem Augenblick gelang es ihm, die fraglichen Unterlagen hervorzukramen, sie auf seinem Klemmbrett zu befestigen und McLean zu überreichen.

»Keine Ahnung, Sir. Wahrscheinlich geht's um die Razzia gestern Nacht.«

McLean wandte sich dem Wartebereich zu und war dabei nicht sicher, ob seine Energie für einen Zweikampf mit der unerschrockenen Miss Saunders reichte. Aber aufschieben hatte auch keinen Sinn, sie würde sowieso nicht lockerlassen. Er verkniff sich einen langsam aufsteigenden Stoßseufzer.

»Dann spreche ich wohl besser mal mit ihr.«

»Miss Saunders. Tut mir leid, dass Sie warten mussten. Ich habe eben erst erfahren, dass Sie mich suchen.«

Clarice Saunders nahm sofort Haltung an, als sie ihn sah. Ihr Gesicht war entspannt gewesen, aber jetzt verfinsterte sich ihr Blick. Sie stand auf, wodurch sie aber nicht nennenswert größer wurde, und schob ihre umfängliche Brust heraus. McLean hatte den Eindruck, als wollte sie zu einer Schimpftirade ansetzen, und fiel ihr ins Wort, bevor sie anfangen konnte.

»Kommen Sie bitte mit. Hier drin ist es nicht sehr gemütlich.«

Er führte Saunders durch die Sicherheitstür und weiter in die schöneren Vernehmungsräume, die mit den Fenstern, durch die man tatsächlich etwas sehen konnte und in denen es eine funktionierende Heizung gab. Normalerweise blieben diese Räume Leuten vorbehalten, die der Polizei bei ihren Ermittlungen halfen. Und dienten außerdem als Abstellkammern für das Papier mit »Lothian and Borders Police«-Briefkopf, bis eine Verwendung dafür gefunden worden war.

»Kann ich Ihnen einen Kaffee oder sonst etwas bringen?« Er zog einen Stuhl für sie heran. McLean überlegte, ob nicht vielleicht besser ein weiterer Beamter anwesend sein sollte. Vielleicht DS Ritchie?

»Nein danke. Was Sie hier als Kaffee bezeichnen, habe ich schon einmal versucht. Den Geschmack bin ich erst Tage später wieder losgeworden.«

»Ähm … okay.« McLean nahm ihr gegenüber am Tisch Platz. »Also, worum geht's?«

»Es geht um das Haus, in dem Sie gestern Nacht eine Razzia durchgeführt haben, Detective Inspector. Es geht um die Frauen, die Sie stundenlang in Zellen gesperrt haben und die sich nichts haben zuschulden kommen lassen, das müssten Sie wissen. Es sind die Männer, die …«

»Ich kenne Ihre Ansichten in Bezug auf die Prostitutionsgesetze, Miss Saunders. Sie werden sich wundern, aber ich bin ganz Ihrer Meinung. Zumindest größtenteils.« McLean fiel Saunders gleich noch einmal ins Wort, bevor diese richtig Fahrt aufnehmen konnte. Ihr Tonfall wirkte einschüchternd, aber wahrscheinlich tat er das auch, wenn sie gute Laune hatte. Eigentlich hatte er gehofft, ihr mit seiner vernünftigen Reaktion den Wind aus den Segeln zu nehmen, aber sie war durch nichts zu beeindrucken.

»Versuchen Sie nicht, es abzustreiten. Ich habe verlässliche Quellen. Es ist eine Schande, dass im Vorfeld niemand mit mir oder meiner Organisation gesprochen hat. Wir hätten das alles freundschaftlich beilegen können, da bin ich sicher.«

»Ich wollte gar nichts abstreiten. Es mag Ihnen schwerfallen zu glauben, aber ich habe große Achtung vor Ihrer Arbeit. Und was die Frauen betrifft? Wir haben sie alle gehen lassen. Die Männer auch.«

Kurze Pause, dann legte Saunders ordentlich Entrüstung in ihre Stimme. »Sie haben was?«

»Wir haben sie laufen lassen. Mussten wir. Sie hatten sich nichts zuschulden kommen lassen. Zumindest nichts Gesetzwidriges. Sechzehn Frauen und ungefähr ein Dutzend Männer beim einvernehmlichen Sex, keine einzige war eine Prostituierte, weder als solche registriert noch bislang einschlägig aufgefallen.«

Saunders starrte ihn an, bekam den Mund nicht mehr zu. Weshalb war sie wirklich hier?

»Wieso glauben Sie, dass in dem Haus ein Bordell betrieben wurde?«, fragte McLean. »Sie wissen doch mehr darüber, als Sie zugeben.«

Saunders wollte etwas erwidern. Doch dann hielt sie inne.

Kurz entstand eine Pause, in der sie ihre Gedanken sammelte, dann schüttelte sie den Kopf.

»So leicht lasse ich mich nicht von Ihnen überrumpeln. Sie wissen, wie unsere Organisation funktioniert, Inspector. Die Huren werden nicht mit mir sprechen, wenn sie davon ausgehen müssen, dass ich ihre Daten an die Polizei weitergebe.«

»Ich hatte nicht vor, Sie um Daten zu bitten …« McLean verstummte. Dabei hatte er genau das vorgehabt. Er musste es auf eine andere Tour versuchen. »Hören Sie. Ich verstehe, worauf Sie hinauswollen. Es liegt wirklich nicht in meinem Interesse, Frauen zu schikanieren, die auf diese Weise ihren Lebensunterhalt verdienen. Viel lieber würde ich sie Organisationen wie der Ihren zuführen, anstatt sie einzusperren oder mit Bußgeldern zu belegen. Aber Sie wissen genauso gut wie ich, was das Gesetz vorschreibt. Wenn zwei oder mehr Prostituierte in ein und demselben Gebäude tätig sind, handelt es sich um ein Bordell, und das ist nun mal gesetzeswidrig.«

»Aber Sie haben gesagt, keine der Frauen gestern war eine Professionelle. Das heißt, Sie haben eine private Party in einem privaten Haus gestürmt. Da hatten heute wohl einige auf der Wache rote Ohren.«

McLean blieb das Triumphierende in Saunders' Stimme nicht verborgen. Jetzt breitete sich auch noch der passende Ausdruck auf ihrem Gesicht aus. Auf gar keinen Fall würde sie ihm aus dieser peinlichen Situation heraushelfen. Schade eigentlich, denn er fand, sie sollten sich gegenseitig unterstützen.

»Sagen wir mal, wir sind ebenso verwundert über den Ausgang der Aktion wie Sie. Und dabei sollten wir es vorerst belassen.« Er erhob sich, und Saunders tat es ihm automatisch gleich. »Wie gesagt, wir haben keine Prostituierten festgenommen, und deshalb werden Sie hier eigentlich auch nicht gebraucht. Seien Sie versichert, dass ich Ihre Kontaktdaten an alle weitergeben werde, von denen ich denke, dass sie sie gebrauchen können.«

7

McLean wusste nicht, was ihm lieber war, sein Büro bei der SCU oder die winzige Kammer auf dem alten Revier. Dieses Büro hier war größer, und aus dem Fenster hatte man auch eine gewisse Aussicht, stierte nicht nur auf eine kaum einen Meter entfernte Hauswand. Andererseits befand sich sein altes Büro ein bisschen ab vom Schuss, weshalb er dort nicht ständig von Leuten gestört wurde, die nur mal kurz im Vorbeigehen hereinschauten. Obwohl es im Sommer meistens zu heiß und im Winter zu kalt war, hatte das alte Büro auch kein undichtes Fenster gehabt. Wenn hier der Wind aus Nordosten kam, ließ er kalten Regen gegen die Scheibe prasseln wie ein Vater in der Vorstadt Wasser mit einem Hochdruckreiniger auf sein Auto bei der wöchentlichen Wäsche. Auf dem Teppichboden zeigten sich die Spuren vergangener Gewitterstürme in Form archäologischer Ringe, und es roch modrig. Andererseits war dieses Büro geräumiger, es reichte sowohl für den Schreibtisch wie auch noch für ein paar zusätzliche Stühle. Man konnte sogar etwas vom Boden sehen, einschließlich vielsagender Flecke. Aber anders als in seinem alten Büro stapelten sich hier keine dringend zu bearbeitenden Unterlagen bis unter die Zimmerdecke. Zumindest noch nicht.

Sein Schreibtischstuhl war bequem. Er lehnte sich darauf zurück und widerstand dem Bedürfnis, die Füße hochzulegen. Draußen, während sich der Abend auf die Nacht zubewegte, nahm der Himmel die Farbe einer eine Woche alten Prellung an. Der Tag schien wieder einmal viel zu schnell vergangen zu sein.

McLean schaltete seinen Laptop ein, prüfte seine E-Mails,

scrollte durch die Liste mit Junk und endlosen Einladungen zu Fortbildungsmaßnahmen und löschte alles, was danach aussah, als wäre er nur ins CC gesetzt worden, weil bestimmte andere Leute den eigenen Arsch retten und sich auf diese Weise absichern wollten. Alles Wichtige verschob er in die verschiedenen Unterordner, wo er es getrost vergessen konnte, bis die Absender entweder persönlich zu ihm kamen oder zum Telefonhörer griffen. Papierkram war schon schlimm genug, aber E-Mails waren eine Erfindung des Teufels. Er griff nach seinem Handy, das auf dem Schreibtisch vor ihm lag. Er hatte es sich in die Tasche stecken, den Computer ausschalten und nach Hause gehen wollen, möglicherweise mit Zwischenstopp bei einem indischen Imbiss, aber kaum hatten seine Finger das Gerät berührt, leuchtete das Display auf, und das Handy fing an zu klingeln. Ein Blick auf die Uhr zeigte, dass es zu spät war für einen Freundschaftsanruf, zumal er sich der Person, deren Name angezeigt wurde, auch keinesfalls freundschaftlich verbunden fühlte. Es war aber auch sinnlos, ihr ausweichen zu wollen; früher oder später würde er sowieso mit ihr sprechen müssen. Er berührte das Display und nahm den Anruf an.

»Miss Dalgliesh. Welch unerwartetes Vergnügen.«

»Sie sind einfach zu freundlich, Inspector. Wie geht's dem Kopf?«

McLean fasste sich instinktiv an die Schläfe, obwohl die Verletzung, die er dort erlitten hatte, längst verheilt war. So wenig er die Reporterin auch leiden konnte, es ließ sich nicht leugnen, dass sie ihm das Leben gerettet hatte.

»Wunderbar. Ich vermute, Sie rufen nicht aus purer Freundschaft an.«

»Nein, nicht direkt. Ich hatte gehofft, Sie würden mich vielleicht ein bisschen ins Bild setzen können. Hab gehört, Sie sind wieder bei der Sitte, ja?«

»Wir nennen es eigentlich Sexual Crimes Unit. Aber ja, ich

gehöre zum Team.« McLean versuchte, nicht zu seufzen; er wusste, worauf das Gespräch hinauslief.

»Dann waren Sie sicher auch bei der Razzia dabei. Der Puff in der New Town? Nur soweit ich gehört habe, war's gar kein Puff. Ein paar Perverse in ihrem eigenen kleinen Sexclub. Wahrscheinlich sind ein paar Leute in der Abteilung rot geworden. Wobei, wenn ich's mir recht überlege, seid ihr wahrscheinlich alle rot wie die Tomaten.« Dalgliesh schmunzelte über ihren eigenen Scherz.

McLean antwortete nicht sofort. Er lehnte sich zurück, starrte an die fleckige Zimmerdecke und erlaubte der Stille, sich in die Länge zu ziehen. Kein Wunder, dass Dalgliesh von der Razzia erfahren hatte. In Anbetracht ihrer gemeinsamen Geschichte war es ebenso wenig verwunderlich, dass sie sich jetzt mit der Bitte um Informationen an ihn wandte. Trotzdem fiel ihm unwillkürlich wieder der Wagen mit den Presseleuten ein, der nicht weit von dem Haus in der New Town geparkt hatte. Sie hatten sämtliche Personen durch die Hintertür abgeführt und in einen Transporter mit schwarz getönten Scheiben gesetzt, sodass niemand erkannt werden konnte, aber jetzt war er nicht mehr sicher, ob eigentlich überhaupt jemand von der Polizei die Reporter angesprochen und gefragt hatte, was sie dort wollten.

»Sie sind sehr gut informiert, Miss Dalgliesh«, sagte er schließlich.

»Ist das Ihre umständliche Art, mir zu sagen, dass ich richtigliege?«

»Das war keineswegs meine Absicht, aber Sie liegen richtig. Morgen wird es eine Pressekonferenz dazu geben.« Er beugte sich erneut vor, nahm einen Stift und schrieb »Pressekonferenz?« auf den nächstbesten Zettel. »Zumindest ein Statement.«

»Und dass Sie Mist gebaut haben? Geben Sie das auch zu?«

»Lassen Sie's mich mal so formulieren, wir wissen noch nicht genau, ob wir Mist gebaut haben, okay?«

»Fahren Sie fort.« Dalglieshs Stimme triefte vor Neugier, und McLean wusste, dass er sie am Haken hatte.

»Also, ihr habt gewusst, dass eine Razzia durchgeführt wird, hab ich recht? Wieso hättet ihr sonst Kollegen mit dem Auftrag vorgeschickt, pikante Fotos zu schießen?«

»Wer ›wir‹?«

»Ach, kommen Sie, Dalgliesh. Ich hab sie selbst gesehen. Sie haben mit einem Teleobjektiv in der Straße geparkt und gewartet, dass wir ein paar Leute durch die Vordertür abführen. Jemand hat euch einen Tipp gegeben und behauptet, dass es was für euch zu holen gäbe. Also, wen habt ihr dort erwartet?«

Dieses Mal wurde am anderen Ende der Leitung geschwiegen. Die Reporterin wägte ab, ob es sich lohnen würde, Informationen über ihre Quellen preiszugeben, wenn sie dafür möglicherweise eine interessantere Geschichte bekam. McLean war schlau genug, sich geduldig zu zeigen.

»Sie haben recht, wir haben einen Tipp bekommen«, sagte Dalgliesh schließlich. »Aus normalerweise verlässlicher Quelle. Nicht von der Polizei, bevor Sie fragen. Man hat uns versichert, es könne sich lohnen, das Haus im Auge zu behalten. Sie haben wohl keine bekannten Persönlichkeiten mit heruntergelassener Hose da drin erwischt?«

»Immer auf der Jagd nach einer Story, wie? Nein. Niemand Bekanntes. Keinen Politiker, keine Industriemagnaten oder in der Öffentlichkeit stehende Persönlichkeiten. Nur ein paar ganz gewöhnliche Menschen mit ungewöhnlichen sexuellen Vorlieben. Es handelte sich nicht um ein Bordell, und es kam nicht zu Gesetzesverstößen, weshalb auch gegen niemanden Anzeige erhoben wurde. Was wiederum eine andere Frage aufwirft, meinen Sie nicht?«

»Tatsächlich?« Dalgliesh täuschte ausgezeichnet Desinteresse vor, aber McLean kannte sie besser.

»Sprechen Sie mit Ihrem Informanten, fragen Sie, was er

oder sie dort vermutet hat. Wir hatten gute Informationen, dass in dem Haus ein Bordell betrieben wird; Sie haben aus zuverlässiger Quelle erfahren, dass sich im Zuge unserer Razzia pikante Szenen abspielen würden. Anscheinend wurden wir beide an der Nase herumgeführt. Und die Frage lautet: Warum?«

Als McLean seinen kleinen Alfa die Auffahrt hinaufsteuerte, malte das letzte Licht der Abenddämmerung die Bäume schwarz. Auf dem Beifahrersitz neben ihm lagen eine Tüte mit einem Curry und ein Sixpack Bier; für den Rest des Abends war er also versorgt. Erst als er aus dem Auto stieg und Licht in der Küche sah, fiel ihm wieder ein, dass er Besuch hatte. Er nahm die Tüte mit dem Curry und dem Bier und überlegte, ob das Essen auch für zwei reichen würde oder ob Rachel vielleicht Vegetarierin war. Insgeheim fragte er sich auch, warum er ihr überhaupt angeboten hatte, sie bei sich wohnen zu lassen, aber die innere Stimme war ganz leise, und er hatte sich längst angewöhnt, sie zu ignorieren.

Mrs McCutcheons Katze sah zu ihm auf, als er in die Küche trat, schnupperte in die Luft, um herauszufinden, was er ihr dieses Mal wohl mitgebracht hatte. Ganz gewiss würde das Curry nicht für drei reichen, aber vielleicht konnte er ja telefonisch noch was bestellen. Er parkte die Tüte auf dem Tisch und griff schon nach dem Handy, als Rachel aus der Diele hereinkam.

»Hab gedacht, ich hätte was gehört. Phil hat gesagt, dass du irrsinnig viel arbeitest, Tony. Aber ich hab's ihm nie so richtig geglaubt.«

»Alte Berufskrankheit, fürchte ich. Ebenso wie Vergesslichkeit.« McLean zeigte mit der Handyhand auf das Take-away. »Ich hab nur ein Essen mitgebracht, aber eigentlich müsste es für uns beide reichen. Wenn du willst, bestell ich aber gerne noch mehr.«

Rachel beäugte hungrig die Tüte. McLean hatte ihr gesagt, sie solle sich ganz wie zu Hause fühlen, aber aus dem Kühlschrank oder den Schränken war kaum Essbares verschwunden. Nicht dass dort viel gewesen wäre, das hätte verschwinden können, aber er glaubte nicht, dass sie mehr als ein paar Scheiben Brot zu sich genommen hatte, seit sie vor seiner Tür aufgetaucht war. Außerdem hatte er den Eindruck, dass sie das Haus gar nicht verlassen hatte, fast als wollte sie sich vor der ganzen Welt verstecken, nicht nur vor ihrem Ehemann. Unbedingt sollte er noch einmal versuchen, diesen zu erreichen, was ihm kurz nach Rachels Ankunft ja nicht gelungen war. Wie lange konnte sich ein Mensch auf Expedition befinden, ohne seine Mailbox zu checken?

Er nahm Teller, teilte das Essen in zwei erstaunlich große Portionen, schenkte ein Bier ein und bot es seinem Gast an.

»Kein Alkohol für das Baby, danke.« Rachel tätschelte ihren Bauch, zog sich einen Stuhl heran und setzte sich schwerfällig.

»Natürlich, Entschuldigung.« Er stellte das Glas auf den Tisch. »Kann ich dir was anderes anbieten?«

»Schon okay. Danke. Ich mach mir einen Tee nach dem Essen.«

Sie nahm eine Gabel und fing an, ihr Curry zu essen. Doch obwohl sie offensichtlich Hunger hatte, nahm sie nur kleine Bissen, kaute jeden davon langsam. Er war es dagegen eher gewohnt, sein Essen so schnell wie möglich herunterzuschlingen; heutzutage war die Nahrungsaufnahme für ihn zur reinen Notwendigkeit geworden und bot kaum noch Vergnügen. Trotzdem versuchte er, sich ihrem Tempo anzupassen.

»Das ist sehr lecker«, sagte Rachel nach einer Weile. »Schade, dass ich nicht mehr viel Platz habe.« Sie legte die Gabel ab, obwohl ihr Teller noch halb voll war. Mrs McCutcheons Katze sollte also doch nicht leer ausgehen.

»Das ist wahrscheinlich das Ungesündeste, was ich machen

kann, praktisch jeden Abend was vom Chinesen oder Inder essen. Oder die Reste aus der Kantine. Andererseits hab ich nie wirklich Zeit zum Kochen, und für einen allein nervt es sowieso.«

»Kann ich verstehen.« Rachel hatte ihn angesehen, aber jetzt starrte sie ins Leere, als hätte sie in meilenweiter Entfernung etwas entdeckt.

»Hast du heute mit Phil gesprochen?«

Sie erschrak bei der Frage, ein schuldbewusster Blick huschte über ihr Gesicht. »Ich hab ihm eine Nachricht auf Band hinterlassen. Anscheinend ist er immer noch nicht aus der Wüste zurück. Man sollte meinen, dass er sich ein bisschen mehr um seine Frau sorgt, so kurz vor der …« Sie streichelte ihren Bauch. »Na ja, du weißt schon.«

McLean brauchte keine jahrelange Polizeiausbildung, um zu merken, wenn etwas gelogen war. Lieber erst mal nichts sagen.

»Aber ich hab mit Jen telefoniert. In ein paar Tagen ist sie zurück. Sie meinte, sie kommt so schnell wieder, wie sie kann, dann bist du mich los.« Sie hielt kurz inne, dann setzte sie hinzu: »Wenn das okay ist?«

»Dass sie dich wieder mitnimmt oder dass du bleibst, bis sie kommt?«

McLean grinste, während er die Frage stellte, und hoffte, damit zu signalisieren, dass sie scherzhaft gemeint war. Rachels Stirnrunzeln verriet, dass ihm das nicht gelungen war.

»Schau mal, Rae. Du bist die Frau meines besten Freundes. Du kannst so lange hier wohnen, wie du willst. Ich hab mehr als genug Platz. Aber früher oder später wird Phil mich zurückrufen. Dann muss ich ihm sagen, was los ist.«

Rachel starrte erneut ins Leere und schwieg eine Weile, bis sie ihn schließlich direkt ansah. »Ich weiß, Tony. Ist nur … na ja, so einfach ist das nicht. Ich weiß gar nicht, wo ich anfangen soll.«

McLean schob den Rest seines Essens auf dem Teller herum, bevor er merkte, dass er eigentlich gar keinen Hunger mehr hatte. Mrs McCutcheons Katze würde ausreichend zu fressen bekommen. Er stand auf, ließ den Kessel volllaufen und stellte ihn auf den Herd. Rachel folgte ihm mit einem Blick aus großen dunklen Augen. Er fand einen Becher, warf einen Teebeutel hinein und gab kochendes Wasser dazu, aber dann fiel ihm ein, dass er nicht mehr wusste, wie Rachel ihren Tee trank. Schließlich stellte er den Becher vor sie hin und holte die Milch aus dem Kühlschrank. Zucker stand bereits in einer Schale auf dem Tisch; sie konnte sich selbst bedienen.

»Bleib, so lange du willst«, sagte er schließlich. »Und wenn Jen kein Zimmer frei hat, mach dir keine Sorgen.«

Rachels Erleichterung breitete sich wie ein warmes Glühen über ihr Gesicht, Tränen glänzten in ihren Augenwinkeln. »Ehrlich?«

»Ganz sicher. Ist ja nicht so, dass ich hier ein volles Haus hätte.«

8

Sie sind sehr nett, wissen Sie das?«

Eigentlich weiß er gar nicht so genau, wie er hierhergekommen ist. Einen Augenblick lang auch nicht, wo er sich überhaupt befindet, aber dann sickern die Einzelheiten zu ihm durch. Der graue Beton mit dem Maschendraht, als könnte das Gebäude seine Außenhaut abstreifen. Die stumpfen, leblosen Fensteraugen mit den verlassenen Räumen dahinter. Der Asphalt gerissen und aufgeworfen durch den ständigen Wechsel von heißer Sommersonne und bitterer Winterkälte. Die glänzende zinngraue Motorhaube seines Wagens durch die von tausenden Insektenleichen verklebte Windschutzscheibe betrachtet. Langsam, als würden seine Gedanken durch warmen Sirup waten, begreift er, wo er ist. Aber er versteht nicht, wie er herkam. Das Letzte, woran er sich erinnert, ist … was? Fahren. Eine Frau am Straßenrand, den Daumen rausgestreckt. Ein Arztkoffer.

»Den ganzen Weg zu laufen hätte ewig gedauert.«

Die Stimme dringt zu ihm durch. Die Frau sitzt neben ihm auf dem Beifahrersitz. Als er sich zu ihr umdreht, fällt ihm zum ersten Mal auf, dass seine Hände noch auf dem Lenkrad liegen, als hätte er den Wagen eben gerade erst zum Stehen gebracht. Zehn vor zwei, wie man es in der Fahrschule lernt. Er will sie heben, aber sie sind wie angeklebt. Als wäre er mit dem Wagen verschmolzen, eins geworden mit der Maschine.

Er öffnet den Mund, will etwas sagen, aber es kommt kein Laut heraus. Ob seine Stimme versagt oder die dicke Luft ringsum jedes Geräusch verschluckt, kann er nicht feststellen. Die Frau, die neben ihm sitzt, greift rüber und legt ihm eine Hand auf den Oberschenkel, ihre Fingerspitzen streicheln sinnlich über die Innenseite. Er will sich bewegen, aber es geht nicht.

»Schhhh.« Das Geräusch erinnert an eine Schlange, die sich durch Herbstlaub schiebt, und wird begleitet von einer Hand, immer intimer, forschender. Er sollte sie aufhalten, das weiß er. Das ist nicht richtig, ist nicht nötig. Aber er kann sich nicht bewegen, kann ihr nur in die hellblauen Augen starren, ihr unheilvolles Lächeln betrachten. Er weiß, es ist falsch, aber er ist nur ein Mann. Und schließlich hat er sich ihr ja nicht aufgedrängt. Ganz im Gegenteil.

»Keine gute Tat soll unbelohnt bleiben«, sagt sie, und ihr Duft schwillt an im Wageninneren, bis er kaum noch Luft bekommt. Sie beugt sich zu ihm rüber, der Blickkontakt bricht ab, sein Kopf fällt zurück auf die Lehne. Er kann das abgehackte Keuchen nicht abstellen, das seiner Kehle entweicht, auch nicht das Hämmern seines Herzens und den anwachsenden Druck. Seine Sehfähigkeit nimmt ab, seine Augen nehmen alles nur noch verschwommen wahr, während er die Betonwand durch das Fenster anstarrt und sonst nichts mehr sieht. Fast nichts mehr.

Als es zur Explosion kommt, findet sie nicht zwischen seinen Beinen, sondern in seinem Kopf statt. Auf einer Welle aus grellem Weiß reitet er ins Vergessen. Und als diese letzte Woge verebbt, sieht er ein Gesicht im Rückspiegel. Erinnert sich an den anderen Passagier. Den Bruder, der still hinten sitzt. Alles beobachtet.

9

»Also, Mr Smith. Es sieht ganz danach aus, als hätten Sie uns angelogen.«

Im Vernehmungszimmer roch es nach ungewaschenem Mann. John Smith war dem Staatsanwalt vorgeführt worden, hatte aber keine Freilassung auf Kaution genehmigt bekommen, sondern war weiterhin in Sicherheitsverwahrung geblieben. Anscheinend hatte er sich dort mehrere Tage lang nicht gewaschen. Entweder das, oder er roch von Natur aus so. McLean rümpfte die Nase. Versuchte, möglichst flach zu atmen. Er war bei der Vernehmung nur dabei; DCI Dexter stellte die Fragen. Dass sie dies persönlich tat, sprach Bände hinsichtlich des Drucks, unter dem jetzt die gesamte SCU stand, irgendetwas Verwertbares aus dem Debakel zu ziehen, als das sich die Bordellrazzia entpuppt hatte.

»Offenbar haben Sie eine ganze Weile gesessen.« Dexter war im Raum auf und ab gegangen, eine Mappe in der Hand. Jetzt schlug sie sie auf, als müsste sie die Liste seiner Vergehen nachschlagen. Zugegebenermaßen war sie nicht kurz, folgte aber einer gewissen Regelmäßigkeit, sodass man sie sich leicht merken konnte.

»Wo kauft man heutzutage überhaupt Rohypnol? Sie sehen mir nicht aus wie einer, der einen Arzt überlisten könnte, es ihm zu verschreiben.«

»Ich empfehle Ihnen, nicht darauf zu antworten, Mr Smith.«

Smiths Anwalt hatte seinen Stuhl ein Stück von seinem Klienten abgerückt, kaum dass dieser sich gesetzt hatte, als würde auch er dessen Geruch nur schwer ertragen. Er war ein kleiner Mann und so dick, dass er aus seinem schlecht sitzenden Anzug quoll und in dem stickigen Vernehmungszimmer schwitzte, obwohl es nicht mal besonders warm war. Bislang hatte er im Prinzip nichts anderes getan, als sich vorzustellen und darüber zu beschweren, dass seinem Klienten eine Freilassung auf Kaution verweigert worden war. Dann hatte er diesem bei jeder gestellten Frage geraten, auf eine Antwort zu verzichten. Aber die Mühe hätte er sich nicht machen müssen. Smith sagte sowieso nichts, saß einfach nur auf seiner Seite des Tisches, eine Hand umklammerte die andere, und beide ruhten in seinem Schoß. Einem beiläufigen Beobachter wäre er ruhig erschienen, aber McLean erkannte die verräterischen Anzeichen. Jedes Mal wenn Dexter eine Frage stellte, spannte sich Smiths Kiefermuskulatur an. Auch merkte man ihm an, welche Anstrengung es ihn kostete, möglichst ausdruckslos geradeaus zu schauen; in den vergangenen zehn Minuten hatte er immer öfter gezwinkert.

Und dann dieser Gestank.

»Aus meinen Unterlagen geht hervor, dass Sie ein halbes Dutzend Mal wegen Vergehen angezeigt wurden, die Ihnen letztlich nicht nachgewiesen werden konnten. Die Chancen stehen also nicht schlecht, dass Sie einiges mehr auf dem Kerbholz haben als das, wofür Sie verurteilt wurden.«

Dieses Mal sah Smith kurz zu Dexter auf, dann ließ er den Blick wieder auf den Tisch sinken.

»Und dann ist da noch die arme Eileen Dornan. Sie konnten nicht wissen, dass sie das Zeug bereits regelmäßig nimmt. Eine Tablette hat wohl einfach nicht gereicht, stimmt's? Sie konnte sich nämlich erinnern, was Sie mit ihr gemacht haben. Und war schlau genug, sich selbst testen zu lassen. Nicht dass es ihr viel gebracht hätte, der Armen.«

Damit erntete sie einen weiteren Blick, wobei er den Kopf fragend neigte.

»Was? Das wussten Sie nicht? Nein, natürlich nicht. Sie war ja nur eine von vielen. Und ich vermute, zu dem Zeitpunkt waren Sie schon im Gefängnis.« Dexter legte die Mappe auf den Tisch und beugte sich darüber, sodass sie ganz nah mit dem Gesicht an Smith herankam. Oder zumindest so nah, wie sie es für vertretbar hielt.

»Sie hat eine Überdosis genommen. Das ist passiert. Laut Todesurkunde war's Selbstmord, aber wenn es nach mir ginge, würde Mord da stehen.«

Smith machte den Mund auf, um etwas zu sagen, aber sein Anwalt schaltete sich wieder ein.

»Mein Klient hat sich zu diesem Gespräch bereit erklärt, um ein offensichtliches Missverständnis aufzuklären, aufgrund dessen er seiner Freiheit und der Möglichkeit beraubt wurde, seiner Arbeit nachzugehen. Wenn Sie nichts weiter vorhaben, als in der Vergangenheit zu wühlen ...« Er sah Dexter an, dann zu McLean. Smith klappte langsam den Mund wieder zu.

»Spielt sowieso keine Rolle. Höchstens vielleicht für Eileens Angehörige und Freunde.« Dexter ging wieder auf und ab. »Was aber tatsächlich eine Rolle spielt, ist das Register der Sexualstraftäter. Da stehen Sie nämlich drauf, Mr Smith, und hielten es trotzdem nicht für nötig, uns mitzuteilen, dass Sie in die Stadt gezogen sind. Sie wissen doch, was das bedeutet, John?«

Smith sagte nichts, starrte nur seine Hände an. Sein zuckender Kiefer verriet, welche Schlachten in ihm tobten.

»Mein Klient hat dies bereits erklärt und sich für sein Versäumnis entschuldigt ...«

»Im Gefängnis hat's Ihnen nicht besonders gefallen, nicht wahr, John?«

McLean sprach mit tiefer Stimme, schlug im Gegensatz zu Dexters aggressivem Ton einen scheinbar vernünftigeren an. Smith reagierte erst nicht, aber dann hob er langsam den Kopf.

»Niemand mag Vergewaltiger, aber Verbrecher sind ein eigenartiger Menschenschlag. Die haben seltsam verdrehte Moralvorstellungen. Sexualstraftäter können sie auf den Tod nicht ausstehen und lassen diese das auch sehr deutlich spüren, hab ich recht?«

Das Nicken war kaum wahrnehmbar. McLean ließ nicht locker.

»Ich vermute, die haben … Sie bestraft. Sie gezwungen … Sachen zu machen.« Er legte eine extra Kunstpause vor »Sachen« ein und sah, wie Smith zusammenzuckte.

»Was wollen Sie?« Smiths Stimme war kaum mehr als ein Flüstern.

»Mr Smith, ich muss wirklich …«

»Das Haus, in dem wir Sie angetroffen haben, die Party, die Frauen … Wer hat das alles organisiert? Wer hat Sie eingeladen? Irgendwie kann ich mir nicht vorstellen, dass Sie das alles selbst auf die Beine gestellt haben.«

Smiths Gesicht veränderte sich, die Ausdruckslosigkeit wich großer Besorgnis, was den langsam voranschreitenden Gedankenprozess in seinem Gehirn zu spiegeln schien. An diesem Punkt würde sich entscheiden, ob er dichtmachte, seine Hände anstarrte und wieder ins Gefängnis wanderte oder sich öffnete und ein klein wenig Licht auf das geheimnisvolle Bordell warf, das dann doch keins gewesen war.

»Ich empfehle Ihnen, nicht auf die Frage zu antworten, Mr Smith.«

»Ich … ich kann nicht.« Smith ließ den Kopf sinken, stieß einen langen tiefen Seufzer aus, klappte den Mund zu und sagte nichts mehr.

»Verdammt. Kurz dachte ich, wir hätten ihn.«

Draußen vor dem Vernehmungszimmer sah McLean John Smith hinterher, der von ein paar uniformierten PCs in den Zellentrakt abgeführt wurde. Beide waren groß und kräftig; darauf hatte er geachtet. Der Anwalt war schon weg, unterwegs zu einem Termin, bei dem es eindeutig um Wichtigeres ging, als einem Vergewaltiger und Wiederholungstäter eine Gefängnisstrafe zu ersparen.

»Wir haben noch Zeit. So schnell geht der nirgends hin.«

»Es sei denn, das Arschloch bekommt ihn auf Kaution frei. Er hat bereits Revision angekündigt.« Dexter lehnte an der Wand, die Hände tief in die Taschen ihrer langen Jacke vergraben. McLean wusste, dass irgendwo da drin ein Päckchen Zigaretten steckte, dem im Moment ihre Aufmerksamkeit galt. Von wegen aufhören.

»Und du meinst, dieses Mal wird dem Antrag stattgegeben?«

»Die legen ihm eine Fußfessel an und lassen ihn gehen. Denk an meine Worte. Ist billiger, als ihn auf Kaution freizulassen. Oder zumindest profitabler – für bestimmte Leute.«

McLean hob eine Augenbraue. Dexter wurde immer zynischer, je älter sie wurde.

»Wenn er eine Fußfessel bekommt, können wir ihm folgen. Vielleicht bringt uns das weiter als die Guter-Cop-böser-Cop-Nummer.«

»Selbst wenn er was weiß, der schleimige kleine Kriecher, was hat er in dem Haus gewollt?« Dexter hob schon abwehrend die Hand, bevor McLean antworten konnte. »Und ich meine nicht, was hat er getan, als er aufgegriffen wurde. Ich habe die beiden gesehen, die bei ihm waren. Nein, ich meine, wie ist er da überhaupt hingekommen? Wen kennt er? Wer lädt einen aktenkundigen Sexualstraftäter zu einer Swingerparty ein?«

»Wie wär's mit der Bewohnerin des Hauses, Miss Marchmont? Hast du schon mit ihr gesprochen?«

»Kurz. Hat nicht gerade geholfen, dass sie Anwältin ist.« Dexter kotzte das Wort praktisch aus. »Verflucht sollen sie sein, alle zusammen.«

»Anwältin?« McLean versuchte sich an die Bücher in Marchmonts Zimmer zu erinnern. »Meinst du, sie kennt Mr Smith und sein fröhliches Stehaufmännchen?« Er nickte in Richtung des Vernehmungszimmers, das der dicke Anwalt erst kürzlich verlassen hatte.

»Nein, sie ist Anwältin für Unternehmensrecht. Man begegnet ihr also nicht unbedingt vor Gericht. Trotzdem macht sie uns das Leben schwer.«

»Denkst du, sie wird weitere Schritte einleiten? Ich meine, ich kann mir nicht vorstellen, dass es ihrer Karriere guttut, wenn sie damit an die Öffentlichkeit geht. Entweder führt sie ein Bordell, oder sie hat vielseitige sexuelle Interessen. So oder so ist es für sie mindestens so peinlich wie für uns.«

»Ich wünschte, ich hätte deine Zuversicht, Tony.« Dexter schaute böse, als habe McLean sie mit seiner Unbedarftheit im Hinblick auf sexuelle Abenteuerlust persönlich beleidigt. »Trotzdem kommen wir nicht um die Tatsache herum, dass wir's vermasselt haben. Wie zum Teufel konnte das passieren? Wir hatten eindeutige Informationen, dass es sich um ein Bordell handelt.« Sie stieß sich von der Wand ab. »Scheiß drauf. Ich geh rauchen. Kommst du mit?«

McLean schüttelte den Kopf. Er wusste, dass es eigentlich eine Aufforderung war, weiter über den Fall zu sprechen, aber er hatte keine Lust, seiner Chefin nach draußen auf den kalten Parkplatz zu folgen. »Ich geh rauf ins Büro, sehe mir noch mal die Protokolle an, ob wir auch nichts übersehen haben.«

»Mach das, Tony. Ich komme gleich nach.«

Dexter ging zu dem Raucherhäuschen, aber McLean blieb noch einen Moment im Gang stehen. Abseits des Gewimmels im restlichen Gebäude war es hier still. Die Tür zum Vernehmungszimmer stand offen, er ging noch einmal hinein und machte sie hinter sich zu. Es roch noch immer nach ungewaschenem Körper, aber der Geruch verschwand allmählich, wurde aufgesogen von der fast geräuschlosen Belüftungsanlage.

Fenster gab es hier natürlich keine. Nicht wie in dem Vernehmungszimmer, in dem er sich mit Clarice Saunders unterhalten hatte. Was hatte sie hergeführt? Sie war davon überzeugt gewesen, dass die Polizei eine Razzia in einem Bordell durchgeführt hatte, Saunders hatte die festgenommenen Huren beschützen wollen. Aber sie hatten gar keine verhaftet; die Frauen waren alle in ganz anderen Sparten berufstätig gewesen. Als Anwältinnen zum Beispiel. Die hatte Saunders doch bestimmt nicht gemeint.

McLean versuchte immer noch schlau aus der ganzen Sache zu werden, als er die Treppe zu den Büros der SCU hinaufstieg. Ein Großraumbüro. Die meisten der planlos im Raum verteilten Schreibtische waren unbesetzt, aber an einem entdeckte er eine ihm vertraute Gestalt. Als er die Tür hinter sich zuschlug, lächelte sie ihn müde an. Er verstand immer noch nicht ganz, weshalb DS Ritchie darum gebeten hatte, mit ihm in diese Abteilung versetzt zu werden, aber er war ihr definitiv dankbar dafür.

»Tag, Sir. Ich wollte Sie gerade anrufen.« Ritchies Stimme überschlug sich ein bisschen. Sie war müde, wie alle, die aktuell an dem Fall arbeiteten.

»Wirklich? Was Wichtiges?«

»Wollte nur eine Zeit ausmachen, um die Vernehmungen mit Ihnen durchzugehen. Wenn schon, dann sollten wir das Beste draus machen.« Sie hievte einen dicken Packen Papier vom Schreibtisch und ließ ihn mit einem dumpfen Knall wieder fallen. »Lust, mir zu helfen?«

McLean nahm das erste Blatt vom Stapel und überflog das von Fehlern übersäte Vernehmungsprotokoll einer Frau namens Theresa Gardiner. Soweit er sehen konnte, war sie sechsundzwanzig, wohnte in Cramond, führte eine eigene IT-Beratungsagentur und hatte eine Vorliebe für Leder. Nicht gerade die typische Straßennutte.

»Haben wir Heather Marchmont auch in den Unterlagen?«, fragte er.

Ritchies Augenbraue ging hoch. Zumindest legte sie die Stirn in Falten; seit sie McLean vor einigen Jahren aus dem Feuer gezogen hatte, waren ihre Augenbrauen nicht wieder richtig nachgewachsen.

»O Gott. Die.« Sie blätterte den Stapel durch. »Müsste irgendwo hier sein. Wieso?«

»Na ja, es ist ihr Haus. Zumindest laut Vertrag, sie bezahlt monatlich Miete. Die Vermutung liegt nahe, dass sie an der Organisation der Party beteiligt war.«

Ritchie fischte die entsprechende Mitschrift heraus und gab sie ihm. Das Protokoll war kürzer als die anderen. »Wir haben ehrlich gesagt nicht viel aus ihr herausbekommen. Die war … komisch.«

McLean sagte nichts und hoffte, Ritchie würde unaufgefordert erklären, was sie meinte. Doch sie schwieg und starrte ins Leere, als würde sie eine Erfahrung noch einmal durchleben, auf die sie sowieso lieber verzichtet hätte. Er blätterte das Protokoll durch, fand es wenig hilfreich. Es war immer schwierig, sich anhand von schriftlich Notiertem einen Tonfall vorzustellen, aber Marchmonts Antworten hörte man deutlich an, wie kurz angebunden sie gewesen sein musste. Kaum hatte sie Anwältin als Beruf angegeben, war die Vernehmung auch schon abgebrochen worden, obwohl sie gar keine rechtlichen Schritte angedroht hatte.

»Wir sollten uns mal mit ihr unterhalten.« Er gab Ritchie das Protokoll zurück. Sie brauchte einen Augenblick, um zu kapieren, was er wollte, und als sie es entgegennahm, huschte ein Anflug von Angst über ihr Gesicht.

»Wir?«

»Ich kann wohl kaum alleine mit ihr sprechen.«

McLean sah auf die Uhr an der Wand über dem Eingang.

Der Nachmittag war vorbei, es ging auf den Abend zu, was vermutlich die leeren Schreibtische erklärte. »Veranlassen Sie das bitte, ja? Wir müssen sie treffen. Zu Hause oder im Büro, ist mir egal.« Er hielt einen Augenblick inne, dann fielen ihm das Haus und der Folterkeller wieder ein. »Vielleicht doch besser im Büro.«

10

McLean wusste nicht, wie der Besitzer von dem indischen Imbiss bei ihm im Viertel hieß. Nicht dass er sich nicht mit den Angestellten unterhalten würde, die ihn bedienten, von denen einer garantiert der Mann war, der den Laden führte, aber es waren so viele verschiedene, und sie kamen und gingen mit solcher Regelmäßigkeit, dass er nie wirklich zuverlässig einen Namen mit einem Gesicht in Verbindung bringen konnte, um den Betreffenden risikofrei damit anzusprechen. Er war zwar häufig da, aber immer nur kurz, sodass sich keine tiefen Gespräche entwickelten. Trotzdem war es schön, auf dem Nachhauseweg von der Arbeit ein bekanntes Gesicht zu sehen, vielleicht nicht jeden Tag, aber doch öfter, als eigentlich gesund gewesen wäre. Dass sich aber ein ihm bekanntes Gesicht auf derselben Seite des Tresens befand wie er, kam dagegen so gut wie nie vor.

»Hab eigentlich nie richtig verstanden, was an einem Curry so toll sein soll. Tut beim Reintun weh, und wenn's wieder rauskommt, erst recht. Worin besteht da der Lustgewinn?«

McLean stand am Tresen, wo er gerade seine Bestellung aufgegeben hatte, und wunderte sich kaum, als er Jo Dalgliesh an der Wand hinten auf einer Plastikbank sitzen sah. Trotz der Hitze trug sie ihren langen Ledermantel. Ein Stoffbeutel lag neben ihr, so offen, dass ihr Handwerkszeug darin zum Vorschein kam – Notizblöcke, Stifte, ein digitales Aufnahmegerät, eine Kamera und Zigaretten.

»Warum kommen Sie dann zum Essen her, wenn Sie keine Currys mögen?«

»Die Arbeit führt einen häufig an Orte, die man nicht besonders mag. Können Sie mir was empfehlen, das mir nicht den Gaumen wegätzt?«

McLean war versucht, ihr ein Phaal vorzuschlagen, überlegte es sich dann aber doch anders. »Sind Sie Vegetarierin?«

»Wollen Sie mich verarschen?«

»Hab ja nur gefragt. Kein Grund, gleich auszurasten. Dann würde ich das Chicken Korma empfehlen. Schön cremig. Aber Sie sind doch nicht zum Essen hier, oder?«

»Nicht wirklich. Aber ich würde es durchaus mal probieren, mich interessiert, wieso Sie immer wiederkommen. Wenn Sie jemand entführen wollte, hätte er's verdammt leicht. Polizeirevier, zu Hause, hier. Vielleicht hin und wieder auch der Chinese die Straße runter. Sie sind leicht aufzuspüren, McLean.«

»Wollten Sie über etwas Bestimmtes mit mir sprechen, Dalgliesh? War nämlich ein langer Tag, und ich würde ihn ganz gerne demnächst beschließen.«

»Ja, ja, schon gut, machen Sie sich nicht gleich ins Hemd. Ich wollte mit Ihnen über die Razzia sprechen, die Sie neulich verkackt haben. Im wahrsten Sinne des Wortes, wenn man so will.«

McLean lachte ebenso wenig wie Dalgliesh über deren müden Witz. Er merkte, dass sie um das eigentliche Thema herumredete, was ihn vermuten ließ, dass sie etwas von ihm wollte. Hätte sie ihm in den Rücken fallen wollen, wäre sie sehr viel unausstehlicher gewesen.

»Machen Sie, was Sie wollen.« Die Reporterin klappte das Notizbuch zu, in das sie geschrieben hatte, und ließ es in ihre Tasche plumpsen, zog diese zu und hängte sie sich im Weitersprechen über die Schulter. »War sowieso nicht meine Story, und Sie wissen ja, dass wir Journalisten untereinander nicht unbedingt Teamplayer sind, aber ich habe rausbekommen, wer die Quelle war, bin hin und wollte mich ein bisschen mit ihr unterhalten. Nur dass sie so getan hat, als hätte sie noch nie was von dem Laden gehört. Nie mit irgendjemandem drüber gesprochen. Als wüsste sie überhaupt nichts.«

»Hat sie jemand unter Druck gesetzt?«

»Offensichtlich. Aber ich komme nicht drauf, wer. Oder warum. Ich meine, sie … die Kontaktperson ist nicht unbedingt wichtig. Zumindest glaube ich das nicht.«

»Sind Sie sicher, dass Sie bei der richtigen waren?«

Dalgliesh sah McLean böse an, verzichtete aber darauf, ihn erneut zu fragen, ob er sie verarschen wolle. Schon beim letzten Mal hatte sie ungehaltene Blicke von dem Mann hinter dem Tresen geerntet.

»Okay. Okay. Ich wollte Ihre journalistische Kompetenz nicht infrage stellen. Jemand hat also Druck auf Ihre Quelle ausgeübt. Das war nicht das erste Mal und wird nicht das letzte Mal sein.«

»Aber interessant ist es schon. So wie ich das gehört habe, hatten Sie zuverlässige Informationen, dass in dem Haus ein Bordell betrieben wird. Ein erstklassiges, nicht zu vergessen. Für Leute mit Geld und seltsamen Fetischen. Das stimmt mehr oder weniger überein mit dem, was wir auch gehört haben, als man uns gesteckt hat, dass ihr eine Razzia dort durchführen wollt. Nur dass keine Nutten da waren, als ihr aufgetaucht seid. Das gibt einem doch zu denken.«

»Sie meinen, da wird was vertuscht. Die wussten, dass wir kommen, und die private Party war der Vorwand, der die doch eher esoterische Einrichtung dort erklären sollte?« McLean erinnerte sich an den Folterkeller, den nackten Mann im Käfig und den anderen, dessen Geschlechtsteil an den Tisch gekettet war. Nach der Razzia hatte er sich genau dieselbe Frage gestellt, sich aber für paranoid aufgrund von Schlafmangel erklärt. »Scheint ein bisschen weit hergeholt. Man braucht eine Organisation von einer gewissen Größe, um so was durchzuziehen. Noch dazu so kurzfristig.«

»Ich weiß. Irgendwas stinkt an der Sache. Und damit meine

ich nicht Ihr Curry.« Dalgliesh nickte in Richtung des Tresens, auf dem jetzt eine gerade aus der Küche bereitgestellte Tüte wartete. McLean konnte sich nicht erinnern, überhaupt schon bestellt zu haben, andererseits kannten sie ihn hier inzwischen gut genug, sodass das gar nicht mehr nötig war.

»Sie meinen, da steckt eine Story dahinter. Und Sie wollen meine Hilfe.«

Endlich war der Groschen gefallen.

»Im Moment bin ich noch nicht sicher, aber ich forsche weiter. Irgendwas geht da vor sich, das ich nicht verstehe, und das gefällt mir nicht. Aber ich finde heraus, was es ist.«

McLean bezahlte sein Curry und nahm die Tüte. »Ich muss los, bevor das kalt wird«, sagte er. »Aber wenn ich helfen kann, helfe ich.«

»Wirklich?« Dalgliesh wirkte aufrichtig überrascht.

»Klar. Wenn Sie dafür keine Artikel veröffentlichen, in denen Sie behaupten, wir seien inkompetent.«

Dalgliehs Worte lasteten noch immer schwer auf seinen Gedanken, als McLean durch die Küche ins Haus trat und die Tüte mit ihrem köstlichen Inhalt auf dem Tisch abstellte. Mrs McCutcheons Katze schaute von dem ramponierten Teppichläufer vor dem Herd zu ihm auf und prüfte das Aroma, um festzustellen, ob sie auch heute wieder versorgt sein würde. Die Dunkelheit draußen und die Tatsache, dass sie nicht mitten auf dem Tisch saß, wo sie sonst immer auf ihn wartete, ließen darauf schließen, dass der Herbst sich seinem Ende näherte. Auf jeden Fall war es jetzt nach einigen warmen und schwülen Tagen recht kalt draußen. Er wusste nicht, wo der Herbst geblieben war oder überhaupt die Jahre. Die Zeit verlor ihre Bedeutung, wenn jeder Tag mehr oder weniger dem vorangegangenen glich.

Zu seinem Tagesablauf gehörte auch der Gang an die Haustür, wo er nachsah, was der Briefträger gebracht hatte. In den vergangenen Tagen hatte Rachel die Post durchgesehen und sie auf die Holzkommode gelegt, die neben der Haustür stand. McLean hatte nicht den blassesten Schimmer, weshalb. Niemand wusste, dass sie hier war, nicht einmal ihr Ehemann, falls das Ausbleiben einer Reaktion auf die zahlreichen Nachrichten, die er diesem auf die Mailbox gesprochen hatte, Rückschlüsse zuließ. Eher unwahrscheinlich also, dass ein Brief für sie dabei war.

Als er durch die Diele ging, drangen leise Geräusche aus der halb geöffneten Tür, der Fernseher lief. Er selbst hatte nur sehr selten Zeit oder Lust, sich etwas anzusehen. Obwohl er wusste, dass es unwahrscheinlich war, hoffte er auf eine Postkarte, während er den Stapel an Werbung und Rechnungen durchsah. Er konnte sich nicht mehr erinnern, wie lange es her war, dass Emmas letzte Karte eingetroffen war – also vermutlich viel zu lange. War ihr das Schreiben langweilig geworden? Reiste sie überhaupt noch herum? Es fiel ihm schwer, sie sich vorzustellen. Das geistige Bild, das er von ihr hatte, zeigte sie einerseits als energiegeladenen, chaotischen Wirbelwind mit Stachelhaaren, als den er sie zuerst kennengelernt hatte, und andererseits als die stille Frau, die sie nach Monaten im Koma geworden war.

Er schüttelte den Kopf, um den Gedanken loszuwerden, dann stieß er die Tür zur Bibliothek auf. Der Fernseher stand auf einem antiken Tischchen vor einem der Bücherregale auf der anderen Seite des Raums und war so platziert, dass man bequem vom Sofa aus schauen konnte.

Rachel lag auf einigen Kissen und hatte sich wegen der Kälte in eine dicke Decke gewickelt. McLean wollte ihr gerade sagen, dass sie Feuer im Kamin hätte machen sollen, als er merkte, dass sie fest schlief, die Fernbedienung lag auf dem Boden neben ihrer herunterhängenden Hand. Er hob sie auf und starrte kurz auf die flackernden Bilder, dann schaltete er den Fernseher aus. Wahrscheinlich hätte er sie wecken und ihr vorschlagen sollen, ins Bett zu gehen, aber sie sah so friedlich aus da auf dem Sofa, dass er es nicht fertigbrachte, sie zu stören.

Als er zurück in die Küche kam, hatte Mrs McCutcheons Katze den Herd verlassen, saß wieder auf dem Tisch und schnupperte an der Tüte mit dem Essen.

»Ist genug für alle da. Hab nur Geduld.« McLean suchte einen Teller und ein Bier, schaufelte sich die Hälfte darauf und schenkte sich ein Glas ein. In der Küche war es warm, im Rest des Hauses aber kalt. Bald würde er in den Keller runter müssen und den alten Boiler in Betrieb nehmen. Nicht dass der das Haus tatsächlich heizen würde, aber die gurgelnden Geräusche, die er in den alten schmiedeeisernen Heizkörpern machte, erinnerten ihn an seine Kindheit und an glücklichere Zeiten.

Normalerweise wäre er nach dem Essen in die Bibliothek gegangen. Hätte vielleicht ein bisschen Musik gehört, während er sich mit der Arbeit beschäftigte, die er mit nach Hause genommen hatte. Jetzt da er wusste, dass Rachel dort schlief, blieb McLean lieber am Tisch sitzen, lauschte dem stillen Ticken der Uhr an der Küchenwand, den leisen Geräuschen des Herds und dem Summen des Kühlschranks. Er genoss die Stille, hatte endlich Gelegenheit nachzudenken. Er hätte ein bisschen was arbeiten können, aber es war spät, und morgen früh war dafür noch genug Zeit.

»Da bitte. Aber nicht wieder alles auskotzen wie beim letzten Mal.« Er schaufelte ein bisschen Curry und Reis in den Katzennapf und ließ dabei genug für Rachel übrig, sollte sie hungrig aufwachen. Aber das war unwahrscheinlich; sie schien sowieso kaum etwas zu essen und beschwerte sich dabei jedes Mal, dass ihr das Baby keinen Platz für die Nahrungszufuhr ließ. Noch ein paar Monate, hatte sie gesagt, aber McLean glaubte das jetzt ebenso wenig wie bei Rachels Ankunft. Ein Wunder, dass die Fluggesellschaft sie überhaupt hatte fliegen lassen.

Das Licht war noch an, und die Tür zur Bibliothek stand halb offen. McLean ging die Treppe hinauf ins Bett und erschreckte sich, als er beim Öffnen der Schlafzimmertür eine Stimme hinter sich hörte.

»Du hast den Fernseher ausgemacht.« Rachel tauchte wie ein Gespenst aus der Dunkelheit auf, noch immer in die Decke gewickelt.

»Ich dachte, du schläfst.«

»Hab ich auch. Tut mir leid. Manchmal werde ich einfach müde.« Rachel zuckte zusammen, eine Hand fuhr an ihren Bauch. »Die kleine Nervensäge lässt mir kaum Ruhe. Ich kann mich nicht erinnern, wann ich das letzte Mal länger als eine Stunde am Stück geschlafen habe.«

»Ich schätze mal, es wird nicht mehr lange dauern. Hast du schon was von Phil gehört?«

Rachels Gesichtsausdruck war Antwort genug.

»Er wird sich schon melden, Rae. Gib ihm einfach ein bisschen Zeit. Das ist bestimmt nicht leicht für euch beide.« McLean unterdrückte ein Gähnen und riskierte einen Blick auf sein Bett in dem Zimmer hinter der geöffneten Tür.

»Du hast das kleinste Zimmer im ganzen Haus.« Rachel beugte sich vor, überquerte aber nicht die Schwelle, sondern spähte nur hinein. »Ich hätte gedacht, dass du das größte hast.«

»Ich bin hier aufgewachsen. Das war immer schon mein Zimmer. Weiß nicht, es käme mir komisch vor, wenn ich in das Zimmer meiner Großmutter oder eins der Gästezimmer ziehen würde. Ich hab's gemütlich da, wo ich bin.«

Rachel trat zurück, ein flüchtiges Lächeln im Gesicht. »Du bist ein seltsamer Mann, Tony. Ein guter Mann, aber seltsam.« Sie beugte sich vor und drückte ihm ein Küsschen auf die Wange. »Schlaf gut.«

Dann drehte sie sich um, und die Dunkelheit verschlang sie wie einen Traum.

11

Ich vermiete keine Zimmer an irgendwen, wissen Sie?«

Misstrauisch beäugt sie die beiden. Auch wenn sie Empfehlungsschreiben haben, gleich vor der Tür zu stehen ist nicht gut. Dabei sind sie gut angezogen, das muss man ihnen lassen, aber heutzutage heißt das nicht viel. Das Gepäck muss man sich ansehen, das gibt Aufschluss. Haben sie viel dabei, dann bleiben sie länger, als sie eigentlich dürfen. Nicht genug, dann führen sie nichts Gutes im Schilde. Diese beiden haben nicht sehr viel dabei. Aber sie sind gut gekleidet. Und sie haben ein Empfehlungsschreiben. Aber sie fragt sie lieber nicht aus.

»Ich bin sicher, Sie führen ein sehr anständiges Haus, Mrs ...«

»Prendergast. Und Miss, bitte. Es gibt ein paar Regeln, wenn Sie bleiben wollen. Ich dulde keine Unzucht in meinem Haus, wissen Sie?«

Das Mädchen lächelte milde. Kein unfreundliches Lächeln, aber etwas daran lässt Miss Prendergasts Nacken kribbeln.

»Wir bleiben nicht lange. Haben nur ein paar Dinge in der Hauptstadt zu erledigen.«

»Und Sie wünschen nur das eine Zimmer?«

»Sofern es zwei Betten darin gibt. Ich liebe meinen Bruder sehr, aber es ist lange her, seitdem wir uns ein Bett teilen mussten.«

Die junge Frau lächelt erneut und fixiert Miss Prendergast mit einem starren Blick aus reiner Unschuld. Sie kann keiner Fliege etwas zuleide tun, will sie damit sagen. Man darf ihr vertrauen, ebenso ihrem Bruder.

»Selbstverständlich. Ich habe genau das Richtige für Sie, wenn Sie mir folgen wollen.«

Sie führt sie die Treppe hinauf, hält im ersten Stock inne. In dem Zimmer vorne stehen zwei Einzelbetten, der Blick zeigt auf die Straße hinaus. Da werden sie's bequem haben, diese eigenartigen Geschwister. Aber bevor sie den Schlüssel nehmen kann, berührt eine Hand die ihre und lässt sie innehalten.

»Weiter oben?« Es ist der junge Mann, jetzt hört sie ihn zum ersten Mal sprechen. Sein Akzent ist wie der seiner Schwester kultiviert, höflich, beschwingt von der Melodie der Western Highlands.

»Die Treppe macht Ihnen nichts aus?«

»Wir sind beide jung, Miss Prendergast. Wir schaffen das. Und ich würde gerne runterschauen.«

Sie überlegt einen Augenblick, dann führt sie die beiden zwei Stockwerke höher. Das Zimmer liegt unter dem Dach, die Wände sind schräg. Zwei schmale Betten mit den Kopfenden zum Giebel stehen darin, ein einzelner Strahl Sonnenlicht fällt von dem schmalen Dachfenster herein. Es ist stickig und staubig; eine ganze Weile ist hier schon niemand mehr gewesen.

»Das ist perfekt.« Die junge Frau schiebt sich an ihr vorbei, Stiefel klappern geräuschvoll auf den blanken Holzdielen. Es ist kein großer Raum, deshalb dauert die Inspektion nicht lange und endet damit, dass sie sich schwer auf das Fußende eines der Betten setzt. Wenn ihr die Staubwolke aufgefallen ist, die dabei von der Überdecke aufwirbelt, so sagt sie nichts.

Miss Prendergast räuspert sich. »Keine Besucher mehr nach einundzwanzig Uhr und kein Essen auf dem Zimmer. Das Badezimmer ist auf der anderen Seite des Flurs; bitte verbrauchen Sie nicht das ganze heiße Wasser. Und ich hätte bitte gerne eine Wochenmiete im Voraus.«

Flüchtig flackert das Lächeln der jungen Frau auf, dann erhebt sie sich wieder und kommt zurück zu Miss Prendergast an der Tür. Bevor diese weiß, wie ihr geschieht, nimmt die junge Frau beide Hände zusammen, als wollte sie beten. Sie führt sie langsam hinauf an ihre Brust und starrt derweil Miss Prendergast tief in die Augen. Sie hat einen Duft an sich, der sich schwer benennen lässt. Er erinnert an den Frühling, ruft Kindheitserinnerungen wach.

»Sind Sie sicher, dass das wirklich nötig ist?«

Seit Jahren führt sie diese Pension, früher zusammen mit ihrer Schwester, bis zu Esmes Tod. Jetzt ist sie hier allein, aber sie kennt die Vorschriften. Sie hat niemals einen Mieter hier wohnen lassen, ohne die erste Wochenmiete im Voraus zu kassieren. Und trotzdem wirken diese beiden so zuverlässig; sicher sind es ehrliche Menschen. Gar nicht notwendig, sie jetzt wegen des Geldes zu behelligen. Und außerdem nehmen sie ein Zimmer, das sie seit zehn Jahren nicht mehr vermietet hat. Länger. Und sie haben ein Empfehlungsschreiben. Gehören praktisch zur Familie. Was soll schon passieren?

»Dann gebe ich Ihnen Ihren Schlüssel.« Miss Prendergast entzieht der jungen Frau ihre Hände, nimmt einen einzelnen Schlüssel aus der Tasche ihrer Strickjacke und übergibt ihn ihr.

»Um Punkt dreiundzwanzig Uhr schließe ich die Haustür ab. Wenn Sie bis dahin nicht zurück sind, können Sie von Glück sagen, wenn ich noch wach bin.«

Die junge Frau nimmt ihr den Schlüssel aus den widerstandslosen Fingern, und dann ist da wieder dieses Lächeln. »Machen Sie sich keine Sorgen um uns. Wir sind mucksmäuschenstill. Sie werden gar nicht merken, dass wir hier sind.«

12

»Hoffentlich macht es Ihnen nichts aus, dass ich Sie dazugeholt habe, Tony. Ich dachte, vielleicht können Sie mir besser weiterhelfen als dieser Idiot Carter.«

McLean stieg aus dem Wagen, als Detective Chief Inspector Jayne McIntyre auf ihn zukam. Vielleicht war dies das einzig Gute an den Veränderungen infolge von Detective Superintendent Duguids Pensionierung: dass McIntyre zum DCI befördert worden war. Eigentlich hätte sie längst Deputy Chief Constable sein müssen, aber diese Karriere blieb ihr aufgrund eines Zusammenstoßes mit einem investigativen Journalisten und einem Faustschlag auf die Nase verwehrt. McLean hatte seither nur umso größeren Respekt vor ihr.

»Worum geht es? Haben Sie von einer Leiche gesprochen? Gehen Sie davon aus, dass nachgeholfen wurde?«

»Im Prinzip ist das der Grund, weshalb ich Sie dabeihaben wollte. Der Fall ist mindestens ungewöhnlich, das muss ich schon sagen. Am besten sehen Sie sich den Toten selbst an.«

Sie befanden sich im obersten Stock eines Parkhauses hinter dem St. James Centre, die leeren Fenster des New St. Andrew's House stierten auf sie herunter. Die einzigen Fahrzeuge hier waren entweder von der Polizei oder der Spurensicherung, ausgenommen der british-racing-green- und schlammfarbene Jaguar des Gerichtsmediziners, McLeans eher unpassend roter Alfa Romeo GTV und ein anonymer silbergrauer Mittelklassewagen, der jetzt im Zentrum der Aufmerksamkeit stand.

»Hier oben befinden sich ausschließlich Privatparkplätze.« McIntyre führte ihn zu der Traube von weiß gekleideten Mitarbeitern der Spurensicherung und Gerichtsmedizin. »Wird nicht mehr häufig benutzt, seit die Büros da drüben dichtgemacht wurden.«

McLean schaute auf die brutalistische Betonarchitektur ringsum. Wenn er sich nicht täuschte, sollte das alles schon bald abgerissen und durch teure Wohnungen, Designergeschäfte und ein Boutique-Hotel ersetzt werden. Einstweilen aber war das Gebäude gegenüber mit einer Art Maschendraht verkleidet, die grauen Wolken spiegelten sich in den leeren Fenstern und verhießen Regen.

»Wer hat die Leiche gefunden?«

»Der Sicherheitsmann hat heute Morgen seine Runden gedreht. Ihm ist aufgefallen, dass der Wagen schon eine Weile hier parkte, und da hat er mal nachgesehen, ob alles in Ordnung ist. Er hat den Fund dann sofort gemeldet.«

»Dann schau ich mir's lieber mal an. Muss ich einen Anzug überziehen?«

»Wahrscheinlich besser. Sie wissen ja, wie die von der Spurensicherung sind. Und wenn irgendwas Verdächtiges gefunden wird ...« McIntyre ließ den Satz in der Schwebe, während McLean erst den richtigen Transporter der Spurensicherung suchte und sich dann dort einen Overall und Überschuhe aushändigen ließ. Er zwängte sich hinein und nutzte die Gelegenheit, sich umzusehen. Die Fahrzeuge gelangten über eine gewundene Auffahrt von der Straße herauf, und den Pfeilen auf dem rissigen Asphalt nach zu urteilen war dies auch der einzige Weg wieder nach draußen. Fußgänger konnten sich entweder trotz Verkehr auf demselben Weg behaupten oder einen Treppenaufgang am anderen Ende des Parkhauses benutzen, von dem er annahm, dass er schlecht beleuchtet war und intensiv nach Kotze und Pisse stank. Auf beiden Seiten befanden sich Überwachungskameras, was die Wahrscheinlichkeit, dass es tatsächlich brauchbare Videoaufzeichnungen gab, leider nur geringfügig erhöhte. So weit oben hätte man eigentlich einen herrlichen Ausblick über die Dächer der Stadt bis zum Firth of Forth und Fife haben müssen, aber die hohe Brüstung versperrte diesen. Der hochaufragende Klotz von einem leer stehenden Bürogebäude beherrschte alles und starrte still anklagend auf das Geschehen unten. Das Gebäude stand jetzt schon seit Jahren leer, was schade war. Sonst hätte vielleicht jemand etwas beobachtet haben können.

Das Kennzeichen des Wagens ließ vermuten, dass er fast neu war, der Straßenschmutz an den Seiten ließ darauf schließen, dass er in seinem kurzen Leben bereits einige Kilometer zurückgelegt hatte. Ein Peugeot Kombi, genau die Sorte von Fahrzeug, die ein Handelsreisender benutzen würde. McLean trat von hinten heran, spähte durch die Scheibe auf die mit allerhand Pappkartons vollgestellte Ladefläche und die, abgesehen von einem dunklen Anzugsjackett, leere Rückbank. Die Fahrertür stand offen, zwei weiß gekleidete Gestalten knieten daneben und betrachteten die Leiche im Wageninneren. Eine drehte sich um, als er näher kam, und ihr Stirnrunzeln wich einem Grinsen.

»Tony. Lange nicht gesehen. Ich dachte, du machst heutzutage nur noch Jagd auf Nutten.« Angus Cadwallader ächzte leise, als er sich hochrappelte. Neben ihm schaute seine Assistentin Tracy nur über die eigene Schulter und nickte andeutungsweise zur Begrüßung.

»Immer gut, mehrere Eisen im Feuer zu haben, Angus. Was haben wir hier?«

»Etwas, das du nicht jeden Tag zu sehen bekommst. Das kann ich dir sagen.« Cadwallader trat beiseite, um McLean Platz zu machen. Aus der Nähe konnte er den Hinterkopf des Mannes sehen, kurz geschorenes graues Haar, weißes Hemd. Die Rückenlehne des Fahrersitzes war zu weit zurückgedreht, als dass er in dieser Haltung hätte fahren können, und er starrte geradeaus durch die Windschutzscheibe, als sei das leer stehende

Bürogebäude gegenüber das faszinierendste auf der ganzen Welt. Das Gesicht des Mannes kannte er nicht. Es war schlaff, die Augen standen offen, der Mund ebenfalls. Ein schmaler Spuckefaden glänzte auf seinem Stoppelkinn, und McLean folgte diesem nach unten, bis er dem Mann schließlich zwischen die Beine schaute.

»Du lieber Gott. Ist das …?«

»Ja, Tony. Das ist es. Wie gesagt, so was bekommt man nicht jeden Tag zu sehen.« Cadwallader beugte sich vor und stützte sich mit einem Arm auf die geöffnete Wagentür. Tracy war dabei, mit einem Wattestäbchen Proben zu nehmen. Keine Aufgabe, die ihr sehr viel Spaß machen konnte. McLean wollte wirklich nicht näher an den Toten herantreten.

Ein Arm des Fahrers lag zwischen seinem Oberschenkel und dem Schaltknüppel, der andere war zweifellos heruntergefallen, als die Tür geöffnet wurde. Sein Geschlecht war entblößt, die Hose aufgeknöpft und der Reißverschluss geöffnet, sodass eine schmerzhaft angeschwollene Erektion zum Vorschein kam, schwarz vom geronnenen Blut.

»Müsste das nicht abschwellen? Ich meine, er ist doch tot, oder?«

»Sehr tot, allerdings.« Cadwallader stand wieder auf und machte Tracy Platz. »Das ist ungewöhnlich, aber nicht unmöglich. Die Position, in der er sich befindet, verhindert vermutlich, dass das Blut abfließt. Außerdem wissen wir nicht genau, wo seine rechte Hand war, bevor die Tür aufging. Ich werde dir mehr sagen können, wenn wir ihn in der Gerichtsmedizin haben. Vorläufig kann ich nicht mal genau feststellen, woran er gestorben ist.«

McLean schaute hinauf zu den gesichtslosen Gebäuden und auf die Stadt dahinter, rüber zu seinem kleinen roten Alfa, der in einiger Entfernung parkte, irgendwohin, bloß nicht runter auf den Toten in seinem bedauernswerten Zustand. Ein Witz lag auf der Hand, den aber niemand riss. Kein grauhaariger alter Sergeant, der alles schon mal gesehen hatte, wagte es, das Unaussprechliche auszusprechen, um die Anspannung zu lösen. Er zwang sich erneut, den Toten anzusehen, sich den Leichenfundort über das auffälligste, verstörendste Detail hinaus einzuprägen.

Der Innenraum des Wagens war sauber, der Beifahrersitz leer. Kein Müll, keine zusammengeknüllten Pommestüten oder fettige Burgerschachteln. Der Wagen hatte ein eingebautes Navi, vermutlich auch eine Freisprechanlage. McLean sah sich um, konnte aber kein Handy entdecken, und an der Windschutzscheibe waren keine Schmutzränder, die auf Saugnäpfe hinwiesen.

»Den Gesichtsausdruck kenne ich. Was denken Sie?« McIntyre kam von der anderen Seite des Wagens auf ihn zu. Sie hatte ebenfalls einen weißen Anzug angezogen, dunkle Haare quollen aus der Kapuze.

»Ich weiß es nicht. Hat sich schon jemand das Jackett angesehen oder ins Handschuhfach geschaut?«

»Ich glaube nicht, dass die anderen Türen aufgemacht wurden. Wieso?«

»Na ja, ich bin kein Experte, aber ich hätte gesagt …« McLean nickte nach unten. »Sie wissen schon … dass man irgendeine Art von Anreiz braucht, wenn man sich einen runterholen will. Aber hier ist nichts. Keine Zeitschriften, keine Fotos, kein Handy. Er hat nicht mal ein Taschentuch oder so was gehabt, um die Schweinerei wegzuwischen.«

»Vielleicht machen ihn leer stehende Betonklötze scharf?«

McLean grinste kurz, enthielt sich aber einer Bemerkung.

»Also, was genau wollen Sie damit sagen?«, fragte McIntyre nach einer kurzen Pause. »Dass er nicht alleine war?«

»Würde doch Sinn ergeben, wenn er vielleicht eine Tramperin mitgenommen hat. Und sie …«

»Ich hab Sie gar nicht für so prüde gehalten, Tony. Bei der Sitte haben Sie doch bestimmt alles schon mal gesehen.«

»Na ja, schon. Kommt mir eben einfach komisch vor, so wie er dasitzt. Tut mir leid, aber die ganze Konstellation ist ein bisschen zu komplex für meinen Geschmack.«

»Was ist daran komplex?« McIntyre lehnte sich an den Wagen. »Er nimmt jemanden mit. Vielleicht eine Tramperin, wie Sie sagen, oder möglicherweise eine Nutte. Er fährt mit ihr hierher – könnte natürlich auch ein Er gewesen sein, da will ich keine voreiligen Schlüsse ziehen. Er lässt sich einen blasen, und ihm bleibt das Herz stehen. Sie oder er kapiert, was los ist, gerät in Panik, haut ab. Ende.«

McLean war nicht so sicher. Irgendwas passte nicht zusammen; er konnte nur nicht genau sagen, was.

»Sind Sie hier fertig, Sir? Wir würden ihn ganz gerne da rausholen.«

Er trat beiseite, damit die Gerichtsmediziner die Leiche bewegen konnten. Es dauerte einen Augenblick, bis sie die beste Methode gefunden hatten, den Toten zu transportieren, aber schließlich legten sie ihn auf eine fahrbare Trage und schoben ihn zu dem wartenden Krankenwagen. Sein Zustand wurde auf diese Weise umso auffälliger, und als der Gerichtsmediziner den Leichensack schließen wollte, kam es zu einem sehr peinlichen Moment. Cadwallader beugte sich vor, drückte den Schwellkörper mit behandschuhten Fingern herunter und zog den Reißverschluss nach oben.

»Wenigstens ist er glücklich gestorben.«

»Sein Name ist Eric Parker. Sechsundfünfzig Jahre alt. Arbeitet für eine Verpackungsfirma, Boxing Clever. Laut seiner Karte ist er Vertriebsleiter, aber im Prinzip hat er wohl den Job eines Handelsvertreters gemacht.«

McLean lehnte an einem Schreibtisch im CID-Raum und

lauschte, während Detective Sergeant Stuart MacBride dem kleinen Team Feuer unterm Hintern machte. Die Beförderung hatte MacBride einigermaßen mit seinem Job versöhnt. Er wirkte jetzt entspannter, als McLean ihn seit Monaten erlebt hatte, und er hatte es auch aufgegeben, die zerfurchte Narbe auf seiner Stirn zu verstecken. Die Haare, die er sich zuvor wie im Gedenken an die frühen Achtziger hatte lang wachsen lassen, waren jetzt militärisch kurz.

»Wissen wir, was er in dem Parkhaus wollte?«

»Du meinst außer wichsen?«

Im Team wurde nervös gelacht. Abgesehen von MacBride und McIntyre selbst kannte McLean keinen von ihnen. Seltsam, wie sich in nur einigen wenigen Monaten so viel ändern konnte, wie die alten Hierarchien durch ein paar Pensionierungen und Beförderungen durcheinandergeraten waren.

»Die Firma hat ihren Sitz in der Queen Street, die Angestellten parken auf dem Oberdeck. Ein paar andere Unternehmen benutzen es ebenfalls, aber am Wochenende ist es meist leer.«

»Wissen wir, wo er gewesen ist?«, fragte McLean.

»Bis jetzt noch nicht, Sir. Ich versuche gerade, für heute Nachmittag einen Termin mit seinem Chef zu vereinbaren. Wenn ich mit den Kollegen gesprochen habe, müssten wir eigentlich Parkers letzten bekannten Weg rekonstruieren können.«

»Was ist mit der Obduktion? Für wann ist die angesetzt?«

McLean sah zur Uhr über der Tür. Mittagszeit, das Frühstück lag schon sehr, sehr lange zurück. Wie günstig standen seine Chancen, unentdeckt von Brooks und Spence die Kantine aufzusuchen? Nicht gut, vor allem nicht, wenn man bedachte, was für eine große Vorliebe der Detective Superintendent für Pies hatte.

»Die werden versuchen, es heute Nachmittag hinzubekommen. Aber ich vermute, es wird ein bisschen länger dauern. Wir wissen ja immer noch nicht, ob nachgeholfen wurde oder ob er eines natürlichen Todes gestorben ist.« MacBride klappte die Hülle seines Tablets zu. Die Besprechung war beendet.

»Okay. Sie reden mit Parkers Chef, finden heraus, was er vorhatte, wer er war. Das Übliche. Ich melde mich später bei Angus wegen der Obduktion. Wenn sich herausstellt, dass er nur einen Herzinfarkt hatte, sind wir praktisch schon durch.«

McLean hoffte, dass es so einfach sein würde. Ein einsamer Mann masturbiert in einem leeren Parkhaus. Aber er wusste auch, dass er sich etwas vormachte, wenn er glaubte, der Fall würde sich so leicht aufklären lassen. McIntyre hätte ihn nicht gerufen, wenn sie dieser Ansicht gewesen wäre, und es gab tatsächlich auch noch andere Probleme mit dem Leichenfundort. Trotz aller Scherze der Polizisten und Gerichtsmediziner, dass sich der Mann zu Tode gewichst hatte, gab es herzlich wenig, das dies zuverlässig belegt hätte. Es würde kompliziert werden.

»Eine Sache noch, Stuart.« Er erwischte den Detective Sergeant, kurz bevor er den Raum verließ.

»Sir?«

»Die Überwachungsvideos. Haben wir die?« Wobei es sich natürlich nicht mehr um Videos handelte, heutzutage war alles nur noch digital.

»War mir nicht sicher, ob das nötig ist, Sir. Ich wollte keine Ressourcen damit verschwenden, stundenlang zuzusehen, wie Autos die Rampe rauf- und runterfahren.«

McLean hob eine Augenbraue. Früher hätte sich MacBride keine Gedanken wegen unnötiger Kosten gemacht. Die Ermittlungen standen an allererster Stelle, um das Budget konnte man sich später immer noch Sorgen machen. Wie sehr so ein kleines bisschen Macht eine Person doch verändern konnte.

»Setz dich trotzdem mit den Leuten vom Parkhaus in Verbindung, ja? Wahrscheinlich müssen wir uns das gar nicht ansehen, aber Hauptsache, die löschen nichts, was wir vielleicht später noch brauchen.«

McLean war schon fast an der Hintertür, als ihn aus einem der Zimmer eine vertraute Stimme rief.

»Sind Sie wieder da, Sir? Hab mir gleich gedacht, dass die bei der Sitte dich nicht lange halten können.«

Er machte ein paar Schritte rückwärts und trat in den Raum, in dem sich die vertraute Gestalt von Detective Sergeant Laird gerade von einem Stuhl erhob. Ein Aktenordner lag aufgeschlagen auf dem Schreibtisch vor ihm, als hätte er ihn akribisch durchgearbeitet. Die Zeitung auf dem Boden und der warme Kaffeeduft aber enttarnten dies als sorgfältig konstruierten Fehleindruck.

»Ich greife Jayne nur ein bisschen unter die Arme. Wenn jemand fragt, ich bin gar nicht da. Wir haben viel zu tun drüben im Präsidium.«

»Ah, der priapeische Handelsreisende. Hab davon gehört.«

»Natürlich, Bob. Dir entgeht nichts. Was ist das, woran du zu arbeiten vorgibst?« McLean zeigte auf die aufgeschlagenen Aktenordner.

»Vorgibst?« Schlecht gelaunt tat Bob, als wäre er beleidigt. »Ist ein alter Fall. Ich hab einen ganzen Stapel davon und soll prüfen, ob sich einer davon lohnt, wieder aufgenommen zu werden.«

»Du liebe Zeit, wem bist du denn auf den Schlips getreten? Wozu wieder aufnehmen?«

»Weil es ganz oben jemand für eine gute Idee hält, eine Cold Case Unit einzurichten. Schätze mal, dass Dagwood sie leiten wird, wenn ihm das tägliche Golfspielen langweilig geworden ist. Und was das ...« Grumpy Bob sah zum Eingang. McLean drehte sich zur Tür um und sah DCI Spence im Eingang stehen.

»Was zum Teufel machen Sie hier, McLean?«

»Schönen guten Tag, Mike. Wie gefällt Ihnen das Leben in der Chefetage?«

»Ihnen ist bekannt, dass Sie Vorgesetzte mit ›Sir‹ anzusprechen haben?«

»Und trotzdem gibt es Leute, bei denen ich mich einfach nicht dazu durchringen kann. Liegt wohl daran, dass es eine Respektsbekundung ist.«

Spence hielt McLeans Blick kurz stand, dann gab er nach und wandte sich an Grumpy Bob.

»Sind Sie fertig mit den Akten, Sergeant?«

»Mehr oder weniger, Sir. Ich sehe gerade die letzte durch. Headland House. Weiß nicht, ob Sie sich daran erinnern? War vielleicht noch vor Ihrer Zeit.«

»Ist mir eigentlich egal. Sagen Sie mir nur, ob es sich lohnen könnte, den Fall wieder aufzunehmen. Der DCC kommt heute Nachmittag vorbei, und ich habe ihm versprochen, dass der Stapel bis dahin abgearbeitet ist.«

»In einer halben Stunde bin ich fertig, Sir. Keine Sorge.« Grumpy Bob nahm die Akte, suchte die Papiere zusammen und bedachte McLean mit einem nicht besonders dezenten Zwinkern.

»Sie sind ja immer noch hier, McLean.« Spence drehte sich um und ging. McLean widerstand der Versuchung, leise »Arschloch« zu murmeln, während der Detective Chief Inspector davonmarschierte. Beleidigungen würden doch nur wieder mit Tobsuchtsanfällen enden.

»Headland House?«, fragte er, als er sicher war, dass Spence weg war. »Das war der Edelpuff, in dem wir Anfang der Neunziger eine Razzia durchgeführt haben.«

Grumpy Bob hob den Ordner. »Genau der. Kennst du den Fall?«

»Einer meiner ersten Einsätze. Damals noch in Uniform. Ich dachte, der Fall sei abgeschlossen.«

»Die Razzia. Aber das war nur die halbe Geschichte. Im Haus wurde ein kleines Mädchen gefunden. Wir sind nie dahintergekommen, wer sie dort hingebracht hat. Wenn ich mir das hier so ansehe, hat es auch niemand so richtig versucht.«

McLean wollte etwas sagen, lange vergessene Erinnerungen kehrten zurück, aber das schrille Klingeln seines Handys lenkte ihn ab. Er schaute aufs Display und sah, dass DCI Dexter ihn zu erreichen versuchte. Na schön. Ihre Vorgesetzten warteten noch immer auf eine Erklärung für die vermasselte Bordellrazzia und ließen sich wahrscheinlich nicht mehr lange hinhalten.

»Tu mir einen Gefallen, Bob. Beschaff mir eine Kopie von der Akte, ja? Und erzähl niemandem, dass ich dich darum gebeten habe, okay?«

»Kein Problem. Sandy Gregg wird sie dir bringen. Die fährt ständig zwischen dem CID und der Sitte hin und her, fast so oft wie du.« Grumpy Bob schlug die Akte zu. »Interessiert dich der Fall aus einem bestimmten Grund?«

McLean zögerte kurz, bevor er antwortete. Teilweise gab er einfach seiner angeborenen Neugierde nach, aber gewisse Parallelen zwischen Headland House und dem Haus in der New Town ließen sich nicht von der Hand weisen. Nur dass trotz all der Exzesse, derer er Zeuge geworden war, keine Kinder beteiligt gewesen waren. Und in Headland House ganz eindeutig ein Bordell betrieben worden war.

»Sagen wir mal, ich hab eine nostalgische Ader.« Er schüttelte den Kopf, weil er wusste, dass das gelogen war. »Und das kleine Mädchen, das du erwähnt hast, das hab ich gefunden. O Gott, daran habe ich jahrelang nicht mehr gedacht. Aber ich hab mich immer gefragt, was wohl aus der Kleinen geworden ist.«

13

So viele Uniformen hatte er seit seinem Abschluss am Polizei-College in Tulliallan nicht mehr gesehen. Wobei das noch gar nicht so lange her war. Dies war seine erste Razzia und allem Anschein nach gleich ein Volltreffer.

Headland House befand sich auf einer Landzunge in Newhaven mit Blick über den Forth. Früher war dies wohl eine angesehene Gegend gewesen, einige Meilen entfernt von der urbanen New Town. Wohlhabende Finanziers und Kaufleute wohnten hier, aber mittlerweile war das Viertel ein bisschen heruntergekommen, die Häuser wirkten traurig und Headland House selbst sogar baufällig. Man würde kaum ein Edelbordell dort vermuten.

Soweit er informiert war, hatte alles mit einem anonymen Hinweis angefangen, in den allermeisten Fällen funktionierte das so. Bei der Vorbesprechung hatte jemand was von Überwachung gesagt und womit zu rechnen war, aber da hatte er schon nicht mehr richtig zugehört. Er war zu nervös gewesen. Zu aufgeregt. Wahrscheinlich sowieso besser, wenn er draußen stehen blieb, um die Schaulustigen fernzuhalten. Wobei um diese Uhrzeit mitten in der Nacht nicht viele vor Ort waren.

Er sieht zu, wie die Freier rausgeführt werden, erkennt die Gesichter von ein paar Personen, denen es schwerfallen dürfte, die Sache einfach unter den Teppich zu kehren. Einige beschweren sich lautstark, andere lassen die Köpfe hängen. Ein oder zwei sehen sich um, als würden sie mit Paparazzi rechnen, aber die Presse ist dankenswerterweise abwesend. Nach den Männern sind die Prostituierten dran. Ihm fällt auf, wie jung sie wirken, dabei ist er selbst noch gar nicht so alt. Einige dieser Mädchen können kaum mit der Schule fertig sein.

»Sie da. McLean, richtig?«

Er blickt auf zu dem alten Sergeant Guthrie McManus, der jetzt auf ihn zukommt.

»Sir.«

»Meine Güte, da werden einige ganz schön rot werden.«

»Wirklich?«

»Na und wie. Haben Sie jemanden erkannt?« Der Sergeant winkt in Richtung des Transporters, in dem ein Dutzend verlegene Männer auf die Wache gebracht werden sollen.

»Den einen oder anderen. Ich glaube, der Abgeordnete aus meinem Wahlbezirk war dabei. Meine Stimme bekommt der nicht. Aber beim letzten Mal hat er sie auch nicht bekommen.«

»Dann ist das wohl auch Ihr Abgeordneter, der einmal die Woche mit dem Chief Constable Golf spielt. Und da sind außerdem Richter, Anwälte und ein paar Banker. Gott sei Dank hat die Presse noch nicht Wind davon bekommen. Keine Ahnung, wie lange wir das noch unter Verschluss halten können.«

Er weiß nicht genau, warum sie das sollten, ist dann aber auch wieder nicht naiv genug, um nachzufragen. Stattdessen schaut er zum Haus hinauf, das in den morgenroten Himmel ragt. Hinter den meisten Fenstern brennt Licht. Hier und da sieht man die Umrisse von Polizisten, die Beweismittel sammeln. Er ist nicht sicher, wofür sie die brauchen; die Betreffenden wurden schließlich mit heruntergelassener Hose erwischt.

»Was ist das?« Etwas bewegt sich hinter einem der oberen Fenster, dort ist es noch dunkel. Er strengt sich an, um etwas zu erkennen.

»Hey? Was machen Sie da?« Sergeant McManus stampft gegen die Kälte mit den Füßen auf.

»Da oben, Sir – hätte schwören können, dass ich jemanden an dem Fenster da ganz oben gesehen habe.«

»Na ja, Sie haben bessere Augen als ich, junger Mann. Gehen Sie lieber und sagen Sie seiner Hoheit Bescheid. Kann sein, dass wir einen übersehen haben.«

Im Haus wimmelt es von Beamten in Zivil und in Uniform. Die meisten stehen in der geräumigen Diele herum, die ihn an das Haus seiner Großmutter erinnert; ein paar warten in einem Grüppchen zusammen am Fuß der Treppe. Einer davon, ein dünner Rothaariger in Zivil, sieht ihn und winkt ihn zu sich rüber.

»Sollten Sie nicht draußen stehen und das Haus sichern?«

»Verzeihung, Sir. Ich dachte, ich hätte etwas gesehen, jemanden. Oben auf dem Dachboden hat sich was bewegt. Sergeant McManus meinte, ich soll Ihnen das sagen.«

»Guthrie hat Sie reingeschickt? Na gut. Gehen Sie nach oben und schauen Sie nach. Aber verändern Sie nichts, ohne vorher zu fragen.«

Er eilt davon, bevor ihn der Detective Sergeant anschreien kann. Über Duguids Ruf hat er schon einiges gehört. Wird bestimmt bald DI werden, und dann wer weiß?

Das Haus hat drei Stockwerke, die Zimmer werden immer kleiner, je weiter oben sie sich befinden. Überall Polizisten, sie schauen unter die Betten, öffnen Schränke und Kammern, klopfen Bodendielen ab, als könnten sich Geheimverstecke darunter befinden. Hätte er es nicht besser gewusst, hätte er es für ein heruntergekommenes altes Hotel gehalten, und als solches wird es vermutlich auch in der Buchhaltung bezeichnet. Stündliche Zimmervermietung an die wohlhabende Elite der Stadt; die zusätzlich angebotenen Dienste bleiben dabei ebenso unerwähnt wie die dazugehörigen Tarife.

Niemand scheint die schmale Tür ganz oben am Treppenabsatz zu beachten. Vielleicht sind nicht viele Polizisten in großen Häusern wie diesem hier aufgewachsen, aber er schon, und deshalb weiß er auch, wo die Dienstboten untergebracht waren – damals, als man noch Dienstboten hatte. Die Treppe führt hinauf auf den Dachboden, und er steigt sie langsam hinauf und lauscht auf Geräusche abgesehen vom Lärm der Beamten unten, es liegt ein eigenartig süßlicher Geruch in der Luft. Hier oben sind die Wände schlicht, ein Gang führt einmal längs durchs Haus, es gibt ein Fenster vorne und eines hinten, die Türen führen in winzige Räume unter den Dachbalken, das weiß er.

Im ersten befinden sich zwei schmale Betten, die aussehen, als hätte kürzlich noch jemand darin geschlafen, eine winzige Kommode steht dazwischen und sonst nichts. Der süßliche Geruch ist hier stärker, intensiv wie der von Blumen und Honig. Er schnuppert, versucht ihn zu benennen, aber er verflüchtigt sich.

Der nächste Raum ist spärlich möbliert; nur ein einzelner Stuhl. Der dritte Raum ist ein kleines bisschen größer als die anderen beiden, und in der Mitte befindet sich ein Metallgitter, sodass der hintere Teil zum Käfig wird. Ein Haufen gammliger Decken liegt hinten an der Wand und sieht aus, als hätte der Hund, der vor langer Zeit hier gewohnt haben musste, sie zerkaut. Derselbe Hund, der aus dem zerdellten Blechnapf auf dem Boden Wasser getrunken hatte. Nur dass die hellgelbe Flüssigkeit in der Schale ganz anders roch.

Und dann gewöhnten sich seine Augen an das trübe Licht, das durch die schmutzigen Fenster fiel. Zwischen den Balken war ein Schrank eingebaut, durch dessen Türen man in einen Hohlraum gelangte, der zu klein war für alles andere außer Kisten.

Oder ein kleines Mädchen.

14

McLean fädelte seinen Wagen durch den frühmorgendlichen Verkehr, während er hinter vorgehaltenem Handrücken ein Gähnen unterdrückte. Er hatte nicht gut geschlafen, obwohl er nach zahlreichen viel zu langen Tagen völlig erschlagen war. Rachel war kein unangenehmer Gast, aber er fühlte sich immer leicht unwohl, wenn noch jemand im Haus war. Er hatte bereits zu lange alleine gelebt; es strengte ihn an, sich ständig überlegen zu müssen, was er gerade machen wollte. Und dass Phil sich nicht meldete, war auch besorgniserregend. Das sah seinem alten Freund eigentlich gar nicht ähnlich.

Zumindest funktionierte der Wagen gut, auch wenn er ein schlechtes Gewissen hatte, dass er ihn überhaupt benutzte. Der Alfa war über vierzig Jahre alt. Eigentlich hätte er ein Spielzeug fürs Wochenende sein sollen, ein Schmuckstück zum Polieren und Pflegen, mit dem er zu Ausstellungen und nicht täglich durch die hektische Stadt ins Büro fahren sollte. Aber es war nie genug Zeit, um sich etwas Vernünftigeres zu suchen. Vielleicht sollte er Ritchie bitten, ihm ein Auto zu besorgen; sie stand auf Autos. Andererseits wäre das aber ein grober Verstoß gegen die Dienstvorschriften, wenn er polizeiliche Ressourcen für private Zwecke missbrauchte. Und schließlich hatte er sowieso keine Zeit für derartiges Spielzeug; hätte gar nicht gewusst, was er mit einem freien Wochenende anfangen sollte.

Die letzte in einer langen Reihe von roten Ampeln schaltete jetzt auf Grün. Er ging von der Kupplung und erntete ein begeistertes Zwitschern der Reifen, als diese auf dem Asphalt zu greifen versuchten. Es würde schwer werden, einen modernen

Wagen zu finden, der auch nur annähernd so viel Spaß machte, das stimmte schon. Andererseits fuhr er sowieso meistens nur zwischen Wache, Präsidium und zu Hause hin und her. Ein entsetzlich zähes Dreieck, das der fein abgestimmten italienischen Ingenieurskunst sicher überhaupt nicht guttat.

Die Straßen leerten sich, als er an den westlichen Rand der Stadt gelangte – zumindest in der Fahrtrichtung, in der er unterwegs war. McLean nahm Nebenstrecken, überquerte die Umgehungsstraße, die von oben betrachtet wie ein langer, schmaler Parkplatz aussah, und fuhr auf ein kleines Gelände direkt hinter dem Flughafen. Hier befanden sich die großen Labore des kriminaltechnischen Instituts, und auch Eric Parkers Wagen war zur Analyse hierhergebracht worden, nachdem die Leiche des priapeischen Handelsreisenden ins städtische Leichenschauhaus überführt worden war. Wahrscheinlich hätte er auf den Bericht auch noch warten können; schließlich war nicht damit zu rechnen, dass der Wagen allzu viele Beweise liefern würde. Aber der Gedanke, wieder auf die Wache zurückzumüssen – oder in eines seiner Büros –, machte ihn schlagartig noch müder. Besser, er unternahm etwas, anstatt nur die Zeit bis zum Abschluss der Obduktion totzuschlagen. Und wenn er ehrlich zu sich selbst war, hatte er auch nichts dagegen, der niedergeschlagenen Stimmung zu entkommen, die sich seit der fehlgeschlagenen Razzia bei der SCU breitgemacht hatte.

»Ich kann nicht glauben, dass Sie damit zur Arbeit fahren.«

Amanda Parsons musste gerade am Fenster vorbeigegangen sein, als er auf den Parkplatz eingebogen war. Oder sie verbrachte ihre Tage damit, sinnlos nach draußen zu starren. McLean schloss noch den Wagen ab, als sie ihm bereits entgegenkam und mit der Hand über den Kotflügel des Alfas streichelte.

»Ihnen auch einen schönen guten Morgen«, sagte er grinsend. Die Kriminaltechnikerin sah ihn ungehalten an.

»Das ist kein Witz, Tony. Dieser Wagen sollte ausschließlich zu besonderen Gelegenheiten benutzt werden, nicht in Edinburgh mitten im Berufsverkehr. Besorgen Sie sich einen kleinen billigen Flitzer.«

McLean nickte einmal kurz. Schließlich hatte er sich genau dasselbe schon gedacht.

»Mach ich, sobald ich Zeit habe«, sagte er. »Vorerst hatte ich aber gehofft, dass Sie vielleicht schon mal einen Blick auf den Wagen werfen konnten.«

Parsons tätschelte ein letztes Mal liebevoll die Kühlerhaube des Alfas. »Konnte ich tatsächlich. Kommen Sie mit, sehen Sie es sich an.«

Sie überquerte das Gelände und ging auf ein Gebäude mit einem halben Dutzend Rolltore zu. Die meisten waren geschlossen und schützten das Innere vor dem eisigen Herbstwind, der vom Forth herüberwehte, aber eines stand weit genug offen, sodass sie eintreten konnten. Der Wagen des Handelsreisenden befand sich auf einer Hebebühne, und McLean wartete, bis er runtergefahren war. Dabei hielt er Abstand, so wie er es von den Kriminaltechnikern gelernt hatte.

»Wäre gar nicht verkehrt, wenn Sie sich so einen zulegen würden«, sagte Parsons und zog laut schnalzend ein paar Latexhandschuhe über. McLean reichte sie ein anderes Paar.

»Ein Peugeot Kombi? Ist das nicht ein bisschen bieder?«

»Kann schon sein. Aber anonym. Super beim Observieren.«

McLean brachte es nicht übers Herz, ihr zu sagen, wie lange es her war, dass er höchstpersönlich jemanden aus seinem eigenen Wagen heraus observiert hatte. Meist nahm man Dienstfahrzeuge dafür oder setzte einen Constable darauf an.

»Ist wahrscheinlich ein bisschen groß. Ein Mini wäre besser.«

Parsons schaute, als würde sie nicht viel davon halten.

»Was haben Sie herausbekommen?«, versuchte er das Thema wieder auf den eigentlichen Anlass seines Besuchs zu lenken. »Hat sich etwas Brauchbares ergeben?«

»Kommt drauf an, was Sie unter ›brauchbar‹ verstehen.« Parsons öffnete die Fahrertür, dann holte sie eine Inspektionslampe von einer Werkbank und nahm gleichzeitig ein paar Schutzbrillen mit gelben Gläsern. McLean setzte seine auf, während Parsons mit der UV-Lampe in den Fußraum leuchtete.

»Der Wagen ist noch nicht alt. Höchstens ein paar Monate, aber er hat schon einige Kilometer auf dem Buckel. Mr Parker war ein viel beschäftigter Mann.«

»Anscheinend ist er durch ganz Schottland gereist. Seine letzte Fahrt führte ihn nach Thurso und Inverness. Hoffentlich ist er gerne Auto gefahren.«

»Na ja, der Wagen ist sauber, aber offensichtlich ist er häufig ein- und ausgestiegen. Wir haben jede Menge Dreck gefunden, auch ein paar kleine Kieselsteine. Keine Spuren von Essen, was ungewöhnlich ist. Man sollte meinen, dass ein Handelsreisender während der Fahrt isst. Chips, Brot und Käse, Schokolade. Sie kennen das ja.« Parsons schaltete das Licht aus und nahm die Schutzbrille ab.

»Ich kann von Glück sagen, dass Sie nicht in meinen Wagen leuchten«, sagte McLean, obwohl sie in Wirklichkeit nur verkippten Kaffee dort gefunden hätte.

»Vielleicht später.« Parsons grinste, dann legte sie die Stirn in Falten. »Außerdem haben wir auch keine Körperflüssigkeiten gefunden. Kein Blut, kein Sperma. Nicht mal Popel.«

»So wie Sie das sagen, scheint das schlecht zu sein.«

»Das ist es auch. Sie haben ihn doch da drin sitzen sehen, geschwollen und steif. Eigentlich hätte was auf dem Sitz landen müssen.«

McLean schaute erneut in den Fußraum und versuchte möglichst nicht an das Bild zu denken, als der Fahrer noch drin gesessen hatte. »Haben Sie den Rest auch abgesucht?«

»Liegt alles da drüben.« Parsons winkte mit ihrer behandschuhten Hand in Richtung Tisch. Auf einer Seite waren Pappkartons ordentlich aufeinandergestapelt, daneben lag ein dunkelblaues Jackett. Außerdem stand dort eine schwere schwarze Ledertasche mit Gebrauchsspuren an den Kanten, sie war geöffnet, der Inhalt in kleine Häufchen sortiert. McLean sah sich alles kurz an.

»Hatte er ein Handy dabei?«

Parsons zeigte auf ein klobiges altmodisches Telefon neben der Tasche. Nicht das smarteste aller Handys. »Steckte in seiner Jacketttasche. Der Wagen hat eine Freisprechanlage. Das Ladekabel steckte in der Tasche.«

McLean nahm das Handy und schaltete es ein. Das Display war zu klein, um mehr anzuzeigen als die Signalstärke und kurze SMS-Nachrichten. »Pornografisches Material habt ihr also nicht gefunden.«

»Nein. Gar nichts. Das Erotischste, was er dabeihatte, war eine Ausgabe des *Daily Telegraph* von gestern, und sogar der steckte in der Tasche. Allerdings haben wir uns seinen Laptop noch nicht angesehen. Aber auch der war eingepackt.« Parsons griff über den Tisch und ergriff eine sperrige Computertasche.

»Er sitzt also alleine im Parkhaus, holt sein Ding raus, schaut sich aber nichts Stimulierendes an. Und nach dem, was Sie über den Zustand des Bodenbelags gesagt haben, hat er wohl kaum gewohnheitsmäßig …«

McLean verstummte.

»Gewichst?«, beendete Parsons den Satz. Ihr dreckiges Grinsen ließ sie noch jünger wirken, als sie sowieso war. Seit wann stellten die Teenager ein?

»Genau. Wenn er sich also nicht selbst einen runtergeholt hat, war er möglicherweise nicht allein. Jemand hat ihm geholfen.«

Parsons stellte die Computertasche ab, ging zu der Werkbank hinten in der Garage und kehrte mit einer durchsichtigen Asservatentüte zurück. McLean nahm sie ihr ab und hielt sie ins

Licht, um erkennen zu können, was sich darin befand. Ein gelocktes goldenes Haar bildete einen perfekten Kreis.

»Haben wir an der Kopfstütze auf der Beifahrerseite gefunden, steckte in der Ritze zwischen Kopfstütze und Rückenlehne. Ich denke, Mr Parker war größtenteils grau. Und hatte auch gar nicht so lange Haare. Sobald ich hier fertig bin, schicke ich es ins Labor. Mit ein bisschen Glück lässt sich die DNA analysieren.«

»Wie lange war das wohl dort?«

»Na ja, der Wagen ist praktisch neu. Es würde mich wundern, wenn mehr als ein halbes Dutzend Leute drin gesessen hätte.« Parsons nahm die Asservatentüte mit dem einzelnen blonden Haar wieder an sich. »Und wenn man bedenkt, wo ich es gefunden habe, kann es auch nicht lange da gewesen sein. Höchstens eine Woche.«

»Dann hat Mr Parker jemanden mitgenommen.«

»Es sei denn, seine Frau ist blond. Oder seine Chefin. Ansonsten sieht es ganz danach aus, ja.«

»So was bezeichnet man als Priapismus, nach dem griechischen Gott Priapos. Eine sehr ungewöhnliche Todesursache. Seitdem wir niemanden mehr hängen, bekommen wir das nur noch selten zu Gesicht.«

McLean stand in der kühlen Stille des Obduktionssaals, im tiefsten Inneren des städtischen Leichenschauhauses. So wie er da auf dem Edelstahltisch lag, wirkte Eric Parkers Körperhaltung noch unbequemer als im Wagen. Vielleicht war es die Abwesenheit von Kleidung oder die fleckige Färbung, die sein hervorstechendstes Körperteil angenommen hatte, jetzt wo das Blut darin vollständig geronnen war. Angus Cadwallader stand auf der anderen Seite des Tisches, ein Funkeln in den Augen. McLean kannte das nur allzu gut. Ein ungewöhnlicher Fall brachte den Pathologen erst so richtig auf Touren. Glücklicherweise war seine Assistentin Tracy da, um ihn in seinem Enthusiasmus zu zügeln.

»Ist das …« McLean zeigte auf die Erektion. »Ist er daran gestorben?«

»Geduld, Tony. Wir haben mit der Entdeckungsreise gerade erst begonnen.« Cadwallader wackelte mit den Fingern und schob sie in die weißen Latexhandschuhe. »Wir müssen auch noch auf Tom warten. Du weißt ja, dass wir heutzutage für alles Zeugen brauchen.«

Wie auf ein Stichwort schlug die Flügeltür mit einem lauten Knall auf, und Dr. MacPhail kam herein. Er sah ebenso zerzaust aus wie immer; McLean konnte sich nicht erinnern, ihn schon einmal gekämmt gesehen zu haben.

»Entschuldigt die Verspätung. Hab ich was verpasst?« Er trat an den Obduktionstisch heran, schaute aber gleich zweimal hin, als er den unbekleideten Toten dort entdeckte. »Mein Memo offensichtlich. Priapismus post mortem, wenn ich mich nicht irre. Kenne ich bislang nur aus dem Lehrbuch.«

McLean widerstand der Versuchung zu fragen, wie er so sicher sein konnte, wenn er so was noch nie gesehen hatte, aber die Formulierung »in Fleisch und Blut« erschien ihm im Moment eher unpassend. Er wollte die Untersuchung so schnell wie möglich hinter sich haben. Anscheinend hatte auch Cadwallader es eilig, er stellte das Mikro an, das über der Leiche hing, dann machte er sich an die Arbeit.

»Es handelt sich um einen weißen Mann Ende fünfzig. Dem äußeren Anschein nach in altersentsprechend guter Verfassung. Leicht übergewichtig.« Er arbeitete sich von den Zehen bis zum Kopf hinauf und machte nur kurz beim Geschlecht halt. McLean beobachtete den Vorgang, entsetzt angesichts der so beiläufigen Intimität, gleichzeitig aber auch fasziniert davon. Zumindest, bis der Pathologe zum Skalpell griff. Eigentlich war er nicht zimperlich; das war nach zwanzig Jahren Polizeiarbeit auch schlecht möglich, aber wenn totes Fleisch zerteilt wurde, empfand er dies immer noch als verstörend. Eine Zeit lang hielt er seine Schuhe und den frisch geputzten Boden des Obduktionssaals für spannender.

»Ah. Interessant. Ja. Das ergibt gewissermaßen Sinn.«

McLean blickte wieder auf und sah Cadwallader auf ein Organ starren, das verdächtig nach einem Herzen aussah.

»War das die Todesursache?«, fragte er.

»Wahrscheinlich. Sieht aus, als hätte er nicht das robusteste Herz gehabt, und jetzt ist es völlig hinüber.« Cadwallader reichte seiner Assistentin das Organ, die es in eine Plastikschale legte und wog. Nachdem sie das Gewicht notiert hatte, legte sie das Herz zu einer Reihe anderer Organe, die sie später wieder in dem armen Mr Eric Parker verstauen und diesen anschließend mit sauberen Stichen zunähen würde.

»Was ist mit … du weißt schon?« McLean nickte in Richtung des noch immer erigierten Penis.

»Das. Ja.« Cadwallader grinste. »Das Beste hebe ich mir immer bis zum Schluss auf.« Er wandte sich an Dr. MacPhail. »Was hältst du davon, Tom?«

MacPhail hatte auf einem Hocker neben der Bank Platz genommen, nah genug, um alles beobachten zu können, aber auch weit genug entfernt, um nicht im Weg zu stehen. Er zuckte mit den Schultern. »Ich bin nur als Zeuge hier, Angus. Ist nicht meine Aufgabe, Ansichten zu äußern.«

»Natürlich. Na schön.« Cadwallader befingerte das Glied, betrachtete es eindringlicher, als McLean es über sich gebracht hätte. »Ich habe es mir schon am Fundort einigermaßen ansehen können, aber da war noch die Hose im Weg. Vom Lenkrad mal ganz zu schweigen. Ich dachte, ich hätte was entdeckt, aber hier …« Er hielt kurz inne. »Tracy, Tupfer, bitte.«

McLean trat erneut einen Schritt zurück. Er kannte Cadwallader lange genug, um zwischen Theater und aufrichtiger Faszination bei ihm unterscheiden zu können. Am besten ließ man ihn seinen Job machen. Es dauerte nicht lang.

»Schicken Sie das ins Labor zur DNA-Analyse, Tracy.« Cadwallader ließ den Tupfer in ein steriles Röhrchen fallen. Seine Assistentin verdrehte nur ganz leicht die Augen, aber McLean sah es, und beide grinsten sich an. Es war ein offenes Geheimnis, dass den leitenden Pathologen Dr. Cadwallader und seine Assistentin Dr. Sharp nicht nur der gemeinsame Beruf verband. Trotz des Altersunterschiedes waren sie ein schönes Paar.

»Was haben Sie gefunden?«, fragte McLean.

»Ich werde ein paar Fotos machen müssen, sie jemandem schicken, der ein bisschen mehr von diesen Dingen versteht als ich. Aber ich glaube, das hier sind Bissspuren.« Cadwallader hielt das erigierte Glied des Toten in einer Hand und zeigte mit der anderen an dessen Wurzel. Wegen der drahtigen Haare und der blauen und roten Hautverfärbungen konnte McLean praktisch gar nichts erkennen, aber er war ja auch kein Experte.

»Scheint sich doch relativ deutlich abzuzeichnen«, sagte er, »dass unser Mann wirklich nicht alleine war, als er starb.«

»Allmählich sieht es danach aus.« Cadwallader trat von der Leiche weg, schälte sich seine Latexhandschuhe von den Fingern und warf sie in den Müll. »Ich vermute, jemand hat ihm einen geblasen, und daraufhin ist sein Herz stehen geblieben. Dürfte ein ziemlicher Schock für die Person gewesen sein, die die – äh … Handlung – vollzogen hat. Daher wohl die Zahnabdrücke. Wenn wir Glück haben, können wir aus den Speichelrückständen DNA gewinnen. Wobei ich nicht so genau weiß, was du dann eigentlich damit anfangen willst. Aber das ist dein Job, nicht meiner.«

»Was ist mit seinem … Zustand? Ist das normal? Dass, wenn jemand einen Herzinfarkt erleidet, der Penis …« McLean beendete den Satz nicht, war nicht sicher, weshalb es ihm so peinlich war, darüber zu sprechen.

»Normal? Nein. Aber es kommt vor. So wie er gesessen hat, konnte das Blut vielleicht einfach nicht mehr abfließen. Oder er hat Medikamente genommen, von denen wir nichts wissen. Vielleicht hat er sogar eine kleine blaue Pille geschluckt, um sich in Stimmung zu bringen. Wenn wir den toxikologischen Befund haben, wissen wir ein bisschen mehr.«

»Aber nichts deutet auf Fremdeinwirkung hin. Nur ein unglücklicher Zufall.«

Cadwallader ließ sich mit seiner Antwort Zeit. »Wenn er in seinem Bett gefunden worden wäre, wäre dies hier maximal eine Fußnote in einer Medizinzeitschrift wert. Möglich, ja sogar wahrscheinlich, dass der Erregungszustand für sein Herz zu viel war, aber daraus lässt sich noch lange keine Vorsätzlichkeit konstruieren. Nein, Tony. Ich glaube nicht, dass Fremdeinwirkung im Spiel war.«

15

McLean saß in seinem Alfa und starrte aus dem Fenster auf die Stadt, während der Regen über den grauen Beton peitschte. Er wusste nicht so genau, warum er nach der Obduktion noch mal hergefahren war, anstatt auf direktem Wege zum Polizeirevier zurückzukehren und McIntyre über den aktuellen Stand zu informieren. Vielleicht weil er den toten Eric Parker nicht so leicht aus dem Kopf bekam. Das hatten Leichen manchmal so an sich. Meistens gelang es ihm ganz gut, das eine vom anderen zu trennen, sie abstrakt als Teil seiner Arbeit zu betrachten und zu vergessen, sobald er zu Hause war – jedenfalls wenn er nicht zu Hause weiterarbeitete. Trotzdem kam es immer mal wieder vor, dass ihm ein Fall unter die Haut ging, und er merkte, dass dieser hier so einer war. Irgendetwas daran stimmte nicht, abgesehen davon, dass zu dem Zeitpunkt, als Parker starb, jemand bei ihm gewesen und abgehauen war, ohne den Vorfall zu melden. Hatte der Handelsreisende eine Prostituierte dabeigehabt? Einen Callboy? Möglich war alles; sie wussten deprimierend wenig über ihn.

Er nahm sein Handy, ging die Kurzwahlnummern durch und wartete, bis die Verbindung hergestellt war.

»Guten Morgen, Sir. Was kann ich für Sie tun?«

Detective Sergeant MacBride klang sehr viel erwachsener als der DC mit dem rosigen Gesicht, als den McLean ihn erst vor wenigen Jahren kennengelernt hatte. Die Beförderung stand ihm gut, und nur Idioten wie DCI Spence würden abstreiten, dass Stuart seinen Job schon lange sehr viel besser machte als die meisten anderen Sergeants.

»Eric Parker. Haben Sie mit seinem Chef gesprochen?«

»Ging gestern nicht, Sir. Er war bei einer Konferenz im Ausland. Heute Nachmittag wird er wieder in der Stadt erwartet. Ich dachte, ich fahre morgen früh hin. Es sei denn, Sie schicken mich früher los. Wollen Sie mitkommen?«

Er wusste, dass er Nein sagen und MacBride mit seinen Ermittlungen fortfahren lassen sollte. Der Detective Sergeant war durchaus dazu in der Lage, und McLean hatte genug andere Fälle zu bearbeiten. Andererseits würde er später den Bericht lesen müssen, wenn er nicht mitkam.

»Schicken Sie mir eine SMS mit der genauen Uhrzeit, Stuart? Ich komme morgen früh vorbei. Ich habe das ungute Gefühl, dass es nicht so einfach wird, wie wir uns das vorstellen.« Er berichtete MacBride von der Obduktion und dass nachweislich eine weitere Person zum Todeszeitpunkt bei Parker gewesen sein musste. »Ich nehme nicht an, dass auf den Überwachungsbändern was zu sehen ist?«

»Wir hatten noch keine Gelegenheit, es zu überprüfen, Sir. Ich hab denen gesagt, sie sollen nichts löschen, aber das ist alles elektronisch. Bänder gibt es keine mehr.«

»Ich bin gerade am Leichenfundort. Ich gehe gleich mal im Parkhausbüro vorbei und rede mit denen.«

»Sie sind am Fundort?« McLean spürte, dass sich in MacBrides Gehirn ein großes »Warum?« bildete, aber der Detective Sergeant verkniff sich die Frage.

»Wollte einfach noch mal die Obduktionsergebnisse miteinander in Einklang bringen, mir ein Bild davon machen, was Parker genau getan hat und warum. Hier hab ich mehr Ruhe als im Präsidium und laufe auch nicht Gefahr, Spence oder Brooks über den Weg zu laufen. Also dann bis morgen.« Er beendete das Gespräch und starrte wieder aus dem Fenster durch den Nieselregen, der schon bald in einen kalten Schauer überging, sodass er alles nur noch verschwommen wahrnahm.

Er wusste nicht, wem er hier was vormachen wollte, MacBride oder sich selbst. Erst war er im Labor gewesen, im Leichenschauhaus und jetzt hier; nur um sich vor der Rückkehr in eines seiner Büros und den Problemen zu drücken, die dort auf ihn warteten. Wenn er ehrlich war, beneidete McLean MacBride ein kleines bisschen. Sergeants hatten jede Menge Papierarbeit zu erledigen, das schon, aber im Vergleich zu dem Blödsinn, mit dem man sich als Inspector herumzuschlagen hatte, mussten sie auch nur einen Bruchteil der Verantwortung tragen. Wie war das wohl noch weiter oben in der Hackordnung? Er hoffte, es niemals herausfinden zu müssen. Vorläufig hielt er sich lieber an das, was er am besten konnte: Rätsel lösen, indem er sich an Ort und Stelle begab und Fragen stellte.

Als er den Motor anließ, warf McLean einen letzten Blick auf das Parkdeck, auf dem Eric Parker sein klebriges Ende gefunden hatte, dann legte er einen Gang ein und steuerte die Ausfahrt an.

»So schnell hab ich niemanden erwartet. Hab gerade eben erst mit einem Detective telefoniert. MacBurnie oder so?«

McLean hatte länger gebraucht als erwartet, um den Kontrollraum des mehrstöckigen Parkhauses zu finden, der sich im Kellergeschoss in einem kleinen Betonbunker befand, in dem man auch einen nuklearen Angriff hätte überleben können. In dem winzigen Büro roch es nach abgestandenem Schweiß und noch viel abgestandenerem Zigarettenqualm, wobei Letzterer vor allem von einem der beiden Wachleute verströmt wurde, deren Verschlag dies offenbar war. Zwei kleine Tische wurden als Schreibtische genutzt, außerdem gab es zwei billige Stühle, die nicht dafür geschaffen waren, dass man längere Zeit darauf Platz nahm. Der Rest des Raums wurde von Aktenschränken und Regalen randvoll mit überquellenden Ordnern und Mappen eingenommen. Wie es in einem Parkhaus zu einem solchen

Papierwust kommen konnte, war McLean nicht ganz klar, wobei er sich dies aber auch in seiner eigenen Branche kaum erklären konnte.

»Sie haben die Bänder doch noch?« Er sah sich im Raum nach Aufnahmegeräten um, konnte aber keine entdecken.

»Niemand verwendet mehr Bänder.« Der zweite der beiden Sicherheitsleute war jünger als sein Kollege und vermutlich für den vorherrschenden Geruch verantwortlich. Er sah aus, als würde er Sport machen oder zumindest viel Zeit im Fitnessstudio verbringen und Steroide schlucken. Seine Jacke hing über der Stuhllehne, um seinen Oberkörper zur Geltung zu bringen, der für das Hemd, das er trug, mindestens zwei Nummern zu groß war. Auf seinem Gesicht lag ein Schweißfilm, obwohl es nicht besonders warm war, die kurzen schwarzen Haare klebten an seinem Schädel.

»Sagt man so. Ich weiß, dass heutzutage alles auf der Festplatte ist oder irgendwo in einer Cloud. Das Problem ist nur, kann ich es sehen? Was die beiden Kameras oben auf dem Privatdeck aufgezeichnet haben?«

»Sicher. Kommen Sie. Ich zeig's Ihnen.« Der jüngere der Sicherheitsleute stand auf, sodass die Metallbeine des Stuhls über den Betonfußboden quietschten. Er nahm seine Jacke, warf sie sich über die Schulter, schob sich zwischen seinem älteren Kollegen und McLean durch und ging zur Tür hinaus.

»Hier ist kein Platz für Monitore. Die haben wir alle da drüben.« Der Sicherheitsmann zeigte auf eine Stahltür hinter ein paar geparkten Fahrzeugen. Als sie geöffnet wurde, kam ein erstaunlich großer, dunkler und warmer Raum zum Vorschein. An der Decke summten Neonröhren, größtenteils aber kam das Licht von einer Reihe von Überwachungsmonitoren, die zeigten, was auf den verschiedenen Parkebenen, im Treppenhaus, der Einfahrt und der Ausfahrt aufgezeichnet wurde.

Ein dritter Sicherheitsmann schaute von den Bildschirmen

auf, als er sie eintreten hörte. »Wer ist das?«, fragte er und nickte in McLeans Richtung.

»Polizei. Er würde gerne das Video vom oberen Parkdeck sehen. Wo der Mann mit dem Dauerständer gefunden wurde.«

»Ach so, klar. Hab erst morgen früh mit Ihnen gerechnet.« Der dritte Sicherheitsmann schnaubte, kratzte sich unter dem Arm und tippte mit zwei Fingern auf einer schmutzigen Computertastatur. Gelegentlich griff er nach einer Maus, die irgendwann einmal weiß gewesen sein mochte. Auf dem Hauptmonitor vor ihm tauchten verschiedene Perspektiven auf, bis schließlich das Parkdeck erschien, das McLean vor noch nicht allzu langer Zeit verlassen hatte. Aus diesem Blickwinkel waren überhaupt keine Autos zu sehen.

»Das ist der Abend, bevor wir den Mann gefunden haben. Seit die Steuerberater ausgezogen sind, haben nicht mehr viele Leute das Deck benutzt.« Der Sicherheitsmann gab ein paar weitere Befehle ein, und jetzt war der Bildschirm geteilt, zusätzlich war nun auch eine Einstellung von der anderen Seite zu sehen, einschließlich eingeblendeter Zeitangabe.

»Haben Sie das Kennzeichen da?«

McLean kramte sein Notizbuch heraus und blätterte darin, bis er fand, was er sich aufgeschrieben hatte, wünschte aber, MacBride wäre dabei. Der Detective Sergeant hatte eine besondere Begabung, sich an wichtige Details zu erinnern.

»Haben Sie ihn gefunden?«, fragte er.

»Nein, das war Pete. Der arbeitet heute nicht. Ich kann Ihnen aber sagen, wann der Wagen gekommen ist. Dank der Kennzeichenerkennung wird jeder registriert, der rein- oder rausfährt.« McLean fand die Nummer, las sie laut vor und sah zu, wie der Sicherheitsmann sie eingab. Moderne Technik erleichterte ihm definitiv vieles in seinem Job, trotzdem war sie ihm oft auch ein bisschen unheimlich.

»Na bitte. Der Wagen ist um 20.15 Uhr reingefahren. Müsste

eigentlich auch von den Kameras aufgezeichnet worden sein.« Der Mann tippte ein paar weitere Befehle ein und spulte dann so lange vor, bis die Zeitangabe mit der Ankunft des Wagens übereinstimmte. McLean sah die Sekunden verstreichen. Das war die Zeit, die es dauerte, um über die gewundene Auffahrt bis zum obersten Parkdeck zu gelangen. Das Bild war nicht super, es stockte und flackerte, die beiden Kameraeinstellungen waren farblich unterschiedlich eingestellt. Wenig später tauchte der Wagen oben an der Auffahrt auf, fuhr aber bei holprigem Bild wieder aus der Einstellung heraus. Die Motorhaube tauchte auf dem Bild der zweiten Kamera auf, dann verschwand sie wieder, die Parklücke, in der der Wagen schließlich hielt, wurde von keiner der beiden Kameras erfasst.

»War's das?«

»Ja. Tut mir leid. Eine von den Kameras wurde vor einer Weile mal angeschlagen. Seitdem zeigt sie in die falsche Richtung. Hab schon drum gebeten, dass das repariert wird, aber ...« Der Sicherheitsmann zuckte mit den Schultern.

»Was ist mit dem Treppenhaus?«

Der Mann sah ihn an, als wäre er wahnsinnig. »Da oben nicht. Nur weiter unten, wo die Geschäfte sind.«

McLean starrte auf das unbewegliche Bild auf dem Monitor und fragte sich, ob er es rechtfertigen konnte, sämtliche Aufzeichnungen durchsehen zu lassen, allein aufgrund der vagen Hoffnung, jemanden zu entdecken, der vom Ort des Geschehens floh, an dem streng genommen gar kein Verbrechen begangen worden war. So gesehen konnte er sich nicht vorstellen, dass Brooks den Kostenaufwand genehmigen würde.

»Was ist mit der Einfahrt unten? Da sind NPR-Kameras. Zeichnen die auch auf?«

»Verstehe, was Sie meinen. Ja, da kann ich was machen.« Er klickte sich durch eine Reihe von Einstellungen, bis er schließlich eine von der Schranke an der Einfahrt und dem Ticketautomaten gefunden hatte. Das Bild war ein bisschen schärfer, wegen der Kennzeichenerkennung war hier für eine bessere Beleuchtung gesorgt. Sie sahen den silbergrauen Peugeot von der Straße in die Einfahrt biegen. Er blieb eine Weile stehen, und McLean glaubte, einen Arm zu sehen, der auf der Fahrerseite aus dem Fenster griff und auf einen Knopf am Parkautomaten drückte. Die Deckenbeleuchtung spiegelte sich als grelle weiße Linie auf der Windschutzscheibe, sodass es unmöglich war, im Wageninneren etwas zu erkennen. Die Hand wurde wieder zurückgezogen, kurze Pause, dann fuhr der Wagen wieder an und aus dem Bild.

»Konnten Sie sehen, ob da noch jemand mit ihm im Wagen saß?«

Der Mann schüttelte den Kopf. »Tut mir leid. Das hat zu sehr gespiegelt.«

So viel dazu. McLean schaute auf die Uhr und fragte sich, wie viel Zeit er noch hierauf verwenden durfte. Wenn er ehrlich war, keine. Allmählich führte kein Weg mehr daran vorbei, dass er zum Polizeirevier zurückkehrte und sich dem Shitstorm stellte, der ihn dort vermutlich erwartete.

»Trotzdem vielen Dank, dass Sie's versucht haben.« Er ging schon auf die Tür zu, dann fiel ihm noch etwas ein. »Die letzte Einstellung da an der Einfahrt? Ob Sie mir davon eine Kopie machen könnten? Ich will sehen, ob unsere Forensiker was damit anfangen können.«

»Klar«, der Mann nickte. »Aber machen Sie sich keine allzu großen Hoffnungen.«

16

Das schrille elektronische Gedudel seines Handys beeinträchtigte McLean in seiner Konzentration. Er parkte den Alfa vor der Wache und versuchte, möglichst keine Kratzer in den glänzend sauberen, supergepflegten Jaguar des frisch beförderten Detective Superintendent Brooks zu machen. Anscheinend gehörte es zu den Vertragsbestimmungen, dass man sich einen Jaguar oder einen Range Rover kaufen musste, sobald man einen bestimmten Dienstgrad erreicht hatte; alle leitenden Beamten hatten entweder den einen oder den anderen. Noch ein Grund, sich so lange wie möglich vor einer Beförderung zu drücken.

Er fingerte sein Telefon aus der Tasche und machte den Motor aus. Das Display verriet ihm, dass es sich um einen Anruf aus dem Ausland handelte. Möglich, dass ihm jemand einreden wollte, er sei unverschuldet in einen Unfall verwickelt gewesen und könne nun Schadenersatz fordern, aber ebenso wahrscheinlich konnte es der Anruf sein, auf den er gewartet hatte.

»Ja?«

»Tony? Hey, hier ist Phil. Was zum Teufel ist los? Wo ist Rae?«

»Es geht ihr gut, Phil. Sie ist nach Edinburgh zurückgekommen. Sie meinte, sie bringt es nicht über sich, ihr Kind in Amerika zur Welt zu bringen.«

»Ich hab versucht, mit ihr zu reden, Tony. Das weißt du. Ich hab's versucht.«

McLean schaute auf die Uhr. Hier war es kurz nach Mittag, was bedeutete, dass es in San Francisco früher Morgen war.

»Wir haben dir beide Nachrichten auf Band gesprochen, Phil. Seit über einer Woche versuchen wir jetzt beide, dich zu erreichen. Hast du denn wirklich überhaupt keinen Empfang in New Mexico?«

»Ihr beide? Ist sie jetzt bei dir? Ihr beide in dem großen alten Haus?«

McLean war es zunächst gar nicht aufgefallen, aber jetzt spürte er die Anspannung in der Stimme seines alten Freundes. Es war lange her, seitdem sie das letzte Mal zusammen im Pub gewesen, zur Wohnung des einen oder anderen zurückgetorkelt waren und sich noch an einer Flasche Whisky festgetrunken hatten. Er hatte die Anzeichen überhört, aber jetzt merkte er, dass Phil nicht nüchtern war.

»Hör mal, Phil. Du musst nach Edinburgh kommen. Du kannst nicht am anderen Ende der Welt sitzen, so kurz vor der Geburt eures Babys.«

»Bin schon am Flughafen, Tony. In zwei Stunden geht die Maschine nach Frisco. Ich muss noch ein paar Sachen aus der Wohnung holen, dann komme ich mit dem nächsten Flug nach Hause. Wenn die mich überhaupt an Bord lassen, du lieber Gott.« Phil sagte noch was, aber er musste dabei das Telefon irgendwie vom Mund wegbewegt haben, die Worte verloren sich in einem undefinierbaren Rauschen. McLean strengte sich an, die Hintergrundgeräusche zu identifizieren, suchte nach einer Bestätigung dafür, dass sein Freund wirklich, wie er behauptete, bereits am Flughafen war und nicht in einer Bar in der Innenstadt. Tatsächlich wurde der kurz bevorstehende Abflug einer Maschine nach Los Angeles durchgegeben, und dann redete Phil weiter.

»Geht's ihr gut? Du kümmerst dich doch um sie, oder?«

»Ihr geht's gut. Mach dir keine Sorgen. Sie wird ausgezeichnet versorgt sein, wenn es so weit ist. Aber es wäre besser, wenn du hier wärst.«

»Wieso ist sie zu dir geflogen, Tony? Warum ist sie nicht zu mir gekommen? Ich war nur eine oder zwei Wochen lang weg.« Phil lallte. Gleich würde er den Hörer fallen lassen.

»Sie ist nur zu mir gekommen, weil Jenny nicht in der Stadt ist.«

»Jenny?«

»Ihre Schwester, schon vergessen? Hör mal, Phil. Wenn dein Flug wirklich in ein paar Stunden startet, musst du nüchtern werden. Trink einen starken schwarzen Kaffee und …«

Aber egal, was McLean ihm raten wollte, er kam nicht mehr dazu, es auszusprechen. Nach einem kurzen »Ach du Scheiße!« war die Leitung tot.

Er dachte noch darüber nach, ob er versuchen sollte, Phil zurückzurufen, als er die Tür aufstieß und ins Polizeigebäude trat. Es war alles genau wie immer und doch auf eigenartige Weise anders. So viel hatte sich in nur wenigen Monaten verändert: Duguid war pensioniert, Brooks auf seine Stelle nachgerückt, er selbst war zur SCU zurückgekehrt. McLean war sich nicht im Klaren darüber, ob das Duguids Idee oder die des neuen Detective Superintendent gewesen war. Eigentlich auch egal, Hauptsache, er war nicht im Weg. Er hatte sich gewundert, als DS Ritchie ihm gefolgt war, aber es war immer schön, ein freundliches Gesicht zu sehen.

»Guten Tag, Sir. Hab heute nicht mit Ihnen gerechnet.«

McLean schaute auf. DS MacBride trug ein graues T-Shirt zur Jogginghose, dazu baumelten Ohrstecker an Kabeln auf seiner Brust. Die Narbe auf seiner Stirn zeichnete sich auffällig glänzend und rot von seiner blassen Haut und dem kurz geschorenen roten Haar ab.

»Gehen Sie laufen?« Die Frage war dämlich und bescherte McLean den vernichtenden Blick, den er dafür verdient hatte.

»Berufsrisiko des Sergeants.« MacBride klopfte sich auf den

flachen Bauch. »Ich sitze viel zu viel auf meinem Hintern. Meine Hose wird allmählich eng.«

McLean lachte. »Übertreiben Sie's nicht. Ich habe das Gefühl, wir werden Ihr ganzes Können als Detective für diesen Fall brauchen.«

MacBride legte die Stirn in Falten, seine Narbe wurde jetzt zum Gewitterblitz. »So schlimm?«

»Schlimmer. Bin gerade auf dem Weg zur Chefin, um Bericht zu erstatten. Ist sie da?«

»Hab sie zuletzt im CID-Raum gesehen. Ich komme mit, spart Zeit.«

»Dann gehen Sie doch nicht laufen?«

»Eigentlich bin ich gar kein Läufer, Sir. Vielleicht geh ich nachher noch ins Fitnessstudio.« MacBride ging kameradschaftlich schweigend mit ihm zum CID-Büro. Unterwegs entdeckte McLean einige Leute, die er kannte, nickte manchen davon zu, aber die meisten Gesichter waren jung und ihm unbekannt. Anscheinend war Nachwuchs eingetroffen, oder man hatte überschüssige Kollegen aus dem Westen hierherbeordert, damit sie mit ihrer ungehobelten Glasgower Art alles durcheinanderbrachten. Schwer zu sagen.

Sie fanden DCI McIntyre wie angekündigt im CID-Büro, aber den Aktenmappen nach, die sie sich unter den Arm geklemmt hatte, war sie gerade dabei zu gehen.

»Ah, Tony. Ich wollte Sie anrufen.« Als sie MacBride in seiner sportlichen Aufmachung sah, wurde ihr Lächeln zum Stirnrunzeln. »Was um Himmels willen haben Sie da eigentlich an, Stuart? Bis zum Marathon sind es noch Monate.«

MacBride machte den Mund auf, um zu antworten, hielt inne und klappte ihn dann wieder zu. McLean klopfte ihm ermutigend auf den Arm.

»Ich habe mich auf den aktuellen Stand der Dinge im Fall Eric Parker bringen lassen und dachte, ich komme vorbei und erzähl's lieber selbst, als dass ich es in den Bericht schreibe oder auf die nächste Teambesprechung warte.«

»Und außerdem ist Ihnen natürlich derzeit jeder Vorwand recht, sich von der SCU fernzuhalten. Hab gehört, ihr habt da ganz schön was in den Sand gesetzt. War mir nicht bewusst, dass es so schlimm ist.« McIntyre nahm die Mappen, die sie sich unter den Arm geklemmt hatte, und überreichte sie MacBride. »Machen Sie sich nützlich.«

»Anscheinend war Parker auf der Fahrt nicht alleine im Wagen, und ganz sicher ist, dass er nicht alleine dort gestorben ist.« McLean gab die Informationen weiter, die er in der Gerichtsmedizin und bei der Obduktion erhalten hatte. MacBride legte die Mappen auf den nächsten Schreibtisch. McIntyre hörte aufmerksam zu, ohne zu unterbrechen, obwohl McLean ihr das meiste bereits am Telefon berichtet hatte. Es waren nicht viele andere Detectives im Raum, aber zum Schluss schwiegen alle und hörten zu. Lange sagte niemand etwas, dann seufzte McIntyre und rieb sich die Nasenwurzel, was auf nur allzu vertraute Weise Verzweiflung signalisierte.

»Ich wusste, ich hätte Sie nicht dazuholen sollen, Tony. Sobald Sie anfangen nachzuforschen, wird immer alles kompliziert.«

Einen Augenblick lang fiel McLean darauf rein. Ebenso MacBride, der schon den Mund aufmachte, um ihn zu verteidigen. Dann fiel ihm wieder ein, mit wem er es zu tun hatte. McIntyre war nicht Duguid und nicht einmal Brooks.

»Fast hätten Sie mich gehabt, Jayne.«

»Anscheinend lasse ich nach. Aber ernsthaft, wie sollen wir weitermachen?«

»Den Fall als möglichen Mord behandeln. Könnte auch helfen, wenn wir aufhören, das Opfer als den priapeischen Handelsreisenden zu bezeichnen. Wir sprechen mit seinem Chef, sobald der von seiner Reise zurück ist. Wir wissen, dass

Parker keine Familie hatte, also sollten wir eine Liste von sämtlichen Personen erstellen, mit denen er in der letzten Woche Kontakt hatte, und versuchen, mit so vielen wie möglich zu sprechen. Und wir müssen rekonstruieren, wo er in den letzten vierundzwanzig Stunden vor seinem Tod gewesen ist. Wir können sein Kennzeichen bei der Verkehrsüberwachung eingeben, wo er tatsächlich war, abgleichen mit den Orten, an denen er eigentlich hätte sein sollen.«

»Was ist mit der DNA?«, fragte McIntyre.

»Das wird dauern und vielleicht auch zu gar nichts führen. Im Wagen wurde nur ein einziges Haar gefunden, und Gott weiß, was Angus anhand der Probe herausbekommt. Am besten, wir rekonstruieren erst mal Parkers Wege, dann können wir die DNA-Ergebnisse dazunehmen, sofern sie uns weiterbringen.«

»Äh, eine Frage, Sir?« MacBride fuchtelte mit den Händen, als wüsste er nicht so genau, was er sonst damit machen sollte.

»Ja?«

»Angus … Der Pathologe hat Herzversagen als Todesursache festgestellt, richtig?«

»Letztlich war es das, ja. Parker hatte ein schwaches Herz.«

»Dann besteht also die Möglichkeit, dass es, na ja, keine Absicht war.«

McLean begriff, worin das Problem bestand; MacBride hatte sein Tablet nicht dabei. Ohne sein Lieblingsrequisit wusste er nicht, was er mit seinen Händen tun sollte.

»Nur weil Mord nicht auszuschließen ist, heißt das nicht, dass es auch Mord war, falls Sie darauf hinauswollen. Ermitteln müssen wir trotzdem. Das wissen Sie.«

»Natürlich.« MacBride rutschte verlegen herum wie ein kleiner Junge, der sich in die Hose gemacht hat und nicht will, dass der Lehrer es merkt. »Nur … mir scheint am plausibelsten, dass Parker eine Anhalterin mitgenommen hat. Vielleicht hat sie sich auf unkonventionelle Weise bei ihm bedankt. Vor Aufregung blieb ihm das Herz stehen, sie ist in Panik geraten und abgehauen.«

»Was wollen Sie damit sagen, Stuart?«, fragte McIntyre. Unwillkürlich erinnerte McLean sich daran, dass dies genau das Szenario war, dass McIntyre zu Beginn der Ermittlungen skizziert hatte.

»Weil wir so fixiert sind auf das, was daran ungewöhnlich ist. Auf die Latte und das belastende Haar. Versteht mich nicht falsch, wenn jemand bei ihm war, als er starb, müssen wir die Person finden und wenn möglich mit ihr sprechen. Aber hat das wirklich eine so hohe Priorität, dass ein DI und ein DCI daran arbeiten müssen?«

Was für einen Unterschied ein kleines bisschen Verantwortung ausmachte. McLean konnte kaum glauben, dass dies derselbe Detective war, der im Frühjahr noch das Handtuch werfen und sich einen Bürojob im Finanzwesen suchen wollte. Aber schön zu sehen; MacBride zu verlieren wäre ein schwerer Schlag gewesen, und das nicht nur für McLean. Und natürlich hatte er recht. Im Prinzip.

»Wir haben eine Leiche, deshalb muss mindestens ein Inspector hinzugezogen werden.« McLean sah MacBride Luft holen, um sein Argument zu verteidigen, fiel ihm aber ins Wort, noch bevor er überhaupt anfangen konnte. »Machen Sie sich keine Sorgen, Stuart. Ich gebe Ihnen recht. Wahrscheinlich gibt es eine einfache, rationale Erklärung, und wir wollen auch nicht das gesamte Budget der Abteilung verpulvern, indem wir Gespenster jagen.«

»Wollen Sie die Leitung übernehmen, Tony?«, fragte McIntyre. »Trotz Ihrer Arbeit bei der SCU?«

McLean hätte nichts lieber getan, als Nein zu sagen, aber er steckte bereits viel zu tief drin. Den Fall jetzt abzugeben wäre schwieriger gewesen, als einfach weiterzumachen.

»Wollen Sie ihn DI Carter geben?«

McIntyre verzog das Gesicht. »Bestimmt nicht. Ich kläre das mit Brooks. Und Sie können Jo Dexter die frohe Botschaft überbringen.«

»Es treibt Sie ja doch immer wieder her, McLean, hab ich recht?« Auf dem Weg zurück zum Wagen hatte McLean, abgelenkt durch die Ermittlungen im Fall Eric Parker, vergessen, dass er sich auf feindlichem Gebiet befand. Detective Chief Inspector Spence erinnerte ihn unaufgefordert daran, indem er wie eine schlecht geführte Marionette die Treppe hinunter- und auf ihn zugesprungen kam. Er war ein dünner Mann, das Gegenstück zu Detective Superintendent Brooks, neben dem wiederum Billy Bunter noch sportlich ausgesehen hätte. Hinter ihren Rücken wurden sie Dick und Doof genannt. Manchmal bildeten sie ein gutes Team, meist aber benahmen sie sich wie zwei zänkische alte Weiber.

»Sollte es das nicht, Mike? Ich habe ja immerhin noch ein Büro hier.«

Spence schaute finster, weil McLean ihn beim Vornamen genannt hatte. Er stand eine Stufe tiefer als McLean, sodass sie sich jetzt fast auf Augenhöhe befanden. »Ich dachte, Sie arbeiten heutzutage vom Präsidium aus. Schauen sich mit Jo Dexter zusammen Kinderpornos an, oder was auch immer ihr den ganzen Tag lang treibt. Zuverlässig ermitteln jedenfalls nicht, dem jüngsten Desaster nach.«

McLean wunderte sich nicht, dass die Bordellrazzia Tagesgespräch war. Es gab doch nichts Herrlicheres als die Misserfolge anderer. Aber auf Spence' Hochnäsigkeit hätte er gut verzichten können.

»Wenn Sie jemals mit den kranken Schweinen zu tun gehabt hätten, die auf so was abfahren, würden Sie derlei Begriffe gar nicht verwenden, Mike. Das ist keine Pornografie, das ist Kindesmissbrauch.«

Spence wurde blass. Er war es eindeutig nicht gewohnt, Widerworte zu hören. Gerne hätte er sie ihm aggressiv heimgezahlt, aber dafür fehlte ihm das Geschick von Duguid oder Brooks. »Eigentlich müssten Sie's inzwischen kapiert haben. Alle wissen doch, dass die SCU nur was für Versager ist.«

»Vielleicht haben Sie die Mitteilung übersehen, in der stand, dass wir nicht mehr Lothian and Borders, sondern Police Scotland sind, Mike. Wir gehen dorthin, wo wir oder unser Können gebraucht werden.« Mit besonderer Betonung auf *Können*. Dann hielt er einen Augenblick inne und setzte hinzu: »Wobei es natürlich gut möglich ist, dass insbesondere Ihr *Können* wirklich nur hier auf der Wache gefragt ist.«

Ein nervöses Zucken machte sich in Spence' Augenwinkel bemerkbar. Sein strähniges graues Haar und das knochige Gesicht verliehen ihm die Ausstrahlung eines alten, fast schon ausgemergelten Mannes, dabei war er nur zwei Jahre älter als McLean. In Anbetracht der Tatsache, dass beide beruflich praktisch denselben Weg gegangen waren, hätten sie eigentlich Freunde sein oder sich zumindest freundschaftlich verbunden fühlen müssen, aber aus irgendeinem Grund schien dem DCI McLeans Existenz grundsätzlich ein Dorn im Auge zu sein.

»Glauben Sie bloß nicht, dass Ihre Respektlosigkeit nicht auffällt und für Gesprächsstoff sorgt, McLean.« Er schob sich an ihm vorbei. McLean erwartete, erneut angerempelt zu werden, wich aber aus, sodass Spence ihn verfehlte und stolperte. Er rechnete mit einem weiteren wütenden Vortrag, aber der DCI drehte sich nicht noch einmal um und sagte auch nichts mehr. Ein übellauniger Typ.

»Der läuft schon die ganze Woche rum, als hätte er ein Stück rohen Ingwer im Arsch, Sir. Langsam wird ihm wohl klar, was für ein nutzloser Fleischklops Carter ist.« Grumpy Bob stand unten an der Treppe und war zweifellos Zeuge der Begegnung geworden. McLean hüpfte die letzten Stufen zu ihm hinunter.

»Schlimmer als sonst? Kann nicht sagen, dass mir das aufgefallen wäre.«

»Du bist ja nicht oft hier. Wie geht's dir denn drüben bei der Sitte?«

»Könnte besser gehen, Bob. Und tu nicht so, als hättest du keine Ahnung, wovon ich rede.«

Grumpy Bob sagte nichts, neigte nur verständnisvoll den Kopf.

»Ihr werdet mich jetzt jedenfalls öfter hier sehen. Anscheinend soll ich die Leitung im Fall Eric Parker übernehmen.«

»Parker?« Grumpy Bob verzog das Gesicht und runzelte ratlos die Stirn. »Ach so. Der priapeische Handelsreisende. Wie läuft's denn?«

»Frag lieber nicht, sonst wirst du noch mit reingezogen.«

»Besser, als diese Cold Case Unit einrichten zu müssen. Ich dachte, wir wären Dagwood endlich los, aber er kommt praktisch jeden Tag vorbei, steckt seine Nase in Dinge, wo ich sie ungern sehe. Wahrscheinlich ist das auch ein Grund, weshalb Spence so schlecht drauf ist.«

»Ist er jetzt da? Dagwood, meine ich.« McLean sah sich nervös im Gang um.

»Nein, ist schon wieder auf dem Golfplatz. Aber ich hab die letzten beiden Stunden mit ihm verbracht. Keine Ahnung, womit ich das verdient habe.«

»Ich bin sicher, du wirst im Jenseits reichlich dafür belohnt.« McLean schlug seinem alten Freund auf den Arm, merkte aber, dass das Lächeln, das er damit provozierte, nur ein halbherziges war. War es denn wirklich so schlimm hier?

»Hast du mir eine Kopie des Berichts über Headland House hingelegt?«, fragte er.

»Mist. Ich wusste doch, dass da noch was war. Ich druck ihn dir gleich aus. Nicht dass er dich viel weiterbringen wird.«

»Nein?«

»Da fehlt alles Mögliche. Und was da ist, wurde überarbeitet, soweit ich das beurteilen kann. Ehrlich gesagt weiß ich nicht, wieso Dagwood den Fall überhaupt mit auf die Liste gesetzt hat. Den werden sie ihn sowieso nicht wieder aufnehmen lassen.«

»Sie?« McLean musste die Frage stellen, auch wenn er eine ziemlich genaue Vorstellung davon hatte, von wem die Rede war. Schon damals waren ihm ein paar bekannte Gesichter unter den Männern aufgefallen, die aus dem Haus geführt wurden. Vertreter des Establishments, mächtige Leute. Die meisten mussten inzwischen tot sein, schon wahr. Aber mehr als genug von ihnen lebten noch. Und die Jüngeren, die jetzt das Sagen hatten, waren ihnen garantiert noch einiges schuldig. »Vermutlich hast du recht, Bob. Wenn auch nur die Hälfte der Gerüchte wahr ist, die ich gehört habe, dann würde es nicht gut ausgehen, wenn die ganzen Schweinereien von damals ans Licht kämen.«

17

Alle sind still, als er sie die Treppe runterträgt. Aller Augen sind auf ihn gerichtet, er spürt, wie die Blicke sich ihm in die Haut brennen, aber niemand sagt ein Wort. Das ganze Haus ist unnatürlich still, als würde es die Luft anhalten, warten, was als Nächstes passiert.

Sie ist winzig, das Mädchen. Dürr wie ein Strich, und ihre Haare sind zerzaust. Sie hat noch nichts gesagt, ihn nur aus tiefen schwarzen Augen angestarrt, als er in die Hocke gegangen ist, den Käfig aufgeschlossen und sein freundlichstes Gesicht aufgesetzt hat, um ihr zu versichern, dass er keine Bedrohung darstelle. Es hat eine Weile gedauert, bis er sie dazu hat bringen können, aus dem Verschlag unter den Dachsparren herauszukommen. Sie hat weniger ängstlich gewirkt als misstrauisch, und in ihrem Blick ist eine hellwache Intelligenz gelegen, als wüsste sie ganz genau, was vor sich geht. Erst als sie sich selbst davon überzeugt hat, dass er keine Bedrohung für sie darstellt, ist sie aus ihrer Ecke gekrochen, zu ihm rüberkrabbelt, hat ihre knochigen Arme um seinen Hals geschlungen und sich über die Treppe vom Dachboden heruntertragen lassen.

Er hat nie Geschwister gehabt, und eigentlich versteht er von Kindern nicht viel. Wenn er hätte raten müssen, hätte er gesagt, dass sie acht oder neun Jahre alt ist, aber sie ist so dünn, sie könnte auch älter sein. Sie riecht ungewaschen, ihr schwarzes Haar ist verknotet und an einigen Stellen verfilzt, und sie erwidert die Blicke der Polizisten mit einer solchen Intensität, dass sich einer nach dem anderen von ihr abwendet.

»Was zum Teu…?« Detective Sergeant Duguid fällt gerade noch rechtzeitig ein, dass er das Fluchen in ihrer Gegenwart besser lassen sollte. Sein finsterer Blick verrät, dass er das Mädchen als eine Verkomplizierung empfindet, auf die er gut hätte verzichten können.

»Hab sie oben unter dem Dach gefunden, Sir. Anscheinend waren da oben vor nicht allzu langer Zeit auch noch andere gewesen. Keine Ahnung, wo die sind, aber jetzt ist niemand mehr oben.« Er will sie ablegen, aber sie klammert sich an ihn.

»Wie heißt du, Kleine?« Duguid tritt einen Schritt näher, beugt sich herunter, sodass er auf Augenhöhe mit dem Mädchen spricht. Er schlägt einen versöhnlichen Ton an. Allerdings ist er darin nicht besonders geübt, und sie klammert sich noch fester an McLean, wendet das Gesicht ab. Duguid blickt auf.

»Hat sie mit Ihnen gesprochen?«

»Nein, Sir. Kein Wort.«

Duguid legt die Stirn in Falten und wendet sich an einen anderen Kollegen in Zivil. »Rufen Sie das Jugendamt an. Wir brauchen hier ein Team, und zwar so schnell wie möglich. Und stellen Sie ein paar Leute vor den Raum, in dem sie gefunden wurde. Niemand geht da rein, bis die Spurensicherung ihn sich angesehen hat.«

Wie eine gut geölte Maschine führt das Team seine Anweisungen aus. Es liegt etwas in der Luft, etwas wie Erleichterung. Als hätten sie gewusst, dass so etwas passieren würde, aber keiner von ihnen wollte im Scheinwerferlicht stehen. Das kann er nicht begreifen.

»Was soll ich machen, Sir?« Er hievt das Mädchen in seinen Armen hoch. So dünn, wie sie ist, macht sich ihr Gewicht allmählich doch bemerkbar, aber sie erlaubt ihm nicht, sie abzusetzen.

»Sie, McLean?« DS Duguid neigt den Kopf zur Seite. »Suchen Sie sich lieber einen ruhigen Platz, wo Sie sich mit ihr hinsetzen können. Wird eine Weile dauern, bis die vom Jugendamt da sind, und es sieht nicht aus, als würde Ihre neue Freundin sich von sonst jemandem an die Hand nehmen lassen.«

18

Die Kanzlei MacFarlane and Dodds, Anwälte und Notare, befand sich in einem modernen Gebäude in Fountainbridge mit Glasfassade und Blick auf den Caledonian Canal am Lochrin Basin. McLean kannte die Gegend aus seiner Studentenzeit, als es hier noch den Rangierbahnhof und McEwan's Brauerei gab, außerdem heruntergekommene Slumwohnungen, die auf die lange versprochenen Sanierungsgelder warteten. Es hatte ein paar Generationen lang gedauert, aber ganz allmählich kam das Viertel aus dem Sumpf heraus und verwandelte sich in einen halbwegs anständigen Bezirk.

»Miss Marchmont erwartet Sie, Detective Inspector. Ich bringe Sie ins Konferenzzimmer und sage ihr Bescheid, dass Sie da sind.«

Die Empfangsdame war tüchtig und charmant, bot Kaffee an und zeigte ihnen auch gleich den Weg zu den Toiletten, als sie McLean und DS Ritchie durch den Gang führte, vorbei an identischen Milchglastüren und Milchglaswänden. Nur die Schilder mit Namen und Bezeichnungen gaben Aufschluss darüber, was sich in den einzelnen Räumen wohl verbarg. Ganz hinten stand »Konferenzraum 1«, und durch die Tür gelangte man in einen kompakten Raum, in dessen Zentrum sich ein großer Tisch mit viel zu vielen Stühlen drum herum befand. Auf einer Anrichte unter dem Fenster stand ein Tablett mit Tassen und ein Kaffeebereiter sowie ein Teller mit augenscheinlich teurem Gebäck.

»Bitte bedienen Sie sich.« Die Empfangsdame eilte zu dem Tablett und drückte den Filter des Kaffeebereiters herunter. »Oder wäre Ihnen Tee lieber?«

»Nein, Kaffee ist wunderbar«, sagte McLean, dann sah er Ritchie an.

»O ja, Kaffee ist wunderbar.«

»Dann gehe ich und sage Miss Marchmont Bescheid, dass Sie da sind.«

»Danke.« McLean wartete, bis die Empfangsdame an der Tür war, dann sagte er: »Eines noch. Ich hab vergessen, welche Funktion Miss Marchmont innerhalb der Kanzlei versieht. Was genau macht sie hier?«

Die Empfangsdame schaute ein kleines bisschen erstaunt über die Frage. »Sie leitet die Abteilung für Unternehmensrecht, Inspector. Und ist Kanzleipartnerin.«

»Natürlich. Tut mir leid. Mein Gehirn ist nicht mehr das, was es mal war.«

»Das geht uns allen so.« Die Empfangsdame lächelte und verließ den Raum.

»Was sollte das denn, Sir?«, fragte Ritchie. Sie hatte sich bereits am Kaffee und dem Gebäck bedient.

»Genau das, was ich gesagt habe. In Miss Marchmonts Akte steht nur, dass sie Anwältin ist und für diese Kanzlei arbeitet. Hilft uns schon weiter zu erfahren, ob sie ein Praktikum macht oder Kanzleipartnerin mit einer eigenen Abteilung ist, meinen Sie nicht?«

»Wahrscheinlich schon. Ehrlich gesagt weiß ich gar nicht, warum wir überhaupt hier sind.«

»Nennen wir's Schadensbegrenzung. Ich bin hier, um mich für unseren Fehler zu entschuldigen und mich zu vergewissern, dass es auch wirklich einer war, wenn Sie verstehen, was ich meine.«

Ritchie machte den Mund auf, wollte etwas erwidern, aber bevor sie dazu kam, ging die Tür auf. Beide drehten sich zu der Frau um, die jetzt hereinkam.

McLean war ihr schon einmal begegnet, aber mitten im

Tohuwabohu der Razzia. In einer solchen Situation erlebt man Menschen selten von ihrer besten Seite, und er erinnerte sich, wie Miss Marchmonts Wutausbruch großer Irritation gewichen war. Aber er erinnerte sich auch, dass sie alleine in ihrem Zimmer gesessen und sich offensichtlich nicht an dem Partygeschehen beteiligt hatte. Sie hatte behauptet, sich nicht wohl zu fühlen. Kaum erstaunlich, wenn man bedachte, wie dünn sie war. Sie trug einen grafitgrauen Hosenanzug, der an ihr hing, als hätte sie ihn sich von ihrem Vater ausgeborgt, und ihr Gesicht, eingerahmt von glattem, schulterlangem pechschwarzem Haar, war sehr schmal. Soweit er sehen konnte, war sie ungeschminkt und schien Make-up eigentlich auch gar nicht nötig zu haben. Ihre Haut war makellos und so blass, dass sie wohl nie in die Sonne ging.

Ein undefinierbarer Ausdruck huschte über ihr Gesicht, als sie ihn sah. Als wäre plötzlich ein Licht in ihr erloschen. Eine Sekunde lang hatte sie offen gewirkt, bereit zu reden. Aber kaum hatte sie ihn gesehen, hatte sie dichtgemacht. Und McLean war sicher, dass es an ihm lag, nicht an Ritchie. Im Haus war es dasselbe gewesen, und wieder hatte er das Gefühl, als würde er sie kennen und sie ihn. Aber er kam absolut nicht darauf, wo sie sich schon einmal begegnet sein könnten. Schließlich trieb er sich nicht unbedingt in der Swingerszene herum. Und mit Unternehmensrecht hatte er auch nicht viel am Hut. Vielleicht war es das Einfachste, sie zu fragen.

»Miss Marchmont. Danke, dass Sie sich Zeit für uns nehmen. Ich bin …«

»… Detective Inspector McLean. Ich weiß. Und das muss Detective Sergeant Ritchie sein. Ich habe schon viel von Ihnen gehört. Von Ihnen beiden.«

McLean wusste, wann es schlauer war, den Mund zu halten. Auch Ritchie sagte nichts. Daraufhin entstand zunächst eine betretene Pause, bevor Marchmont fortfuhr.

»Ich sehe, Janice hat Ihnen bereits Kaffee angeboten. Vielleicht können wir dann direkt zum Thema kommen? Vor mir liegt ein anstrengender Tag.« Sie zog sich einen Stuhl heran und setzte sich. McLean tat es ihr gleich, wobei ihm auffiel, dass sie ihnen nicht die Hand angeboten hatte.

»Eigentlich bin ich hier, um mich im Namen von Police Scotland und der SCU für die Razzia zu entschuldigen«, sagte er. »Wir haben auf Grundlage von Informationen gehandelt, die wir für absolut zuverlässig hielten.«

»Die SCU?«, unterbrach Marchmont ihn.

»Die Sexual Crimes Unit. Wir beschäftigen uns mit Prostitution, Menschenhandel, Kindesmissbrauch, die Liste ist deprimierend lang.«

»Davon bin ich überzeugt, Detective Inspector. Aber was in meinem Haus vor sich gegangen ist, ist nicht verboten, daher scheinen Ihre Informationen nicht viel wert gewesen zu sein. Ich nehme nicht an, dass Sie mir verraten würden, mit wem Sie gesprochen haben.«

»Ich fürchte, so einfach ist es nicht. Wir erhalten unsere Informationen aus zahlreichen Quellen, bevor wir eine Operation starten. Ich kann Ihnen aber versichern, dass wir diese einer intensiven Prüfung unterziehen werden.« McLean konnte kaum fassen, was er da redete. Wann hatte er sich bloß in Spence verwandelt? Auch Marchmont musste es gemerkt haben, denn in ihren Augenwinkeln zuckte ein Grinsen, das sich aber dann doch nicht durchsetzte.

»Nichtsdestotrotz haben Sie meinen Freunden mit Ihrer Aktion außerordentlich große Unannehmlichkeiten bereitet.«

»Das tut mir leid. Die Daten wurden nicht in die Akten aufgenommen, wenn Sie das trösten kann. Und es ist uns auch gelungen, die Presse fernzuhalten. Niemand wurde angezeigt. Mr Smith natürlich ausgenommen.«

»Mr Smith?«

»Sie kennen ihn. Ihr Freund aus London? Er wirkte ein bisschen verloren, während die beiden Damen bei ihm im Zimmer viel Spaß miteinander hatten.«

Erneut ein flüchtiges Lächeln, in das sich noch etwas anderes mischte. »Ich glaube nicht, dass ich einen Mr Smith kenne, Inspector«, sagte sie. »Zumindest keinen, der meine Partys besucht. Vielleicht hat ihn einer der anderen Gäste mitgebracht, wobei das aber eigentlich nicht vorgesehen ist. Ich sollte zumindest im Vorfeld darüber unterrichtet werden. Im Gegensatz zu dem, was Sie denken, springen wir nicht einfach mit irgendwelchen Fremden ins Bett. Sagen Sie, was hat dieser Mr Smith verbrochen?«

McLean konnte nicht feststellen, ob Marchmont log oder nicht. Ihre Unkenntnis wirkte aufrichtig, aber es lag eine Anspannung in ihrer Stimme, die er ihr zuvor nicht angehört hatte.

»Zum Beispiel wurde er wegen Unzucht mit Minderjährigen zu drei Jahren Haft verurteilt. Und er hat uns nicht gesagt, dass er sich in der Stadt aufhält.«

»Wollen Sie damit andeuten …«

»Ich will gar nichts andeuten, Miss Marchmont. Aktuell hat Mr Smith nur insofern gegen das Gesetz verstoßen, als dass er sich nicht umgemeldet hat, wie es das Sexualstrafrecht von einem einschlägig Vorbestraften wie ihm verlangt. Er ist als Sexualstraftäter registriert und muss den Behörden Bescheid geben, sobald er sich für längere Zeit in einer anderen Stadt aufhält. Das hat er versäumt. Wir haben ihn zufällig bei Ihnen im Haus gefunden. Wir haben ihn nicht gesucht. In gewisser Weise haben Sie uns alle einen Gefallen getan.«

Marchmont legte die Stirn in Falten, nicht direkt wütend, eher besorgt. »Er hätte nicht da sein dürfen. Ich hätte ihn niemals reingelassen.«

»Wenn Sie ihn gekannt hätten?« Ritchie hatte diese Frage gestellt. Marchmont wandte sich zum ersten Mal seit Beginn des

Gesprächs zu ihr um und erlaubte McLean dadurch, ihr Gesicht im Profil zu betrachten. Da war noch etwas an ihr, das er nicht so richtig benennen konnte, irgendwas an der Art, wie sie auf seine Fragen reagierte. Er hatte sich so sehr das Hirn zermartert, woher er sie kannte, dass er ihre fast fehlerlose Vorstellung kaum gewürdigt hatte. Trotzdem wusste er, dass es eine Vorstellung war. Sie schauspielerte. Log. Verbarg etwas.

»Ganz recht. Sie mögen unsere kleinen Zusammenkünfte eigenartig finden, aber alle Personen, die Sie in meinem Haus angetroffen haben, sind miteinander befreundet. Menschen, die ich schon lange kenne. Darunter nicht wenige Liebespaare.« Marchmont verweilte eine Zeit lang beim letzten Wort, ihr Blick verschwamm vorübergehend, als würde sie sich an leidenschaftliche Nächte erinnern. Sie schauderte sanft, bevor sie fortfuhr. »Wie gesagt, ich hätte niemals einen Fremden hereingelassen, ohne dass er mir vorgestellt wurde. Normalerweise hätte ich ihn zuerst kennengelernt, in- und auswendig. Dieser Mr Smith? Klingt nach einem Ungeheuer. Ich habe keine Ahnung, wie es dazu kommen konnte, dass er sich in meinem Haus aufhielt.«

Und da war es, ein winziges verräterisches Detail. Die Hand am Bauch fiel weniger auf, jetzt wo sie saß, aber McLean hatte genügend Menschen vernommen, Verdächtige ebenso wie Zeugen, und er wusste, wann jemand log.

»Ich bin ja schon so einigen Leuten begegnet, aber die ist völlig verkorkst.«

DS Ritchie spähte über das Lenkrad und prüfte den Verkehr, bevor sie sich mit dem kleinen Alfa Romeo in östlicher Richtung zur Lothian Road in den Verkehrsfluss fädelte. McLean hatte ihr die Schlüssel übergeben, als sie sich vor dem Gespräch mit Marchmont im Präsidium getroffen hatten; sie fuhr viel besser als er, verstand viel mehr von Autos, und er wollte nachdenken, ohne sich auf die Straße konzentrieren zu müssen.

»Jedem das Seine, Kirsty. Dafür, dass sie so verkorkst ist, ist sie aber auch sehr verständnisvoll, wenn man bedenkt, dass wir in ihr Haus eingefallen sind und alle ihre Freunde zur Vernehmung auf die Wache geschleppt haben. Sie könnte sehr viel mehr Theater machen, wenn sie wollte.«

»Und zusehen, wie ihr kleines schmutziges Geheimnis überall in der Presse breitgetreten wird.«

Eine Weile sagte McLean nichts. Er versuchte sich noch zusammenzureimen, woher er Heather Marchmont kennen könnte. Sie war zu jung, um mit ihm auf der Schule oder Universität gewesen zu sein, und bestimmt bewegten sie sich nicht in denselben Kreisen. Auch wenn man von ihren nächtlichen Kapriolen einmal absah.

»Was wissen wir über sie? Abgesehen von ihren sexuellen Neigungen.«

»Wie machen Sie das bloß, Sir?«

McLean sah zu Ritchie rüber. »Was?«

»So zu tun, als sei es völlig normal, dass ein paar Leute zu einem nach Hause kommen und miteinander ficken. Ich meine, verdammt noch mal, ›sexuelle Neigungen‹? Wertfreier geht's nicht.«

»Ich kann mir nie merken, ob es das Genie ist, das zwei widersprüchliche Vorstellungen gleichzeitig im Kopf hat, oder der Wahnsinnige. Mir ist das nie schwergefallen, also vermutlich beide.«

Ritchie schaltete geschmeidig zwei Gänge herunter und lenkte den Alfa in den Kreisverkehr, möglicherweise ein kleines bisschen aggressiver, als unbedingt nötig gewesen wäre. McLean wurde in den Sitz gepresst, als sie anschließend wieder beschleunigte. Vielleicht war es keine so gute Idee, sie aufzuziehen, wenn sie gerade am Steuer seines Wagens saß.

»Dann hat sie also ein interessantes Sexualleben. Ich weiß aber nicht, was das über sie aussagt oder über uns, da es uns schon unangenehm ist, überhaupt nur darüber zu reden. Tatsächlich interessiert mich im Moment herzlich wenig, was Marchmont erotisch auf Touren bringt. Ich möchte gerne was über ihre Vergangenheit erfahren. Wo sie herkommt. Wie lange sie schon für die Kanzlei arbeitet. Was sie vorher gemacht hat. Wir wissen, wo sie wohnt, aber kommt sie überhaupt ursprünglich aus Edinburgh? Wo hat sie Jura studiert? Wer ist sie?«

»Glauben Sie, sie hat was zu verbergen?«

McLean lachte. »Eine ganze Menge, zum Beispiel, woher sie John Smith kennt. Ich weiß, dass Jo die ganze Angelegenheit als peinlichen Fehler abgehakt hat, aber ich bin nicht überzeugt. Ich hab mir die Akten noch mal angesehen. In der Woche vor der Razzia wurde in diesem Haus ein Bordell betrieben. Wenn ich dem Glücksspiel zugeneigt wäre, würde ich einiges drauf verwetten, dass die Sexparty nur Tarnung war.«

Ritchie ging vom Gas, weil das Tempolimit auf dreißig Stundenkilometer gesenkt worden war. Sie konzentrierte sich auf die Straße, warf ihm aber Blicke von der Seite aus zu, als wollte sie dahinterkommen, ob er scherzte oder nicht.

»Und Sie glauben, Marchmont hat damit zu tun? Mit einem Bordell? Ist das nicht, ich weiß nicht, eher unwahrscheinlich? Sie ist Partnerin einer internationalen Anwaltskanzlei. Nicht gerade die typische Puffmutter.«

So gesehen musste McLean ihr recht geben. Vielleicht jagte er tatsächlich Gespenstern hinterher, versuchte einfach nur verzweifelt, eine Erklärung für den riesigen Schlamassel zu finden. Vielleicht war es wirklich besser, den Tatsachen ins Auge zu sehen und weiterzumachen.

»Ja, wahrscheinlich haben Sie recht«, sagte er, obwohl er sicher war, dass sie sich irrte.

»Das war ein Riesenschock für uns. Eric ist … war, na ja, er war Eric. Ich kann nicht glauben, dass er nicht mehr lebt.«

Das zweite Gespräch des Tages, nur dieses Mal führte McLean es in Begleitung von DS MacBride. Die Räumlichkeiten von Boxing Clever standen in krassem Gegensatz zur Kanzlei von MacFarlane and Dodds. Das Unternehmen belegte ein paar Stockwerke eines alten Betonungetüms aus den Siebzigerjahren gleich oben am Leith Walk. Hier stank es nach feuchter Pappe und Schweiß, und der Kaffee, den man ihnen in fleckigen Bechern gebracht hatte, schmeckte, als wäre er bereits vor ein paar Tagen gekocht worden. Möglicherweise vor Wochen.

»Können Sie mir sagen, woran er gearbeitet hat?«, fragte McLean.

»Eric? Er war für den Vertrieb im nördlichen Sektor zuständig.«

Der Chief Operation Officer, wie er sich vorstellte, war ein dünner Mann namens Donald Hutcheson. Er war jünger als Parker, hielt sich aber gebückt wie ein doppelt so alter Mann. Sein Handy klingelte ununterbrochen, ein Medley der unterschiedlichsten Klingeltöne, die er größtenteils ignorierte. Nur gelegentlich schaute er aufs Display, leitete den Anruf an die Mailbox weiter und steckte sich das Handy in die Jacketttasche, wo es wenige Sekunden später erneut klingelte.

»Das heißt alles nördlich der Highland Line?«

MacBride hatte sein Tablet wieder dabei und tippte fröhlich mit einem Finger darauf herum.

»Alles nördlich vom Hadrianswall, wenn ich ehrlich bin. Nördlich vom englischen Kanal sogar. Unser Transaktionsbereich … na ja, wir sind nicht das größte Unternehmen auf dem Verpackungssektor.«

»Was hat Parker an dem Tag gemacht, an dem er ins Parkhaus gefahren ist?«

»Das ist sehr eigenartig. Ich weiß gar nicht, warum er überhaupt dort geparkt hat. Wir benutzen das Parkhaus kaum noch, da wir uns größtenteils nach Loanhead verlagert haben. Dort werden die Produkte hergestellt. Und sobald wir aus dem Mietvertrag herauskommen, ziehen wir mit den Büros dorthin nach.«

»Aber tagsüber war Parker doch für die Firma unterwegs gewesen, oder?«

McLean lenkte das Gespräch wieder auf das eigentliche Thema zurück.

»Was? Oh. Ja. Er war oben in Inverness. Wir beliefern eine ganze Menge kleiner Herstellerbetriebe dort.«

»Haben Sie mit ihm über die Reise gesprochen? Hat er sich auf der Rückfahrt bei Ihnen gemeldet?« Wie um die Frage zu unterstreichen, klingelte Hutchesons Telefon, mit einem erneut anderen Klingelton. Es konnte nichts Wichtiges sein, da er nicht einmal aufs Display schaute.

»Das hat er, ja. Auf der A9 ist der Handyempfang nicht gerade gut, aber er hat sich aus Perth gemeldet. Er hat ein paar Abschlüsse gemacht und hatte ein paar weitere in Aussicht.« Hutcheson verzog das Gesicht. »Verdammt. Um die muss ich mich kümmern.«

»Hat er Sie auf dem Handy da angerufen?« MacBride zeigte auf Hutchesons Jacketttasche genau in dem Moment, in dem es erneut elektronisch dudelte. Dieses Mal zog er das Telefon heraus und berührte das Display mit dem Daumen, bis das Geräusch verstummte.

»Das hier? Ja. Alle rufen auf dem hier an. Ohne könnte ich gar nicht überleben.«

»Das heißt, die Zeit wurde festgehalten, wann er in Perth war?«

»Ich denke schon. Wieso?«

»Wir versuchen, Mr Parkers Schritte zu rckonstruieren. Telefonate würden bestimmte Stationen zeitlich eingrenzen.«

»Ach so, okay. Sie wissen wirklich, wie man an Informationen kommt.« Hutcheson schob ihnen das Telefon über den Tisch.

MacBride tippte ein paarmal auf das Display, dann gab er etwas in sein Tablet ein und reichte Hutcheson das Handy zurück. Kaum hatte dieser es genommen, klingelte es schon wieder. Er schaute aufs Display, runzelte leicht die Stirn. »Ah, also hier muss ich wirklich drangehen. Tut mir leid.«

Bevor sie noch etwas sagen konnten, hatte er sich erhoben und war aus dem Zimmer geeilt, wobei er gehetzt ins Handy sprach.

»Ein sehr gefragter Mann«, sagte MacBride.

»Wenn er nicht aufpasst, befindet er sich selbst auf dem besten Wege zum Herzinfarkt.« McLean merkte erst, als er's schon gesagt hatte, wie unsensibel die Bemerkung war. Zum Glück war Hutcheson nicht in Hörweite gewesen. »Um wie viel Uhr hat Parker aus Perth angerufen?«

MacBride hielt das Tablet so, dass McLean seine Notizen lesen konnte. »Halb sechs am Nachmittag. Passt zum Rest.«

»Halb sechs? Aber er ist erst kurz vor halb neun im Parkhaus angekommen. Man braucht kaum eine Stunde von Perth nach Edinburgh. Was hat er zwei Stunden lang gemacht?«

McLean lehnte sich zurück, hörte Hutcheson hinter der halb geschlossenen Bürotür telefonieren. »Wir haben doch auch immer noch Parkers Handy, oder?«

»Mike Simpson von der IT-Forensik wollte es sich ansehen.«

»Wahrscheinlich wird er den Anruf finden.«

»Wenn er das Passwort geknackt hat. Ich werde fragen müssen, ob es hier vielleicht jemand kennt. Soll ich mal versuchen nachzuvollziehen, wo das Handy gewesen ist? Das heißt, wo Parker zwischen halb sechs und halb neun gewesen ist?«

»Geht das denn?« McLean hoffte es, aber er war weniger ein Meister der Technik als ihr minderbemittelter Diener.

»Möglicherweise, aber das dauert.«

Und das hieß, es würde teuer werden. Überstunden bei einem schwindenden Budget. Wie viel durften sie gerechtfertigterweise auf einen Mann verwenden, der allem Anschein nach an natürlichen Ursachen gestorben war? Vermutlich nicht viel, dachte McLean. »Warte mal noch damit. Aber wir behalten uns die Option vor. Ich hab das ungute Gefühl, dass wir mit Eric Parker lange noch nicht fertig sind.«

19

Ein Vögelchen hat mir zugezwitschert, dass du heute Morgen bei Heather Marchmont warst. Was zum Teufel sollte das?«

McLean saß an einem der leeren Schreibtische im Hauptbüro der SCU über eine Computertastatur gebeugt und blickte auf die Frage hin erstaunt auf. DCI Dexter stand am Eingang, im Gegenlicht der Abendsonne, die hinter ihr durch die Fenster schien. Er musste sie nicht sehen, um zu wissen, wer sie war, auch wenn der Ton ihrer Stimme nicht so freundlich war, wie er vielleicht gehofft hatte.

»Ich dachte, wir hätten verabredet, dass ich mit ihr spreche. Dachte, unter den gegebenen Umständen wäre es besser, zu ihr zu gehen, als sie auf die Wache zu zitieren.«

»Besser wäre gewesen, du wärst überhaupt nicht hingegangen. Jedenfalls nicht ohne mich.«

»Aber …«

»Ach, vergiss es, Tony.« Dexter kam ins Zimmer, und McLean sah ihr an, wie müde sie war. Sie ging gebückter als sonst, und ihre Schultern hingen, als würde das Gewicht der ganzen Welt auf ihnen lasten. »Du hast recht. Das haben wir vereinbart. Aber das war, bevor mir der DCC auf die Pelle gerückt ist und praktisch befohlen hat, die ganze Angelegenheit möglichst schnell unter den Teppich zu kehren.«

»Hat er das gesagt?« McLean drehte sich auf seinem Stuhl um, als Dexter einen unter dem Nachbarschreibtisch hervorzog und sich darauffallen ließ. Ein kurzer Blick in den Raum verriet ihr, dass sie alleine waren.

»So dumm ist er nicht, aber ich verstehe eine Andeutung.

Besonders wenn sie gepaart ist mit der Drohung, Professional Standards hinzuziehen. Wenn du Miss Marchmont ins Kreuzverhör nimmst, wird dir das kaum gut bekommen. Jedenfalls nicht wenn sie sich entschließt, offiziell Beschwerde einzulegen.«

»Für ein bisschen intelligenter darfst du mich schon halten, Jo. Ich hab sie keinem Kreuzverhör unterzogen, sondern mich demütigst bei ihr entschuldigt. Ich wollte gerade meinen Bericht schreiben.« McLean zeigte auf den Bildschirm und die Tastatur vor sich.

»Ach ja? Gefällt dir das Büro nicht, das wir dir zugewiesen haben?«

»Das ist wunderbar. Ist aber einfacher, es hier zu machen. Ritchie hat den Bericht geschrieben, und ich lese ihn noch mal, bevor ich ihn unterschreibe. Besser als Überstunden schieben.«

»Apropos Ritchie, wo ist sie?« Dexter sah sich um, als würde sie jetzt erst merken, dass der Raum leer war.

»Dienstschluss. Und sie musste sowieso weg; ihr Freund ist diese Woche in der Stadt.«

»Der Pfarrer? Läuft das immer noch?« Dexter schüttelte ungläubig den Kopf.

»Anscheinend schon. Das arme Schwein erholt sich noch von seinem Zusammenstoß mit dem Irren im vergangenen Frühjahr. Wird wohl noch eine Weile dauern, bis er wieder richtig gehen kann. Offensichtlich kommt er aber sehr gut beim Bischof an. Verbringt inzwischen den Großteil seiner Zeit in St. Andrews.«

»Nur gut, dass die in Fife keine Sergeants brauchen, sonst hätten wir einen Detective weniger.«

»Schlag das bloß nicht vor. Sie ist das einzige Team, das mir geblieben ist. MacBride ist vollauf damit beschäftigt, Brooks bei Laune zu halten, und Grumpy Bob steuert schwer auf die Rente zu.«

»So schlimm ist es auch nicht. Du hast noch Sandy Gregg.«

Dexter schenkte ihm ein gemeines Grinsen. »Wieso schreibst du den Bericht nicht morgen früh fertig. Heute Abend liest ihn sowieso niemand mehr. Fahr nach Hause, ruh dich aus.«

McLean drehte sich auf dem Stuhl um, sodass er wieder vor dem Monitor saß. »Ich glaube, mir wäre wohler, wenn ich das erledigt hätte. Dürfte aber nicht mehr lange dauern. Ich gleiche nur Marchmonts Aussage mit denen der anderen vom Abend der Razzia ab. Du weißt, dass sie gar nicht mitgemacht hat?«

»Wenn dir ein Vorgesetzter sagt, du sollst nach Hause fahren und dich ausruhen, Tony, dann solltest du … was?« Dexter hatte angefangen zu schimpfen, noch bevor McLean seinen Satz zu Ende gesprochen hatte. Es dauerte eine Weile, bis das, was er gesagt hatte, bei ihr ankam.

»Sie hat nicht mitgemacht. Beim Sex. Wir haben sie alleine in ihrem Zimmer gefunden, sie hat an einem juristischen Fall gearbeitet, während rings um sie herum gestöhnt wurde.«

»Aber hat sie eine Aussage gemacht?«

»Ja, wie alle anderen dort. Ich hätte gesagt, sie schwindelt, aber ich hab sie gesehen, und sie war wirklich nicht für die Party zurechtgemacht. Sie meinte, sie sei nicht in Stimmung gewesen, habe sich ein bisschen krank gefühlt. Kann sein, dass sie gelogen hat, aber ehrlich gesagt weiß ich nicht, weshalb sie sich die Mühe machen sollte. Sie hat zugegeben, dass sie das Ganze organisiert hat, nur als es losging, hatte sie keine Lust mehr.«

»Hat die Party aber nicht abgesagt.« Dexter schüttelte den Kopf. »Für mich klingt das, als hätte jemand anders das Sagen gehabt.«

»Der Gedanke ist mir auch schon gekommen. Und dann ist da ja noch die kleine Nebensächlichkeit mit Mr Smith.«

»Wieso, was ist mit dem?«

»Na ja, sie sagt, sie kennt ihn nicht, weiß nicht, wer ihn eingeladen hat. Sie hat sehr überzeugend so getan, als wäre sie wütend darüber, dass er überhaupt da war.«

»Aber du hast es ihr nicht abgekauft?«

»Ich habe ihr gar nichts abgekauft. Das passte alles nicht zusammen. Ich meine, ich bin sicher, dass es in Edinburgh eine Swingerszene gibt, genauso wie in jeder anderen Stadt, in der Männer und Frauen mit zu viel Zeit und einem unterentwickelten Schamgefühl leben. Aber ich würde gutes Geld darauf verwetten, dass wir eine Woche vorher Prostituierte und ihre zahlenden Freier dort angetroffen hätten. Irgendwie haben die rausbekommen, dass wir kommen. Die Party war eine kurzfristig improvisierte Vertuschungsaktion. Eine Möglichkeit, das ganze Sexspielzeug zu erklären.«

»Und was ist Miss Marchmont? Ist sie die Puffmutter? Eine auf Unternehmensrecht spezialisierte Juristin, die einer der besten Kanzleien der Stadt angehört? Ihr Seniorpartner spielt regelmäßig Squash mit dem Deputy Chief Constable.« Dexter schüttelte langsam den Kopf. »Du siehst überall Verschwörungen, Tony. Ich wünschte, es wäre wahr, glaub mir. Schließlich bin ich diejenige, die für den Schlamassel aufs Dach bekommt. Ich würde nichts lieber tun, als zum DCC und zum Staatsanwalt zu gehen und zu sagen, dass wir doch recht hatten. Aber das hatten wir nicht. Wir haben uns geirrt. Ende und aus.« Sie stand auf, schob den Stuhl wieder unter den Schreibtisch, unter dem er vorher gestanden hatte, und legte McLean eine Hand auf die Schulter. »Gib's auf. Fahr nach Hause und trink was von dem ausgezeichneten Whisky, den du in deiner Bibliothek versteckst. Morgen schließen wir den Fall ab.«

McLean sagte nichts, hielt aber Dexters Blick lange genug, damit sie sicher sein konnte, dass er die Ansage verstanden hatte, und nickte, um ihr zu signalisieren, dass er sich fügen würde. Schulterzuckend drehte sie sich um und ging. Lange nachdem sie schon weg war, starrte er noch durch die geöffnete Tür, auf das Fenster dahinter und den dunkler werdenden Abendhimmel. Er fragte sich, warum niemals etwas unkompliziert sein konnte.

Und woher zum Teufel Jo Dexter das mit dem Whisky in seiner Bibliothek wusste.

Ein unbekannter Wagen erwartete ihn. Als McLean durch das Tor fuhr, parkte er auf dem Kies draußen vor dem Haus. Kurz fragte er sich, ob Emma zurückgekehrt war, aber es war schon so lange her, seit er auch nur eine Postkarte von ihr bekommen hatte. Außerdem war dieser Wagen relativ neu. Emmas alter, rostiger blauer Peugeot hatte sicher längst den Geist aufgegeben, und er konnte sich nicht vorstellen, dass sie Geld für einen funkelnagelneuen hatte.

Das Geheimnis wurde gelüftet, als er den kleinen Wirtschaftsraum betrat, der von der Küche zur Hintertür führte. Laut schallendes Gelächter kam ihm entgegen, und er sah Rachel mit einem Becher Tee an dem großen Holztisch sitzen. Neben ihr stand eine weitere Frau, die ihm den Rücken zukehrte. Ihr schulterlanges blondes Haar glänzte im Licht der Deckenlampe, aber es war ihre Kleidung, die sie verriet. Rachels ältere Schwester Jenny führte ein Geschäft für Secondhandklamotten auf der Nicholson Street und trug ihre Ware gerne selbst. Sie hatte ihm einmal bei der Identifizierung der Leiche einer jungen Frau geholfen, die im Keller eines alten Herrschaftshauses draußen in Sighthill eingemauert gewesen war, indem sie ihm etwas über deren Kleid verraten hatte. Allerdings war das schon ein paar Jahre her, und seit Phils und Rachels Hochzeit hatte er sie nicht mehr gesehen.

»Tony. Du bist zu Hause.« Rachel hatte ihn entdeckt und hatte Mühe, sich von ihrem Stuhl zu erheben.

»Wegen mir musst du nicht aufstehen«, sagte er, als er in den Raum trat. Jenny drehte sich zu ihm um und kam ihm dabei näher, als ihm angenehm war.

»Tony. Hi. Lange nicht gesehen.« Einen peinlichen Moment lang dachte er, sie wolle ihn umarmen, aber dann begnügte sie sich mit einem Küsschen auf die Wange. Sie sah gut aus, das war kaum zu übersehen. Jünger, als er sie von ihrer ersten Begegnung in Erinnerung hatte, aber damals hatte sie auch sehr unter Stress gestanden.

»Wie geht's Chloe?« Das erstaunte Leuchten in Jennys Augen bestätigte, dass er sich an den Namen ihrer Tochter richtig erinnert hatte. Er hätte ihn auch kaum vergessen können, wenn man bedenkt, was sie wegen ihm durchgemacht hatte. Und wovor er sie bewahrt hatte.

»Es geht ihr gut. Sie ist an der Uni in Aberdeen. Studiert Materialwissenschaft. Ich glaube, ich weiß gar nicht so genau, was das ist.«

McLean sah sich in der Küche nach Anzeichen dafür um, dass die beiden etwas gegessen hatten. Dieses Mal hatte er genug für zwei geholt, aber jetzt waren sie zu dritt. Die Tüte hing schwer an seiner Hand, also hievte er sie auf den Tisch.

»Ach, hätte ich fast vergessen. Ich hab mit Phil gesprochen. Er ist auf dem Weg nach Edinburgh. Müsste morgen hier eintreffen, wenn er's an Bord geschafft hat.«

»War er betrunken?«, fragte Rachel. Ihr Lächeln anlässlich seines Eintreffens und der Freude über das Wiedersehen mit ihrer Schwester hatte sich auf McLeans Ankündigung hin verflüchtigt. McLean hatte ein schlechtes Gewissen, aber er musste es ansprechen.

»Er war betrunken, ja. Ich hab ihm gesagt, er soll sich einen schwarzen Kaffee besorgen und ausnüchtern. Seitdem hab ich nichts mehr von ihm gehört, also gehe ich davon aus, dass er mitfliegen durfte.«

»Wenn nicht, liegt er irgendwo am Flughafen. Verdammt, wenn ich gewusst hätte, was für ein Säufer Phil ist, hätte ich ihn nie geheiratet. Hat mir schon gereicht, als ich das bei unserem Dad miterleben musste.« Rachel ließ sich wieder auf ihren Stuhl sacken und stierte in ihren Becher.

»Phil ist kein Säufer, Rae. Klar, hin und wieder schaut er mal zu tief ins Glas, aber wer tut das nicht?« McLean hatte sich gerade ein Bier aus dem Kühlschrank holen wollen, aber in Anbetracht der Wendung, die dieses Gespräch nahm, entschied er sich jetzt dafür, lieber Wasser aufzusetzen.

»Jemand, der sich jeden Abend besinnungslos betrinkt, ist meiner Auffassung nach ein Säufer. Kochst du Tee?« Sie hielt ihren Becher hoch und gab ihm so zu verstehen, dass sie Nachschub gebrauchen konnte. McLean nahm ihn ihr ab und wandte sich an Jenny.

»Für dich auch?«

»Warum nicht?« Sie zog einen Stuhl heran und setzte sich, McLean blieb als Einziger stehen. Die beiden Schwestern saßen so gemütlich bei ihm am Küchentisch, dass er sich in seinem eigenen Zuhause wie ein Fremder vorkam, und erst in diesem Moment fiel ihm auf, dass auch Mrs McCutcheons Katze sich nirgendwo blicken ließ. Er war wohl nicht der Einzige, der sich überrumpelt fühlte.

»Hast du denn mal was von Emma gehört? Rae hat gesagt, sie ist schon vor einer Weile weg.«

McLean musterte Jennys Gesichtsausdruck, suchte nach Anzeichen dafür, dass sie auf etwas Bestimmtes hinauswollte. Aber anscheinend meinte sie es ehrlich.

»Hab vor ein paar Monaten eine Postkarte bekommen. Aus Neuseeland. Einem Ort namens Te Anau auf der Südinsel.«

»Was macht sie denn da?«

»Diese Frage habe ich mir schon lange abgewöhnt. Außerdem hat sie kein Telefon dabei. Jedenfalls keins, dessen Nummer ich hätte. Und sie bleibt nie lange genug irgendwo, sodass ich ihr schreiben könnte. Ich habe das Gefühl, ihre Suche könnte sich dem Ende nähern, aber vielleicht ist das auch nur Wunschdenken.« Er versuchte die Verbitterung in seiner Stimme zu unterdrücken und fragte sich, woher sie rührte.

»Ihre Suche?«, fragte Jenny.

»Sie lag ja sechs Monate lang im Koma und hat ihr Gedächtnis verloren. Sie musste einfach weg, um die Welt reisen. Ich kann das verstehen. Wenn ich hilflos gewesen wäre, so verloren wie sie, dann hätte ich auch irgendwie die Kontrolle übernehmen wollen. Und was Wildes gemacht, irgendwas ganz anderes.«

Jenny erwiderte nichts darauf, weshalb McLean sich mit dem Teekochen beschäftigte und Becher verteilte. Über Emma zu sprechen war ihm unangenehm, aber nicht aus den naheliegenden Gründen. Inzwischen war sie auf der Wache nur noch selten Thema, nur hier und da wurde mal nachgefragt, wenn er einen ihrer alten Kollegen aus der Gerichtsmedizin an einem Tatort traf. Er hatte sich erfolgreich eingeredet, dass sie bald wieder zurückkommen würde. Das genügte, und er glaubte fest daran, akzeptierte ihre Abwesenheit inzwischen als ganz normal. Wenn er aber über sie sprach, war er gezwungen, der Wahrheit ins Auge zu sehen: Sie war jetzt seit achtzehn Monaten weg, und ihre Postkarten trafen immer unregelmäßiger ein. Offen gestanden hatte er keine Ahnung, wo sie sich derzeit aufhielt und ob sie je wiederkommen würde.

»Aber ich bin sicher, sie wird zurückkommen, wenn sie so weit ist.« Er nahm das Curry vom Tisch und stellte es auf den Küchentresen, zog sich einen Sessel heran und ließ sich darauf nieder.

»Ganz sicher.« Jenny streckte die Hand nach seiner aus und tätschelte sie eigenartig mütterlich. McLean überspielte sein wachsendes Unwohlsein, indem er Tee schlürfte, wobei er sich die Lippe an der kochend heißen Flüssigkeit verbrannte. Mit Bier hatte er dieses Problem nie gehabt.

»Und was ist mit dir, Jenny? Erfolgreiche Reise?«

»Kann nicht klagen. Ich hab jede Menge Ware von einem Onlinehändler bekommen, der Pleite gemacht hat. Was mich auf ein eher schwieriges Thema bringt.«

McLean fiel unwillkürlich auf, dass Jenny den Blick von ihm abwendete und ihre Schwester über den Tisch hinweg ansah. Er hatte genügend Menschen vernommen, um zu wissen, was sie meinte, und er war nicht dumm genug, um nicht zu wissen, warum.

»Deine Wohnung über dem Laden ist nicht groß, oder? Und wenn du gerade eine Menge Ware gekauft hast, wirst du sie irgendwo unterbringen müssen.«

»Ich wusste, du verstehst das. Rae ist natürlich jederzeit bei mir willkommen, aber ...« Sie verstummte.

»Ich hab mehr als genug Platz, und Phil könntest du wahrscheinlich sowieso nicht auch noch unterbringen.«

»Phil ...? Äh, ach so, ja.« Jenny sah erneut ihre Schwester an. Rachel konzentrierte sich auf den Tee in ihrem Becher, blickte aber bei der Erwähnung ihres Ehemannes abrupt auf.

»Kommt er her ... ja, natürlich kommt er her. Wo soll er sonst hin?«

»Er ist mein ältester Freund, Rae. Und er macht gerade eine schwierige Zeit durch.« McLean nahm seinen eigenen Becher und stellte ihn gleich wieder ab. Für ein Bier hätte er morden können.

»Hier ist genug Platz für alle.«

20

»Na bitte. Alles in Butter. Wenn Sie hier noch unterschreiben würden, Sir?«

McLean wusste nicht, was er davon halten sollte, dass Sexualstraftäter, die als ungefährlich galten, mit elektronischen Fußfesseln versehen entlassen wurden. Damit wollte man Geld sparen und die Gefängnisse entlasten, aber er hegte den Verdacht, dass damit nur wieder einmal öffentliche Aufgaben in den privaten Sektor verschoben wurden. Dass jemand mit Gerechtigkeit Profit machte, kam ihm nicht richtig vor, auch wenn er gar nicht genau sagen konnte, warum. Andererseits war John Smith mit einem GPS-kompatiblen Sender am Fußgelenk jederzeit einfach zu finden, und wenn er versuchen sollte, sich vor seiner Verhandlung zu verdrücken, würden sie es mitbekommen.

»Das scheuert ein bisschen. Wie soll ich das Ding denn abnehmen?« Der Mann krempelte sein Hosenbein runter und versuchte, die Fußfessel und das schwere elektronische Gerät daran zu verstecken. Seine enge Jeans dehnte sich nicht so ohne Weiteres, was bedeutete, dass das Entkleiden am Abend eine interessante Herausforderung für ihn werden dürfte.

»Sehr witzig.« McLean schnupperte in die Luft und versuchte, nicht unwillkürlich das Gesicht zu verziehen. John Smiths Wohnung mochte ja ganz schön sein, ein Apartment in den oberen Stockwerken eines modernen Gebäudes mit Blick auf den Firth of Forth. Es musste einiges an Miete kosten, aber der Vermieter würde trotzdem Verlust machen, selbst wenn er die Kaution einbehielt. Alles war verdreckt, die Möbel voller Flecken, und der Teppichboden sah aus, als wäre er seit Monaten mit keinem

Staubsauger mehr in Berührung gekommen. Egal was er war, ein Putzteufel war John Smith sicherlich nicht.

Trotzdem, hier war er zu Hause, und die Kautionsbedingungen sahen vor, dass er sich häufiger hier aufhalten musste, als er es vielleicht gewohnt war. Möglicherweise würde er die Zeit sogar nutzen, um ein bisschen aufzuräumen.

McLean wandte sich an den Techniker, der Smith die Fußfessel angelegt hatte und der jetzt an der kleinen schwarzen Box neben dem Festnetztelefon herumbastelte. »Können wir gehen?«

»Ja. Die Basisstation ist angeschlossen und läuft. Wenn er sich mehr als hundert Meter von hier entfernt, bekommen wir's mit. Wenn er versucht, sich an der Box oder der Fessel zu schaffen zu machen, erfahren wir das noch viel schneller.«

»Hundert Meter?« Smith zog an seiner Jeans, schob den Tracker an seinem Fuß hinunter, bekam aber den Stoff immer noch nicht darüber. »Das soll wohl ein Scheißwitz sein. Wie soll ich denn bitte einkaufen gehen? Und zur Arbeit kommen?«

»Haben Sie nicht behauptet, Sie würden zu Hause arbeiten?«

»Ja, schon. Aber ich muss ja meine Klienten treffen.«

»Dann bestellen Sie sie doch hierher. Aber vergessen Sie nicht, uns mitzuteilen, wann wer kommt. Vermutlich werden Sie nicht mehr allzu viele Aufträge bekommen, wenn wir Ihre Klienten beim Verlassen der Wohnung filzen.«

»Was? Ihr wollt die Wohnung überwachen, zusätzlich zu dem ganzen Scheiß hier?« Smith breitete die Arme aus und zeigte auf die schwarze Trickkiste, die jede seiner Bewegungen überwachte und über das System der Privatfirma an das Polizeirevier weiterleiten würde. Der Techniker hatte sein Werkzeug inzwischen eingepackt, ließ die Schnallen an seinem Werkzeugkoffer zuschnappen und stand auf.

»Ich bin fertig. Dann lass ich euch mal allein.«

McLean nickte und sah den Mann gehen. Als er die Wohnungstür schloss, tauchte DS Ritchie auf der anderen Seite des Zimmers auf.

»Die Wohnung ist sauber, Sir. Oder besser gesagt, es ist nichts hier, was hier nicht hingehört.« Sie fuhr mit dem Finger über eine Stuhllehne an dem Esstisch, auf dem sich leere Pizzaschachteln und Männerzeitschriften stapelten. »›Sauber‹ ist wohl nicht der passende Begriff.«

»Das ist eine verfluchte Unverschämtheit.« Smith hatte alle Versuche mit seinem Hosenbein aufgegeben. Jetzt stakste er quer durchs Wohnzimmer zu Ritchie. »Sie können nicht einfach meine Sachen durchwühlen. Das sind persönliche Dinge.«

»Würden Sie bis zur Verhandlung lieber in Saughton im Gefängnis sitzen, Mr Smith? Hab allerdings gehört, dass die Insassen dort nicht viel für Vergewaltiger übrighaben. Auch für Engländer eher wenig.« Ritchie ließ sich nicht ins Bockshorn jagen, wich dem Blick des Mannes nicht aus. McLean machte sich bereit, nicht unbedingt, um ihr zu Hilfe zu kommen, sondern um eingreifen zu können, sollte sie versuchen, Smith den Arm zu brechen.

»Ich denke, es ist Zeit zu gehen, Sergeant«, sagte er nach einem kurzen Augenblick des Schweigens. »Mr Smith braucht noch ein bisschen Zeit, sich an die neuen Umstände zu gewöhnen.«

»Sir.« Ritchie nickte, ging an Smith vorbei und zu McLean an der Wohnungstür. Smith sah zu, eine Mischung aus Wut und Fassungslosigkeit stand ihm ins Gesicht geschrieben.

»Warten Sie. Sie können mich doch nicht einfach so hier sitzen lassen.« Er hopste theatralisch herum und zog an seiner Fußfessel unter der hochgerutschten Jeans. »Wie soll ich mich denn ausziehen?«

»Das ist allein Ihre Sache, Mr Smith«, sagte McLean. »Vielleicht darf ich vorschlagen, dass Sie es mit einer Schere versuchen.«

»Hab läuten hören, dass Sie im Haus sind, Sir. Ich hab was für Sie.«

McLean blickte von seinem Schreibtisch auf, seinem alten in dem winzigen alten Büro ganz hinten in der alten Wache. Grumpy Bob stand in der Tür. Hereinkommen hatte keinen Sinn. Platz gab's hier sowieso keinen und auch keine zusätzlichen Stühle. Einige der Mappen und Aktenordner waren schon da gewesen, als McLean den Raum zugewiesen bekommen hatte. Er wusste nicht, was sie enthielten, aber inzwischen hatte er sich mit ihnen angefreundet.

»Irgendwas Interessantes?« Er ließ das Blatt fallen, das er betrachtet hatte, und legte es wieder auf den Stapel. Unglaublich, wie viel Papierkram sich ansammeln konnte. Das meiste war an einen gewissen Detective Inspector Carter adressiert, und wie es auf seinem Tisch gelandet war, konnte er nur vermuten.

»Eine Kopie der Akte Headland House. Du wolltest dir den Fall doch noch mal ansehen. Ich glaube kaum, dass der DCC ihn neu aufnehmen wird, egal wie sehr Duguid auch darauf drängt.« Grumpy Bob streckte die Hand aus und gab McLean die Mappe. Sie war erstaunlich schlank; er hatte mit mehreren dicken Ordnern gerechnet.

»Ist das alles?«

»Mehr oder weniger. Anscheinend gab es noch mehr, aber das ging beim Brand fünfundneunzig verloren. Das ist alles, was im Computer zu finden war.«

McLean klappte die Mappe auf, überflog die erste Seite, dann schlug er sie wieder zu. »Danke, Bob. Ich sehe mir das später an.« Er war nicht ganz sicher, warum er eigentlich um die Mappe gebeten hatte. Vielleicht aus reiner Neugier, weil die Sprache darauf gekommen war oder der Fall eine Erinnerung wachgerufen hatte, irgendwie juckte es, und er musste kratzen. Oder es lag an dem Zufall, dass ihm der Fall einer früheren Bordellrazzia genau zu dem Zeitpunkt in die Finger kam, wo eine Razzia in einem vermeintlichen Bordell unter seiner Leitung so aufsehenerregend schiefgegangen war. Es gab gewisse Parallelen. Na ja, vielleicht keine Parallelen, aber Anklänge an die Vergangenheit.

»Behalt's für dich, ja?« Grumpy Bob nickte in Richtung der schlichten Mappe, und erst da merkte McLean, dass es keine offizielle war. »Wir wollen nicht, dass jemand fragt, wie du da rangekommen bist.«

»Ernsthaft?« Er zog die oberste Schreibtischschublade auf und schob die Mappe hinein. »Wieso sollte das jemand wissen wollen?«

»Sagen wir's mal so: Ich werde nicht häufig vom DCC angerufen. Nicht auf meinem direkten Anschluss. Normalerweise meldet er sich beim Chef meines Chefs, wenn du verstehst, was ich meine.«

»Er hat dich angerufen? Wieso?«

»Erst hat er über ein paar andere alte Fälle gesprochen, die wir in Betracht ziehen, aber ich bin nicht blöd. Hab gleich gemerkt, dass es eigentlich um diesen hier geht. Während des Gesprächs hatte ich den Eindruck, dass er von weiter oben Druck bekommen hat. Er war sehr erpicht darauf, dass wir den Fall nicht wieder aufnehmen. Ehrlich gesagt glaube ich sowieso nicht, dass es da viel wieder aufzunehmen gibt. Die meisten der damals Festgenommenen sind inzwischen tot oder so gut wie.«

McLean schob die Schreibtischschublade zu und fragte sich, ob er sie vielleicht sogar abschließen sollte. Irgendetwas an der ganzen Situation gefiel ihm nicht, und zu wissen, dass aktiv versucht wurde, das Thema unter den Tisch zu kehren, machte ihn nur umso neugieriger. »Worin bestand überhaupt der ungelöste Fall? Als würde es nicht genügen, dass wir alle mit heruntergelassenen Hosen erwischt haben.«

»Das war das Mädchen«, sagte Grumpy. »Das du auf dem Dachboden gefunden hast. Ihr Name steht im Bericht, Sir. Aber es ist nie herausgekommen, was sie da gemacht hat, wer sie entführt hat und was die mit ihr vorhatten. Es kam nie raus, wer sie überhaupt war.«

Newhaven hatte sich nicht verändert seit damals, vor zwanzig Jahren. Schleichende Anzeichen von Modernisierung, die heruntergekommenen Häuser wurden allmählich saniert; einige der schlimmsten Beispiele für verfehlte Sechzigerjahre-Architektur wurden durch modernere Wohnhäuser ersetzt, was aber kaum nennenswerte Verbesserungen brachte. Die größte Veränderung, soweit McLean feststellen konnte, bestand darin, dass die Häuser, von denen aus man einst den Firth of Forth überblickt hatte, jetzt eine einzigartige Aussicht auf die modernen Hochhäuser boten, die auf dem neu gewonnenen Land westlich der Leith Docks wie Glas- und Betonpilze aus dem Boden schossen. John Smith wohnte in einer dieser Wohnungen, was die Situation in seinen Augen wohl am besten auf den Punkt brachte.

Headland House war noch da, aber es sah aus, als wäre es in Wohnungen unterteilt. McLean parkte auf der gegenüberliegenden Straßenseite und lauschte dem Knacken des abkühlenden Metalls, als sein Wagen verstummt war. Eigentlich hätte er nicht herkommen sollen; es gab viel wichtigere Dinge zu tun. Aber er musste einfach immer wieder an das Haus denken, an die Razzia, die eigentlich Stadtgespräch hätte sein müssen, aber einfach so verpufft war, ohne auch nur in der Presse Erwähnung zu finden. Das namenlose kleine Mädchen, das er in einen Käfig gesperrt auf dem Dachboden gefunden hatte.

Was war aus ihr geworden? Sie musste jetzt wie alt sein? Dreißig? Älter? Du lieber Gott, wo waren bloß all die Jahre geblieben?

Er schüttelte den Kopf, obwohl niemand da war, der es hätte sehen können. Die Aktenkopie, die Grumpy Bob ihm gegeben hatte, lag auf dem Beifahrersitz, aber er nahm sie nicht gleich zur Hand, saß erst mal nur da und starrte das alte Gebäude an, während sich die Bäume im Wind bogen, der vom Forth herüberwehte. So viel war gerade los, bei der Arbeit und zu Hause. Manchmal beneidete er Emma. Wie einfach wäre es gewesen, einfach mit ihr in die Wildnis zu verschwinden, durch die Welt zu reisen. So richtig hielt ihn jetzt nichts mehr in Edinburgh. Nur ein Job, dem er eher gewohnheitsmäßig nachging, als dass er ihm tatsächlich Spaß machte, ein Sozialleben, das hauptsächlich aus Imbissbesuchen und Gesprächen mit Mrs McCutcheons Katze bestand. Nach über zwanzig Jahren Polizeidienst hatte er nicht viel vorzuweisen.

Seufzend nahm er die Mappe, schlug sie auf und überflog den Inhalt. Die Informationen waren spärlich, bestanden hauptsächlich aus Fotokopien von intensiv überarbeiteten Notizbüchern und ein paar Zeugenaussagen. Das kleine Mädchen wurde kaum erwähnt, nur dass sie gefunden und dem Jugendamt übergeben worden war. Es gab keine Haftanträge, keine Einzelheiten über die Prozessvorbereitungen, nicht einmal Notizen darüber, was an den Staatsanwalt geschickt worden war, von Prozessergebnissen einmal ganz zu schweigen. McLean versetzte sich zurück, versuchte sich zu erinnern, was über die Razzia und die Entdeckung des kleinen Mädchens hinaus geschehen war. Wenig später hatte man ihn für die »Überholspur« ausgewählt, statt zwei Jahre weiter Streifendienst zu leisten, hatte er in Aberdeen und dann in Strathclyde an einer sechsmonatigen Fortbildung teilgenommen. Anschließend hatte man ihn zum Detective befördert. Damals hatte er angenommen, dass er aufgrund seines Fleißes belohnt worden sei. Jetzt vermutete er keinen so unschuldigen Grund mehr dahinter. Wie konnte man einen lästigen jungen Constable besser loswerden, als ihn mit so viel Arbeit zu überhäufen, dass er überhaupt nicht mehr dazu kam, Fragen zu stellen?

Das Telefon in seiner Jackentasche krächzte und unterbrach seine Reise in die diesige Vergangenheit. Er zog es heraus, erwartete einen Anruf, aber es war nur eine Erinnerung daran, dass in einer halben Stunde eine Abschlussbesprechung zur Bordellrazzia stattfinden sollte. Er wäre ihr nur zu gerne ferngeblieben, aber es gab kein Entkommen. So oder so sollten sie einen Strich unter den Fall ziehen und sich hoffentlich wieder anderen Dingen widmen. Er stopfte die Papiere in die Mappe und schob sie unter den Beifahrersitz, für neugierige Blicke unerreichbar. Jetzt, wo auch er nicht schlau daraus geworden war, wünschte er Duguid viel Glück, sollte er den Fall wirklich wieder aufnehmen wollen. Er ließ den Motor an, warf einen letzten Blick auf das klobige Gebäude von Headland House, fuhr dann zur Wache zurück und sah seinem Schicksal ins Auge.

»Also, ich will nicht behaupten, dass dies der erfreulichste Fall ist, aber zumindest kann ich behaupten, wir haben unser Bestes gegeben.«

Zur Abwechslung waren die Büros der SCU voll besetzt, die an der Bordellrazzia beteiligten Kollegen hatten sich zur Abschlussparty versammelt. Die Stimmung war gedrückt; niemand hatte viel für verpatzte Aktionen übrig, und diese war so gesehen besonders spektakulär. Dass Stevie Robinson, der Deputy Chief Constable, eigens aus seinem Büro gekommen war, um den Ereignissen beizuwohnen, machte es nicht besser. Er hatte nichts gesagt, was vermutlich ebenfalls kein gutes Zeichen war. Aber DCI Dexter ließ sich durch seine Anwesenheit nicht beirren.

»Das Positive ist immerhin, dass wir alle noch unsere Jobs haben. Und schließlich sind wir auch nicht mit vollkommen leeren Händen aus dem Debakel hervorgegangen – John Smith sei Dank.« Dexter hob ihren Kaffeebecher und tat, als wolle sie ihnen zuprosten. Ungefähr ein Dutzend Becher wurden gehoben und leises »John Smith«-Gemurmel hallte durch den Raum. So ein Tag war das.

»Wir werden uns natürlich damit beschäftigen müssen, was da überhaupt schiefgegangen ist. Aber das werden interne Ermittlungen sein. Die von der Inneren werden sich aber raushalten, ihre Nasen nicht in unsere Angelegenheiten stecken und uns ein schlechtes Gewissen machen.«

Verhalten wurde in der Menge gejubelt, nur ganz kurz, aber immerhin. McLean schaute auf die im Raum verteilten Gesichter, einige davon kannte er gut, andere kaum.

»Trotzdem lässt sich nicht abstreiten, dass wir Scheiße gebaut haben. Das werfe ich niemandem vor. Wir haben das alle zusammen zu verantworten, aber wir sollten es möglichst nicht zur Gewohnheit werden lassen, okay?« Dexter hielt einen Augenblick lang inne, als wartete sie auf ein »Nein, Miss, tut uns leid, Miss« seitens der Klasse. Die Anwesenden aber schwiegen, und sie fuhr schließlich fort. »Wir haben noch genug andere Sachen zu tun. Jemand hat ein paar Prostituierten unten an den Leith Docks seine Initialen ins Gesicht geschnitten. Das muss aufhören. Und im Holyrood Park wurden für meinen Geschmack viel zu viele Exhibitionisten gesichtet. Anscheinend braut sich da was zusammen. Lasst uns das unterbinden, bevor es anfängt.«

Die Besprechung setzte sich so oder so ähnlich fort, ein kollektives erleichtertes Seufzen angesichts der glimpflichen Rüge wegen des Bordellfiaskos hob die Laune und weckte neuen Ehrgeiz. McLean bewunderte Dexters Fähigkeit, ihr Team zu motivieren; sehr viel besser als Duguids versteckte Drohungen und Wutausbrüche oder Brooks' Gebrüll. Aber McLean war natürlich nicht so unbedarft zu glauben, dass es leicht werden würde. So was hatte immer Nachwirkungen.

Schließlich schloss Dexter die Sitzung und schickte alle zurück an ihre unterschiedlichen Aufgaben, rasch leerte sich der Raum. Niemand wollte länger als nötig beim DCC bleiben, was vielleicht nachvollziehbar war. Selbst DS Ritchie schaute nur nervös an McLean vorbei, nickte ihm anschließend kurz zu und eilte hinaus.

»Tony, kann ich kurz mit dir sprechen?« McLean blieb zurück und wusste, was jetzt kam. Immerhin war er der Zweite in der Befehlskette gewesen. Er drehte sich zu Dexter und Robinson um.

»Ma'am. Sir.«

»Das war insgesamt äußerst peinlich.« Der DCC hob sich leicht auf die Fußspitzen, hatte die Hände wie ein Schuldirektor beim Sprechen hinter dem Rücken zusammengefasst. McLean war ihm erst ein paarmal begegnet; er stammte aus Strathclyde und war von der Westküste herversetzt worden, als sämtliche kleineren Polizeieinheiten zu Police Scotland zusammengefasst worden waren. Für jemanden aus Glasgow war er wahrscheinlich gar nicht mal so verkehrt. Ihm auf den Schlips zu treten war aber ganz bestimmt keine gute Idee.

»Das halte ich für stark untertrieben, Sir.«

»Nennen Sie mich Stevie, bitte. Nicht diesen ›Sir‹-Blödsinn, Tony. Wir sind nicht bei der Armee.«

McLean verkniff sich ein »Fast hätte ich's gedacht«. Es war erfrischend, einem vorgesetzten Kollegen zu begegnen, der keinen übersteigerten Wert auf Hierarchien legte, aber er hatte den DCC auch schweigend hinten im Raum stehen und alles genau beobachten sehen. Um ihm vertrauen zu können, musste er mehr über den Mann erfahren als nur seinen Vornamen.

»Gott sei Dank.« Jo Dexter senkte die Stimme. »Hab noch nie auf Uniformen gestanden. Trotzdem sind wir da, wo wir sind, und das Wichtigste scheint mir zu sein, dass uns so was nicht noch mal passiert.«

McLean hatte eine Ahnung, worauf dies hinauslaufen könnte, und machte sich keine große Hoffnung, damit falschzuliegen. »Ich weiß immer noch nicht, wieso wir die Operation so dermaßen in den Sand gesetzt haben. Aber ich denke, im Rahmen einer Fallprüfung müsste das deutlich werden.«

»Apropos …«, hob Dexter an, wurde aber von Robinson unterbrochen.

»Ich möchte, dass Sie sich darum kümmern, Tony. Dürfte nicht lange dauern. Finden Sie heraus, wo der Fehler lag. Wenn der Tipp von einem Informanten stammte, dann müssen wir die Zusammenarbeit neu überdenken. Aber gehen Sie unauffällig vor. Je weniger Leute eingeweiht werden, desto besser, Sie verstehen?« Er tätschelte McLean freundschaftlich, wie er zweifellos glaubte, den Arm.

»Ende der Woche haben Sie den fertigen Bericht auf Ihrem Schreibtisch, Sir«, sagte McLean und fragte sich, ob er der Schönfärberei überhaupt fähig war, die offensichtlich von ihm erwartet wurde.

»Nennen Sie mich Stevie. Bitte.« Der DCC lächelte wie ein Hai. »Ich freue mich darauf, ihn zu lesen.«

21

Die Frau vom Jugendamt lässt auf sich warten.

Er sitzt still in einer Ecke der Diele, schaut zu, wie der Strom von Zivilbeamten und Uniformierten allmählich verebbt. Die Entdeckung des kleinen Mädchens hat noch mal einiges an Bewegung in die zuvor eher lustlos durchgeführte Aktion gebracht. Immer wieder bekommt er Gesprächsfetzen mit, wütende Stimmen, die sich beschweren, als sei es seine Schuld, dass jetzt Überstunden fällig sind. Er sieht die bösen Blicke der Kollegen, versteht aber nicht, warum. Schließlich hat er nichts falsch gemacht.

Das Mädchen stinkt. Er hat keine Ahnung, wann es sich das letzte Mal gewaschen hat, aber wahrscheinlich ist das eher Wochen als Tage her. Die Kleidung fühlt sich schmutzig an, die Haare sind verfilzt, aber er kann es nicht absetzen, es nicht von sich stoßen. Das Mädchen klammert sich an ihn, als wäre er ein Fels in einer tosenden Sturmflut, vergräbt den Kopf an seiner Schulter. Er hat versucht, mit ihm zu sprechen, aber es will nicht antworten. Kaum erstaunlich. Wer weiß, welche Traumata es an diesem düsteren Ort erlitten hat.

»Ist sie das?«

Er blickt auf zu der Frau, die vor ihm steht und sich halb zu dem Kind herunterbeugt. Sie hat ein freundliches Gesicht, wenn auch etwas müde und verhärmt. Ein Dienstausweis hängt an einem Band um ihren Hals; auf dem Foto ist eine Frau mit weniger Grau in den Haaren zu sehen.

»Sind Sie vom Jugendamt?«, fragt er und versucht sanft, den Griff des Mädchens um seinen Hals zu lösen.

Die Frau nickt. »Sie müssen PC McLean sein. Ich bin Dot.«

»Dot?«

»Ja, einfach Dot.«

Etwas an Dots Stimme muss vertrauenerweckend sein, denn schließlich hebt das Mädchen den Kopf und dreht sich zu ihr um. Er sieht etwas in den Haaren herumkrabbeln. Vielleicht eine Spinne.

»Du bist ja ein hübsches kleines Mädchen, hm?« Dot geht in die Hocke, sodass sie sich auf Augenhöhe befinden. »Aber ich wette, du hast einen Riesenhunger. Jedenfalls siehst du so aus.«

Das Mädchen nickt, ganz leicht. Sie benimmt sich eher wie ein Kleinkind, weniger wie ein Kind ihres Alters, anscheinend will sie immer noch nicht sprechen. Vielleicht kann sie gar nicht sprechen, wenn sie ihr Leben lang hier eingesperrt war, um den perversen alten Männern, die sie bei der Razzia hier angetroffen haben, als Spielzeug zu dienen. In der Hölle ist ein ganz besonderer Platz für solche Menschen vorgesehen, dabei glaubt McLean nicht mal an die Hölle.

»Hast du Eis?«

Die Worte sind so leise, dass er sie fast nicht hört. Dots Ohren sind eindeutig besser an die Stimmen kleiner Kinder gewöhnt.

»Eis? Hab ich mir gedacht. Welche Sorte magst du am liebsten?«

Das Mädchen antwortet nicht, aber sie löst sich vorsichtig von ihm, steigt von der Bank, auf der er sitzt, und fixiert ihn mit einem sehr ernsten Gesichtsausdruck, dann nickt sie ihm dankend zu. »Eis«, sagt sie und zeigt auf Dot.

Er greift nach ihrem Kopf, nach dem kleinen Insekt, das in ihren Haaren herumkriecht. Sie zuckt sichtlich zusammen, obwohl er sich so langsam wie möglich bewegt hat. Was ist diesem kleinen Mädchen angetan worden, dass sie so viel Angst hat? So gefügig ist? Trotz der Furcht in ihren Augen bleibt sie stocksteif stehen, während er das Insekt aus ihren Haaren zupft, in die Fläche seiner anderen Hand fallen lässt und ihr zeigt.

»Geh mit Dot. Sie wird sich um dich kümmern. Sie passt auf, dass dir die bösen Männer nichts mehr tun.«

Das kleine Mädchen entspannt sich ein bisschen, als es sieht, was er getan hat, und begreift, was er nicht getan hat. Es greift nach Dots ausgestreckter Hand und geht mit ihr mit. Er sieht beiden nach, durch die Diele bis zur Haustür, das Mädchen dreht den Kopf und wirkt getrieben, fixiert ihn weiter mit dunklen Augen, bis es schließlich verschwunden ist. Er nimmt sich vor, Kontakt zu halten, sich zu vergewissern, dass es ihm gut geht.

Aber er sieht das Mädchen nie wieder.

22

Noch immer roch es feucht und modrig im Büro, als McLean müde auf seinen Stuhl sank. In seiner Abwesenheit war jemand hereingekommen und hatte einen Stapel Papierkram mitten auf den Schreibtisch gelegt. Er zog das oberste Blatt zu sich, rechnete damit, dass es für den frisch beförderten und absolut unfähigen Detective Inspector Carter bestimmt war, obwohl dieser auf der anderen Seite der Stadt stationiert war, tatsächlich aber handelte es sich hauptsächlich um kurze Vernehmungsprotokolle der bei der Bordellrazzia angetroffenen Frauen. Die keine Prostituierten waren, wie er sich wieder ins Gedächtnis rufen musste. Nur Frauen, die gerne Sex mit Männern hatten, die sie kaum kannten. Zum Spaß, nicht für Geld. Was fehlte ihnen in ihrem Leben, dass sie an einem so ungewöhnlichen Ort Trost suchten? Oder war bei ihnen alles in Ordnung?

Den Gedanken abschüttelnd fasste er die Protokolle wieder zusammen und legte sie auf einen Stapel, aus dem er bald einen Bericht für den DCC stricken würde. Nennen Sie mich Stevie. Als wären sie die besten Freunde. Derselbe DCC, der die Ermittlungen eingestellt hatte und mit dem Seniorpartner von MacFarlane and Dodds Squash spielte. Der gedroht hatte, Professional Standards hinzuzuziehen, sollten sie die Ermittlungen fortsetzen. Und jetzt wollte er einen Bericht darüber, warum die Sache schiefgegangen war. Nicht schwer abzuschätzen, wie das Fazit lauten sollte, und McLean kam die Aufgabe zu, Namen zu liefern.

»Ganz hervorragend.« Er fuhr sich mit müden Händen über das Gesicht und sah sich im Büro nach etwas um, das ihn von dem Problem ablenken könnte, wenigstens vorläufig. Wäre er auf der alten Wache gewesen, hätte er eine schöne halbe Stunde damit zubringen können, Carter zu suchen und ihm ganz genau zu erklären, wohin er sich seinen Papierkram stecken konnte, aber eigentlich gab es jetzt keinen angemessenen Vorwand, zu ihm zu fahren. Aber es gab immer noch den Bericht, der in einer Mappe unter dem Beifahrersitz seines Alfas versteckt lag.

McLean zog sein Handy hervor und ging die Namen in seinen Kontakten durch, bis er den Gesuchten gefunden hatte. Eigentlich gab es gar keinen Grund, weshalb er die Nummer hatte, außer dass er Polizist und als solcher von Natur aus neugierig war. Er hielt einen Augenblick inne, dann drückte er auf die Wahltaste. Es tutete viermal, dann wurde der Anruf entgegengenommen.

»Hallo, hier bei Duguid.« Die Stimme klang nach Morningside, obwohl McLean wusste, dass der ehemalige Detective Superintendent und Mrs Duguid in Prestonfield wohnten. Im Verlauf seiner Karriere war er Mrs Duguid genau einmal begegnet, aber er zweifelte nicht daran, dass sie wusste, wer er war.

»Verzeihen Sie bitte die Störung. Hier ist Detective Inspector McLean. Ich hätte gerne mit Ihrem Mann gesprochen.«

Es entstand eine Pause, bevor Mrs Duguid antwortete.

»Charles? Der ist nicht da. Sie sind Tony, nicht wahr?«

Er wunderte sich darüber, dass sie ihn mit dem Vornamen ansprach. Er war ein entsetzlicher Detective, eine absolute Nervensäge und vieles mehr, das schon. Und jetzt auf einmal »Tony«?

»Ja, genau. Würden Sie ihm vielleicht ausrichten, dass ich angerufen habe? Oder mir verraten, wo er ist?«

»Ach, das ist kein Geheimnis. Er ist beim Golf. Da geht er jeden Nachmittag hin. Ich weiß nicht, ob er viel spielt, aber wenigstens kommt er mal aus dem Haus. Der Ruhestand ist nicht wirklich das Richtige für ihn.«

McLean plauderte noch ein Weilchen mit ihr oder hörte vielmehr höflich zu, während Mrs Duguid schwatzte, und nuschelte hin und wieder ein »Mhm« dazwischen. Schließlich gelang es ihm, das Gespräch zu beenden, indem er so tat, als sei gerade jemand in sein Büro gekommen, der dringend etwas von ihm wollte – selbstverständlich aber erst nachdem er sich erkundigt hatte, bei welchem Golfclub Duguid Mitglied war. Sein Ohr brannte, als er das Telefon hinlegte, wegen des Drucks oder vor Verlegenheit, das wusste er nicht genau. Aber er hatte eine Adresse und eine Handynummer, von der er ziemlich sicher war, dass er sie eigentlich gar nicht hätte bekommen dürfen. Er starrte lange darauf, überlegte, ob er die Nummer wählen sollte oder nicht. Vielleicht war es besser, persönlich mit dem ehemaligen Detective Superintendent zu sprechen, auch wenn er ihn nicht ausstehen konnte. Er schnappte sich sein Handy und seine Jacke und ging zur Tür. Der Papierkram und der Bericht für den DCC konnten warten.

Der kleine rote Alfa Romeo wirkte deplatziert auf dem Parkplatz vor dem Priestfield Golfclub. McLean fand eine Lücke zwischen zwei riesigen Geländewagen, die viel zu sauber glänzten, als dass sie sich je weiter von einer ordentlich befestigten Straße entfernt haben konnten als bis auf den Kies auf dem Platz, auf dem sie jetzt parkten. Zumindest machte sein Wagen etwas her; und das war auch besser so, in Anbetracht der Unsummen, die er für seine Instandhaltung schon bezahlt hatte. In absehbarer Zeit würde er ihn auch mal waschen oder jemanden suchen müssen, der das für ihn übernahm. Er wusste, dass einige der leitenden Detectives mit ihren Fahrzeugen zur Polizeiwerkstatt fuhren, aber erstens war diese nicht dafür vorgesehen, und zweitens traute er den Mechanikern dort auch zu, dass sie in seiner Abwesenheit eine kleine Spritztour damit unternahmen. Mit einem neuen Auto wäre sein Leben definitiv sehr viel unkomplizierter.

Das Clubhaus war weiß gestrichen, im Art-déco-Stil erbaut und lag versteckt hinter den Bungalows dieses grünen Stadtteils am Fuße des grauen Arthur's Seat. McLean hatte sich nie besonders für Sport interessiert, am allerwenigsten vielleicht für Golf, aber er erinnerte sich, dass er einmal aus reiner Neugierde mit Phil und ein paar anderen Studenten betrunken nach Einbruch der Dunkelheit hergekommen war, vermutlich nachdem sie aus einem der Pubs in der Nähe herausgeflogen waren. Schließlich war es nur ein Katzensprung von der Wohnung in der East Preston Street hierher. Hoffentlich hatte die Geschäftsführung den Vorfall vor rund fünfundzwanzig Jahren vergessen. Wobei er stark bezweifelte, dass er dem jungen Studenten von damals heute noch ähnlich sah.

Eine Dame mittleren Alters in einem strengen Tweedrock und mit vernünftigen Schuhen musterte ihn missbilligend, als er eintrat.

»Kann ich Ihnen helfen, junger Mann?« Der Akzent und die abgehackte Sprechweise passten zu ihrer Aufmachung, und einen Augenblick lang glaubte McLean, über sein jugendliches Fehlverhalten sei vielleicht doch noch kein Gras gewachsen.

»Ich suche Detective Sup… Charles Duguid. Seine Frau hat gesagt, er sei hier.«

Der Gesichtsausdruck der Frau wurde daraufhin noch strenger, sofern dies überhaupt möglich war. »Wenn er hier ist, wird er in der Bar sein. Ich glaube nicht, dass ich ihn schon mal mit einem Golfschläger gesehen habe.« Sie zeigte auf die dunkle Holztür ganz hinten. McLean nickte dankend und ging darauf zu.

»Aber Sie dürfen da nicht rein. Ist ausschließlich für Mitglieder.«

Er blieb abrupt stehen, zog seinen Dienstausweis aus der Tasche und übergab ihn ihr. »Polizei. Ich muss kurz mit ihm sprechen.«

Die Frau schaute einen Augenblick lang auf den Ausweis, dann zog sie eine Brille mit Metallgestell unter ihrem schlichten Kaschmirpullover hervor, die an einem schmalen Silberkettchen befestigt vor ihrer Brust geruht hatte. »McLean, McLean. Der Name sagt mir was. Woher kann ich Sie kennen? Spielen Sie Golf?«

»Eigentlich nicht, nein.« McLean nahm seinen Ausweis wieder an sich und versuchte sich die Frau fünfundzwanzig Jahre jünger vorzustellen. Nicht auszuschließen, dass sie damals Clubsekretärin oder so was war. Er glaubte, sich an eine junge Frau zu erinnern, die damit gedroht hatte, die Polizei zu verständigen, als sie im Stockdunklen am achtzehnten Grün herumgetobt waren. Scheißstudenten.

»Das spielt keine Rolle. Sie müssen sich eintragen.« Sie ging zielstrebig an die Anmeldung und zog ein in Leder gebundenes Buch hervor. McLean folgte ihr, suchte einen Stift und notierte seinen Namen. Drei Zeilen weiter oben erkannte er die krakelige Schrift des ehemaligen Detective Superintendent und keine Angabe in der Spalte daneben mit der Uhrzeit, zu der er wieder gegangen war. Das war doch zumindest schon mal etwas.

»Tragen Sie sich wieder aus, wenn Sie gehen«, sagte die strenge Frau, als er zu der Tür der den Mitgliedern vorbehaltenen Bar ging. »Und lassen Sie sich nicht am achtzehnten Grün erwischen.«

Die Bar hatte etwas dunkel Behagliches, war mit Holz vertäfelt und mit geschliffenen Eichendielen versehen. Ein Tresen an einer Wand, aber keine Spur von einem Barmann. Aus einer geöffneten Tür drangen Licht und hin und wieder Küchengeklapper.

Überall im Raum verteilt standen bequeme Ledersessel um runde kleine Tische herum oder auch für diejenigen, die ungestört sein wollten, ein kleines Stück abseits. Ein langes Fenster bot einen Blick über die Golfanlage und Arthur's Seat, und ganz hinten im Raum knisterte fröhlich ein kleines Feuer im riesigen Kamin. Zuerst dachte McLean, es sei niemand da, aber dann fiel ihm eine Hand auf einer Armlehne eines Sessels mit hoher Rückenlehne vor dem Kamin auf. Ein kleines Glas stand auf dem Tischchen neben dem Stuhl, inzwischen war es leer, vermutlich war aber Single Malt Whisky darin gewesen. Er hatte beim Eintreten nicht viel Krach gemacht, dennoch drehte sich der Mann im Sessel um, und McLean blickte in dessen vertrautes Gesicht.

»Hab mich schon gefragt, wer mich als Erster hier suchen würde. Wäre aber nie draufgekommen, dass Sie das sind, McLean.«

Der pensionierte Detective Superintendent Charles Duguid wirkte sehr viel entspannter, als McLean ihn je erlebt hatte. Sein dünnes graues Haar war ordentlich geschnitten und gekämmt, sein Gesicht wirkte jetzt, nachdem er einige Monate ordentlich gegessen hatte, deutlich runder. Er trug einen Anzug, aber anders als die schlecht sitzenden glänzenden Sachen, die er bei der Arbeit getragen hatte, hatte er sich offenbar ein Beispiel an der strengen Clubsekretärin genommen und sich in ausgezeichnet geschnittenen Tweed geworfen.

»Ich habe bei Ihnen zu Hause angerufen, Sir. Ihre Frau sagte, ich würde Sie hier finden.«

Auf die Mitteilung hin runzelte Duguid die Stirn, als fühlte er sich irgendwie verraten. Er griff nach seinem Glas, hob es und merkte, dass es leer war, dann stellte er es wieder ab.

»Sie müssen mich nicht mehr mit Sir ansprechen. Ich bin im Ruhestand.«

»Verzeihung, aber ich kann mir nicht vorstellen, Sie jemals Charles zu nennen, Sir.«

Duguid schüttelte den Kopf. »Ihr verdammten Privatschüler. Ihr seid doch alle gleich.« Er hievte sich aus dem Sessel, nahm sein Glas und ging an die Bar. McLean folgte ihm, und als beide dort angekommen waren, war auch wie durch Zauberhand ein Barmann aufgetaucht.

»Noch einen, bitte. Aber besser einen doppelten.« Er sah McLean an. »Sie sind wohl bei der Arbeit, vermute ich.«

In all den Jahren, die er ihn kannte, hatte Duguid McLean zu keiner Gelegenheit einen Drink angeboten. Er war nicht sicher, ob es ein Angebot war, aber es kam einem solchen zumindest vergleichsweise nah.

»Lassen Sie mich das übernehmen«, sagte er. »Schließlich habe ich Sie an Ihrem friedlichen Nachmittag gestört.«

Duguid sah aus, als wollte er widersprechen, akzeptierte dann aber schulterzuckend. McLean bezahlte den Drink und bestellte sich selbst einen Kaffee, dann warteten sie auf die Getränke.

Dabei herrschte betretenes Schweigen, keiner wollte reden, solange sich der Barmann in Hörweite befand. McLean wusste, dass es sich nicht gehörte, so mit seinem ehemaligen Chef zu sprechen, und Duguid war sich dessen ohne Zweifel ebenfalls bewusst.

Schließlich trafen die Getränke ein, und der Barmann verschwand wieder in der Küche oder wo auch immer er sich versteckte. Duguid goss eine großzügige Menge Wasser in seinen Whisky, roch daran und nahm einen Schluck, bevor er weitersprach.

»Also, worum geht es?«

McLean hatte sich eigentlich erst langsam warm reden, den Detective Superintendent nach seinen Plänen fragen und vielleicht ein bisschen über Golf unterhalten wollen. Aber eigentlich war es einfacher, direkt zur Sache zu kommen. »Headland House.«

In der Bar war es vorher nicht unbedingt laut gewesen, aber die Stille, die sich jetzt darüber senkte, fühlte sich an, als hätte sich eine Decke über die Welt gelegt. Selbst das Brummen des Getränkekühlschranks hinter dem Tresen schien leiser zu werden, die Luft war unbeweglich und erinnerte an das offene Moorland der Pentland Hills kurz vor einem Gewittersturm.

»Ich denke, wir sollten uns besser setzen.« Duguids Stimme war verhalten, sowohl von der Lautstärke wie auch vom Ton. Er nahm seinen Whisky und ging zurück zu seinem Sessel am Feuer. Erst als sie beide saßen, fuhr er fort.

»Ich sehe, Sie haben mit Grumpy Bob gesprochen. Ich werde ihn bitten müssen, in Zukunft vorsichtiger zu sein, wenn er nach seiner Pensionierung noch was anderes machen will, als zum Tanztee zu gehen.«

»Ich war dabei, Sir. Ich erinnere mich an die Razzia. Ich habe das Mädchen gefunden.«

Duguid runzelte die Stirn, als würde es ihn schmerzen, sich so weit zurückzuerinnern. »Ja. Ja, das waren Sie tatsächlich, nicht wahr? Ein rotznasiger junger PC frisch von der Ausbildung, und sogar damals haben Sie schon alles besser gewusst als alle anderen.«

Eine eher für Dagwood typische Beleidigung, aber seltsam halbherzig vorgebracht. Als wäre er der Ansicht, etwas Abfälliges sagen zu müssen, könnte aber kaum noch die Energie dafür aufbringen.

»Eigentlich hätte der Fall meine Karriere vorantreiben müssen.« Duguid nahm einen weiteren Schluck Whisky, genoss ihn, bevor er fortfuhr. »Eine solche Razzia, bei der uns einige bemerkenswert große Fische ins Netz gegangen sind. Wegen des kleinen Mädchens wurde viel über den Fall berichtet. Aber ich wette, Sie können sich nicht mehr erinnern, was passiert ist, wer ins Gefängnis kam und für wie lange.«

»Ich war Constable. Frisch von der Polizeischule, wie Sie gesagt haben. Ich bin dorthin gegangen, wo man mich hingeschickt hat. Ein paar Monate war ich in Grampian im Rahmen eines Austauschprogramms, das es damals gab. Genau weiß ich das aber nicht mehr.«

Duguid schnaubte auf eine Art, die teils Lachen, teils Fassungslosigkeit signalisierte.

»Sie haben die Abkürzung gewählt, Karriere im Schnellverfahren, was haben Sie erwartet? Das Angebot haben damals nicht viele Anfänger bekommen, das war schon was Besonderes.«

»Was Besonderes? Mir kam es eher wie eine Bestrafung vor. Eigentlich wollte ich mich nach dem Mädchen erkundigen und herausfinden, wie es ihr weiter ergangen ist. Aber ich hatte keine Chance mehr.«

»Man hätte Ihnen sowieso nicht verraten, wohin sie gebracht wurde. Da sich keine Verwandten gemeldet hatten, kam sie in ein Heim. Das Jugendamt hat schließlich eine Pflegefamilie für sie gefunden, soweit ich gehört habe. Vielleicht in Glasgow, kann ich mir vorstellen, vielleicht aber auch noch weiter westlich. Hab den Namen nie rausbekommen. Und natürlich hab ich danach gefragt, aber man hat mir erklärt, dass ihr Name besser geheim bleiben sollte.«

McLean konnte nicht genau sagen, wie er darauf kam, aber er war sicher, dass Duguid ihm etwas vorenthielt. Vielleicht hatte er eine Art sechsten Sinn dafür entwickelt, nachdem er so lange mit ihm zusammengearbeitet hatte. Entweder das, oder der Ruhestand hatte den Superintendent aus der Übung gebracht. Der Gedanke zauberte ein schiefes Lächeln auf McLeans Gesicht.

»Was ist mit dem Haus?«, fragte er. »Der Mieter oder Besitzer muss doch angezeigt worden sein. Ich meine, wir waren damals ein bisschen nachsichtig, wenn's um Bordelle ging, aber Kindesmissbrauch? Hat niemand auch nur versucht herauszubekommen, warum sie da war? Was die mit ihr gemacht haben?«

»Doch, natürlich. Denken Sie, vor Ihrer Ankunft hat niemand gewusst, wie man Ermittlungen führt?«

McLean verkniff sich die naheliegende Entgegnung. So war

es schon früher immer mit Duguid gewesen, und eigentlich musste der Superintendent auch überhaupt nicht mit ihm sprechen, schon gar nicht über den Fall.

»Es gab keine Eigentümer, zumindest konnten wir keinen finden. Man sollte das nicht für möglich halten, aber die letzte im Grundbuch eingetragene Person war vor hundert Jahren gestorben, und niemand konnte lebende Angehörige ausfindig machen. Die Prostituierten waren anscheinend alle für eine Party engagiert worden. Soweit ich mich erinnern kann, waren sie entsetzt, als sie mitbekamen, was da oben los gewesen war. Ebenso die Freier. Keiner von ihnen stand in irgendeiner Verbindung zu dem Haus, sie hielten sich rein zufällig zum Zeitpunkt der Razzia dort auf. Und wir konnten niemandem Kindesentführung nachweisen. Das heißt, nein, streng genommen stimmt das nicht. Wir hätten natürlich jeden Einzelnen unter Anklage stellen können, aber das haben wir nicht. Und wissen Sie warum?«

McLean glaubte, aus demselben Grund, weshalb sie sich nicht allzu intensiv mit den Vorgängen in dem Haus in der New Town beschäftigten, in dem Heather Marchmont wohnte und ihre Freunde sich ihren traurigen sexuellen Perversionen hingaben.

»Wir hätten herausfinden können, wer hinter alldem steckte.« Duguid fuhr fort, als hätte er gar nicht gemerkt, dass McLean ihm noch eine Antwort schuldig war.

»Es hätte gewiss sehr viel Zeit und Geld gekostet. Aber es gab Hinweise.«

»Sie bekamen gesagt, dass Sie die Ermittlungen einstellen sollen?«

»Ein bisschen raffinierter war es schon. Aber im Prinzip ja. Man hat mir zu verstehen gegeben, wenn ich so weitermache, würde nicht nur ich allein hochkant rausfliegen. Mein DI und DCI standen mit mir in der Schusslinie. Das hat einen ganz schön bitteren Nachgeschmack hinterlassen.« Duguid nahm erneut sein Glas, aber anstatt einen Schluck daraus zu trinken, kippte er den gesamten Inhalt auf einmal herunter, als wollte er hinunterspülen, was ihm all die Jahre sauer aufgestoßen war. »Und warum interessieren Sie sich so dafür, den alten Schmutz auszugraben?«

»Ich weiß nicht. Haben Sie von unserer Bordellrazzia gehört?«

Duguid nickte. »Ein Riesenchaos, soweit ich gehört habe. Eigentlich hatte ich Jo Dexter für besser gehalten.«

»Erstens deshalb, zweitens weil Grumpy Bob den Fall von damals erwähnt hat. Dadurch wurden ein paar Erinnerungen wach und …« Er verstummte, war nicht sicher, wie er seinen Verdacht formulieren sollte, ohne wie ein paranoider Verschwörungstheoretiker zu klingen.

»Und man hat Ihnen gesagt, Sie sollen die Finger davon lassen. Vielleicht sogar zu verstehen geben, dass Sie sich damit keinen Gefallen tun beziehungsweise Ihrer oder Dexters Karriere schaden, wenn Sie weiter daran rütteln?«

»So ähnlich.«

Duguid stemmte sich aus dem Sessel, mit einer langfingrigen Hand strich er sich die Haare glatt, mit der anderen nahm er sein leeres Whiskyglas.

»Also, ich würde Ihnen empfehlen, genau das zu tun, was man Ihnen sagt. Lassen Sie's ruhen.« Er ging durch den leeren Raum, stellte das Glas auf den Tresen. McLean folgte ihm, wusste, dass das Gespräch beendet war.

»Danke, Sir. Ich werde drüber nachdenken.«

Duguid lachte. Das Geräusch war so ungewohnt, dass McLean einen Augenblick brauchte, bis er begriff, dass der Superintendent keinen Herzanfall erlitt. »Ja, ja. Einen Scheiß werden Sie, McLean«, sagte er und stakste aus dem Raum.

23

Als er endlich nach Hause kam, war dort alles ruhig. Kein kleines schwarzes Auto, was vermuten ließ, dass Jenny nicht bei ihrer Schwester war. McLean wusste nicht genau, ob er darüber erleichtert war oder nicht. Er hatte nichts dagegen, wenn Leute bei ihm übernachteten; das Haus war groß genug für eine kleine Armee, und für ihn alleine konnte es nur in Gesellschaft von Mrs McCutcheons Katze manchmal recht einsam sein. Aber ein bisschen genoss er diese Einsamkeit und auch die Melancholie, die damit einherging.

Er wurde von einer leeren Küche begrüßt, nur das leise Glucksen der Heizung durchbrach die Stille. Er stellte seine Tasche auf den Tisch und legte die Headland-House-Aktenkopie daneben. Er starrte sie einen Augenblick an, dann nahm er sie wieder und ging damit in die Bibliothek. Der antike Schreibtisch seiner Großmutter – er konnte ihn noch immer nicht so richtig als seinen eigenen betrachten, ebenso wie das ganze Haus – verfügte über eine abschließbare Schublade, und was noch wichtiger war, es gab auch noch einen Schlüssel dafür. Er schob den Bericht hinein, ließ ihn aus dem Blickfeld neugieriger Augen verschwinden und schloss gerade ab, als er ein Knarzen auf der Treppe hörte. Wenig später stand Rachel in der Tür.

»Du bist ja zu Hause«, sagte sie in einem Tonfall, in dem die Frage mitschwang: »Was fällt dir eigentlich ein, dich um diese Uhrzeit hier hereinzuschleichen?« McLean konnte sich sehr gut daran erinnern, wie seine Großmutter ihn ausgeschimpft hatte; sich dieselben Vorwürfe von jemandem anzuhören, der fast zehn Jahre jünger war als er selbst, war dagegen etwas ganz anderes.

»Wie war dein Tag?«, fragte er und steckte beim Durchqueren des Raums den Schlüssel ein.

»Langweilig. Frustrierend. Phil müsste doch längst hier sein.«

»Hast du mit ihm gesprochen?« McLean musste zugeben, dass ihm das Gespräch von vor über vierundzwanzig Stunden, als sein Freund betrunken am Flughafen in Los Angeles auf seinen Flug gewartet hatte, schon wieder entfallen war. So lange dürfte es eigentlich nicht dauern, um nach Edinburgh zu gelangen.

»Ich bin sicher, es gibt eine absolut vernünftige Erklärung.« Er zog sein Handy heraus, ging die Kontakte durch, bis er die Nummer gefunden hatte, die er suchte. Die Mailbox sprang sofort an. »Wahrscheinlich ist er auf dem Weg hierher.«

»Du hast recht.« Rachel wollte etwas sagen, dann fasste sie sich an den Bauch. »Au. Der kleine Racker tritt wie wild um sich.«

»Komm, setz dich.« McLean nahm ihren Arm und führte sie zum Sofa.

»Wieso hab ich mir Phil ausgesucht, wo es doch Gentlemen wie dich gibt, Tony?« Sie formulierte es als Scherz, und er sah das müde Lächeln in ihrem Blick, aber etwas an ihrer Bemerkung empfand er als zutiefst beunruhigend. Er wusste nicht so richtig, was er sagen sollte.

»Wahrscheinlich war ich wohl besetzt?«

»War? Glaubst du nicht, dass Emma wiederkommt?«

McLean blieb eine Antwort erspart, als sie einen Wagen vor dem Haus vorfahren hörten. »Erwartest du Jenny?«, fragte er, aber Rachel schüttelte den Kopf, legte besorgt die Stirn in Falten. Er ließ sie in der Bibliothek sitzen, ging durch die Diele zur Haustür und öffnete diese gerade noch rechtzeitig, um ein Taxi die Auffahrt herunterfahren zu sehen. Vor ihm stand eine vertraute Gestalt.

»Das hat ganz schön lange gedauert, Phil. Was war denn los? Haben Sie dich nicht an Bord gelassen?«

Als er seinen alten Freund genauer betrachtete, bedauerte McLean sofort seinen unbeholfenen Versuch, witzig zu sein. Phil wirkte ausgezehrt, anders konnte man es nicht beschreiben. Er war schon immer unverschämt dünn gewesen. Obwohl er sich hauptsächlich von Bier und Currys ernährte, hingen seine Klamotten an ihm, als hätte er sie von einem sehr viel größeren Mann geborgt. Seine Haare waren ungepflegt, in dieser Hinsicht hatte sich nicht viel verändert, nur dass das Dunkelbraun jetzt mit grauen Strähnen durchsetzt war, die vor zwei Jahren noch nicht da gewesen waren. Erschreckend wirkten aber vor allem sein gequälter Blick und die hängenden Schultern. Insgesamt verströmte er die Aura eines Mannes, der den Boden unter den Füßen verloren hatte. McLean hatte Obdachlose mit mehr Lebenslust gesehen.

»Gab Ärger in Heathrow. Ich hätte auch angerufen, aber die haben mir mein Handy weggenommen. Ist Rae …?«

Aber egal, was Phil in Bezug auf seine Frau hatte wissen wollen, es ging im Lärm unter, als diese höchstpersönlich zur Tür hereinplatzte, wobei sie sich deutlich schneller bewegte, als man einer Frau in ihrem Zustand eigentlich zugetraut hätte. Mit einem lauten Aufschrei, teils aus Wut, teils aus Erleichterung, stürzte sie nach draußen auf ihn zu und trommelte ihm mit kleinen kraftlosen Fäusten auf die Brust. Phil stand nur da und ließ es sich gefallen, sein Blick ließ vermuten, dass er glaubte, sehr viel Schlimmeres verdient zu haben. McLean trat ein kleines Stück zurück, um die freudlose Wiedervereinigung vor seinem Haus nicht zu stören, während Rachel ihrem Mann so ziemlich jedes Vergehen vorhielt, dass sich ein Vertreter seines Geschlechts je hatte zuschulden kommen lassen. Endlich ging ihr die Puste aus, und ihre Wut verpuffte in der kühlen Abendluft. Sie trat einen Schritt zurück und betrachtete ihn.

»Was ist los mit dir? Du siehst scheiße aus.« Sie rümpfte die Nase. »Und du riechst auch so.«

»Vielleicht können wir das Gespräch drinnen fortsetzen?«, sagte McLean, bevor der Streit erneut auflodern konnte. »Vielleicht bei einem Essen und einem Glas Bier?«

»Du glaubst gar nicht, was für ein Albtraum von einer Reise das war.«

Sie saßen am Küchentisch, teilten sich zu dritt McLeans Imbissessen für zwei. Rachel nahm sich fast gar nichts, was eigentlich gut war, denn Phil machte sich darüber her wie jemand, der seit Monaten nichts mehr in den Magen bekommen hatte. McLean brauchte kein abgeschlossenes Psychologiestudium, um die schwelende Spannung zwischen den beiden zu spüren.

»Und die haben dir dein Handy weggenommen?« Er nahm einen Schluck Bier, merkte, dass Phils Glas schon wieder leer war, während Rachel ihr Wasser kaum angerührt hatte. »Wer? Warum?«

»Ah, das hab ich vermisst. Der wache Verstand des Detective Inspectors.« Phil fuchtelte mit seiner Gabel Richtung McLean. »Der Scheißzoll. Die haben mich einer Leibesvisitation unterzogen, ich musste mich ausziehen, Tony. Verfluchte Scheiße. Was ist bloß aus diesem Land geworden?«

»Du musstest was … Wieso?« McLean entging nicht, dass Rachel ein Lachen unterdrückte, und musste zugeben, dass er sich diesem unter anderen Umständen vermutlich angeschlossen hätte. Aber er kannte Phil, und ihm war es verdammt ernst.

»Das haben die nicht gesagt. Mich einfach nur aufgehalten, als ich durch die ›Nichts zu verzollen‹-Tür wollte, und mich dann in einen kleinen Raum ganz hinten von Terminal 5 verschleppt. Das war verdammt beängstigend, das kann ich dir sagen. Die haben alles durchsucht, den ganzen Kram auf einem riesigen großen Tisch ausgebreitet. Meine Klamotten, alles. Und das Zeug dann mit einer Art Sensor abgesucht. Scheiße, da war so eine Frau, mit kurzen Haaren und dem Körperbau eines verfluchten Rugbyprofis, dazu Hände wie ein Bauarbeiter. Und ich stand in der Unterhose da. Herrgott noch mal, ich dachte, die zieht sich Gummihandschuhe über und geht ohne Gleitmittel auf große Hafenrundfahrt.«

Phil schauderte bei der bloßen Erinnerung, aber so ernst die Geschichte auch war, McLean musste unter dem Vorwand, seinem Freund ein weiteres Bier zu holen, zum Kühlschrank gehen, sonst wäre er vor Lachen geplatzt. Erst als er mit der Flasche an den Tisch zurückgekehrt war, sie aufgemacht und Phil eingeschenkt hatte, hatte er sich wieder so weit im Griff, dass er weitersprechen konnte.

»War's eine Verwechslung?«

»Das haben die behauptet.« Phil nahm einen tiefen Schluck, trank ungefähr ein Drittel der Flasche in einem Zug. »Wollten mir aber nicht sagen, für wen sie mich gehalten haben. Und als ich alles wieder eingepackt hatte, hab ich gemerkt, dass mein Handy weg war. Das hatten die mir abgenommen, wollten hinter alle meine schmutzigen Geheimnisse kommen. Jedenfalls hab ich's nicht zurückverlangt, nur sind eben meine ganzen Nummern drauf gespeichert, und deshalb konnte ich niemanden anrufen. Meinen Anschlussflug hatte ich natürlich auch verpasst. Und meinst du, die hätten sich wenigstens entschuldigt? Oder angeboten, mir die zusätzlich entstandenen Reisekosten zu erstatten? Einen Scheiß haben sie.«

»Ich will mal sehen, ob ich jemanden finde, dem ich ein paar Fragen dazu stellen kann. Vielleicht kriegen wir ja raus, für wen die dich gehalten haben.« McLean schob den Rest seines kalten Currys auf dem Teller herum, dann beschloss er, dass er genug hatte. Als hätte sie seine Gedanken gelesen, kam Mrs McCutcheons Katze durch die Klappe und in die Küche geschlendert. Im Raum war es mucksmäuschenstill, sie schnupperte in die Luft, sah Rachel und Phil schief an und verzog sich dann in die anderen Räume. McLean starrte ihr hinterher, der Schwanz schwang hin und her, dann drehte sie sich noch einmal zu seinen Freunden um. Dieses Mal konnte er sich das Lachen nicht mehr verkneifen. Und es dauerte nicht lange, bis Rachel ebenfalls lachen musste. Nachdem er einen Augenblick lang mit offenem Mund von einem zum anderen geschaut hatte, lachte auch Phil mit, und für kurze Zeit war alles gut.

»Kennst du das Gefühl, wenn du weißt, dass du eine große Dummheit gemacht hast, aber nicht, wie du aus der Situation wieder rauskommst?«

Spät in der Nacht waren die Fenster der Bibliothek wie schwarze Spiegel, machten die Welt draußen unsichtbar. McLean saß in seinem Lieblingssessel und trank ein kleines Glas Whisky. Phil lag ausgestreckt auf dem Sofa wie ein Teenager, seine Augen waren rot, aber er war wach, sein Körper kämpfte gegen die kalifornische Zeit. Rachel war schon lange ins Bett gegangen, hatte düster vor sich hin gemurmelt, was für einen unbrauchbaren Idioten sie zum Ehemann hatte, aber McLean glaubte zu spüren, dass sie bereits ein kleines bisschen aufgetaut war.

»Mehr oder weniger jeden Tag«, erwiderte er auf die Frage seines Freundes. »Manchmal auch öfter.«

Phil rang sich ein müdes Grinsen ab. »Diese ganze Sache mit Amerika schien damals wirklich eine gute Idee zu sein. Aber nach nur wenigen Wochen, in denen wir diesen Traum tatsächlich gelebt hatten, habe ich schon gemerkt, dass es ein Fehler war. Vielleicht hätten wir da sofort unsere Sachen packen sollen.«

McLean verkniff es sich, auf die Uhr zu schauen, merkte aber, dass es eine lange Nacht werden würde, obwohl er eigentlich nichts anderes als schlafen wollte. Früher hatte es Zeiten gegeben, in denen Phil bis in die frühen Morgenstunden wach geblieben war, nur um ihm Gesellschaft zu leisten. Damals, als Kirsty gestorben war und er ihr am liebsten einfach ins Grab gefolgt wäre. So was machten Freunde nun mal, sie halfen einander, egal wie anstrengend das auch sein mochte.

»Und warum hast du's nicht getan?«

»Du kennst mich doch, Tony. Ich hab noch nie so leicht aufgegeben. Oder um Hilfe gebeten.«

»Also, was hast du vor? Du weißt, dass ihr so lange hierbleiben könnt, wie ihr wollt, aber du wirst bald Vater. Ein Kind braucht Stabilität.«

Phil verzog das Gesicht. »Ich weiß. Ich brauch nur eine Pause, um einen klaren Kopf zu bekommen.«

»Lass dir aber nicht zu lange damit Zeit. Das Baby kann jetzt jeden Tag kommen.«

»Nein. Eine Weile wird's noch dauern, ganz bestimmt.«

»Das hat Rae auch gesagt, als sie hier angekommen ist, aber da hab ich's auch schon nicht geglaubt. Ich denke, ihr solltet morgen zuallererst mal zu einem Arzt gehen. Und euch überhaupt wieder hier melden. Wenn du willst, kannst du ruhig diese Adresse angeben.« McLean stellte sein Glas auf den Tisch neben seinem Sessel.

»Das machen wir. Vorausgesetzt, Rae spricht wieder mit mir.«

»Das wird sie. Lass ihr Zeit. Sie hat sich Sorgen um dich gemacht.«

»Wirklich?« Phil wirkte aufrichtig erstaunt.

McLean unterdrückte ein Gähnen. »Na klar.«

Phil schaute auf die Uhr. »Hey, es ist spät. Du musst nicht aufbleiben, nur um mir Gesellschaft zu leisten.«

»Sicher?« McLean hievte sich aus dem Sessel und versuchte dabei, nicht wie ein alter Mann zu ächzen. »Ich muss wirklich mal schlafen. Hab morgen einen langen Tag.«

»Mir geht's gut. Ich penn einfach hier. Weiß sowieso nicht, ob ich schlafen kann.« Phil war noch tiefer ins Sofa gesunken, versuchte sich das Schaudern, das ihn hin und wieder durchzuckte, nicht anmerken zu lassen.

»Rae ist in Grans altem Zimmer. Das Bett ist groß genug für euch beide.«

»Ich glaub nicht, dass ich dem jetzt gewachsen bin. Sie kann ganz schön aufbrausend sein.« Phil grinste. »Wahrscheinlich ist das der Grund, warum ich sie liebe.«

McLean seufzte. Eine rasche und problemlose Versöhnung war vermutlich zu viel verlangt. »Es gibt auch noch genug andere Zimmer. In dem großen Schrank oben an der Treppe findest du Decken, wenn du wirklich auf dem Sofa pennen willst. Aber du wirst bald mit ihr reden müssen.«

24

Sein Telefon klingelte auf der Fahrt zur Arbeit, der Ton war ein unbekannter, und es klang sehr dringend. Der Alfa hatte keine Freisprechanlage, weshalb McLean seitlich ranfuhr und auf einer doppelten durchgezogenen Linie hielt, sich das Handy schnappte und die grüne Taste berührte, bevor die Mailbox ansprang.

»McLean.«

»Detective Inspector McLean?« Eine Frauenstimme, die ihm bekannt vorkam, auch wenn er sie nicht sofort zuordnen konnte. Er versuchte sich zu erinnern, wem er in letzter Zeit seine Karte gegeben hatte. Normalerweise riefen unter dieser Nummer keine betrügerischen Versicherungsunternehmen oder Computerfirmen an, die nicht existierende Probleme beheben wollten.

»Wer ist da?«

»Miss Marchmont, Heather Marchmont.« Die Stimme klang zögerlich, als wäre die Frau am anderen Ende nicht ganz sicher, wer sie war oder warum sie anrief. Er erinnerte sich wieder an ihr Gesicht und dass er sicher war, ihr schon einmal begegnet zu sein, auch wenn er nicht wusste, wo. Der halbherzige Anschiss, den er von Jo Dexter kassiert hatte, weil er zu ihr gefahren war, war ihm noch frisch in Erinnerung.

»Hallo, Miss Marchmont. Was kann ich für Sie tun?«

Pause. McLean sah eine Verkehrspolizistin auf sich zukommen.

Vorsorglich kramte er schon mal in seiner Jackentasche nach seinem Dienstausweis, für den Fall, dass er ihn vorzeigen musste.

»Es … es ist kompliziert. Eigentlich nichts, was ich am Telefon besprechen kann. Können wir uns irgendwo treffen?«

Die Verkehrspolizistin kam jetzt näher, senkte den Kopf, um ihn besser sehen zu können, und zog dabei gleichzeitig ihren kleinen Taschencomputer heraus, um sein Kennzeichen zu überprüfen. Das hatte ihm gerade noch gefehlt.

»Dachten Sie an was Bestimmtes? Im Moment habe ich zu tun, aber um elf Uhr könnten wir uns treffen.«

Miss Marchmont stieß ein leises, verdattertes »Oh« aus, als hätte sie sich darauf gefasst gemacht, ihn länger überreden zu müssen. »Um die Ecke bei mir zu Hause gibt's ein kleines Café, gleich unten am Hang.«

McLean schaute kurz auf das Display; es war eine Handynummer, aber das hieß noch lange nicht, dass sie nicht zu Hause war. Das Café war ihm bereits ein paarmal im Vorbeifahren aufgefallen.

»Das kenne ich.«

»Dann um elf. Ich lade Sie auf einen Kaffee ein«, sagte sie und legte auf. McLean sah, wie sich die Verkehrspolizistin herunterbeugte, um durch das Beifahrerfenster zu schauen. Mit gerunzelter Stirn las sie die Informationen vom Display ihres Gerätes ab und sah ihn anschließend an. Er lächelte, hielt das Handy hoch und wackelte erklärend damit. Dann warf er es auf den Sitz hinter sich, schaute kurz in den Spiegel und fuhr an. Erst als er vor dem nächsten Kreisverkehr wieder vom Gas ging, wurde ihm bewusst, dass er keine Ahnung hatte, worüber Heather Marchmont eigentlich mit ihm reden wollte. Was es auch war, er war fast sicher, dass er dafür von Nennen-Sie-mich-Stevie aufs Dach bekommen würde, sollte der Deputy Chief Constable etwas davon mitbekommen. Er musste sie von der Wache aus erneut anrufen, die Verabredung absagen oder ein offizielleres Treffen verabreden. Gleichzeitig wusste er aber, dass er das auf keinen Fall tun würde.

Als er das Café betrat, rechnete McLean nicht damit, dass Miss Marchmont bereits dort war, aber sie hatte ihn wohl kommen sehen. Sie stand ein kleines bisschen zu schnell auf, als er eintrat, machte winkend auf sich aufmerksam. Sie war jetzt weniger förmlich gekleidet als bei dem Termin in der Kanzlei, trug einen weiten Pullover über einer ausgewaschenen Jeans und wadenhohe braune Lederstiefel. Die Haare trug sie zum Pferdeschwanz zurückgebunden, was ihre hervorstehenden Wangenknochen und ihre ungeheuer schmale Figur betonte. Irgendwoher kannte er das Gesicht, aber er kam einfach nicht drauf.

»Danke, dass Sie gekommen sind. Darf ich Ihnen einen Kaffee bestellen? Der Kuchen hier ist köstlich.« Sie bot ihm keine Hand an, und McLean fragte sich unwillkürlich, woher sie das mit dem Kuchen wusste. Ihrer Figur nach hatte sie nie welchen probiert.

»Ein Kaffee wäre wunderbar, danke. Ich muss auf mein Gewicht achten.« Er klopfte sich auf den Bauch, merkte, was er da tat, und hörte sofort wieder damit auf. Marchmont bestellte und ging mit ihm zusammen zurück an ihren Tisch. Ihrem Notizbuch, dem Handy und dem Laptop nach war sie schon eine Weile hier.

»Irgendwie kann ich mich im Moment zu Hause nicht konzentrieren«, erklärte sie und packte ihre Arbeitsunterlagen in die Ledertasche neben dem Stuhl, ließ nur das schlanke Smartphone neben ihrer leeren Espressotasse liegen. »Und wenn ich ins Büro gehe, nervt mich mein Chef. Er findet, ich arbeite zu viel.«

»Ist das derselbe Chef, der einmal pro Woche mit meinem Chef Squash spielt?«

»Genau der. Ich denke, vielleicht sind die beiden zusammen auf die Schule gegangen? Irgendwo hab ich das aufgeschnappt. Der eine hat als Polizist Karriere gemacht, der andere als Anwalt. Das hat eine gewisse Symmetrie.«

McLean war sicher, dass noch mehr dahintersteckte.

»Haben Sie mit ihm gesprochen? Ihrem Chef, meine ich. Ihn um ein Gespräch gebeten?«

Etwas wie Wut blitzte kurz in Marchmonts Gesichtsausdruck auf, aber nur sehr flüchtig. »O Gott, nein. Ich wollte einfach nur, dass Gras über die Sache wächst. Er weiß das mit den Partys sowieso. Wahrscheinlich hat er häufiger daran teilgenommen als ich. Er war es, der mich in die Szene eingeführt hat.«

Und da war es, das Ungesagte, das in der Luft lag. Es war schwer, mit dieser jungen Frau zu sprechen, ohne an die Leute zu denken, die McLean in unterschiedlichen Stadien des Bekleidetseins unter anderem in dem Folterkeller mit den sadomasochistischen Vorrichtungen in ihrem Haus angetroffen hatte. Oder an den Geruch von Schweiß und Sperma sowie anderen, noch weniger angenehmen Substanzen.

»Ich habe das Gefühl, dass Sie eigentlich nicht darüber mit mir reden wollten«, sagte McLean.

Marchmont starrte ihn an, ihre dunklen, ruhelosen Augen blinzelten nicht.

»Eigentlich wollte ich Ihnen danken«, sagte sie, nachdem er den Blickkontakt unterbrochen hatte, weil er ihr Starren nicht mehr ausgehalten hatte.

»Wirklich? Wofür?«

»Die Razzia. Das war wie ein Weckruf. Wenn man sich lange genug mit einer bestimmten Sorte von Menschen umgibt, vergisst man, dass man nicht genauso ist wie sie. Ich habe mich in diesem Leben verloren und mich dafür gehasst. Dann sind Sie gekommen und haben dem ein Ende gemacht.«

»Aber Sie haben sich nichts zuschulden kommen lassen. Wir mussten alle vorübergehend Festgenommenen gehen lassen. Abgesehen von Smith, aber sogar der ist mit einer Fußfessel versehen bis zur Gerichtsverhandlung frei.«

Bei der Erwähnung des Namens huschte erneut der wütende

Blick über Marchmonts Gesicht, verschwand aber gleich wieder. Kein Wunder, dass sie Anwältin für Unternehmensrecht war; mit einem so unbrauchbaren Pokerface wäre sie vor Gericht nicht weit gekommen.

»In den Augen des Gesetzes haben wir uns nichts zuschulden kommen lassen, das ist richtig. Ich vermute, einige meiner Gäste waren verheiratet und zumindest theoretisch untreu, aber das ist heutzutage ja kein Verbrechen mehr. Und außerdem haben die jeweils besseren Hälften entweder zugesehen oder sich selbst anderweitig vergnügt. So funktioniert das.«

»Ihnen scheint das aber nicht zu gefallen.« McLean fragte sich, wie viel er dieser Frau schuldig war. Sie hatte ihn zum Kaffee eingeladen, und nur genau so lange würde er sich mit ihr unterhalten. Andererseits war er auf Grundlage von, wie sich herausgestellt hatte, falschen Informationen in die Privatheit ihres Hauses eingedrungen, und vermutlich hatte sie deshalb etwas mehr Anteilnahme seinerseits verdient. Außerdem wurde er das Gefühl nicht los, dass noch mehr hinter der vermasselten Razzia steckte, eine tiefere und düstere Geschichte. Wenigstens hatte sie sich bei ihm gemeldet und nicht umgekehrt, und wenn es hart auf hart kam, konnte er das anhand seines Handys auch beweisen.

»Wie gesagt. Ein Weckruf. Erst die Razzia, dann Ihr Besuch bei mir in der Kanzlei. Dadurch ist mir klar geworden, dass ich mich habe gehen lassen, mich viel zu sehr auf andere verlassen habe. Es wird Zeit, dass das aufhört.«

»Auch auf die Gefahr hin, unhöflich zu klingen, aber was hat das mit mir zu tun?«

»Ich bin Anwältin, Inspector. Okay, vielleicht nur für Unternehmensrecht, aber ich kenne mich auch einigermaßen im Strafrecht aus. Sie wurden angehalten, das Chaos zu beseitigen, die Peinlichkeit aus der Welt zu schaffen. Mein Chef hat mit Ihrem Chef gesprochen und dieser mit Ihnen. Hab ich recht?«

»Vermutlich sollte ich mit niemandem außerhalb der SCU darüber reden, aber ungefähr so war es wohl, ja.«

»Es muss schrecklich sein, täglich mit Gewalt zu tun zu haben.«

»Jedenfalls eröffnet es einem eine ganz einzigartige Sicht auf die Menschen. Wollen wir's mal so formulieren.«

Marchmont schüttelte den Kopf, eine ganz leichte Bewegung nur, als wollte sie ein Bild aus ihren Gedanken löschen. »Menschen können … grausam sein. Und egoistisch, wenn es darum geht, die eigenen Begierden zu befriedigen. Ich dachte, die Szene, in der ich mich bewegt habe … die Menschen … wären besser. Es ginge darum zu teilen, um Einvernehmlichkeit und Spaß. Aber jetzt bin ich nicht mehr so sicher.«

»Ich habe immer gedacht, solange niemand verletzt wird …« McLean wurde von Marchmonts stumm auf dem Tisch vibrierenden Handy unterbrochen. Eine Nummer wurde angezeigt, Vorwahl von Edinburgh, aber über Kopf konnte er sie nicht lesen. Sie sah sich nervös in dem Café um und starrte dann aus dem Fenster auf die gegenüber parkenden Autos. Bevor er etwas sagen konnte, hatte sie das Handy geschnappt, den Anruf abgewiesen und das Display ausgeschaltet.

»Ich muss los. Das Büro.« Sie winkte einmal mit dem verschmähten Handy, dann ließ sie es in die Tasche gleiten. McLean stand auf, als sie den Mantel von der Stuhllehne zog und ihn sich über den Arm legte.

»Ich denke, ich sollte auch längst wieder bei der Arbeit sein. Aber vielen Dank. Für den Kaffee.« Die Bemerkung wirkte ziemlich abgedroschen, zumal die Kellnerin ihm sein Getränk noch gar nicht gebracht hatte. Marchmont war dies offensichtlich gar nicht aufgefallen.

»Gerne, Inspector. Wir müssen das bei Gelegenheit wiederholen. Ich rufe Sie an, wenn ich darf?«

In ihrer Stimme lag eine Frage, aber sie wartete die Antwort nicht ab. Mit einem weiteren schnellen Rundblick durch den Raum marschierte sie nach draußen, gerade als die amüsierte Kellnerin hinter dem Tresen auftauchte.

»Ihr Kaffee, Sir?«

Eine halbe Stunde später, nachdem er erfolglos auf dem Parkplatz der Wache eine Lücke gesucht hatte, stellte McLean vorsichtig seinen Alfa zwischen zwei Polizeitransporter und hoffte, dass sie in der nächsten Stunde nicht gebraucht wurden. Die meisten Fahrer des Überfallkommandos waren gut ausgebildet und auch pflichtbewusst genug, aber die Transporter waren so schwer gepanzert, dass sich unmöglich feststellen ließ, wie lang und wie breit sie waren. Einmal hatte er gesehen, wie einer eine Kurve zu eng nahm und einen Laternenmast umfuhr. Nicht auszudenken, was so ein Wagen mit einem zarten kleinen Auto wie seinem anstellen konnte.

Die Strecke von der Hintertür hinauf ins CID-Büro war dankenswerterweise frei von vorgesetzten Detectives, und im Büro selbst war ebenfalls auffallend wenig Leben anzutreffen. Er suchte DS MacBrides Schreibtisch und wollte ihm gerade eine Nachricht auf ein Post-it-Zettelchen schreiben, als er die Tafel entdeckte. Unweit des Schreibtischs des Detective Sergeant war sie nun dem Fall Eric Parker gewidmet; der, bei dem McLean eigentlich die Ermittlungen leiten sollte. Er hatte sie schleifen lassen, war zu sehr durch andere Sachen abgelenkt gewesen, aber MacBride hatte daran gearbeitet. Unter Parkers Namen standen noch ein halbes Dutzend andere, einige durchgestrichen, andere mit Fragezeichen versehen. DNA war zweimal unterstrichen und rot eingekreist. Ein weiterer Ermittlungsstrang ließ vermuten, dass Mike Simpson in der IT-Abteilung der Gerichtsmedizin Parkers Handy hatte und daran arbeitete. Gut zu sehen, dass sich auch ohne ihn etwas bewegte.

»Hab gar nicht mit Ihnen gerechnet, Sir.«

McLean wirbelte herum und zerrte sich schmerzhaft die Hüfte, als sein Fuß an einer der fleckigen Teppichbodenfliesen hängen blieb. DS MacBride stand in der Tür, während hinter ihm nacheinander eine Reihe von Detectives eintrat. Einige davon erkannte er, manche lächelten sogar oder nickten zur Begrüßung, dann schob sich eine weniger freundlich dreinschauende Gestalt hinterher.

»Was stehen Sie da so sinnlos im Eingang herum, MacBride? Ach. Sie sind es.« Detective Inspector Carter bekleidete neuerdings McLeans alte Stelle als Junior DI, nachdem er es irgendwie geschafft hatte, sich infolge von Brooks' und Spence' Aufstieg auf der Karriereleiter ebenfalls befördern zu lassen. McLean hatte ihn nie für einen Detective Constable gehalten, geschweige denn für einen Sergeant, und nach allem, was man so hörte, war er auch als Inspector kein reiner Erfolg.

»Morgen, Carter. Immer viel zu tun, wie?«

Carter starrte ihn nur kurz an, dann trampelte er weiter und schrie ein paar Constables an. McLean schenkte MacBride einen, wie er hoffte, mitfühlenden Blick. »Würde mich wundern, wenn er sich bis Ende des Jahres auf dem Posten halten kann.«

»Ende des Jahres? Ende des Monats wäre schon erstaunlich. Hätte nie gedacht, dass ich mir den alten Dagwood noch mal zurückwünsche, aber die Situation hier ist völlig absurd.«

»Vielleicht würde es ja helfen, wenn nicht ständig sein Papierkram in meinem Büro landet. Ich bin sicher, beim ersten Mal war's eine witzige Idee, aber ich bin meistens sowieso nicht da, und dann bekommen die Leute ihre Überstunden nicht bezahlt.«

»Sie wissen aber doch, wie die sind, Sir. Wenn die sich erst mal was in den Kopf gesetzt haben.«

»Ich denke immer dran, die Rechnungen zu bezahlen.« McLean wandte sich wieder der Tafel zu. »Wie kommen Sie denn mit Parker voran?«

»Noch ein bisschen früh, um das zu sagen. Wir warten noch auf die DNA. Eine Übereinstimmung zwischen Haar und Speichel wäre schon mal ein Anfang. Dauert aber noch, bis wir die Datenbanken absuchen können.«

»Was ist mit dem Telefon?«

»Mike sieht es sich an. Er hat auch das GPS des Wagens, findet raus, wo er war und wann. Eigentlich müssten wir bald eine Karte davon haben. Mehr können wir im Moment nicht machen.«

»Okay. Dann halten Sie mich auf dem Laufenden.« McLean verstummte, war sich unsicher, ob er die Frage stellen und, wenn ja, wie er sie formulieren sollte. »Es gibt aber noch etwas, das Sie für mich tun können. Wenn Sie zwischendurch mal eine Minute Zeit haben.«

MacBride schenkte ihm einen Blick, der andeutete, dass er es gründlich satthatte, um Gefälligkeiten gebeten zu werden, die er ihm nicht abschlagen wollte.

»Ob Sie wohl jemanden für mich überprüfen könnten? Das muss aber unter uns bleiben. Wir wollen nicht, dass irgendwo Alarmglocken läuten.«

»Wie genau überprüfen?«

»Nicht sehr genau. Ich brauche nur ein paar grundlegende Informationen und Angaben. Sie werden wahrscheinlich nichts Ungewöhnliches finden, aber ich habe das ungute Gefühl, dass man mir eine Falle stellen will, und ich hätte gerne ein bisschen Munition zur Hand, falls ich recht behalte und mich wehren muss.«

MacBride hielt sein allgegenwärtiges Tablet hoch und tippte ein paarmal aufs Display, jetzt war offensichtlich sein Interesse geweckt. »Hat er denn auch einen Namen, dieser Jemand?«

»Es ist eine Sie und heißt Heather Marchmont.«

25

Gefallen hat es ihr hier eigentlich noch nie. Viel zu weit oben und von ständigen Stürmen gepeitscht, die von der Nordsee hereintosen. Sicher, an einem klaren Tag ist die Aussicht herrlich, aber solche Tage gibt es nicht häufig genug, sodass es das lohnen würde. Meist sieht man nur den Nebel, der vom Forth herüberzieht und alles unter einer dicken weißen Decke erstickt, oder den Regen, der gegen die dünnen Fensterscheiben schlägt. Und man spürt den Wind, der durch die schlecht eingepassten Rahmen zieht. Die Nachbarn sind nicht so schlecht, zumindest die meisten. Nicht laut wie an anderen Orten, wo sie gelebt hat, aber sie würde es bei dem ständigen Pfeifen des Windes vermutlich auch gar nicht mitbekommen. Vor allem aber hasst sie dieses Haus, weil es eine Falle ist. Vier Stockwerke weit oben, ganz hinten, nur eine Tür. Kein Entkommen.

Aber das spielt gar keine Rolle. Schließlich ist sie Big Tams Mädchen. Niemand wird sich an ihr vergreifen, auch wenn er zurzeit in Saughton sitzt. Ein hohles Lachen entschlüpft ihr, als sie an ihn in seiner Zelle denkt. Big Tams Mädchen. Ja, ja, wenn er bloß die Hälfte wüsste. Wieso bleibt sie überhaupt bei ihm? Er ist sowieso nur dazu da, ihr den Abschaum vom Hals zu schaffen, ihr in diesem Drecksnest von einer Vorstadt zu ein bisschen Ansehen zu verhelfen. Und was hat sie ihm ihrerseits zu bieten? Mehr als genug. Er erwartet von ihr, dass sie auf der Straße anschaffen geht, wo's doch gutes Geld in den reichen Gegenden der Stadt zu verdienen gibt. Keine Fantasie, nur Fäuste. Sie hätte es viel besser haben können. Sie wird es viel besser haben.

Erneut erschüttert ein hohles Lachen ihren leeren Bauch. Er ist weg, und das nicht nur für kurze Zeit. Nichts hält sie hier außer diesen Betonmauern. Sie könnte einfach gehen. Ein paar Sachen packen und verschwinden. Okay, sie ist nicht mehr so jung, wie sie mal war, aber sie sieht immer noch toll aus. Mit den Scheißdrogen hat sie auch aufgehört, nicht wie so viele andere Mädchen, denen sie über die Jahre begegnet ist. Und dann diese reichen Leute, die für eine wie sie mit ihren besonderen Talenten einiges hinblättern. Sie würde nicht in Edinburgh bleiben können, aber es gibt auch noch andere Städte, andere Fetische.

Das Klopfen an der Tür kommt so unerwartet, so abrupt, fast schreit sie laut auf vor Schreck. Sie schaut durch den Spion und sieht einen Mann und eine Frau, die nebeneinanderstehen, als könnte nichts sie trennen. Sie sehen aus, als könnten sie Zeugen Jehovas sein; niemand sonst würde um diese Uhrzeit an die Tür klopfen, hier oben am Ende der Welt. Sie wirken nicht bedrohlich, also macht sie die Tür gerade so weit auf, dass sie den Kopf durch den Spalt schieben kann.

»Wenn's um Gott geht, der ist gerade weg.« Der Witz ist alt und lahm, aber sie reißt ihn trotzdem. Die junge Frau legt den Kopf schief, schaut verdutzt wie ein Hund. Der junge Mann sagt nichts, steht einfach neben ihr, als wäre er aus Stein.

»Hört mal, ich hab keinen Bock, meine Seele zu retten, okay?« Sie entspannt sich ein bisschen, das Gefühl von Bedrohung verebbt. Und das ist der Moment, in dem ihr alles entgleitet.

»Du warst ungezogen, Stacey.« Die Frau macht einen Schritt vorwärts und stößt die Tür auf. Sie tritt in die Diele, als würde sie ihr gehören.

»Ich … ich weiß nicht, was Sie meinen.«

»Schsch.« Die Frau legt Stacey einen Finger auf die Lippen. Ihre Berührung wirkt seltsam beruhigend, erinnert Stacey an ihre Mutter, auch wenn diese Frau jünger ist. Sie gibt dem sanften Druck nach, tritt zurück, und die beiden dringen weiter in die Diele vor. Bei näherer Betrachtung wird deutlich, dass sie Zwillinge sind. Er ist stämmiger, aber sie haben dasselbe schmutzig blonde Haar, dieselbe Gesichtsform, dieselben toten Augen.

»Wir wissen, was du getan hast und warum du es getan hast.« Die Frau nimmt sie an der Hand, presst sie sich an die Brust, als wäre das eine Geste, die sie vielleicht in einem Film gesehen hat. Etwas, von dem sie glaubt, es tun zu müssen, ohne wirklich zu verstehen, weshalb. Stacey kann nicht aufhören, ihr in die Augen zu starren.

»Diese Wohnung, hier herrscht eine böse Atmosphäre. Das ist doch kein Zuhause. Warum lebst du so?«

»Ist gar nicht so schlecht, wenn man erst mal weiß, wo man hingehört.«

»O doch, es ist schlecht. Und du gehörst hier nicht hin, Stacey.« Die Frau geht durch den kurzen Flur auf das Badezimmer und die Schlafzimmer zu, als wüsste sie genau, wohin sie geht. Da sie noch immer Staceys Hand festhält, bleibt dieser nichts anderes übrig, als der Frau zu folgen. Sie ist verwirrt. Aber sie hat keine Angst, zumindest noch nicht, aber irgendwie fällt es ihr schwer, klar zu denken.

»Du hast tolle Arbeit für uns geleistet. Die Leute kennen deinen Namen und fragen nach dir, weißt du das?«

Die Frau geht ins Hauptschlafzimmer, zieht Stacey noch immer an der Hand hinter sich her. Sie geht direkt zum Kleiderschrank, als wüsste sie längst, wo er ist, was er enthält.

»So hübsche Kleider. Darf ich sie anprobieren?« Ohne auf die Erlaubnis zu warten, zieht sie etwas heraus, hält es sich an. Stacey kann es nicht verhindern, aber als sie sich umdreht, sieht sie, dass der andere Zwilling ihnen gefolgt ist.

»Oh, das ist schön. Hier, halt es mal für mich.« Die Frau drückt Stacey ein schwarzes, figurbetontes Kleid in die Hände, dann zieht sie sich direkt vor ihr aus. Sie trägt biedere Kleidung, als würde sie einem vergangenen Jahrhundert angehören. Einen langen Tweedrock und einen Kaschmirpullover über einer schweren Baumwollbluse, Wollstrümpfe bis zu den Knien, dazu weiche Lederstiefel. Sie schält die einzelnen Schichten erstaunlich flink ab, bringt weiße Haut zum Vorschein, über und über mit dunkellila Narben übersät. Sie hat keinerlei Hemmungen. Stacey kann sie nur anstarren, als die Frau ihr das Kleid wieder abnimmt und es sich erstaunlich geschickt überzieht, das weiche Material über ihrer Figur glatt streicht. Es passt gut, umschmeichelt sie wie eine zweite Haut, die im Gegensatz zur ersten nicht beschädigt ist.

»Wer seid ihr? Was wollt ihr?«

»Liebe, liebe Stacey. Du weißt, wer wir sind, und du weißt, was wir wollen.« Die Frau, die ihre Kleider trägt, streckt die Hand aus und greift nach Staceys Händen, zieht sie ganz nah an sich heran. Sie riecht nach dem weichen Latex des Kleides, nach Shampoo und noch etwas anderem. Stacey kann den Duft nicht zuordnen, aber er ist betörend und verwirrend. Sie kann sich nicht mehr aus eigenen freien Stücken bewegen, kann keinen Widerstand leisten oder sich losmachen. Die Frau beugt sich zu ihr vor und küsst sie fest auf die Lippen, drängt mit einer Zunge dazwischen, die nach Kindheit schmeckt. Ihre Beine geben nach, und sie sinkt langsam herunter, bis sie auf dem Bett sitzt. Als die Frau sich von ihr löst, ist es, als würde sie etwas von ihr mitnehmen.

»Iain, meine Kleider. Ich glaube, ich werde dieses erst mal anlassen.« Sie dreht sich wie ein kleines Mädchen, das den Kleiderschrank ihrer Mutter geplündert hat. Stacey sitzt nur da und sieht zu, während der Mann pflichtschuldigst die abgelegten Kleidungsstücke aufhebt, ordentlich zusammenlegt und in seiner Tasche verstaut. Als er fertig ist, nickt er ihr nur zu, dreht sich um und verlässt den Raum.

»Du weißt, was du zu tun hast, Stacey.« Die Frau bückt sich, gibt ihr einen kurzen Kuss, dieses Mal weniger intim. Ein Lächeln, das fast bis an ihre Augen reicht. Und dann ist auch sie verschwunden.

26

Ihr habt einen Tipp bekommen, oder? Damit fing es doch an.«

McLean hielt sich an einem Becher mit höchst unerfreulichem Kantinenkaffee fest, sein halb gegessenes Mittagessen wurde auf dem Teller vor ihm kalt. Ihm gegenüber hatte DS Ritchie ihren Salat bereits vollständig verputzt und polierte gerade einen saftigen roten Apfel an ihrem Ärmel. Nachdenklich biss sie hinein und kaute erst, bevor sie antwortete.

»Mehr oder weniger. Ein anonymer Anruf von einem Handy, der Anrufer meinte, wir sollten uns das Haus mal genauer ansehen. Die SCU gibt normalerweise nicht viel auf solche Hinweise, aber vor ein paar Monaten haben wir eine Prostituierte auf der Straße aufgegriffen, und bei der Vernehmung wurde auch Marchmonts Haus erwähnt. Anscheinend wollte sie Informationen anbieten, um im Gegenzug glimpflich davonzukommen, keine Ahnung, wieso sich das damals niemand genauer angesehen hat.«

»Verstehe.« McLean erinnerte sich an das, was er in der Akte gelesen hatte. »Wie hieß sie noch? Charlene oder so?«

»Stacey Craig. Vor ein paar Jahren war sie so was wie Stammkundin bei uns, aber anscheinend hatte sie inzwischen ein Einsehen in die Verwerflichkeit ihres Tuns.« Ritchie intonierte die letzten Worte wie ein Richter bei der Urteilsverkündung. »Ihren Freund haben wir auch schon ein paarmal hinter Gitter gesteckt. Er ist ein bisschen zu freigebig mit seinen Fäusten. Keine Ahnung, wieso Stacey bei ihm bleibt.«

»Manchmal verwechseln die Menschen Aufmerksamkeit mit Liebe.« McLean wartete, bis Ritchie erneut in ihren Apfel gebissen hatte. Sie hatte sich eindeutig für das bessere Essen entschieden. Seine Lasagne war innen kalt gewesen, die Pommes weich und lasch. Sein Magen rumpelte, und er fragte sich, ob er Marchmonts Einladung zum Kuchen vorhin nicht besser angenommen hätte. Auf keinen Fall würde er es mit dem Schokopudding hier in der Kantine riskieren. »Kennen wir den Namen des Freundes? Ob er wieder sitzt und, wenn ja, weshalb?«

»Ich weiß nicht. Aber ich kann's prüfen.«

»Danke. Und besorgen Sie auch die Adresse von dieser Stacey Craig. Aber schreiben Sie die nicht in den Bericht. Ihren Namen auch nicht.«

Ritchie hielt mitten im Abbeißen inne und nahm den Apfel vom Mund. »Nicht reinschreiben?«

»Noch nicht. Vielleicht überhaupt nicht.«

»Wozu brauchen Sie die Adresse?«

»Ich denke, wir sollten sie mal besuchen.« McLean stand auf und signalisierte Ritchie, sie möge sitzen bleiben, als diese Anstalten machte, es ihm gleichzutun. »Lassen Sie sich Zeit mit dem Essen. In einer halben Stunde reicht. Ich muss sowieso noch mal telefonieren. Ich denke, es gibt jemanden, den wir vielleicht mitnehmen sollten.«

Er war auf dem Weg zurück ins Büro, suchte einen Ort, um ungestört zu sein, als sein Handy klingelte. McLean starrte die Nummer auf dem Display an, überlegte, ob er sie kannte, kam aber zu keiner weitreichenderen Erkenntnis, als dass es sich um eine Handynummer handelte. Er überlegte, ob er warten sollte, bis die Mailbox ansprang; wenn es wichtig war, würde der Anrufer eine Nachricht hinterlassen, und wenn nicht, hatte er sich zehn Minuten Gespräch mit einem Call-Center-Angestellten gespart. Andererseits kamen diese Anrufe meist mit unterdrückter Rufnummer an. Zögerlich berührte er die grüne Hörertaste, hielt sich das Telefon ans Ohr.

»McLean.«

»Sie müssen an Ihrem Telefonverhalten arbeiten, Tony. Begrüßt man so eine alte Freundin?«

McLean stieß seine Bürotür auf und ließ sich auf seinen Stuhl sacken. Egal wie häufig er ihre Nummer auch in seinen Kontakten speicherte oder besser gesagt, MacBride dies für ihn erledigen ließ, schaffte sie es doch immer irgendwie, ihn zu überrumpeln. »Ihnen auch einen schönen guten Tag, Miss Dalgliesh.«

»Na ja, er wäre schöner, wenn ich nicht im Zug nach Inverness sitzen würde. Diese beschissene Zeitung wollte kein Erste-Klasse-Ticket zahlen.«

»Inverness? Was um Himmels willen wollen Sie denn da?«

McLean konnte jetzt im Hintergrund das Rattern des Zuges hören, dazu einige gedämpfte Stimmen.

»Weiß der Henker. Irgendeine umstrittene Kunstinstallation, mehr hat mir der Chefredakteur nicht verraten. Wenn man die Redaktion halbiert, hat man halt das Problem, dass die Übriggebliebenen über alles berichten müssen. Wenn Johnny sagt Inverness, fahre ich nach Inverness.«

»Und da dachten Sie, Sie rufen einfach mal an und plaudern ein bisschen? Ich fühle mich geschmeichelt, dass Sie dabei an mich gedacht haben, aber ich muss arbeiten.«

»Sehr witzig. Sie und alle anderen auch. Ich habe eine Liste von Leuten, die ich anrufen kann, die ist so lang wie mein Arm. Macht aber doch keinen Sinn, dass ich meine Zeit verschwende, indem ich Berge anstarre, oder?«

»Also, was ist so wichtig, dass Sie's mir unbedingt sofort erzählen müssen?« McLean lehnte sich zurück, legte einen Fuß auf den Schreibtisch.

»Wovon ich Ihnen neulich erzählt habe. Da bei Ihnen in Ihrem Imbiss. Das Karma war übrigens köstlich. Danke für den Tipp.«

»Korma.« McLean erinnerte sich, kam aber nicht drauf, was Dalgliesh ihm erzählt hatte. »Was haben Sie denn neulich erzählt?«

Dalgliesh machte ein Geräusch, dass Verärgerung anzeigen sollte, aber vielleicht machte sie auch nur dem Mann mit dem Getränkewagen ein Zeichen, dass sie Tee kaufen wollte. »Haben Sie schon mal von Beggar's Benison gehört?«, fragte sie schließlich.

»Der Geheimgesellschaft? Aristokraten und wohlhabende Kaufleute, die ausgerechnet in Anstruther so taten, als wären sie schrecklich verkommen und böse. Saufen und ficken, darum ging's wohl in erster Linie. Mitte des achtzehnten Jahrhunderts hat es angefangen und hörte zu Beginn des viktorianischen Zeitalters auf, als die Prüderie modern wurde.«

»Sehen Sie, das mag ich so an Ihnen, Tony. Jeder andere Polizist hätte keine Ahnung gehabt, aber Sie sind ein unerschöpflicher Quell an unnützem Wissen.«

»Soll ich das als Kompliment verstehen?«

»Verstehen Sie's, wie Sie wollen. Die Sache ist die, damals gab es jede Menge solcher Gesellschaften. Hellfire Clubs im ganzen Land. Das passiert, wenn man eine wohlhabende Elite mit zu viel Geld und zu viel Zeit hat.«

»Dalgliesh, wollen Sie auf was Bestimmtes hinaus? Ich habe gleich einen wichtigen Termin.«

»Herrgott. Da ist wohl jemandem eine Laus über die Leber gelaufen.« Dalgliesh hustete lang, laut und feucht. »Und dabei sind nicht Sie es, der seit Edinburgh nicht mehr geraucht hat.«

»Okay, okay. Beggar's Benison. Hellfire Club. Geheimgesellschaften im achtzehnten Jahrhundert. Was ist damit?«

»Wie Sie gesagt haben, kamen sie aus der Mode, als die Viktorianer die Prüderie erfanden. Aber was, wenn sie nie ganz verschwunden sind? Wenn sie im Verborgenen weiter existiert haben? Und immer besser darin wurden, sich versteckt zu halten, sich zu schützen. Ein paar hundert Jahre dürften genügen, um ein ausgefeiltes Netzwerk aufzubauen, meinen Sie nicht?«

»Wenn ich ehrlich bin, würde ich sagen, die Vernunft und Sie haben beschlossen, getrennte Wege zu gehen.«

»O Mann, Sie sind wirklich ein Herz von einem Menschen, Inspector.« Dalgliesh machte ein Geräusch, von dem McLean hoffte, dass man es nur durchs Telefon hören konnte. Er stellte sich vor, wie sie an einem Vierertisch in ihrem Zugabteil saß, Notizbücher und andere Utensilien weiträumig um sich herum verteilt hatte und die Mitreisenden mit wachsendem Entsetzen an dem Gespräch teilhaben ließ.

»Ich weiß nur nicht, worauf Sie hinauswollen. Sie meinen, die Bordellrazzia hatte was mit Beggar's Benison zu tun? Ich bin Detective. Ich brauche konkretere Anhaltspunkte.« Er wollte hinzufügen: »Abgesehen von den Verschwörungstheorien, die Sie für Ihre Bücher sammeln«, entschied sich aber dagegen. Dalgliesh war derzeit ungewöhnlich freundlich zur Polizei, und er wollte nicht als derjenige in die Geschichte eingehen, der die Phase der Entspannungspolitik beendet hatte.

»Ich arbeite daran. Sie werden schon sehen. Ich habe bereits ein paar interessante Verbindungen zwischen Ihrer Freundin …«

McLean lauschte der Stille, dann nahm er das Telefon vom Ohr und schaute aufs Display: »Anruf fehlgeschlagen.« Er wählte die Nummer, die Dalgliesh benutzt hatte, aber die Mailbox sprang sofort an. Einen Augenblick malte er sich ein Zugunglück oder eine andere Katastrophe aus, aber eigentlich war klar, was passiert war. Je weiter man in den Norden reiste, desto schlechter wurde der Handyempfang. Und außerdem klang Dalgliesh sowieso, als sei sie ganz zufrieden mit der sinnlosen Unternehmung, die sie gerade vor sich hatte. Viel besser, wenn sie auf diese Weise abgelenkt war. Wenigstens bekam sie so nicht mit, was die Polizei für einen Mist baute.

Er unterbrach die Verbindung, ohne eine Nachricht zu hinterlassen, und suchte in seinen Kontakten nach der Nummer der Person, die er anrufen wollte. Er hatte sich um sehr viel Wichtigeres zu kümmern als um Jo Dalgliesh und ihre abwegigen Ideen.

Zum Schluss dauerte es viel länger, alles zu organisieren, als McLean gehofft hatte. Vor allem musste er ein Zivilfahrzeug suchen, da sich herausstellte, dass Stacey Craig in einer Sozialwohnung in Muirhouse wohnte, und dorthin würde er mit seinem Alfa auf gar keinen Fall fahren. Eine Gruppe von hochaufragenden Wohnblöcken mit Blick über den Forth, aber die Gegend hatte Mühe, sich aus dem Sumpf jahrzehntelanger Vernachlässigung und verfehlter Wohnpolitik zu befreien. McLean konnte den verwilderten Jugendlichen auf der Straße kaum einen Vorwurf machen; es war nicht ihre Schuld, dass ihnen das Leben so beschissen mitgespielt hatte. Aber seinen Wagen würde er ihnen trotzdem nicht anvertrauen.

Die Adresse, die Ritchie gefunden hatte, führte sie zu einem eher niedrigen Wohnblock mit Blick auf eine Schnellstraße, die nirgendwohin zu führen schien, als hätten die Stadtplaner einen Fluchtweg bauen wollen, aber auf halber Strecke aufgegeben. Vielleicht war ihnen die Luft ausgegangen. Oder das Geld. Oder beides. Auf der anderen Seite der Straße lungerte eine Bande junger Männer vor einer Apotheke herum, die Rollgitter vor den Fenstern waren allesamt heruntergelassen. McLean schaute auf seine Uhr; schon möglich, dass bereits Ladenschluss war. Wahrscheinlich aber blieben die Gitter hier grundsätzlich unten.

»Und ich dachte, Torry sei schlimm.« Ritchie schaute aus dem Fenster und verrenkte sich dabei den Hals, um die oberen Stockwerke der Wohnblocks zu sehen, die in den spätnachmittäglichen Himmel ragten.

McLean schaute erneut auf die Uhr. »Hoffentlich müssen wir

nicht lange warten. Die Leute hier erkennen einen Polizisten auf hundert Meter Entfernung.«

»Worauf warten wir überhaupt?«, fragte Ritchie. »Je schneller wir's hinter uns bringen, desto besser.«

»Ich hab Verstärkung bestellt. Und wenn ich mich nicht täusche, kommt sie da gerade.«

McLean öffnete seine Tür und stieg aus, gerade als ein klappriger kleiner Vauxhall Astra vor ihnen am Straßenrand hielt. Er passte sehr viel besser zu den restlichen Fahrzeugen, die hier parkten, als ihr verdächtig sauberer und neuer Ford. Eine kleine Gestalt stieg aus, sah erst zu dem Wohnblock, zu dem sie wollten, dann zu ihnen.

»Das ist sehr ungewöhnlich, wissen Sie das, Inspector«, sagte Clarice Saunders, als Ritchie und McLean sie am Eingang des Blocks trafen. »Normalerweise versuche ich euch möglichst fern von mir zu halten, wenn ich mit … na ja …«

»Sollen wir reingehen? Bevor uns zu viele Leute sehen?«

Das Gebäudeinnere wurde seinem kaum vielversprechenden Äußeren gerecht. In die einzelnen Wohnungen gelangte man über eine Reihe von breiten Laufgängen, die wie graue Betonrinnen um das Gebäude herumführten, ein eisiger Wind fegte hier hindurch. Die Fahrstühle funktionierten, was einem Wunder gleichkam, aber es kam ein Gestank heraus, wie McLean ihn noch nie zuvor gerochen hatte. Saunders schien ihn gar nicht zu bemerken, trat ein und drückte wortlos auf den Knopf für das oberste Stockwerk.

Stacey Craig wohnte oben auf der Nordseite. Vom Laufgang aus hatte man einen tollen Blick über den Forth bis nach Fife, aber der Wind hätte selbst eingefleischte Fans malerischer Aussichten ins Haus getrieben. McLean zitterte, während er wartete, dass jemand an die Tür kam. Ritchie und Saunders schienen abgehärteter zu sein. Entweder das, oder ihre Jacken waren, anders als seine Sommerjacke, windundurchlässig.

»Ja? Was wollt ihr?« Stacey Craig schaute sie kaum an, als sie die Tür öffnete. Keine Kette, fiel McLean auf. Vielleicht war es hier oben, am Ende der Welt, ja eher unwahrscheinlich, ausgeraubt zu werden. Oder schon so häufig geschehen, dass nichts mehr zu stehlen übrig war? Ihrer spärlichen Bekleidung nach zu urteilen waren wohl größtenteils Klamotten entwendet worden.

»Wir würden uns gerne mal mit Ihnen unterhalten, wenn wir dürfen?«, fragte er. Er hatte seinen Dienstausweis in der Hand, zeigte ihn aber nicht, wollte die Frau nicht unnötig beunruhigen.

Stacey schaute langsam auf, versuchte klar zu sehen. Ihr Kopf schwenkte wie ferngesteuert von einer Seite zur anderen.

»Seid ihr von der Polizei?«, fragte sie schließlich.

»Wir sind nicht hier, um Sie festzunehmen, Miss Craig. Wir wollen Ihnen nur ein paar Fragen stellen.« Ritchie trat einen Schritt auf sie zu, und Craig wich zurück in die Diele. Immerhin knallte sie ihnen nicht die Tür vor der Nase zu.

»Dann kommt besser rein. Draußen ist es kalt.«

Bis sie alle drei eingetreten waren und McLean die Tür hinter sich zugemacht hatte, war Craig bereits auf dem Weg ins Wohnzimmer. Irgendwas hatte sie genommen, auch wenn er nicht direkt sagen konnte, was. Er hoffte nur, dass sie klar genug im Kopf war, um ihm verwertbare Informationen zu geben.

Das Wohnzimmer war spärlich eingerichtet, ein Fernseher in einer Ecke, ein Tisch, auf dem sich Müll häufte, ein paar Sessel, die sich irgendwie aus den Siebzigerjahren hatten retten können, und ein durchhängendes Sofa. Craig ließ sich darauf nieder und machte sich nicht die Mühe, McLean und Saunders einen Platz anzubieten. Ritchie blieb an der Tür stehen.

»Ich mache uns allen einen Tee, ja?« Das war der Code für »Ich sehe mich mal um, solange die Verdächtige abgelenkt ist«, aber McLean war sicher, dass Craig sowieso nichts mitbekommen würde.

»Alles in Ordnung, Stacey?« Saunders setzte sich in einen der Sessel und beugte sich zu der Frau vor, um sie sich genauer anzusehen. Craig starrte die Wand über dem kleinen Elektroofen an, dann schien sie allmählich wieder fokussiert zu sehen.

»Ich kenne dich doch, oder?«

»Du warst schon mal bei mir in der Klinik, weißt du noch? Ich bin Clarice.« Sie streckte die Hand aus und nahm eine von Craig, legte sie zwischen ihre beiden. Die Berührung schien die Frau wacher zu machen.

»Ja. Die Klinik.« Langsam drehte sie sich zu McLean um. »Und wer ist das?«

McLean warf einen Blick auf den anderen Sessel mit der beeindruckenden Anzahl von Flecken und beschloss, einfach nur so in die Hocke zu gehen. Seine Hüfte protestierte zwar, aber er ignorierte sie weitestgehend.

»Mein Name ist Tony McLean, Stacey. Ich bin Detective.«

»Was? Wie Columbo?« Aus irgendeinem Grund schien die junge Frau dies witzig zu finden.

»Wahrscheinlich so ähnlich. Nur hab ich keinen Trenchcoat und kann Zigarren nicht ausstehen.«

»Warum sind Sie dann hier? Wollen Sie was von mir?«

Craig wollte sich aufrichten und sich gleichzeitig die Bluse von den Schultern schieben, was ihr aber nicht gelang. Stattdessen ließ sie sich unverrichteter Dinge wieder in die Sofakissen fallen.

»Nicht so was, nein.« McLeans Hüftschmerz störte ihn in seiner Konzentration, außerdem lag etwas in der Luft, das auch ihm den Kopf vernebelte. Er schnupperte, konnte aber keinen verdächtigen Haschischgeruch feststellen. Kopfschüttelnd versuchte er, wieder klar zu denken.

»Ich wollte Sie nach dem Haus in der New Town fragen, das als Bordell genutzt wurde. Sie haben gesagt, Sie haben dort gearbeitet, stimmt das?«

»War eine vornehme Party. Viel Geld. Herren mit ganz besonderen Bedürfnissen.« Stacey lallte »besonderen«, als hätte das Wort plötzlich mehr Silben als erwartet.

McLean hielt den Schmerz in seiner Hüfte nicht mehr aus. Insgeheim verfluchte er die alte Verletzung, die diesen verursachte, und stand auf. »Hatten Sie vorher bereits dort gearbeitet?«

»Sie sind aber groß geworden.« Craigs Kopf kippte nach hinten, als sie zu ihm aufsehen wollte. Dann fing sie an zu lachen, zunächst ganz sanft, aber schon bald krümmte sich ihr ganzer Körper unkontrollierbar und hysterisch.

»Was ist?« Clarice Saunders sprang auf die Füße in genau demselben Moment, in dem McLean einen Schritt auf Craig zutrat.

»Ritchie, kommen Sie her.« Er packte Craigs Arme, zog sie hoch. Sie lachte immer noch, aber jetzt mischte sich Panik in die Geräusche, die aus ihr heraussprudelten, Spucke schäumte in ihren Mundwinkeln. Ihre Pupillen waren sehr stark geweitet, sie starrte ihn angsterfüllt an und rang nach Luft. Ein Erstickungsanfall.

»Kommen Sie, Stacey. Bleiben Sie bei uns.« McLean hörte Ritchie hinter sich einen Krankenwagen rufen, aber seine gesamte Aufmerksamkeit galt der jungen Frau. Er hielt ihre beiden Hände fest, und sie klammerte sich jetzt mit aller Macht an ihn. Was sollte man noch mal machen, wenn jemand einen Anfall erlitt? Das alles hatte er in der Ausbildung gelernt, aber jetzt konnte er sich absolut nicht daran erinnern.

Und dann kniete Ritchie neben ihm, schob Saunders beiseite und übernahm. »Der Krankenwagen kommt, Sir. Voraussichtlich in zehn Minuten.«

Er betrachtete die Frau, die sich auf dem Sofa krümmte. Plötzlich bekam der Schaum vor ihrem Mund eine rötliche Färbung. Würde sie überhaupt so lange durchhalten?

27

Tut mir leid, dass ich Sie da mit reingezogen habe, Miss Saunders. Ich hätte nie gedacht ...« McLean fuhr sich mit müder Hand durchs Haar. Die vergangene Stunde war ein Albtraum gewesen, sie hatten versucht, Stacey Craig am Leben zu erhalten, und dann hilflos zugesehen, wie die Sanitäter übernahmen. Letztere waren nach nur acht Minuten bereits eingetroffen, aber es hatte sehr viel länger gedauert, Craig wenigstens so weit zu stabilisieren, dass sie ins Krankenhaus transportiert werden konnte.

»Ich hab nicht zum ersten Mal gesehen, wie jemand fast an einer Überdosis gestorben wäre, Inspector.« Saunders schüttelte langsam den Kopf. »Ich wünschte, es wäre so. Wird vermutlich auch nicht das letzte Mal gewesen sein.«

»Wir werden die Wohnung sichern. Aufpassen, dass sich die Jugendlichen aus der Nachbarschaft in ihrer Abwesenheit nicht an ihrem Eigentum vergreifen. Ich hab jemanden vom Opferschutz gerufen, die sind schon unterwegs. Wir tun, was wir können.«

»Meinen Sie, sie kommt wieder? Erholt sich davon?«

»Wir können es nur hoffen. Jedenfalls hat sie dank des glücklichen Zufalls, dass wir gerade da waren, wenigstens eine Chance. So viel steht fest.«

»Sie sind ein guter Mensch, Inspector.« Saunders tätschelte ihm den Arm. »Schade, dass es von Ihrer Sorte nur so wenige gibt.«

Er sah ihr nach, als sie zu ihrem Wagen ging und in das Wohnheim für Frauen zurückfuhr, das sie leitete. Manchmal konnte sie echt nerven, aber er hatte einen Heidenrespekt vor Clarice Saunders. Nicht viele würden sich so viel Mühe geben wie sie, um anderen Menschen zu helfen.

»Sind wir hier fertig, Sir?« DS Ritchie kam aus der Küche, als Saunders gegangen war. Sie hatte ein Handtuch gefunden und trocknete sich jetzt die Hände ab, nachdem sie das Blut und den Schleim sorgfältig abgewaschen hatte.

»Wir warten nur noch auf die Jungs von der zuständigen Wache. Dürfte aber nicht mehr lange dauern.« Er schaute auf die Uhr, Ritchie hatte längst Dienstschluss. Na ja, er würde ihre Überstunden durchwinken. Nur dass es natürlich um mehr ging als nur das. »Sie sind heute Abend mit Daniel verabredet, oder?«

Ritchie zuckte mit den Schultern. »Er ist es gewohnt, dass ich zu spät komme. Ich rufe ihn an und sage Bescheid, dass ich mich bald auf den Weg mache.«

Sie nahm ihr Handy, tippte ein paarmal aufs Display und zog sich ins Wohnzimmer zurück, um ein bisschen ungestörter zu sein. McLean ließ sie telefonieren, ging in den Flur hinaus und sah sich die anderen Räume der Wohnung an. Groß war sie nicht, aber für innerstädtische Verhältnisse geräumig. Eines der wenigen Dinge, die richtig gemacht wurden, als man in den Fünfzigerjahren diese Betonungetüme gebaut hatte. In der Küche war genug Platz für einen kleinen Esstisch, außerdem die wichtigsten Geräte, Kühlschrank, Herd und Arbeitsplatten. Eine Tür führte vom Flur herein, eine andere vom Wohnzimmer. Vom Flur aus gelangte man in zwei Zimmer und ein Bad. Sie waren alle schäbig, die Möbel alt, der Teppichboden fleckig, aber irgendwie wirkte die Wohnung trotzdem aufgeräumt, was er Stacey Craig auf den ersten Blick gar nicht zugetraut hätte. Er hatte sie als Süchtige abgestempelt, die sich prostituierte, um den Stoff zu finanzieren. Laut ihrer Akte wurde sie einige Male wegen Drogenbesitzes angezeigt, aber es waren keine wirklich schwerwiegenden Verstöße dabei, und in letzter Zeit gar keine mehr. Er stand im Badezimmer und schaute in die gesprungene Wanne, Schimmel hatte sich in den Fugen gebildet, Kalkablagerungen auf dem Duschvorhang. Ein Arzneischränkchen hing über dem Waschbecken, aber es war nichts Gefährlicheres darin als Aspirin und ein paar Damenrasierer. Auch im Wasserbehälter der Toilette war nichts außer Wasser. Das einzig Bemerkenswerte war ein Schwangerschaftstest, ungeöffnet und staubig auf einem der Schränke. Er wollte nicht voreingenommen urteilen, aber er hätte Craig eher nicht für den mütterlichen Typ gehalten.

»Suchen Sie was Bestimmtes?« McLean drehte sich zu Ritchie im Gang um.

»Ihr Versteck. Wenn sie eins hat. Ich dachte, sie wäre auf Drogen, als wir ankamen, aber vielleicht waren das auch nur die Vorzeichen des Anfalls.«

»Ich hab mich vorhin schon umgesehen. Konnte nichts Auffälliges entdecken. Früher war sie abhängig, aber vielleicht ist sie jetzt clean.«

McLean ging vom Badezimmer ins Schlafzimmer. Das Doppelbett war gemacht, der Schrank geschlossen. Das einzig Unordentliche waren ein paar über eine Stuhllehne geworfene Kleider. Er nahm ein Buch in die Hand, das auf dem Nachttisch lag, und staunte, weil es sich um eine Sammlung mit schottischen Gedichten handelte. Auf der anderen Seite des Bettes war nichts.

»Der Freund sitzt im Knast, oder?«, fragte er Ritchie, die hinter ihm an der Tür stehen geblieben war.

»Ja, ein gewisser Tam Roberts. Soweit ich gehört habe, ein mieses Stück Scheiße. Hat sie verprügelt, wenn sie nicht anschaffen gegangen ist. Zwei von acht Jahren wegen bewaffneten Raubüberfalls hat er inzwischen schon hinter sich. Aber ich denke, sie kann froh sein, dass sie ihn los ist.«

»Und trotzdem geht sie noch anschaffen. Das letzte Mal haben wir sie doch auf der Straße aufgegriffen. Da muss sie schon ziemlich verzweifelt gewesen sein.«

»Wundert Sie das? Hier gibt's auch noch so was.« Ritchie zeigte auf die zweite Tür, und McLean folgte ihr durch den kurzen Flur. Das Zimmer war größer als das erste, zweifellos war es ursprünglich als Elternschlafzimmer vorgesehen gewesen, obwohl es etwas weiter vom Badezimmer entfernt lag. Das Fenster war nach Norden auf den sich inzwischen verdunkelnden Himmel ausgerichtet, die Lichter der Hochhäuser ruinierten den ansonsten gar nicht so schlechten Ausblick. Ein großer Hängeschrank beherrschte die hintere Wand, billiges schartiges braunes Furnier, wie die meisten von Stacey Craigs Möbeln. Ritchie ging hin und öffnete ihn, zog ein Kleid heraus, das wohl einer perversen Vorstellung von einer Schulmädchenuniform entsprach. Sie drapierte es auf dem Bett, und McLean sah das Material unter der billigen Deckenleuchte eigenartig glänzen. Er berührte es und zuckte zusammen, als seine Finger über die Oberfläche glitten.

»Das ist Latex«, sagte Ritchie, ihre Sommersprossen setzten sich dunkel von ihrem blassen Aberdeener Teint ab. Sie zog ein weiteres Outfit heraus, ein schwarz glänzendes, das an die abgelegte Haut eines Reptils in Menschengestalt erinnerte. »Sie hat Dutzende solcher Klamotten hier drin. Alles gute Qualität. So was ist nicht billig. Ich würde sagen, das ist ihre Arbeitskleidung.«

McLean spähte in den Schrank und sah, was Ritchie meinte. Eine beeindruckende Sammlung, auch wenn er gar nicht wissen wollte, woher sie wusste, wie teuer solche Latexkleidung war.

»Meinen Sie, sie hat hier auch ihre Kunden empfangen?« Er sah sich im restlichen Zimmer um. Nicht unbedingt geeignet für diese Art von Gewerbe.

Ritchie verstaute die Kleider im Schrank, strich sie sorgfältig glatt und schloss dann die Tür. »Hier nicht, nein. Und Straßenklamotten sind das auch nicht. Das ist was für einen sehr viel erleseneren Kundenkreis. Sehr viel exklusiver.«

Er war froh, nach Hause zu kommen, auch wenn es sehr viel später am Abend war, als er gedacht hatte. McLean war insgeheim erleichtert, dass Jennys kleiner schwarzer Wagen nicht in der Auffahrt parkte, das bedeutete, dass er immer noch mit Phil und Rachel zu tun hatte. Er hätte die beiden ebenso wenig vor die Tür setzen können, wie er sich seinen eigenen Fuß abhacken konnte, aber das hieß noch lange nicht, dass er insgeheim in seinem tiefsten Inneren nicht doch ein kleines bisschen von ihnen genervt war. Und hin und wieder verbrachte er einfach gerne einen Abend alleine und ließ die Anstrengungen des Tages in aller Ungestörtheit von sich abfallen.

Mrs McCutcheons Katze schaute von ihrem Platz am Herd zu ihm auf, als er in die Küche trat und seine Tasche auf einen Stuhl fallen ließ. Eine Teekanne, Becher und ein paar schmutzige Teller standen auf dem Tisch, an dem jemand gegessen, aber hinterher nicht abgeräumt hatte. Er unterdrückte ein Seufzen und trug alles rüber zur Spülmaschine, wobei er entdeckte, dass auch die Spüle voller schmutziger Töpfe und Pfannen war. Erinnerungen an die Jahre, die er zusammen mit Phil in der Wohnung in Newington zuerst als Student, dann als angehender Polizist gewohnt hatte, blitzten auf. Kein Wunder, dass Rachel ihn verlassen hatte.

»Ich werde wohl ein paar Hausregeln einführen müssen«, brummte er vor sich hin. Mrs McCutcheons Katze sah ihn mit einem Ausdruck an, als wollte sie sagen »auf jeden Fall«.

Fernsehergeräusche drangen aus der Bibliothek in die Diele, als er zur Haustür ging, um die Post zu holen. Jemand hatte sie bereits vom Boden aufgehoben und auf die Truhe gelegt, die üblichen Flugblätter, Kreditangebote zu Wucherzinsen und an seine Großmutter adressierte Kataloge. Er blätterte alles durch, hoffte auf eine Postkarte von Emma, fand aber keine.

»Da bist du ja wieder. Ich hab ganz vergessen, wie unglaublich lange du arbeitest, Tony. Als Wissenschaftler führt man dagegen ja fast ein normales Leben.«

McLean drehte sich um und sah Phil in der Tür zur Bibliothek. Er trug mehr oder weniger noch dieselben Klamotten, die er auch schon bei seiner Ankunft getragen hatte, eine schmutzige Jeans, am Knie zerrissen, ein T-Shirt von einer Band, die sich vor knapp zwanzig Jahren aufgelöst hatte. Außerdem war er barfuß und unrasiert, wirkte aber sehr viel entspannter. Unglaublich, was eine Mütze voll Schlaf und ein paar Mahlzeiten bewirken konnten.

»Wir hatten so was wie einen Notfall. Eigentlich wollte ich früher Feierabend machen.«

»Für mich ist es sowieso noch früh. Ich bin immer noch auf kalifornischer Zeit.« Phil kratzte sich am Stoppelkinn. »Rae hat den Jetlag inzwischen hinter sich. Den größten Teil des Tages unterhält sie sich mit Jen über Babys.«

»Jenny war hier?« McLean nahm den Poststapel und ging damit in die Küche zum Altpapier. Phil folgte ihm und ließ die Tür zur Bibliothek offen stehen.

»Sie hat nach dir gefragt. Eigentlich wärt ihr beiden ein schönes Paar.«

McLean merkte, wie er rote Ohren bekam, und fragte sich, warum. Er hatte Phils Direktheit vermisst, aber normalerweise zeigten seine plumpen Anspielungen kaum Wirkung.

»Mich wundert, dass du das hier noch nicht gefunden hast.« Der Themenwechsel war vielleicht ein kleines bisschen zu plump und durchschaubar. McLean warf die unerwünschte Post in die Tonne und holte zwei Flaschen Bier aus dem Kühlschrank.

»Wie kommst du drauf, dass ich's nicht gefunden hab?« Phil

nahm eine der Flaschen entgegen und ließ sich einen Augenblick Zeit, um das Etikett zu lesen.

»Weil immer noch genauso viele im Kühlschrank stehen wie gestern.« McLean suchte Gläser und einen Flaschenöffner. Wahrscheinlich hätte er sich auch etwas zu essen nehmen sollen, aber es war spät, und eigentlich wollte er nur ein Bier und ins Bett.

»Gutes Argument. Ich hab's anscheinend einfach nicht mehr drauf. Liegt wohl am Alter.«

»Oder dir wird endlich bewusst, dass du als Familienvater Verantwortung tragen wirst.«

Phil sagte nichts dazu, machte sein Bier auf und schenkte sich ein. Nachdenklich nahm er einen Schluck.

»Geht's Rachel gut?«, fragte McLean und nickte in Richtung Diele und Bibliothek.

»Denke schon.« Phil zog sich einen Stuhl heran und ließ sich darauf nieder. »Sie sieht mich immer noch böse an, wenn ich ins Zimmer komme, aber ich glaube, sie hat mir mehr oder weniger verziehen, dass ich so ein unbrauchbarer Versager bin. Ich glaube kaum, dass ich ihr im alten Bett deiner Großmutter so bald schon Gesellschaft leisten darf, aber wahrscheinlich ist das auch ganz gut so.«

»Kann jetzt nicht mehr lange dauern, bis das Baby kommt. Meinst du, du kommst damit klar, nicht mehr alleine im Mittelpunkt zu stehen?«

Phil grinste. »Das macht mir gar nichts. Ich kann mich ja darauf verlassen, dass Onkel Tony im Fall einer Krise helfen wird.«

»So ungefähr. Anderer Leute Kinder verrückt machen und dann zu Hause abgeben ist eigentlich alles, wozu ich tauge. Bei dem ganzen Mist, mit dem ich mich jeden Tag auseinandersetzen muss, glaube ich kaum, dass ich es ertragen könnte, ein Kind in die Welt zu setzen.«

Phil beugte sich vor, die Ellbogen auf den Tisch gestützt, das

Glas sachte in beiden Händen. Einen Augenblick lang hätte es auch zwanzig Jahre früher sein können, so wie die beiden am Tisch saßen, Bier tranken und redeten.

»Ist die Arbeit so schlimm?«

»Ich versuche, sie im Büro zu lassen, aber die SCU, na ja, ich dachte Mörder und Drogendealer seien das Schlimmste, was die Menschheit hervorgebracht hat, aber wenn auch noch Sex dazukommt …«

Die Stille lastete einen Augenblick lang schwer, nur die gedämpften Geräusche des Fernsehers drangen durch die geöffnete Küchentür. McLean war seinem alten Freund dankbar, dass er nicht darauf bestand, das Thema zu vertiefen; Phil war immer gut darin gewesen.

»Ich hab morgen an der Uni einen Termin mit meinem alten Fachbereichsleiter«, sagte er nach einer Weile.

»Wirklich?«

»Ja. Hab ihn angerufen, als ich heute Morgen aufgewacht bin. Oder besser heute Nachmittag. Er hofft, dass er einen Job für mich hat.«

»Willst du wieder zurück? Nach Edinburgh?«

»Ah, der messerscharfe Verstand des Detectives.« Phil lachte. »Ich will wieder hier leben. Kalifornien hat Spaß gemacht, aber das ist kein Ort, um ein Kind großzuziehen. Und wir haben kein Netz da draußen, keine Freunde, die wir im Notfall anrufen können. Hier hat Rae Jen und ihre alten Freundinnen. Und ich hab auch noch nicht alle Brücken abgebrochen.«

McLean lehnte sich zurück, entspannte sich allmählich. Erst als Phil von seinen Plänen erzählte, merkte er, wie angespannt er selbst gewesen war, solange er nicht gewusst hatte, was sein alter Freund vorhatte.

»Na ja, ich hoffe, es läuft morgen gut für dich. Wird schön sein, zur Abwechslung mal mit jemandem einen trinken zu gehen, der kein Polizist ist.«

Phil machte den Mund auf, um eine sarkastische Bemerkung zu machen, wie immer, wenn McLean über mangelnde Gesellschaft klagte, aber die Stille wurde von einem schrillen Schrei durchbrochen. McLean sprang auf und rannte sofort zur Küchentür, aber Phil war schneller. Gemeinsam liefen sie ins Wohnzimmer, aus dem ihnen ein weiterer Schmerzensschrei entgegenhallte.

Rachel lag gekrümmt auf dem Sofa, die Hände auf dem Bauch. Ihr Gesicht war schmerzverzerrt, und sie stieß erneut einen gewaltigen Schrei aus, als Phil durch den Raum zu ihr eilte. Als er sie berührte, packte sie ihn fest am Handgelenk, zog ihn zu sich heran und schrie ihm ins Ohr.

»O Gott, das tut weh. Es darf doch noch gar nicht wehtun. Wieso tut es weh? Was ist los?«

Phil stand da wie gelähmt, ein eigenartig hilfloses Flehen lag in seinem Blick. McLean hatte bereits das Handy aus der Tasche gezogen, um den zweiten Krankenwagen des Tages zu rufen. Von wegen ruhiger Abend …

28

Ihr geht's gut. Und dem Baby müsste es auch gut gehen. Sie wurde jetzt in den Kreißsaal gebracht, wahrscheinlich wird es nicht mehr lange dauern.«

McLean stand im Wartebereich des Royal Infirmary und hörte nur halb zu, was ihm die zuständige Krankenschwester auf der Entbindungsstation erzählte. Draußen war es jetzt vollkommen dunkel, es ging auf Mitternacht zu, und er musste am nächsten Tag früh raus.

»Allerdings ungewöhnlich, dass so was übersehen wird. Normalerweise stellt der Hausarzt hohen Blutdruck und andere Anzeichen fest. Und auch in der Mutterschaftsvorsorge wird auf so etwas geachtet.«

Der vorwurfsvolle Ton war nicht zu überhören, aber sein Gehirn arbeitete zu langsam, als dass er sich hätte zusammenreimen können, weshalb er gescholten wurde.

»Sie ist gerade erst aus den Vereinigten Staaten zurückgekehrt. Vielleicht wurde sie ja dort untersucht, ich weiß es nicht. Was fehlt ihr denn?«

»Präeklampsie. Was haben Sie denn gedacht?« Die Schwester schüttelte den Kopf, als sei er der größte Vollidiot auf Erden. »Sie können jetzt zu ihr und während der Geburt dabeibleiben, wenn Sie möchten. Ich weiß, dass manche Väter das gerne wollen, andere nicht.«

Allmählich dämmerte es ihm. »Ich bin gar nicht der Vater. Tut mir leid. Sie wohnt nur bei mir. Mit ihm müssen Sie reden.« McLean drehte sich um und zeigte auf Phil, der über drei Plastikstühle ausgestreckt schlief wie ein Baby.

Die Schwester sah ihn an, als hätte er ihr gerade ins Auge gespuckt, dann stakste sie los, um Phil zu wecken. McLean zog sein Handy aus der Tasche und schaute auf die Uhr, nahm eine Bewegung aus dem Augenwinkel war, bevor er sie hörte.

»O Gott, Tony! Geht's ihr gut?«

Jenny Spiers sah aus, als wäre sie im Halbschlaf aus dem Bett gestiegen, hätte die ersten Klamotten übergeworfen, die sie hatte finden können, und sei, ohne einen Gedanken an sonst etwas zu verlieren, zur Tür hinaus. In Anbetracht der Tatsache, dass McLean sie aus dem Auto angerufen hatte, als er dem Krankenwagen gefolgt war, hatte sich dies höchstwahrscheinlich auch genau so abgespielt.

»Ihr geht's gut, Jen.« Er wiederholte, was ihm gerade eben mitgeteilt worden war, nur ohne die Vorwürfe. Ihr Gesicht verzerrte sich vor Schreck.

»O Gott! Das hatte Mum bei Raes Geburt auch. Sie wäre beinahe dran gestorben.« Sie wollte in den Gang hinter ihm laufen, zweifellos entschlossen, ihre Schwester zu suchen und sich selbst von ihrem Zustand zu überzeugen. McLean hielt sie fest, packte ihre Arme, so sanft er konnte. Bei seiner Berührung erstarrte sie, dann entspannte sie sich wieder ein bisschen.

»Wir überlassen das lieber den Profis.« Er sah sich um und merkte, dass Phil nicht mehr auf den Stühlen lag und auch sonst nirgendwo zu sehen war. »Es wird alles gut. Phil ist die ganze Zeit dabei.«

»Soll mich das beruhigen?«

»Na ja, er ist doch Biologe.« McLean ließ sie los und die Hände sinken. »Wir schauen mal, ob wir hier irgendwo einen Kaffee auftreiben können. Ich hab das Gefühl, das wird eine lange Nacht.«

Die Kantine war geschlossen, ebenso wie die ganzen kleinen Geschenkeläden und der Zeitungskiosk im Haupteingangsbereich des Krankenhauses. Schließlich kehrten sie bewaffnet mit übel schmeckendem Automatenkaffee in kleinen Plastikbechern in den Wartebereich der Entbindungsstation zurück, aber immerhin hatten sich Jennys Nerven während des Spaziergangs durch das Krankenhaus ein bisschen beruhigt. Als sie sich wieder auf den harten Stühlen niederließen, wusste McLean mehr über Geburten, als er je hatte erfahren wollen, insbesondere die von Rachel und Chloe Spiers. Er hatte genug Zeit in Krankenhäusern verbracht, um zu wissen, dass es Rachel gut gehen würde; es gab eine Art, wie Krankenschwestern mit einem redeten, wenn sie einen auf das Schlimmste vorbereiten wollten, und McLeans Gespräch eben war keines von dieser Art gewesen, vor denen er sich fürchtete. Tatsächlich war auch die Tatsache, dass Phil noch immer nirgendwo zu sehen war, ein gutes Zeichen, aber Jenny machte sich Sorgen, und am besten konnte man ihr helfen, indem man sie einfach reden ließ.

»Normalerweise ist das ein Problem bei älteren Müttern, kommt aber auch bei sehr jungen Müttern vor. Rae ist für eine ältere Mutter natürlich noch recht jung, aber du weißt, was ich meine.«

McLean nickte, aber nur weil er den Eindruck hatte, dass dies gewünscht war. Die Müdigkeit setzte ihm zu und ließ seine Gedanken träge werden. Da war noch ein anderer Automat neben dem mit dem Kaffee gewesen, an dem man Schokoriegel, Chips und alle möglichen anderen ähnlich gesunden Leckereien kaufen konnte. Allmählich wünschte er, er hätte sich dort mit Nahrung versorgt oder nicht das Abendessen ausgelassen.

»Du hörst mir gar nicht mehr zu, Tony.« Jennys veränderter Tonfall ließ ihn auf die Frage aufmerksam werden, sonst hätte er wohl einfach nur wieder zustimmend genickt.

»Was? Oh. Tut mir leid. Doch ich hör zu. War ein langer Tag, und ich muss in …« Er sah auf die Uhr. »… vier Stunden wieder raus.«

»Wieso bist du dann noch hier? Du hättest doch gar nicht mitkommen müssen. Ich meine, das ist sehr nett von dir und so, aber du musst dich nicht um alle Welt kümmern.«

McLean legte den Kopf zurück, bis er gegen die Wand hinter sich stieß, fingerte an seinem inzwischen leeren Plastikbecher herum und starrte auf die Aushänge, die die Wartenden unter anderem ermahnten, mit dem Rauchen aufzuhören und nicht mit dem Handy zu telefonieren. Schließlich sah er Jenny neben sich an. Sie war attraktiv, fand ihn attraktiv, fast war sie eine ältere Version ihrer Schwester, nur waren ihre blonden Haare mit grau durchsetzt, Rachel dagegen war rothaarig. Krähenfüße bildeten sich in ihren Augenwinkeln und verliehen ihr die Ausstrahlung einer Person, die ihr Leben lang gelächelt hatte. Ungeschminkt konnte er jetzt auch die kleinen Makel auf ihrer Haut erkennen; ein Leberfleck auf einer Wange, eine schmale Narbe dicht am Auge, über die es zweifellos eine interessante Geschichte zu erzählen gab.

»Wahrscheinlich hab ich einfach das Gefühl, dass ich was tun muss, den Menschen helfen, immer auf dem Sprung bleiben. Wenn ich damit aufhöre, muss ich anfangen nachzudenken.«

»Nimmst du deshalb immer Arbeit mit nach Hause?« Jenny musste sein Stirnrunzeln gesehen haben. »Rae hat's mir erzählt, aber ich hab auch manchmal die Aktenordner auf deinem Schreibtisch oder in der Küche gesehen.«

»Schlag die bloß nicht auf, ja? Und erzähl meinem Chef nichts davon.«

»Sind die vertraulich?«

»Sozusagen. Empfindliche Informationen. Aber schlimmer wäre wahrscheinlich, dass dir dabei ein Foto in die Hände fällt, das du lange nicht mehr vergessen würdest. Besonders im Zusammenhang mit dem Fall, an dem ich im Moment arbeite …«

Jenny legte ihm eine Hand auf den Arm, durch den dünnen Stoff seiner Jacke spürte er die Wärme ihrer Berührung. »Dafür reicht meine Vorstellungskraft gar nicht aus. Und wenn ich ehrlich bin, zum Glück.«

»Sehr weise.« McLean wollte noch mehr sagen, aber die Tür am anderen Ende des Wartebereichs ging auf, Phil kam herein. Er war käseweiß im Gesicht und wirkte ungefähr so lebendig wie ein wieder zum Leben erweckter Leichnam. Einen Augenblick lang dachte McLean, etwas sei schiefgegangen und es habe Komplikationen gegeben. Auch Jenny musste es so ergangen sein, denn er merkte, wie sich ihre Hand auf seinem Arm verkrampfte und sie sich näher zu ihm herüberbeugte. Dann sah er das idiotische Grinsen auf dem Gesicht seines alten Freundes.

»Verdammte Scheiße, Tony. Es ist ein Junge!«

29

»Diskretion war ja noch nie dein Ding, Tony.«

Er hatte es zwar geschafft, die Frühbesprechung um ein paar Stunden nach hinten zu verlegen, aber McLean fühlte sich immer noch, als hätte er seit einer Woche nicht geschlafen. Es hatte eine Stunde gedauert, bis er aus dem Krankenhaus rausgekommen war und den immer aufgekratzteren Phil mit seiner Frau und dem Neugeborenen zurückgelassen hatte. Jenny hatte versprochen, Phil zu Hause abzuliefern, sobald er zu gehen bereit war, und McLean hatte es kurz vor vier ins Bett geschafft, aber der Wecker hatte schon um sechs Uhr wieder geklingelt. Die Fahrt zur SCU ins Büro war ein Albtraum gewesen, unzählige Male war er nur knapp an einem Unfall vorbeigeschrammt, und nicht zum ersten Mal fiel ihm ein, dass man ihm in der Ausbildung eingebläut hatte, sich niemals übermüdet ans Steuer zu setzen.

»Das ist unfair. Wir haben den Fall alles andere als an die große Glocke gehängt.« Er unterdrückte ein Gähnen mit dem Handrücken, die Stoppeln auf seinen Wangen, die er mit dem Rasierer verfehlt hatte, juckten.

»Die Überregionalen haben nichts mitbekommen, aber die Regionalzeitungen haben es aufgegriffen.« Jo Dexter warf ihm eine gefaltete Boulevardzeitung über den Tisch zu. McLean schlug sie auf und sah den Artikel auf halber Höhe von Seite drei unter einer lächelnden jungen Frau mit nackten Brüsten. »Callgirl aus Muirhouse im Drogenkoma!« Nicht gerade die griffigste Überschrift, und von dem Reporter hatte er noch nie was gehört. Er überflog den Artikel und stellte fest, dass wer auch immer ihn geschrieben hatte, nicht schlecht informiert zu sein schien, auch wenn der Text sehr reißerisch und spekulativ formuliert war. Wenigstens aber wurde weder sein eigener noch Ritchies Name genannt. Dafür wurde Clarice Saunders erwähnt, ebenso wie ihre Organisation, also hatte vielleicht sie mit der Presse darüber gesprochen.

»Das ist nicht gerade der *Daily Record.* Und dass sie mit Rattengift verschnittene Drogen konsumiert hat, ist Blödsinn. Wir wissen noch gar nicht, was sie genommen hat oder ob sie überhaupt auf Drogen war. Könnte genauso gut auch einfach ein Anfall gewesen sein.«

»Na schön, darüber wirst du mit den Ärzten sprechen müssen. Und auch mit deiner kleinen Freundin Clarice.« Dexter sprach den Namen so verächtlich aus, dass Hannibal Lecter neidisch geworden wäre. »Ich hatte heute Morgen schon zweimal den DCC im Büro. Dir war doch bewusst, dass er die ganze Angelegenheit ohne Aufsehen abschließen wollte, oder?«

»Er war bei dir im Büro? Hat dich nicht in den dritten Stock bestellt?«

Dexter grinste. »Ja, ist mir auch aufgefallen.«

»Meinen Sie, er hat was damit zu tun?«, fragte Ritchie.

»Ich weiß nicht mal, was ›damit‹ sein soll, aber ich denke, dass ihn jemand unter Druck setzt. Ich kenne Stevie von früher, er ist nicht bestechlich. Also jedenfalls nicht auf diese Art.«

»Er hat um einen abschließenden Bericht über die Bordellrazzia gebeten.«

»Einen Bericht, Tony. Keine Ermittlungen. Und ganz bestimmt wollte er nicht, dass du losziehst und mit dieser Frau sprichst.« Dexter schaute auf den Papierstapel vor sich. »Stacey Craig. Das war nicht nötig.«

McLean machte den Mund auf, um zu widersprechen, dann holte sein durch Schlafmangel beeinträchtigtes Gehirn auf, und er klappte ihn wieder zu.

»Schau mal, ich weiß, dass du einfach nur gründliche Arbeit

machen wolltest. Die Quellen überprüfen, den Fehler finden. Das verstehe ich. Aber unsere Vorgesetzten haben sich das anders vorgestellt. Sie sind bereit, darüber hinwegzusehen, aber treib es nicht zu weit.«

»Bis Ende der Woche ist der Bericht fertig.«

McLean sah Ritchie an, die neben ihm saß. »Ist das okay?«

»Wenn die nichts anderes als Schönfärberei wollen, geht's auch bis heute Abend.«

»Sehen Sie, ich wusste, dass Sie schlau sind.« Dexter lächelte erneut, diesmal weniger wie ein Hai.

»Wir müssen trotzdem noch mit den Ärzten über Stacey Craig sprechen.« McLean rieb sich die Augen, aber dadurch schienen sie nur noch sandiger zu werden.

»Ist das so?«, fragte Ritchie.

»Muss ja nicht in den Bericht einfließen. Ich würde Craig gar nicht erwähnen, wenn's irgendwie geht. Machen Sie nur so viele Angaben, dass die Chefs zufrieden sind. Wenn's um Namen geht, konzentrieren Sie sich auf John Smith. Er ist das einzig positive Ergebnis dieses ganzen Fiaskos, also machen wir das Beste draus. Aber wir müssen trotzdem wissen, was mit Stacey Craig los ist. Wer sie ist, wo sie gearbeitet hat, was den Anfall verursacht hat.« Er zeigte auf die Zeitung auf dem Tisch.

»Bist du sicher, Tony?«, fragte Dexter, mit einer Angespanntheit in der Stimme, die er nicht oft bei ihr gehört hatte.

»Für uns, ja. Wir wurden benutzt, Jo. So wie's aussieht, werden wir das möglicherweise immer noch. Ich will wissen, wieso, und sei's auch nur, um mir einen Überblick zu verschaffen, was hier für ein Spiel gespielt wird.«

Der Anruf kam, als er nach der Besprechung in sein Büro zurückkehrte. McLean ließ es dreimal klingeln, betrachtete dabei den Namen auf dem Display und überlegte, ob er drangehen sollte oder nicht.

Kurz bevor er mit dem vierten Klingeln auf die Mailbox umgeleitet worden wäre, nahm er den Anruf an.

»Miss Marchmont, welch unverhofftes Vergnügen.« Er tauchte in einen leeren Raum ab und schloss die Tür hinter sich.

»Ich wusste gar nicht, dass ich Ihnen mit einem Anruf eine solche Freude machen kann, Inspector.« Marchmont gab ein leicht hysterisches Lachen von sich.

»Ist nur eine Redewendung. Was kann ich für Sie tun?«

»Ich habe heute Morgen die Nachrichten gehört. Über die Frau in Muirhouse.«

McLean lehnte sich an einen Tisch und versuchte, das Telefon nicht zu fest an sein Ohr zu pressen. »Kennen Sie sie?«

Marchmonts Stimme flatterte unsicher. »Wird sie es schaffen?«

»Das ist ungewiss. Ein Glück, dass wir da waren, als es passiert ist, sonst wäre sie ganz bestimmt tot. Woher kennen Sie Stacey Craig, Miss Marchmont? Muirhouse ist nicht direkt Ihr Pflaster.«

Es entstand eine Pause, und einen Augenblick lang fragte sich McLean, ob sie bereits aufgelegt hatte. Aber die Leitung stand, und ein leises Summen in seinem Ohr bestätigte ihm dies. Er sah sich im Raum um und bemerkte dabei erst jetzt die weißen Tafeln mit Anmerkungen zu einem alten Fall, die Schreibtische waren in eine Ecke geschoben, warteten auf die nächsten groß angelegten Ermittlungen. Festplatten veralteter Computer standen aufgereiht hinten an der Wand. Einen Augenblick lang glaubte er, nicht alleine in dem Raum zu sein, und wirbelte herum, um zu sehen, wer dort war, aber da war niemand.

»Sind Sie noch dran, Miss Marchmont?«, fragte er schließlich.

»Verzeihung. Ja.« Marchmonts Stimme erreichte ihn leicht gedämpft, als würde sie leise sprechen, weil sie befürchtete, belauscht zu werden. »Hören Sie, ich kann nicht gut am Telefon sprechen. Können wir uns vielleicht noch mal treffen? Gleicher Ort? Ich lade Sie zum Mittagessen ein.«

McLeans Magen erinnerte ihn laut knurrend daran, dass er seit dem Morgen nichts anderes als Kaffee und ein paar alte Kekse zu sich genommen hatte. Und auch am Abend zuvor hatte er nicht wirklich viel gegessen, was möglicherweise erklärte, weshalb ihm schwindlig war und er sich kaum konzentrieren konnte.

»Okay. Gleicher Ort.« Er schaute auf die Uhr.

»Halb eins?«

»Ich werde da sein«, sagte Marchmont und legte auf.

»Da sind Sie ja, Sir. Ich dachte, Sie wären in Ihrem Büro.«

McLean hätte fast sein Handy fallen lassen, als er den leeren Raum verließ und DS Ritchie im Gang auf sich zukommen sah.

»Habe gerade einen Anruf erhalten und brauchte ein bisschen Ruhe, um ihn entgegenzunehmen.« Er fuchtelte mit dem Telefon, war sich nur allzu sehr bewusst, dass sich außer ihnen beiden niemand in diesem sehr ruhigen Teil des Gebäudes befand. Ritchie hob eine haarlose Augenbraue, sagte aber sonst nichts.

»Haben Sie mich aus einem bestimmten Grund gesucht, oder hatten Sie einfach nur Sehnsucht?«

»Ha. Nein.« Ritchies Gesicht verzog sich auf seinen schlechten Scherz hin zu einem strahlenden Lächeln, das den Raum heller werden ließ. Heutzutage wurde nicht mehr genug gelächelt. »Ich hab selbst gerade telefoniert. Mit dem Krankenhaus.« Das Lächeln verschwand jetzt allerdings genauso rasch wieder, wie es gekommen war. »Craigs Prognose ist nicht gut. Während des Anfalls war die Sauerstoffzufuhr zum Gehirn blockiert. Im Prinzip hat sie einen schweren Schlaganfall erlitten, und die Ärzte würden sich wundern, wenn sie überhaupt noch mal aufwacht.«

»Irgendeine Idee, was den Anfall ausgelöst haben könnte?«

»Drogen nicht. Zumindest keine, auf die sie getestet wurde.

Und injiziert hat sie auch nichts. Ein paar Blutuntersuchungen stehen noch aus, aber ich denke, sie hat einfach Pech gehabt.«

»Und wir dann auch, wie's aussieht.« McLean beobachtete, wie sich auf Ritchies Stirn Falten bildeten. »War das zu hart? Ich weiß, dass sie nicht verdient hat, was ihr da passiert ist, aber irgendwie kann ich solche Zufälle einfach nicht leiden.«

»Meinen Sie, jemand war bei ihr, bevor sie mit uns sprechen konnte? Ist das nicht ein kleines bisschen paranoid?« Ritchie hielt einen Moment inne, dann hängte sie zur Sicherheit noch ein »Sir?« an.

»Wahrscheinlich. Dass ich müde bin und Hunger habe, macht es nicht besser. Bin vergangene Nacht kaum zum Schlafen gekommen. Zum Essen auch nicht.«

»Hab's schon gehört. Wie geht's Rachel? Und Phil?«

»Ich weiß es nicht. Gestern Nacht ging's ihnen gut. Wenn ich nach Hause komme, werde ich wohl auf den aktuellen Stand der Dinge gebracht.«

»Dann wohnen die beiden noch bei Ihnen?« Ritchie machte wieder das mit ihrer haarlosen Augenbraue. »Das wird sicher interessant, wenn die ihr Baby mit ins Haus bringen.«

»Darüber habe ich, ehrlich gesagt, noch gar nicht nachgedacht. Dürfte aber eigentlich nicht für lange sein. Phil ist schon auf Jobsuche, und die alte Wohnung wurde nur untervermietet. Sie müssen den Mietern nur ein paar Monate Kündigungsfrist einräumen.« Noch während er dies sagte, sah McLean bereits seine Zukunft zwischen schreiendem Baby, schmutzigen Windeln und übermüdeten, schlecht gelaunten Eltern. Und all das unter seinem Dach. Nur gut, dass er sowieso nicht viel Zeit zu Hause verbrachte.

»Sie sind zu nett, wissen Sie das? Sie lassen sich ausnutzen.«

»Ach, das sind doch Phil und Rachel. Ich war Trauzeuge bei ihrer Hochzeit. Ich könnte sie nicht auf die Straße setzen.«

»Sag ich ja.« Ritchie zog ihr Handy aus der Tasche und sah

auf die Uhr. »Ich denke, ich gehe was essen, und dann setze ich mich an den Bericht für den DCC. Wollen Sie es noch mal mit der Kantine versuchen? Die Lasagne, die Sie das letzte Mal hatten, sah ja wirklich köstlich aus.«

McLean lachte über den ironischen Witz. »Ich denke, das lasse ich bleiben, danke. Und außerdem bin ich zum Mittagessen verabredet.«

»Ach was? Wirklich? Mit wem?«

»Heather Marchmont, ausgerechnet. Das war sie gerade eben.« Er zeigte mit dem Daumen hinter sich über die Schulter auf die Tür des leeren Raums, aus dem er gekommen war. Ritchies haarlose Augenbraue ging wieder hoch.

»Marchmont? Ist sie nicht ...? Ist das wirklich klug?«

»Wahrscheinlich nicht. Und es ist auch nicht das erste Mal, dass sie Kontakt aufgenommen hat, seitdem wir mit ihr gesprochen haben. Ich habe das Gefühl, sie will mir etwas sagen, aber jedes Mal wenn sie's versucht, verlässt sie der Mut.«

»Sind Sie sicher, dass die nicht auf Sie steht?«

McLean merkte, wie er rote Ohren bekam, und aus irgendeinem Grund fiel ihm wieder das Bild ein, wie Ritchie die erotische Bekleidung in Stacey Craigs Wohnung in Muirhouse fachmännisch im Schrank verstaut hatte, woraufhin seine Ohren noch röter wurden.

»Kommen Sie doch mit.« Er hatte den Vorschlag schneller geäußert, als sein müdes Gehirn sich der Folgen bewusst werden konnte. Aber andererseits, wieso nicht? Eigentlich hätte bei allen Begegnungen ein zweiter Polizist oder eine Polizistin anwesend sein müssen.

Ritchie zögerte ganze zwei Sekunden lang. »Okay«, sagte sie. »Ich hol nur schnell meinen Mantel.«

»Sie haben Ihre Mitarbeiterin dabei, Inspector. Ich weiß nicht, ob das so abgesprochen war.«

Miss Marchmont saß erneut an ihrem Lieblingstisch hinten in dem Café und las in ihren Unterlagen, machte sich Notizen in ein Buch mit Spiralbindung, als er und Ritchie eintrafen. Ihr verdutzter Gesichtsausdruck beim Anblick von Detective Sergeant Ritchie wurde milder, je näher sie kamen, und schließlich breitete sich sogar ein Lächeln über ihr Gesicht.

»Schon gut. Sie müssen ihr Essen nicht bezahlen. Wir müssen nur hinterher noch woanders hin. Ich dachte, es wäre einfacher, wenn sie mitkommt. Sie kennen sich ja bereits.«

»Detective Sergeant Ritchie, hab ich recht?« Marchmont streckte ihr eine schlanke Hand entgegen, und Ritchie schlug ein, hielt sie vielleicht ein kleines bisschen länger fest, als nötig gewesen wäre. McLean beobachtete die beiden und wusste nicht so genau, was sich zwischen ihnen abspielte. Schließlich unterbrach Marchmont den direkten Kontakt.

»Kommen Sie, setzen Sie sich. Hier gibt es einen sehr guten Salat, wenn Ihnen danach ist. Möchten Sie Wein? Ich selbst trinke derzeit nicht.« Ihre Hand fuhr fast unwillkürlich an ihren flachen Bauch. »Aus gesundheitlichen Gründen.«

McLean konnte nicht anders als zur Kenntnis nehmen, dass Marchmont sich anders verhielt als bei ihren vorangegangenen Treffen. Sie war jetzt wieder die Partnerin einer prestigeträchtigen Anwaltskanzlei und nicht mehr die leicht nervöse junge Frau, der es schwerfiel, sich mit etwas abzufinden, das er nicht ganz verstand. Und trotz ihrer professionellen Fassade wirkte sie dennoch auch jetzt wieder besorgt. Das merkte er an der Art, wie sie ständig zum Fenster schaute. Der Platz, den sie sich ausgesucht hatte, war vielleicht der beste im ganzen Café, der beste, um zu sehen, wer kam und ging, ohne selbst gleich gesehen zu werden. Sie bestellten alle drei Salate, lehnten den angebotenen Wein ab und plauderten über Belangloses, was unter anderen Umständen durchaus sehr vergnüglich gewesen wäre. Die ganze Zeit über mieden sie den eigentlichen Anlass ihres Treffens. Als endlich der Kaffee kam und die Kellnerin sich eines anderen Gastes angenommen hatte, konnte McLean es nicht länger abwarten.

»Sie haben mir am Telefon gesagt, dass Sie Stacey Craig kennen.«

Marchmont hatte sich mit Ritchie über sogenannte Hipster lustig gemacht, was McLean zunächst für eine Bezeichnung für eine neumodische Sorte Hose gehalten hatte, aber anscheinend handelte es sich um junge Männer, die sich sehr dichte, buschige Vollbärte stehen ließen und sich selbst viel zu ernst nahmen. Sie erstarrte bei seinen Worten, als hätte er sie zurechtgewiesen. Auch Ritchie sah ihn schräg von der Seite an, ihr böser Blick signalisierte eindeutig, dass sie über die Unterbrechung verärgert war.

»Ich habe mich nach ihr erkundigt«, sagte Marchmont nach einer kurzen Pause. Erneut sprang ihr Blick zum Fenster.

»Aber das hätten Sie doch nicht getan, wenn Sie sie nicht kennen würden. Oder zumindest schon mal von ihr gehört hätten. Sie wissen bestimmt, womit Stacey Craig ihren Lebensunterhalt verdient?«

»O mein lieber Inspector, Sie haben ja keine Ahnung.«

»Aber sie gehört doch zu deinem Kreis von Leuten, Heather?« Ritchie stellte diese Frage; die beiden Frauen waren gleich zu Beginn des Essens zum Du übergegangen. McLean nahm an, dass Ritchie den guten Cop spielen wollte, aber die Ungezwungenheit, mit der sie die Unterhaltung führte, ließ echte Sympathie vermuten.

Marchmont nahm ihre winzige Espressotasse, trank einen Schluck, nur um festzustellen, dass sie längst leer war, seufzte und stellte sie wieder ab.

»Sozusagen. Ich meine, sie war auf ein oder zwei Partys.« Marchmont starrte ins Leere, verlor sich in der Erinnerung.

»Vor ein paar Jahren bin ich ihr öfter begegnet, als dieser

Grobian von Freund von ihr verurteilt wurde. Damals haben wir beide eine schwere Zeit durchgemacht und festgestellt, dass wir eigentlich gar nicht so verschieden waren. Seitdem sind wir befreundet.«

»Sie wissen, dass sie …«

»… Prostituierte war?« Marchmont fiel McLean ins Wort. »Ja. Wobei die Betonung auf ›war‹ liegt. Vergangenheit. Früher war sie auch drogenabhängig. Als sie jünger war. Aber sie hat es überwunden. Das schaffen nicht viele. Vielleicht fand ich das so anziehend an ihr. Wir sind beide Überlebende.«

Fast sah McLean sie, die Person, der er, da war er sich sicher, in ferner Vergangenheit schon einmal begegnet war. Oder zumindest hatte er eine Ahnung.

Doch bevor er sie zu fassen bekam, redete Ritchie weiter, und der Augenblick war vorbei.

»Ich habe ihre Kleider gesehen. Wunderschön. Die müssen ein Vermögen gekostet haben.«

»Sie hat immer schon ein besonderes Auge für Qualität gehabt. Und sie hat auch die Figur, um sie zu tragen.«

»Woher hat sie das Geld, wenn sie nicht mehr arbeitet?«

»Das weiß ich nicht. Ich schätze, Big Tam hat ihr vielleicht was dagelassen. Und ein paar Outfits habe ich ihr gekauft.«

»Meinst du, sie hat vielleicht als vornehmes Escortmädchen gearbeitet?«, fragte Ritchie. »Aber dazu passt nicht, dass wir sie unten in Leith auf dem Straßenstrich erwischt haben.«

»Auf dem Straßenstrich? Wann?« Marchmont richtete sich gerade auf, die Augen leuchteten erstaunt und auch eine Spur wütend. »Dieses Leben hat sie hinter sich gelassen, so was macht sie nicht mehr. Das hat sie mir versprochen …«

»Vor ein paar Monaten erst haben wir sie festgenommen«, sagte McLean.

»Stacey? Sind Sie sicher? Aber ich …« Marchmont schien aufrichtig überrascht. »Aber das ergibt keinen Sinn. Warum sollte sie? Sie hat das gehasst …« Sie nahm ihr Wasserglas, betrachtete es, dann schaute sie von Ritchie zu McLean. »Oh.«

»Miss Marchmont … Heather. Wir sind nicht hier, um Sie festzunehmen. Wir gehen auch nicht davon aus, dass Sie was damit zu tun haben.« McLean legte seine Hand mit versöhnlicher Geste flach auf den Tisch. »Sie haben mich angerufen, schon vergessen? Sie haben jetzt schon eine ganze Weile lang versucht, mir etwas zu sagen. Ich vermute, es hat mit der Razzia zu tun und dem, was in jener Nacht wirklich in Ihrem Haus vor sich gegangen ist. Wahrscheinlich mehr noch als das. Ich würde wirklich gerne wissen, was es ist.«

Marchmont sah ihn an, den Kopf leicht zur Seite geneigt, auf eine Art, die McLean verstörend bekannt vorkam. Wo hatte er diesen fragenden Ausdruck schon einmal gesehen?

»Sie können sich wirklich nicht an mich erinnern, oder?« Sie schüttelte den Kopf. »Natürlich nicht. Warum sollten Sie?«

»Ich verstehe nicht. Sind wir uns denn schon einmal begegnet? Sie kommen mir irgendwie bekannt vor, aber …«

McLean wurde von Marchmonts klingelndem Handy unterbrochen, das vor ihr auf dem Tisch lag. Wieder schaute sie auf das Display und wies den Anruf ab. »Tut mir leid. Ich muss los.«

Rasch stand sie auf, ihr Stuhl scharrte quietschend über den Boden. McLean bemühte sich, leiser aufzustehen, aber Ritchie blieb sitzen.

»Hat mich gefreut, dich wiederzusehen, vielleicht auf ein anderes Mal«, sagte Marchmont und legte Ritchie sachte eine Hand auf die Schulter, dann wandte sie sich an McLean. »Tut mir leid, dass ich Sie immer wieder fluchtartig verlassen muss, Inspector … Tony. Ich war wirklich geschockt, als ich das mit Stacey erfahren habe. Und bin entsetzt, dass sie auf der Straße anschaffen ging. Das ist nicht die Frau, die ich kenne.«

Schließlich gelang es McLean, sich von seinem Stuhl zu lösen. Er fing ihn gerade noch auf, bevor er rückwärts zu Boden fiel, aber Marchmont war schon weg, ging schnellen Schrittes durch das Café und zur Tür hinaus, ohne sich noch einmal umzusehen. Er schaute Ritchie an, die einfach nur mit den Schultern zuckte, dann erneut aus dem Fenster und auf die Straße draußen sah.

»Dann zahle ich wohl mal besser das Mittagessen.«

30

Ich will gar nicht erst versuchen, mir vorzustellen, was in ihrem Kopf vor sich geht.«

McLean fuhr mit seinem Alfa langsam durch die Innenstadt, nahm die Strecke über Little France und das Royal Infirmary. DS Ritchie saß auf dem Beifahrersitz, starrte auf nichts Besonderes. Kurz nachdem Marchmont gegangen war, hatten auch sie sich auf den Weg gemacht und dabei über das Mittagessen und sein plötzliches Ende kein Wort verloren, bis sie im Wagen saßen.

»Sie ist eine Getriebene, das muss ich schon sagen. Trotzdem kommt es mir vor, als würde sie irgendein Spielchen mit mir spielen.« McLean bremste abrupt ab, um nicht von einem Bus gerammt zu werden, der, ohne zu blinken, ausgeschert war. Der Fahrer schob die Hand aus dem Fenster und hielt zum Dank einen Daumen hoch.

»Wieso lassen Sie sich's dann gefallen, Sir? Wenn Sie wissen, dass es so ist?«

Eine Weile lang sagte er gar nichts. Teilweise weil er über die Antwort nachdenken musste, teilweise weil am Kreisverkehr oben am Leith Walk die Straßenverkehrsordnung außer Kraft gesetzt zu sein schien und er all seine Konzentration benötigte, um den Wagen sicher hindurchzulenken.

»Haben Sie gehört, dass sie gesagt hat, ich würde mich nicht an sie erinnern?«

Ritchie nickte, McLean konnte die Bewegung gerade so im Augenwinkel erkennen, während er ein paar Gänge herunterschaltete und beschleunigte, um einen trödelnden Truck zu überholen.

»Und wahrscheinlich stimmt das. Seit ich sie bei der Razzia zum ersten Mal gesehen habe, bin ich das Gefühl nicht mehr losgeworden, sie von irgendwoher zu kennen. Aber mir fällt absolut nicht ein, woher.«

»Sie ist regelmäßig in der Swingerszene von Edinburgh unterwegs. Dort könnten Sie ihr begegnet sein, falls Sie ein geheimes Doppelleben führen, das Sie uns bislang verheimlicht haben.«

Zum Glück wusste McLean, dass Ritchie nur Spaß machte, sonst hätte er womöglich noch einen Unfall gebaut.

»Sie scheinen über diese Dinge aber selbst auch ausgezeichnet informiert zu sein, Sergeant. Gibt es da etwas, das ich wissen sollte?«

Jetzt war es an Ritchie, verlegen zu schweigen, aber nur kurz. »Wissen Sie, von wem der Anruf kam?« Sie wechselte eher ungeschickt das Thema.

»Nein. Beim letzten Mal war's genauso. Wir haben ganz vergnügt geplaudert, dann kam ein Anruf, Nummer aus Edinburgh, und sie steht auf und geht. Sie haben ja auch gesehen, dass sie ständig aus dem Fenster geschaut hat, als würde sie glauben, dass wir beobachtet werden.«

Ritchie nickte. »Klassisch paranoides Verhalten, aber andererseits, nur weil man paranoid ist, heißt das noch lange nicht, dass man nicht verfolgt wird.« Sie zog ihr Handy aus der Tasche, tippte eine Kurzwahlnummer ein und blätterte in ihren Unterlagen, bis die Verbindung hergestellt war.

McLean konzentrierte sich auf die Straße, während sie die North Bridge überquerten.

»Zentrale? Ja, Detective Sergeant Ritchie hier. Würden Sie eine Telefonnummer für mich überprüfen?« Ritchie ratterte eine Reihe Zahlen herunter, die sie auf ihrem Block notiert hatte. Der Verkehr lockerte sich ein bisschen auf, und McLean konnte Gas geben. Dank einer seltenen Abfolge grüner Ampeln kamen sie einigermaßen voran. Sie fuhren an Jenny Spiers'

Laden vorbei, und er reckte den Hals, um festzustellen, ob sie geöffnet hatte.

Wahrscheinlich war Jenny noch im Krankenhaus bei ihrer Schwester. Es sei denn, Rachel war bereits entlassen worden. Wie lange wurden Mütter heutzutage nach der Geburt noch dabehalten? Er musste zugeben, dass er keine Ahnung hatte.

»Sind Sie sicher?« Ritchie notierte sich etwas in ihren Block. »Verzeihung, natürlich sind Sie das. Ja. Danke.« Sie beendete das Gespräch, schob das Handy wieder in ihre Tasche.

»War das die Nummer auf Marchmonts Handy? Ich hab sie beide Male nicht richtig erkennen können.«

»Ich war schon immer gut im Über-Kopf-Lesen. Und Zahlen kann ich mir auch merken. Macht heute eigentlich keiner mehr, jetzt wo man alles im Handy speichern kann.«

»Also wem gehört sie?«

»Ist eine von einer ganzen Reihe Nummern ihrer Kanzlei, MacFarlane and Dodds. Nicht die der Zentrale, aber wahrscheinlich ist es nicht ungewöhnlich, dass jemand aus der Kanzlei sie zu erreichen versucht.« Ritchie zog einen Strich quer über die Seite ihres Notizbuchs, klappte es zu und steckte es in ihre Tasche.

»Aber sie ist nicht drangegangen. Dieses Mal nicht, und das letzte Mal auch nicht.« McLean bog in die East Preston Street ab und schaute zu dem Gerüst hinauf, das die Fassade seines alten Wohnhauses immer noch umklammerte wie Efeu einen sterbenden Baum. Auch das war so ein juristischer Albtraum, mit dem er sich auseinandersetzen musste; vielleicht sollte er Miss Marchmont bitten, sich den Fall anzusehen. Andererseits aber vielleicht auch lieber nicht.

»Und außerdem hat sie die Nummer nicht in ihren Kontakten gespeichert. Man sollte eigentlich glauben, dass ein modernes Mädchen so was macht.« Ritchie lehnte sich zurück, genoss die Fahrt. Der Verkehr lockerte sich immer mehr, als sie sich

Cameron Toll näherten und dann weiter auf die Old Dalkeith Road fuhren, der frühe Nachmittag war eindeutig eine gute Zeit, um durch die Edinburgher Vororte zu fahren.

»Es sei denn, sie möchte nicht, dass Leute mitbekommen, wessen Nummer es ist.«

»Oder sind wir jetzt schon genauso paranoid wie sie? Das Leben, das sie führt – oder besser: das Doppelleben –, kann nicht besonders gesund sein.«

»Aber Sie kennen sich offensichtlich sehr gut damit aus, Kirsty.«

Ritchie lachte. »Sie können's wohl nicht lassen, Sir. Kommen Sie doch endlich mal auf den Punkt. Wieso fragen Sie mich nicht einfach direkt?«

»Ihr Privatleben geht mich eigentlich nichts an.«

McLean spürte wieder, dass er rote Ohren bekam, und fragte sich, warum. Immerhin beschäftigten sie sich alltäglich mit Sex und allen möglichen Arten der menschlichen Bedürfnisbefriedigung.

»Da würde ich widersprechen, aber das ist nicht wichtig. Ich hab eine ganze Weile in Aberdeen für die Sitte gearbeitet, bevor ich hierher versetzt wurde, hab dabei viele interessante Menschen kennengelernt und einiges über deren Leben erfahren. Edinburgh ist da nicht anders, und meistens ist es ziemlich harmlos, zumindest was das Körperliche betrifft. Mental kann einen das aber auch ganz schön durcheinanderbringen. Sie haben ja gesehen, was bei Marchmont im Haus los war. Niemandem wurde wehgetan, der das nicht wollte, und soweit ich das beurteilen kann, waren alle freiwillig dort. In der Stadt unter so vielen Fremden kann es schnell einsam werden. Manche Leute gehen in die Kirche, andere ins Fitnessstudio oder zum Fußball, und wieder andere ziehen sich Gummiklamotten an und haben Sex mit Menschen, die sie praktisch gar nicht kennen.«

»Jedem das Seine.« McLean fuhr langsamer, als sie sich dem Krankenhaus näherten, und hielt Ausschau nach der Einfahrt zum Parkplatz.

»Nur dass ein schlechter Geschmack im Mund zurückbleibt.« Ritchie hielt inne, dann fing sie an zu lachen. »Tut mir leid, das war blöd formuliert. Ich meinte, dass es schon ganz schön eklig ist, schmutzig, ein Tabu. Niemand verurteilt einen dafür, dass man ins Fitnessstudio geht oder sonntags betet. Jedenfalls nicht so richtig. Aber beim Sex ist das was anderes. Die Leute, die wir bei Marchmont zu Hause angetroffen haben, sind Banker, Unternehmer, sogar Anwälte. Ich vermute, die würden sich ein Bein ausreißen, um zu verhindern, dass ihre Kollegen mitbekommen, was sie am Wochenende so treiben.«

»Glauben Sie, Erpressung spielt eine Rolle?«

Ritchie schüttelte den Kopf. »Ich weiß nicht. Wahrscheinlich. Aber vermutlich hält man auch zusammen und unterstützt sich. Ein bisschen wie bei den Freimaurern, nur mit heruntergelassener Hose.«

McLean lachte bei der Vorstellung. »Und welche Rolle spielt Marchmont dabei?«

»Wahrscheinlich ist es so, wie sie gleich zu Beginn behauptet hat. Sie will aussteigen, weiß aber nicht genau wie. Schließlich ist man nirgends einsamer als bei einer Orgie.«

McLean entdeckte ein Hinweisschild Richtung Parkplatz und reihte sich ein in die Schlange der Fahrzeuge an der Einfahrt. Er wünschte, es wäre so einfach, aber er war zu alt und zynisch, um zu glauben, dass Heather Marchmont nicht mehr als nur das zu verbergen hatte.

Die Intensivstation des Western General Hospital kannte er gut, aber McLean war noch nicht häufig in der des Royal Infirmary gewesen. Nicht mehr seitdem das ganze Krankenhaus aus dem alten Gebäude mit Blick über The Meadows in den modernen

Komplex in Little France umgezogen war. Auch von den Schwestern kannte er keine, weshalb er erleichtert war, nach zwanzig Minuten Suche das vertraute Gesicht von Dr. Caroline Wheeler zu entdecken.

»Stacey Craig. Das ist allerdings ein sehr trauriger Fall.« Dr. Wheeler schüttelte den Kopf. Sie sah so müde aus, wie McLean sich fühlte, aber andererseits konnte er sich nicht erinnern, sie jemals anders als besorgt gesehen zu haben.

»Die Prognose ist nicht gut, hab ich gehört«, sagte DS Ritchie.

»Ihr Stammhirn hat Schaden genommen, und auch die höheren Cortexareale wurden zeitweise nicht mit Sauerstoff versorgt. Sie wird nie wieder aufwachen. Wahrscheinlich wäre es besser gewesen, sie wäre nicht gefunden worden. Hätten die Sanitäter nicht eingegriffen, wäre sie vermutlich einfach gestorben.« Dr. Wheeler führte sie einen breiten, hell erleuchteten Gang hinunter und stieß durch eine doppelte Schwingtür in die Intensivstation. Stacey Craig lag auf einem weißen Laken, den Kopf auf dicke Kissen gestützt, angeschlossen an eine ganze Reihe von Maschinen, die sie am Leben erhielten.

»Haben Sie eine Ahnung, was die Ursache gewesen sein kann?«, fragte McLean. Er ging nicht dichter an das Bett heran, wollte ihr nicht zu nahe kommen. Wenn er ehrlich war, hatte er eigentlich gar nicht herkommen wollen; es war nur ein Vorwand gewesen, um sich vor dem Büro zu drücken.

»Da kommen eine ganze Reihe von Ursachen infrage, aber am wahrscheinlichsten ist eine Art Embolie. Das Gehirn ist erstaunlich anfällig gegenüber Angriffen von innen.«

»Kurz bevor es passiert ist, hat sie sich eigenartig benommen. Ich dachte, sie hätte vielleicht Drogen genommen.«

»Wir haben nichts in ihrem Blut feststellen können.« Dr. Wheeler ging an das Fußende des Bettes, nahm das Kurvenblatt und blätterte die Seiten durch. »Nein, sauber. Wenn sie unzusammenhängend gesprochen hat, lag das möglicherweise daran, dass sie eine transitorische ischämische Attacke erlitten hat, einen Minischlaganfall, wenn Sie so wollen. Manchmal sind das die Vorboten von etwas Schwerwiegenderem.«

»Was geschieht jetzt mit ihr?«, fragte Ritchie. Auch sie war an der Tür stehen geblieben, wollte den Raum mit den leise piepsenden Geräten und dem antiseptischen Geruch nicht betreten.

»Das kommt auf den weiteren Verlauf an. Wir haben sie stabilisiert, aber wie gesagt, der Hirnschaden ist gravierend. Es ist höchst unwahrscheinlich, dass sie aufwacht, und sollte dieses Wunder wider Erwarten doch geschehen, wäre ich sehr erstaunt, wenn sie kommunizieren könnte. Wissen Sie, ob sie Angehörige hat?«

»Wir arbeiten daran. Sie hat alleine gelebt, und ihr Ex sitzt im Gefängnis.«

»Halten Sie mich auf dem Laufenden.« Dr. Wheeler legte die Unterlagen wieder ans Fußende des Bettes und starrte ein paar Sekunden lang die Frau im Koma an. »Wir können nichts mehr für sie tun, aber es würde helfen, wenn es da draußen jemanden gäbe, der Entscheidungen treffen kann.«

Sie sagte nicht, um welche Entscheidungen es sich handelte, und McLean musste sie nicht danach fragen. Er war schon öfter hier gewesen; oft gab es nur einen Weg wieder raus.

»Haben Sie eine Minute? Ich dachte, ich könnte vielleicht noch mal schnell bei Rachel reinschauen und sehen, wie's ihr geht.«

McLean kannte sich immer noch nicht so richtig im Royal Infirmary aus, aber auf der Suche zurück zum Haupteingang und dem Parkplatz hatte er ein Schild entdeckt, das ihm den Weg zur Entbindungsstation wies. Ritchie zuckte gleichgültig mit den Schultern.

»Hab heute nichts anderes vor, als den Bericht über die Bordellrazzia zu schreiben, aber das wird nicht lange dauern.«

Sie gingen ein paar Gänge weiter, bis sie schließlich die Entbindungsstation fanden. McLean wusste nicht, wo er überhaupt mit der Suche nach Rachel anfangen sollte, und kam sich schon ein bisschen blöde vor, als er plötzlich eine vertraute Stimme hinter sich vernahm.

»Hi, Tony. Hätte nicht gedacht, dass wir dich hier schon so bald wiedersehen.«

Er drehte sich zu Jenny Spiers um, die neben der unbesetzten Anmeldung stand. Wie er sie hatte übersehen können, war ihm nicht ganz klar.

»Jenny. Hi. Wir sind eigentlich dienstlich hier. Hab nur gedacht, ich schau mal schnell, wie's Rae geht. War ja schon ein bisschen dramatisch gestern Nacht.«

»Kann man wohl sagen.«

McLean merkte, dass Jenny Ritchie ansah. »Kennst du Detective Sergeant Ritchie?«

»Nein, ich denke nicht, dass wir uns kennen. Hi. Jenny Spiers. Ich bin Rachels Schwester.« Jenny streckte die Hand aus, und Ritchie schlug ein.

»Freut mich, obwohl ich, ehrlich gesagt, Rachel auch nicht kenne.«

»Tony will sie wohl ganz für sich behalten, wie?« Jenny lachte, vielleicht ein kleines bisschen zu gewollt. »Kommt. Hier geht's lang.«

Sie folgten ihr durch die große Station voller Mütter und neugeborener Säuglinge. Um ein paar Betten waren die Vorhänge zugezogen, um ein bisschen Ungestörtheit entstehen zu lassen, und einige besorgt wirkende Väter saßen neben ihren besseren Hälften. Rachels Bett befand sich unweit der Tür. Sie schlief, als Jenny näher kam, wachte aber sehr rasch auf.

»Ich dachte, du wolltest nach Hause fahren, Jen … oh, Tony. Hi.« Rachel strahlte, als sie ihn an der Tür stehen sah. Dann reckte sie den Hals, um zu sehen, wer hinter ihm stand, aber Ritchie ging seitlich in Deckung.

»Ich … ich warte draußen. Babys und ich, das passt nicht richtig … ich bleibe hier sitzen.« Sie eilte auf die andere Seite des Gangs, wo unter einer Anschlagstafel ein paar Stühle standen.

»Feigling«, wisperte McLean, dann trat er ein. Als er ihr den Rücken zugekehrt hatte, war Jenny zu der kleinen Wiege neben Rachels Bett gegangen und hatte ein unglaublich winziges Kind auf den Arm genommen.

»Tony, das hier ist Tony«, sagte sie und zeigte ihm das Bündel. McLean starrte etwas an, das an einen viel zu klein geratenen Winston Churchill erinnerte. Oder vielleicht auch Peter Lorre. Dann erreichten ihn Jennys Worte.

»Wie bitte?«

»Haben wir schon vor Urzeiten verabredet«, sagte Rachel. »Wenn's ein Junge wird, heißt er Anthony. Abkürzung Tony. Wenn's ein Mädchen wird, vielleicht Gladys, nach meiner Mutter, aber eigentlich ist das ein Name für eine alte Frau. Wahrscheinlich ist es ganz gut, dass es ein Junge geworden ist.«

»Willst du ihn auch mal halten?« Jenny bot ihm das Baby an, und McLean nahm es ängstlich auf den Arm. Er hatte bislang kaum Erfahrungen mit Babys sammeln können und war nicht ganz sicher, wie er es halten musste. Irgendwas war da doch mit dem Kopf. Oder legte man den einfach in die Armbeuge?

»Männer! Ihr seid doch alle gleich. Unbrauchbar. Gib ihn mir lieber.« Jenny verdrehte die Augen und nahm den Säugling wieder, übergab ihn vorsichtig seiner Mutter. Rachel fing sofort an, seine Nase zu streicheln und ihm in die Wangen zu kneifen und ihm Zärtlichkeiten zuzuraunen, was dem kleinen Tony durchaus zu gefallen schien.

»Ich bin wirklich nur kurz vorbeigekommen, weil ich sowieso hier war. Polizeiangelegenheiten. Wollte nur sicher sein, dass es euch gut geht.«

»Uns geht's wunderbar. Danke fürs Vorbeikommen.« Rachel

schenkte ihm ein müdes Lächeln, das ihn daran erinnerte, wie wenig Schlaf er selbst in den vergangenen vierundzwanzig Stunden gehabt hatte. »Also dann geh weiter detektivisch herumschnüffeln oder was du sonst tagsüber so machst.«

31

Scheißpolizei. Für wen halten die sich eigentlich? Ihm so zuzusetzen, obwohl er gar nichts verbrochen hat.

Er humpelt durch die spärlich eingerichtete Wohnung, die Fußfessel scheuert an seiner Haut, zieht ihn runter. Dabei hat er noch nicht mal was Verbotenes getan. Nicht wirklich. Er war ja gerade erst in der Stadt angekommen. Höchstens ein paar Wochen waren seit seiner Ankunft vergangen. Aber dieses dämliche Register. Wäre diese scheißblöde, drogenabhängige Nutte nicht gewesen, würde er sowieso gar nicht draufstehen.

Er klappert in der Küche herum, füllt Wasser in die Kaffeemaschine und drückt ein halbes Dutzend Mal auf den Knopf, bis sie endlich anspringt. Wieso sind alle gegen ihn? Er sucht einen Becher, findet einen in der Spüle und lässt Wasser drüberlaufen, macht ihn zumindest teilweise sauber, dann schenkt er die dunkelbraune Flüssigkeit ein. Du lieber Himmel, was würde er für einen anständigen Kaffee geben. Wieso wollte er überhaupt in dieses gottverfluchte Drecksnest von einer Stadt ziehen. Das Athen des Nordens. Was für ein beschissener Witz. Er war im richtigen Athen, und da ist es warm. Da scheint die Sonne.

Die Türklingel summt wie ein Schwarm Fliegen auf Acid. Wieso können die ihn nicht in Ruhe lassen? Er nimmt einen Schluck Kaffee, dann spuckt er ihn auf die Teller und Becher in der Spüle. Verdammtes Abwaschwasser. Von dem Geschmack werden seine Lippen taub wie von billigem Parfüm. Ein Rohypnolkuss.

Wieder die Klingel. Wieso verpissen die sich nicht einfach? Er hat Besseres zu tun, als schon wieder mit den Bullen zu reden. Aber irgendwie weiß er, dass sie umso weniger lockerlassen, je mehr er sie ignoriert. Also bringt er's lieber hinter sich.

Der Makler ist ein pingeliges Arschloch; an der Tür sind mindestens ein Dutzend Schlösser und Ketten, und das, nachdem er auf den Knopf an der Sprechanlage gedrückt hat, um sie von der Straße reinzulassen. Hat keinen Sinn, erst mal zu fragen, wer da ist; wissen sowieso nur die Bullen, wo er wohnt. Und sonst hat niemand Interesse daran, mit ihm zu sprechen. Seit die Polizei angefangen hat, seine Klienten zu befragen, hat er keine Aufträge mehr bekommen. Diese Wichser. Er kann sie auf der Treppe hören. Stimmen, na ja, jedenfalls eine Stimme. Eine Frau, die mit einem anderen spricht. Kommt hin. Bullen treten immer zu zweit auf, die Schweine. Wahrscheinlich ist es dieser Wichser mit dem vornehmen Akzent und seine rothaarige Schnalle. Die ohne Augenbrauen. Verfluchte Idioten. Wieso lassen die ihn nicht in Ruhe?

Lass es, John. Die sollen nicht merken, wie sehr sie dir zusetzen. Lass sie gar nicht an dich ran, verdammt noch mal.

Er lauscht, während sie die Treppe hochsteigen, lauscht, bis sie oben angekommen sind. Dann setzt er ein breites falsches Grinsen auf und öffnet die Tür, um sie hereinzulassen.

Es sind nicht die, die er erwartet hatte. Ein Mann und eine Frau, aber ganz offensichtlich hat sie das Sagen. Und rothaarig ist sie auch nicht. Eher schmutzig blond, für seinen Geschmack ein bisschen zu alt, aber sie sieht gut aus.

»Sie waren ungezogen, Mr Smith.« Ihre Stimme ist sanft, verführerisch, ein ganz leichtes Lispeln liegt darin, es sei denn, das ist auch so ein abgefahrener schottischer Akzent. Sie schiebt sich an ihm vorbei und geht in die Wohnung, ob ihm das gefällt oder nicht. Ihr Geruch bleibt in der Luft hängen. Parfüm ist das nicht, jedenfalls keins, das er kennt. Es ist etwas Wilderes, das ihn erregt, auch wenn es ihn gleichzeitig nervös macht.

»Dürfen Sie das? Einfach hier reinspazieren?« Er hat die Tür wütend, aber gefasst geöffnet. Jetzt ist er verunsichert. Sie antwortet nicht, aber ihr Partner folgt ihr in den Flur, drängt ihn in die Küche. Ein mürrischer Kerl im Tweedanzug, der den Kopf gesenkt hält. Sein Haar hat dieselbe Farbe wie ihres, und als er hochblickt, sieht man, dass unverkennbar eine große Ähnlichkeit zwischen den beiden besteht. Das ist eigenartig. Seit wann schickt die Polizei Geschwisterteams? Zwillinge?

»Sie haben uns ein Geheimnis vorenthalten, Mr Smith. Das gefällt uns gar nicht.«

»Wovon sprechen Sie, was für ein Geheimnis? Ich hab nur vergessen, mich umzumelden, als ich hier angekommen bin. Schließlich ist das …«

Der Schlag ist nicht fest, aber er kommt so überraschend, dass er ihm Tränen in die Augen treibt, seinen ganzen Körper erschüttert.

»Ich möchte wissen, wer Sie zu der Party eingeladen hat. Wer hat Ihnen gesagt, wo sie stattfindet und wie man reinkommt?«

»Ich weiß nicht …«

Dieses Mal ist die Ohrfeige eher ein Schlag, so fest, dass seine Zähne klappern. Er will mit derselben Wucht zurückschlagen, hat noch nie ein Problem damit gehabt, es einer Frau heimzuzahlen, wenn sie's verdient hat, und diese hier legt es ganz eindeutig drauf an. Nur dass der Mann hinter ihr steht, ihr Bruder oder was auch immer. Er hat noch kein Wort gesagt, und das ist irgendwie fast unheimlicher, als wenn er geschrien hätte. Angst ist etwas, das John nicht gewohnt ist. Und er kann nicht gut damit umgehen.

»Ich dachte, ich hätte schon gesagt, dass ihr mich in Ruhe lassen sollt. Ich trage meine Fußfessel, beachte eure ganzen beschissenen Vorschriften.«

»Wir sind gar nicht von der Polizei, John.« Sie lächelt ihn an, und im Gang wird es dunkler und kälter. »Wenigstens nicht von der Polizei, mit der Sie es normalerweise zu tun haben.«

32

»Fahren wir nicht zurück ins Präsidium?«

McLean hatte Ritchie die Schlüssel übergeben und sie ans Steuer gelassen, damit er telefonieren konnte. Sie fuhr den kleinen Alfa sehr viel geschmeidiger als er, lenkte ihn um die Kurven, indem sie genau so viel Gas gab wie nötig. McLean vermutete, dass sie früher einige Zeit auf dem Übungsgelände verbracht hatte. Aber eigentlich wusste er nicht viel über sie.

»Noch nicht, nein. Ich will mit Craigs Ex sprechen, Tam Roberts. Jemand wird ihm sagen müssen, was passiert ist, und da wir dabei waren ...« Er wusste, dass es ein lahmer Vorwand war. Ritchie sagte nichts, aber er merkte, dass sie denselben Gedanken hatte.

»Sitzt er in Saughton?«, fragte sie nach einer Weile.

»Ja, ich hab gerade Bescheid gegeben, dass wir kommen.«

»Eigentlich sollten wir das den dafür ausgebildeten Kollegen überlassen, wissen Sie?«

Ritchie trat aufs Gas und schob sich vor einen Bus, der im Kreisverkehr auf sie zukam. Das Manöver war einwandfrei und sicher, aber sie wurde trotzdem angehupt. Sie nahm die Hand lange genug vom Lenkrad, um dem Busfahrer einen wenig damenhaften Finger zu zeigen, dann raste sie Richtung Liberton Brae und Umgehungsstraße davon.

»Ich glaube nicht, dass man das so in Tulliallan beigebracht bekommt«, sagte McLean.

»Das macht man eher beim Rallyefahren. Aber ich mein's ernst, Sir. Wir sollten uns nicht ins Zeug legen, als wären es laufende Ermittlungen. Nicht nachdem sowohl der DCC wie auch Jo Dexter deutlich erklärt haben, dass wir's bleiben lassen sollen.«

»Wenn's Ihnen besser damit geht, kann ich immer noch sagen, dass ich Ihnen befohlen habe, mich zu begleiten. Außerdem kommt das alles sowieso nicht in den Bericht über die Bordellrazzia. Aber wir waren dabei, als Stacey Craig …« Er wollte sagen »gestorben ist«, unterbrach sich aber und suchte nach einer anderen Formulierung. »… zusammengebrochen ist. Wir müssen ihre nächsten Angehörigen aufsuchen und diese über ihren Zustand unterrichten. Roberts ist der nächste Angehörige, der uns bekannt ist, also ergibt es durchaus Sinn, mit ihm zu sprechen.«

»Und ganz nebenbei stellen Sie ihm dann noch ein paar andere Fragen …« Ritchie ließ den Satz in der Schwebe. McLean wusste, dass sie ihm ebenso wenig glaubte wie er sich selbst.

»Was wissen wir über Roberts?«, fragte er.

»Nicht viel mehr, als ich Ihnen bereits gesagt habe. Ich könnte MacBrides kleines Computerding gebrauchen. Soweit ich gehört habe, sitzt er acht Jahre wegen bewaffneten Raubüberfalls. Anscheinend ein harter Brocken, nicht unbedingt eine Intelligenzbestie. Er wurde gefasst, weil einer aus seiner Bande Selfies mit dem Fluchtwagen im Hintergrund auf Facebook gepostet hat.« Ritchie grinste wie über einen Witz, schaltete einen Gang runter und beschleunigte auf der Umgehungsstraße. »Immer wieder schön, wenn uns die Verbrecher die Arbeit abnehmen.«

McLean war nicht gerne im Gefängnis in Saughton. Irgendwie lag hier ein bestimmter Geruch in der Luft oder eher ein Gefühl, aber er konnte nicht genau sagen, was es war. Jedenfalls lag es nicht daran, dass das Gefängnis voller Menschen war, die ihn und das, wofür er stand, hassten, auch nicht die übellaunigen Gesichter der überarbeiteten Gefängniswärter. Irgendwas anderes war hier, das jedem das Leben aussog, der sich hier zu lange aufhielt.

»Big Tam Roberts?« Der Wärter schaute auf McLeans Dienstausweis, obwohl er ihn schon unzählige Male vorher gesehen hatte.

»Ja. Ich habe schlechte Nachrichten für ihn. Ich dachte, ich sag's ihm lieber persönlich.«

»Sie haben ein zu gutes Herz, Inspector. Ich bringe ihn ins Vernehmungszimmer zwei. Eins ist noch nicht wiederhergestellt worden, nachdem … na ja, spielt keine Rolle.« Der Wärter nahm das Besucherbuch, in das McLean und Ritchie sich eingetragen hatten, wieder mit, überreichte ihnen ihre Besucherausweise und ging durch die Tür hinten, die er mit einem schweren, altmodischen Schlüssel aufschloss.

»Charmanter Mann«, sagte Ritchie.

»Ach, der ist schon in Ordnung. Sie müssten ihn und seine Kollegen mal erleben, wenn die sauer auf uns sind.« Er setzte sich in Richtung des Vernehmungszimmers in Bewegung. In der Nähe der Tür zu Raum Nummer eins stank es; er konnte sich nur vorstellen, was sich darin abgespielt hatte. Nummer zwei war in Ordnung, wenn auch ein kleines bisschen spartanisch. Ein schlichter Tisch, drei Stühle, kein Fenster.

»Hübsch.« Ritchie zog einen Stuhl heran und setzte sich. McLean ging in den fünf Minuten, die es dauerte, bis Roberts gebracht wurde, auf und ab. Er kam in Begleitung von zwei kräftigen Wärtern und hatte die Hände hinter dem Rücken mit Handschellen gefesselt. Big Tam war drahtig und dünn, sein Spitzname eindeutig eher ironisch, obwohl ein solcher Eindruck natürlich auch täuschen konnte. McLean war überrascht; Stacey Craig hätte es sicher besser treffen können.

»Thomas Roberts?«, fragte McLean, als die Wärter den Mann auf einen Stuhl drückten. Sie nahmen ihm die Handschellen nicht ab und blieben jeweils auf einer Seite neben dem Stuhl stehen.

»Wer sind Sie eigentlich?«

»Detective Inspector McLean. Und das ist meine Kollegin, Detective Sergeant Ritchie. Wir sind von der SCU. Wissen Sie, was das ist?«

Roberts' dämlicher Blick ließ vielsagend erkennen, dass er keine Ahnung hatte, wobei er Ritchie etwas länger anstarrte, als höflich war.

»Scheißbullen. Ich hab gleich gedacht, dass es hier stinkt.« Er spuckte auf den Boden, und einer der Wärter zuckte. McLean war von der Selbstbeherrschung des Mannes beeindruckt, an seiner Stelle hätte er Roberts eine reingehauen.

»Die SCU ist die Sexual Crimes Unit. Wir ermitteln bei Vergehen gegen das Sexualstrafrecht, wie Sie sich vielleicht vorstellen können. Das heißt also Prostitution, Zuhälterei, Kindesmissbrauch. Auf diese Art hab ich mit Abschaum wie Ihnen zu tun.«

Roberts sah McLean mit zusammengekniffenen Augen an, als hätte ihm jemand die Brille abgenommen oder als versuche er, einen besonders widerspenstigen Furz herauszupressen. »Wovon zum Teufel schwafelst du? Ich bin doch kein Scheißkinderschänder.«

»Nein, das sind Sie nicht. Sie sitzen wegen bewaffneten Raubüberfalls. Der lief ja eigentlich super, oder? Jedenfalls bis ihr bescheuerter Kumpel im Internet damit angeben wollte.«

Roberts machte Anstalten, sich auf ihn zu stürzen, aber die beiden Wärter neben ihm waren schneller und hielten ihn fest, bevor er sich richtig erheben konnte. Er wehrte sich ein bisschen, aber nur halbherzig, erlaubte ihnen, ihn wieder auf den Sitz zu drücken, dann schüttelte er schulterzuckend und vermeintlich rebellisch den Kopf. McLean wartete, bis er fertig war, dann fuhr er fort.

»Aber darüber möchte ich nicht mit Ihnen sprechen. Es handelt sich eher um einen Kondolenzbesuch.«

Erneut starrte Roberts ihn verständnislos an, woraufhin McLean fortfuhr.

»Stacey Craig. Kennen Sie die?«

»Ist meine Freundin, ja. Was geht Sie das an?«

»Sie hatte gestern Abend einen Schlaganfall und liegt im Royal Infirmary im Koma. Die Ärzte sagen, dass sie vermutlich nicht mehr aufwachen wird.«

Roberts starrte ihn an und schwieg, während sich die Rädchen in seinem Gehirn langsam weiterdrehten, die Information verarbeiteten.

»Was soll der Scheiß?«, fragte er schließlich.

»Sie hatte einen Schlaganfall. Wissen Sie, was das ist? Ein Blutgerinnsel im Gehirn, kein Sauerstoff im Denkzentrum.«

»Bin ja nicht blöd. Ich weiß, was ein Schlaganfall ist. Meine Oma hatte einen, aber die war neunzig. Stacey ist erst … o Mann. Was für ein Scheiß.«

»Hat Stacey Familie? Jemanden, mit dem wir Kontakt aufnehmen sollten? Abgesehen von Ihnen, meine ich.«

Roberts schüttelte den Kopf. »Nein, ihre Eltern sind längst tot. Sie hat eine Freundin in der New Town. Vornehmes Mädchen, aber keine Familie. Nur mich.«

McLean wäre fast auf die reumütige Show reingefallen.

»Aber geheiratet haben Sie nicht.«

»Wozu hätte das gut sein sollen?«

»Sagen Sie's mir. Sie waren lange genug mit Stacey zusammen. Aber wahrscheinlich ging es da weniger ums Heiraten, eher um Kontrolle. Vielleicht wussten Sie ja, was sie für ein Leben führt, mit was für Leuten sie sich abgibt. Vielleicht haben Sie sie ja gezwungen, wenn Sie selbst zu faul zum Arbeiten waren.«

»Muss ich mir den Scheiß anhören?« Roberts sah zu den beiden Wärtern auf. Keiner von beiden sagte etwas.

»Spielt keine Rolle.« McLean fuhr fort, als hätte Roberts nichts gesagt. »Sie haben gewusst, was sie macht und für wen sie arbeitet, wenn sie nicht für Sie gearbeitet hat. Ich hätte gerne die Namen.«

Roberts bellte ein wütendes Lachen. »Wieso zum Teufel sollte ich dir das verraten, du Bullenschwein?«

McLean lehnte sich auf dem unbequemen Stuhl zurück, sah sich in dem winzigen Vernehmungsraum um, erst dann antwortete er. »Mal sehen, die Anhörung, bei der über Ihre Bewährung entschieden wird, ist in … wann? In zwei Monaten? Leider kann ich da nichts zu Ihrem Vorteil beeinflussen – würde ich auch nicht, selbst wenn ich könnte. Aber ein Wort ins richtige Ohr, und niemand wird Ihnen auch nur zuhören. Ist gar kein Problem, ich muss mir nur einen Vermerk in den Kalender machen, dann kann ich jedes Jahr, wenn's drauf ankommt, mit denen sprechen. Und Sie sitzen die komplette Strafe ab. Bis zum letzten Tag. Dann gibt es keine vorzeitige Entlassung auf Bewährung.«

Roberts legte die Stirn in Falten, versuchte seinem Gehirn einen Gedanken abzuringen; denken gehörte aber wohl nicht zu seinen alltäglichen Gewohnheiten.

»Wie meinst du das? Willst du mir drohen, du blöder Bulle? Wenn ich rauskomme, werde ich dich suchen und finden.«

»*Das* ist eine Drohung. Und genau so was hören die vom Bewährungsausschuss furchtbar gerne. Zeigt eindeutig, dass Sie moralisches Urteilsvermögen entwickelt, Ihre Fehler eingesehen haben und ein neues Leben beginnen wollen.«

»Verarschen Sie mich?« Die Falten auf Roberts' Stirn waren tief, er wurde tiefrot im Gesicht, während die Wut immer weiter in ihm aufstieg. McLean konnte sich absolut nicht vorstellen, was Stacey Craig an dem Mann gefunden hatte. Wahrscheinlich hatte er sie mit Fäusten auf Kurs gehalten.

»Warum ist sie bei Ihnen geblieben, Mr Roberts? Sie hätte es doch sehr viel besser haben können. So wie ich das sehe, ging es ihr ohne Sie besser. Und trotzdem ist sie immer wieder zu Ihnen zurückgekehrt. Was haben Sie ihr gegeben, das sie woanders nicht bekommen hat? Geistreiche Gespräche wohl eher nicht.«

»›Mr Roberts‹. Ja, das gefällt mir. Zeigt ein bisschen Respekt.«

Roberts beugte sich vor, diesmal sehr langsam. McLean sah, dass die Schließer bereit waren einzugreifen, falls Roberts handgreiflich werden sollte, und McLean wusste auch, dass er dann selbst die deutlich besseren Chancen hatte, da seinem Gegenüber die Hände auf den Rücken gefesselt waren.

»Ich sag dir, warum Stacey bei mir geblieben ist. Weil sie zu mir gehört, und das hat sie auch gewusst. Außerdem wusste sie, dass sie gearscht ist, wenn sie keiner beschützt. Sie hat sich mit gefährlichen Leuten eingelassen, und damit meine ich nicht Leute wie mich und die Jungs. Wir haben nur ein paar Geldtransporter überfallen. Niemanden dabei verletzt. Aber manche Leute denken nicht zweimal drüber nach, bevor sie einen umbringen, nur weil er was Falsches gesagt hat.«

Endlich kamen sie voran. »Und Sie haben Stacey vor denen beschützt? Deshalb ist sie bei Ihnen geblieben? Muss dann aber schwer für sie gewesen sein, seit Sie sitzen.«

»Und sie hatte auch echt Schiss. Was glauben Sie wohl, warum sie auf der Straße anschaffen gegangen ist? Das Geld hat sie nicht gebraucht. Sie wollte verhaftet werden. Weil sie dachte, dass sie im Knast sicherer ist, aber ihr habt sie ja auf Kaution nach Hause geschickt.«

»Wovor hatte sie Angst? Was hat sie gesehen?«

Roberts hing auf seinem Stuhl, schüttelte den Kopf. »Keinen blassen Schimmer. Das letzte Mal hab ich sie vor ungefähr einem Monat gesehen. Da kam sie zu Besuch. Das erste Mal, seit ich hier sitze. Wollte wissen, ob ich Kontakte nach draußen hab. Keine Ahnung, warum oder wozu. Hab nicht kapiert, was sie wollte.«

»Hatte sie Angst um ihr Leben?«

»Kann sein.« Roberts dachte noch einmal nach, was ihn offenbar so sehr anstrengte, dass er ein Gesicht machte, als würde er unter schwerer Verstopfung leiden.

»Also, wer hat sie bedroht? Das muss sie Ihnen doch gesagt haben.«

»Sie wollte es mir nicht verraten. Hab doch gesagt, ich hab gar nicht kapiert, was sie wollte.«

McLean sah Roberts an, musterte ihn genau, während ihn der kleine Mann mit den Schweinsaugen anstarrte. Verschlagen war er auf jeden Fall, aber nicht so, dass er in dieser Angelegenheit lügen würde. Er war nicht gerissen genug, um sein Wissen zu seinem Vorteil zu nutzen. Er wusste wirklich nicht, wer oder was seiner Freundin eine solche Angst gemacht hatte, dass sie jetzt im Koma lag.

»Na schön, sieht aus, als wären wir hier fertig. Danke, die Herren.« McLean stand auf, nickte den beiden Wärtern zu, die sich bückten und Roberts an den Armen packten. Er ließ sich von ihnen abführen, blieb nur noch einmal an der Tür stehen und sah sich um.

»Sie wacht nicht wieder auf? Haben die das wirklich gesagt?« Zum ersten Mal ließ sich der Mann ein anderes Gefühl als Wut anmerken.

»Ich fürchte ja, und es tut mir leid. Das hat sie nicht verdient.«

»Dafür bring ich die um.« Roberts' Drohung war umso überzeugender, da er sie flach und mit monotoner Stimme aussprach. »Wenn ich hier rauskomme, finde ich raus, wer schuld daran war, und bring die alle um.«

»Um Gottes willen, Tony. Kannst du's nicht einfach mal sein lassen? Du bist wie ein kleiner Junge, der am Schorf seiner aufgeschürften Knie kratzt.«

SCI Dexter hatte heimlich eine Zigarette hinter der Wache geraucht, als McLean und Ritchie aus Saughton zurückkamen. Er hatte vergeblich gehofft, dass sie noch nicht mitbekommen hatte, wo er sich den Tag über herumgetrieben hatte, oder vielleicht sogar schon nach Hause gegangen war. Der Nachmittag ging gerade in einen herrlich warmen Herbstabend über, an dem man noch schön ein bisschen hätte draußen sitzen können, vielleicht im Garten einer Kneipe in netter Gesellschaft und mit einem Bier. Das Wartehäuschen, das man den unverbesserlichen Rauchern unter den Kollegen zur Verfügung gestellt hatte, war dagegen nicht ganz so gemütlich.

»Was wolltest du überhaupt im Krankenhaus? Ritchie hat doch heute Morgen schon mit den Ärzten telefoniert. Mehr musstest du doch für den Bericht gar nicht wissen.«

Dexter drückte die Zigarette in dem mit Sand gefüllten Eimer aus, der hier als Aschenbecher diente, zog ihr Päckchen heraus und zündete sich eine weitere an.

»Du bringst mich noch vorzeitig ins Grab, weißt du das?« Sie fuchtelte mit dem Päckchen in der Luft herum. »Ich hatte aufgehört, bevor du zur SCU zurückgekommen bist. Na ja, jedenfalls fast.«

»Tut mir leid, Jo. Aber du kennst mich. Wenn mir jemand sagt, dass ich einen ordentlichen Schlussstrich ziehen soll, dann muss ich fragen, warum. Irgendwas geht da vor. Das weißt du genauso gut wie ich. Es war schon schlimm genug, als wir einfach nur versucht haben, die peinliche Aktion mit der Razzia abzuschließen, aber jetzt ist eine Frau so gut wie tot, und ich bin sicher, dass das kein Zufall ist.«

Dexter starrte ihn einen Augenblick lang an, dann stieß sie eine Rauchwolke aus und richtete ihren Blick auf Ritchie. »Glauben Sie das auch, Sergeant?«

»Ich weiß nicht, Ma'am. Ich mache nur, was mir gesagt wird.« Ein müdes Lächeln umspielte ihre Lippen, als wäre ihr gerade etwas Witziges eingefallen. »Ich weiß aber, dass die Sache stinkt. Bin nur nicht sicher, wonach.«

»Hast deine Assistentin ja auszeichnet abgerichtet, Tony. Das muss ich dir lassen.« Dexter trat ihre Zigarette aus, obwohl noch mindestens vier Zentimeter dran waren. »Scheißnikotinsucht. Ich werde dich nicht noch einmal decken. Wenn der DCC mitbekommt, dass du heute Nachmittag in Saughton warst, wirst du zum Constable runtergestuft und regelst noch vor Ablauf der Woche den Verkehr.«

»Ich versuche nur gründlich vorzugehen, Jo.«

»Lass es bleiben. Tu nur ein einziges Mal in deinem fürchterlichen Leben das, was man dir sagt, und kehr den ganzen traurigen Schlamassel unter den Teppich.«

McLean musste lauter geseufzt haben als beabsichtigt. Entweder das, oder Dexter hatte einfach einen richtig schlechten Tag. Jedenfalls blockte sie ihn mit erstaunlich fester erhobener Hand vor der Brust ab, noch bevor er einen weiteren Schritt auf die Hintertür zugehen konnte.

»Heute nicht mehr. Morgen. Offiziell hast du Feierabend, und außerdem, hab ich gehört, warst du die ganze Nacht auf und hast Babys auf die Welt gebracht.« Dexters strenger Gesichtsausdruck wurde ein kleines bisschen milder, und sie ließ die Hand sinken.

»Fahrt nach Hause, alle beide. Schlaft euch aus. Wir kümmern uns morgen um das ganze Durcheinander.«

33

Nachdem er die Nacht über erstaunlich gut geschlafen hatte, saß McLean früh am Morgen an seinem Schreibtisch in der alten Wache und ging die Stapel mit alten Unterlagen durch, die kaum wichtig sein konnten, sonst wären sie sicher nicht mehrere Tage lang unbeachtet liegen geblieben. Er freute sich, dass weniger Fallakten von DI Carter dabei waren, als er angenommen hatte, was bedeutete, dass die Botschaft allmählich angekommen war. Nach seiner eigenen Beförderung zum Inspector damals war es genauso gewesen; die unteren Ränge machten ihm das Leben absichtlich schwer, indem sie Unterlagen falsch ablegten oder dafür sorgten, dass bloß nichts einfach und unkompliziert war. Vielleicht trug das zur Charakterbildung bei, eine Art Initiationsritus zusätzlich zu den unzähligen Hürden, die man nehmen musste, bevor man überhaupt für die Stelle in Betracht gezogen wurde. So oder so hielt er es für eine verdammt blöde Form der Zeitverschwendung für alle Beteiligten.

Ein Klopfen an der geöffneten Tür unterbrach ihn in seinen Überlegungen. McLean schaute auf und sah DS MacBride im Eingang stehen, unter einem Arm sein Tablet und eine schlanke braune Mappe in der anderen Hand.

»Hab gehört, dass Sie heute da sind, Sir. Dachte eigentlich, Sie wären bei der SCU.«

»Dort bin ich derzeit eine Persona non grata, Stuart. Bin gestern ein kleines bisschen von den Vorschriften abgewichen. Und da dachte ich, ich komme lieber erst mal für ein paar Stunden her, bringe mich auf den aktuellen Stand der Dinge im Fall Parker und gehe Jo Dexter aus dem Weg.« McLean wusste, dass

MacBride bestimmt schon davon gehört hatte. Kommunikation war schließlich sein größtes Talent. Viel ging nicht vor, von dem er nichts wusste, der Unterschied zwischen ihm und älteren Sergeants war nur, dass er den Tratsch normalerweise nicht weitertrug.

»Sie werden sich freuen zu hören, dass wir ein paar vorläufige Ergebnisse der DNA-Analyse bekommen haben, Sir. Von Parker selbst und dem Haar, das die Spurensicherung im Wagen sichergestellt hat. Die Kriminaltechniker sind ziemlich sicher, dass es sich um dieselbe Person handelt. Weiblich. Keine Übereinstimmung in den Computerarchiven, aber wir haben auch noch nicht alle Angaben durchlaufen lassen.«

McLean lehnte sich zurück und versuchte sich an die Einzelheiten des Falls zu erinnern. Es waren erst ein paar Tage vergangen, seit er mit MacBride darüber gesprochen hatte, aber inzwischen war viel geschehen.

»Dann hat er wahrscheinlich eine blonde Anhalterin mitgenommen. Höchstwahrscheinlich in Perthshire. Er nimmt sie mit nach Edinburgh, und sie erweist ihm ihre Dankbarkeit auf intime Art und Weise. Wie sich herausstellt, ein bisschen zu intim für Eric Parker. Er erleidet einen Herzinfarkt. Sie haut ab. Eigentlich kann man's ihr nicht verdenken.«

»Der abschließende Obduktionsbericht ist auch hier, Sir.« MacBride legte McLean die schlanke Mappe auf den Schreibtisch, oben auf den Stapel mit den Fallakten, die eigentlich für DI Carter bestimmt waren.

»Keine Fremdeinwirkung nachweisbar. Es sieht wirklich aus, als hätte Parkers Herz ausgesetzt.«

McLean nahm die Akte, schlug sie auf und ließ den Blick über den Text gleiten. Er schlug sie wieder zu und legte sie schnell beiseite. Er hatte nichts davon wirklich aufgenommen, hatte nur ein Requisit gebraucht, während sein Gehirn weiterarbeitete.

»Ich mag keine unaufgeklärten Fragen, das wissen Sie.«

MacBride war anständig genug, nichts zu erwidern.

»Aber wir können wirklich nicht noch mehr Zeit mit der Suche nach dieser geheimnisvollen Frau verschwenden, wenn es nicht mal einen Hinweis auf Fremdeinwirkung gibt. Schreiben Sie's auf, und machen Sie einen Aktenvermerk, dass die DNA noch mal vollständig abgeglichen wird, wenn das endgültige Ergebnis vorliegt. Aber ich denke, der arme Eric Parker wird unter ›ungeklärt‹ abgelegt werden müssen.«

»Wenigstens ist er glücklich gestorben.« MacBride fuhr über das Display seines Tablets und gab einen Vermerk ein. McLean überlegte, ob er ihn wegen seiner flapsigen Bemerkung ermahnen sollte, aber dann fiel ihm ein, dass er im Parkhaus, als die Leiche gefunden worden war, genau dasselbe gesagt hatte.

»Hatten Sie schon Gelegenheit, sich die andere Sache mal anzusehen?«, fragte er stattdessen.

MacBride kramte in seiner Jackentasche und zog einen zusammengefalteten DIN-A4-Ausdruck heraus. »Ich hab ein bisschen gesucht, wie Sie gesagt haben. Aber viel gibt es nicht. Anscheinend ist sie bei keinem der gängigen Social-Media-Portale, und auch in der Presse gab es kaum Erwähnungen. Ich forsche noch ein bisschen weiter, sobald ich Zeit habe.«

»Danke. Ich sehe mir das an, wenn ich die hier abgearbeitet habe.« McLean hob den Aktenstapel auf seinem Schreibtisch an, dann zeigte er auf den Stapel unter dem Bericht über Eric Parker. »Die kannst du DI Carter auf dem Rückweg ins CID-Büro auf den Tisch legen.«

McLean wartete, bis MacBride gegangen war, dann faltete er das Blatt auseinander, das ihm der Detective Sergeant gegeben hatte. Er wusste, er hätte die Überstundentabellen gegenzeichnen sollen und sich um all den anderen wichtigen, aber langweiligen bürokratischen Blödsinn kümmern müssen, der sich mit jedem neuen Managementbericht zu vervielfältigen schien, aber er wusste auch, dass die lästige Arbeit später immer noch da sein würde, auch wenn er sie erst mal eine halbe Stunde lang ignorierte. Die rätselhafte Miss Marchmont war sehr viel interessanter.

Nur dass auf dem Ausdruck, den MacBride ihm gegeben hatte, herzlich wenig Informationen über sie zu finden waren. Sie war Juniorpartnerin der Kanzlei MacFarlane and Dodds, spezialisiert auf Unternehmensrecht. Das hatte er bereits gewusst. Sie hatte in Glasgow Jura studiert, danach einige Jahre in den USA und in Japan verbracht, bis sie schließlich in Edinburgh gelandet war und angefangen hatte, für die Kanzlei zu arbeiten, in der sie schließlich zur Partnerin aufgestiegen war. Über ihre Kindheit gab es praktisch nichts, keine Informationen über ihre Eltern oder darüber, wo sie aufgewachsen war. Alles, was MacBride herausgefunden hatte, deutete auf eine beinahe anonyme Person hin; Fehlanzeige bei Facebook oder Twitter, nicht einmal eine indiskrete Myspace-Seite aus Teenagerzeiten ließ sich finden. Sie war wirklich kaum zu fassen. McLean faltete das Blatt wieder zusammen und steckte es sich in die Jackentasche. Er hatte gehofft, einen Hinweis darauf zu bekommen, was für ein Spiel sie spielte, aber jetzt sah er noch viel weniger klar als zuvor.

Kaum hatte er die Hand aus der Tasche gezogen, klingelte sein Handy. Er fischte es heraus, sah Grumpy Bobs Namen auf dem Display und nahm den Anruf an.

»Bob, was gibt's?« Im Hintergrund hörte er Lärm, wahrscheinlich war er im CID-Büro unten, obwohl dort um diese Tageszeit normalerweise kaum etwas los war. Dann hörte er die Hintergrundgeräusche nur noch gedämpft, als würde Grumpy Bob die Sprechmuschel mit der Hand abschirmen.

»Sieht nicht gut aus, Sir. Tut mir leid, dass ich so schlechte Nachrichten überbringe, aber gerade ist der DCC mit Jo Dexter hier aufgeschlagen und direkt zu Brooks ins Büro marschiert. Ich schätze, die werden dich jeden Augenblick dorthin beordern.«

Wie aufs Stichwort klingelte das unter Papieren halb begrabene Telefon auf McLeans Schreibtisch.

»Sieht aus, als wären sie das schon. Danke für die Vorwarnung, Bob. Ich glaube, ich kann mir vorstellen, worum es geht. Aber tu mir bitte einen Gefallen, ja?«

»Was denn?«

»Wenn dir Stuart über den Weg läuft, sag ihm, er hat mich heute noch nicht gesehen. Am besten lässt du dir was einfallen, was er heute irgendwo am anderen Ende der Stadt zu tun haben könnte.«

»Detective Sergeant MacBride? Aber sicher, eben gerade erst hat er gesagt, dass er die Aussage des Zeugen, der den vermissten Teenager drüben in Cramond gesehen haben will, noch mal überprüfen muss. Er ist heute Morgen los, und vor Dienstende erwarte ich ihn eigentlich auch nicht mehr zurück.«

Grumpy Bob hatte die Hand jetzt offensichtlich vom Telefon genommen, der Hintergrundlärm kehrte umso lauter zurück, weshalb er ebenfalls lauter sprach. MacBride war wahrscheinlich bei ihm und schon dabei, diskret durch die Hintertür zu verschwinden.

»Danke, Bob. Ich lass dich wissen, wie ich vorankomme. Vielleicht ist das meine letzte Chance, dich auf ein Bier einzuladen.«

Er beendete das Gespräch, und das Telefon auf seinem Schreibtisch fing erneut an zu klingeln. Eigentlich sollte die Nummer der Nebenstelle im Gebäude angezeigt werden, aber das Display hatte schon lange den Geist aufgegeben. McLean ignorierte das Klingeln, schob sich vom Stuhl und zog los, um herauszufinden, welchen Ärger er sich nun schon wieder eingehandelt hatte.

Detective Superintendent Brooks war mit den Vorzügen einer Open-Door-Policy offenbar nicht vertraut, weshalb McLean vor dem Eintreten anklopfen musste. Er blieb kurz vor der Tür stehen und lauschte dem leisen Stimmengemurmel drinnen. Wenigstens wurde nicht geschrien, noch nicht.

»Herein!« Brooks bellte den Befehl mit tiefem Bariton. McLean setzte seine schönste Unschuldsmiene auf, holte tief Luft und trat ein.

»Man hat mir gesagt, dass Sie mich suchen, Sir«, erklärte er, bevor jemand anders das Wort ergreifen konnte. Jo Dexter und Stevie Robinson saßen auf einer Seite des kleinen Konferenztisches an der großen Fensterseite des Raums, DCI Spence auf der anderen. Brooks selbst saß an seinem Schreibtisch und starrte auf das Display seines Handys, das zweifellos anzeigte, dass sein Anruf bei McLean abgelehnt worden war. Er schaute beim Sprechen nicht auf.

»Wird auch Zeit, verdammt. Wir versuchen seit einer halben Stunde, Sie zu erreichen.«

»Wirklich?« McLean täuschte mit der Versiertheit eines Mannes Ahnungslosigkeit vor, der sein gesamtes Berufsleben lang andere dabei beobachtet hatte. Brooks ignorierte die Bemerkung, erwiderte aber endlich seinen Blick.

»In welcher Beziehung stehen Sie zu Heather Marchmont?«

Die Frage überrumpelte McLean, zumindest vorübergehend. Er hatte mit einer Standpauke wegen seines Besuchs bei Stacey Craig im Krankenhaus und ihrem Exfreund in Saughton gerechnet.

»Tut mir leid, ich verstehe die Frage nicht.«

»So schwer kann das nicht sein, McLean. Wie lange treffen Sie sich schon mit dieser Frau?«

»Aha, das ist aber eine andere Frage. Darf ich erfahren, warum Sie das wissen möchten?«

»Ich würde meinen, das liegt auf der Hand, oder? Wir bekommen die Information, dass Marchmonts Haus als Bordell genutzt wird, finden aber bei der Durchsuchung desselben keinerlei Hinweise dafür, die dies belegen. Und dann stellt sich heraus, dass Sie die ganze Zeit mit der betreffenden Person vögeln.«

»Machen Sie Witze? Ich bin ihr vor der Razzia nie begegnet.« McLean sah sich im Raum um. Fast alle Blicke waren auf ihn gerichtet, nur der von Dexter nicht, die sich den Schmutz unter den gelben Fingernägeln herauskratzte und ihre Hände unglaublich faszinierend fand.

»Setzen Sie sich doch, Tony.« Der DCC zeigte auf einen Stuhl am Tisch gegenüber seinem eigenen. Da er es für unklug hielt, sich störrisch zu geben, nahm McLean Platz, lehnte sich zurück und verschränkte die Arme.

»Sie wurden bei mehreren Gelegenheiten mit Marchmont gesehen. Am häufigsten in einem Café in Stockbridge nicht weit von Marchmonts Haus entfernt. Demselben, in dem wir eine Razzia durchgeführt haben, oder trifft das etwa nicht zu?« McLean sah die Versammlung vorgesetzter Beamter an. Eigentlich gab es keinen Grund für Spence' Anwesenheit, außer um Brooks in den Arsch zu kriechen. Jo Dexter schien die ganze Angelegenheit ebenso peinlich wie ärgerlich zu finden. Der DCC, Nennen-Sie-mich-Stevie, hatte eine blasiert väterliche Miene aufgesetzt, mit der er andeuten wollte, dass er genau wusste, was vor sich ging. Damit blieb es Brooks persönlich überlassen, die Gesprächsführung zu übernehmen. Wobei McLean allerdings nicht ganz klar war, warum ihn die Sache überhaupt interessierte. Und dass niemand von Professional Standards dabei war, war ebenfalls durchaus auffällig und seltsam. Eine standrechtliche Exekution war das nicht; hier wurde etwas anderes gespielt.

»Ich habe mich ein paarmal mit Miss Marchmont getroffen, das ist richtig. Wir haben sie am Abend der Razzia vernommen und wenig später ein zweites Mal. Wobei es sich allerdings weniger um eine Vernehmung als eine Entschuldigung handelte. Nach dem, was sich in ihrem Haus abgespielt hatte, war ich der Ansicht, ihr dies schuldig zu sein.«

»Und dann? Keimten romantische Gefühle zwischen Ihnen auf?« Brooks machte ein Geräusch wie ein fetter Mann, der in einen Eimer spuckt. »Sie erwarten, dass wir Ihnen das glauben?«

»Wenn Sie mich ausreden lassen würden, Sir.« McLean sprach mit so ruhiger Stimme wie möglich. »Miss Marchmont hat mich am Tag nach der Vernehmung kontaktiert und um ein inoffizielles Treffen gebeten. Ich hatte den Eindruck, dass sie mir etwas sagen wollte. Die Razzia betreffend.«

»Und hat sie?«, fragte der DCC.

»Nein, Sir.«

»Warum haben Sie sie dann angerufen? Und ein weiteres Treffen verabredet?«

»Das habe ich nicht. Ich habe immer nur auf Anrufe von ihr reagiert. Mich interessiert ausschließlich, was sie uns über die Razzia mitzuteilen hat. Sonst nichts.«

»Das glauben Sie doch selbst nicht.« Brooks polterte los wie ein verwöhntes Kind, dem die Spielsachen weggenommen wurden.

»Machen Sie mal halblang, John. Das ist nicht nötig. Wenn Tony sagt, mehr ist an der Sache nicht dran, dann bin ich geneigt, ihm das zu glauben.« Nennen-Sie-mich-Stevie brachte den Detective Superintendent mit einer nicht direkt auf den Tisch geschlagenen, aber doch mit großer Bestimmtheit abgelegten Hand zum Schweigen. Er beugte sich vor und zog die Aufmerksamkeit aller auf sich. »Aber es ist auch eine Frage des Anstands.«

Irgendwo gab es doch immer ein Aber. McLean blickte auf und sah dem DCC in die Augen, der ihm sehr viel berechnender zu sein schien als Brooks oder Spence. Letztere konnten ihn einfach nur nicht ausstehen, aber Robinson war ein anderes Kaliber.

»Anstand?«, fragte er, obwohl er bereits ahnte, was auf ihn zukam.

»Betrachten Sie's mal von meiner Warte aus, Tony. Eine wichtige und teure Operation der SCU geht spektakulär in die Hose. So was kommt hin und wieder vor, und natürlich versuchen wir dann, die Scharte auszuwetzen, aber in diesem Fall scheint einer der leitenden Ermittler einfach nicht hinnehmen zu wollen, dass es sich um einen schlichten Irrtum gehandelt hat. Vielleicht will er seinen eigenen Arsch retten oder von etwas anderem ablenken? Ich weiß es nicht. Auf jeden Fall wirkt es verdächtig, wenn derselbe Ermittler Beziehungen zu einer der ursprünglich Hauptverdächtigen unterhält, oder würden Sie mir dahingehend etwa widersprechen?«

McLean hielt es für das Beste, nicht zu antworten. Außerdem fiel es ihm schwer, Robinsons gewundener Argumentation zu folgen, stattdessen überlegte er, welches Interesse der DCC verfolgte. Zum Glück hatte er in der vorangegangenen Nacht wenigstens geschlafen. Gott weiß, was passiert wäre, hätte er sich dieser Inquisition übermüdet wie gestern stellen müssen.

»Spielt eigentlich keine Rolle. Wie Sie selbst erklärt haben, hätte Miss Marchmont auch Beschwerde gegen uns einreichen können, doch aus mir unbekannten Gründen hat sie darauf verzichtet. Ich für meinen Teil halte es nicht für besonders klug, weiter an der Sache zu rütteln, weshalb ich Sie gebeten habe, den Fall so schnell wie möglich abzuschließen. Das ist inzwischen geschehen, nehme ich an?«

McLean dachte an die Fragen, die sich aus Stacey Craigs bedauernswertem Zustand und dem Gespräch mit Tam Roberts ergaben.

»Detective Sergeant Ritchie hat heute Morgen den Bericht geschrieben, Sir. Ich muss ihn nur gegenzeichnen, dann ist der Fall abgeschlossen.«

»Dann wird dies Ihre letzte Amtshandlung als Angehöriger

der SCU gewesen sein.« Robinson lächelte wie ein Schuldirektor, der seinen Schüler zum Nachsitzen verdonnert.

»Meine letzte?«, wiederholte McLean.

»Wie bitte?«, fragte Jo Dexter gleichzeitig.

»Sie sind ein guter Detective, Tony. Gründlich. Manch einer würde sagen verbissen. Diese Sache mit Marchmont war wirklich sehr unvernünftig. Ich kann Sie nicht bei der SCU belassen, nicht in dieser Situation. Besser, wir versetzen Sie auf einen Posten, wo Ihr wacher Verstand und Ihre Wahrheitsliebe bessere Verwendung finden.«

McLean erkannte ein zweischneidiges Kompliment, wenn er eins hörte. Auch hatte er das entsetzliche Gefühl zu wissen, was der DCC als Nächstes sagen würde. Das alles besaß eine fürchterliche Logik.

»Wir haben eine neue Einheit eingerichtet. Eigentlich müsste ein DCI die Leitung übernehmen, aber wir sind sicher, dass Sie der Aufgabe gewachsen sind. Wenn Sie sich ein bisschen geschickt anstellen, könnten Sie schon in wenigen Monaten befördert werden. Sie werden mit Detective Sergeant Laird zusammenarbeiten. Außerdem werden wir noch ein paar pensionierte Detectives hinzuziehen, die die restlichen Aufgaben übernehmen.«

»Die Cold Case Unit?«

»Genau die. Ich denke, dort werden Sie Ihre Fähigkeiten am besten unter Beweis stellen können, Tony.« Robinson grinste erneut, während er ihm den Gnadenschuss verpasste. »Außerdem werden Sie dort Gelegenheit bekommen, wieder mit Ihrem alten Freund Charles Duguid zusammenzuarbeiten.«

»Das können die nicht machen. Wie soll ich verdammt noch mal Ermittlungen leiten, wenn mir ständig mein Team auseinandergerissen wird?«

Nach der Ansage des DCC war die Versammlung beendet.

McLean war einfach nur froh gewesen rauszukommen und brauchte erst mal Zeit, um über das Geschehene nachzudenken. Er wunderte sich nicht, dass Dexter ihm nach draußen gefolgt war und gefragt hatte, wo sich die Raucherecke befand, obwohl sie ganz genau wusste wo. Auf dem Weg durch die Wache hatte sie nichts gesagt, aber kaum waren sie draußen, legte sie los.

»Du wirst schon jemanden finden. Ich hab gehört, Brooks ist ganz scharf drauf, Carter in ein Team zu versetzen, in dem er glänzen kann.«

»Komm mir bloß nicht so. Carter ist ein unbrauchbarer Pisser, und das weißt du ganz genau.« Dexter zündete eine Zigarette an, zog tief und beruhigte sich ein kleines bisschen, als das Nikotin zu wirken begann. »Du weißt, dass du dir das selbst zuzuschreiben hast. Konntest ja die Finger nicht davon lassen.«

McLean versuchte sich in Windrichtung vor Dexter zu stellen, um den Qualm nicht abzubekommen. In dem Unterstand befanden sich noch ein paar uniformierte Constables, aber sie qualmten so schnell wie möglich ihre Dosis in sich hinein, um sich anschließend wieder von der offensichtlich sehr aufgebrachten Vorgesetzten zu entfernen. Jo Dexter hatte einen gewissen Ruf, sogar über ihre eigene Wache hinaus. McLean wusste, dass das meiste davon nur Gerede war.

»Ich weiß. Tut mir leid. Aber da geht es doch um mehr als nur darum, dass ich weiter ermittelt habe, anstatt den Bericht zu schreiben. Ich weiß immer noch nicht, wieso die alles unter den Teppich kehren wollen. Und sag nicht, dass ihnen das Eingeständnis, dass wir einen Fehler gemacht haben, einfach nur peinlich ist. Das kaufe ich denen nicht ab. Wenn es so wäre, hätten die mich einfach damit sitzen lassen. Nein, da steckt was anderes dahinter.«

»Wieso hast du dich überhaupt mit ihr getroffen? Bist du sexuell so ausgehungert?«

»Ach, hör auf. Den Mist glaubst du doch wohl nicht, oder?

Ich bin der Frau viermal begegnet, und dreimal war Ritchie dabei. Sie wohnt in dem Haus, in dem wir auf Grundlage falscher Informationen eine Razzia durchgeführt haben. Warum zum Teufel soll ich mich nicht mit ihr unterhalten, wenn ich herausfinden will, wie es dazu gekommen ist?«

»Wie bitte? Ritchie war dabei?« Dexter wollte gerade einen weiteren Zug nehmen, erstarrte aber mit der Zigarette in der Hand, das glühende Ende nach unten zeigend auf halber Höhe vor ihrem offenen Mund. »Wieso hast du das nicht gesagt? Da drin?« Sie warf den Kopf zurück, um auf die Wache im Allgemeinen und das Büro von Detective Superintendent Brooks im Besonderen zu verweisen.

»Ein bisschen Intelligenz kannst du mir schon zutrauen, Jo. Jemand streut Gerüchte. Hätte Ritchie was damit zu tun, wäre sie mit da drin gewesen, und außerdem jemand von der Gewerkschaft. Aber da das nicht so war, werde ich sie nicht mit in die Sache reinziehen, solange es nicht absolut notwendig ist.«

»Das ist sehr ... edel von dir. Aber meinst du nicht, dass du ein kleines bisschen paranoid bist?«

McLean sah zu, wie sich die beiden Constables verdrückten, um weder mit ihm noch mit Dexter Blickkontakt aufnehmen zu müssen. »Eigentlich nicht, nein. Kommt mir eher so vor, als wollte jemand nicht, dass ich weiter in der Angelegenheit der Bordellrazzia ermittele. Jemand, der bereit ist, alles dafür zu tun, mich aufzuhalten. Anscheinend hat es ja auch funktioniert. Also, wer war erpicht darauf, dass alles möglichst schnell in Ordnung gebracht und vergessen wird?«

Dexter schüttelte den Kopf, ließ die Zigarette auf den Boden fallen und trat sie aus. »Du bist wirklich paranoid. Der DCC? Verdammte Scheiße, Tony. Der ist nicht korrupt. Stevie kann manchmal ein ganz schöner Arsch sein, aber im Prinzip gehört er zu den Guten.«

»Das sagst du immer wieder. Und vermutlich muss ich ihm

auch dankbar dafür sein, dass er mich nicht gefeuert hat. Wenn es nur Brooks gewesen wäre, der hätte mir Professional Standards auf den Hals gehetzt. Ich wäre suspendiert worden, und man hätte ordentliche Untersuchungen des Sachverhalts eingeleitet, jetzt sofort. Aber so wie's aussieht, werde ich mit Dagwood arbeiten. Ehrlich gesagt weiß ich nicht, was mir lieber gewesen wäre.«

Dexter klopfte McLean auf den Arm. »Ach, das wird schon werden. Und in einer Hinsicht hat Stevie recht; du bist ein Naturtalent, wenn's darum geht, in alten Fällen zu wühlen. Nein, ich bin diejenige, die's am schlimmsten getroffen hat. Ich habe einen Inspector weniger, und der einzige, der mir bleibt, ist ein Vollidiot.«

»Dann frag doch deinen neuen Freund Stevie, ob er Ritchie nicht vorübergehend befördern will.« Die Idee kam McLean mehr oder weniger spontan in dem Moment, in dem er sie auch schon aussprach, aber er sah Dexter am Gesichtsausdruck an, dass sie sich sofort in ihrem Kopf verfing.

»Gute Idee. Und vielleicht kann ich mir auch noch ein paar von den fähigeren Detective Sergeants aus Brooks' Team klauen.« Sie klopfte McLean erneut auf den Arm, dieses Mal fester. »Bist ja doch gar nicht so blöd, Tony. Und jetzt fährst du in deinem kleinen Sportwagen mit mir rüber ins Präsidium, und wir überbringen Ritchie die guten Nachrichten persönlich.«

34

McLean sah sich in dem Büro um, das er bei seiner Versetzung zur SCU zugewiesen bekommen hatte. Nichts Besonderes mit den moderigen Teppichfliesen und der interessanten Fleckensammlung an der Zimmerdecke. Auch der Schreibtisch hatte schon bessere Zeiten gesehen, vermutlich vor Margaret Thatchers Wahl zur Premierministerin, und er vermutete, dass die Möbel größtenteils deshalb hier standen, weil sie sonst niemand wollte. Er hatte den Raum nicht lange benutzt, war erst wenige Monate wieder bei der SCU und hatte die Hälfte der Zeit davon damit verbracht, zwischen dem Büro hier und seiner kleinen Besenkammer auf der alten Wache hin- und herzufahren. Aber es war ein Ort, an dem er Ruhe gefunden und wo er hatte nachdenken können. Er würde ihn vermissen.

»Ich kann nicht glauben, dass Sie von der Einheit abgezogen werden, Sir. Ich meine, nur weil …« DS Ritchie stand an der Tür, eine schmale Mappe in einer Hand. Das heißt nicht DS, sondern DI. McLean grinste bei dem Gedanken, dass dieses ganze Fiasko doch noch etwas Gutes hatte.

»Interne Politik, Kirsty. Gewöhnen Sie sich lieber dran, jetzt wo Sie mit den Großen in einer Liga spielen.«

Ritchie hob eine unsichtbare Augenbraue. Wegen des schlechten Scherzes oder weil er sie mit Vornamen angesprochen hatte? McLean konnte es nicht erklären, aber in der Vergangenheit war ihm Letzteres häufig schwergefallen. Jetzt hatten sie denselben Dienstgrad, und es fiel ihm deutlich leichter.

»Ist das der Abschlussbericht der Bordellrazzia?« Er nickte Richtung Mappe in Ritchies Hand.

»Wozu auch immer er gut sein mag.« Sie wedelte skeptisch damit. »Sie müssen nur unterschreiben, dann ist die Sache erledigt.«

»Wieso hab ich das Gefühl, dass Sie das selbst nicht glauben?«

»Wahrscheinlich hab ich zu viel Zeit mit Ihnen verbracht, Sir … Tony.« Ritchie überreichte ihm die Mappe. Er nahm sie, klappte sie auf, sah die wenigen Seiten, den mit doppeltem Zeilenabstand gesetzten Text, klappte die Mappe wieder zu und warf sie auf seinen Schreibtisch.

»Sie haben die Beförderung verdient. Wahrscheinlich wäre das schon vor einer Weile fällig gewesen, wenn Sie nicht krank gewesen wären. Ich hoffe nur, dass der vorläufige Status möglichst bald in einen permanenten umgewandelt wird. Lassen Sie's aber erst mal langsam angehen. Jedenfalls in der ersten Zeit. Auch wenn ich Ihnen das nicht sagen muss. Ich vermute, die werden Sie erst mal im Auge behalten und abwarten wollen, wie sich die Sache weiterentwickelt.«

»Ich bin ganz brav. Aber es wird sich komisch anfühlen, Sie nicht dabeizuhaben.«

»Ich bin ja nur drüben auf der alten Wache. Noch nicht im Ruhestand.« McLean hob die Kiste, in die er alle wichtigen Akten gepackt hatte, die er noch brauchte, und stellte sie auf den Stuhl neben der Tür. Sie war weder besonders voll noch besonders schwer.

»Ich weiß. Das kommt nur alles ein bisschen plötzlich und auch ein bisschen brutal, wenn ich ehrlich bin.«

»Brutal, wieso brutal?«

»Sie wissen doch genau, dass die Cold Case Unit das Abstellgleis ist. Und dann müssen Sie dort auch noch mit Dagwood zusammenarbeiten.«

»Ach, so schlimm ist er nicht.« McLean konnte kaum glauben, dass er das gesagt hatte. »Und theoretisch bin ich ja sein

Chef. Kann eigentlich ganz interessant werden. Grumpy Bob ist derjenige, um den ich mir Sorgen mache; er wird die ganze Arbeit alleine machen müssen, und das ist eigentlich nicht seine Art.«

»Nein. Vermutlich nicht.« Ritchie zeigte auf den Bericht, den sie mitgebracht hatte. »Den lass ich Ihnen hier. Glaube nicht, dass es mit der Unterschrift eilt, höchstens um möglichst schnell einen Strich unter die ganze leidige Angelegenheit zu ziehen.«

McLean kramte in seiner Jackentasche nach einem Stift, klappte noch einmal die Mappe auf. »Ich unterschreibe sofort. Kann mir nicht vorstellen, dass Sie was reingeschrieben haben, womit ich nicht einverstanden wäre.« Er kritzelte seine Unterschrift an die vorgesehene Stelle auf der ersten Seite, klappte die Mappe zu und gab sie ihr zurück.

»Ich sage Ihnen trotzdem, wahrscheinlich ist das letzte Wort in dieser Sache noch nicht gesprochen.«

Er roch den vertrauten Tabakgeruch im Wind, als er die letzte Kiste hinten in den kleinen Alfa Romeo lud. Aber nicht Dexters Zigarettenmarke, das hier war was Stärkeres. Frisch aus der Packung und selbst gedreht. Kein Filter, so weit er das beurteilen konnte.

»Hab gehört, Sie wurden rausgekantet. Wenn ich's nicht mit eigenen Augen sehen würde, ich würd's nicht glauben.«

McLean ließ den Kofferraumdeckel mit einem stumpfen blechernen Knall zuklappen, drehte sich um und sah Jo Dalgliesh wenige Meter von sich entfernt.

»Ich ziehe nur von einer Abteilung in die andere. Ich wurde nicht gefeuert.«

»Nicht?« Dalgliesh legte den Kopf zur Seite. »Von hier aus betrachtet sieht es aber ganz so aus.«

»Wollten Sie was Bestimmtes? Ich muss nämlich los. Viel zu tun.«

»Klar, Dagwoods Cold Case Unit einrichten. Wie gefällt Ihnen das?«

»Hören Sie, Dalgliesh. Ich hab's kapiert. Sie haben die Neuigkeiten vernommen und sind vorbeigekommen, um raushängen zu lassen, wie ausgezeichnet Sie informiert sind. Toll. Ich freue mich für Sie. Aber jetzt hab ich Wichtigeres zu tun, als auf einem Parkplatz herumzustehen und Beleidigungen auszutauschen. Besonders da die meisten meiner Vorgesetzten von ihren Büros aus einen ausgezeichneten Blick auf besagten Parkplatz haben.«

»Schon gut, schon gut. Regen Sie sich wieder ab.«

Dalgliesh schaute zur Glasfassade des Gebäudes auf und winkte. »Ich wollte mich nur kurz über etwas unterhalten, das in unser beider Interesse liegt, wenn Sie verstehen, was ich meine. Die ganze Angelegenheit, der Sie den Schlamassel zu verdanken haben.«

»Der Fall ist abgeschlossen. Vor einer halben Stunde habe ich den Bericht unterschrieben. Wir haben eine Razzia in einem Haus durchgeführt, von dem wir dachten, es würde dort ein Bordell betrieben. Wie sich herausstellte, haben wir uns geirrt. Wir waren die Dummen, haben uns ringsum entschuldigt, Ende.«

»Sagen Sie das, weil Sie's glauben oder weil ein paar von denen da oben es hören wollen?«

Dalgliesh nickte mit dem Kopf in Richtung Gebäude.

»Beides gleichzeitig schließt sich aus?«

»Das meinen Sie doch nicht ernst, Tony? Nicht wenn Sie auch nur ansatzweise der Detective sind, von dem ich andere habe erzählen hören.« Dalgliesh schob ihre Hände in die Taschen ihres abgetragenen Ledermantels und scharrte mit einem Fuß über den rissigen Asphalt, als müsse sie eine Entscheidung treffen. Wie ein Teenager, der seinen Mut zusammennimmt und einen Jungen um eine Verabredung bittet. »Ich sag Ihnen was.

Ich verstehe, dass Sie hier nicht reden können. Jedenfalls nicht mit mir. Wenn Sie was erfahren wollen, das möglicherweise wichtig für Sie ist, dann gehe ich in ungefähr einer halben Stunde einen Kaffee trinken. Sie kennen den Laden. Anscheinend waren Sie in letzter Zeit öfter dort.«

Dann drehte sie sich, ohne ein weiteres Wort zu verlieren, um und schlenderte davon.

Halb erwartete McLean, Heather Marchmont an ihrem gewohnten Tisch zu entdecken, als er eine halbe Stunde später das Café betrat. Und wenn schon nicht Marchmont, dann doch wenigstens Dalgliesh auf demselben Platz. Aber tatsächlich war keine von beiden da. Es wäre nicht das erste Mal, dass sich Jo Dalgliesh einen Scherz erlaubte und ihn versetzte, also beschloss er einfach, das Beste draus zu machen.

»Einen Kaffee und ein Stück von dem Schoko-Walnuss-Kuchen, bitte.« Er zeigte auf den ersten in einer Reihe köstlich aussehender Kuchen und Gebäckstücke in der Glasvitrine. In dem Café war nicht viel los. Es war später Vormittag, und vermutlich war dies die Ruhe nach dem Ansturm der Berufstätigen, die sich vor Arbeitsbeginn noch schnell einen Kaffee zum Mitnehmen geholt hatten. Für Mittagsgäste war es noch ein bisschen früh. Er suchte sich einen Tisch am Fenster, beobachtete den Verkehr und die Passanten, bis ihn ein leises Hüsteln ablenkte.

»Oh, danke.« Er lehnte sich zurück, als die Kellnerin ihm Kaffee und Kuchen vorsetzte. Er kannte sie nicht, aber schließlich war er auch kein Stammgast hier. Der Duft ihres Parfüms erinnerte ihn an etwas, aber noch bevor er ihn hätte zuordnen können, ging die Tür auf, und Dalgliesh kam hereingestolpert, sah sich um, entdeckte ihn und kam auf ihn zu.

»Verflucht, genau das brauche ich jetzt.« Sie ließ sich auf dem Platz gegenüber nieder und bediente sich an McLeans Kaffee.

Verzog das Gesicht. »Du lieber Gott, nehmen Sie keinen Zucker?«

»Ich dachte, Sie hätten gesagt in einer halben Stunde.« McLean sah rüber zum Tresen, wo die Kellnerin Dalgliesh mit seltsam feindseligem Gesichtsausdruck betrachtete. Er machte ihr, so gut es ging, Zeichen, sie möge noch einen Kaffee bringen. Dann drehte er sich gerade noch rechtzeitig um, um zu sehen, wie Dalgliesh sich seinen Schoko-Walnuss-Kuchen einverleibte.

»Tut mir leid. Hatte noch einen wichtigen Anruf, den ich nicht ignorieren konnte.«

»Aus der Chefetage.«

»Genau. Der Oberboss selbst war's nicht, aber man ließ keinen Zweifel daran, wer die Botschaft schickt.«

»Und wie lautet sie?«

Dalgliesh schaufelte sich weiter Kuchen in den Mund, die Krümel blieben an ihrem Stoppelbart und den aufgesprungenen Lippen kleben.

»Wie kommen Sie darauf, dass Sie das was angeht?«

»Ich bin Polizist, schon vergessen? Mich geht alles was an.«

Dalgliesh schluckte und spülte den Kuchen mit einem undamenhaft geschlürften Schluck Kaffee herunter, erst dann sprach sie weiter. »Guter Einwand. Hat in gewisser Weise sowieso mit Ihnen zu tun.«

»Wieso finde ich das ebenso wenig verwunderlich wie besorgniserregend?«

»Ja, ja. Sie sind mir vielleicht einer, Inspector. Oder sollte ich sagen Chief Inspector?«

»Noch nicht. Überhaupt nie, wenn ich in der Angelegenheit mitzureden habe.«

»Ach was? Ich dachte, je höher auf der Karriereleiter, desto besser.«

»Nicht wirklich. Je höher man steigt, umso mehr Zeit verbringt man mit der Organisation seiner Mitarbeiter und weniger mit dem Lösen von Fällen. Wenn ich ehrlich bin, habe ich überhaupt keine Lust auf den bürokratischen Aufwand.«

»Ein Mann nach meinem Geschmack.« Dalgliesh trank McLeans Kaffee aus, genau in dem Augenblick, in dem die Kellnerin mit einer zweiten Tasse und einem zweiten Stück Kuchen auftauchte. »Könnte ich wohl noch einen bekommen, Liebes?«

Die Kellnerin schaute böse, ging aber noch einen Kaffee holen.

»Was wollten Sie mir sagen, Dalgliesh?«, fragte McLean, kaum dass sie wieder alleine am Tisch waren. Schnell nahm er seinen Kaffee, bevor sie ihn sich schnappen konnte, genoss den Duft und nahm ganz vorsichtig einen Schluck. Der Anblick der Reporterin, die seinen Kuchen verschlang wie eine Hyäne einen verfaulenden Kadaver, hatte ihm allerdings den Appetit verdorben.

»Ihre neue Freundin, die Domina-Anwältin, und ihre sadomasochistischen Bekannten … Kaum hab ich angefangen, mich mit denen zu beschäftigen, teilt mir der Chefredakteur einen absurden Auftrag nach dem nächsten zu. Wale vor der Küste von Aberdeen? Los geht's. Banden illegaler Einwanderer, die sich in Tayside als Beerenpflücker verdingen? Ach, genau das Richtige für Dalgliesh. Kunstinstallation in Inverness, leck mich am Arsch. Die haben mich sogar zum Scheißfußball geschickt. Wenn Sie meine Ausdrucksweise entschuldigen wollen.« Dalgliesh wäre beinahe errötet, als die Kellnerin mit einer Kaffeekanne kam und ihr nachschenkte und Milch aus einem Kännchen anbot. »Danke.«

»Sind Sie sicher, dass Sie nicht einfach nur paranoid sind?«, fragte McLean.

»Natürlich bin ich paranoid. Ich bin Journalistin. Das steht in meiner Stellenbeschreibung. Na klar, hin und wieder bekomme ich auch Aufträge außerhalb meiner üblichen Interessen, das ist normal. Das Geld ist knapp geworden in der Branche, also tut man, was man kann. Und ein Artikel auf der Sportseite ist auch ein Artikel. Aber jedes Mal, wenn ich einen Anruf in Zusammenhang mit Marchmont mache? Und auch als ich mich nur danach erkundigt habe, wer euch ursprünglich den Tipp gegeben hat? Ich merke, wenn man mich von etwas fernhalten will. Hab sogar einen Anruf von der Geschäftsführung wegen meiner Rentenbezüge bekommen … Na klar.«

»Aber Sie sind nicht weitergekommen. Jagen immer noch Ihren Geheimgesellschaften nach?«

Dalgliesh verzog das Gesicht. »Reiten Sie nur drauf herum. Das war vielleicht eine verfluchte Zeitverschwendung.«

»Also keine Geheimgesellschaft? Keine fiese Bande verdorbener alter Männer, die alles lenkt, Leute spurlos verschwinden lässt und aus unschuldigen Bordellen chaotische Swingerpartys macht?«

»Wollen Sie den Kuchen nicht?« Dalgliesh wartete die Antwort nicht ab, sondern schnappte sich den Teller und zog ihn geräuschvoll auf ihre Seite des Tisches zu sich heran. Jede Hoffnung, sie würde beim Essen langsamer auf seine Fragen antworten, war vergebens.

»Sehen Sie, ich dachte, mit Benison wäre ich da was auf der Spur gewesen. So was verschwindet nie wirklich.«

Sie schob sich eine schwere Gabel voll Kuchen in den Mund und kaute ein bisschen, dann redete sie weiter und fuchtelte mit der Gabel, um ihren Worten mehr Geltung zu verleihen. »Überbleibsel davon findet man überall, man muss nur genau hinsehen. Die Swinger, über die ihr euch so aufgeregt habt, ja? Das ist eine astreine kleine Geheimgesellschaft. Man hat Beziehungen, tut sich gerne gegenseitig einen Gefallen, kleine Fehltritte werden diskret behandelt. Die von Ihrem Freund Dagwood so geliebten Freimaurer sind auch so was. Die eine Hand wäscht die andere, Sie kennen das. Zum Teufel, hier und da mag es sogar Überschneidungen geben, aber System hat das nicht. Es gibt keine große Dachorganisation, die hinter den Kulissen die Fäden zieht. Jedes Mal wenn ich einen Zusammenhang gefunden habe, reichte dieser nur so und so weit, danach bin ich in einer Sackgasse gelandet. Alles hängt irgendwie zusammen, das schon, aber ohne System.«

Dalgliesh schluckte schwer, dann nahm sie einen langen Schluck Kaffee, um alles runterzuspülen.

»Wie meinen Sie das, alles hängt irgendwie zusammen?«

»Edinburgh ist ein Dorf. Sehen Sie, wenn ich mir Mühe geben würde, könnte ich Verbindungen zwischen Ihnen und Miss Marchmont finden, von denen Sie beide gar nichts wissen. Freunde von Freunden von Freunden, so was. Stellen Sie sich vor, Sie könnten über diese Informationen verfügen, das alles wissen, ohne überhaupt Nachforschungen anstellen zu müssen. Das würde Ihnen einiges an Macht verleihen, nicht wahr?«

»Ich …«

»Sie würden niemanden erpressen, sondern nur überlegen müssen, welcher von Ihren Freunden Ihnen noch einen Gefallen schuldet. Oder wem dieser noch einen Gefallen schuldet. Wer wen bei etwas erwischt hat, das ihm oder ihr peinlich ist, vielleicht als der oder die Betreffende noch jünger und dümmer war. Ein Wort hier, ein Knuff mit dem Ellbogen da. Oder wenn's hart auf hart kommt, vielleicht sogar eine Drohung. Sie könnten Leute sogar dazu bringen, ihre Freunde für Ihre Ziele einzuspannen, ohne dass diese zwingend wissen müssten, worin diese bestehen.«

»Aber …«

»Sehen Sie, so was wie Marchmonts kleiner Sexclub, wenn rauskommt, wer dazugehört, wäre das ganz schön peinlich. Das ist eindeutig ein Druckmittel. Aber was, wenn das Ganze weitergeht? Und auch weniger harmlose Bedürfnisse befriedigt wurden? Wenn Leute dabei waren, die kleinen Kindern wehtun wollen? Oder Landstreicher töten? Oder was weiß ich?« Dalgliesh war jetzt in ihrem Element und stocherte mit der Gabel gefährlich nahe vor McLeans Nase, verlieh jedem einzelnen Gedanken Nachdruck.

»Aber wie sollte man das anstellen? Wer könnte so was machen? Warum sollte das jemand machen?«

Sie schüttelte den Kopf. »Das ist der Punkt, hab ich recht? Niemand kann das. Niemand tut das. Es handelt sich eher um Muster oder Strukturen, die sich aus der Komplexität ergeben. Dazu eine gesunde Dosis journalistische Paranoia, und zack! Schon hat man eine Verschwörungstheorie vom Feinsten. Wenn's drauf ankommt, jeden Tag eine neue.« Sie legte die Gabel auf dem leeren Teller ab und schob ihn von sich weg. »Danke für den Kuchen.«

»Was wollen Sie sagen? Dass es doch gar keine Verschwörung gibt?«

Dalgliesh wischte sich den Mund mit einer Serviette ab und schmierte sich dabei Schokoladencreme über die Wange. »Das will ich absolut nicht sagen, Inspector. Ganz im Gegenteil. Das Ganze ist eine einzige große Verschwörung. Aber es gibt niemanden hinter den Kulissen, der die Fäden zieht.«

35

Guten Tag, Sir. Hätte nicht gedacht, dass du dich heute blicken lässt. Hast du zwischen zwei Jobs nicht auch mal frei?«

Grumpy Bob begrüßte McLean, er hatte die Füße wie immer auf den Schreibtisch gelegt und eine Zeitung ausgebreitet auf den Beinen. Der Raum, den die neue Cold Case Unit zugeteilt bekommen hatte, war erstaunlich groß für das kleine Team, das dort arbeiten sollte. Dafür war es dort selbst an einem hellen Herbstnachmittag dunkel, er lag versteckt in einem der hintersten Winkel des Gebäudes, noch unterhalb der Straße, sodass man durch die Fenster nur die Lichtschächte aus Beton sehen konnte. Unter den geschliffenen Holzdielen befanden sich noch weitere kellerartige Stockwerke, in denen in alten fensterlosen Zellen die Archive untergebracht waren.

»Ich glaube, ich wüsste mit Freizeit gar nichts anzufangen, Bob. Und ich habe eher das Gefühl gehabt, dass die im Präsidium froh sind, mich los zu sein. Keine Ahnung, was ich falsch gemacht habe, aber das hat ja auch früher niemanden von nichts abgehalten.«

»Ach, na ja. Deren Verlust ist unser Gewinn.« Grumpy Bob nahm die Zeitung vom Schoß und schwang die Füße in einer flinken Bewegung vom Schreibtisch, was für einen Mann seines fortgeschrittenen Alters auf außerordentliche Agilität schließen ließ. Oder zumindest sehr viel Übung. Er stand auf und ging zu einem Schreibtisch auf der anderen Seite des Raums, wo sich ein Aktenstapel auftürmte. »Unsere ersten Fälle. Ich wollte sie Duguid vorlegen, aber der kommt heute nicht.«

»Dann nehm ich sie mir vor. Was Interessantes dabei?«

»Wenn du Headland House meinst, nein. Der Staatsanwalt fand, dass die Beweise nicht ausreichen und es sich nicht lohnt. Zumindest nehme ich an, dass die Wiederaufnahme deshalb abgelehnt wurde. Dasselbe gilt für ein paar Dutzend andere Fälle, die ich denen vorgelegt habe.«

McLean nahm den ersten Ordner vom Stapel, schlug ihn auf und las die erste Seite des Berichts. 1976. Ein verdorrter Leichnam in den Pentland Hills. Ursprünglich hielt man es für einen Streich von Studenten der Universität und glaubte, sie hätten eine ägyptische Mumie aus dem National Museum gestohlen und während der Hitzewelle im Sommer ins Moor gelegt. Nur dass die verschwundene Mumie im Museum schon wenig später wiederaufgetaucht ist und eine Obduktion ergeben hat, dass die Moorleiche erst lange nach dem letzten Pharao gestorben war.

»O Gott, damals war ich selbst kaum aus den Windeln.«

»Na, das ist doch mal ein Bild, das mir meinen Ruhestand versüßt.«

McLean drehte sich um und sah Detective Superintendent Duguid im Eingang. Exsuperintendent, um genau zu sein. Er trug denselben Tweedanzug, in dem McLean ihn im Golfclub gesehen hatte, dazu eine schwere Aktentasche aus Leder, die er jetzt geräuschvoll auf dem nächsten Schreibtisch abstellte.

»Hab gerüchteweise vernommen, dass Sie diesem Team zugewiesen wurden, McLean. Zuerst hab ich das für einen schlechten Scherz gehalten. Oder den Versuch, mich von der Arbeit fernzuhalten. Wer hat hier auf dem Abstellgleis eigentlich das Sagen?«

McLean ließ die Fallakte über die Pentland-Mumie auf die Tischplatte fallen. »Ich.«

Das Ganze hätte sich schon allein wegen Duguids Gesichtsausdruck gelohnt. Eine Mischung aus Verwunderung, Verzweiflung und Wut zu jeweils gleichen Teilen. Duguid griff mit einer langfingrigen Hand nach seiner Aktentasche, und einen Augenblick lang glaubte McLean, er würde sie nehmen, aufstehen und gehen. Stattdessen aber stieß er nur einen schweren Seufzer aus, ließ die Schlösser aufschnappen und zog ein paar Unterlagen heraus.

»Na ja, wahrscheinlich hätte es auch noch schlimmer kommen können. Zumindest werden Sie mit Ihrem Talent als Unruhestifter hier unten nicht viel anrichten können. Es gibt noch ein paar andere Fälle, bei denen es sich lohnen könnte, einen Blick darauf zu werfen.« Duguid nahm sich einen Augenblick Zeit, sich umzusehen. »Falls wir noch jemanden bekommen, der uns hilft, meine ich.«

McLean nahm den Stapel Unterlagen und blätterte sie durch.

»Headland House werden Sie da nicht finden. Leider Gottes. Anscheinend gibt es immer noch genügend einflussreiche Menschen, die es beunruhigen würde, wenn wir in das Wespennest dort stechen. Außerdem gab es keine Leiche. Wir konzentrieren uns vor allem auf ungelöste Mordfälle, richtig?«

McLean legte die Akten wieder ab und spürte, wie sich von den Rändern seiner Ohren Hitze ausbreitete. War er denn so leicht durchschaubar? Aber Duguid hatte natürlich recht.

»Na schön.« Er kehrte zu der ersten Akte zurück, die er aufgeschlagen hatte. »Dann eben die Pentland-Mumie.«

»Du lieber Gott. Wie viele sind denn da noch?«

Am späten Nachmittag musste McLean seine Ansicht über den Raum und dessen Größe revidieren. In dem eben noch großen, wenn auch etwas düsteren Raum stapelten sich jetzt modrig riechende Pappkartons, die frisch aus den Archiven und Asservatenkammern unten eingetroffen waren. Der Fall der Pentland-Mumie hatte knapp vierzig Jahre auf Eis gelegen, aber nichts war weggeworfen worden. Anscheinend aber auch nichts digital erfasst oder mit einem Verzeichnis versehen. Der krasse

Gegensatz zu Headland House und den nur spärlich vorhandenen Fallakten war kaum zu übersehen.

»Sie haben sich den Fall selbst ausgesucht, McLean. Hätte Ihnen gleich sagen können, dass es ein Fehler ist, weiter als bis in die Achtzigerjahre zurückzugehen, aber ich vermute, Sie hätten sowieso nicht auf mich gehört.« Trotz seiner Worte hörte McLean Duguid eine gewisse Vergnügtheit an. Er hatte den Nachmittag größtenteils damit verbracht, Kisten mit staubigen Notizbüchern durchzusehen, dabei erstaunt oder amüsiert geschnaubt und entweder McLean oder Grumpy Bob gefragt, ob sie sich an einen bestimmten Sergeant oder Chief Inspector erinnerten. Grumpy Bob nickte hin und wieder, lachte oder verzog das Gesicht, aber McLean kam sich vor wie der Neue in der Schule, der niemanden kennt und keine Ahnung hat, wovon die anderen reden.

»Das ist die letzte Fuhre, Sir.« Der uniformierte Constable, der die Kisten aus den Asservatenkammern tief im Keller heraufgebracht hatte, reichte McLean ein Klemmbrett mit einem daran befestigten Formular. McLean unterzeichnete ganz unten und reichte es ihm zurück.

»Was ist mit der Gerichtsmedizin? Haben die noch Proben, die für eine DNA-Analyse infrage kommen?«

»Keine Ahnung, Sir. Ich kann nachsehen. Wenn, dann sind die drüben im Leichenschauhaus, denke ich.«

»Danke. Machen Sie das doch bitte.« McLean sah auf die Uhr. Schon nach Dienstschluss, jedenfalls für diejenigen, die einen Posten mit regulären Arbeitszeiten hatten. »Aber das kann bis morgen warten.«

Der Constable nickte kurz, dann eilte er davon. McLean öffnete die letzte Kiste, die gebracht worden war, und entdeckte einen ordentlich mit Schnur zusammengebundenen Stapel Unterlagen. Die Blätter waren mit altmodischer mechanischer Schreibmaschine getippt, und er konnte das Kohlepapier von den Durchschlägen riechen. Unwillkürlich dachte er an Sekretärinnen – ausnahmslos junge Frauen, versteht sich –, die in langen Reihen an Schreibtischen saßen und in die Tasten hämmerten. Dazu der dichte Zigarettenqualm der Detectives.

»Ihnen ist aber bewusst, dass so ziemlich jeder, der was mit dem Fall zu tun hatte, inzwischen tot ist, oder?« Duguid ließ eine dicke Mappe, die er durchgeblättert hatte, zurück in die Kiste fallen, dann nahm er eine andere, legte aber auch diese schnell wieder hinein. »Der Mörder eingeschlossen.«

»Wollen Sie dem armen Constable etwa beibringen, dass er den ganzen Kram wieder zurückbringen muss?« McLean zeigte auf die Kistenstapel und war versucht, genau das zu tun.

»Ihre Entscheidung, McLean. Ich spreche nur aus jahrelanger Erfahrung, und die sagt mir, dass wir unsere Zeit verschwenden, auch wenn ich dafür bezahlt werde.«

»Wir können ja morgen noch ein bisschen mehr Zeit verschwenden. Für heute machen wir erst mal Feierabend.«

Er kannte die Nummer auf seinem Handydisplay nicht, obwohl der Anruf aus Edinburgh kam, wie ihm die Vorwahl verriet. McLean blieb auf dem Weg zum Wagen stehen und fragte sich, ob er drangehen sollte oder nicht. Wenn es wichtig war, würde der Anrufer sicher eine Nachricht hinterlassen, aber wahrscheinlich wollte ihm sowieso nur wieder jemand was verkaufen. Trotzdem meldete er sich und kramte dabei in seiner Tasche nach den Autoschlüsseln.

»McLean.«

»Detective Inspector McLean? Police Scotland CID?«

»Theoretisch ja. Wer spricht denn da?«, fragte er.

»Oh, tut mir leid. Hier ist Johnny. Johnny Bairstow. Ein Kollege von Jo Dalgliesh. Also, genauer gesagt ihr Chefredakteur.«

McLean hielt inne, als er gerade den Schlüssel ins Schloss schieben wollte. Viele Gründe gab es nicht, weshalb nicht Dalgliesh, sondern ihr Chef ihn anrief. »Wie kann ich Ihnen helfen, Mr Bairstow?«

»Mir helfen?« Der Mann am anderen Ende der Leitung wirkte verwirrt, als hätte er ganz und gar nicht die Absicht, um Hilfe zu bitten.

»Oh, nein. Mir nicht. Aber Jo vielleicht. Wenn ich das richtig sehe, haben Sie sich heute Morgen mit ihr getroffen?«

Etwas an der Art, wie er die Frage formulierte, machte McLean nervös. War dies der Chefredakteur, der Dalgliesh mit abwegigen Aufträgen versorgt hatte, weil er von dem reichen, mächtigen und einflussreichen Besitzer der Zeitung unter Druck gesetzt worden war?

»Wieso fragen Sie sie das nicht selbst?«

»Äh, kann ich nicht … nicht direkt. Ich weiß, dass sie in einem Café war; ich versuche nur herauszufinden, in welchem.«

»Wollte sie's auf die Spesenrechnung setzen? Den Kaffee und den Kuchen habe ich bezahlt.«

»Nein, nein. Das ist es nicht. Tut mir leid, Inspector. Ist ein ziemlicher Schock, eigentlich. Kuchen, sagen Sie? Das ist wohl möglich, denke ich.«

»Was ist möglich? Wovon reden Sie?« McLean schloss auf und öffnete die Wagentür.

»Sie hatte heute Nachmittag in der Redaktion eine Art Anfall. Angefangen hat es … na ja, es sah aus wie ein Krampf. Sie hatte plötzlich Schaum vor dem Mund. Ich hab so was noch nie gesehen.«

McLean ließ sich auf den Fahrersitz sacken, schloss die Tür mit einem Knall und steckte den Schlüssel ins Zündschloss. »Ist sie bei Bewusstsein? Wo ist sie jetzt?«

»Die Sanitäter sind gekommen, haben ihr eine angsteinflößende Spritze verpasst und sie ins Western General gebracht. Da liegt sie jetzt auf der Intensivstation.«

»Haben die gesagt, was es ist?« Er startete den Wagen und

ließ den Motor vielleicht mit ein klein wenig zu viel Verve aufheulen.

»Sie haben es für eine allergische Reaktion gehalten. Einen anaphylaktischen Schock. Deshalb wollte ich herausfinden, was sie gegessen hat.«

»Ich fahre ins Krankenhaus und rufe Sie an, wenn ich mit den Ärzten gesprochen habe.«

»Äh … ist das notwendig? Wenn Sie mir einfach sagen würden …«

»Auf Wiederhören, Mr Bairstow. Ich melde mich.« McLean beendete das Gespräch, warf das Handy auf den Beifahrersitz und legte einen Gang ein, dann erschreckte er ein paar Constables, als er mit hoher Geschwindigkeit vom Parkplatz raste.

Im Gegensatz zum Royal Infirmary am östlichen Stadtrand kannte McLean das Western General sehr gut. Seine Großmutter hatte achtzehn Monate hier gelegen, war auf der Intensivstation künstlich am Leben erhalten worden. Auch Emma war hier gewesen und jetzt Jo Dalgliesh. Eigentlich war er der Journalistin immer mit Verachtung begegnet, erst in den vergangenen Monaten hatte diese einer widerwilligen Akzeptanz Platz gemacht. So oder so, das hatte sie nicht verdient.

Schnell ging er die vertrauten Gänge entlang, die Schwestern, die ihm begegneten, hielten ihn nicht auf. Die meisten kannten ihn zumindest vom Sehen, und er hatte mit den Jahren gelernt, dass man so gut wie mit allem durchkommt, wenn man nur so tut, als hätte man das Recht dazu. Erst als er den Gang erreichte, der direkt auf die Intensivstation führte, sprach ihn endlich jemand an.

»Inspector McLean. Tony. Ist eine Weile her. Sie hab ich hier nicht erwartet.«

Jeannie Robertson war eine der leitenden Krankenschwestern auf der Intensivstation. Sie hatte sich um seine Großmutter gekümmert, war sogar zu ihrer Beerdigung gekommen. Achtzehn Monate lang hatten sie sich immer wieder kurz unterhalten und dann noch einmal sechs, als Emma ebenfalls auf dieser Station gelegen hatte, aber jetzt hatte er sie schon seit … wie lange? … über einem Jahr nicht mehr gesehen.

»Normalerweise komme ich auch nicht freiwillig her.« Er versuchte es mit einem versöhnlichen Lächeln, bekam ein müdes im Gegenzug zurück.

»Dann sind Sie dienstlich hier?«

»Leider, ja. Jo Dalgliesh, die Journalistin? Sie wurde heute Nachmittag eingeliefert?«

»Ah … ich weiß. Die allergische Reaktion. Die meisten wissen gar nicht, wie gefährlich so was sein kann und wie schnell das manchmal geht. Trotzdem sollte man meinen, dass sie wenigstens einen EpiPen hätte dabeihaben können.«

»Ehrlich gesagt, ich hab gar nicht gewusst, dass sie gegen irgendwas allergisch war. Nicht dass wir unbedingt über so etwas gesprochen hätten. Wie geht es ihr?«

»Ich fürchte, nicht gut. Wissen Sie, was bei einer Anaphylaxie passiert?«

»Es kommt zu Schwellungen, die Atemwege werden blockiert?«

»Ganz genau. Und zwar innerhalb von Minuten. Manchmal sogar schneller. Wenn man kein Adrenalin spritzen kann, muss man zumindest dafür sorgen, dass der Betreffende Luft bekommt. Die Sanitäter waren sehr schnell bei Ihrer Freundin, aber sie war bereits bewusstlos. Wir wissen noch nicht, ob ihr Gehirn Schaden genommen hat. Im Moment liegt sie im künstlichen Koma. Morgen oder übermorgen wird man versuchen, sie ganz langsam zurückzuholen.«

McLean hatte zur Stationstür gesehen, aber jetzt wandte er sich ab. Hatte wohl keinen Sinn, jetzt mit Dalgliesh zu reden.

»Haben Sie eine Ahnung, was als Ursache infrage kommt?«

»Vermutlich etwas, das sie gegessen hat. Das ist meistens der Auslöser für derart schwere Symptome. Wenn ich einen Tipp abgeben müsste, würde ich sagen Nüsse, zumindest haben wir welche aus ihrem Magen geholt. Das oder Schokolade. Eigentlich hätte sie das aber wissen müssen.«

McLean drehte sich zur Station um. Nicht ganz sicher, warum er so unentschlossen war. »Darf ich sie sehen?«

»Sicher. Aber stellen Sie nicht wieder den Feuerlöscher vor die Tür, damit sie nicht zufällt, ja?«

»Mach ich nicht. Danke, Jeannie.«

Sie lächelte erneut und legte den Kopf leicht schief, dann ging sie. McLean ging zur Tür der Intensivstation, spähte durch die Scheibe. Das alles hier war ihm auf unheimliche Weise vertraut, nur die Gesichter der Patienten in den Betten waren andere. Er stieß durch die Tür und fand Dalgliesh im Bett gleich am Eingang. Auf eigenartige Weise erinnerte sie ihn an Stacey Craig, so wie sie dort lag, tief versunken in das weiße Kissen, als würde sie davon verschluckt. Über Schläuche und Drähte war sie mit Monitoren verbunden, ein Tropf versorgte sie über ihren Arm. Einen Augenblick lang stellte er sich vor, dass das Leben aus ihr herausgesaugt wurde. Er schauderte bei der unerwünschten Erinnerung, die diese Vorstellung begleitete; ein Mensch, dem langsam das für ihn lebenswichtige Blut entzogen wird, während er blind ein dunkles Kreuz aus Eisen an der Decke anstarrt.

»Wie zum Teufel haben Sie das denn gemacht?« McLean sprach leise, obwohl sich niemand im Raum von ihm hätte gestört fühlen können. Dalgliesh erwiderte nichts, und ihm blieb nichts anderes übrig, als sie anzustarren und sich zu fragen, was sie wohl geantwortet hätte. Den Gedanken, dass sie sich zwei Stück Schoko-Walnuss-Kuchen hatte schmecken lassen, die eigentlich beide für ihn bestimmt gewesen waren, verdrängte er.

36

Licht drang aus dem Haus, beleuchtete die Auffahrt vorne und den kleinen schwarzen Wagen neben der Haustür. McLean parkte vor der alten Remise, die vor langer Zeit zu einer Garage umgebaut worden war. Von dort aus sah er, wie weiteres Licht gelbe Rechtecke auf den Rasen warf und die Bäume, die den Garten säumten, anstrahlte. War mal was ganz anderes, in ein von Licht und Menschen erfülltes Zuhause zurückzukehren. Nachdem er gerade eine halbe Stunde lang die bewusstlose Jo Dalgliesh angestarrt hatte, war das jetzt genau das Richtige für ihn. Auch wenn er sich insgeheim nach einem stillen Raum, einem guten Schluck und seinen eigenen Gedanken sehnte.

Auf dem Küchentisch herrschte ein riesiges Chaos aus Supermarkttüten, einige noch unausgepackt, aus anderen quoll der Inhalt heraus. Eine Kiste billiges Lager stand geöffnet da, ein paar Dosen fehlten. Das Zeug war praktisch untrinkbar, selbst wenn es so kalt gewesen wäre, dass kein Geschmack mehr übrig war. Bei Zimmertemperatur in der warmen Küche musste es absolut widerlich schmecken. McLean war entsetzt bei dem Gedanken daran, dass sein eigentlich Real Ale liebender Freund nach seinem doch eher kurzen USA-Aufenthalt schon so verdorben war.

»Oh, Tony. Da bist du ja. Bist du gerade gekommen? Ich hab deinen Wagen gar nicht gehört.« Jenny Spiers kam mit einem Stapel Teller in die Küche. Sie stellte sie auf den Tisch, dann drehte sie sich zum Herd um. Es dampfte aus dem Ofen, als sie die Klappe öffnete und einen Teller mit etwas herausholte, das verdächtig nach Würstchen im Schlafrock aussah. Der Geruch drang zu ihm herüber und ließ McLeans Magen hungrig und voller Vorfreude knurren. Er hatte heute nichts vom Imbiss mitgebracht, weil er gedacht hatte, dass irgendwas bestimmt im Haus sein würde, auch wenn es vielleicht nur alte Cornflakes waren. Anscheinend hatte er Glück gehabt.

»Wenn Musik läuft, hört man gar nichts von draußen.« Durch die Diele drangen Fetzen von irgendwas Poppigem. »Dann ist Rae mit dem Kleinen schon aus dem Krankenhaus entlassen worden?«

»Ja, ist sie. Und Chloe ist von der Uni gekommen. Wollte ihren neuen Cousin sehen. Sie freut sich total. Sie sind alle in der Bibliothek.« Jenny richtete sich mit dem Teller Schlafrockwürstchen in der Hand auf, machte aber plötzlich ein besorgtes Gesicht. »Ich hoffe, das stört dich nicht.«

»Wieso sollte mich das stören? Neineinein.« McLean sah etwas aus dem Augenwinkel, schaute herunter und entdeckte Mrs McCutcheons Katze, die sich von der Diele hereinschlich. Sie blieb gerade lange genug stehen, um ihn vorwurfsvoll anzusehen, so wie einen nur Katzen ansehen können, dann verschwand sie schnell durch die Hintertür. Das Klappern der Katzenklappe war ihr endgültig vernichtendes Urteil.

»Wieso kommst du nicht mit rüber? Rae geht bestimmt bald ins Bett, und Phil wird auf das Baby anstoßen wollen.«

»Wenn er an die Plörre da gedacht hat, nehme ich lieber einen Tee.«

McLean gestikulierte vage in Richtung der warmen Bierdosen.

»Oh, nein. Das hat Chloe gekauft. Ich glaube, sie hält es für cool. Entweder das, oder sie will einfach nur ihre Mutter ärgern.«

»Mum, wo bleiben die Würstchen? Ich bin am Verhungern … oh.« Die Stimme hallte durch den kurzen Gang von der Diele herüber, als Chloe Spiers auf der Suche nach etwas Essbarem hereinkam, dann aber merkte, dass ihre Mutter nicht alleine war. McLean lag ebenfalls ein »Oh« auf der Zunge. Er erinnerte sich an Chloe als Sechzehnjährige, eher klein für ihr Alter, aber durchaus selbstbewusst. Vor allem aber erinnerte er sich daran, sie alleine und verängstigt im Keller eines verlassenen, halb verfallenen Hauses am Stadtrand gefunden zu haben. Es war dunkel, sodass sie die Leiche auf dem Boden neben sich nicht sehen konnte, die konservierten Überreste einer anderen jungen Frau, die sechzig Jahre zuvor den geisteskranken Begierden eines halben Dutzends Männer zum Opfer gefallen war. Trotzdem hatte Chloe behauptet, die tote Frau habe mit ihr gesprochen, und McLean hatte es ihr geglaubt.

»Du bist aber gewachsen«, sagte er und merkte, noch während er es sagte, wie dumm die Bemerkung klang. Aber es stimmte; Chloe war jetzt eine sehr beeindruckende junge Frau, eine gewisse Ähnlichkeit mit ihrer Mutter und ihrer Tante war nicht von der Hand zu weisen, aber sie war natürlich deutlich jünger. Secondhandklamotten schienen weniger ihr Ding zu sein, sie trug die für Universitätsstudentinnen übliche Uniform aus hautenger Jeans und einem Band-T-Shirt.

»Äh … hi?« Sie winkte nervös und schien unter seinem Blick zu schrumpfen. McLean wusste nicht, wer von ihnen beiden verlegener war, Chloe oder er selbst.

»Hier. Bring die deinem Onkel Phil. Ich wette, er könnte sein eigenes Körpergewicht essen und dabei kein Gramm Fett zunehmen.« Jenny drückte ihr den Teller mit den Würstchen in die Hände und scheuchte sie aus der Küche. Erst als ihre Tochter weg war, wandte sie sich erneut an McLean.

»Sie wird ein bisschen nervös, wenn … du weißt schon …«

»Kann ich mir vorstellen. War ja auch schrecklich, was sie durchgemacht hat.« Er wusste nicht, was er sagen sollte. Zwar hatte er Chloe gefunden, bevor sie dasselbe grauenhafte Schicksal erlitt wie die andere Frau in dem Keller, aber wegen ihm war sie überhaupt erst entführt worden.

»Komm schon.« Jenny brach das Schweigen, das sich über die Küche gesenkt hatte. »Beeil dich lieber, sonst ist nichts mehr zu essen übrig.«

Sehr viel später, als er mit einem Becher Tee am Küchentisch saß und mit leerem Blick den Stapel Teller, Pfannen und Ofenbleche anstarrte, die Jenny abgespült und zum Trocknen auf die Spüle gestellt hatte, musste McLean zugeben, dass der Abend angenehmer verlaufen war als erwartet. Rachel hatte gestrahlt, auch wenn sie müde war, hatte sich als frischgebackene Mutter nach Strich und Faden verwöhnen lassen und war dann mit einem bereits schlafenden Tony junior früh ins Bett gegangen. Phil war wie immer, witzig und nervig zugleich, aber McLean musste zugeben, dass er seinen alten Freund vermisst hatte. Chloe entspannte sich langsam, möglicherweise dank einiger Dosen des unfassbar widerlichen Biers, von dem sie trotz aller Versuche, sie vom Gegenteil zu überzeugen, beharrlich behauptet hatte, es schmecke wunderbar. Eine Zeit lang war das Haus von Wärme und Leben erfüllt gewesen. Ein Ort, an dem man wohnte, nicht nur existierte. Jetzt wo Jenny und ihre Tochter weg waren, Phil auf dem Sofa pennte und Rachel mit dem Baby allem Anschein nach ebenfalls fest eingeschlafen war, hatte er endlich einen Augenblick zum Nachdenken für sich. Über Jo Dalgliesh und ihre plötzliche allergische Reaktion.

Ein Klappern an der Hintertür durchbrach die tröstliche Stille, als Mrs McCutcheons Katze hereinkam. Sie schnupperte in die Luft, als wollte sie feststellen, ob die lärmenden Menschen immer noch da waren, dann sprang sie elegant auf den Tisch und streckte ihm ihren Kopf hin, um sich streicheln zu lassen. McLean kraulte sie hinter den Ohren und wurde mit einem unerwarteten Schnurren belohnt. Als er in die Ecke neben der Tür schaute, wo die Futter- und die Wasserschale standen, sah er den wahren Grund ihrer plötzlichen Zuneigung.

»Bei dir geht's immer nur ums Fressen, oder?« McLean stand auf, suchte das Katzenfutter und füllte die Schale, dann kehrte er an den Tisch und zu seinem Tee zurück. Sein Handy lag vor ihm, und laut Display war es längst Zeit, ins Bett zu gehen. Er überlegte, ob er noch mal im Krankenhaus anrufen und sich nach Dalglieshs aktuellem Zustand erkundigen sollte. Seltsam, wie sich die Zeiten ändern; noch vor wenigen Jahren hätte er auf ihr Ableben angestoßen. Jetzt musste er zugeben, dass er sich um die Journalistin sorgte. Und nicht nur, weil der Kuchen, der höchstwahrscheinlich den Anfall verursacht hatte, für ihn bestimmt gewesen war. Verdammt bescheuert von ihr, ihn überhaupt zu essen. Die Walnüsse waren gut sichtbar gewesen, eingelassen in den Schokoguss oben auf dem Kuchen drauf.

Jetzt, wo er darüber nachdachte, fiel ihm ein, dass er Dalgliesh schon Ähnliches hatte essen sehen. Der Umstand, dass sie keinen EpiPen dabeigehabt hatte, deutete darauf hin, dass sie normalerweise keine Probleme mit Allergien hatte.

Und der Kuchen war eigentlich für ihn bestimmt gewesen. Wenn er es sich genau überlegte, hatte er das zweite Stück gar nicht bestellt. Die Kellnerin hatte es unaufgefordert gebracht. Er versuchte sie sich vor sein geistiges Auge zu rufen und sich an die Gesichter der anderen Cafémitarbeiter zu erinnern. Er war nicht häufig genug dort gewesen, um sicher zu sein, trotzdem hätte er schwören können, dass sie neu war. Und schlecht gelaunt. Jetzt erinnerte er sich an sie. Vielleicht sollte er sich mal mit ihr unterhalten.

Er hatte das Telefon schon in der Hand, noch bevor er überhaupt richtig darüber nachdenken konnte. Für einen Anruf war es zu spät, aber eine SMS konnte er schicken. Eine kurze Nachricht, ein Vorwand, erneut das Café aufzusuchen. Oder steckte doch mehr dahinter? McLeans Daumen schwebte über der Taste zum Abschicken, dann sah er sich erneut in der Küche um. Mrs McCutcheons Katze hatte aufgegessen, lag vor dem

Ofen und putzte sich. Jetzt hielt sie inne, als habe sie seinen Blick gespürt, und starrte zurück, als wollte sie sagen, dass der Schwachsinn, mit dem er sich beschäftigte, sie sowieso nichts anging. Dann widmete sie sich wieder ihrer Toilette.

Das Handy brummte in seiner Hand, so unerwartet, dass er es beinahe hätte fallen lassen. Die Worte auf dem Display verwirrten ihn; die Antwort kam, noch bevor er selbst eine Bitte losschicken konnte. Er hatte die Nachricht gerade unverschickt löschen wollen, aber irgendwie musste sie trotzdem rausgegangen sein.

Auf einen Kaffee? 8 Uhr früh. Wie immer.

Ein elektronischer Defekt? Oder hatte ihm sein Unterbewusstsein einen Streich gespielt? Er konnte es nicht feststellen, aber er hatte den Beweis vor der Nase.

Ok. Bis dann.

So oder so, die Würfel waren gefallen.

37

Die schlecht gelaunte Kellnerin war nirgends zu entdecken, als McLean früh am nächsten Morgen das Café betrat. Möglich – sogar wahrscheinlich –, dass sie eine andere Schicht übernommen hatte. Vermutlich war nichts dran an seinem Verdacht bezüglich des Kuchens, den Dalgliesh gegessen hatte. Dass er müde war und überarbeitet und sich seiner Paranoia überließ, war die sehr viel rationalere Erklärung. Die Reporterin konnte auf alles Mögliche reagiert haben, vielleicht sogar auf einen Insektenstich. Und trotzdem wurde er das Gefühl nicht los, dass der ganze Vorfall verdächtig war. Für seinen Geschmack kamen einfach zu viele Zufälle zusammen.

Marchmont war ebenfalls nirgends zu entdecken, also bestellte er einen Kaffee und setzte sich an den Platz, an dem sie sonst gesessen hatte. Auf Kuchen verzichtete er dieses Mal.

»Gestern am späten Vormittag hat hier eine andere junge Frau bedient«, sagte er zu der Kellnerin, als diese ihm seinen Kaffee brachte. Kurz wirkte sie erstaunt.

»Gestern Vormittag? Nein, da war nur ich hier, und Elaine war drüben an der Theke.« Sie sah sich um, und McLean folgte ihrem Blick zu der kleinen, grauhaarigen Lady an der Kasse, die den Kuchen ausgab. Keine von beiden sah auch nur entfernt der schlecht gelaunten Frau ähnlich, die ihn bedient hatte.

»Sind Sie sicher? Sie war relativ jung, ein bisschen größer als Sie, dunkelblond?«

»Ich denke, das wüsste ich. Mir gehört das Café.«

Die Tür ging klappernd auf, und Heather Marchmont kam herein. McLean sah, wie sich ihr Gesichtsausdruck veränderte, als sie sich im Raum umsah; ihr Gesicht blieb ausdruckslos, bis sie ihn entdeckte, dann lächelte sie plötzlich. Die Kellnerin – Besitzerin, korrigierte er sich in Gedanken – stand noch immer am Tisch.

»Tut mir leid«, sagte er an sie gewandt. »Da muss ich was verwechselt haben. Dürfte ich noch einen Kaffee für meine Bekannte bekommen?«

»Natürlich. Wie immer, Heather?« Die Kellnerin lächelte, als Marchmont näher kam.

»Danke, Sue.« Sie schlüpfte aus dem Mantel, während McLean sich erhob und einen Stuhl für sie heranzog. Die Kellnerin ging zum Tresen und der Kaffeemaschine zurück.

»Ich war nicht sicher, ob Sie kommen würden«, sagte er, als sie beide Platz genommen hatten.

»Nach Ihrer mysteriösen SMS um Mitternacht? Selbstverständlich komme ich da. Ich bin gespannt, was die Sexual Crimes Unit jetzt von mir zu erfahren hofft.« Marchmont hatte eine seltsame Art, das Wort »Sexual« zu betonen.

»Tatsächlich bin ich gar nicht mehr bei der SCU. Ich leite jetzt eine neue Einheit, die sich mit ungelösten Mordfällen beschäftigt.«

»Ach ja? Seit wann?«

McLean musterte Marchmonts Gesicht, suchte nach Anzeichen dafür, dass ihr Erstaunen vorgetäuscht war. Sie war immer schwer zu durchschauen, und er war nicht sicher, ob sie es nicht längst gewusst hatte.

»Gestern wurde ich gewissermaßen befördert und gleichzeitig bestraft.« Er erzählte ihr von der Besprechung mit Brooks und dem DCC. Marchmont ließ sich keinerlei Gefühlsregung anmerken, als er die Geschichte erzählte, aber sie fingerte an ihrer Tasche herum und unterdrückte das Verlangen, ihr Handy herauszuholen und ihre Nachrichten zu prüfen.

»Warum erzählen Sie mir das?«

»Weil man mir eine Falle gestellt hat und Sie Teil davon waren. Entweder wissentlich oder unwissentlich, das ist mir gar nicht so wichtig. Ich würde nur gerne wissen, warum.«

Marchmont schwieg eine Weile. Die Kellnerin kam mit dem Kaffee rüber, hielt einen kurzen Augenblick länger inne, als nötig gewesen wäre, und kehrte anschließend hinter die Theke zurück. McLean nahm einen Schluck, er hatte es nicht eilig. Der Kaffee war gut, ein sattes Aroma, wie es sich gehörte. Dabei fiel ihm auf, dass er kein Parfüm roch. Sonst hatte sie doch so einen eigenartigen Duft getragen. Oder war das jemand anders gewesen?

»Das ist kompliziert.« Marchmonts Antwort unterbrach ihn in seinen Gedanken, der Augenblick war verloren.

»Das ist es immer.«

»Das Haus, in dem Sie die Razzia durchgeführt haben … das Haus, in dem ich zurzeit lebe. Ich wohne noch nicht sehr lange dort.«

»Und die Partys?«

»Das war die erste. Jedenfalls seit meinem Einzug.« Marchmont senkte den Blick beim Sprechen, ihre Worte waren leise und monoton. Fast, als fürchtete sie, belauscht zu werden oder dass jemand ihr von den Lippen ablas.

»Und was war vorher dort?«

»Ich denke, das wissen Sie bereits, oder nicht?«

McLean beugte sich vor, stützte die Ellbogen auf den Tisch. Auch aus der Nähe roch er kein Parfüm. Vielleicht hatte sie heute keins aufgelegt. Oder war es gar nicht ihres gewesen?

»Schadensbegrenzung. Das ist es doch, was Sie wollen, oder?« Ein müdes Lächeln, ein geneigter Kopf. »Ich bin Anwältin für Unternehmensrecht.«

»Haben MacFarlane and Dodds damit zu tun?«

»Die Kanzlei nicht. Aber wahrscheinlich einige der Leute, die dort arbeiten. Ich weiß es nicht genau. Ebenso wie bei der

Polizei, in der Justiz und der Politik. Wie gesagt, es ist viel komplizierter, als Sie denken.«

»Aber jemand hat Ihnen gesagt, dass Sie in das Haus einziehen sollen. Jemand hat eine Party organisiert, an dem Abend, an dem wir eine Razzia geplant hatten. Das muss geschehen sein, kurz nachdem wir davon erfahren haben.«

»Ach, da wurden auch vorher schon Partys gefeiert. Aber nicht immer solche wie diese. Manchmal sind auch Prostituierte dort, zahlende Gäste. Auf einer solchen Party habe ich auch Stacey kennengelernt.« Marchmont wurde wieder unruhig, schaute ständig zum Fenster. Ihre Hand wanderte wiederholt von der Kaffeetasse an ihren Bauch. Sobald sie merkte, was sie tat, zog sie die Hand wieder zurück und legte sie an die Tasse. Zuvor hatte er dies für ein verräterisches Zeichen gehalten, einen kleinen nervösen Tic, der anzeigte, dass sie log, aber jetzt war er nicht mehr so sicher. Sie sagte nicht die ganze Wahrheit, aber sie log auch nicht.

»Sie waren diejenige, die uns gerufen hat, oder? Der anonyme Tipp kam von Ihnen.«

»Ich … ich dachte, ich könnte Stacey schützen. Wenn sie redet. Und ich wollte aussteigen, so wie sie auch. Wir wollten zusammen verschwinden. Aber es gibt kein Entkommen. Ausgerechnet ich sollte das inzwischen begriffen haben.«

McLean griff über den Tisch, legte beruhigend eine Hand auf die von Marchmont. Sie zuckte zusammen, sah ihn direkt an, und beinahe wäre ihm wieder eingefallen, woher er sie kannte.

»Warum müssten Sie das wissen, Heather? Worin unterscheiden Sie sich von den anderen?«

»Das kann ich nicht sagen.« Sie entzog ihm ihre Hand und stand auf. »Tut mir leid. Ich hätte Sie nie in die Sache hineinziehen dürfen. Ich muss gehen.«

»Ich kann Ihnen helfen, wissen Sie das? Wenn Sie unter Druck gesetzt werden …« McLean verstummte und war unsicher, was er tun konnte. Marchmont schenkte ihm erneut ein müdes Lächeln.

»Ich weiß, dass Sie das glauben, Tony, aber das können Sie nicht. Es ist zu spät. Am besten lassen Sie die Sache ruhen. Ich bin nicht die Einzige, die hier Schadensbegrenzung betreibt.«

»Verdammt, und ich dachte, ich wäre morgens ein bisschen langsam. Was denken Sie sich eigentlich, um diese Uhrzeit hier hereinzuschleichen?«

McLean schaute auf die Uhr. Er hatte nicht damit gerechnet, jemanden im Büro der Cold Case Unit anzutreffen. Grumpy Bobs Dienst begann um neun Uhr, und es war erst zehn vor. Duguid saß gekrümmt an seinem Schreibtisch, Papiere verteilt auf jeder verfügbaren Oberfläche, abgesehen von der Stelle, an der der Laptop stand, in den er mit zwei Fingern eifrig tippte.

»Ob Sie's glauben oder nicht, ich hab mich außerdem um zwei andere Fälle zu kümmern. Und muss DI Carters Papierkram aus meinem eigenen heraussortieren, bevor ich überhaupt anfangen kann.« Ein bisschen was Wahres war durchaus dran, aber McLean verschwieg die Tatsache, dass er mit dieser Aufgabe noch gar nicht begonnen hatte. »Was führt Sie denn so früh hierher, Sir?«

Duguid schaute auf, die Stirn in Falten gelegt. Oder vielleicht ließ auch seine Sehkraft nach. »Ich bin die Vermisstenregister seit sechsundsiebzig durchgegangen. Das ist jetzt viel einfacher, seit alles digitalisiert wurde. Wäre noch einfacher, wenn jemand mit ein bisschen Hirn ein Register angelegt hätte.« Er widmete sich wieder seinem Laptop und hackte erneut auf die Tastatur ein. McLean war überzeugt, dass er das Ding bis Ende der Woche kaputt gemacht haben würde.

»Die Pentland-Mumie?«

»Genau die. Der alte Obduktionsbericht enthält ausreichend

viele Einzelheiten über die körperlichen Merkmale des Mannes, sodass wir zumindest eine Suche starten können.«

»Haben Sie den Bericht da?« McLean ging zum Schreibtisch, als Duguid einen Stapel Unterlagen nahm und ihm reichte. Er überflog die alten maschinegeschriebenen und vom Kohlepapier teilweise verschmierten Seiten. Mit schiefem Grinsen nahm er zur Kenntnis, dass seine Großmutter die Untersuchung durchgeführt hatte. War sie abends zu ihm nach Hause gekommen, nachdem sie diesen Mann aufgeschnitten und seine innersten Geheimnisse erforscht hatte? Hatte sie sich anschließend zu ihm ans Bett gesetzt, ihm eine Geschichte vorgelesen und dann das Licht ausgemacht? Wahrscheinlich.

»Was gibt's zu grinsen? Dadurch sehen Sie noch schwachsinniger aus als sonst.«

McLean schaute von dem Bericht auf und sah, dass Duguid aufgehört hatte, seine Tastatur zu quälen.

»Hab nur an meine Großmutter gedacht.«

»Eine gute Pathologin war das. Hat sich Zeit gelassen. Auch deshalb hoffe ich, dass es sinnvoll sein könnte, dem nachzugehen.«

McLean legte den Bericht wieder auf Duguids Schreibtisch und durchquerte den Raum bis zu einer Tafel, die sich allmählich mit beinahe unleserlichen Notizen und Vermerken füllte. »Wissen wir, was mit der Leiche geschehen ist?«

»Noch nicht. Wenn wir Glück haben, wurde sie begraben. Müsste irgendwo vermerkt sein.«

»Und wenn wir Pech haben?«

»Wurde sie verbrannt. Dann müssen wir hoffen, dass vorher Gewebe für eine DNA-Analyse einbehalten wurden. Wenn wir mögliche Kandidaten in der Datenbank finden, können wir anhand der Proben vielleicht feststellen, ob sie mit einem Verwandten übereinstimmen. Wenn die arme Sau überhaupt noch lebende Verwandte hat. Sechsundsiebzig ist lange her.« Duguid suchte ein paar Papiere zusammen, dann stierte er wieder auf den Bildschirm seines Laptops. »Dieser Mann hier würde infrage kommen. Daniel Calton.«

Der Name sagte ihm nichts, also umrundete McLean den Schreibtisch und betrachtete das Foto auf dem Bildschirm. Ein mürrischer Mann sah ihm böse von einem unscharfen Schwarz-Weiß-Foto entgegen. Hätte man ihn als unauffällig bezeichnet, wäre das ein Kompliment gewesen.

»Wer ist das?«

»War, schätze ich. Als er vermisst wurde, war er um die sechzig Jahre alt. Keine Chance, dass er heute noch lebt.« Duguid klickte weiter und rief noch ein anderes Bild auf, er war am Laptop genauso kompetent wie Detective Sergeant MacBride. »Anscheinend war er Bankier. Die Angaben sind ein bisschen dünn. Eines Tages ist er nicht zur Arbeit erschienen; die Familie hat ausgesagt, er sei um sechs Uhr weg, wie jeden Tag. Das war das Letzte, was von ihm gesehen wurde.«

»Wieso taucht sein Name dann nicht in den Ermittlungsakten auf?«

»Anscheinend stand er drin, wurde aber als unwahrscheinlich verworfen.«

Duguid kramte auf seinem Schreibtisch herum, bis er die gesuchten Unterlagen gefunden hatte. »Hauptsächlich weil er bereits seit 1972 vermisst wurde.«

»Zweiundsiebzig?«

»Was? Gibt's hier ein Echo?«, brummte Duguid die abgedroschene Beleidigung.

»Tut mir leid. Die Macht der Gewohnheit.« McLean zeigte auf die Papiere, die sich über den Schreibtisch verteilten. »Das ist gute Arbeit.«

»Scheint Sie zu wundern. Ich war nicht immer ein Schreibtischhengst, wissen Sie das? Mich mit einem Problem wie diesem hier befassen zu dürfen, das ist sehr befriedigend für mich.«

»Oh, wie schön ist es doch, befördert zu werden. Man verbringt immer mehr Zeit mit Besprechungen und immer weniger mit dem Lösen von Fällen. Jetzt verstehen Sie vielleicht, warum ich nie wirklich scharf auf den Job des DCI gewesen bin.«

»Natürlich, und anders als wir anderen Sterblichen brauchen Sie auch nicht mal das Geld.«

McLean ließ die Bemerkung unkommentiert. Insgesamt war ihm der bissige, aber produktive Duguid lieber als der brüllende. »Also, was haben Sie vor?«

»Ich werde mit den Kollegen drüben im Leichenschauhaus über das DNA-Profil sprechen. Wenn Grumpy Bob da ist, wollen wir mal sehen, ob wir einen noch lebenden Angehörigen von Mr Calton auftreiben können. Dann lassen wir uns eine Probe geben und gleichen sie ab. Wenn alles gut läuft, setzen wir ein Häkchen dahinter und nehmen uns den Nächsten vor.«

»Hab ich da gerade meinen Namen gehört?« Grumpy Bob kam durch die geöffnete Tür, trug eine Zeitung zusammengerollt unter dem Arm und einen Becher köstlich duftenden Kaffee in der Hand. Das Aroma erinnerte McLean an sein Treffen mit Marchmont und dessen unbefriedigendes Ende.

»Ihr beiden sucht Angehörige von Calton«, sagte er, statt die Frage zu beantworten. »Ich suche DS MacBride.«

»Der ist oben im CID-Büro, Sir«, sagte Grumpy Bob. »Aber beeil dich lieber, damit du ihn erwischst, bevor er Carter in die Hände fällt.«

»Hat Carter tatsächlich einen Fall zugeteilt bekommen? Das nenne ich gewagt. Was Interessantes?«

Grumpy Bob hob seinen Kaffee wie zum Gruß. »Hab nicht gefragt. Je weniger ich weiß, desto besser.«

38

McLean fand Detective Sergeant MacBride im CID-Büro, er saß ganz hinten in der Ecke an seinem Schreibtisch und starrte auf einen riesigen Computerbildschirm, hinter dem er sich gleichzeitig auch versteckte. Die Abwesenheit der meisten anderen Detectives ließ vermuten, dass Carter entweder schon da gewesen war oder es sich rumgesprochen hatte, dass er einen Fall bekommen hatte.

»Guten Morgen, Stuart. Ich hatte gehofft, Sie hier zu finden.«

MacBride schreckte auf und klickte auf die Maus, um was auch immer er auf dem Bildschirm aufgerufen hatte, verschwinden zu lassen, obwohl McLean auf die Entfernung sowieso nur den Namen der Computermarke auf der Klappe hinten erkennen konnte.

»Guten Morgen, Sir. Hab das mit der SCU gehört. Und übrigens danke für die Vorwarnung.«

»Eigentlich hätten Sie da gar nicht mit reingezogen werden dürfen, aber Brooks hat sich aus Vernunftgründen noch nie davon abhalten lassen, Leute anzuschreien. Ich dachte, woanders geht's Ihnen besser.«

»Genau so war's. Wir haben übrigens den vermissten Teenager gefunden, hatte sich bei einer Freundin in South Queensferry versteckt. Wie läuft es mit dem Gespenstertrupp?«

McLean brauchte einen Augenblick, um zu kapieren, was MacBride eigentlich meinte. Dann kam die Bezeichnung bei ihm an. »Gespenstertrupp? Nennt ihr uns so?« Er wollte gerade noch anfügen, was für ein blöder Name das war, dann wurde ihm bewusst, dass er ihm ganz gut gefiel. »Eigentlich gar nicht so schlecht.«

»Kann nicht leicht sein, mit Dagwood zu arbeiten.«

»Noch sind wir nicht aneinandergeraten. Aber wir stehen ja auch erst ganz am Anfang.«

McLean schaute sich im leeren Raum um. »Nicht viel los hier.«

»Carter hat eine Menge DCs zu einem Einbruch drüben in Grange mitgenommen. Ich hab's geschafft, ihm nicht in die Quere zu kommen. Musste sowieso noch das hier für DCI McIntyre machen.« MacBride zeigte auf den Bildschirm, den McLean noch immer nicht sehen konnte.

»Ob Sie mir wohl einen Gefallen tun könnten?«

MacBride antwortete nicht, was praktisch ja bedeutete.

»John Smith. Der registrierte Sexualstraftäter. Können wir den von hier aus orten?«

MacBride griff nach der Maus. »Müsste eigentlich möglich sein, Sir. Aber ich dachte, Sie arbeiten nicht mehr für die SCU.«

»Ist nur …« McLean wusste nicht so genau, wie er seine Bitte begründen sollte. Mit einer zulässigen Verwendung polizeilicher Arbeitsstunden und Ressourcen hatte das jedenfalls nichts mehr zu tun. Und MacBride miteinzubeziehen brachte ihn einer Suspendierung oder Schlimmerem näher. »Ich will nur mal sehen, was er so treibt. Nennen Sie es beruflich bedingte Neugierde.«

Der Detective Sergeant sagte wieder nichts. Musste er auch nicht; sein Gesichtsausdruck sprach Bände. Trotzdem machte er sich an die Arbeit. McLean trat um den Schreibtisch herum, sodass er den Bildschirm und die verschiedenen Seiten sehen konnte, während MacBride die entsprechenden Daten aufrief.

»Hier haben wir's, Sir. John Smith, Dockside Apartments. Der Sender scheint zu funken. Er ist zu Hause.«

McLean sah sich einen Augenblick lang die Daten an, dann

musste er sich eingestehen, dass er keine Ahnung hatte, was das alles bedeuten sollte.

»Gibt es auch Aufzeichnungen über vergangene Bewegungen …«

Wie lange war es her, seitdem er mit Ritchie bei Smith gewesen war, seit die Fessel angelegt wurde? »Seit der letzten Woche?«

»Mal sehen.« MacBride tippte etwas in seine Tastatur, bewegte die Maus, und die Daten auf dem Bildschirm veränderten sich. »Das ist eigenartig.«

»Eigenartig? Wieso?«

»Na ja, der Sender ist aktiv, und anscheinend wurde er nicht manipuliert. Diese Geräte sind sehr empfindlich. Wir würden es merken, wenn er versucht hätte, die Fessel abzuschneiden.«

»Ich höre da ein ›Aber‹ heraus, Stuart.«

»Er scheint sich seit fünf Tagen nicht mehr aus der Wohnung bewegt zu haben. Anscheinend nicht mal aus dem Schlafzimmer.«

»Wieso beschäftigen Sie sich überhaupt mit Smith? Für den ist die SCU zuständig. Ein ungelöster Mordfall ist er auch nicht.«

McLean hatte Ritchie angerufen, kaum dass MacBride sich bei der Sicherheitsfirma vergewissert hatte, dass die Angaben auf dem Bildschirm John Smiths Fußfessel betreffend korrekt waren. Zum Glück war DCI Jo Dexter nicht in der Stadt, sonst hätte sie sofort davon erfahren und ihre Kritik wohl kaum höflich formuliert. Stattdessen hatte Ritchie sich jetzt in einem Streifenwagen vom Präsidium aus bis zur Wache mitnehmen lassen und ihn getroffen. Möglicherweise kam sie tatsächlich ihm zuliebe, versuchte zu verhindern, dass er Dummheiten machte, aber tatsächlich vermutete er, dass sie einfach nur mal rauswollte.

»Vermutlich ist es nichts. Eigentlich will ich nur mal nachsehen, was er so treibt, und mich bei der Gelegenheit kurz mit ihm darüber unterhalten, wer ihn zu der Party eingeladen hat.«

»Und wieder stellt sich die Frage: ›Warum‹, Tony? Der Fall ist abgeschlossen. Wenn Sie Smith nerven, wird nicht mehr dabei rausspringen als eine offizielle Beschwerde. Sind Sie so scharf darauf, zum Sergeant runtergestuft zu werden, nur weil allmählich eine Stelle als DCI in greifbare Nähe rückt?«

»Das glaube ich kaum. Dass der Fall abgeschlossen ist, meine ich. Der DCC hat seinen Bericht bekommen, und der Staatsanwalt will die Sache nicht weiterverfolgen, das schon. Aber so was lässt sich nicht einfach unter den Tisch kehren. Das fällt immer wieder auf uns zurück, und wenn es so weit ist, will ich alle Fakten zur Hand haben.«

Ritchie rieb sich die Augen und kniff sich in die Nase, so wie McLean es unzählige Male bei Jo Dexter gesehen hatte. Er wusste, dass er sein Glück strapazierte, wusste aber auch, dass er ganz zufrieden überleben könnte, sollte man ihn tatsächlich feuern – andere im Polizeidienst genossen nicht das Privileg, ein Vermögen geerbt zu haben.

»Ich würde ihn ja auch alleine besuchen und sonst niemanden da mit reinziehen, aber diese Signale von der Fessel. Da stimmt doch was nicht.«

»Okay. Wir gehen ihn zusammen besuchen. Aber das war meine Idee, und ich habe Sie nur gebeten mitzukommen, weil Sie die Aktion geleitet haben, bei der wir ihn verhaftet haben.«

»Gut. Danke.« McLean entspannte sich ein bisschen. Genau so hatte er den Besuch sowieso rechtfertigen wollen. Ritchie hielt inne, einen Augenblick lang dachte er, sie hätte es sich anders überlegt. Aber dann grinste sie ihn schelmisch an.

»Und wir nehmen Ihren Wagen.«

Die Wohnblocks waren Teil der neugestalteten Leith Docks und an die Verwaltungsbüros am Victoria Quay angeschlossen. Ursprünglich sollte die Straßenbahn bis hierher führen, um den Beamten die Anbindung an den Flughafen auf der anderen Seite der Stadt zu erleichtern, aber wegen finanzieller Fehlplanung war dann doch knapp vier Kilometer vorher schon Endstation gewesen. Die ganze Gegend wurde noch immer saniert, was ihr eine leicht schmutzige, unfertige Atmosphäre verlieh. Auch das war eine Folge der Finanzkrise. Fertig würde es hübsch aussehen, aber McLean fragte sich, ob das Viertel auch Seele haben würde. Es war zu weit vom Puls der Stadt entfernt, ausgelagert an die Küste wie eine Kolonie von Aussätzigen. Aus den Augen, aus dem Sinn.

Und teuer. John Smith war offensichtlich nicht knapp bei Kasse und konnte es sich leisten, in einer Wohnung mit Meerblick zu leben. McLean hatte vergessen, wie der Mann seinen Lebensunterhalt verdiente. Vermutlich stand das irgendwo in der Akte, und eigentlich hätte er nachsehen sollen. Wenn Smith ein Computergenie war, dann könnte das vielleicht erklären, weshalb der Sender versagt hatte.

»Geht er noch immer nicht ans Handy?«, fragte er, als er unten am Haupteingang zum Wohnblock erneut auf die Klingel drückte. Ritchie hatte, seit sie die Wache verlassen hatten, mehrfach versucht, die Nummer zu wählen, und verärgert darüber, dass McLean sie nicht ans Steuer gelassen hatte, auf dem Display ihres Handys herumgehackt.

»Nichts. Ans Festnetz geht er auch nicht.«

McLean betrachtete die Namen auf den Schildern. Eine Kamera gab es auch, sodass wer auch immer drinnen war, nachsehen konnte, bevor er jemanden hereinließ. Smith hatte immer noch nicht reagiert, also wählte er eine beliebige andere Wohnung und drückte auf die Klingel. Nach ein paar Sekunden Verzögerung ertönte ein elektronisches Klicken, und die Tür wurde entriegelt. Von wegen Sicherheit.

»Allmählich hab ich ein ganz schlechtes Gefühl bei der Sache«, sagte Ritchie, als sie die Treppe in den zweiten Stock hinaufstiegen. McLean erinnerte sich an das letzte Mal, als sie hier gewesen waren, als Smith die Fußfessel angelegt bekommen hatte, und überlegte, ob sich was verändert hatte. Irgendwie roch es eigenartig, widerlich süß, als hätte jemand Lufterfrischer versprüht, um einen anderen Geruch zu überdecken.

»Wollen Sie Verstärkung rufen?«, fragte er, aber Ritchie antwortete nicht.

Im zweiten Stock gingen vier Wohnungstüren vom Gang ab, zwei der entsprechenden Apartments waren zur Baustelle an den Docks nach hinten ausgerichtet. Zweifellos würde schon bald ein weiterer Wohnblock dort aus dem Boden gestampft und die Aussicht ruiniert werden, aber das von Smith bewohnte Apartment verfügte über einen unverbaubaren Blick aufs Meer. Herrlich um diese Jahreszeit, im Winter vielleicht weniger. McLean klopfte an die Tür, das hohle Geräusch hallte über den Gang. Er lauschte auf Geräusche von drinnen.

»Hätte er sich nicht auch diese Woche auf der Wache melden sollen?«

»Erst morgen. Ich hab nachgesehen. Bis zur Anhörung sind es noch ein paar Monate.«

»So lange? Das ist fast, als wollte jemand verhindern, dass über den Vorfall geredet wird.« McLean klopfte erneut, dann versuchte er die Tür zu öffnen. Mit einem leisen Klicken sprang sie auf. Sie war unverschlossen.

»Mr Smith?« Er stieß die Tür weit auf, trat in den Flur und rümpfte die Nase wegen des Gestanks. Er kannte ihn, hatte ihn schon häufig gerochen, viel zu oft. Er erinnerte sich an den Grundriss der Wohnung von seinem vorangegangenen Besuch und zog ein paar Latexhandschuhe aus seiner Tasche, während er ins Wohnzimmer trat. Die Tür stand leicht offen. Als er hineinspähte, sah er dasselbe bemerkenswert unveränderte Durcheinander wie auch schon beim letzten Mal. Die elektronische Schaltbox für die Fessel stand auf dem Tisch neben dem Telefon und blinkte grün. Von Smith keine Spur, ebenso wenig wie in der Küche.

»O Gott. Hier drüben, Sir.« Ritchie stand auf der anderen Seite des Flurs, an der Tür zum einzigen Schlafzimmer der Wohnung.

»Sie müssen nicht ›Sir‹ zu mir sagen, schon vergessen? Wir haben jetzt denselben Dienstgrad.« McLean ging zu ihr, sah ihr über die Schulter und wünschte, er hätte es nicht getan.

»Tut mir leid. Macht der Gewohnheit.« Ritchie kehrte der Szene den Rücken und zog dabei ihr Handy aus der Tasche. »Wollen Sie's melden, oder soll ich?«

»Wahrscheinlich besser, wenn Sie das machen.« McLean hatte die Handschuhe übergezogen und trat ins Schlafzimmer, um besser sehen zu können. Was er nicht unbedingt wollte, zumal atmen auch nicht einfach war.

John Smith hing im offenen Türeingang zwischen Schlafzimmer und angeschlossenem Badezimmer an einem Stück Lampenkabel, das anscheinend am Türrahmen festgenagelt worden war. Zunächst dachte McLean, er sei eingewickelt in einen alten Müllsack, doch als er genauer hinsah, begriff er, dass es ein Latexanzug war, an einem Bein hochgezogen, sodass die klobige Fußfessel darunter zum Vorschein kam. Smith war kein dicker Mann gewesen, aber der Anzug wölbte sich auf beunruhigende Weise über seinem angeschwollenen Körper, da die durch den Verwesungsprozess entstehenden Gase nicht freigesetzt werden konnten. Er trug keine Kopfbedeckung, aber etwas, das an einen Hundemaulkorb mit Billardkugel erinnerte, sodass er seinen Mund nicht hatte schließen können. Getrockneter Speichel glänzte auf seinem Kinn und auf seiner Brust und war über das glatte Material bis zu seinem Prunkstück heruntergelaufen. Smiths schlaffes Glied hing aus einem Loch im Anzug, das zweifellos eigens zu diesem Zweck dort hineingeschnitten worden war, was McLean wiederum an Eric Parker denken ließ. Von der Vorstellung, dass zwischen beiden Todesfällen ein Zusammenhang bestehen könnte, wurde ihm ganz kalt in der Magengrube.

»Verstärkung ist unterwegs. Ich denke, das überlassen wir lieber der Spurensicherung, meinen Sie nicht?« Ritchie legte ihm eine Hand auf die Schulter, um zu verhindern, dass er weiter im Raum herumschnüffelte. Oder auch nur um die Anspannung zu lösen, er wusste es nicht. Er kehrte dem elenden Anblick den Rücken zu, nickte einmal, dann folgte er Ritchie aus dem Apartment nach draußen in den Gang. Als er die Tür hinter sich zuzog, nahm er einen tiefen Zug von der etwas frischeren Luft.

»Ich hab Ihnen gesagt, dass sich so was nicht unter den Tisch kehren lässt.«

»Autoerotisches Ersticken. Was für ein Abgang.«

McLean stand wieder in Smiths Schlafzimmer, aber diesmal im vollständigen Häschenkostüm der Spurensicherung, und sah zu, wie Angus Cadwallader den Toten untersuchte.

»Du meinst, das hat er sich selbst angetan?«

»Ich kann nichts erkennen, das darauf hinweist, dass ihm jemand geholfen hat. Und die Tatsache, dass er tot ist, lässt auch vermuten, dass niemand dabei war, als es passiert ist. Ich hatte gedacht, dass du durch die Arbeit bei der Sexual Crimes Unit deinen Horizont ein bisschen erweitert hättest, Tony. Ein sehr peinlicher, vorzugsweise von Rockstars, Schauspielern und Politikern gewählter Tod.«

McLean wusste, dass ihn sein alter Freund aufzog, aber an die SCU erinnert zu werden machte es auch nicht besser. Die Spurensicherung hatte eine Stunde gebraucht, bis sie endlich eingetroffen war, Cadwallader noch länger, und McLean hatte die ganze Zeit versucht, sich eine plausible Begründung zurechtzulegen, weshalb er überhaupt bei Smith gewesen war. Auf jeden Fall gut, dass Ritchie mitgekommen war, trotzdem konnte es nicht lange dauern, bis sich jemand danach erkundigte, was zum Teufel er dort verloren gehabt hatte.

»Du nimmst also an, dass der Tod durch Strangulation eingetreten ist?«

»Ah, das fragst du immer. Als Nächstes wirst du wissen wollen, wann. Ich kann sagen: Wahrscheinlich, und es ist mindestens vier Tage her. Den Rest werden wir erfahren, wenn wir ihn auf dem Obduktionstisch haben. Dann wird er seine Geheimnisse preisgeben. Vorausgesetzt, wir bekommen ihn überhaupt dorthin, ohne dass er sich hier im Raum verteilt.«

»Bist du mit der Untersuchung fertig?«

»Ich denke schon.« Cadwallader richtete sich aus der Hocke auf, in die er gegangen war, um den Hintern des verstorbenen John Smith zu betrachten. »Ich schicke ein paar starke Jungs, die ihn runterschneiden.«

McLean sah seinem alten Freund nach, dann schaute er sich im Schlafzimmer um und betrachtete alles im wilden Blitzlicht des Fotografen. Ausnahmsweise war der Raum von einer guten Größe; normalerweise waren die Zimmer in solchen modernen Wohnungen nicht mal groß genug, um sich darin auszustrecken. Das Bett war ungemacht, schwarze seidene Bettwäsche bestätigte das meiste, was er bereits über den Toten wusste. Es stand an der Wand im rechten Winkel zur Badezimmertür, die gegenüberliegende Wand wurde größtenteils von einem riesigen Flachbildfernseher eingenommen. McLean hatte als jemand, der sein Bett kaum länger als für ein paar Stunden jede Nacht sah, den Sinn eines Fernsehgerätes im Schlafzimmer nie verstanden.

Hinter dem Bett gaben zwei verspiegelte Schiebetüren den Weg in einen großen begehbaren Kleiderschrank frei. Smith war eindeutig nicht lange dort gewesen, denn die meisten Schubladen und Stangen waren leer, nur eine knallgelbe Sporttasche stand auf dem Boden. McLean ging in die Hocke, weshalb der Zwickel seines Overalls ihm vorübergehend Schmerzen verursachte, bis es ihm gelang, den Gummizug an der Taille zurechtzuziehen. Der Reißverschluss der Tasche war ein Stück offen, und als er ihn ganz aufzog, kam noch mehr Latex zum Vorschein, außerdem ein paar Flaschen Babyöl und eine lange schwarze Rute, aus der an einem Ende Drähte ragten.

»Vorsicht damit, Sir. Sie wollen doch keinen Stromschlag verpasst bekommen.«

McLean drehte sich um und sah der Fotografin ins Gesicht. Er erkannte Amanda Parsons, die Kriminaltechnikerin, die meistens die beschissenen Jobs abbekam oder Autos zerlegen musste. Sie grinste, richtete die Kamera auf ihn und machte ein Foto. Zweifellos würde es zu Weihnachten in irgendeinem vermeintlich witzigen Zusammenhang auftauchen. Detective Inspector McLean und sein Sexspielzeug.

»Sie wissen, was das ist, Miss Parsons?«

»Sie nicht? Ich dachte, Sie hätten bei der Sitte gearbeitet.«

McLean hielt es für das Beste, nicht zu antworten.

»Das ist ein E-Stim. Das Ding wird da drüben angeschlossen, dann stellt man die Stärke ein und schiebt es sich dahin, wo die Sonne niemals scheint. Soll auch gut gegen Arthritis sein, hab ich mir sagen lassen. Und um die Prostata zu melken.«

»Wenn Sie's sagen.« McLean erhob sich, als ein paar weiß gekleidete Kollegen eintraten, einer mit einem zusammengerollten Leichensack unter dem Arm, der andere mit einer kleinen aufklappbaren Leiter. Es mochte zwar ein anständig großes Schlafzimmer sein, aber nicht riesig.

»Dann will ich euch mal nicht länger bei der Arbeit stören«, sagte er und entfernte sich hastig.

Draußen im Flur war die vorläufig zum Detective Inspector beförderte Ritchie dabei, allen zu sagen, was sie zu tun hatten. Als sie ihn kommen sah, machte sie eine eigenartige Bewegung mit dem Arm. Zu spät begriff McLean, dass sie ihn warnen wollte.

»Was zum Teufel machen Sie hier, McLean?«

Wäre es Spence gewesen, hätte er ihn einfach niedergestarrt.

Auch Jo Dexters Zorn wäre schnell wieder verpufft, und sie hätte irgendeine sinnvolle Verwendung für ihn gefunden. Dass aber Detective Superintendent Brooks in der offenen Wohnungstür stand, darauf war McLean mental nicht vorbereitet gewesen.

»Ist das ein Problem, Sir, dass ich hier bin?« Erst mal auf die Unschuldstour versuchen, vielleicht funktionierte es ja.

»Allerdings. Das ist eine Angelegenheit der SCU, und soweit ich informiert bin, wurden Sie aus der SCU versetzt, weil Sie Ihre Nase unbedingt in die Angelegenheiten Ihrer Kollegen stecken mussten.«

In John Smiths Flur war es sehr still geworden, die versammelten Polizisten und Kriminaltechniker starrten sie alle an. Auf keinen Fall würde McLean ohne mindestens eine schwere Verwarnung aus der Sache herauskommen, aber er wollte verflucht sein, wenn jemand anders dafür aufs Dach bekam.

»Ist Ihnen eigentlich bewusst, dass nebenan ein Toter lag?« Er drehte sich halb um und zeigte in Richtung Schlafzimmer.

Brooks sah ihn an, der verdatterte Ausdruck in seinem fetten Gesicht verlieh ihm das Aussehen des dicken Jungen auf der Schule, der von allen gehänselt wurde. »Was hat das damit zu tun? Natürlich hab ich das gewusst.«

»Und ist Ihnen auch bewusst, dass er vermutlich durch Fremdeinwirkung zu Tode gekommen ist?«

Die Speckrollen an Brooks' Hals wurden immer röter und quollen aus dem engen Kragen hervor. »Schließlich bin ich hier, oder? Was glauben Sie eigentlich?«

»Dann ist Ihnen vielleicht auch bewusst, dass der Tote bei Ermittlungen, die ich geleitet habe, eine zentrale Rolle gespielt hat. Ermittlungen, die ich erst vor wenigen Tagen abgeschlossen habe, weil wir den Fall für erledigt hielten.«

»Ich weiß nicht, was Sie mir eigentlich sagen wollen, McLean. Das hier ist ein Fall für die SCU. Er geht Sie gar nichts an …«

»Er geht mich sehr wohl etwas an, Sir. Ich war für ihn verantwortlich, und nun ist er tot. Es wäre sehr nachlässig von mir, wenn ich mich nicht einschalten würde. Meinen Sie nicht?«

Brooks verengte misstrauisch die Augen, aber McLean sah den Zweifel über sein Gesicht flackern. Er sah sich im Flur um und bemerkte zum ersten Mal das Publikum.

»Habt ihr eigentlich nichts zu tun?«, brüllte er und sah alle finster an, bis sie zurück an ihre Aufgaben eilten. Im selben Moment kamen zwei Gerichtsmediziner in weißen Anzügen aus dem Schlafzimmer und mühten sich mit dem schweren Leichnam in dem schwarzen Sack ab, bis sie ihn schließlich auf einer bereitgestellten, fahrbaren Trage abgelegt hatten. Irgendetwas verursachte ein feuchtes Geräusch, als wäre etwas geplatzt – und plötzlich schwappte Gestank in den Raum wie von einer Monsterwelle Abfall.

»Gott, Allmächtiger!« Brooks legte seine fleischige Hand über Mund und Nase und ging rückwärts zur Tür auf den Treppenabsatz hinaus. McLean wollte ihm folgen, aber der Detective Superintendent blockte ab.

»Nein, Sie nicht, McLean. Sie waren für ihn verantwortlich? Ist das richtig? Also dann legen Sie los. Und ich erwarte einen vollständigen Bericht morgen früh auf meinem Schreibtisch, mit Kopie an den DCC.«

Brooks stolperte Richtung Treppe, und McLean wandte sich zu Ritchie um, die ihn trotz des widerlichen Gestanks mit offenem Mund anstarrte.

»Ich finde, das ist tatsächlich besser gelaufen als gedacht.«

39

Sie ist nicht neugierig, eigentlich nicht. Noch nie hat ihr jemand vorwerfen können, sie würde die Privatsphäre ihrer Gäste nicht respektieren. Einer der wichtigsten Grundsätze einer Pensionswirtin; man geht nicht in die Zimmer, wenn die Gäste nicht da sind, schnüffelt nicht herum. Es sei denn natürlich, sie machen Lärm. Oder kommen und gehen zu den unmöglichsten Uhrzeiten, obwohl sie wissen, dass um dreiundzwanzig Uhr unten abgeschlossen wird. Sie hat sie mitten in der Nacht in dem leeren alten Haus herumgehen hören, Sachen machen, die sie nicht hätten machen dürfen. Und wenn sie ihr bestes Porzellan stahlen? Oder ihre Silberlöffel? Jeden Morgen hat sie nachgesehen, natürlich, aber wenn man nicht nachsieht, dann sind sie auf einmal doch weg. Nein, sie wird mit ihnen reden müssen. Auch wenn sie so ein gutes Empfehlungsschreiben hatten. Bei ihrer Ankunft hat sie sie über die Vorschriften aufgeklärt.

Die Treppe ist länger und steiler, als sie sie in Erinnerung hat. Seltsam, so lange hat sie in diesem Haus gelebt, und nie war es ihr so vorgekommen. Auf dem zweiten Treppenabsatz muss sie erst mal Pause machen. Unten auf den schmalen Stufen, die zur Dachkammer führen. Nur um wieder zu Atem zu kommen, natürlich. Nicht um die leisen Stimmen zu belauschen, die verschwörerisch dort oben murmeln. Natürlich nicht.

Dabei schienen sie so ein nettes Paar zu sein. Höflich und wortgewandt. Sie hatte ein freundliches Gesicht, und er war still, aber hilfsbereit. Bruder und Schwester. Zwillinge, kaum zu glauben. Waren vom Land in die Stadt gekommen, weil sie hier Verschiedenes zu erledigen hatten. Und hatten ein Empfehlungsschreiben dabei. Vielleicht hätte sie damit rechnen sollen, in Anbetracht dessen, von wem sie kamen. Wer sie geschickt hatte.

Auf halbem Wege auf der Treppe hält sie inne. Von hier aus kann sie sehen, dass die Tür zur Kammer sperrangelweit offen steht, Gesprächsfetzen dringen nach unten. Noch ein paar Stufen weiter, und ihre alten Ohren erkennen, dass dort nicht leise gesprochen, sondern gestöhnt wird. Noch ein paar Schritte weiter, dann kann sie durch die Tür in die Kammer schauen.

Sie braucht einen Augenblick, um zu begreifen, was vor sich geht. Die Frau sitzt auf einem der Doppelbetten, mit dem Rücken zur Tür. Sie ist so nackt, wie Gott sie schuf. Ihre Haut ist sehr blass und vollkommen übersät von winzigen dunkellila Narben. Ihr Bruder steht neben ihr, beugt sich über sie. Er hat ein Messer und schneidet ihr mit dem Geschick eines Bildhauers in die Haut, wischt dabei immer wieder mit einem weißen Taschentuch das Blut auf. Bei jedem Schnitt stöhnt sie, ihre Schultern beben vor Schmerz.

Und dann dreht sie sich langsam, aber bestimmt um und sieht zu ihr hin.

»Ach, hallo.« Sie lächelt breit und zeigt die Zähne, ihre Augen sind dunkle Höhlen. »Kommen Sie!«

40

McLean brauchte den ganzen restlichen Tag, bis er dem Apartment am Wasser entkam. Weitere Untersuchungen der Räume hatten weitere Sexspielzeuge und eine Pornosammlung zum Vorschein gebracht, die McLean allein beim Anblick der Coverfotos Tränen in die Augen trieb. Auch als die Leiche schon ins Leichenschauhaus gebracht worden war, musste die gesamte Wohnung noch genau überprüft werden, um festzustellen, ob Smith tatsächlich alleine war, als er starb. Am Nachmittag kam dann der Anruf aus der Chefetage, und ihm wurde offiziell der Fall zugewiesen. Kurz zuvor war jemand von der Hausverwaltung aufgetaucht, eine elegant gekleidete junge Frau, die sich entsetzt darüber zeigte, dass es in ihrem tadellos geführten Apartmentblock von Polizisten und Kriminaltechnikern nur so wimmelte, aber sie hatte immerhin bestätigen können, dass die anderen drei Wohnungen aktuell leer standen. McLean hatte ein paar Constables durch das Gebäude geschickt, sich aber keine großen Hoffnungen gemacht, dass die Befragungen an der Tür etwas ergeben würden. Alles deutete daraufhin, dass jemand, dem niemand hinterhertrauern würde, ein erbärmliches Ende gefunden hatte. Nur sein Bauchgefühl sagte ihm, dass mehr hinter dem Fall steckte, als auf den ersten Blick erkennbar war.

Den Rest des Tages hatte er auf die Anweisung gewartet, alles sauber abzuschließen, aber sie war ausgeblieben. McLean wusste, dass früher oder später etwas passieren würde, also blieb er vor Ort, um persönlich die kriminaltechnischen Untersuchungen zu überwachen.

Erst als der letzte weiß gekleidete Kollege eingepackt hatte und gegangen war, schloss er die Tür mit dem Schlüssel, den er in Smiths abgelegter Hose gefunden hatte, höchstpersönlich ab und fuhr direkt nach Hause.

Ritchie war bereits Stunden zuvor gegangen, hatte erklärt, sie brauche eine Dusche, wolle sich den Gestank abwaschen und was Hochprozentiges trinken, um die Bilder aus ihrem Kopf zu vertreiben, die ihr sehr viel länger als erwünscht im Gedächtnis haften bleiben würden. McLean konnte es ihr kaum vorwerfen. Auch er sehnte sich nach heißem Wasser und duftender Seife, und mit etwas Glück hatte Phil die geheimen Whiskyvorräte noch nicht entdeckt.

Jennys kleiner schwarzer Wagen parkte draußen vor der Tür, als er nach Hause kam. McLean war nicht sicher, wie er das fand. Es war ein langer und grauenvoller Tag gewesen, und normalerweise hätte er eine Wand angestarrt, während es im Haus um ihn herum immer stiller geworden wäre. Oder er hätte Musik aufgelegt, sie aber erst wahrgenommen, als diese längst vom Kratzen der Nadel auf der Endlosrille abgelöst worden war. Ein Psychiater hätte ihm vermutlich erklärt, dass er ungesund viel Zeit alleine verbrachte, und McLean musste zugeben, dass er damit wahrscheinlich nicht falschgelegen hätte.

Als er durch die Hintertür eintrat, kamen ihm Essensgerüche entgegen. Es roch würzig und aromatisch, nicht weniger lecker als im Imbiss. Eigentlich hatte er gar keinen Appetit gehabt, da der Geruch von John Smiths verwesendem Leichnam noch immer an ihm hing wie Körpergeruch an einem Halbstarken. Jetzt knurrte sein Magen voller Vorfreude und erinnerte ihn daran, dass er seit dem Frühstück nichts mehr bekommen hatte, und auch da war es schon nicht viel gewesen.

»Hi, Tony. Wusste nicht, ob du kommst. Ich hab einen großen Topf Curry für Rae und Phil gekocht. Dachte, da bleibt bestimmt genug übrig. Hoffentlich ist dir das recht.«

»Wenn's noch ein kaltes Bier dazu gibt, küsse ich dich«, sagte er, ohne nachzudenken. Jenny wurde genauso rot wie er. Rasch wandte sie sich zum Topf auf dem Herd um und rührte kräftig darin. Man musste kein Genie sein, um zu sehen, dass er einen wunden Punkt getroffen hatte. »Aber ich vermute, Phil hat alles ausgetrunken«, setzte er rasch hinzu.

»Nein, das glaub ich nicht.« Jenny hörte auf zu rühren, behielt aber trotzdem den Topf im Blick. »Man wechselt nur einmal im Leben verkatert Windeln.«

»Wenn du das sagst.« McLean stellte seine Tasche auf den Stuhl. »Ich hatte nicht vor, es jemals auszuprobieren.«

Dieses Mal hörte Jenny auf zu rühren und drehte sich zu ihm um. »Wirklich? Wolltest du nie Kinder haben?«

Er hielt inne, bevor er antwortete, wusste nicht, ob ihm der Gesprächsverlauf nicht doch eher unangenehm war.

»Vor Jahren gab's mal eine Zeit. Aber ich denke, wahrscheinlich ist es jetzt zu spät für mich. Und meine Dienstzeiten sprechen auch dagegen.«

»Du kannst ja immer noch Onkel Tony sein, wenn du frei hast. Ich hol dir erst mal dein Bier.« Jenny stieß sich vom Herd ab und ging zum Kühlschrank. »Das Essen ist mehr oder weniger fertig, du kommst genau richtig.«

»Nicht ganz.« McLean zuckte mit den Schultern und zog an seinem Jackettaufschlag. Der Gestank hing noch im Stoff, jedenfalls kam es ihm so vor. »Ich habe den ganzen Tag an einem ganz besonders unappetitlichen Tatort verbracht. Ich muss dringend erst mal duschen.«

Als er sich gewaschen, umgezogen und die schmutzige Wäsche in eine Plastiktüte gestopft hatte, um den Gestank neutral zu versiegeln, kehrte McLean in die Küche zurück, wo Phil und Rachel bereits an dem für vier Personen gedeckten Tisch saßen. Jennys kulinarisches Können erwies sich als ausgesprochen annehmbar, das Curry war viel besser als die billigen Take-aways, von denen er sich seit geraumer Zeit ernährte. Das Essen in der Küche erinnerte an längst vergangene Zeiten, als Phil und er noch regelmäßig auf die Gastfreundschaft seiner Großmutter zurückgegriffen hatten, um ihr spärliches Studentenbudget zu schonen. Und dass er außer Mrs McCutcheons Katze noch mehr Gesellschaft hatte, half auch, die Anstrengungen des Tages ein kleines bisschen zu vergessen. Sie unterhielten sich, seine Arbeit wurde gar nicht erwähnt, und einen kurzen Moment lang konnte er den aufgedunsenen, verfaulenden John Smith, Heather Marchmonts eigenartige Avancen, Jo Dalgliesh im Krankenhaus und alles andere vergessen, was sein Leben im Moment so kompliziert machte.

Nach dem Essen gingen sie alle zusammen in die Bibliothek. Phil hielt sich immer noch an demselben Glas Bier fest, an dem er schon den ganzen Abend lang getrunken hatte. Es war immer noch halb voll. Aus purer Gewohnheit ging McLean direkt zum Barschrank, der kunstvoll in einem der Bücherregale versteckt war, und holte eine Flasche Whisky heraus, die noch genauso voll zu sein schien wie beim letzten Mal, als er sie gesehen hatte.

»Ich glaube, ich muss passen«, sagte Phil, als McLean ihm ein Glas anbot, was ihm ein Lächeln und ein Tätscheln am Arm seitens seiner Frau einbrachte. Er schlief noch immer in einem der anderen Gästezimmer, aber es hatte den Anschein, als würden die beiden wieder zueinander finden.

»Was ist mit dir, Jenny?« McLean hielt die Flasche hoch und schwenkte die bernsteinfarbene Flüssigkeit darin.

»Ich kann nicht. Bin doch mit dem Auto da.«

McLean wollte gerade anmerken, sie wisse ja nicht, was sie verpasse, da fiel Phil ihm ins Wort.

»Komm schon, Jen. Du kannst ein Taxi nehmen. Rae bringt dir den Wagen morgen, wenn sie dich mit Tony junior besuchen kommt.«

Jenny ließ sich mit der Entscheidung ein kleines bisschen zu viel Zeit. Hätte er sie vernommen, hätte McLean wahrscheinlich gedacht, dass sie ihnen etwas vorspielte.

»Vielleicht einen kleinen«, sagte sie schließlich. »Mit viel Wasser.«

Nachdem er die Getränke eingeschenkt hatte, ließ er sich in seinem Lieblingssessel nieder, während Jenny sittsam in dem anderen saß. Rachel und Phil lagen bereits auf dem Sofa, und so wie sie aussahen, würden sie wohl bald eingeschlafen sein.

»Ist schon eine Weile her, seit außer mir und der Katze noch andere Leute hier waren.« McLean sah sich um und rechnete halb damit, das Tier am leeren Kamin zu entdecken. Wäre er um diese Zeit am Abend alleine gewesen, wäre sie hereinspaziert, vielleicht ein bisschen im Zimmer umhergegangen, hätte sich dann schließlich zusammengerollt und wäre in sicherem Abstand zu ihm eingeschlafen. »Wo ist eigentlich die Katze?«

»Schläft bestimmt beim kleinen Tony im Zimmer«, sagte Jenny. »Sie scheint ziemlich viel Zeit am Kinderbett zu verbringen. Als wollte sie ihn beschützen.«

McLean dachte an den letzten Gast, den er hier gehabt hatte. Madame Rose und ihre Katzenarmee waren nicht lange geblieben, aber ihr Aufenthalt war denkwürdig gewesen. Davor waren Dutzende von Katzen durch seinen Garten geschlichen und hatten ihn vor allem Ungebührlichen beschützt. Ganz besonders eine schon etwas ältere schwarze Katze aus dem Tierheim hatte ihn stets im Auge behalten. Aufgepasst, dass ihm nichts zustieß.

»Hab dich nie als Katzenmensch gesehen, Tony. Hatte dich eher für einen Terriertypen gehalten.«

»Meinst du als Hundebesitzer oder jemanden, der niemals etwas wieder loslässt, das er erst mal in seine Fänge bekommen hat?« Er hob scherzhaft sein Glas und nahm einen kleinen Schluck.

»Ein bisschen was von beidem, denke ich.«

»Gran hatte immer eine oder zwei Katzen hier, aber als ich in

Newington gewohnt habe, wäre das nicht fair gewesen. Die Wohnung lag im obersten Stockwerk – hätte ich eine Katze gehabt, hätte ich sie nicht mal nach draußen lassen können. Und im Flur hat es so schon schlimm genug gerochen, ohne dass auch noch ein Katzenklo im Bad stand. Außerdem bin ich ja sowieso fast nie zu Hause.«

»Aber warum hast du dann diese? Hat sie deiner Großmutter gehört? Ich weiß auch gar nicht, wie sie heißt.«

McLean konnte sich ein Grinsen nicht verkneifen. »Kennst du die Geschichte nicht? Ich glaube, die Katze hat keinen Namen. Sie heißt nur ›Mrs McCutcheons Katze‹. Anders wird sie nicht genannt. Ich hab sie gerettet – nein, das stimmt nicht. Sie hat der alten Dame gehört, die im Erdgeschoss des Wohnblocks gewohnt hat. Und als das Haus abgebrannt ist, hat sie mich adoptiert. Wir beide waren die einzigen Überlebenden. Um ehrlich zu sein, wusste ich nicht mal, dass es eine Katze ist und kein Kater, bis Emma davon gesprochen hat. Und dann hat es der Tierarzt bestätigt.«

Phil schnarchte laut. So laut, dass McLean glaubte, er würde nur so tun, aber dann versank er noch tiefer im Sofa und schmiegte sich an die ebenfalls schlafende Rachel.

»Ich sollte gehen.« Jenny stellte den Whisky, den sie kaum angerührt hatte, auf den Tisch und stand auf. McLean tat es ihr gleich.

»Bist du sicher?«, fragte er. Er befürchtete, dass es weniger Phils Schnarchen gewesen war, das die Stimmung ruiniert hatte, als die Erwähnung von Emmas Namen.

»Hab morgen viel zu tun. Chloe fährt wieder nach Aberdeen, und ich bin alleine im Laden. Bevor Rae kommt, muss ich noch alles Mögliche erledigen. Sie ist das Chaos in Person.«

Jenny bewegte sich bereits auf die Tür zu, vielleicht wollte sie die beiden Schlafenden nicht wecken, aber vielleicht hatte sie es auch einfach eilig wegzukommen.

»Ist mir auch schon aufgefallen.« McLean folgte ihr nach draußen und machte Licht in der Diele. Ein kleiner Stapel mit Briefen wartete auf der Truhe auf ihn, aber er ignorierte ihn. Wahrscheinlich waren es sowieso nur Rechnungen und Werbung.

»Heute Abend. Das hat Spaß gemacht.« Jenny zog die Haustür auf und ließ die kühle Nachtluft in die Diele.

»Das hat es, ja. Hatte fast vergessen, was das überhaupt ist.« McLean folgte ihr hinaus in die Auffahrt und bis zu ihrem kleinen schwarzen Wagen. »Danke.«

»Wir sollten das mal wieder machen.«

»Wäre schön. Vielleicht wenn die beiden jungen Eltern ein bisschen gesellschaftsfähiger sind.«

»Oder ein eigenes Dach über dem Kopf haben.« Jenny beugte sich vor und drückte ihm ein Küsschen auf die Wange. McLean spürte einen kurzen Anflug von panischer Verlegenheit, dann ging sie um den Wagen herum und stieg ein. Als sie den Rückwärtsgang einlegte und wendete, ging er zurück und aus dem Weg. Lässig winkend fuhr sie davon.

Er blieb noch eine Weile dort stehen, spürte den Wind im Gesicht, den anhaltenden Duft ihres Parfüms und dann etwas an seinen Beinen, fast wäre er darüber gestolpert.

»Verdammtes Katzenvieh. Du bringst mich noch mal ins Grab, weißt du das?«

Mrs McCutcheons Katze sah zu ihm auf, dann trottete sie durch die geöffnete Tür. McLean folgte ihr und nahm im Vorübergehen den Poststapel mit. In der Bibliothek schliefen Rachel und Phil immer noch fest, weshalb er leise die Whiskygläser einsammelte, Jennys in sein eigenes umfüllte und sich damit in die warme Küche verzog. Kaum hatte er sich am Tisch niedergelassen, ging er die Post durch – wie immer mit den gleichen gemischten Gefühlen aus Hoffnung und der Überzeugung, dass diese enttäuscht wird.

41

Das Opfer ist männlich, weiß, einen Meter zweiundachtzig groß. Zum Zeitpunkt des Auffindens hing der Tote in einer Schlinge aus einem Elektrokabel. Die ursprüngliche Untersuchung wies auf Tod durch Ersticken hin, höchstwahrscheinlich unbeabsichtigt und selbst verschuldet, aber wir werden uns das noch mal genauer ansehen.«

McLean hatte sich bereits in aller Frühe in den ihm wohlvertrauten Obduktionssaal des städtischen Leichenschauhauses begeben. John Smiths aufgedunsener und verfärbter Leichnam lag in seiner ganzen Pracht auf dem Edelstahltisch. Aus dem Schutzanzug aus Latex befreit wölbte sich die fleckige Haut an den eigenartigsten Stellen. Die Hände waren aufgequollen und dunkel. Auch seine Füße waren durch den Druck der Flüssigkeiten und Gase, die sich darin gebildet hatten, völlig verformt. Es fiel schwer, den Anblick der Leiche mit dem arroganten Mann in Verbindung zu bringen, der bei der Bordellrazzia festgenommen worden war. Der Mann, der sich über seine elektronische Fußfessel beschwert hatte, als sei er der Ansicht, für sein Verhalten nicht mehr als einen Klaps auf die Finger verdient zu haben.

Cadwallader arbeitete streng methodisch und sprach dabei in sein Diktiergerät. Er verwendete viel Zeit auf die Untersuchung der Druckstellen an Smiths Hals und noch länger auf die der Hände, suchte offenbar nach Anzeichen für einen Kampf oder Gewalteinwirkung. Schließlich widmete er sich dem schlaffen Penis, hob ihn mit einem Stab an und betrachtete ihn genauer, als höflich war.

»Tupfer bitte, Tracy.«

Er wartete, bis seine Assistentin ihm das Gewünschte gereicht hatte, und fuhr damit über das behaarte Fleisch unter dem Bauch des Toten.

»Die Leute verwenden die seltsamsten Substanzen als Gleitmittel«, erklärte er, während Dr. Sharp ihm ein Probenglas hinhielt, in das er den Tupfer fallen ließ. »Sieht aus wie getrockneter Speichel. Was es möglicherweise auch ist, aber ich habe an den Händen keinen entdeckt.« Cadwallader nahm die eine, dann die andere Hand und sah noch einmal an den Innenflächen nach. McLean beugte sich vor, als erwartete er, Haare herauswachsen zu sehen.

»Nein, nichts. Also entweder hat er sie gewaschen, oder, na ja … wir werden sehen.«

Der Pathologe fuhr mit der Untersuchung fort und wirkte eigenartig fasziniert von Smiths Genitalien. Jedenfalls kam es McLean so vor.

»Tracy, bitte helfen Sie mir mal. Ich denke, wir müssen ihn umdrehen.«

McLean trat ein paar Schritte zurück, während sie zu zweit die Leiche geschickt auf die Seite drehten. Angesichts der Schwellungen hatte er das entsetzliche Gefühl, Mr Smith könne jeden Augenblick platzen, und er wollte wirklich nicht noch einen zweiten Anzug in die Reinigung bringen müssen.

»Halten Sie mal kurz.« Cadwallader holte eine gefährlich wirkende Zange, während Tracy die Leiche festhielt, dann machte er sich mit großem Enthusiasmus an Smiths Hintern zu schaffen, zog und zerrte an etwas, das McLean – Gott sei Dank – nicht sehen konnte. Schließlich trat der Pathologe einen Schritt zurück, gleichzeitig kam es zu einem schrecklichen Furzgeräusch, und ein Gestank breitete sich aus, der selbst die professionelle Belüftungsanlage des Obduktionssaals überforderte.

»So was bekommt man nicht jeden Tag zu sehen. Nicht mal in meinem Beruf. Ist mir unerklärlich, wieso mir das nicht gleich am Fundort aufgefallen ist. Allerdings hat es auch beeindruckend tief dringesteckt.«

McLean ging um den Obduktionstisch herum, hielt dabei aber penibel Abstand und versuchte das Atmen möglichst zu vermeiden.

»Lassen Sie ihn runter, Tracy«, sagte Cadwallader. »Der Arme muss sich erst mal ausruhen.«

»Was …?«, fragte McLean, aber dann sah er den mit Blut und Scheiße verschmierten Gegenstand, den der Pathologe mit der Edelstahlzange hielt.

»Der Fachbegriff ist, glaube ich, ›Butt Plug‹. Und das hier ist einer aus Metall, wenn mich nicht alles täuscht. Wiegt eine Tonne.« Cadwallader wackelte ein bisschen mit dem fraglichen Gegenstand herum, dann legte er ihn in eine Instrumentenschale und ließ das Ding dabei laut klappern. »Ich glaube, so einen großen hab ich noch nie gesehen.«

Stunden später hatte McLean immer noch das Bild im Kopf und versuchte sich mit stumpfer Schreibtischarbeit abzulenken. Aber jedes Mal wenn er auch nur einen Augenblick innehielt oder ein Fragezeichen an einen besonders einfallsreichen Überstundenantrag malte, hörte er wieder das Geräusch und sah den schweren Metallpfropfen aus Smiths Hintern flutschen. Abgesehen von der Verdorbenheit, nein, dem Irrsinn – wie war es da hingekommen? –, allein der Gedanke verursachte ihm schon derartiges Unwohlsein, dass er auf seinem Stuhl herumrutschte und völlig verkrampfte.

Das schrille elektronische Trällern seines Handys war eine willkommene Ablenkung. McLean suchte es unter den Papieren und sah kurz die Nummer auf dem Display, erkannte sie aber nicht. Trotzdem berührte er die grüne Hörertaste, er war dankbar für alles, was seine Gedanken weg von John Smith und dessen schmachvollem Ende auf etwas anderes richtete.

»McLean.«

»Inspector, Tony. Darf ich Tony sagen?«

»Ich glaube, das haben Sie gerade getan, Miss Marchmont.«

»Heather. Bitte. Ich möchte mich für gestern Morgen entschuldigen. Sie haben mich nicht auf dem besten Fuß erwischt.«

McLean hielt das Telefon einen Augenblick auf Abstand und betrachtete die Nummer. Es war eine Handynummer, aber nicht die, die er von ihr eingespeichert hatte. Benutzte sie ein fremdes Handy? Oder hatte sie sich ein neues besorgt, nur um ihn anzurufen? Wie nannte man so was? Ein Wegwerfhandy?

»Ich hab das Gefühl, Sie wollten mich warnen, Miss … Heather. Wie alle anderen. Vielleicht sollte ich dem Rat folgen.«

»Soweit ich gehört habe, entspricht das nicht Ihrer Art.«

McLean lehnte sich zurück, sah sich in dem winzigen Büro um und hätte sich nicht gewundert, unter einer der durchhängenden Deckenplatten eine versteckte Überwachungskamera zu entdecken. Oder wenn der DCC mit seinen Freunden hereingeplatzt wäre und ihn gefragt hätte, was er zum Kuckuck eigentlich hier mache. Er kannte das Gefühl noch sehr gut aus der Schule; dieses undefinierbare Gefühl, etwas Falsches zu tun und sich Ärger einzuhandeln, ohne wirklich zu wissen, wie und warum.

»Haben Sie sich hinter meinem Rücken nach mir erkundigt?«

»Tut mir leid. Ich musste mich vergewissern. Dass man Ihnen vertrauen kann. Dass Sie nicht sind wie die anderen.«

Jetzt war er sicher, dass sie ihn verarschte. »Miss Marchmont. Heather. Ich weiß nicht, für wen Sie mich halten oder was Sie glauben, das ich für Sie tun kann. Aber allmählich bin ich die Halbwahrheiten und Andeutungen leid. Sie locken mich an, und dann laufen Sie weg. Was wollen Sie eigentlich?«

In der Leitung herrschte so lange Stille, dass McLean dachte, sie hätte schon aufgelegt – auch wenn er natürlich wusste, dass es gar keine Leitung mehr gab und auch niemand mehr auflegte. Aus jahrelanger Erfahrung im Verhören von Verdächtigen wusste er, dass Leute manchmal einfach Ruhe und Zeit brauchten, um den Mut zum Weitersprechen zu sammeln. Sie hatte ihn angerufen, also ging der Anruf nicht auf seine Kosten. Er fing langsam an, lautlos zu zählen, und bevor er bei zwanzig war, unterbrach sie ihn.

»Ich will, dass Sie mir helfen zu entkommen. So wie schon einmal.«

»Wie schon einmal … Wovon reden Sie, Heather? Wann habe ich Ihnen schon einmal geholfen?«

»Ich kann nicht … ich habe schon zu viel gesagt. Sie werden es wissen. Tony, Sie müssen vorsichtig sein. Die werden versuchen, Sie umzudrehen. Sie auf ihre Seite zu ziehen, damit Sie einer von denen werden. Das will ich nicht. Nicht Sie.«

»Aber Sie wollen meine Hilfe. Wie soll ich Ihnen helfen, wenn Sie nicht mit mir sprechen? Mir nicht sagen wollen, was das alles soll?«

»Ich … muss nur einen sicheren Ort finden. Nicht das Café, das kennen die jetzt. Nicht am Telefon. Das wird bestimmt auch überwacht. Vielleicht wollen Sie zu mir nach Hause kommen?«

McLean hätte fast gelacht, dann fiel ihm wieder ein, mit wem er sprach.

»Das wäre wohl kaum angemessen. Nicht nach dem, was sich dort zugetragen hat. Und wenn das Café beobachtet wird, dann wird doch sicher auch Ihr Haus überwacht.«

»Vielleicht kann ich zu Ihnen kommen?«

»Das wäre wohl ebenso wenig angemessen. Und außerdem habe ich zurzeit Gäste.«

»Gibt es denn keinen Ort, an dem wir uns treffen können? Oder weichen Sie mir aus?«

Wieder keine Antwort. Dann ertönte ein Ton in der Leitung, und er merkte, dass Marchmont nicht mehr dran war. Er sah auf das Display und fragte sich, ob er zurückrufen sollte. Vielleicht würde ihnen ja noch ein Treffpunkt einfallen, aber was dann? Sie würde ihn nur wieder anlocken und ihm dann doch nicht verraten, was er wissen musste. Wo waren sie sich schon einmal begegnet? Was hatte er für sie getan? Und wieso konnte er sich nicht daran erinnern?

Kopfschüttelnd schob er das Handy in seine Jackentasche und betrachtete den Papierkram, unter dem er sich vergraben hatte. Er war jetzt nicht mehr halb so interessant; er brauchte etwas anderes, um sich von John Smiths Hintern abzulenken.

Eigentlich lag es nicht direkt auf McLeans Heimweg, das musste er zugeben. Wenn er noch im Präsidium stationiert gewesen wäre und für die SCU gearbeitet hätte, vielleicht hätte es dann Sinn ergeben, aber so war es wirklich eine bescheuerte Idee, am späten Nachmittag quer durch die Stadt ins Western General zu fahren. Und das auch noch, um eine Journalistin zu besuchen, die er noch vor wenigen Jahren gerne in der Hölle hätte schmoren sehen. Erst als er geparkt hatte und das Gebäude betrat, wurde ihm bewusst, dass er eigentlich auch genauso gut hätte anrufen können. Und wenn sie immer noch nicht wieder bei Bewusstsein war?

»Tag, Tony.« Jeannie Robertson begrüßte ihn im Büro der Intensivstation. Streng genommen war jetzt keine Besuchszeit, aber die meisten Krankenhausmitarbeiter kannten ihn gut genug, um es ihm durchgehen zu lassen.

»Guten Abend, Jeannie. Ist sie wach?« Er neigte den Kopf in Richtung Station.

»Dalgliesh? Mehr oder weniger.« Die Schwester mühte sich mit einem schweren braunen Ordner ab, der den Papierkram auf McLeans Schreibtisch vergleichsweise amateurhaft wirken ließ. »Die Schwellung des Gehirns ist zurückgegangen, und die Medikamente wurden abgesetzt. Aber es ist noch früh. Richtig bei Bewusstsein ist sie noch nicht.«

»Kann ich sie sehen?«, fragte McLean, dann hörte er erst, was die Schwester gerade gesagt hatte. »Moment mal. Schwellung im Gehirn? Ich dachte, sie hätte einen anaphylaktischen Schock erlitten.«

»Das war der Auslöser. Aber darüber müssen Sie mit dem Arzt sprechen, es gab Komplikationen. Eine Zeit lang dachten wir, wir verlieren sie.«

»Mir war gar nicht bewusst, dass es so schlimm ist.« McLean rieb sich über das Gesicht und versuchte, die neuen Informationen in seinen müden Kopf zu bekommen. »Wird sie wieder? Ich meine, wird sie wieder ganz gesund?«

»Das kann ich ebenso wenig sagen wie Sie. Sie haben sich häufig genug mit Dr. Wheeler unterhalten. Sie wissen doch, wie das mit Hirnverletzungen ist. Vielleicht wird sie wieder, aber vielleicht hat sie auch irreparable Schäden davongetragen. Wir hoffen Ersteres. Laut Kernspintomografie sieht es ganz gut aus.«

»Und Sie gehen immer noch davon aus, dass es eine allergische Reaktion auf etwas war, das sie gegessen hat?« McLean schaute zu der geschlossenen Tür der Intensivstation und fragte sich, ob er jetzt wirklich reingehen wollte.

»Das ist meine Vermutung. Ist sie eine Freundin von Ihnen? Bis jetzt hat sich niemand nach ihr erkundigt, geschweige denn sie besucht.«

McLean stutzte anlässlich der Frage. Er wusste wirklich nicht, was er darauf antworten sollte. Hatte er sich denn so sehr verändert? Hatte Dalgliesh sich verändert?

»Sagen wir mal, unsere Wege haben sich in letzter Zeit häufiger gekreuzt.« Er dachte an das Treffen im Café, den Kaffee und den Kuchen. »Und ich fühle mich in gewisser Weise verantwortlich.«

Schwester Robertson bückte sich kurz hinter dem Schreibtisch, dann richtete sie sich wieder auf und gab McLean etwas. »In dem Fall können Sie ihr das hier geben. Wenn sie wieder richtig wach ist.«

Er hielt das schmale Plastikröhrchen hoch, um die Schrift darauf und die schlichten grafischen Darstellungen besser erkennen zu können.

»Wissen Sie, wie man das benutzt?«, fragte die Schwester.

»Einen EpiPen?« McLean erinnerte sich an endlose Erste-Hilfe-Fortbildungslehrgänge vor Jahren. Wahrscheinlich müsste er seine Kenntnisse mal wieder auffrischen. »Ja, ist aber lange her.«

»Eigentlich sind die Dinger idiotensicher.« Schwester Robertson grinste. »Müssen sie anscheinend für Leute wie Ihre Freundin Dalgliesh da drin aber auch sein.«

42

»Was machen Sie denn hier, Tony?«

McLean ging langsam, mit Jeannie Robertsons seltsamem Geschenk in der Jackentasche, zum Eingang des Krankenhauses zurück, als ihn eine vertraute Stimme innehalten ließ. Er drehte sich um und sah DCI McIntyre an der Stationstür, die sie offensichtlich gerade hinter sich geschlossen hatte.

»Dasselbe könnte ich Sie fragen, Ma'am.«

»Sagen Sie nicht Ma'am zu mir. War schon schlimm genug, als Sie noch Sergeant waren.« Sie grinste ihn an, aber McLean sah Sorgenfalten in ihrem Gesicht.

»Alles in Ordnung?«

»Nicht wirklich. Ich hab gerade Lucy besucht. So eine Chemo ist schon ein elender Mist.«

»Tut mir leid. Ich hatte keine Ahnung. Wie lange hat sie das denn schon?«

McIntyre ging weiter, und McLean ging mit. Er war McIntyres Lebensgefährtin nur einmal begegnet – kurz nachdem die Nachricht die Runde gemacht hatte, dass McIntyre ihren Mann nach fünfzehn Jahren Ehe für eine Frau verlassen hatte. Da er zuvor auch ihrem Mann schon ein paarmal begegnet war, wusste er, dass McIntyre die richtige Entscheidung getroffen hatte.

»Bei einer Routineuntersuchung vor ein paar Monaten wurde ein Knoten in ihrer rechten Brust entdeckt. Die Ärzte hoffen, dass sie ihn unter Kontrolle haben, aber es ist nicht einfach.«

»Kann ich mir vorstellen. Tut mir so leid. Ich weiß nicht, was ich sonst sagen soll. Viel Glück.«

McIntyre blieb abrupt stehen. »Aber auf der Wache erzählen Sie niemandem auch nur ein Wort davon, Tony, ja?«

»Natürlich nicht. Das würde mir nicht im Traum einfallen.«

»Nein, da haben Sie recht.« Sie ging wieder weiter, dieses Mal ein kleines bisschen schneller. »Und was führt Sie an diesen traurigen Ort? Baggern Sie eine Krankenschwester an?«

»Nein.« Unfreiwillig sah er Schwester Robertson vor seinem geistigen Auge. »Nein, ich habe nach Jo Dalgliesh gesehen.«

McIntyre blieb so unvermittelt stehen, dass McLean schon ein paar Schritte weitergegangen war, bevor er es merkte.

»Wie bitte?«

»Dalgliesh. Die Journalistin. Sie hat etwas gegessen, das sie nicht vertragen hat.« McLean klärte McIntyre über die Einzelheiten auf und sah, wie sich ihr müdes Lächeln in Erstaunen verwandelte.

»Warum zum Teufel interessiert Sie das überhaupt? Sie haben doch sicher längst Pläne für ihre Beerdigung geschmiedet nach allem, was sie Ihnen angetan hat. Dieses Buch über Donald Anderson.«

»Eigentlich schon, oder? Ich weiß nicht, wahrscheinlich bin ich nicht mehr so nachtragend wie früher. Und im Frühjahr hat sie mich vor diesem Irren gerettet.«

McIntyre neigte den Kopf leicht zur Seite, wie ein Hund, der seinen Besitzer beim Dummsein beobachtet. »Aber da steckt noch mehr dahinter, oder? Ich kenne Sie doch, Tony.«

»Na ja, bis zu einem gewissen Grad fühle ich mich mitverantwortlich. Sie hat Kuchen gegessen, der eigentlich für mich bestimmt gewesen war. Zwei Stück davon.«

»Das heißt, sie ist allergisch und bescheuert. Aber deshalb sind Sie doch noch lange nicht dafür verantwortlich.«

»Das ist es nicht, Jayne. Sie hatte nichts dabei, und ich kann mich auch nicht erinnern, dass sie schon mal was von Allergien erzählt hat. Wenn man eine so schwere Allergie hat, dann würde man das doch bestimmt mal erwähnen. In einer solchen Situation. Und wer eine Nussallergie hat, verdrückt doch auch nicht zwei riesige Portionen Schoko-Walnuss-Kuchen.«

McIntyre legte die Stirn in Falten. »Das klingt allerdings eigenartig. Dann glauben Sie also nicht, dass es eine allergische Reaktion war? Sie denken, der Kuchen war vergiftet?« Ihr Gesichtsausdruck ließ vermuten, dass sie dies für weit hergeholt hielt, und McLean musste einräumen, dass sie nicht ganz unrecht hatte.

»Wahrscheinlich war es gar nicht der Kuchen. Und eigentlich hatte es auch gar nichts mit mir zu tun. Aber … es kommt mir eigenartig vor.«

»Und Eigenartiges ist ja Ihr Spezialgebiet. Ich schlage vor, bevor Sie voreilige Schlüsse ziehen, sprechen Sie erst mal mit Dalglieshs Kollegen, vielleicht auch ihrem Hausarzt und bringen in Erfahrung, ob Ihre neue beste Freundin nicht einfach nur sehr dumm war.«

»Sie haben recht. Ich habe wohl alles ein bisschen zu sehr an mich herangelassen in letzter Zeit. Und auch nicht genug geschlafen.«

»Ach ja? Hält Ihre kleine Krankenschwester Sie vom Schlafen ab?«

»Sie sind schlimmer als Phil mit seinen ständigen Anspielungen. Nein, ich hab Gäste zu Hause, die gerade ein Baby bekommen haben. Die Lunge von dem Kleinen ist schon erstaunlich gut entwickelt.«

»Dann haben Sie mein ganzes Mitgefühl.« McIntyre tätschelte ihm sanft den Arm, dann ließ sie ihn im Eingangsbereich stehen. Er sah ihr hinterher, als sie in die beginnende Dämmerung verschwand, und fragte sich, wieso er nicht längst mit ihr über all das gesprochen hatte.

Als McLean erneut die Stadt durchquerte, war der Verkehr

noch schlimmer, denn jetzt nach Dienstschluss drängten alle aus den Büros nach Hause.

Der kleine Alfa war ein lärmender Kokon, sehr viel ungemütlicher als die modernen Polizeiwagen, die er hin und wieder ausborgte. Selbst der moderne Alfa GT, den er geliehen hatte, als sein Auto in der Werkstatt war, hatte sich auf den Schlaglöchern und dem Kopfsteinpflaster, aus denen die meisten Straßen der Stadt bestanden, als bequemer erwiesen, von dem Bentley, den er bei anderer Gelegenheit gefahren war, einmal ganz zu schweigen. Schade nur, dass der GT am Rosskettle Psychiatric Hospital verendet war.

Die Redaktionsräume der *Edinburgh Tribune* waren aus dem modernen, zweckmäßigen Gebäudekomplex unweit von Holyrood und dem Parlamentsgebäude verlagert worden – eine von vielen Sparmaßnahmen, die überall in der Branche um sich griffen, während das Internet immer weiter die Preise drückte, die Menschen für Nachrichten zu zahlen bereit waren. Die verbliebenen Journalisten arbeiteten jetzt in ein paar wenigen Räumen eines sanierten alten Gebäudes, in dem ansonsten vor allem Start-up-Unternehmen und andere Hoffnungsträger des neuen technologischen Zeitalters ihre Firmensitze hatten. Unter anderen Umständen hätte McLean sich darauf verlassen können, dass Dalgliesh an ihrem Platz war, kurzsichtig auf ihren Computerbildschirm starrte und sensationslüsterne Darstellungen an sich langweiliger Sachverhalte für die Abendausgabe des nächsten Tages in die Tastatur tippte. Er hatte gehofft, dass zumindest einer ihrer Kollegen ebenso diensteifrig war. Wenn sie überhaupt noch Kollegen hatte.

Zumindest war es nicht schwierig, in die Redaktion hineinzugelangen. Die Eingangstür war unverschlossen, die Anmeldung in dem schmalen Flur vorne war unbesetzt. McLean betrachtete die Liste der Firmen auf der Anschlagtafel und hoffte, dass auch die jeweiligen Stockwerke dazu angegeben waren, dann ging er zu der schmalen Treppe. Er fand die Redaktion der *Tribune* gleich im ersten Stock, eingepfercht in einen Raum, der nicht viel größer war als seine Bibliothek zu Hause. Die meisten Schreibtische waren leer, aber ein übernächtigt wirkender Mann saß dort und blickte zu ihm auf, sein Gesicht war bleich im Licht des Computerbildschirms.

»Hey, Sie können hier nicht einfach … Ach, Sie sind das.«

Der Mann stand hastig auf und fegte einen Stapel Papier zu Boden, als er um den Tisch herum quer durch den Raum leise fluchend auf ihn zueilte. McLean wusste genau, wie es ihm ging.

»Weiß nicht, ob wir uns schon mal begegnet sind. Ich bin Johnny Bairstow. Ich nehme an, es geht um Jo?«

McLean erkannte die Stimme des Mannes vom Telefon, aber das Gesicht passte nicht zu dem, was er erwartet hatte. Bairstow war jung, auf jeden Fall noch in seinen Zwanzigern, soweit McLean das beurteilen konnte. Ein dunkler Bartschatten lag auf seinem Kinn und den Wangen, als hätte er sich am Vortag rasiert und seitdem kein Bett mehr gesehen. Der Zustand seiner Kleidung und seine allgemeine Angespanntheit verstärkten diesen Eindruck noch.

»Ich war gerade im Krankenhaus und habe mit einer der Krankenschwestern gesprochen.«

»Wirklich?« Bairstows Augenbrauen gingen erstaunt hoch. »Wie geht es ihr?«

»Sie ist noch bewusstlos. Anscheinend wird sie langsam wieder aus dem künstlichen Koma zurückgeholt. Hat mit der Schwellung ihres Gehirns zu tun. Hätte ich nicht für möglich gehalten, aber bitte.«

»Das ist ein verfluchter Albtraum, wissen Sie das? Schon schwer genug bei dem Budget, das wir haben, eine Zeitung zustande zu bringen, aber jetzt hab ich auch noch meine wichtigste Reporterin verloren.« Bairstow lehnte sich an den nächsten

Schreibtisch wie ein Mann, dessen Beine ihm den Dienst versagen. Er war sehr dünn, vermutlich lief er nur zum Spaß Ultramarathon oder sonst etwas ähnlich Absurdes. Trotzdem hatte McLean Mitleid mit ihm. Er wusste sehr gut, wie es war, praktisch ohne Geld und mit einem verschwindend kleinen Team arbeiten zu müssen.

»Dann will ich Ihre Zeit nicht verschwenden. Ich hab nur ein paar Fragen.«

»Ach ja? Ermittelt die Polizei wegen ihres Zusammenbruchs? Ist daran etwas verdächtig?«

McLean trat sich mental in den Hintern, weil er vergessen hatte, dass Bairstow Journalist war. »Die Polizei nicht. Sofern sie nicht stirbt, nein.«

»O Gott, Sie glauben doch nicht, dass es so weit kommt, oder?«

»Jo Dalgliesh? Tod durch Kuchen? Nein. Dafür ist sie viel zu zäh.«

»Kuchen?«

»Das wollte ich Sie fragen. Die Ärzte gehen davon aus, dass sie etwas Unverträgliches gegessen hat. Das Einzige, was mir einfällt, ist der Schoko-Walnuss-Kuchen, den sie in dem Café gegessen hat, in dem wir uns vormittags getroffen hatten. Wussten Sie, dass sie an einer Nussallergie leidet?«

Dieses Mal ging Bairstows Mund auf und blieb eine Weile offen stehen, während er noch überlegte, was er sagen sollte.

»Nüsse? Aber das ist unmöglich.«

»Hat sie niemandem davon erzählt? Kommt mir ein bisschen blöd vor.«

»Nein, das meine ich nicht.« Bairstow stieß sich vom Schreibtisch ab, ging drum herum, bis er auf der anderen Seite war, zog eine der Schubladen auf und holte eine Tüte raus. »Das hier ist Jos Arbeitsplatz. In den Redaktionsräumen darf sie nicht rauchen, und sie hasst Nikotinkaugummi. Also futtert sie stattdessen so was. Macht ständig Witze, dass es auch noch gesund sei.«

McLean schaute die Tüte genauer an und erkannte das Logo eines nahe gelegenen Bioladens.

Ein Kilo Studentenfutter.

Es war noch immer gerade so hell, als McLean endlich nach einem, wie es ihm vorkam, unvernünftig langen Tag nach Hause zurückkehrte. Von Jennys schwarzem Wagen keine Spur, und als er in die Küche kam, starrte ihn Mrs McCutcheons Katze von ihrem gewohnten Platz mitten auf dem Holztisch aus an. Dass sie sich an diesem ungeschützten Ort niedergelassen hatte, verriet ihm, dass sonst niemand im Haus war. Vage erinnerte er sich, dass die Rede davon gewesen war, dass Rachel und Phil heute Abend ausgehen wollten. Trotzdem war er erstaunt, dass der kleine Tony junior sie noch nicht zur Heimkehr gezwungen hatte. Es sei denn, er übernachtete heute bei seiner Tante.

»Dann sind wir also unter uns, du und ich«, sagte er zu der Katze. Wie gewöhnlich ignorierte sie ihn.

Wenn Besuch im Haus übernachtete, war meist mehr Essen da als sonst – das war das Gute daran. Und Phil hatte offenbar angefangen, sich mit der harten Realität des Vaterseins abzufinden, und aufgehört, sämtliche Biervorräte auf einmal in sich hineinzuschütten, wie er dies in der Vergangenheit getan hatte. Das bedeutete, dass McLean etwas zu essen fand, ohne erst den Stapel an Imbissflyern und Lieferservices an der Pinnwand neben dem Telefon bemühen zu müssen. Beim Essen ging er die Post durch und hoffte noch immer vergebens auf eine Postkarte von Emma, dann endlich räumte er die Teller weg und ging mit einem Becher Tee sowie seinen vorläufigen Notizen und dem Bericht über den Fall der Pentland-Mumie in die Bibliothek. Ging doch nichts über ein bisschen leichte Lektüre vor dem Zubettgehen.

Er hatte kaum angefangen zu lesen, als Mrs McCutcheons Katze hereinkam und durch den Raum schlich. Er sah ihr eine Weile lang zu, dann merkte er, dass er ihre Gesellschaft vermisst hatte. Sie hatte den Teppichläufer fast überquert, als sie plötzlich stehen blieb, einen Buckel machte und den Schwanz auf eine Art sträubte, die durchaus Eindruck gemacht hätte, wäre er nicht so dünn und ausgefranst gewesen. Sie starrte zur Dielentür, als hätte sie dort ein Gespenst gesehen. Wenige Sekunden später klingelte es.

McLean steckte den Bericht wieder in seine Tasche und ging aufmachen. Er hatte keinen Wagen gehört, was bedeutete, dass wer auch immer draußen stand, höchstwahrscheinlich gelaufen war, wahrscheinlich jemand aus der Nachbarschaft. Vielleicht war es sogar Mary Currie, die Pastorin. Er hatte eine ganze Weile nicht mehr mit ihr gesprochen. Ein kurzer Blick auf die Uhr zeigte, dass es sehr viel später war, als seine Großmutter noch Gäste empfangen hätte, aber vielleicht hatten auch Phil und Rachel einfach ihren Schlüssel vergessen.

»Äh … Inspector … Tony. Tut mir leid. Ich hätte nicht kommen sollen. Ich wusste nicht, an wen ich mich wenden kann.«

Es war nicht Phil und auch nicht Rachel. Vor seiner Tür stand, mit einem kleinen Stoffbeutel in der Hand, die kleine elfenhafte Gestalt von Heather Marchmont.

43

Wahrscheinlich sollte ich fragen, woher Sie wissen, wo ich wohne, aber wahrscheinlich finden Sie so was leicht heraus.«

McLean lehnte am Herd, Heather Marchmont saß jetzt am Küchentisch. Es schien der beste Platz für sie zu sein, auch wenn er eigentlich am liebsten ein Taxi gerufen, sie hineingesetzt und direkt nach Hause geschickt hätte.

»Tut mir leid. Ich weiß, dass ich nicht hätte kommen dürfen. Aber ich wusste nicht mehr, wohin.« Sie saß aufrecht da wie ein verlegener Teenager und umklammerte mit beiden Händen den Beutel auf ihrem Schoß. Ihren Mantel hatte sie nicht ausgezogen, was hoffentlich bedeutete, dass sie nicht lange bleiben wollte. Allerdings hatte die Art, wie sie ihn ansah, etwas Beunruhigendes. In ihrem Blick lag eine verzweifelte Gier. Oder bildete er sich das nur ein?

»Wenn Sie bedroht werden, sollten Sie das der Polizei melden.« McLean kehrte ihr den Rücken zu, als er den Kessel hörte. Er machte sich daran, das Wasser in Becher zu gießen, und suchte Milch und Kekse.

»Das ist es nicht.« Marchmont hielt eine Weile inne, als würde sie sich ihre nächsten Worte überlegen. »Ich hatte heute Besuch von einer alten … na ja, ich würde nicht direkt sagen Freundin. Eher einer Bekannten. Einer Person, der ich früher sehr nahestand, die ich aber lange nicht gesehen habe.«

»Eine Schulfreundin?« McLean setzte ihr den Becher vor. Sie sah ihn an, nahm aber die Hände nicht von dem Beutel.

»Könnte man so sagen. Schule. Wahrscheinlich. Jedenfalls habe ich dort sehr viel gelernt.«

»Und was hat diese Schulfreundin gesagt, das Sie veranlasst hat herzukommen?« McLean zog sich einen Stuhl heran und nahm Marchmont gegenüber Platz. Kaum hatte er dies getan, sprang Mrs McCutcheons Katze auf den Tisch. Marchmont zuckte zusammen.

»Oh, Sie haben eine Katze.«

»Ich bin mir nicht sicher, ob sie das genauso sehen würde. Eigentlich bin ich hier nur geduldet.«

»Wie alt ist sie? Sie sieht alt aus.«

»Ich habe keine Ahnung. Sie gehörte einer alten Dame unten in Newington, wo ich früher gelebt habe. Das Haus ist vor ein paar Jahren abgebrannt. Mrs McCutcheons Katze und ich haben als Einzige überlebt. Wahrscheinlich sind wir deshalb zusammengeblieben.«

Marchmont nahm langsam eine Hand von der Tasche und streckte sie aus, damit die Katze daran schnuppern konnte. Bei der Bewegung verrutschte ihr Mantelkragen und entblößte etwas Schwarzes darunter. Ein Kleidungsstück, ein sehr glattes, das sich wie eine zweite Haut an ihre Konturen schmiegte. Die Katze stand auf und streckte sich, dann schnupperte sie vorsichtig an der ausgestreckten Hand und rieb ihr Gesicht an dem Finger.

»Anscheinend hat sie was für Sie übrig«, sagte McLean.

»Ich mag Katzen. Alice nicht, deshalb hatten wir auch nie welche.«

»Alice?«

»Meine Freundin. Na ja, Bekannte. Die ich heute getroffen habe. Ich dachte, ich hätte das alles hinter mir gelassen, aber so richtig geht das wohl nicht. Man entkommt nie wirklich.«

McLean nahm seinen Becher und trank einen Schluck Tee. Marchmonts Stimme hatte etwas leicht Hypnotisierendes. Es war ihm zuvor noch nicht aufgefallen, aber allmählich erfüllte ihr Duft den Raum und überdeckte schon bald die gewöhnlicheren Gerüche von gekochtem Essen, verkippter saurer Milch und dem Katzenklo, das dringend sauber gemacht werden musste. Früher oder später würde Heather Marchmont auf den Punkt kommen müssen, aber einstweilen hatte er nichts dagegen, wenn sie sich Zeit ließ.

»Sie hat mir in Erinnerung gerufen, wer ich bin. Was ich machen sollte. Was ich denen schuldig bin und was ich Ihnen schuldig bin.«

Marchmont erhob sich plötzlich, Mrs McCutcheons Katze sprang überrascht auf. Sie legte den Beutel auf den Tisch und schlüpfte aus dem Mantel. Darunter trug sie einen Ganzkörperanzug aus demselben glänzend schwarzen Material, das er in Stacey Craigs Kleiderschrank gesehen hatte. Es saß so eng, dass es beinahe aussah, als wäre ihr Farbe auf die nackte Haut gemalt. Der Latex quietschte und dehnte sich, während sie zielstrebig um den Tisch herum auf ihn zuging. Er hatte sie sich immer dünn vorgestellt, aber der Anzug brachte unerwartete Kurven zum Vorschein, umschmeichelte ihre langen Beine, betonte ihre Taille und die leichte Rundung ihres Bauchs. Dann setzte sie sich rittlings auf ihn drauf. McLean war eingeklemmt und konnte weder den Stuhl zurückschieben noch aufstehen.

»Bitte, Heather. Das ist nicht …«

»Schhh.« Sie brachte ihn mit einem einzigen Finger an den Lippen zum Schweigen und ließ einen beinahe schon brutalen Kuss folgen. Er versuchte sich diesem zu entziehen, aber ihre Hände waren überall, das glänzende schwarze Material war glatt, und er bekam es kaum zu fassen. Der betörende Duft verhinderte, dass er einen klaren Gedanken fassen konnte, während ihr langes schwarzes Haar ihm über das Gesicht strich, seinen Widerstand erstickte. Er hatte einen anstrengenden Tag hinter sich, einen langen Monat, schwierige Jahre. Sicher war nichts falsch daran, sich ein kleines bisschen aufmuntern zu lassen. Ein bisschen Spaß konnte doch nicht schaden.

Und dann brach ein entferntes Geräusch den Zauber. Marchmont erstarrte und löste sich, sie schaute wütend an McLean vorbei zur Tür. Halb gebückt sah sie aus wie eine Katze, die überlegte, ob sie ihre Beute verteidigen oder das Weite suchen sollte.

»Oh, äh, peinlich.«

McLean drehte sich auf seinem Stuhl um und war unsicher, ob er aufstehen sollte – oder konnte. Phil stand starr in der geöffneten Tür, die Babytrage mit dem fest schlafenden Tony junior darin. Hinter ihm zog Rachel die Tür zu, sie hatte keine Ahnung, was sich gerade in der Küche abgespielt hatte.

»Ist nicht das, wonach es aussieht … Mist. Wem mache ich eigentlich was vor? Phil, das ist Heather Marchmont. Heather, Phil Jenkins.«

Marchmont ging würdevoll und elegant auf die andere Seite des Tisches, wo sie ihren Mantel über der Stuhllehne abgelegt hatte. Als sie ihn wieder überzog, wirkte sie ganz anders als die schüchterne, leicht ungeschickte junge Frau in dem Café. Bis Rachel ihren sprachlosen Ehemann aus dem Weg gestupst und selbst in die Küche getreten war, saß Heather Marchmont wieder mit den Händen auf der Tasche wie eine der älteren Damen in Jenner's Teesalon. Adrett und anständig. Auch der Duft, der die Küche erfüllt hatte, war verflogen, als hätte sie ihn vollständig wieder eingesogen.

»Aus dem Weg, Phil. Du stehst mitten im Eingang. Oh.« Rachel machte halt, als sie Marchmont entdeckte. »Hab gar nicht gesehen, dass du Besuch hast. Hallo.«

Als sie ihren Tee tranken, war die Stimmung eher gedämpft, das musste McLean zugeben. Marchmont hatte sich innerhalb einer Sekunde von der hemmungslosen Kreatur wieder in die prüde, leicht schüchterne und verletzbare Person verwandelt, die er ursprünglich kennengelernt hatte. Es war schwer, ihr direkt in die Augen zu sehen, wissend, was sie unter ihrem Mantel trug. Auch Phil schien nicht so richtig zu wissen, was er sagen sollte. Nur Rachel, die das Vorangegangene nicht mitbekommen hatte, benahm sich ganz normal.

»Ich bin Rachel«, sagte sie und streckte Marchmont eine Hand entgegen.

»Arbeiten Sie mit Tony?«

»Ich …« Marchmont erstarrte einen Augenblick. »Ich bin Heather. Und nein. Jedenfalls nicht direkt. Ich habe ihm nur bei einem Fall geholfen.«

»Wie aufregend. Er erzählt uns nie, woran er gerade arbeitet, behauptet nur immer, es sei entweder zu grauenhaft oder zu langweilig.«

Marchmonts Blick wanderte von Rachel zu McLean und wieder zurück. »Ich bin sicher, es gibt einiges, was er Ihnen gar nicht verraten darf. Juristisch kann das ein Problem sein.«

»Dann sind Sie Anwältin?«

»Für Unternehmensrecht, Verträge und so ein langweiliger Kram. Aber von der kriminellen Seite verstehe ich doch auch ein bisschen was.«

»Ist das Wasser noch heiß? Für einen Tee würde ich morden.« Rachel wandte sich wieder an McLean. Inzwischen war genug Zeit vergangen, sodass er es verantworten konnte aufzustehen, und so machte er sich an seine Aufgabe, war sogar froh, etwas zu tun zu haben.

»Ich sollte wohl besser nach Hause fahren«, sagte Marchmont und umklammerte dabei immer noch den Beutel, als wäre er mit Gold gefüllt. Oder die Quelle des berauschenden Dufts, der jetzt vom Gestank einer frisch befüllten Windel überdeckt wurde.

»Darf ich Ihnen ein Taxi rufen?«, fragte McLean im selben Moment, in dem Phil sagte: »Ich glaube, Tony hat ein Geschäft gemacht.«

Marchmont runzelte die Stirn und sah von einem Mann zum anderen. »Tony?«

»Der kleine Anthony junior.« Phil beugte sich über die Babytrage und hob seinen neugeborenen Sohn heraus. »Bitte entschuldigen Sie, aber er ist noch nicht stubenrein. Wahrscheinlich ist es besser, wenn ich mich nebenan darum kümmere.« Er legte sich das Baby an die Schulter und ging zur Tür. Unwillkürlich sah McLean Marchmonts Gesichtsausdruck. Teils Verwunderung, teils Entsetzen lag darin.

»Da bitte, Rae.« Er stellte ihr einen Becher auf den Tisch, dann wandte er sich an Marchmont. »Soll ich jetzt das Taxi rufen?«

»Ich … ein Baby …« Sie stand so unvermittelt auf, dass ihr Stuhl umkippte und geräuschvoll zu Boden krachte. Sie schien es gar nicht zu merken, sondern starrte auf die Tür, durch die Phil gerade verschwunden war.

»Sie haben nicht gesagt … ich wusste nicht …«

»Rae und Phil wohnen hier so lange, bis sie was gefunden haben. Sie haben eine Weile in den USA gelebt.« McLean war nicht sicher, warum er das erklärte, Marchmont hörte offensichtlich gar nicht zu. Sie trat vom Tisch zurück und wich dabei irgendwie dem umgekippten Stuhl aus, obwohl sie den Blick nicht von der Tür nahm. McLean holte sie am Durchgang zur Diele ein und nahm sie sachte am Arm. Bei seiner Berührung schien sie ein kleines bisschen die Fassung wiederzuerlangen, und sie sah ihn leicht schaudernd an. »Das haben Sie mir nie erzählt.«

»Ist nicht mein Baby, Heather. Kommen Sie. Ich fahre Sie nach Hause, wenn wir kein Taxi für Sie auftreiben können.« Er verfluchte sich wegen des Angebots noch im selben Moment, in dem er es aussprach. Aus der Nähe nahm er wieder ihren Duft war, diesen zarten, berauschenden Duft, der sich an sie schmiegte wie das Latex, von dem er wusste, dass sie es unter ihrem Mantel trug. Schlimm genug, dass sie alleine in der Küche gewesen waren. Nicht auszudenken, was in der Enge des Wagens passieren mochte.

»Nein, schon gut.« Marchmont machte sich los, der offensichtliche Schock, den sie beim Anblick des Babys erlitten hatte, schien nachzulassen. »Es ist ein warmer Abend, ich gehe zu Fuß. Gute Nacht, Rachel. War schön, Sie kennenzulernen.«

»Ach. Wohnen Sie in der Nähe?« Rachel erhob sich ein Stück, sackte dann aber wieder auf ihren Stuhl.

»Nahe genug. Sagen Sie Phil für mich auf Wiedersehen. Und dem kleinen … Tony?« Sie drehte sich um und ging so schnell durch die Diele, dass McLean fast springen musste, um sie einzuholen. Er erreichte sie in dem Moment, in dem sie die Tür aufzog.

»Tut mir leid. Ich hätte nicht herkommen sollen«, entschuldigte sie sich, bevor er etwas sagen konnte. »Was ich eben getan habe. Das war falsch. Das wird mir jetzt klar. Sie sind nicht wie die anderen. Ich hab's gedacht, aber das stimmt nicht. Lassen Sie nicht zu, dass Sie auch so werden. So wie ich.«

»Heather, ich weiß nicht …« McLean wollte etwas sagen, aber sie legte ihm einen Finger auf die Lippen und ließ ihn verstummen.

»Schon gut, Tony. Ich werde es denen erklären. Das müssen die verstehen. Sie werden mich nicht wiedersehen.«

Und damit drehte sie sich um und ging.

»Du gerissener alter Hund, Tony. Und ich dachte, du trauerst immer noch Emma hinterher.«

Rachel hatte ihren Tee getrunken und das Baby mit nach oben genommen, nachdem sie erklärt hatte, sie sei fix und fertig. McLean fühlte sich genauso, und außerdem auch noch völlig durcheinander. Aber er hütete sich davor, seinen alten Freund im Ungewissen zu lassen, der die halbe Wahrheit seiner Frau und diese dann zweifellos Jenny weitererzählen würde, also hatte er Phil einen Absacker vorgeschlagen. Phil hatte nichts gesagt, bis sie beide in der Bibliothek waren, jeweils einen Whisky in der Hand hielten und die Tür fest hinter sich geschlossen hatten.

»So war das nicht, Phil.« McLean hielt eine Hand hoch, um den unvermeidlichen Widerspruch abzuwehren. »Ja, ich weiß, was du gesehen hast. Und glaub mir, ich weiß auch, was ich gespürt habe. Aber das war nicht meine Idee, und ich hab sie ganz bestimmt nicht eingeladen.«

Phil bedachte ihn mit seinem schönsten skeptischen Stirnrunzeln. »Und wer ist sie, deine Schönheit in Latex? Das war ein ganz schön abgefahrenes Outfit, weißt du das?«

»Ich hab's dir schon gesagt. Sie heißt Heather und ist Anwältin für Unternehmensrecht. Jedenfalls behauptet sie das. Allmählich hab ich meine Zweifel. Wir haben sie vor ein paar Wochen vernommen. Du weißt, dass ich dir nicht sagen darf, in welchem Zusammenhang, aber zum Schluss wurde doch keine Anzeige erstattet. Seitdem hat sie mich immer wieder angerufen, wollte mir etwas sagen. Als sie plötzlich aus heiterem Himmel hier auftauchte, dachte ich, es würde wieder auf dasselbe hinauslaufen. Aber wie sich herausstellte, hatte sie was anderes mit mir vor. Es sei denn, dass es das war, was sie mir die ganze Zeit schon hatte sagen wollen.«

»Manche Leute haben einfach immer Glück.« Phil stieß einen kleinen wehmütigen Seufzer aus, dann nahm er einen Schluck Whisky.

»Du hast uns gestört, schon vergessen?« McLean nahm einen Schluck. »Und dafür stehe ich auch ewig in deiner Schuld. Das ist die Sorte von Verwicklung, die ich gerade überhaupt nicht gebrauchen kann.«

»Wirklich? Ich fand, es sah nach einer ganz angenehmen Verwicklung aus.«

»Du bist verheiratet, Jenkins. Hast einen kleinen Sohn. Benimm dich.«

»Mach ich, wenn du's auch tust, Tony.«

»Aber jetzt mal im Ernst. Irgendwas geht da vor sich, und ich komme einfach nicht dahinter, was.«

»Du meinst, abgesehen davon, dass sie sich dir in einem Catsuit aus Latex an den Hals geworfen hat?«

»Nein, das ist es nicht. Und wenn ich gemein wäre, würde ich sagen, sie ist ein bisschen zu jung für mich. Da ist noch was anderes. Ich werde das Gefühl nicht los, dass ich sie von irgendwoher kenne. Sie hat eindeutig Probleme, für die sie Hilfe benötigt.«

»Ich vermute, das hat was mit dem zu tun, was du über sie weißt, mir aber nicht verraten darfst?«

»Genau. Leider.«

»Wenn du Beistand brauchst, komme ich und rette dich.« Phil hob im Scherz sein Glas. McLean tat es ihm gleich. Nicht ganz wie in alten Zeiten, schließlich ließen die sich auch nicht wiederholen. Aber diesen verdammt ähnlich.

»Keine Sorge, Phil. Ich weiß, an wen ich mich wenden muss.«

44

Übermüdet und mit dickem Kopf stieß McLean durch die Hintertür der Wache, wieder einmal viel zu früh. Er hatte kaum geschlafen, die ganze Nacht von sich windenden Körpern schlecht geträumt und geglaubt, unter schwarzen Haaren und einem undefinierbaren Parfüm zu ersticken, das auch noch in der Luft zu liegen schien, als er es mit dem Schlafen schließlich aufgab, aufstand und sich erst mal lange unter die kalte Dusche stellte. Eine heiße wäre ihm lieber gewesen, aber es war so früh, dass der Boiler noch nicht angesprungen war, und anscheinend hatte jemand am Vorabend gebadet. Er konnte nicht mit absoluter Sicherheit sagen, dass es Rachel gewesen war, aber er kannte Phil länger als ein halbes Leben, und sein alter Freund war noch nie sehr gewissenhaft gewesen, wenn es ums Waschen ging.

»Morgen, Sir. Haben Sie's schon gehört?« Detective Sergeant MacBride begrüßte ihn viel zu fröhlich im Gang, der in sein winziges Büro führte, sein Tablet unter dem Arm.

»Hab ich *was* gehört, Sergeant?« McLean war im Moment eigentlich nicht nach Stationstratsch, und er hoffte, wenn er MacBride mit seinem Dienstgrad und nicht mit dem Vornamen ansprach, würde er ihm dies signalisieren.

»Die Pentland-Mumie. Sie wissen doch, dass wir dachten, es könnte sich um einen Mann namens Daniel Calton handeln?«

McLean war neu, dass MacBride dem Cold Case Team zugeteilt worden war, aber darüber würde er sich bestimmt nicht beschweren. »Duguid meint, er wolle versuchen, lebende Angehörige zu finden, damit wir die DNA abgleichen können.«

»Genau, und er hat jemanden gefunden. Einen lebenden Angehörigen.«

»Wirklich? Als ich ihn das letzte Mal gesehen habe, hat er nichts davon gesagt. Wer ist dieser mysteriöse Angehörige?«

MacBride schaute auf sein Tablet, obwohl McLean sicher war, dass er den Namen gar nicht ablesen musste. »Eine Miss Eileen Prendergast, Caltons Nichte.«

»Ich gehe davon aus, dass Sie auch ihre Adresse haben?«

»Na klar, sie wohnt in Duddingston. Führt eine Pension oder ein Gästehaus.«

McLean sah auf die Uhr, obwohl er ganz genau wusste, wie spät es noch vor fünf Minuten gewesen war, als er den Wagen geparkt hatte. »Haben Sie heute Morgen viel zu tun?«

»Kommt drauf an, ob es mir gelingt, DI Carter aus dem Weg zu gehen.« MacBride lächelte nicht, und McLean begriff, dass die Bemerkung kein Scherz gewesen war.

»Ist es so schlimm?«

»Schlimmer. Ich kann mir nicht vorstellen, dass er sich viel länger halten kann. Solange er das Sagen hat, veranstaltet er ein Riesenchaos, das wir anderen alle wieder in Ordnung bringen müssen.«

»Na gut, schauen Sie mal, ob Sie einen Wagen für uns auftreiben können. Ich brauche erst mal einen Kaffee. Danach statten wir Miss Prendergast einen Besuch ab.«

Er hatte keine Ahnung, wie MacBride es geschafft hatte, aber der Wagen war vermutlich der neueste, in dem McLean je gesessen hatte. Den Sitzen und dem Geruch nach konnte er gerade erst angeliefert worden sein. Es handelte sich um einen BMW. Die ersten zehn Minuten der Fahrt betrachtete er nur die Innenausstattung und fragte sich, ob sich etwas Ähnliches vielleicht für ihn als weniger anfällige Alternative zu seinem Alfa Romeo eignen würde.

»Verstehen Sie was von Autos, Stuart?« McLean klopfte auf das Armaturenbrett, während MacBride vorsichtig auf die Peffermill Road einbog. Der Detective Sergeant antwortete nicht, atmete nur lange und langsam aus, sodass McLean bewusst wurde, dass er ihm dieselbe Frage schon viele Male gestellt hatte. »Entschuldigung, ich weiß es ja. Ich muss wohl einfach die Zähne zusammenbeißen und was unternehmen. Kann nicht ewig in dem alten Alfa herumfahren. Aber es scheint die richtige Zeit zu sein, sich nach was anderem umzusehen.«

»Von den jüngeren Detectives wären einige sehr traurig, wenn Sie's täten, Sir. Dann könnten sie sich überhaupt nicht mehr drüber lustig machen.«

»Ach was?« McLean dachte kurz darüber nach. Natürlich, so funktionierte das Gehirn eines Polizisten. »Ach egal, wenn die dafür keinen anderen verarschen …«

Sie schwiegen, während MacBride den Wagen nach Duddingston steuerte. Sinnlos, ihn zu fragen, ob er wusste, wohin er fuhr; der Detective Sergeant hatte sich garantiert vor der Abfahrt die Karte angesehen. Aber ein Thema wollte er doch noch ansprechen, und wahrscheinlich war jetzt nicht der schlechteste Zeitpunkt dafür.

»Haben Sie noch was über Heather Marchmont herausgefunden?« Er dachte, er habe die Frage beiläufig ins Gespräch einfließen lassen, aber an der Art, wie der Detective erstarrte und das Lenkrad umklammerte, erkannte er, dass er einen wunden Punkt getroffen hatte. MacBride schaute hinauf zu den Hochhäusern ringsum, dann erst antwortete er, fast als würde auch er glauben, beobachtet zu werden.

»Ich hätte es wirklich besser wissen müssen und so was gar nicht für Sie machen dürfen, Sir. Hätte mich meinen Job kosten können.«

»Was? Wieso denn?«

»Kaum hatte ich den Namen Marchmont in den PNC eingegeben, hat auch schon mein Telefon geklingelt. Der verfluchte DCC war dran und wollte wissen, wieso ich mich für die Frau interessiere.«

»Nennen-Sie-mich-Stevie? Was haben Sie gesagt?«

»Was hätte ich sagen *sollen*? Dass Sie um ein paar Hintergrundinformationen für Ihren Abschlussbericht zur Bordellrazzia gebeten haben, natürlich. Er meinte, das habe sich inzwischen erledigt, und ich solle mir nicht die Mühe machen. Tut mir leid, wenn ich Sie da reingeritten habe, Sir.«

»Du lieber Himmel, nein. Mir sollte es leidtun, Stuart. Hätte ich gewusst, dass Miss Marchmont derart tabu ist, hätte ich Sie nie darum gebeten.«

»Aber ein paar Sachen hab ich trotzdem rausgefunden«, sagte MacBride nach einer Weile. »Hab noch ein bisschen in den anderen Systemen gesucht, fernab von neugierigen Blicken. Oberflächlich betrachtet scheint sie ganz normal zu sein. Schulzeugnisse, Glasgow University, ein Arbeitsaufenthalt in den Staaten, wo sie bei einer amerikanischen Kanzlei gearbeitet hat. Gute Tarnung. Ich bin sicher, ein bisschen was davon stimmt sogar.«

»Ich höre ein Aber heraus.«

»In ihrem Jahrgang und der Gegend, in der sie aufgewachsen ist, gibt es nur eine auf ihren Namen eingetragene Geburt. Und die echte Heather Marchmont ist im April 1984 im Alter von sechs Wochen gestorben. Wer auch immer Ihre neue Freundin sein mag, sie benutzt die Identität eines toten Kindes, und das schon sehr lange. Möglicherweise seit ihrer eigenen Kindheit.«

»Zeugenschutz?«

»Das ist meine Arbeitshypothese, aber schon als Kind?«

»Sie wurde vierundachtzig geboren. Vierundneunzig war sie also zehn.« McLean hörte auf zu sprechen, als die Einzelteile allmählich ein Gesamtbild ergaben und er erneut die ihm inzwischen vertraute Kälte im Bauch spürte. Konnte es wirklich so einfach sein? So naheliegend? Verdammt, manchmal war er aber auch ein Idiot. Wenn er nur daran dachte, an den gestrigen Abend, bekam er schon rote Ohren.

»Vierundneunzig?«, fragte MacBride, blinkte gleichzeitig und bremste ab, als sie sich einer schmalen, von hohen Hecken gesäumten Landstraße näherten. »Was ist denn vierundneunzig so Besonderes passiert?«

McLean wollte antworten, aber er wurde durch das Schauspiel abgelenkt, das sich ihm auf der Straße bot. Zwei Streifenwagen standen halb auf der Straße, halb auf dem Bürgersteig neben einem Tor, von dem er jetzt wusste, dass es zu dem Haus gehörte, zu dem sie gerade unterwegs waren. Ein paar uniformierte Beamte sahen sie, einer kam näher, der andere sprach in sein Funkgerät.

»Anscheinend war schon jemand vor uns da«, sagte MacBride.

McLean kannte den uniformierten Constable nicht, was bedeutete, dass er vermutlich von der Wache hier aus der Gegend kam. Er hatte die Hälfte seines Vortrags bereits runtergerattert und ihnen erklärt, dass es sich um einen gesicherten Bereich handelte und sie nicht näher kommen durften, als es MacBride endlich gelang, ihn durch Vorzeigen seines Dienstausweises zu unterbrechen.

»Verzeihung, Sir. Das wusste ich nicht. Der Wagen …«

Er glänzte und war neu, der Irrtum war also nachvollziehbar. MacBride fuhr an den Bordstein hinter dem nächsten Streifenwagen, und beide stiegen aus.

»Wir wollten zu Eileen Prendergast«, sagte McLean. »Ich habe das ungute Gefühl, dass wir nicht mit ihr sprechen werden.«

»Die alte Dame? Sie ist gestern verstorben. Da oben auf dem Berg.« Der Constable zeigte hinauf zu Arthur's Seat, während sein Kollege näher kam.

»War's ein Unfall?«

»Schwer zu sagen. Sie wurde erst heute Morgen gefunden. Ein Team ist oben und sieht sich alles an. Bob und ich wurden runtergeschickt, um das Haus zu sichern. Waren noch keine fünf Minuten hier, da ist Detective Inspector Carter aufgetaucht.«

»Carter ist da?« McLean nickte in Richtung des großen Hauses, ein Stück von der Straße nach hinten versetzt und größtenteils versteckt hinter der hohen Hecke, die das Grundstück umgab.

»Ja, Sir, und DS Langley. Sie unterhalten sich mit einem der Gäste. Ich schätze aber, es wird nicht lange dauern.«

»Danke, Constable. Sagen Sie Carter, wenn er fertig ist, dass ich hier war, bitte? Ich würde gerne kurz mit ihm über Miss Prendergast sprechen.« McLean schaute auf den Hang von Arthur's Seat. Auf halber Höhe, dort wo keine Bäume wuchsen und oberhalb des Queen's Drive, konnte er die Umrisse des weißen Transporters der Spurensicherung erkennen. Eigentlich gab es keinen Grund, weshalb er hingehen und sich dort einmischen sollte, abgesehen davon, dass DI Carter nicht dort war. Sein Bauchgefühl riet ihm, möglichst schnell in Erfahrung zu bringen, was hier geschehen war. »DS MacBride und ich machen so lange einen kleinen Spaziergang.«

»Eine Spaziergängerin mit Hund hat sie heute Morgen gefunden. Sie meinte, ihr Spaniel sei gar nicht mehr aus dem Gebüsch rausgekommen. Bei dem Versuch, da reinzukriechen und ihn rauszuholen, hat sie sich ganz schön verletzt.«

Der Aufstieg von Duddingston war schwieriger als vermutet, und McLean dachte daran, dass MacBride gesagt hatte, dass sie zu viel Zeit am Schreibtisch verbrachten. Wenigstens schien das meiste unterhalb der Straße stattzufinden, ein steter Strom von Kriminaltechnikern in weißen Anzügen wand sich durch hüfthohes Gestrüpp über den Pfad hinunter. Er sprach einen der uniformierten Constables an, die ziellos umherwanderten.

»Wer ist hier zuständig?«

»Car... Detective Inspector Carter leitet die Ermittlungen, Sir. Aber er wollte sich das Haus der alten Dame ansehen.«

»Sind noch andere Zivilbeamte hier? Sergeants?«

Der Constable wirkte ein bisschen verloren. Er war noch jung, höchstens Anfang zwanzig. Wahrscheinlich frisch vom College. Sein Gesichtsausdruck war Antwort genug.

»Okay. Haben Sie weiträumig abgesperrt? Die Öffentlichkeit ferngehalten?«

»Ja, Sir. Um diese Uhrzeit ist hier sowieso kaum jemand unterwegs.«

»Gut, na dann, weiter so. DS MacBride wird Teams zusammenstellen und Aufgaben verteilen. In der Zwischenzeit sehe ich mir besser mal die Leiche an, sobald ich einen Overall aufgetrieben habe.«

Das Team von der Spurensicherung hatte einen schmalen Pfad durch das Ginstergestrüpp geschnitten, aber McLean blieb trotzdem mit seinem Overall aus Papier darin hängen, als er dem Weg von der Straße zum Zelt folgte. Ein paar Techniker knieten dort und untersuchten den Boden. Eine weibliche Kollegin sah auf, als er sich näherte, und lächelte. Er erkannte Amanda Parsons.

»Morgen, Sir. Hier liegt jede Menge Scheiße herum«, erklärte sie breit grinsend. »Hauptsächlich Fuchs, ein bisschen Waschbär und auch Hund. Geht nichts über einen Tatort in der freien Natur.«

»Schön, dass wir Ihnen eine Freude machen konnten. Darf ich da rein?« Er nickte Richtung Zelt.

»Klar. Die Frau geht nirgends mehr hin. Aber nichts anfassen, das nach einem Hinweis aussehen könnte, ja?«

»Ich werde mir Mühe geben.«

Er zog die Zeltplane beiseite und trat ein. Das weiße Zelt filterte größtenteils das Licht von draußen, was der Szene eine gewisse Düsternis verlieh. Es stand in einer natürlichen kleinen Lichtung im Ginster, der ansonsten fast den gesamten Hang überzog, in der Mitte befand sich ein großer, oben flacher Stein, und darauf saß eine ältere Dame, als wäre sie gerade spazieren gegangen, hätte sich einen Augenblick ausruhen und dabei die Aussicht genießen wollen.

Zuerst konzentrierte McLean sich auf ihr Gesicht und überlegte, ob er sie kannte. Natürlich war das sehr unwahrscheinlich, aber durchaus schon mal vorgekommen. In diesem Fall allerdings war das schwer festzustellen, so wie die Krähen an ihren Augen gepickt und andere Tiere an ihren Lippen, ihren Händen und Füßen genagt hatten. Gut möglich, dass sie sich einfach hingesetzt hatte und gestorben war, aber eigentlich war sie nicht für einen Spaziergang angezogen.

Ein Geräusch hinter ihm lenkte McLean ab, und als er sich umdrehte, wurde die Zeltplane zurückgezogen. Angus Cadwallader trat ein.

»Guten Morgen, Tony.« Er sah von McLean zu der Toten. »Oder so gut, wie's eben geht. Was haben wir hier?«

»Sieht aus, als wäre sie vom Weg abgekommen, hätte sich hingesetzt, um wieder zu Atem zu kommen, und ist dann einfach gestorben. Würde vielleicht helfen, wenn wir wüssten, wie lange sie hier schon sitzt.«

»Alles zu seiner Zeit, Tony. Ich will sie mir erst mal ansehen.«

»Natürlich. Ich will nicht stören.« Er ging um die Leiche herum zurück zum Eingang des Zelts und blickte dabei unter sich, um zu verhindern, dass er auf etwas trat, wofür er später angeschrien werden konnte. Da sah er die Füße der Toten.

»Du lieber Gott, wo sind ihre Schuhe? Sie wird doch nicht barfuß hier hochmarschiert sein, oder?«

Cadwallader beugte sich vor und sah genauer hin. »Kann nichts erkennen, aber die Tiere haben schon einiges angerichtet. Mehr Blut, als man erwarten würde.« Er griff nach einer der Hände der Toten. Sie lagen da, als hätte sie sie in ihrem Schoß gefaltet, aber jetzt war nur eine rote fleischige Masse davon übrig. Als er sie von ihr wegzog, hörte man ein scheußlich ziehendes Geräusch, und McLean war froh, dass er das Frühstück ausgelassen hatte.

»Das gefällt mir alles gar nicht.«

»Was machen Sie denn hier, McLean?«

Nicht unbedingt die feinsinnigste Begrüßung, aber Detective Inspector Carter war noch nie besonders helle gewesen. McLean hatte mit Unverschämtheiten von ihm gerechnet und wurde nicht enttäuscht.

»Auch Ihnen einen wunderschönen guten Morgen.«

»Verarschen Sie mich nicht, McLean. Das ist mein Tatort. Ich leite hier die Ermittlungen.«

»Wenn das so ist, wieso haben Sie dann den Fundort verlassen, ohne einem anderen Beamten die Verantwortung zu übertragen? Wer leitet hier die kriminaltechnischen Untersuchungen? Warum ist kein diensthöherer Kollege als ein Constable vertreten? Wieso wurden noch keine Aufgaben verteilt? Dachten Sie, so ein Leichenfundort organisiert sich von alleine? Kennen Sie die Vorschriften nicht?«

Carter wurde kreideweiß, aber nur für ganz kurze Zeit. »Ha. Der große Detective Inspector McLean führt die Vorschriften ins Feld. Wieso sind Sie überhaupt hier?«

McLean kniff sich in den Nasenrücken, wie er es bei Ritchie gesehen hatte, wenn diese sich mit unvernünftigen Vorschlägen auseinandersetzen musste, meist denen, die er selbst gemacht hatte. Es half nicht viel, aber immerhin konnte er dadurch verhindern, dass er dem Kollegen eine reinschlug.

»Miss Prendergast.« Er zeigte mit dem Daumen rückwärts über seine Schulter in Richtung des Zelts. »Ihr Name ist im Zusammenhang mit einem alten Fall aufgetaucht, den wir gerade überprüfen. Keine Sorge, ich will Ihnen Ihren kostbaren Fall nicht abnehmen. Wollte nur wissen, ob von Fremdeinwirkung auszugehen ist. Oder sonstige Informationen einholen, die für meine Ermittlungen relevant sein könnten.«

Carter schnaubte, sein Gesichtsausdruck blieb skeptisch. Entweder das, oder er hatte Bauchschmerzen, manchmal ließ sich das bei ihm schwer auseinanderhalten. Eine Weile sagte er nichts, und ihm war anzusehen, dass er intensiv nachdachte.

»Also, was glauben Sie? Fremdeinwirkung? Oder ist die alte Dame nur ein bisschen senil gewesen?« An der Art, wie er es sagte, merkte er, dass Carter sich seine Meinung längst gebildet hatte.

»Ich nehme an, Sie haben sie gesehen?«

»Nicht der schönste Anblick so kurz nach dem Frühstück.«

»Dann wissen Sie ja, dass das nicht so einfach festzustellen ist. Könnte ein tragischer Unfall gewesen sein; das wäre die einfachste Erklärung. Vermutlich wollen Sie erst mal hören, was der Pathologe zu sagen hat.«

Wie auf ein Stichwort bewegte sich etwas im Zelt, und zwei Kriminaltechniker trugen die Leiche auf einer Trage heraus. Cadwallader folgte ihnen, sein Blick düsterer, als McLean ihn normalerweise kannte. Der Pathologe musterte Carter mit unverhohlener Verachtung, dann wandte er sich an McLean.

»Das Ganze ist sehr eigenartig, Tony.«

»Eigenartig? Wieso?«, fragte Carter. Cadwallader nickte fast unmerklich mit dem Kopf und erinnerte dabei an einen Lehrer, der die Anwesenheit eines nervigen Schülers widerstrebend zur Kenntnis nimmt.

»Erst mal die Stelle, an der wir sie gefunden haben. Gar nicht so leicht, da hinzukommen. Sie war seit mindestens zwei oder drei Tagen tot, aber das kann ich erst genauer sagen, wenn wir sie im Leichenschauhaus untersucht haben. Dann trägt sie keine Schuhe. Anscheinend ist sie wirklich barfuß hier raufgekommen. Es sei denn natürlich, jemand hat sie hergebracht.«

»Halten Sie das für möglich?« Carters Gesicht hatte sich verdüstert, auf seiner Stirn zeigten sich tiefe Falten. Die Sache lief eindeutig anders, als er gehofft hatte.

»Wahrscheinlich nicht, so wie wir sie gefunden haben. Hätte sie jemand tot ins Gebüsch geworfen, würde sie am Boden liegen. An den Schienbeinen befinden sich Abschürfungen, die darauf hinweisen, dass sie selbst durch den Ginster hier gelaufen ist. Ich werde mir das, was von ihren Fußsohlen übrig ist, bei der Obduktion noch genauer ansehen, aber viel werde ich daran nicht mehr feststellen können. Wobei mir das aber gar nicht die größte Sorge macht.«

»Sondern?«

»Die durch die Tiere verursachten Verletzungen. Da ist viel zu viel Blut. Um ihre Füße herum hat sich eine riesige Lache auf dem Boden gebildet, ihr Schoß ist durchtränkt, auch wenn das meiste inzwischen getrocknet ist. Ich vermute stark, dass sie verblutet ist.«

»Sie meinen …?« Jetzt war es an McLean, die Stirn zu runzeln.

»Ja, Tony. Sie ist hier hochgelaufen, hat sich hingesetzt und nicht mehr gerührt, während irgendwas ihre Hände und Füße gefressen hat.«

45

Es dauerte lange, bis er vom Leichenfundort wieder wegkam. DI Carter mochte zwar unbrauchbarer sein als eine Teekanne aus massiver Schokolade, aber wenn es darum ging, anderen den schwarzen Peter – oder noch besser ungeliebte Aufgaben – zuzuschieben, besaß er großes Geschick. Er hatte nicht lange gebraucht, bis er auf den Grund gekommen war, weshalb McLean und MacBride vor Ort waren, das Gespräch mit Miss Prendergast über ihren verschollenen Onkel war hinfällig. In Carters Augen bedeutete dies, dass MacBride zur Verfügung stand, um für ihn vor Ort sämtliche Abläufe zu regeln. McLean hätte am liebsten den Detective Sergeant gebeten, diesen Job zu übernehmen – zumindest wäre dann alles erledigt worden –, aber er hütete sich davor, MacBride derart reinzureiten. Um Carter klarzumachen, dass er sich einen anderen Dummen suchen musste, drohte er zum Schluss sogar damit, Duguid davon zu erzählen.

»Danke, Sir. Ich hab wirklich keine Lust darauf, hinterher für alles die Schuld in die Schuhe geschoben zu bekommen, was da oben schiefgelaufen ist.«

MacBride fuhr möglicherweise ein kleines bisschen schneller, als klug oder legal gewesen wäre, um sich möglichst schnell von Miss Prendergasts Haus zu entfernen. McLean sagte nichts, er wollte ebenso wie alle anderen einen möglichst großen Abstand zwischen sich und die bevorstehende Katastrophe legen. Bei der SCU war ihm nicht aufgefallen, was für ein Riesenfehler Carters Beförderung tatsächlich gewesen war; aus der Nähe und persönlich betrachtet war er doch erstaunt.

»Was glaubt ihr alle, wie lange er sich noch auf seinem Posten halten kann?«

Einen Augenblick lang schaute MacBride zur Seite. »Ich habe zehn Pfund darauf gesetzt, dass er noch vor Ablauf des Monats heruntergestuft wird. Wollen Sie einsteigen?«

»Das wäre sehr unkollegial von mir.«

McLean sah auf seine Uhr, dann entdeckte er die im Armaturenbrett direkt vor sich. »Würden Sie mich bitte am Leichenschauhaus absetzen? Ich möchte mich mit Angus über Miss Prendergast und die Pentland-Mumie unterhalten.«

MacBride grinste. »Wenn Brooks rausbekommt, wo wir heute Morgen waren, sind Sie lieber nicht auf der Wache, wie?«

»So ähnlich. Vielleicht sollten Sie selbst auch lieber den Ball flach halten. Ich bin sicher, Dagwood findet einen Grund, Sie bis Dienstschluss in den Keller zu schicken. Und ich sage, bis nächsten Dienstag, vorausgesetzt, das hat sonst noch niemand getippt. Zehn Pfund.«

Die klimatisierte Kälte im Leichenschauhaus war eine willkommene Erleichterung gegenüber der schwülen Stadthitze draußen. Weniger willkommen war der Gestank nach Tod, nur leicht überdeckt von dem nach chlorhaltigen Putzmitteln. Normalerweise machte McLean das nichts aus, es fiel ihm kaum noch auf, aber heute hing der Geruch an ihm wie ein Ganzkörperanzug aus Latex. Hartnäckig und trotzdem so vertraut.

Halb erwartete er, Cadwallader bei der Untersuchung der toten Miss Eileen Prendergast zu sehen, aber ausnahmsweise war der Obduktionssaal frei von Leichen, der Pathologe saß in seinem kleinen Büro und tippte.

»Tony, was führt dich in meinen Verschlag? Ich hoffe, nicht unsere arme alte Dame. Ich bin noch nicht dazu gekommen, mich um sie zu kümmern.« Cadwallader begrüßte ihn wie gewohnt mit einem breiten Grinsen. Er trug seine grüne Krankenhauskluft, die vorne leicht fleckig war, zweifellos weil irgendeine arme tote Seele ihm ihre innersten Geheimnisse offenbart hatte.

»In Anbetracht der Tatsache, dass wir sie erst heute Morgen gefunden haben, hätte mich alles andere auch sehr gewundert. Außerdem ist es nicht mein Fall, je weniger ich damit zu tun habe, desto besser.«

»Nicht dein Fall? Aber ich dachte …« Cadwallader sah ihn verwirrt an. »Du warst doch am Fundort?«

»Dafür werde ich später zweifellos noch einen Anschiss von Brooks kassieren, aber Carter hat dieses Mal die Aufgabe, die Ermittlungen an die Wand zu fahren. Ich war nur dort, weil ich mit Miss Prendergast sprechen wollte. Leider ist sie mir zuvorgekommen und gestorben, bevor ich dazu Gelegenheit bekam.«

»Ach.« Cadwallader hob eine fast graue Augenbraue. »Worüber wolltest du denn mit ihr sprechen?«

»Ihren Onkel, Daniel Calton. Wir denken, dass er die Pentland-Mumie gewesen sein könnte.«

Cadwallader legte die Stirn in Falten. »Die Pentland-Mumie? Verdammt, das ist mal ein Fall, an den ich lange nicht mehr gedacht habe.«

»Bitte sag, dass du noch eine Gewebeprobe hast. Die ganze Leiche wäre wohl zu viel verlangt?«

»Müsste zumindest im System zu finden sein. Hast du das Aktenzeichen? Wir konnten dem armen Kerl ja nie einen Namen zuordnen.« Der Pathologe tippte etwas in die Tastatur und spähte über seine halbmondförmige Brille auf den Bildschirm. McLean sah sich in dem kleinen Raum um, zog sein Notizbuch aus der Tasche und merkte erst jetzt, was hier fehlte.

»Ist Tracy nicht da?«

»Bei einer Fortbildung. Ich bin natürlich untröstlich.«

Cadwallader machte ein trauriges Gesicht, während McLean das Aktenzeichen suchte und anschließend laut vorlas.

»Das hättest du auch mailen oder telefonisch durchgeben

können. Wobei es natürlich immer ein großes Vergnügen für uns ist, wenn Lebende auf einen Besuch hereinschauen.«

»Ich hab's nicht über mich gebracht, zur Wache zu fahren. Nicht jetzt. Es war einfacher, als ich noch im Präsidium für die SCU gearbeitet habe. Und den einen wütenden Chef gegen den anderen ausspielen konnte.«

»Du bist eben der geborene Diplomat.« Cadwallader wandte seine Aufmerksamkeit wieder dem Bildschirm zu und schob seine Brille die Nase rauf, um besser sehen zu können. »Da haben wir's ja. Das war sogar noch vor meiner Zeit. Aha. Deine Großmutter hat den Fall bearbeitet. Eine tolle Pathologin.« Er gab noch mehr ein, dann klickte er mit der Maus. »Hab ich mir gedacht. Es wurde bereits ein DNA-Profil erstellt, das dürfte uns ein bisschen Zeit sparen. Ich werde eine Probe von der armen Miss Prendergast analysieren lassen, sobald wir die Obduktion durchgeführt haben, dann sehen wir, woran wir sind. Ich glaube kaum, dass es ein Licht darauf werfen wird, warum er ein solches Ende gefunden hat, aber immerhin hätten wir dann einen Namen, oder?«

»Ich denke, mehr dürfen wir nach so langer Zeit nicht erwarten. Aber es wäre ein Ergebnis.«

»Dann wollen wir mal die Daumen drücken.« Cadwallader schob seinen Stuhl vom Schreibtisch zurück und stand auf. »Ach, ich wollte dir ja noch was sagen, hätte ich fast vergessen. Ich weiß nicht, ob Tracy es dir schon gemailt hat, bevor sie zur Fortbildung los ist. Dieser Smith, der mit den interessanten sexuellen Vorlieben …«

»Was ist mit dem?« McLean zitterte angesichts des Bildes, das vor seinem geistigen Auge erschien: der Tote an dem Kabel und das Geräusch, als ihm der Butt Plug aus dem Hintern gezogen wurde.

»Die Proben, die wir von seinem … Glied genommen haben … ich dachte, er hätte seinen eigenen Speichel als Gleitmittel verwendet. Wie sich aber herausgestellt hat, war es nicht seiner.«

»Nicht sein eigener Speichel? Dann war jemand bei ihm, als er starb?«

»Das ist zumindest sehr wahrscheinlich. Und auch nicht irgendjemand. Die ersten Tests weisen darauf hin, dass es sich um dieselbe Person handelt, die auch den priapeischen Handelsreisenden auf dem Gewissen hat. Eric Parker.«

»Warum kann bei Ihnen nie etwas unkompliziert sein, McLean? Sie sind eine echte Plage, wissen Sie das?«

Er hatte den restlichen Vormittag und fast den gesamten Nachmittag dafür gebraucht, den Fall Eric Parker wieder aufnehmen zu lassen und mit den Ermittlungen im Todesfall von John Smith zu koppeln. DS MacBride gelang es fast wie durch Zauberhand, ein Ermittlungszimmer einzurichten. Ungefähr um die Mittagszeit hatte dann auch Detective Superintendent Brooks die schlechten Nachrichten vernommen. Wobei er sich natürlich nicht beim Essen davon stören ließ, aber immerhin waren sie schlecht genug, um ihm die Laune zu verderben.

»Ich bin sicher, wir alle wünschten, die Dinge wären einfacher, als sie es offensichtlich sind, Sir. Aber mir ist nicht ganz klar, inwiefern das meine Schuld sein soll.«

»Hören Sie auf, sich herauszureden, McLean. Sie leiten die Ermittlungen, das ist natürlich verdammt noch mal Ihre Schuld. Also, was werden Sie tun, um die rätselhafte Frau festzunehmen, die es fertigbringt, einen Mann durch Schwanzlutschen zu töten?«

McLean verkniff sich die Entgegnung, die ihm auf der Zunge lag, zählte insgeheim bis zehn und antwortete erst dann. »Wir sehen uns den Fall Parker noch einmal ganz genau an, Sir. Überprüfen alles noch einmal dahingehend, ob wir auch nichts übersehen haben. Suchen nach Verbindungen zwischen ihm und Smith. Ich bin nicht sicher, ob uns das weiterbringt. Auf den ersten Blick gibt es keine Gemeinsamkeiten.«

»Abgesehen davon, dass beide mit einem Ständer gestorben sind.«

»Wir werden in Hinblick auf Prostituierte ermitteln, Sir.« McLean kniff sich in den Nasenrücken. Leider konnte er diesen Idioten dadurch nicht wegzaubern.

»Ist das alles?«

Herrgott, als hätte man es mit einem verfluchten Kleinkind zu tun. »Wir befinden uns noch ganz am Anfang. Ich habe die Information, durch die sich der Zusammenhang zwischen beiden Fällen ergibt, erst heute Morgen erhalten. DS Ritchie ist unterwegs, um seitens der SCU alles zu koordinieren. Nachher habe ich noch einen Termin mit Clarice Saunders …« McLean sah auf die Uhr. »In einer halben Stunde.«

»Wozu zum Teufel wollen Sie mit der sprechen? Verfluchte Wichtigtuerin.«

»Ob Sie's glauben oder nicht, durch Saunders haben wir die besten Chancen, an die Prostituierten in der Stadt heranzukommen, Sir. Die meisten von denen werden uns nicht helfen wollen, aber mit Saunders sind sie bereit zu reden. Ist vielleicht weit hergeholt, das gebe ich zu, aber wir müssen herausfinden, ob in letzter Zeit jemand neu dazugekommen ist. Sind Neue aus Perth oder Inverness eingetroffen?«

»Wie kommen Sie darauf?«

»Parker war Handelsreisender. Seine letzte Station war Perth. Möglich, dass er diese Frau mitgenommen hat und sie sich mit sexuellen Gefälligkeiten bei ihm revanchiert hat statt mit Bargeld. Wenn sie bei Smith in der Wohnung war, um ihm im Umgang mit seinen eigenartigen Fetischen behilflich zu sein, dann hat sie möglicherweise angefangen, in der Stadt zu arbeiten. Und zwar nicht als Sekretärin.«

»Wie genau tötet sie ihre Opfer, diese *Femme fatale*?«

McLean starrte den Superintendent einen Augenblick lang an und suchte nach Anzeichen in dessen dickem Gesicht, dass er sich über ihn lustig machte. Aber da war nichts, außer einem Tomatenfleck am Kinn, wo die Kantinenlasagne seinen Mund verfehlt hatte.

»Ich glaube nicht, dass sie sie tötet, Sir. Wie kommen Sie darauf?«

»Warum suchen Sie sie dann?«

Oh, Mann. »Weil sie kurz vor deren Tod bei beiden Männern war, Sir. Möglicherweise sogar, als diese starben. Danach ist sie geflohen.« McLean gab sich die größte Mühe, nicht wie ein Erwachsener zu klingen, der einem Kind etwas erklären will. »Wir haben noch immer keine handfesten Beweise dafür, dass Parker oder Smith anders als durch ungünstige Umstände gestorben sind, aber es gibt eine Verbindung zwischen ihnen, und das ist diese Frau. Dem müssen wir auf den Grund gehen.«

Brooks blickte finster in den Raum, in dem ringsum eifrig gearbeitet wurde, IT-Techniker brachten Computer, und uniformierte Constables standen im Weg herum, während sie auf weitere Anweisungen warteten. »Behalten Sie nur die Kosten im Auge, ja? Wir schwimmen hier nicht im Geld.«

46

Wenn McLean geglaubt hatte, dass Clarice Saunders der Polizei gegenüber inzwischen milder gestimmt war, so wurde er jetzt eines Besseren belehrt. Sie war auf aggressive Weise gereizt, und das, obwohl außer McLean auch noch Detective Inspector Ritchie anwesend war.

»Wie kommen Sie darauf, dass ich derartige Informationen an Sie weitergeben würde, selbst wenn ich sie hätte?«, stellte sie die Gegenfrage, als sie sich erkundigten, ob ihr in den vergangenen Wochen neue Gesichter in der Stadt begegnet waren. »Erzählen Sie mir nicht, dass Sie die Frauen nicht verhaften und nur mit ihnen reden wollen«, setzte sie hinzu. »Wenn ich jedes Mal ein Pfund bekommen würde, wenn ihr mir das weismachen wolltet, müsste ich jetzt nicht mehr bei der Stadtverwaltung um Unterstützung betteln.«

»Ich verhafte nur Personen, die gegen das Gesetz verstoßen haben, Miss Saunders. Darum geht es im Moment gar nicht.«

»Ach ja? Und wie war das mit Stacey Craig? Die hat's auch nicht mehr lange gemacht, nachdem ihr sie festgenommen habt.«

»Stacey Craig?« McLean brauchte eine Weile, bis er den Zusammenhang verstand. »Sie meinen, nachdem sie in Leith festgenommen wurde?«

»Ich meine, warum sie überhaupt in Leith auf dem Straßenstrich war. Ihr macht alle sicheren Orte dicht, wo Frauen wie Stacey arbeiten können.«

»Wir sind an die Gesetze gebunden, auch wenn die manchmal vielleicht nicht die beste Lösung darstellen. Was Stacey passiert ist, tut mir leid. Aber deshalb sind wir heute nicht hier. Zwei Männer sind tot, und wir vermuten, dass eine Prostituierte bei ihnen war, als sie starben. Ich würde sehr gerne mit ihr darüber sprechen.«

»Sie verhaften, meinen Sie. Sie ins Gefängnis werfen, obwohl es die Männer sind, die hinter Schloss und Riegel gehören.«

McLean holte tief Luft und stieß sie langsam wieder aus. »Die beiden kann ich schlecht hinter Schloss und Riegel bringen, sie sind tot. Und nichts weist auf Fremdeinwirkung hin, es gibt in beiden Fällen nur eine Gemeinsamkeit, der wir nachgehen müssen. Die Frau hat die Männer nicht getötet. Da sind wir relativ sicher.«

»Ach, *relativ* sicher?« Saunders verzog das Gesicht. »Ich bin relativ sicher, dass ich weiß, was Sie mit dieser armen Frau vorhaben, sollten Sie sie finden.«

»Ich habe den Eindruck, Sie werden uns nicht helfen, die Frau zu finden, Miss Saunders«, schaltete Ritchie sich ein.

»Ich kann mich umhören. Aber wenn sie neu ist in der Szene, wird sie die Hilfe, die ich anbiete, wahrscheinlich nicht suchen. Zumindest noch nicht.«

»Danke. Um mehr bitten wir Sie im Moment auch nicht.« McLean stand auf, und Saunders tat es ihm gleich, sie akzeptierte, dass das Treffen vorbei war.

»Aber verhaften Sie die Männer, die sie zu dieser Arbeit zwingen. Das sind diejenigen, auf die Sie sich konzentrieren sollten. Die Zuhälter.«

»Wenn wir nachweisen können, dass eine Person von sittenwidrig erzielten Einkünften profitiert, werden wir Anzeige erstatten, das dürfen Sie mir glauben. Sie wissen aber genauso gut wie ich, wie schwer das ist.«

»Genauso schwer wie zu beweisen, dass in dem Haus, in dem Sie die Razzia durchgeführt haben, ein Bordell betrieben wurde. Eine schöne Vertuschungsaktion war das.«

McLean hatte nur auf einem Ohr zugehört, dann fiel ihm wieder ein, dass Saunders am Tag nach der Razzia bei der SCU aufgetaucht war, und er erinnerte sich an das, was Marchmont selbst über das Haus gesagt hatte und dass sie noch gar nicht lange dort lebte.

»Vertuschungsaktion? Das war eine private Party. Wir haben Mist gebaut. Schlechte Vorarbeit geleistet.«

»Na klar.« Saunders stieß ein sehr undamenhaftes Lachen aus. »Und das glauben Sie? Wieso hat Stacey dann dort gearbeitet?«

»Stacey hat nicht dort gearbeitet. Soweit ich weiß, hat sie überhaupt nicht mehr gearbeitet.«

»Warum habt ihr sie dann in Leith festgenommen? Im Protokoll stand öffentliche Prostitution. Und ihr habt sie in eine Zelle gesteckt.«

»Davor hatten wir aber mehrere Jahre lang nichts mit ihr zu tun. Deshalb durfte sie auch auf Kaution gleich wieder gehen.«

Saunders grinste über einen Scherz, den nur sie gehört hatte. »Sie haben wirklich nicht den blassesten Schimmer, oder? Stacey hat nie aufgehört, sich zu prostituieren, sie hat bloß exklusiver gearbeitet. Sie musste nicht mehr mit den osteuropäischen Mädchen konkurrieren, die direkt vor eurer Nase hierher verschleppt werden.«

»Sie wollen also sagen, dass Stacey Craig bei Heather Marchmont im Haus gearbeitet hat?«, fragte Ritchie. »Und dort für Sex bezahlt wurde? Von reichen Männern, die auf Gummi und Peitschen stehen?«

»Soviel ich weiß, nicht nur sie. Sie hat mir erzählt, als sie das letzte Mal dort bei einer Party gearbeitet hat, waren mindestens ein halbes Dutzend Mädchen da.«

So etwas von Marchmont zu hören war eine Sache, aber jetzt, wo er deren Behauptungen bestätigt bekam, konnte er sie nicht länger ignorieren. McLean setzte sich und nahm sein

Notizbuch. »Ich nehme nicht an, dass Sie uns ein paar Namen nennen können?«

Dieses Mal lachte Saunders voller Verbitterung. »Damit die anderen auch so enden wie Stacey? Selbst wenn ich die Namen wüsste, würde ich die Mädchen nicht gefährden.« Sie nickte in Ritchies Richtung. »Ich glaube nicht, dass ihr beiden eingeweiht wart, aber wenn ihr nicht kapiert, dass da was vertuscht wurde, dann sucht ihr euch besser einen anderen Job.«

»Sie wissen, was passiert, wenn Sie auch nur vorschlagen, den Fall der Bordellrazzia noch mal aufzunehmen, Sir.«

Ritchie stand neben ihm am Haupteingang, während beide zusahen, wie Saunders in ein Taxi stieg. Sie hatten angeboten, sie in einem Streifenwagen mitnehmen zu lassen, aber sie hatte nur gelacht. Aus irgendeinem Grund schien sie die beiden plötzlich sehr lustig zu finden.

»Ich weiß. Ich wollte es nicht mal erwähnen. Ich habe das schreckliche Gefühl, dass die Sache noch lange nicht ausgestanden ist und wir das schon bald zu spüren bekommen werden. Was sie gesagt hat, bestätigt das.«

»Denken Sie wirklich, dass der DCC zu einer Gruppe von … was? Sexsüchtigen gehört? Sadomasoanhängern? Swingern?«

»Du liebe Zeit, nein. Ich denke, dass es viel tiefer geht. Ich bezweifele, dass Nennen-Sie-mich-Stevie seiner Frau jemals untreu war. Und ich habe sie kennengelernt. Ist nicht der Typ, der sich einer Gruppe anschließt, es sei denn, um Kirchenlieder zu singen.«

Ritchie kratzte sich nachdenklich mit einem Finger am Kopf. »Das sagen Sie so, aber Sie können es nicht wissen. Alle, die wir bei der Razzia festgenommen haben, waren dem Anschein nach ganz normale Leute. Banker, Unternehmensberater, Anwälte. Wer weiß schon, was die in der Abgeschiedenheit ihres eigenen Zuhauses so treiben? Oder bei anderen.«

»Sex mit dem DCC jedenfalls nicht, da bin ich sicher. Ich kann mir nicht vorstellen, dass er sich auf solche Geschmacklosigkeiten einlassen würde. Aber jemand hat was gegen ihn in der Hand oder kann ihm etwas beschaffen, wenn er kooperiert. Oder vielleicht denkt er auch einfach nur, er würde einem Freund einen Gefallen tun. So funktioniert das nämlich, mit Zuckerbrot und Peitsche. Du lieber Gott, ich hätte nie gedacht, dass ich das noch mal zugeben würde, aber vielleicht war Dalgliesh wirklich einer Sache auf der Spur.«

»Dalgliesh? Was hat die damit zu tun? Ich hab gehört, sie ist zusammengeklappt. Liegt im Krankenhaus.«

»Das stimmt. Die Ärzte haben es für eine allergische Reaktion gehalten. Nüsse in einem Stück Kuchen, das sie mir weggefuttert hat. Aber inzwischen habe ich mit ihrem Chef gesprochen, und sie ist gegen gar nichts allergisch, soweit ich weiß. Jedenfalls nicht gegen Nüsse. Ich wollte dem eigentlich nachgehen, aber …«

McLean zuckte mit den Schultern und war nicht ganz sicher, warum er der Sache nicht weiter nachgegangen war, außer dass er anderes zu tun gehabt hatte. Und weil es Dalgliesh war.

»Wieso ist sie so plötzlich Ihre beste Freundin?«

»Sehr witzig. Sie ist vor einer Weile zu mir gekommen. Hat an einer Geschichte gearbeitet. Einer absolut abgefahrenen Geschichte. Weiß nicht, ob ich's ehrlich gesagt überhaupt richtig verstanden habe. Sie hat nach Verbindungen gesucht, nach einer Art Geheimgesellschaft. Je mehr sie gesucht hat, desto mehr hat sie gefunden. Aber so richtig in die Tiefe ist sie damit nicht vorgestoßen.«

»Jetzt bin ich nicht sicher, ob ich *Sie* richtig verstehe, Sir. In die Tiefe?«

McLean kratzte sich nun seinerseits am Kopf, war weniger nachdenklich als durcheinander. »Tiefe ist wohl nicht der richtige Ausdruck. Das ist wie mit diesem Kleine-Welt-Phänomen, über sechs Ecken kennt jeder jeden. Über einen Freund von einem Freund ist man mit jedem einzelnen Menschen auf dem Planeten verbunden.«

»Neu ist das aber nicht.«

»Nein, trotzdem dachte Dalgliesh, sie sei da was auf der Spur. Jemand benutzt solche Verbindungen, um Leute zu manipulieren, sie zu erpressen, ihnen Gefälligkeiten in Aussicht zu stellen, und das alles aus unerklärten Gründen.«

»Äh … aber so ist das halt im Leben, oder?«

So formuliert musste McLean einräumen, dass Ritchie nicht ganz unrecht hatte.

»Aber da steckt noch mehr dahinter. Wenn Leute absichtlich manipuliert werden, um zum Beispiel ein Bordell oder Schlimmeres zu vertuschen.«

»Aber sie hat nicht herausgefunden, wer manipuliert? Nur zwielichtige Mächte?« Ritchie fuchtelte mit den Händen herum, die Finger gespreizt, um zu verdeutlichen, wie ernst sie die Idee nahm.

»Es war eher so, dass sich das aus der Komplexität des Systems ergab. Es hat sich so lange schon so weit ausgebreitet, fast wie ein lebendiger Organismus.«

»Haben Sie eine Ahnung, wie durchgeknallt das klingt, Sir?«

»Ich weiß.« McLean schüttelte den Kopf, mindestens so sehr über die eigene Dummheit wie über sonst irgendetwas. »Und seit wann nennen Sie mich überhaupt wieder ›Sir‹?«

»Die Macht der Gewohnheit.«

»Nicht der Versuch, sich vom Sündenbock des Reviers zu distanzieren? Der werde ich bestimmt bald sein.«

»Ach? Haben Sie etwa vor, den Zorn von Brooks und dem DCC auf sich zu ziehen?« Ritchie lachte, und McLean grinste über den Scherz. Er wusste sehr gut, dass Brooks verärgert sein würde, egal, was er tat, und Nennen-Sie-mich-Stevie war nicht viel besser, trotz all seiner vorgetäuschten Kollegialität. Wobei

Ritchie aber nicht wusste, dass das, was er vorhatte, ihn zweifellos wieder ordentlich in die Scheiße reinreiten würde und höchstwahrscheinlich ebenso alle anderen in seinem unmittelbaren Umfeld. Er sah auf die Uhr und staunte, wie spät es bereits war.

»Zeit, Feierabend zu machen. Es ist doch lange nach Dienstschluss.«

»Als Detective Inspector hat man keine festen Dienstzeiten, schon vergessen? Und als vorläufiger Detective Inspector auf Probe schon gar nicht.« Ritchies Grinsen war am Ende eines anstrengenden Tages ein willkommener Anblick.

»Trotzdem Zeit, nach Hause zu gehen. Meine Karriere kann ich mir morgen früh immer noch versauen.«

47

Furchtbar schade. Furchtbar. Sie war eine so liebe alte Dame. Konnte keiner Fliege was zuleide tun.«

McLean hatte nicht allzu häufig zum Arzt gehen müssen, aber er freute sich festzustellen, dass sich die Standardeinrichtung im Untersuchungszimmer eines Hausarztes seit seiner Kindheit kaum verändert hatte. An den Wänden hingen Plakate, die ihn auf eine beunruhigende Vielzahl von Krankheiten aufmerksam machten, ermahnten, auf Hygiene zu achten, und über die Gefahren des Rauchens aufklärten. In einer Ecke stand eine Untersuchungsliege mit einem weißen Plastiküberzug, der denen nicht unähnlich war, die er regelmäßig im städtischen Leichenschauhaus zu sehen bekam. Daneben stand eine Nachbildung eines menschlichen Skeletts, das mit einem in den Schädel gebohrten Haken befestigt an einem Gestell hing. Zumindest ging er davon aus, dass es sich um eine Nachbildung handelte. So genau wusste man das aber natürlich nie.

»Waren Sie schon lange ihr Hausarzt?«

Dr. Gillespie sah aus, als wäre er schon bei Miss Prendergasts Geburt dabei gewesen. Seine Haut war dünn und fleckig, die Augen lagen tief in ihren Höhlen, seinem früher vermutlich imposanten Gesicht sah man inzwischen die Spuren der Zeit deutlich an. Eine Fülle an gelblich weißem Haar spross in unregelmäßigen Büscheln auf seinem Kopf, als hätte er sich als Versuchskaninchen für Haarwuchsmittel zur Verfügung gestellt. Sein Lächeln war freundlich, und er benahm sich so, wie man es sich von einem Mann wünscht, mit dem man möglicherweise über Prostataprobleme sprechen muss.

»Eileen? Was für eine Frage. Wahrscheinlich seit vierzig Jahren. Oder länger.«

»Und gab es eine Vorgeschichte geistiger Verwirrtheit? War sie …?« McLean unterbrach sich, er war unsicher, wie er die Frage formulieren sollte.

»Senil?«, bot Dr. Gillespie an. »Möglich. Vielleicht. Aber höchstens ein kleines bisschen. In letzter Zeit ist sie ein paarmal hingefallen, was ich dem Alter zugeschrieben habe, aber es könnte natürlich auch ein Symptom von etwas anderem gewesen sein.«

»Sie hätten also nicht damit gerechnet, dass sie ohne Schuhe in den Holyrood Park spaziert.«

Dr. Gillespie dachte kurz über die Frage nach, bevor er antwortete. »Ich habe andere Patienten, bei denen es mich weniger gewundert hätte. Eileen wirkte immer sehr klar. Aber natürlich nur, wenn ich sie gesehen habe. Sie war nicht sehr oft hier bei mir.«

»Was ist mit ihrer Familie? Hatte sie nicht eine Schwester, die erst kürzlich gestorben ist?«

»Esme? Ja, wann war das? Vor zwei Jahren. Die beiden waren Zwillinge.« Dr. Gillespie zog eine Brille aus der Brusttasche seines Kittels, setzte sie auf und beugte sich vor, um auf den Bildschirm des Computers auf seinem Schreibtisch zu schauen. Vorsichtig drückte er auf ein paar Tasten, bewegte die Maus, drückte auf noch mehr Tasten und bewegte wieder die Maus. Eindeutig war er nicht sehr geübt darin, beides gleichzeitig zu tun, aber schließlich fand er, was er suchte.

»Ich habe gelogen. Im April waren es schon drei Jahre. Wo bleibt nur die Zeit?« Er zog die Brille auf die Nasenspitze und schaute darüber hinweg. »Gegen Ende war sie ein bisschen seltsam. Und es ging recht schnell. Wahrscheinlich sollte man das mit bedenken. Aber sie ist nicht ohne Schuhe losgelaufen.«

»Wie ist sie gestorben?«

»Esme? An einer Lungenentzündung. Aber sie musste vorher schon in einem Heim untergebracht werden. Sie hat immer wieder gesagt, das alte Haus sei voller Gespenster. Sie haben es ja gesehen, nehme ich an?«

McLean nickte. »Von außen. Ehrlich gesagt, ich habe mich gewundert, dass es noch nicht in Wohnungen unterteilt wurde.«

»Wahrscheinlich wird es das jetzt. Allerdings habe ich keine Ahnung, wer es erben wird.«

»Das heißt, sie hatte sonst keine Angehörigen?«

»Nein, es gab nur sie und Esme. Das heißt, nachdem die Mutter gestorben war, aber das ist schon sehr lange her.«

»Und ihr Vater?« Kaum hatte er die Frage gestellt, merkte er, dass es eigentlich dieses Thema war, über das Dr. Gillespie sprechen wollte. Er war vor der Sprechstunde am Morgen gekommen, aber die Zeit verstrich. Wie viele Patienten saßen jetzt draußen, die zu ihm reinwollten?

»Sehen Sie, das ist die Frage. Laut Geburtsurkunde war William Prendergast Esmes und Eileens Vater. Aber die Mutter Amy, das war vielleicht eine, das kann ich Ihnen sagen. Sie muss als junge Frau sehr gut ausgesehen haben. Aber es gab einen Skandal. Während des Krieges, als er bei der Navy war, hat sie Partys in dem großen alten Haus veranstaltet und stand ihrem Zwillingsbruder immer sehr nahe. *Sehr* nahe. Das war eigentlich das Schockierende daran. Selbst wenn nur die Hälfte der Gerüchte stimmten, dann … na ja …«

Dr. Gillespie ging die Puste aus.

»Und ihr Bruder war Daniel Calton«, sagte McLean.

»Ach, dann wissen Sie das alles schon?« Dr. Gillespie spitzte die Ohren, seine Begeisterung für pikante Tratschgeschichten ließ ihn sichtlich aufleben.

»Wir wissen, dass er zweiundsiebzig verschwunden ist. Und wir haben eine Vermutung, was ihm zugestoßen sein könnte. Oder zumindest, wo er gelandet ist.« McLean schaute in sein

Notizbuch und auf die gekritzelten Notizen auf der ersten Seite. »Wenn das, was Sie über Miss Prendergasts Mutter sagen, stimmt, dann ist das sehr interessant. Allerdings im Rahmen unserer Ermittlungen leider kaum relevant.«

»Kinder, die aus inzestuösen Verbindungen hervorgehen, neigen zu degenerativen Störungen, Inspector, doppelt rezessive Gene und so weiter. Wenn Daniel Calton Esmes und Eileens Vater und gleichzeitig ihr Onkel war, dann könnte das zum Teil auch erklären, weshalb die beiden so geendet haben, wie sie geendet haben, meinen Sie nicht?«

McLean blieb kurz draußen vor der Praxis des Internisten stehen und fragte sich, was zum Teufel er sich eigentlich bei alldem gedacht hatte. Erkundigungen über Miss Prendergast einzuziehen war nicht seine Aufgabe, es war nicht mal sein Fall. Sie hatten die DNA-Probe von ihr, durch die sich möglicherweise die Identität der Pentland-Mumie bestätigen lassen würde, aber mehr hatte er mit dem Fall nicht zu tun. Und trotzdem konnte er die Finger nicht davonlassen.

Dr. Gillespies Worte hatten seine Neugierde nicht verringert. Es war durchaus vorstellbar, dass Eileen Prendergast katastrophal den Verstand verloren hatte, barfuß aus dem Haus spaziert und völlig unbekümmert Arthur's Seat hinaufgestiegen war. Absolut möglich auch, dass sie sich auf einen Stein gesetzt und einfach aufgehört hatte, als Mensch zu funktionieren. Aber so oder so, es spielte eigentlich keine Rolle. Nichts davon war für die Ermittlungen im Zusammenhang mit der Pentland-Mumie von Bedeutung, außer dass beide Fälle zu eigenartig waren, um einfach so abgetan zu werden. Zu eigenartig und zu eng miteinander verwoben.

Aber was war der Auslöser gewesen? Was hatte sie überschnappen lassen? Oder hatte längst ihre innere Uhr getickt? Ein Wecker, der nur darauf gewartet hatte, loszuschlagen?

Er musste sich unbedingt in Miss Prendergasts Haus umsehen. Eine Vorstellung davon bekommen, wie die alte Frau gewesen war. Auf jeden Fall wäre das einfacher, als DI Carter danach zu fragen. Er musste seinen Besuch nur irgendwie rechtfertigen. Den Hausarzt aufzusuchen war eine Sache, aber das Haus auf den Kopf zu stellen, ohne jemandem auf die Füße zu treten, war praktisch unmöglich.

Andererseits wussten sie, dass Eileen Prendergast Daniel Caltons Nichte war. Oder vielleicht sogar Daniel Caltons Tochter, und seine eigene Schwester die Mutter. Und Daniel Calton war möglicherweise der Mann, der in dem langen heißen Sommer 1976 draußen auf dem Scald Law mumifiziert gefunden worden war. Und fast vierzig Jahre lang nicht identifiziert werden konnte. Vielleicht konnte er das, was er vorhatte, gerade so im Zusammenhang mit seinen Ermittlungen rechtfertigen. Der DCC hatte ihm schließlich selbst die Verantwortung für die Cold Case Unit übertragen. Und für deren Budget.

McLean trommelte mit den Fingern auf das Dach seines Alfas, starrte in die Ferne und versuchte sich zu entscheiden. Schließlich merkte er, dass er auf die öffentliche Bibliothek auf der anderen Seite des Parkplatzes starrte. Es war unwahrscheinlich, und eigentlich hatte er sehr viel Wichtigeres zu tun, aber dafür hätte er in die Wache zurückkehren und sich zu Duguid in ein Zimmer setzen müssen oder in sein winziges Büro mit den Papierbergen und jeden einzelnen seiner Schritte vor Detective Superintendent Brooks rechtfertigen. Nein, er wusste Besseres mit seiner Zeit anzufangen.

»Damit kommen Sie ins Internet. Wobei ich Sie vorwarnen muss, dass einige Seiten gesperrt sind. Sie würden kaum glauben, was die Jungs hier manchmal anschauen. Und das, obwohl hier auch kleine Kinder rumlaufen.«

Wie viele Stadtteilbibliotheken, zumindest diejenigen, die

noch nicht geschlossen waren, war auch diese hier teils ein Ort, an dem man sich Bücher ansehen konnte, andererseits aber auch eine improvisierte Kindertagesstätte. Die diensthabende Bibliothekarin war eine fröhliche Frau mit rundem Gesicht und einem Lächeln im Blick, die ihn wegen seiner Bitte, einen Computer mit Internetzugang benutzen zu dürfen, erst ausgelacht, ihm dann aber eine Reihe älterer Geräte gezeigt hatte. Jetzt saß er an einem, dessen Tastatur großzügig mit irgendwas Klebrigem verschmiert war, auf dem Bildschirm fehlten einige Farben, die der Hersteller ursprünglich eingebaut haben musste, aber er wurde mit einer Suchmaschine verbunden und gelangte von dort zu den gewünschten Archiven.

Während er Seite um Seite absuchte, griff er nach seinem Handy, um DS MacBride anzurufen und um Hilfe zu bitten. Dann fiel ihm ein, wo er war, und er steckte das Telefon wieder ein. In Anbetracht dessen, wonach er suchte, hätte er besser Dalgliesh angerufen und sie gebeten, die Archive der Redaktion zu durchforsten. Nur dass er ihr dann einen Gefallen schuldig gewesen wäre. Und außerdem lag sie im Krankenhaus, möglicherweise immer noch bewusstlos.

»Ich hab Ihnen Tee gemacht. Sie sehen aus, als könnten Sie einen gebrauchen.«

McLean blickte zu der lächelnden Bibliothekarin auf, die mit zwei Bechern in den Händen neben ihm stand. Sie stellte sie beide neben die klebrige Tastatur, dann zog sie sich einen Stuhl heran.

»Suchen Sie was Bestimmtes? Hab gedacht, die Kürzungen hätten uns arg getroffen. Mir war gar nicht klar, dass es die Polizei auch so schlimm erwischt hat.«

Das war als Scherz gemeint, und McLean lächelte, dankte ihr und nahm seinen Becher Tee. Um wirklich witzig zu sein, kam die Bemerkung der Wahrheit viel zu nah. Bei der Polizei wurde zwar auch über Kürzungen geschimpft, aber es gab doch noch eine gewisse Sicherheit. Wie lange würde man Bibliotheken wie diese überhaupt noch unterhalten können? Und wenn sie geschlossen wurden, wo sollten dann die Jugendlichen hin? Was würden sie ausfressen?

»Ich will jemanden aufspüren, der vor einiger Zeit hier in der Gegend gewohnt hat. Ich habe einen Sergeant, der genial in so was ist, aber im Moment hat er zu tun.«

»Oh? Jemand Berühmtes?« Die Bibliothekarin schaute auf den Bildschirm, dann zügelte sie sich. »Ach so, sind wohl Polizeiangelegenheiten. Entschuldigung.«

»Nein, schon gut. Ich weiß gar nicht so genau, wo ich anfangen soll. Ich hab nur einen Namen, eine Adresse und die vage Vorstellung, dass es wichtig sein könnte.«

McLean nahm einen Schluck Tee. Er schmeckte erstaunlich gut, obwohl er mit ein paar Keksen unvergleichlich viel besser geschmeckt hätte.

Die Bibliothekarin stand auf, als ein paar Jungs quer durch den Raum an die Schreibtische gingen. »Dann fangen Sie am besten erst mal mit der Website des National Archive an. Das kostet Geld, aber wenn Sie einen Namen und ein Geburtsjahr haben, müssten Sie die Person finden.«

McLean bedankte sich bei ihr, sowohl für die Hilfe wie für den Tee, aber sie war bereits unterwegs zu den beiden jungen Männern. Er sah kurz auf sein Handy und war überrascht, dass ihn noch immer niemand zurück zur Wache beordert hatte, und widmete seine Aufmerksamkeit wieder dem Computer. Zuerst suchte er nach dem Namen Amy Prendergast, dann nach Amy Calton und dank einer kurzen Eingebung nach Amy Prendergast-Calton. Schließlich fand er eine Reihe eigenartiger Todesanzeigen, die von jemandem, der offensichtlich zu viel Zeit gehabt hatte, sogar mit einem Verzeichnis versehen worden waren. Über Eileen Prendergasts Mutter gab es kaum Informationen, nur dass sie 1979 in einem psychiatrischen Krankenhaus gestorben war, in das sie sieben Jahre zuvor eingewiesen worden war. McLean machte sich ein paar Notizen, dann rief er eine andere Seite auf, wo er noch ein paar weitere Angaben fand. Er versuchte sich nicht von Dr. Gillespies Tratschgeschichten beeinflussen zu lassen und studierte die wenigen Artikel, die er finden konnte, aber es hatte tatsächlich den Anschein, als wäre sie in ihrer Jugend ein wilder Feger gewesen.

»Ach, Sie suchen die verrückte Amy. Warum sagen Sie's nicht gleich.«

McLean drehte sich zu rasch um, ein stechender Schmerz schoss ihm vom Genick in die Schultern. Die Bibliothekarin hatte es irgendwie geschafft, den Raum geräuschlos zu durchqueren, und jetzt schaute sie ihm über die Schulter.

»Die verrückte Amy?«

»O ja. Die kennt jeder. Na ja, alle, die in meinem Alter sind oder noch älter. Das war vielleicht eine, das kann ich Ihnen sagen.«

»Sie haben sie gekannt?«

»Damals, Ende der Sechziger-, vielleicht Anfang der Siebzigerjahre. Sie hat da drüben mit ihrem Bruder in dem großen alten Haus gewohnt. Damals war sie natürlich schon eine alte Dame. An Allerheiligen sind wir immer verkleidet hin, und dann hat sie uns Kekse mit abgelaufenem Haltbarkeitsdatum geschenkt. Irgendwann ist ihr Bruder spurlos verschwunden, und sie hat den Verstand verloren. Zum Schluss wurde sie in Rosskettle eingeliefert, draußen bei Loanhead, wissen Sie?«

McLean nickte. Die psychiatrische Anstalt Rosskettle kannte er sehr gut.

»Aber da gab es Geschichten über Partys in dem Haus noch während des Krieges und sogar schon vorher, das waren fürchterliche Orgien, die sich über mehrere Tage zogen. Die unglaublichsten Sachen.«

McLean hörte nur halb hin, während die Bibliothekarin den

Tratsch von früher wiedergab, zweifellos durch jahrzehntelange Wiederholung völlig überzogen. Inzwischen hatte er Amy Caltons Geburtseintrag aus dem Jahr 1912 gefunden. Ihr Alter war keine Überraschung, auch nicht, dass ihre Eltern offensichtlich angesehene und wohlhabende Mitglieder der besseren Gesellschaft von Edinburgh gewesen waren. Was ihm aber erneut ein kaltes Gefühl in der Magengrube bescherte, war die Zeile mit der Angabe ihres Geburtsortes. Es war nicht das große Haus die Straße hoch, unweit von dort, wo er sich gerade befand, sondern ein anderes großes Anwesen auf der anderen Seite der Stadt in New Haven.

Headland House.

48

Wussten Sie das? Beschäftigen wir uns deshalb mit dem Fall der Pentland-Mumie? Weil Sie die ganze Zeit gewusst haben, wohin er uns führt?«

McLean war möglicherweise ungerechtfertigt schnell zur Wache zurückgerast und hatte nicht lange nach einem Parkplatz gesucht, sondern den Wagen einfach irgendwo abgestellt und die Constables links und rechts auseinanderspringen lassen, als er schnellen Schrittes in den düsteren Raum marschierte, der der Cold Case Unit als Büro zugewiesen worden war, in der Hoffnung, Duguid noch dort anzutreffen. Er hätte sich nicht beeilen müssen. Der ehemalige Detective Superintendent saß über seinen Schreibtisch gebeugt und schaute eine Reihe staubiger Unterlagen durch, die er gerade eben aus einer noch staubigeren Archivkiste geholt hatte. Auf die Frage hin blickte er auf, doch seine Augen brauchten eine Weile, bis sie scharf sahen.

»Das werden Sie präzisieren müssen, McLean. Ob ich *was* gewusst habe?«

»Wussten Sie, dass Daniel Calton und seine Schwester in Headland House geboren wurden? Und diese Schwester in den Dreißiger- und Vierzigerjahren Orgien und Ähnliches veranstaltet hat?«

Duguid verengte die Augen, schüttelte fast unmerklich den Kopf und antwortete ein kleines bisschen zu langsam, um glaubhaft zu wirken: »Ich weiß nicht, wovon Sie sprechen.«

»Amy Calton, suchen Sie ihren Namen im Computer, wenn Sie wollen. Aber ich glaube nicht, dass das nötig sein wird.«

Duguid lehnte sich zurück und legte die langen Finger zusammen wie ein Betender. Und wie McLeans alter Grundschuldirektor, den er gehasst hatte.

»Worauf wollen Sie hinaus?«

»Worauf ich hinauswill?« McLean hielt inne, sah sich um und entdeckte Grumpy Bob an seinem Schreibtisch. Anders als sonst hatte er nicht die Füße hochgelegt und den Kopf in einer Zeitung vergraben, sondern war hellwach und aufmerksam, sein Blick wanderte zwischen den beiden hin und her. Sein Gesichtsausdruck war unmöglich zu interpretieren.

»Ich will darauf hinaus, dass niemand den Fall Headland House besser kannte als Sie. Auch wenn der Großteil der Unterlagen bequemerweise verschwunden ist, haben Sie vieles noch im Kopf. Laut Bericht konnten die Eigentümer des Hauses nicht ermittelt werden, aber ich denke, die Namen wurden wie vieles andere einfach aus den Akten getilgt. Sie waren durchaus bekannt, wurden aber geschützt. Und Sie wussten, dass die Besitzer Calton hießen, haben wahrscheinlich versucht, noch lebende Familienangehörige aufzuspüren. Mir ist nur schleierhaft, was Sie dachten, dass es bringen könnte, sich den Ermittlungen durch die Hintertür zu nähern. Oder wollten Sie einfach nur mal sehen, wie weit ich komme, bevor ich unschädlich gemacht werde, so wie Sie?«

Duguid hatte McLean angesehen, während dieser gesprochen hatte. Jetzt klemmte er die Finger unter das Kinn und drehte den Kopf langsam in Richtung Grumpy Bob. »Was meinen Sie, Bob? Ist er jetzt vollkommen durchgedreht?«

»Ziehen Sie mich da nicht rein, Sir. Ich schlage nur die Zeit tot bis zu meiner Pensionierung.«

»Feigling.« Duguid drehte sich wieder zu McLean um. »Wissen Sie, was Ihr Problem ist? Sie sehen überall Verschwörungen. Verbindungen zwischen Menschen, die die allermeisten für Zufälle halten würden. Und wenn Sie sich mal etwas in den

Kopf gesetzt haben, hören Sie einfach nicht mehr auf. Das kann manchmal ganz schön nerven.«

McLean ließ sich an den Türrahmen sacken, das Adrenalin, das ihn vom Bibliothekscomputer hierhergetrieben hatte, verflüchtigte sich wie die Wärme aus einem vergessenen Becher Tee.

»Andererseits ist auf Ihr Bauchgefühl mehr Verlass als auf das der meisten. Vermutlich der einzige Grund, weshalb ich Sie überhaupt über so viele Jahre ertragen habe. Das und der Umstand, dass Sie damals das kleine Mädchen gefunden haben, als alle anderen entweder gesagt bekommen hatten, sie bräuchten sich um den Dachboden nicht kümmern, oder durch andere Aufgaben abgelenkt waren.«

»Also haben Sie's gewusst?«

Duguid stieß ein gedehntes Grunzen aus, das wohl ein Lachen sein sollte. »Ach, klopfen Sie sich ruhig selbst auf die Schulter. Natürlich hab ich's gewusst. Danny Calton war bis zu seinem Verschwinden Anfang der Siebzigerjahre der Eigentümer von Headland House. Danach ging es in den Besitz eines Treuhandfonds über, der für seine Nichte und seinen Neffen eingerichtet war. Vor dem Krieg hat seine Schwester Bill Prendergast geheiratet und mit ihm zusammen in diesem Riesenhaus in Duddingston gewohnt. So wie Sie hier angepoltert sind, vermute ich, dass Sie den Rest der Geschichte kennen. Die Zwillinge Esme und Eileen sahen ihrem Onkel Danny auf unheimliche Weise ähnlich, soweit man das anhand der alten Schwarz-Weiß-Aufnahmen, die ich vor zwanzig Jahren gesehen habe, beurteilen kann. Vom alten Bill hatten sie dagegen nicht viel, aber nach allem, was man so hört, kam der alte Bill Amy wohl auch nicht allzu häufig nahe. Er hat sich mehr für die jungen Oberfähnriche interessiert.«

»Die Oberfähnriche?«

»Ah, das berühmte McLean-Echo. Wusste doch, dass ich was vermisst habe. Muss ich es buchstabieren? Er war schwul. Nach allem, was man so hört, stand er auf gerade erst der Pubertät entwachsene junge Männer. In der Zeit zwischen den Kriegen wurde von einem Marineoffizier, der Karriere machen will, aber natürlich erwartet, dass er Frau und Kinder hat, also hat man die kleine Amy für ihn ausgesucht. Die hatte sowieso schon mit mindestens der Hälfte aller Vertreter der Edinburgher High Society gevögelt, einschließlich ihres eigenen Zwillingsbruders Danny, und deshalb hatte niemand was dagegen, dass sich der alte Bill nicht aktiv beteiligte. In den Sechzigerjahren ist er gestorben und hat ihr alles hinterlassen. Als ihr Bruder verschwand, verlor sie den Verstand und ist ein paar Jahre später selbst gestorben. Die beiden Schwestern lebten weiterhin in dem alten Haus und von dem Geld aus dem Treuhandfonds, hin und wieder nahmen sie Pensionsgäste auf. Jetzt dürfen Sie den Mund wieder zumachen.«

McLean tat, wie ihm geheißen, öffnete ihn aber wenig später erneut, um eine Frage zu stellen. Er ging an seinen Schreibtisch und ließ sich auf seinen Stuhl sacken. Anders als bei Grumpy Bob oder Duguid lagen bei ihm keinerlei Akten oder sonstige Unterlagen, der Computer war ausgeschaltet.

»Und wie haben Sie sich das jetzt weiter vorgestellt? Wir identifizieren die Leiche als die von Danny Calton, ermitteln den Stand der Dinge zum Zeitpunkt seines Verschwindens beziehungsweise Todes, und zack! Plötzlich tauchen die Akten über Headland House wieder auf? Die Leute, die damals die Ermittlungen verhindert haben, geben nach und erlauben, dass wir den Fall wieder aufnehmen?«

»Ehrlich gesagt hätte ich nie gedacht, dass wir überhaupt so weit kommen. Ist nicht das erste Mal, dass ich's versucht habe. Normalerweise sind die schneller zur Stelle.« Duguid nahm seinen Stapel staubiger Papiere und las weiter.

»Die?« McLean drehte sich auf seinem Stuhl, bis er Grumpy Bob ansah. »Wusstest du davon, Bob?«

Der Detective Sergeant schaute auf seine Hände und nuschelte leise etwas vor sich hin, das »Vielleicht ein bisschen« hätte heißen können.

»Na schön. Gut. Und jetzt? Angenommen, Ihre Ahnung ist richtig und bei der Pentland-Mumie handelt es sich tatsächlich um Daniel Calton … Ich meine, selbst wenn wir ihn einwandfrei über die DNA identifizieren, bringt uns das trotzdem nicht viel weiter, oder? Alle, die mit dem Fall zu tun haben, sind tot.«

»Aber die würden wissen, dass wir's wussten.« Duguids Stimme war leise, wie entferntes Donnergrollen. »Die würden wissen, dass wir nicht aufgegeben haben. Und dass nicht alle nach ihrer Pfeife tanzen.«

McLean sah zu dem ehemaligen Detective Superintendent rüber. Ein Mann, den er fast sein gesamtes Berufsleben lang verachtet hatte, aber doch zumindest einigermaßen gut zu kennen glaubte. Trotzdem war an Duguid etwas anders als zuvor. Oder war er nur wieder so wie damals, als McLean ihn als jungen aufstrebenden Detective Sergeant kennengelernt hatte? Es war eindeutig, dass er sich nach Headland House verändert hatte, fast als wäre er daran kaputtgegangen, sich den Autoritäten fügen zu müssen. All die Jahre hatte er sich seinen Zorn erhalten, den Schmerz immer stechender werden lassen, bis dieser die ursprüngliche Verletzung weit übertraf? War das der wahre Grund, weshalb Duguid so unausstehlich war, weil McLean sich anders als er stets geweigert hatte, demselben Druck nachzugeben?

»Gegen die kommen wir nicht an. Das ist Ihnen doch klar, Sir? Außerdem bin ich gar nicht sicher, ob es überhaupt ›die‹ sind, gegen die wir antreten.«

Duguid beugte sich vor, sein allmählich kahler Schädel glänzte im Licht seines Bildschirms, die Augen lagen im Dunkeln.

»Ach, das weiß ich doch, McLean. Aber das ist kein Grund, es nicht zu versuchen.«

»Anscheinend ist keiner zu Hause, Sir.«

McLean spähte durch die Haustür von Miss Prendergasts Haus und hielt Ausschau nach dem Pensionsgast, mit dem DI Carter hätte sprechen sollen. Er hatte bereits versucht, die Tür zu öffnen, aber sie war verschlossen gewesen. Auch auf mehrfaches Läuten hatte niemand reagiert. Irgendwo musste jemand einen Schlüssel haben, aber danach zu fragen hätte nur die falsche Form von Aufmerksamkeit erregt, und das konnte er jetzt gar nicht gebrauchen.

»Spitzenmäßig kombiniert, Sergeant.« Er sprang die Steinstufen hinunter, wo DS MacBride stand und mit geneigtem Kopf zu den dunklen Fenstern hinaufstarrte. »Wir versuchen es hinten, kommen Sie.«

Zu dem Haus musste einst ein großes Grundstück gehört haben, das vermutlich direkt an Arthur's Seat anschloss. Als ringsum neu gebaut wurde, war es mit der Zeit aber geschrumpft, trotzdem war der Garten vorne und hinten von einer beachtlichen Größe. Hinter dem Haus gab es sogar noch eine Remise, die ein Stück vom Haupthaus entfernt stand. Ihrem Zustand nach hätte McLean sich nicht gewundert, wenn tatsächlich noch eine Kutsche drin gestanden hätte. Allerdings wäre für ein Pferdegespann nicht genug Weidegras da gewesen.

»Abgeschlossen, Sir.« MacBride rüttelte an der Hintertür. Bodentiefe Terrassentüren führten auf eine Veranda an der Seite, und auch durch diese konnten sie nicht eintreten. Das Wohnzimmer dahinter war leer, abgesehen von ein paar antiken Möbeln.

»Irgendwo muss ein Schlüssel sein.« McLean sah sich um und versuchte darauf zu kommen, welches Versteck die verstorbene Miss Prendergast gewählt hatte. Unter den Mülltonnen, die ordentlich an einer Steinmauer aufgereiht standen, war nichts. Auch an dem schwarzen Haken unter dem Dachvorsprung über der Hintertür hing er nicht. Selbst der umgedrehte Blumentopf neben dem Fußabstreifer brachte nur eine Schnecke zum Vorschein. McLean wollte gerade aufgeben und einen Schlosser rufen, als MacBride triumphierendes Geschrei ausstieß. Als er sich zu ihm umdrehte, sah McLean ihn mit einem schweren Eisenschlüssel in der Hand aus der Remise kommen.

»Da drin steht eine kleine Kommode. Alles ist beschriftet. Hiermit müssten wir reinkommen, es sei denn, es ist ein ausgeklügelter Schwindel.«

Das war es nicht, und wenig später standen sie hinten in der Diele des alten Hauses und lauschten der leeren Stille.

»Riechen Sie das?« McLean schnupperte in die Luft und versuchte den Geruch zu identifizieren. Nur leicht, kaum wahrnehmbar zwischen all dem Staub, der Möbelpolitur und der stickigen Luft in dem Haus, in dem sich nicht viel bewegte.

»*Was?*« MacBride hob den Kopf. »Ich kann kaum was riechen.«

McLean versuchte draufzukommen, aber je mehr er schnupperte, desto weniger roch er. Aber irgendwie rief der Duft eine Erinnerung wach, flüchtig und schwer zu benennen. Eher ein ungutes Gefühl. Er sah sich in der Diele um, sah die Tür zur Küche, dann noch eine, die in eine Stiefelkammer führte, und eine dritte, hinter der sich höchstwahrscheinlich eine Toilette verbarg. Der Grundriss unterschied sich nicht wesentlich von dem seines eigenen Hauses.

»Hier lang, denke ich.«

Durch die Vorratskammer eines Butlers gelangte man in einen langen Gang, der zur Vorderseite des Hauses und in den Haupteingangsbereich führte. Von der Küche drang nicht viel Licht herüber, aber es genügte, um eine Reihe von Türen zu erkennen. Die der Vorratskammer nächste führte an eine Treppe ohne Teppichläufer, die hinter einer dicken Wand versteckt war. Darüber gelangte man in einen weiteren Gang im hinteren Teil des Hauses, von dem ein halbes Dutzend großzügige Zimmer abgingen. Sie waren alle leer und sahen aus, als hätte dort lange niemand mehr geschlafen. Erst als sie weiter zurück in den hinteren Teil des Hauses über der Küche gingen, wo früher die Kinder geschlafen haben mussten, fanden sie Miss Prendergasts Zimmer.

McLean bewegte sich vorsichtig durch den schmalen Spalt zwischen dem Einzelbett und dem alten Kleiderschrank aus Holz gegenüber dem Fenster. Eine Spitzengardine schirmte den Raum vor den Blicken der Nachbarn ab, obwohl die einzigen Häuser nebenan Bungalows waren, auf die man aus den höher gelegenen Stockwerken herunterschaute.

Das Bett war gemacht, eine alte Wollstrickjacke hing über der Lehne eines schlichten Holzstuhls vor einer kleinen Frisierkommode. Ein paar Haarbürsten, Parfümfläschchen, nichts Ungewöhnliches für das Schlafzimmer einer Frau von Mitte siebzig. Auf dem Boden, halb versteckt unter dem Bett, waren zwei vernünftige flache Schuhe nebeneinander. Waren es diese, die sie vergessen hatte anzuziehen?

»Suchen wir was Bestimmtes, Sir?«, fragte MacBride.

»Eigentlich nicht. Ich hätte gerne mit den Pensionsgästen gesprochen, wenn sie hier gewesen wären. Aber wahrscheinlich ist es einfacher, wenn ich mir die Kontaktdaten von Carter geben lasse. Ansonsten wollte ich nur sehen, wie sie gelebt hat, ob es etwas gab, das vielleicht Auslöser des … Ganzen … gewesen sein könnte.«

»Ich kann hier nichts Verdächtiges entdecken. Sieht aus wie im Schlafzimmer meiner Großmutter. Riecht auch ein bisschen so.«

McLean schnupperte und roch wieder den Duft, der ihm aufgefallen war, als sie in die Küche gegangen waren. Fast wäre er von Lavendel und Mottenkugeln und dem Geruch einer alten Person überdeckt worden, aber er war deutlich wahrnehmbar. Er ging zurück zum Flur und folgte seiner Nase, bis er zu einer weiteren Dienstbotentreppe gelangte, die unter das Dach führte. Die Balken knarrten, als er weiter nach oben stieg, das Licht, das durch das staubige Fenster drang, fiel auf einen schmalen Treppenabsatz. Mit jedem Schritt wurde der Geruch stärker, wie der Moschus eines wilden Tiers. Er kam aus dem kleinen Zimmer, die Tür war leicht geöffnet, und zum ersten Mal, seit sie das Haus betreten hatten, hörte McLean ein Geräusch. Tränen traten ihm in die Augen, als er den Raum betrat, aber erst als er wieder klar sah, schreckte er zurück.

Zwei schmale Betten standen dort zusammengeschoben, dazwischen war nur ein kleiner Nachttisch. Irgendwann mochten Decken darauf gelegen haben, aber jetzt waren nur noch Laken da, zerrissen und mit roten Spritzern übersät. Teilweise bedeckten diese auch die Wände unter der Dachschräge. Ein Haufen blutgetränkter Handtücher war in eine Ecke geworfen worden, tausende glänzender Fliegen tummelten sich darauf.

McLean spürte, dass DS MacBride hinter ihm den Raum betrat. Er wendete den Blick von der schaurigen Szene ab und sah den Detective Sergeant die Augen überrascht aufreißen.

»Bleiben Sie zurück, Stuart.« Er hob eine Hand, obwohl MacBride bereits vorsichtig zurückgewichen war. »Rufen Sie die Zentrale an. Wir brauchen hier ein Team von der Spurensicherung. Schnell.«

49

Das ist menschliches Blut. Und zwar ziemlich viel. Ob der Verlust dieser Menge zum Sterben reicht, weiß ich nicht.«

Es war spät am Nachmittag, vielleicht auch schon Abend. Die Zeit, zu der man nach der Arbeit gerne noch was trinken geht. McLean stand hinter dem Haus von Miss Prendergast im Garten. Die Fahrzeuge der Kriminaltechniker nahmen praktisch den gesamten verfügbaren Platz ein; alle anderen blieben vor dem Haus. Ein Team weiß gekleideter Kriminaltechniker arbeitete oben in der Dachkammer. McLean und DS MacBride hatten bis zum Eintreffen der Kollegen den Rest des Gebäudes durchsucht, aber nichts direkt Auffälliges gefunden. So groß, wie das Haus war, konnten natürlich trotzdem noch irgendwo Leichen versteckt sein.

»Es sah nach furchtbar viel aus«, sagte er.

»Aber es wurde nicht auf einmal vergossen. Teilweise ist es getrocknet und muss mindestens ein paar Wochen alt sein. Teilweise ist es frisch. Das frischeste ist vermutlich von gestern oder sogar von heute Morgen. Wir haben erst eine einfache Analyse durchführen können, und bislang scheint es von ein und derselben Person zu stammen.« Amanda Parsons wirkte, als wäre sie ganz in ihrem Element, gekleidet in einen weißen Papieroverall, dazu Überschuhe und Haarnetz. McLean hätte sie nicht erkannt, hätte sie ihn nicht mit ihrem fröhlichen Grinsen und einer transparenten Plastiktüte voller blutiger Handtücher angesprochen.

»Irgendeine Vorstellung, was da drin passiert sein könnte? Wenn es kein Mord war.«

»Keine Ahnung. Jedenfalls noch nicht. Anscheinend hat sich

jemand geschnitten, mit Absicht. Oder vielleicht auch jemand anderen, aber dabei nicht tödlich verletzt. Das ist ziemlich unheimlich, noch dazu in einem so großen alten Haus.« Sie sah nach oben zu den Deckenbalken, aber auch die länger werdenden Schatten trugen nicht dazu bei, die unheimliche Atmosphäre aufzuhellen.

»Bleiben Sie dran. Wir müssen wissen, was da drin passiert ist und ob es was mit der toten Frau zu tun hat, die wir draußen am Hang gefunden haben.«

»Wir werden die Blutanalyse so bald wie möglich mit dem abgleichen, was wir in der Datenbank haben. Die DNA wird noch ein bisschen länger dauern.« Parsons hievte ihre Tasche auf die Schulter, und ein Hauch des Geruchs von oben wehte zu McLean herüber. »Wenn Sie mich jetzt entschuldigen wollen, ich sehe mir mal an, was wir sonst noch für Körperflüssigkeiten da oben finden.«

»Um Gottes willen, Tony. Was wollten Sie überhaupt dort? Ich dachte, Miss Prendergast sei Carters Fall.«

»Ist sie auch, aber ihr Name ist in Zusammenhang mit einem der ungelösten Fälle aufgetaucht, die wir uns noch mal vorgenommen haben. Ich dachte, es könnte nicht schaden, ein paar Hintergrundinformationen einzuholen, solange wir auf die Ergebnisse der DNA-Analyse warten. Ich habe nicht damit gerechnet … na ja.« McLean sprach den Satz nicht zu Ende. McIntyre hatte den Raum mit eigenen Augen gesehen. Jetzt saßen sie in dem muffigen Wohnzimmer und warteten darauf, dass die Kriminaltechniker fertig wurden.

»Brooks wird nicht glücklich darüber sein, das wissen Sie.« McIntyre schien es sich in dem Ledersessel mit der hohen Rückenlehne gemütlich gemacht zu haben. McLean war nicht ganz so entspannt, er hockte auf der Sofakante wie ein junger Mann, der sich den Eltern seiner Freundin vorstellt.

»Ist er denn überhaupt jemals glücklich?«

»Auch wieder wahr. Aber diese Pensionsgäste. Hat jemand mit denen gesprochen?«

»Carter und DS Langley haben sie vernommen, zumindest wurde mir das erklärt, als wir dort ankamen. Ich wollte nicht stören, also sind wir los und haben uns stattdessen die Leiche angesehen. Die alte Dame lag nur ein paar hundert Meter weiter den Hang hinauf.« McLean nickte Richtung Wintergarten, der einen Blick auf Arthur's Seat gewährte.

»Ich hoffe für ihn, dass er sich Namen und Adresse hat geben lassen. Glauben Sie, die haben sie auf dem Gewissen?«

»Miss Prendergast?« McLean staunte über die Frage. »Möglich, denke ich. Aber warum? Und wie? Sie ist selbst den Hang rauf.«

»Und warum sind Sie dann hergekommen? In Wirklichkeit? Sind mit MacBride durch das dunkle Haus geschlichen und haben Ihre Nase in den Fall eines Kollegen gesteckt?«

»Ich weiß es nicht. Wie schon gesagt, Miss Prendergast hat mit dem ungelösten Fall zu tun, in dem wir ermitteln. Aber es steckt noch mehr dahinter. Wissen Sie, dass ihre Mutter in Headland House geboren wurde?«

Jetzt schaute McIntyre erstaunt. »Daran hab ich ja nun wirklich ewig nicht mehr gedacht. Lassen Sie mich raten, Dagwood hat Ihnen ein Ohr abgekaut und behauptet, man hätte ihn damals ausgebremst.«

»Ach, das ist noch nicht alles. Ich war selbst bei der Razzia dabei und habe das kleine Mädchen gefunden.«

»Ich weiß, Tony. Sie wurden unter meiner Aufsicht zum Inspector befördert, schon vergessen? Ich habe Ihre Akte mehr als einmal gelesen.«

»Wissen Sie, was aus ihr geworden ist? Dem Mädchen?«

»Das Jugendamt hat sie übernommen. Niemand hat herausgefunden, wer ihre Eltern waren oder woher sie kam. Danach ist sie einfach im System verschwunden. Aber ich denke, darum ging es auch. Schließlich sollten die Leute, die sie in das Haus gebracht hatten, sie niemals wiederfinden.«

»Ich glaube, ich weiß, wer sie ist. Ich glaube, sie ist wieder da und lebt hier in der Stadt. Und ich glaube, es besteht ein Zusammenhang zwischen ihr und dem, was hier geschehen ist.«

McIntyre sagte einen Augenblick lang nichts und starrte nur ins Leere. War er zu weit gegangen? Schließlich verlagerte sie ihr Gewicht im Sessel und konzentrierte sich dann wieder auf ihn.

»Wann haben Sie das letzte Mal richtig geschlafen, Tony?«

Die Frage ließ ihn zusammenzucken. McIntyre hatte so eine Art, scheinbar völlig nebensächliche Fragen zu stellen, die nichts mit dem eigentlichen Gespräch zu tun hatten. Aber sie hatte auch die Angewohnheit, den Kern eines Problems klar zu erkennen.

»Merkt man das?« McLean sank ins Sofa. Er hatte seine Müdigkeit mit nervöser Energie bekämpft, aber lange funktionierte so was nie.

»Sie sehen aus, als hätten Sie einen ganzen Monat nicht geschlafen. Ein Wunder, dass Sie noch aufrecht stehen können, geschweige denn logische Entscheidungen treffen.« McIntyre zeigte an die Decke. »Die Kriminaltechniker werden den Raum demnächst versiegeln und Feierabend machen. Bis morgen passiert da nichts mehr. Fahren Sie nach Hause, ruhen Sie sich aus. Schlafen Sie sich richtig aus und setzen Sie sich nicht in die zugige alte Bibliothek, hören Schallplatten und trinken Whisky bis zwei Uhr früh. Wir kümmern uns morgen darum, wenn wir alle wieder einen klaren Kopf haben.«

»Und die Pensionsgäste?«

»Ob Sie's glauben oder nicht, die Kollegen von der Nachtschicht können das übernehmen. Wir lassen uns von Carter und Langley eine Beschreibung geben. Sie können nichts tun, es sei denn, Sie wollen mit Ihrem albernen Sportwagen die Straßen abfahren in der Hoffnung, sie irgendwo aus einem Pub kommen zu sehen.«

»Verlockend«, sagte McLean.

»Unterstehen Sie sich. Ich lasse Sie von den Kollegen aus dem Verkehr ziehen. Übermüdet Auto fahren verstößt übrigens gegen die Straßenverkehrsordnung, das wissen Sie ja.«

»Okay, okay. Ich hab's begriffen. Ich fahr nach Hause.« Er stand wieder auf und schwankte leicht, als das Blut aus seinem Kopf floss und das Zimmer dunkler wurde. Vielleicht hatte McIntyre nicht ganz unrecht. »Dann bis morgen.«

»Ja, Tony. Bis morgen. Gehen Sie. Wenn Sie zurückkommen, ist die arme alte Frau immer noch tot.«

Jennys Wagen parkte draußen vor der Tür, als McLean eine Stunde später vorfuhr. Er war so darauf fixiert, dass er dem kleinen Transporter beinahe hinten draufgefahren wäre. Im letzten Moment wich er noch aus, parkte an der Hintertür und ging ums Haus, um zu sehen, was los war.

»Hi, Tony. Du bist ja schon da«, begrüßte Rachel ihn an der Haustür wie eine untreue Ehefrau mit dem Kind eines anderen auf dem Arm. Der kleine Tony junior sah mit runden Babyaugen zu ihm auf und schenkte ihm ein Lächeln, wie McLean es nicht mehr gesehen hatte, seit er sich mit Phil zum letzten Mal grandios betrunken hatte.

»Was ist los? Klaut ihr mir die guten Möbel?«

»Ha! Als ob. Nein. Wir haben unsere Wohnung schon früher zurückbekommen. Die Mieter haben was Neues gefunden. Wir dachten, wir ziehen um und lassen dich wieder in Ruhe.«

McLean war nicht ganz sicher, wie er das fand. Einerseits war er sehr erleichtert, sein altes Leben zurückzubekommen. Er würde endlich wieder kommen und gehen können, wie es ihm gefiel, ohne dass dies kommentiert wurde, und er würde sich keine Sorgen machen müssen, andere zu stören, wenn er in den frühen Morgenstunden noch Musik hören wollte. Außerdem würde er nicht mehr wach werden von dem zwar gedämpften, aber noch immer unmöglich überhörbaren Geschrei des kleinen Wonneproppens. Andererseits hatte er sich daran gewöhnt, außer Mrs McCutcheons Katze andere Menschen zum Reden zu haben. Ein mehr als einseitiges Gespräch war immer schön, und ein Glas Wein am Abend ließ sich leichter rechtfertigen, wenn man sich die Flasche mit jemandem teilte.

»Ihr wollt heute Abend schon weg? Das kommt aber ganz schön plötzlich.«

Rachel lachte. »Du lieber Gott, nein. Es sei denn, du willst uns unbedingt loswerden. Phil hat unsere Sachen aus dem Mietlager geholt. Nicht dass es viel wäre. Jen und ich wollten morgen gründlich sauber machen. Und am Wochenende sind wir dann raus, wenn das okay ist?«

McLean wollte sagen »Gut«, aber bevor er dazu kam, trat Jenny aus der Haustür.

»Tony, wir haben erst viel später mit dir gerechnet.« Sie schloss ihn in die Arme, was er gleichzeitig seltsam vertraut und erstaunlich angenehm fand. Auf jeden Fall einfacher als ein Küsschen auf die Wange, bei dem man nie wusste, ob der andere jetzt auch eins bekommen sollte oder nicht.

»Ich hatte einen harten Tag, meine Chefin hat mich früher nach Hause geschickt.« Das war die Wahrheit, aber Jenny und Rachel lächelten beide. Tony junior gluckste nur.

»Also das Essen ist im Ofen, ich hab genug für alle gemacht.« Jenny nahm ihn am Arm und führte ihn ins Haus. Aus dem Augenwinkel sah McLean den Poststapel auf der Truhe. Instinktiv wollte er ihn nehmen und die Rechnungen und Werbung durchblättern in der Hoffnung, dass eine Postkarte von Emma dabei war, aber jetzt konnte er schlecht stehen bleiben. Als er praktisch durch die Diele und in die Küche hinein abgeführt wurde, merkte er, dass ihn die Hoffnung weniger schmerzte und die zu erwartende Enttäuschung weniger tief saß als noch vor Kurzem. Trotzdem machte er sich von Jenny los, bevor sie ihn durch die Tür ziehen konnte.

»Essen klingt toll, Jen. Aber ich muss mich umziehen.« Er sah an seiner Hose runter und stellte sich Blutflecken am Aufschlag vor. Dazu dieser anhaltende Geruch, den er immer noch nicht zuordnen konnte. Oder doch, jetzt wo er darüber nachdachte. Er hatte ihn hier gerochen, in seiner eigenen Küche, als Heather Marchmont ihren langen Mantel geöffnet hatte, um ihm zu zeigen, wie wenig sie darunter trug. Bei der Erinnerung bekam er rote Ohren und war sicher, dass auch seine Wangen rot waren wie ein geohrfeigter Hintern. Jenny machte es nicht besser, indem sie ihn dicht an sich heranzog, beschnupperte und von sich stieß.

»Gute Idee. Und duschen solltest du auch. Ich setz den Reis auf und schenk dir ein Bier ein.«

Als er geduscht und umgezogen wieder in die Küche kam, war das versprochene Glas Bier eingeschenkt und wartete auf ihn. Jenny stand am Herd und rührte etwas, das verdächtig nach Chili con Carne roch, daneben blubberte ein Topf mit Reis. Der Tisch war für vier Personen gedeckt, in der Mitte standen außerdem Schalen mit geriebenem Käse, Tomatensalsa und Crème fraîche, genau dort, von wo aus Mrs McCutcheons Katze ihn normalerweise begrüßte. Der Tisch sah aus wie frisch abgewischt.

»Daran könnte ich mich gewöhnen«, sagte McLean, nachdem er einen großen Schluck Bier getrunken und sich mit dem Handrücken den Schaum von der Oberlippe gewischt hatte.

»Das Bier oder daran, dass sich jemand um dich kümmert?«

Jenny drehte sich zu ihm um, ein schelmisches Funkeln in den Augen. Er kam nicht in die Verlegenheit, darauf antworten zu müssen, da Phil geräuschvoll in die Küche platzte, dicht gefolgt von Rachel.

»Jetzt schläft er endlich. Ich schwöre, das Baby hat einen genauso irren Tagesablauf wie du, Tony.«

»Ihr hättet ihn ja auch anders nennen können. Zum Beispiel Phil junior. Dann hättet ihr ihn gar nicht mehr aus dem Bett bekommen.«

»Darf ich dir versichern, dass ich ein hart arbeitender Professor für Biotechnologie bin. Und anders als andere hier halte ich mich an meine geregelten Arbeitszeiten.«

»Hast du denn einen Job?«

»Wurde heute bestätigt. Anfang des Monats fange ich an.«

»Was ist mit Kalifornien? Ist es okay, wenn du da einfach weggehst?«

»Man sollte meinen, du willst mich loswerden.« Phil grinste, als er seiner Frau einen Stuhl heranzog und sich neben sie setzte. »Nein. Das war von vornherein nur für eine gewisse Zeit gedacht gewesen. Im Moment passieren die wirklich innovativen Dinge hier. Ich hab sogar das Nieselwetter vermisst. Und das Essen.«

»Na ja, gewöhn dich lieber nicht daran.« Jenny stellte eine große Schüssel Chili auf einen Untersetzer auf den Tisch, dazu genug Reis, um eine ganze Armee satt zu bekommen. »Wenn ihr erst mal in eurer eigenen Wohnung wohnt, könnt ihr beiden euch selbst versorgen.«

Sie setzte sich neben McLean, verteilte Essen auf die Teller, und alle fingen an. Er war nicht sicher, ob es das beste Chili war, das er je gegessen hatte, er mochte es lieber ein bisschen schärfer, aber es war frisch gekocht und schmeckte ausgezeichnet. Besser als die unglaublich feuerscharfen Kreationen, die Phil ihm in ihrer Studentenzeit serviert hatte. Als sie gemeinsam am Tisch saßen, zusammen aßen und sich ausgezeichnet unterhielten, hatte er das Gefühl, sie könnten wieder Studenten sein. Hätten nicht drei von ihnen längst die vierzig überschritten.

»Meinst du, du kommst hier alleine zurecht?«, fragte Jenny.

»Ich komm schon klar. Bin ja nicht oft zu Hause.«

»Du solltest dir ein Hobby suchen. Was anderes machen, als jeden Abend immer nur zu arbeiten. Wenn du nicht aufpasst, frisst dich dein Job auf und spuckt dich wieder aus.«

McLean versuchte, nicht zu seufzen. Natürlich hatte sie recht. Obwohl er, jetzt wo Phil wieder in der Stadt war, vielleicht öfter mal einen Vorwand hatte, um hin und wieder auszugehen. Er war zufrieden alleine, aber er sah ein, dass er kein gesundes Leben führte.

»Ein Hobby, meinst du? So was wie Briefmarkensammeln vielleicht? Oder soll ich eine Modelleisenbahn auf dem Dachboden aufbauen.«

»Du könntest was mit deinem alten Auto anfangen. Das ist viel zu schön, um ständig nur in der Stadt gefahren zu werden.«

»Das sagen alle. Aber ich bin einfach noch nicht dazu gekommen, mir was Passenderes zu suchen.«

Das Gespräch kam erst auf Autos, dann gebrauchte Kleidung, berufliche Selbstständigkeit, Kleinunternehmertum, Kindererziehung und noch einhundertein andere Themen. Jenny hatte sich nicht mit dem Chili begnügt und auch noch Nachtisch gemacht, weshalb aus dem Abend Nacht wurde, ohne dass McLean auch nur einmal an die Arbeit dachte. Erst viel später, als Rachel schon im Bett war und Phil fest auf dem Sofa in der Bibliothek schlief, wurde ihm bewusst, was am nächsten Tag alles vor ihm lag.

»Ich glaube, ich gehe besser ins Bett. Muss morgen früh raus, wie immer.« McLean stellte sein leeres Glas ab, der Geschmack des Whiskys prickelte noch auf seiner Zungenspitze. Er legte seine Hände auf die Armlehnen und stieß sich auf die Füße hoch.

»Und ich sollte wohl gehen. Hab morgen den ganzen Tag Inventur.« Jenny streckte sich in ihrem Sessel wie eine Katze, dann schaute sie auf ihre Armbanduhr. »Du liebe Zeit, ist es schon so spät?« Sie stand schnell auf und schwankte dabei leicht. McLean streckte eine Hand aus, damit sie sich abstützen konnte, und sie sackte ein kleines bisschen zu schwer dagegen.

»Alles klar?«

»Nur ein bisschen schwindlig. Wahrscheinlich hab ich zu lange gesessen und mich nicht bewegt.«

»Wenn du willst, kannst du gerne über Nacht bleiben. Falls du keine Lust hast, so spät noch nach Hause zu fahren.«

»Also wirklich, Inspector McLean. Wenn ich es nicht besser wüsste …«

Jennys Müdigkeit wurde teilweise von ihrem Lächeln vertrieben. McLean wollte protestieren und erklären, dass es jede Menge Gästezimmer gab und sein Vorschlag nicht anzüglich gemeint gewesen war, aber gerade jetzt in diesem Augenblick war er da gar nicht mehr so sicher.

»Aber, nein. Danke, Tony. Ich muss noch ein paar Sachen für morgen vorbereiten, und ich schlafe in meinem eigenen Bett am besten.«

Sie tätschelte ihm den Arm, beugte sich vor und küsste ihn ganz leicht auf die Lippen, dann ging sie. »Danke für den wunderbaren Abend. Es ist so schön hier. So entspannt.«

Sie warf einen kurzen Blick auf den leise schnarchenden Phil auf dem Sofa, zog eine Augenbraue hoch, drehte sich um und ging.

50

Okay, Leute. Dann wollen wir mal anfangen. Je schneller wir hier fertig werden, desto schneller können wir auch wieder da draußen Verbrechen bekämpfen.«

Früher Morgen im Ermittlungszimmer. McLean hatte Jayne McIntyres aufmunternde Rede gerade verpasst. Er merkte, dass er es vermisst hatte, in einem größeren Team aus über einem Dutzend oder mehr Detectives zu arbeiten. Die SCU war immer schlecht besetzt gewesen, hier dagegen gab es jede Menge Zivilbeamte und Uniformierte. Natürlich war ihnen dabei auch behilflich, dass sie sich aktuell um drei Ermittlungen kümmern mussten.

»Erstens John Smith. Seid ihr mit dem Material aus den Überwachungskameras weitergekommen?« McIntyre lehnte sich an den Tisch vor der Tafel.

McLean stand neben ihr, DS MacBride saß unweit davon entfernt. Der versammelte CID und die Unterstützerteams drängten sich bis ans Fenster. Fast alle Mitarbeiter der Wache schienen da zu sein, abgesehen von ein paar auffälligen Ausnahmen.

»Wir haben die Festplatten. Das Material ist aber sehr umfangreich. Das Haus hat mehr Kameras als ein japanischer Tourist. Ich hab mit der Spurensicherung und der Firma gesprochen, die für die elektronische Fußfessel und Smiths Überwachung zuständig war, um das, was wir uns ansehen müssen, ein bisschen einzugrenzen. Sonst gehen zu viele Arbeitsstunden dafür drauf.« MacBride strich beim Sprechen über das Display seines Tablets.

»Das ist vernünftig. Haben Sie Verbindungen zwischen ihm und Parker gefunden?«

»Noch nicht. Wir haben Parkers Chef und allen Leuten in dem Büro dort ein Foto von Smith gezeigt. Keiner hat je von dem Mann gehört. Eigentlich nicht verwunderlich. Die haben sich in ganz verschiedenen Kreisen bewegt.«

»Was ist mit den Leuten, die wir bei der Bordellrazzia angetroffen haben? Wissen wir, ob jemand von denen Parker kannte?« McIntyre stellte die Frage, aber niemand antwortete. Dann merkte McLean, dass alle Blicke auf ihn gerichtet waren. Na klar, weil er die Razzia an die Wand gefahren hatte.

»Wir hatten noch keine Gelegenheit, mit ihnen zu sprechen«, sagte er nach einer Weile. »Das ist ein bisschen heikel.«

»Was ist mit der Frau, die die Party organisiert hat? Wie hieß sie noch … Marchmont?«, fragte McIntyre.

»Sie hat das nicht …« Einen Augenblick lang glaubte McLean, DCI McIntyre wolle sich über ihn lustig machen, so wie mehr oder weniger alle seine Vorgesetzten. Aber ihr Gesichtsausdruck war ernst. Er hatte Marchmont sowieso anrufen wollen, um sie mit der Vergangenheit zu konfrontieren, die sie ihm bequemerweise verschwiegen hatte. »Wir haben die Vernehmungsprotokolle. Ich nehme sie mir noch mal vor und prüfe, mit wem es sich zu reden lohnt. Aber wir müssen Jo Dexter hinzuziehen.«

McIntyre signalisierte nickend ihr Einverständnis. »Okay. Also, so viel zu Smith und Parker. Wie sieht es mit dem Blut bei Miss Prendergast aus? Sind die verschollenen Pensionsgäste inzwischen aufgetaucht?«

Erneut Schweigen im Raum. Als McLean sich umsah, entdeckte er, dass DS Langley fehlte, DI Carter ebenso. Verwunderlich fand er das nicht.

»Ich nehme an, das heißt Nein.« McIntyre stieß sich vom Schreibtisch ab, ging zu der weißen Tafel und schrieb in großen roten Buchstaben »Blut« darauf. McLean rechnete fast damit, dass die Farbe über die glänzende Oberfläche lief und auf den Teppich tropfte.

»Die von der Nachtschicht haben schon ein bisschen was über den Mann zusammengetragen, mit dem Carter gesprochen hat, ein gewisser Iain Angus. Im Police National Computer ist nichts zu finden. Zumindest nichts, worauf seine Beschreibung passt.« MacBride fuhr wieder über sein Display.

»Haben wir eine Adresse von ihm?«, fragte McLean.

»Ich weiß es nicht. Heute Morgen konnte ich bislang weder Carter noch Langley erwischen. Ich glaube, die sind zur Fortbildung in Strathclyde.«

»Wer zum Teufel hat das genehmigt? Die beiden leiten die Ermittlungen in einem mutmaßlichen Mordfall.«

Niemand antwortete, aber damit hatte McLean auch kaum gerechnet. Es war klar, dass Miss Prendergasts Tod längst als tragischer und bizarrer Unfall verbucht worden war. Zweifelsohne hoffte man in den höheren Etagen, dass auch dieser einfach in Vergessenheit geraten würde.

»Dann kümmern Sie sich bitte darum, Stuart. Wir müssen wirklich mit ihm sprechen. Hat sonst noch jemand in letzter Zeit in der Pension übernachtet?« McLean sah sich erneut im Raum um, betrachtete die versammelten Detectives und Streifenpolizisten. Waren sie wirklich alle diesen drei Fällen zugeteilt, oder saßen sie nur hier, weil sie lieber unter McIntyre arbeiteten, als sich von Spence anschreien zu lassen? Was für einen fröhlichen Trupp Detective Superintendent Brooks da hinter sich versammelt hatte. Fast wünschte McLean, Duguid würde in sein altes Büro im obersten Stockwerk zurückkehren und nicht unten im Keller sein Unwesen treiben.

McIntyre trat wieder vor den Tisch und hob erneut die Stimme, um wie eine Pastorin das Wort an die Gemeinde der Gläubigen zu richten. »Na gut. Alle, die wirklich hierher beordert wurden, lassen sich von DS MacBride ihre Aufgaben zuteilen. Ich habe das Gefühl, heute ist Schreibtischarbeit angesagt, also freut euch nicht zu früh.« Sie hielt einen Augenblick inne, während die versammelten Beamten von einem Fuß auf den anderen traten. »Und was die anderen betrifft: Schöner Versuch, aber ich bin sicher, Sie werden andernorts gebraucht.«

McLean sah zu, wie die Hälfte der Kollegen nacheinander den Raum verließ, die andere Hälfte bildete eine schiefe Schlange vor MacBride. Er bedeckte seinen Mund, um ein Gähnen zu unterdrücken, aus keinem nachvollziehbaren Grund fielen ihm Jennys Küsschen und ihr eiliger Abschied wieder ein.

»Was hält Sie nachts denn vom Schlafen ab, Tony? Oder sollte ich sagen, wer?« McIntyre knuffte ihn in die Rippen, um ihm zu signalisieren, dass sie Spaß machte.

»Das hilft nicht, Jayne. Ich weiß, Sie finden das witzig, aber die halbe Wache glaubt, ich würde mit Marchmont schlafen. Trägt nicht gerade zu meiner Glaubwürdigkeit bei.«

»Sie haben recht. Mein Fehler.« McIntyre schüttelte entschuldigend den Kopf. »Aber ich habe Ihnen gesagt, Sie sollen nicht die ganze Nacht aufbleiben und Whisky trinken. Eigentlich müssten Sie ausgeruht sein und nicht hier herumgähnen.«

»Ich hab immer noch Gäste zu Hause, mit einem Neugeborenen. Die ziehen bald aus, aber bis es so weit ist, höre ich nachts noch Geschrei.«

»Daran wird es wohl liegen.« McIntyre lächelte. »Also, was wollen Sie unternehmen?«

Einen Augenblick lang dachte McLean, es sei immer noch die Rede von Tony junior und seinem frühmorgendlichen Gesang, aber dann fiel ihm ein, dass es um die aktuellen Ermittlungen ging.

»Mehr oder weniger das, was in der Besprechung gesagt wurde. Parker und Smith sind zurzeit noch Schreibtischarbeit.

Die Überwachungskameras müssen überprüft werden, wir werden weiter nach Verbindungen zwischen den beiden suchen. Ich warte auf Informationen von Clarice Saunders und ihrer Organisation über Neuzugänge in der Stadt, aber vielleicht ist das zu weit hergeholt, zumal wir möglicherweise von dieser Seite auch gar nicht mit Kooperation rechnen dürfen. Abgesehen davon müssen wir uns Parkers Terminkalender noch mal vornehmen, und es könnte auch helfen herauszubekommen, wer Smith zu der Party eingeladen hat. Ich setze Sandy Gregg darauf an, sie ist sehr diplomatisch.«

»Sandy Gregg? Diplomatisch? Die redet doch ununterbrochen.«

»Sie würden sich wundern. Die meisten Leute mögen das. Besser Ritchie oder Gregg reden mit diesen Leuten als irgendein uniformierter Constable, der sowieso nicht genau weiß, worum es eigentlich geht.«

»Okay. Was ist mit Ihnen? Verschwinden Sie wieder im Keller und graben in den Archiven?«

»Und verbringe den Tag mit Dagwood? Nicht wenn ich's verhindern kann. Ich dachte, ich schaue mal, wie die Spurensicherung im Haus vorankommt. Würde uns schon ein ganzes Stück weiterbringen, wenn wir wüssten, wessen Blut das ist.«

»Gute Idee. Könnte sich auch lohnen, wenn Sie mit Ihrem Freund Cadwallader über die alte Dame sprechen und herausfinden, ob es nicht doch ihr Blut sein könnte.«

Einen Augenblick lang glaubte McLean, dass es wirklich so einfach sein könnte. »Eine zurückgezogen lebende alte Dame mit familiärer Vorbelastung in Bezug auf Demenzerkrankungen dreht durch, ritzt sich ein bisschen und spaziert anschließend zum Sterben hinaus in die Wildnis?« Er schüttelte den Kopf. »Brooks würde sich freuen, wenn nicht mehr dran wäre. Aber ich habe das entsetzliche Gefühl, dass es noch sehr viel komplizierter wird.«

»Sollten Sie nicht bei Ihrem Lieblingskollegen im Keller sitzen?«

McLean schaute von dem Bericht auf, den er gerade überflog, als er durch den Gang zu seinem Büro ging. Zu spät, um DCI Spence zu ignorieren und so zu tun, als hätte er ihn nicht gehört, und einfach weiterzugehen.

»Sollte ich, Mike? Wieso eigentlich?«

»Weil Sie sich nur nützlich machen können, wenn Sie die Nase in alte Fälle stecken, die sowieso keinen mehr interessieren.«

»War mir gar nicht bewusst, dass Sie so große Stücke auf mich halten, Mike. Aber mal anders betrachtet, wenn Carter das ist, was Sie unter einem guten Detective verstehen …« Er ließ den Satz unvollendet. »Habe nie begriffen, was Sie an ihm gefunden haben.«

Spence' normalerweise mürrisches Gesicht hatte sich jetzt zu einem so ätzenden Ausdruck verzogen, dass man Lackfarbe damit hätte ablösen können. »Detective Inspector Carter ist ein wertvolles Mitglied unseres Teams. Sie wissen doch, was das ist, ein Team, oder, McLean?«

»Das weiß ich allerdings, Mike. Gerade eben habe ich darüber nachgedacht. Bei der Frühbesprechung, an der Sie nicht teilgenommen haben. Carter hab ich dort übrigens auch nicht entdeckt.«

»Wir haben mit Ihren Fällen nichts zu tun, McLean. Warum sollten wir daran teilnehmen?«

»Nichts zu tun?« McLean schüttelte den Kopf, nicht nur um sich zu vergegenwärtigen, dass er es nicht zu weit treiben sollte, sondern auch vor Fassungslosigkeit. »Dann interessiert euch das ganze Blut gar nicht, das wir in der Dachkammer im Haus von Miss Prendergast gefunden haben? Soweit ich informiert bin, seid ihr doch für die Ermittlungen zuständig.«

Spence' düsterer Blick verdüsterte sich noch mehr, wurde aber abgelöst von einem leicht säuerlichen Lächeln. »Machen Sie nur so weiter, McLean. Mir ist das egal. Ich glaube kaum, dass Sie sich noch lange hier halten können. Nicht wenn die anderen von Ihrer neuen Freundin und deren Swingerclub erfahren.«

»Meine Freundin, Mike? Sie meinen die, über die jemand Gerüchte verbreitet hat, kurz nachdem die Bordellrazzia schiefl ief? Eine Aktion, von der eigentlich nur die leitenden Detectives der SCU und einige wenige Auserwählte überhaupt hätten wissen dürfen?«

»Was wollen Sie …?«, setzte Spence an, sein finsterer Blick war zurückgekehrt und tarnte sich jetzt als besorgtes Stirnrunzeln. McLean bremste ihn mit einem sanften Tätscheln am Ellbogen aus.

»Schon okay, Mike. Wir machen alle mal Fehler. Meiner bestand darin zu denken, Brooks sei das Problem, und Sie würden ihm nur nacheifern. Das nächste Mal bin ich vorsichtiger.« Er wandte sich ab, ging den Gang entlang und unterdrückte das Bedürfnis, sich noch einmal umzudrehen und Spence anzusehen, der mit offenem Mund stehen geblieben war und überlegte, was er sagen sollte.

Das Team von der Spurensicherung war gerade am Einpacken, als McLean endlich bei Miss Prendergasts großem altem Haus in Duddingston eintraf. Die teure Ausrüstung stapelte sich in dem kleinen Hof, bevor sie in den lädierten alten Transporter geladen wurde. Ein paar Kriminaltechniker trugen noch ihre weißen Overalls, aber die meisten hatten sie bereits ausgezogen, weshalb er es für sicher hielt reinzugehen, ohne selbst einen überzuziehen.

Er fand Amanda Parsons in dem Raum unter dem Dach kniend neben einem der Betten. Die Matratze war weg, dafür war ein altes Bettgestell mit Metallfedern zum Vorschein gekommen, das McLean unangenehm an die Internatsbetten seiner Jugend erinnerte.

»Ich dachte, ihr wärt hier oben fertig.« Er sah sich in dem Raum um und erblickte die dunklen Spritzer an der Wand, einige nun verschmiert, weil Proben genommen worden waren. Der Raum war praktisch ausgeräumt; alles, worauf sich Blut befunden haben mochte und was transportabel war, war entfernt worden. Nur die dunklen Holzdielen und die Bettgestelle waren geblieben.

»Hi, Tony.« Parsons humpelte auf Knien herum. Als sie ihn entdeckte, verwandelte sich ihr breites Grinsen in einen bösen Blick. »Bleib, wo du bist. Nicht reinkommen.«

Er trat einen Schritt zurück auf den Treppenabsatz und nahm die Hände vom Türrahmen, an den er sich gelehnt hatte. »Dann seid ihr doch noch nicht fertig.«

»Ich dachte, wir wären es, aber ich hab noch ein paar interessante Flecken unter dem Teppich gefunden.« Parsons zeigte auf den Boden, aber das Holz war so alt und dunkel, dass McLean gar nichts erkennen konnte.

»Noch mehr Blut?«

»Ich nehme es an. Aber es ist alt. Ich würde wirklich gerne die Dielen hier rausnehmen. Irgendwann war hier mal eine richtige Pfütze.«

»Alt? Wie alt?«

Parsons machte ein niedergeschlagenes Gesicht. »Jahrzehnte wahrscheinlich. Ein großes altes Haus wie das hier steckt voller Geheimnisse, die nur darauf warten, entdeckt zu werden.« Mit der geschmeidigen Eleganz einer Tänzerin erhob sie sich vom Boden. Oder auch nur der Gelenkigkeit einer Person unter dreißig.

»Also für unsere Ermittlungen eigentlich nicht relevant?«

»Wahrscheinlich nicht. Aber trotzdem interessant.«

»Leider reicht unser Budget für Interessantes nicht aus.«

»Ich weiß.« Parsons grinste wieder, zog ihre Latexhandschuhe schnalzend ab und steckte sie in eine Tasche ihres Overalls, dessen Kapuze sie zurückzog, um ihre Haare darunter zu befreien. Ein paar Schweißperlen standen ihr auf der Stirn, und sie wischte sie mit einem Ärmel ab. »Trotzdem muss man rausholen, was drin ist, stimmt's?«

»Das Haus wird wohl eine Weile versiegelt bleiben. Man weiß nie, vielleicht müsst ihr noch mal herkommen.«

»Ich steh auf Optimisten.« Parsons lächelte, verließ den Raum und zog die Tür hinter sich zu. »Sind Sie aus einem bestimmten Grund hier? Schön, ein freundliches Gesicht zu sehen.«

»Ich wollte nur mal sehen, wie's vorangeht. Hatte vielleicht auf Neuigkeiten wegen der Blutflecken gehofft.«

»Es ist auf alle Fälle menschliches Blut. Und soweit wir feststellen konnten, stammt es von ein und derselben Person. Die frischesten Flecken waren noch feucht, als wir kamen. Die ältesten reichen vermutlich zwei Wochen zurück, vielleicht drei. Wir haben alles zur DNA-Analyse eingeschickt, aber das Ergebnis kann uns nur weiterhelfen, wenn wir schon was in der Datenbank haben.«

McLean folgte Parsons über die schmale Treppe hinunter in den ersten Stock. »Haben Sie eine Ahnung, wie lange es dauern wird, bis die Ergebnisse kommen?«

»Eine Woche. Vielleicht zehn Tage. Kommt drauf an, wie viel im Labor zu tun ist. Wieso?«

McLean stand auf dem Treppenabsatz und sah sich zu den Türen der Schlafzimmer um, den schmalen Gang entlang, der in den hinteren Teil des Hauses führte, wo Miss Prendergast ihre letzte Nacht verbracht hatte. Er schnupperte in die Luft und nahm ganz entfernt einen gewissen Duft wahr. Er erinnerte sich, dass er ihn auch schon bei seinem ersten Besuch im Haus gerochen hatte. »Sagen wir mal, ich hab so eine Ahnung. Gibt es eine Möglichkeit, den Vorgang zu beschleunigen?«

Parsons schaute die Treppe hinauf zu dem Raum, den sie gerade verlassen hatten. »Theoretisch können wir in ungefähr acht Stunden ein Profil erstellen. Wir sind dabei, ein neues Gerät auszuprobieren, mit dem es sogar noch schneller geht. Aber das Ganze in die Datenbank einzugeben dauert länger. Und man müsste auch die Jungs im Labor erst noch überzeugen.«

»Und wenn ich Ihnen eine andere Probe zum Vergleich geben würde?«

»Das würde die Suche verkürzen, mir aber mit den Jungs nicht helfen.« Parsons schauderte demonstrativ. »Die können ihre Hände nicht bei sich behalten.«

McLean kramte in seiner Tasche, zog seinen Schlüssel mit dem emaillierten Alfa-Romeo-Anhänger heraus und ließ ihn vor Amanda Parsons' plötzlich gebanntem Blick hin und her pendeln. »Und wenn ich Sie mit ins Labor nehme und mich mal mit denen über sexuelle Belästigung am Arbeitsplatz unterhalte?«

Es wurde bereits dunkel, als McLean sich auf den Heimweg machte, durch das geöffnete Tor einbog und die Auffahrt bis zur Hintertür entlangfuhr. Der Nachmittag war lang gewesen, er hatte sich vor allem mit Papierkram beschäftigt, war alte Unterlagen durchgegangen und hatte dabei die ganze Zeit auf einen Anruf aus dem kriminaltechnischen Labor gewartet, der nicht gekommen war. Die Warterei hatte ihn geistig erschöpft. Unsicher, ob er einem weiteren geselligen Abend gewachsen war, reagierte er erleichtert, als er einen Zettel auf dem Tisch in der leeren Küche fand.

Wir übernachten zu Hause. Kommen morgen wieder, holen unsere Sachen und räumen auf. J hat dir was zu essen in den Kühlschrank gestellt. Phil

McLean drehte das Blatt um und rechnete halb damit, auf der Rückseite noch etwas zu entdecken, aber da war nichts. Das

Blatt war aus einem linierten Notizbuch gerissen worden, und der Stift war ein schmierender schwarzer Kugelschreiber gewesen, wie der auf dem Tischchen mit dem Festnetztelefon. Er legte den Zettel hin und schüttelte den Kopf, versuchte den Detective in seinem Gehirn auszuschalten. Ein Zettel von Phil, sonst nichts. Und der Kern der Botschaft war, dass er ausnahmsweise mal einen ruhigen Abend zu Hause verbringen würde.

Mrs McCutcheons Katze kam klappernd durch die Klappe in die Küche gestakst, den Schwanz hocherhoben schnupperte sie in die Luft. Zweifellos wusste sie bereits, dass die lärmigen Leute weg waren. Sie sprang auf den Tisch und schnupperte an dem Zettel, dann hielt sie McLean ihren Kopf hin, damit er ihn kraulte.

»Nur noch du und ich«, sagte McLean und verdiente sich ein kurzes Schnurren, dann sprang die Katze wieder auf den Boden und spazierte weiter. »Wie du willst.«

Er zog den Kühlschrank auf und betrachtete die unzähligen Flaschen und Gläser, Salatzutaten, sorgfältig beschriftete Dosen mit Resten und die halb vollen Saucengläser. Es sah aus wie im Kühlschrank einer ganz normalen Person, aber er bezweifelte, dass dieser Zustand von Dauer sein würde. In einer Dose war noch etwas von dem Chili vom Vorabend. Er zog sie heraus und nahm sich dazu ein Bier. Letzteres öffnete er und stellte die Dose in die Mikrowelle, dann ging er zur Haustür die Post holen.

Auf der alten Truhe neben der Tür lag ein Stapel, und erst in diesem Moment fiel ihm ein, dass er am Vorabend gar nicht nach der Post gesehen hatte. Langsam ging er sie durch, er wusste gar nicht mehr genau, wann dies für ihn zu solch einem Ritual geworden war. Die übliche Ansammlung von Kreditkartenangeboten und Katalogen für Damenbekleidung wurde ergänzt von ein paar Rechnungen und einem Schreiben seines Anwalts, von dem er entweder Kopfschmerzen bekommen oder das ihn eine Menge Geld kosten würde. Wahrscheinlich beides.

Die Mikrowelle klingelte, als er in die Küche zurückkehrte. Mrs McCutcheons Katze saß wieder auf dem Tisch und schnupperte an der offenen Flasche Bier. Sie sah ihn an, als wollte sie darauf hinweisen, dass alleine trinken unweigerlich zu einem langsamen, traurigen Tod führen würde.

»Alle meckern.« Er schnappte sich die Flasche, schenkte sich das Bier in ein Glas und machte sich daran, sich sein Essen zu servieren. Wahrscheinlich hätte er ein bisschen Reis kochen sollen, aber das Chili allein genügte vollkommen. Wenn er es direkt aus der Tupperdose aß, würde er nicht einmal abwaschen müssen. Die Katze kehrte auf den Teppichläufer vor dem Herd zurück, und schon bald wurde die Stille von den leisen Schmatzgeräuschen unterlegt, die entstanden, als sie sich putzte. McLean saß schweigend da, aß sein Essen, trank sein Bier und hatte seine Ruhe. Schon bald würde er in die Bibliothek gehen, Musik auflegen und ganz langsam einen Whisky trinken. Vielleicht sogar noch mal einen Blick auf die Vernehmungsprotokolle oder andere Unterlagen werfen, die er mit nach Hause genommen hatte.

Oder Jenny anrufen.

Der Gedanke kam aus dem Nichts. Nur dass er an dem Tisch saß, wo sie gerade einmal vierundzwanzig Stunden zuvor noch alle zusammen fröhlich gegessen hatten. Bei einem Essen, das Jenny zubereitet hatte und dessen Reste er sich jetzt schmecken ließ. Er sah zu dem Tischchen und dem Telefon, dem Notizbuch und dem schwarzen Kuli. Eigentlich blöd. Er würde nicht mal aufstehen müssen. Nur sein Handy aus der Tasche ziehen und anrufen.

Und was dann?

Er starrte auf das Display, lauschte dem gedämpften Bollern des Ofens und dem Schlabbern von Mrs McCutcheons Katze, die sich mit der Zunge über den Rücken leckte. Um ihn herum war das Haus eine stille Kakofonie aus Knarr- und Knackgeräuschen, alle vertraut, alle heimelig. Das hier war sein Zuhause, sein Zufluchtsort.

Sachte legte er das Handy mit dem Display nach unten neben seinen Teller auf den Tisch, nahm die Gabel und aß weiter.

51

Auf der Wache war es still, als McLean früh am nächsten Morgen in sein winziges Büro ging. Zum ersten Mal seit Langem fühlte er sich ausgeruht und war so guter Dinge, dass nicht einmal der Zettel, der ihn zu einer Besprechung mit Detective Superintendent Brooks beorderte, seiner ausgezeichneten Laune etwas anhaben konnte.

»Sie wollten mich sprechen, Sir?«, fragte er zehn Minuten später, nachdem er durch ein kurz angebundenes »Herein« die Erlaubnis erhalten hatte einzutreten.

Brooks starrte ihn von seinem Schreibtisch aus an, sein rasierter Schädel glänzte in der schwachen Morgensonne, die hinter ihm durchs Fenster sickerte. Einen Augenblick lang verengte er misstrauisch den Blick. Entweder das, oder er hatte am Morgen vergessen, seine Kontaktlinsen einzulegen.

»Ah, ja. McLean.« Irgendwie gelang es Brooks, den Namen so auszusprechen, dass es wie eine Beleidigung klang. McLean war erfahren genug im Umgang mit Vorgesetzten, um den Tonfall zu ignorieren.

»Diese alte Frau auf Arthur's Seat. Mrs Prentice …«

»Prendergast, Sir. Miss Eileen Prendergast.«

»Ja, ja. Wie auch immer.« Brooks tat sie mit einer abfälligen Handbewegung ab und versuchte seine Irritation wie schwirrende Fliegen zu vertreiben. »Wenn ich das richtig sehe, hat sie eine Pension geführt. Hatte Übernachtungsgäste.«

»Anscheinend.«

Brooks' wabbelnde Hängebacken wurden knallrot, niemals ein gutes Zeichen. »Anscheinend? Was soll das heißen? Sie haben einen davon vernommen, Mann.« Ein Bericht lag aufgeschlagen auf Brooks' Schreibtisch, und er zog ihn zu sich heran, schaute auf die dicht beschriebene Seite. »Ein Mr Iain Angus.«

»Äh … nein, den habe ich nicht vernommen.«

»Natürlich haben Sie das. Hier steht es doch.« Brooks fuhr mit seiner dicken Hand über die Seite.

»Ich denke, daran würde ich mich erinnern, Sir.«

McLean sprach ganz ruhig. Er hatte nicht lange gebraucht, um zu kapieren, was los war, aber wollte man verhindern, dass Brooks handgreiflich wurde, musste man sehr vorsichtig mit ihm sein.

»Sie behaupten, Sie haben den Pensionsgast nicht vernommen?«

»Das ist korrekt, Sir.«

»Sie haben es also nicht versäumt, sich seine Anschrift oder Telefonnummer geben zu lassen?«

»Auch das ist korrekt, Sir.«

»Was zum Teufel haben Sie denn dann getan?«

»Getan, Sir? Inwiefern?«

»Was haben Sie bislang zu den Ermittlungen beigetragen? Wie gedenken Sie, diese fortzuführen?«

McLean wartete einige Sekunden, bis er antwortete. Obwohl ihm allmählich dämmerte, was hier los war, konnte er es trotzdem kaum glauben. »Ich denke, hier liegt ein Missverständnis vor. Der mutmaßliche Mord an Eileen Prendergast ist nicht mein Fall. Ich bin nicht mal an den Ermittlungen beteiligt.«

Brooks' Augen verschwanden beinahe in den Falten, so sehr runzelte er die Stirn. Wären da nicht so viele Fettschichten gewesen, McLean war sicher, dass er hätte hören können, wie sich die Rädchen in seinem Kopf langsam drehten und es laut im Getriebe knirschte.

»Nicht Ihr Fall? Was zum Teufel hatten Sie dann gestern dort zu suchen? Wieso sind Sie mit MacBride überhaupt dort herumgeschlichen?«

Tief Luft holen. Bis zehn zählen. Das war's dann wohl mit der guten Laune.

»Ist das wirklich das größte Problem, das Sie mit der ganzen Sache haben?«

McLean griff nach dem Bericht auf dem Tisch, blätterte ihn auf der Suche nach seinem Namen durch, überflog die beiden kurzen Absätze, dann warf er ihn wieder auf den Tisch. »Ich hätte nicht übel Lust, Professional Standards einzuschalten.«

Brooks' Gesicht nahm jetzt eine noch dunklere Rotfärbung an. »Wovon zum Teufel reden Sie?«

»Ich habe in Miss Prendergasts Haus mit niemandem geredet. Ich hatte keinen Grund, dies zu tun, nachdem ich erfahren hatte, dass sie tot war. Und trotzdem steht in diesem Bericht, ich hätte eine Vernehmung mit einem Pensionsgast durchgeführt. Anstatt mich anzuschreien, denke ich, sollten Sie Detective Inspector Carter über seinen kreativen Umgang mit Beweismitteln befragen. Und wenn Sie schon mal dabei sind, fragen Sie ihn doch noch, wieso er vergessen hat, sich die Kontaktdaten der Zeugen geben zu lassen, die er vernommen hat. Und wenn's was hilft, DS Langley hätte eigentlich die ganze Zeit bei ihm sein sollen. Ich war eine halbe Meile weit entfernt und habe mir Mühe gegeben, einen potenziellen Tatort zu sichern, den er verlassen hatte, ohne vorher jemandem die Verantwortung zu übertragen.«

Brooks lehnte sich zurück, glänzende Schweißtröpfchen traten auf seine Stirn. Entweder platzte gleich ein Blutgefäß bei ihm, oder er würde losschreien.

»Sie haben gar nichts damit zu tun?«

»Nein, Sir, nichts, Sir. Miss Prendergasts Name ist in einem ungelösten Fall aus den Siebzigerjahren aufgetaucht, mit dem wir uns befasst haben. Möglicherweise ist sie mit jemandem verwandt, den wir zu identifizieren versucht haben. Deshalb sind MacBride und ich dort hingefahren. Alles andere liegt in Carters Verantwortung.«

»Wer zum Teufel hat ihm den Fall zugeteilt?«

McLean unterdrückte den Impuls zu erwidern: »Woher zum Teufel soll ich das wissen?« Sich mit Brooks anzublaffen würde das Problem nicht lösen. »Ich nehme an, jemand von der Zentrale in Bilston Glen, Sir. Carter bearbeitet nicht unbedingt viele Fälle. Wahrscheinlich wurde er einfach dem DI mit der geringsten Belastung zugewiesen. Oder vielleicht war es auch DCI Spence. Aus unerfindlichen Gründen scheint er Carter zu mögen.«

»Aber in den Bericht hat er geschrieben, dass Sie in dem Haus waren und mit dem Pensionsgast gesprochen haben. Warum sollte er das tun, wenn es nicht stimmt?«

»Ich habe nicht die leiseste Ahnung, Sir. Vielleicht fragen Sie das lieber ihn und nicht mich.« McLean hielt einen Augenblick inne, dann setzte er hinzu: »War das alles? Vor mir liegt ein arbeitsreicher Tag.«

Brooks' Stirnrunzeln wurde zu einem bösen Blick. »Arbeitsreich? Sie sind doch für die alten ungelösten Fälle zuständig. Wieso sollte das arbeitsreich sein?«

»Anscheinend werde ich erst mal Carters Chaos beseitigen müssen.« McLean wusste, dass die Bemerkung unnötig war, aber er hatte sie sich nicht verkneifen können. Er wartete, bis Brooks kurz davor war loszuschreien. Dann ergänzte er: »Außerdem habe ich es mit zwei Todesfällen zu tun, zwischen denen ein Zusammenhang besteht, wie am Fundort sichergestellte Proben beweisen. Sie erinnern sich?«

»Ach, richtig. Ihre Prostitutionsgeschichte.« Brooks beruhigte sich, er schüttelte den Kopf, und wieder wabbelten die Hängebacken. Schweißtropfen sprangen von seiner Stirn und spritzten in hohem Bogen auf den Teppich. »Sind Sie da schon weitergekommen?«

»Wir warten noch auf die Ergebnisse der DNA-Analyse. Zu neunzig Prozent scheint aber gesichert, dass wir es in beiden Fällen mit derselben Person zu tun haben. Bevor ich zu viele Ressourcen darauf verwende, wäre ich allerdings gerne hundertprozentig sicher. Die Obduktion hat keine Fremdeinwirkung vermuten lassen, nur einen unglücklichen Zufall. In beiden Fällen aber ist eine unbekannte Person vom Ort des Geschehens geflohen. Dabei stand Smith eigentlich sogar unter Beobachtung.«

Wieder kniff Brooks die Augen zusammen und ließ sie in den Speckfalten verschwinden, aus denen sich sein riesiges Gesicht zusammensetzte. »Da haben Sie recht. Wobei ich nicht weiß, ob dem überhaupt jemand hinterhertrauert. Glaube kaum, dass wir allzu viel Geld für die Verfolgung großer Unbekannter ausgeben sollten.«

»Verstehe, Sir. Ich möchte nur sichergehen, dass wir unser Möglichstes tun.«

»Ach, ja?« Brooks gab sich keine Mühe, seine Ungläubigkeit zu verhehlen. »Gut, dann verziehen Sie sich aus meinem Büro.«

»Mit dem größten Vergnügen, Sir.« McLean drehte sich um und ging zur Tür, bevor ihn der Detective Superintendent weiter anschreien konnte. Aber der Plan ging nicht auf. Brooks bellte ihm trotzdem zum Abschied noch etwas hinterher.

»Und wenn Sie dieses unnütze Arschloch Carter sehen, sagen Sie ihm, ich reiß ihm den Kopf ab.«

McLean fand DS MacBride in dem ansonsten leeren CID-Raum über sein Tablet gebeugt an seinem Schreibtisch. Eines Tages würde er den Detective Sergeant fragen, woher er das Ding hatte. Die Kollegen in Uniform schleppten klobige PDAs auf Streife mit sich herum, außerdem winzig kleine Drucker, mit denen sie Bußgeldbescheide und Ähnliches ausdruckten. Nur MacBride hatte es irgendwie geschafft, an einem Technologieprogramm teilzunehmen, das, soweit McLean wusste, seither eingestellt worden war. Nur das Tablet hatte er behalten und darüber ständig Zugang zu sämtlichen Polizeidaten.

»Wegen der Carter-Wetten? Wer hat getippt, dass er heute zum Sergeant degradiert wird?«

MacBride schaute ihn kurz verdutzt an, dann gab er etwas in sein Tablet ein. »Sergeant Gatsford, Sir. Und es sind fast achthundert Pfund im Pott.«

»Der glückliche alte Don.« McLean erzählte dem Detective Sergeant von seinem Gespräch mit Brooks. MacBrides Augen wurden größer, wie die eines Kindes an Weihnachten.

»Wie zum Teufel ist er bloß auf die Idee gekommen, dass er nicht damit auffliegt?«

»Vielleicht dachte er, es würde schon genügen, dass wir da waren. Vielleicht glaubt er sogar, dass wir wirklich mit diesem Mann gesprochen haben, nachdem er selbst schon weg war. So wie ich Carter kenne, hat er wahrscheinlich gemerkt, dass er vergessen hatte, sich Kontaktdaten geben zu lassen, und gedacht, er könne das Problem auf jemand anders abwälzen. Oder vielleicht hat er sich auch nur geärgert, weil wir verhindert haben, dass ihm sein erster großer Fall um die Ohren fliegt. Ich vermute mal, dass es auch sein letzter gewesen sein wird.«

»Wieso haben die ihm den Fall überhaupt zugeteilt? Wer war das bloß?«

»Komisch, dass Sie das fragen, Stuart. Brooks hat mir dieselbe Frage gestellt. Die Aufgaben werden von der Zentrale aus zugewiesen, aber die ziehen auch keine Namenszettel aus dem Hut. Wahrscheinlich ist die Entscheidung auf dem Mist von DCI Spence gewachsen, und es war kein Zufall, dass sein liebster Prügelknabe damit beauftragt wurde.«

»Aber ich dachte, Spence würde alles daransetzen, Carter von Schwierigkeiten fernzuhalten. Warum sollte er ihm einen so komplizierten Fall zuteilen?«

»Mal so gesagt: Wenn man Ermittlungen anstrengen will, ohne Gefahr zu laufen, dass peinliches Beweismaterial gefunden oder peinliche Fragen gestellt werden, wem überträgt man dann die Verantwortung dafür? Unter den Kollegen vom CID hier?«

»Oh, verstehe.« MacBride dämmerte die Erkenntnis, doch kurz darauf runzelte er schon wieder die Stirn. »Aber warum?«

»Das macht mir Sorge. Ich weiß es nicht. Mir scheint, jemand will das alles unter den Tisch kehren. Genauso wie jemand versucht, das Fiasko mit der Bordellrazzia zu vertuschen. Ganz ähnlich wie auch schon damals bei den Ermittlungen im Fall Headland House.«

»Meinen Sie, das alles hängt zusammen?« MacBride machte sich erst gar nicht die Mühe, die Skepsis in seiner Stimme zu verbergen.

»Ich weiß, Stuart. Wenn man's laut ausspricht, klingt es verrückt. Nach der paranoidesten Verschwörungstheorie überhaupt. Trotzdem werde ich das Gefühl nicht los, dass was dran ist. Die Zufälle häufen sich auf sehr unangenehme Weise.«

»Aber so was? Ich meine, das ist doch bestimmt zu groß. Etwas über so viele Jahre so gut zu organisieren. Da hätte doch jemand was gesagt. Journalisten würden sich drauf stürzen.«

Ach könnte man doch noch einmal so jung und naiv sein. »Genau das ist es ja, Stuart. Wenn man von einer Organisation ausgeht, dann haben Sie recht. Jemand hätte ausgepackt, irgendein Geheimnis preisgegeben.«

Je größer etwas wird, umso schwieriger lässt es sich verstecken.

»Aber wenn man sich das Ganze eher als einen Organismus vorstellt, als etwas, das aus der eigenen Komplexität heraus entstanden ist … Vielleicht war Dalgliesh doch etwas auf der Spur.«

»Dalgliesh? Was hat die denn damit zu tun?«

McLean zückte sein Handy, suchte eine Nummer. »Ich weiß es nicht. Aber was Verschwörungstheorien betrifft, ist sie Expertin.«

Das Telefon klingelte viel länger, als er erwartet hatte. McLean stellte sich eine Redaktion im Chaos vor, unterbesetzt und ihrer Starreporterin beraubt. Genauso gut war aber auch möglich, dass sein Name auf dem Display angezeigt wurde und die Betreffenden erst noch diskutierten, ob sie überhaupt mit ihm sprechen wollten. Schließlich klickte es in der Leitung, und statt der erwarteten Mailboxansage meldete sich eine ihm bekannte Stimme.

»*Edinburgh Tribune.* Chefredaktion.«

»Mr Bairstow? Johnny? Hi. Hier ist Tony McLean. Ich hab mich gefragt, ob Sie was Neues über Jo Dalgliesh gehört haben.«

»Detective Inspector? Das ist eine Überraschung. Zufälligerweise hab ich gerade mit dem Krankenhaus telefoniert, und dort ist man sehr optimistisch, dass sie sich wieder gut erholen wird. Wahrscheinlich dauert es noch eine Weile, bis sie wieder arbeiten kann, aber ich denke, das ist euch von der Polizei wahrscheinlich ganz recht.« Bairstow lachte, aber selbst über das Handy konnte McLean die Verzweiflung in seiner Stimme hören.

»Ich weiß nicht, wovon Sie sprechen, Mr Bairstow. Ich freue mich wirklich zu hören, dass Jo wieder gesund wird.« McLean stellte überrascht fest, dass er es ehrlich meinte.

»War das alles, was Sie wollten? Ich hab gerade sehr viel zu tun.«

»Tut mir leid. Nein. Ich hätte zum Punkt kommen sollen. Die Story, an der Jo gearbeitet hat, wegen der sie mich sprechen wollte … Hat sie sonst mit jemandem darüber geredet? Mit Ihnen?«

»Nur in Grundzügen. Sie wissen ja, wie sie ist. Lässt sich nicht in die Karten schauen. Ich wusste, dass es um Korruption und Einfluss geht. Ich glaube, sie hat versucht, eine Verbindung zwischen mehreren hochkarätigen Fällen herzustellen. Und was genuschelt von wegen Beggar's Benison und Geheimgesellschaften, aber in dieser Hinsicht hatte sie schon immer einen Fimmel.«

»Hat sie was von ungelösten Fällen gesagt? Aus den Siebzigern, Achtzigern und Neunzigern?«

»Ich weiß nicht …« Bairstow beendete den Satz nicht, als gäbe es sehr viele Dinge, die er nicht wusste.

»Ich will Ihnen nichts vormachen, Mr Bairstow. Wir brauchen die Presse ebenso, wie wir sie hassen. Ich denke insbesondere an zwei Fälle. Hat Jo sich für die Pentland-Mumie aus dem Jahr sechsundsiebzig interessiert? Oder für Headland House?«

Das Schweigen am anderen Ende genügte McLean als Antwort, aber er zählte trotzdem bis zehn, bevor er es brach.

»Danke«, sagte er. »Wenn Sie Jo sehen, richten Sie ihr schöne Grüße aus. Ich komme sie bald besuchen.«

Er beendete das Gespräch. Eine Weile lang starrte er ins Leere und ließ sich alles noch einmal durch den Kopf gehen. Nicht zuletzt, dass er Jo Dalgliesh gerade Grüße bestellt hatte.

McLean war schon fast in seinem Büro, als sein Telefon klingelte. Er hatte Marchmont anrufen wollen, sie zur Rede stellen wegen ihrer Vergangenheit, die sie jetzt beide einzuholen schien. Es war eine Handynummer, die ihrer ähnelte, und in der Eile war er sich sicher.

»Heather. Ich denke, Sie schulden mir eine Erklärung.«

»Heather? Welche Heather? Haben Sie Geheimnisse vor mir, Tony?«

Es war nicht Marchmont. McLean spürte, wie er rote Ohren bekam. Schnell tauchte er in sein Büro ab und verschwand aus dem Blickfeld der Kollegen. Im Gang war außer ihm niemand gewesen, der seine Verlegenheit hätte sehen können, aber das machte es nicht weniger schlimm.

»Miss Parsons. Amanda. Tut mir leid. Ich dachte, Sie wären jemand anders.«

»Offensichtlich. Und ich bin gespannt zu erfahren, was für eine Erklärung man Ihnen schuldig ist. Klingt interessant.«

»Sie haben größere Chancen, die Schlüssel für meinen Alfa in die Finger zu bekommen, als das zu erfahren. Ich nehme an, es handelt sich nicht um einen rein freundschaftlichen Anruf?« McLean umrundete den Schreibtisch und ließ sich auf den Stuhl fallen, er betrachtete den stetig wachsenden Stapel von Unterlagen dort. Hatte er nicht gestern erst aufgeräumt?

»Und dabei wollte ich nur freundlich sein. Keine Ahnung, warum ich mir die Mühe mache.«

»Tut mir leid. Ich hatte gerade ein schwieriges Gespräch mit meinem Chef. Das sollte ich aber nicht an Ihnen auslassen.«

»Na gut. Aber vielleicht wollen Sie sich setzen, bevor ich Ihnen sage, was ich gefunden habe.«

»Ich sitze.« McLean nahm den nächsten Ordner und betrachtete die Buchstaben, die darauf standen. Als er merkte, dass ihm das Gelesene nichts sagte, ließ er ihn wieder auf den Stapel fallen.

»Ich hab gemacht, was Sie gesagt haben, die jüngste Blutprobe mit dem neuen Gerät analysiert, von dem ich Ihnen erzählt habe. Es wird noch geprüft, also konnte ich Ihren Auftrag dazwischenschieben, ohne dass es jemand gemerkt hat. Vor Gericht ist das Ergebnis nicht verwertbar, aber es ist eine gute Analyse.«

»Und stimmen die Proben überein?«

»Das ist keine exakte Wissenschaft, verstehen Sie? Es gibt immer eine gewisse Ungewissheit.«

»Wie hoch ist die?«

»Zwanzig Prozent? Vielleicht ein bisschen weniger. Es gibt ein paar Auffälligkeiten, die ich mir nicht richtig erklären kann. Um sicherzugehen, geben wir alles noch mal in das alte System ein, aber das wird ein paar Tage dauern.«

McLean lehnte sich zurück und starrte an die Decke, sein

Gehirn war nicht wirklich in der Lage zu verarbeiten, was er die ganze Zeit bereits vermutet hatte. »Sie sagen mir also, dass das Blut mit einer Wahrscheinlichkeit von achtzig Prozent von derselben Person stammt wie die anderen Proben?«

»So ungefähr. Es sei denn natürlich, die betreffende Person hat einen Zwilling.«

»Einen Zwilling? Ist das denn wahrscheinlich?«

»Keine Ahnung. Sollte ein Witz sein. Ich meine, möglich ist es, aber ich hab's eigentlich nicht ernst gemeint. Die Probe wurde bei der Leiche im Parkhaus gefunden, richtig? Und die wiederum entspricht einer, die von dem Toten im Gummianzug genommen wurde. Wer auch immer die beiden erledigt hat, hat höchstwahrscheinlich in den letzten Wochen da oben in der Dachkammer gewohnt.«

McLean zählte kurz nach. Wie lange war es her, dass Eric Parker gefunden wurde? Zeitlich kam das hin, nur fiel ihm keine Erklärung ein. Zumindest keine rationale.

»Gute Arbeit, Amanda. Vielen Dank. Ich wäre Ihnen sehr dankbar, wenn Sie die Proben jetzt noch mal auf dem gewohnten Wege analysieren und vergleichen lassen würden. So schnell wie möglich.«

»Hab ich schon veranlasst. Bis Ende der Woche müssten die offiziellen Ergebnisse vorliegen. Wie war das jetzt noch mal mit dem Autoschlüssel?«

52

Wenn man in die Tiefen des Gebäudes hinabstieg, durchlebte man die Jahreszeiten praktisch im Schnelldurchlauf. Die Temperatur fiel, und das Licht nahm immer weiter ab, bis es unten im Büro der Cold Case Unit schließlich winterlich düster war. McLean war nach den Neuigkeiten über die Blutprobe noch immer ganz schwindlig, auch wenn er es irgendwie bereits geahnt hatte. Der Geruch in dem Haus hätte ohne Weiteres unbemerkt bleiben können, es sei denn, man hatte ihn zuvor schon einmal wahrgenommen. Und das hatte er. Als Heather Marchmont ihn hatte verführen wollen, war er fast überwältigend stark gewesen, aber auch davor war er ihm schon einmal aufgefallen. Er haftete immer an ihr, nur normalerweise weniger intensiv, subtiler. Im Café hatte er ihn bemerkt, und als er ihr während der Razzia zum ersten Mal in ihrem Haus begegnet war. Aber es war nicht Marchmonts Blut dort oben in Miss Prendergasts Dachkammer, nicht ihr Haar auf dem Beifahrersitz von Eric Parker und auch nicht ihr Speichel auf dem Geschlechtsteil von John Smith.

Es sei denn, sie hatte einen Zwilling.

Parsons hatte das im Scherz gesagt, aber jetzt war McLean gar nicht mehr so sicher. Die Zufälle häuften sich, und er glaubte nicht an Zufälle. Allerdings konnte er damit nicht zu McIntyre gehen. Noch nicht. Nicht bevor die Ergebnisse nicht bestätigt worden waren und sich eindeutig herausgestellt hatte, dass zwischen den drei Fällen ein sehr viel unheilvollerer Zusammenhang bestand, als ihnen bewusst gewesen war. Mit Duguid aber verhielt es sich anders. Er steckte tief mit drin und wusste viel mehr, als er zugab. McLean räumte nur ungern ein, dass der ehemalige Detective Superintendent genau der Resonanzboden war, den er gebraucht hatte.

Erst als er schon fast an der Tür war, hörte er die Stimmen von drinnen und blieb stehen. Zwei Stimmen, und eine davon war nicht die von Grumpy Bob. Etwas am jeweiligen Tonfall ließ ihn vermuten, dass es ihm nicht gut bekommen würde, wenn er jetzt störte.

»Lass es gut sein, Charles. Hör auf, immer wieder in demselben Mist zu wühlen. Daraus entsteht nichts Gutes, das weißt du so gut wie ich.«

»Ich hatte eigentlich eine bessere Meinung von dir, Brooks.« Duguids leises Knurren verriet, dass er nicht gut aufgelegt war. »Robinson hat dir wohl wieder den Arsch versohlt, was?«

»Das ist hier nicht mehr dein Revier, weißt du das? Du wirst hier so lange geduldet, wie du dich nützlich machst. Und wenn du weiter auf diese Weise für Unruhe sorgst, wird das nicht mehr lange sein.«

»Die haben dich wirklich in der Hand, oder, John? Was war's denn, Zuckerbrot oder Peitsche? Zuckerbrot, vermute ich. Ein schöner Posten als Chief Superintendent, in ein paar Jahren vielleicht sogar DCC, wenn Stevie in Rente geht? Dabei würde dir eine Diät ganz guttun.«

»Du hältst das für einen Witz? Denkst du, das fällt nicht auf uns zurück? Verdammt noch mal, Charles. Du hast es doch einmal gut sein lassen. Wieso jetzt nicht wieder?«

»Wenn du mich das fragen musst, dann bist du nicht der Detective, für den ich dich gehalten habe. Aber mit der Enttäuschung kann ich leben.«

McLean war schlau genug, ein paar Schritte zurückzugehen, sodass es aussah, als wäre er gerade erst gekommen, als Detective Superintendent Brooks aus dem Raum platzte, das Gesicht gefährlich dunkelrot verfärbt. Seine Hängebacken wabbelten, als er mit gesenktem Kopf davontobte und McLean überhaupt erst im allerletzten Moment zur Kenntnis nahm.

»Was zum Teufel machen Sie hier, McLean?«

»Meinen Job?« McLean sah Brooks' Gesichtsausdruck und wich noch weiter zurück. Vielleicht war dies nicht der richtige Zeitpunkt, um ihm die Neuigkeiten mitzuteilen, die sich aus der DNA-Analyse ergeben hatten. »Sir.«

»Und gehört zu Ihrem Job auch das Herumschleichen in dunklen Gängen, hm? Und die Nase in anderer Leute Fälle zu stecken, hm?« Bei jedem »Hm« pikte Brooks McLean einen Finger in die Brust. Nicht so fest, dass es wehtun würde, aber fest genug, um ihn bis zur Wand zurückzudrängen.

»Ich bin auf dem Weg in mein Büro und ›schleiche‹ nicht, Sir. Wie ich Ihnen heute Morgen schon erklärt habe, war ich nur deshalb am Leichenfundort in Duddingston, weil Miss Prendergasts Name im Zusammenhang mit einem unserer ungelösten Fälle aufgetaucht ist.«

Brooks hörte auf, ihn zu piken, dafür verfinsterte sich sein Blick. Er war es ganz eindeutig nicht gewohnt, von untergebenen Kollegen korrigiert zu werden.

»Haben Sie inzwischen mit Carter gesprochen, Sir?« McLean wusste, dass er möglicherweise zu weit ging, aber mittlerweile war ihm das egal. »Ich bin nämlich nicht der Erste, der etwas an seiner Leistung auszusetzen hat. Er war schon als Detective Sergeant kaum zu gebrauchen, und ich glaube nicht, dass er dafür geschaffen ist, die Verantwortung eines DI zu tragen. Anscheinend hat es jemand für eine gute Idee gehalten, ihn zu befördern, und vielleicht sogar mit Ihnen darüber gesprochen. Aber ich denke, wir haben alle gesehen, dass das nicht funktioniert.«

Kurz glaubte er, der Detective Superintendent wolle ihm eine reinhauen, und er machte sich auf den Schlag gefasst. Brooks zitterte wie ein Mann, der sich in seinem Zorn kaum beherrschen kann, und starrte ihn mit seinen kleinen schwarzen Äuglein an.

»Aus dem Weg.« Er schob sich vorbei und rempelte McLean wie ein kleiner Schulhofschläger an der Schulter an, dann dampfte er leise brummend durch den Gang davon.

»Da ist aber jemand gar nicht glücklich.« McLean rieb sich den Arm und trat in den Raum. Duguid sah von seinem mit Unterlagen übersäten Schreibtisch auf. Grumpy Bob saß hinten in der Ecke und verbreitete die Aura eines Mannes, der sich große Mühe gab, so zu tun, als wäre er gar nicht da.

»Hat noch niemandem Spaß gemacht, sich von untergeordneten Kollegen belehren zu lassen«, sagte Duguid. »Schon gar nicht, wenn man gerade vom DCC eine Standpauke bekommen hat. Wahrscheinlich ist das der einzige Vorteil einer höheren Position, dass man alles an Untergebenen auslassen kann. Allerdings wird es sehr unerfreulich, wenn diese zurückbeißen.« Sollte ihm die Ironie seiner Worte bewusst gewesen sein, so ließ er es sich nicht anmerken.

»Demnach haben Sie mit Headland House weitergemacht?« McLean neigte den Kopf in Richtung des abwesenden Detective Superintendent.

»Haben Sie ein Problem damit?« Duguid beugte sich auf seinem Platz nach vorne, seine langen Finger unter dem Kinn.

»Nein. Wissen Sie, ich war noch nie gut darin, mir sagen zu lassen, was ich tun soll. Das alles wurde sehr tief vergraben, und das bedeutet, dass es einfach ein bisschen länger dauert, alles wieder ans Licht zu bringen. Außerdem ist die Sache sehr kompliziert.«

»Sie haben schon immer Ärger gemacht, McLean. Eine echte Nervensäge vom ersten Moment an.«

McLean machte den Mund auf, wollte sich beschweren, aber dann sah er das Funkeln in Duguids Augen, die leise Andeutung eines Lächelns. Schwer zu sagen, wann einem der ehemalige Detective Superintendent ein Kompliment machte.

»Haben Sie geahnt, in was für ein Wespennest Sie stechen?« McLean machte eine Handbewegung in Richtung Duguids Schreibtisch, durchquerte dabei den Raum und ging zu seinem eigenen. Der ehemalige Detective Superintendent lehnte sich zurück und verschwand wie ein billiger Magier im Halbdunkel.

»Sie haben etwas gefunden.« Das war keine Frage.

»Eileen Prendergast hatte Pensionsgäste, als sie starb. Beide sind verschwunden, aber einer von beiden hat eine Menge Blut dagelassen. Laut DNA-Analyse handelt es sich um dieselbe Person, die auch den Fall Eric Parker mit dem von John Smith verbindet. Unsere verschollene Prostituierte. Zumindest haben wir sie dafür gehalten. Jetzt bin ich nicht mehr so sicher.«

»Parker. Smith.« Duguid wiederholte die Namen, als würde er sein Gedächtnis durchforsten.

»Der priapeische Handelsreisende und der autoerotische Vergewaltiger.« Grumpy Bob schien sich jetzt nach Brooks' Abgang doch noch an dem Gespräch beteiligen zu wollen.

»Ach ja. Sie gehen also möglichen Zusammenhängen nach?«

McLean war nicht sicher, ob Duguid nur den Dummen markierte oder es wirklich nicht wusste. Früher hatte er so ziemlich alles gewusst, was auf der Wache vor sich ging, aber das war, als er noch das Sagen dort gehabt hatte. Jetzt, wo er hier unten im Keller zwischen staubigen Archivkisten hockte, befand er sich möglicherweise nicht mehr ganz auf dem Laufenden.

»Beide Speichelproben stammen von derselben Frau. Sie saß auf dem Beifahrersitz in Parkers Wagen, deshalb nehmen wir an, dass er sie mitgenommen hat. Und jetzt taucht ihre DNA in dem Blut auf, das im Haus von Miss Prendergast gefunden wurde. Sie wissen ja, was ich von Zufällen halte.«

Duguid legte die Stirn in Falten. »Waren Sie damit schon bei Brooks oder McIntyre?«

McLean schüttelte den Kopf. »Die vorläufige Analyse ist noch nicht beweiskräftig. Wir warten auf die Bestätigung. Aber mir genügt sie. Mir gefällt überhaupt nicht, wie sich hier eins ins andere fügt. Und noch etwas …«

Er wurde vom elektronischen Trällern seines Handys unterbrochen. Ein Blick aufs Display zeigte ihm den Namen, den er gerade ins Spiel hatte bringen wollen.

»Ich muss da drangehen.« Er drückte auf Annehmen und ließ sich auf seinen Stuhl sacken. »McLean.«

»Tony? Sind Sie das?«

Ein Schauder lief ihm über den Rücken, was nur teilweise daran lag, dass es im Keller sehr kalt war. Er sagte nichts, dachte nur an den figurbetonten schwarzen Latexanzug und den überwältigenden Moschusduft, der einem Mann die Sinne rauben konnte. Ein Duft, den auch die Frau verströmte, die sie zu finden versuchten. Wie sollte er ihr die Fragen stellen, die er ihr stellen wollte? Und wo überhaupt anfangen?

»Ich wollte mich für neulich Abend entschuldigen. Das war falsch. Ich hätte das nicht tun dürfen.« Marchmonts Stimme war die eines verlorenen kleinen Mädchens. Von der sinnlichen Verführerin keine Spur.

»Ich weiß jetzt, wer Sie sind, Heather. Wer Sie wirklich sind.«

McLean blickte auf und sah Duguid durch den Lichtkegel seiner Schreibtischlampe herüberschauen – mit gerunzelter Stirn versuchte er sich zusammenzureimen, wer am Telefon war.

»Ich hätte es Ihnen sagen sollen. Gleich am Anfang. Als wir uns begegnet sind.«

»Und was war mit neulich Abend? Wollten Sie es mir da sagen?« McLean steckte die Hand in seine Jackentasche, um sie ruhig zu stellen. Die Unterhaltung fiel ihm nicht leicht. Er fand etwas, ein Röhrchen, zog es heraus und betrachtete es.

»Bitte, ich kann verstehen, dass Sie sauer sind. Was ich getan habe, war falsch. Es liegt nicht an Ihnen. Ich sollte das eigentlich wissen.« Marchmont klang aufgewühlt, mehr als sonst.

»Was haben Sie sich davon versprochen? Wollten Sie mich erpressen? Oder ging es um den reinen Nervenkitzel?« McLean hielt das Röhrchen ins Licht, der EpiPen, den Jeannie Robertson ihm gegeben hatte. Wie lange trug er ihn schon mit sich herum? Den Anzug vom Vortag hatte er auf den Haufen für die Reinigung gelegt und diesen aus dem Schrank geholt, ohne zu merken, dass er ihn kürzlich erst getragen hatte.

»So ist das nicht, Tony.«

Marchmont schwieg, dann schwoll das unhörbare Schluchzen zu einem lauten Klagen an.

»Schauen Sie, Heather. Ich weiß, dass Sie in irgendwas reingeraten sind, aus dem Sie sich schwer befreien können, aber Sie haben es so weit geschafft, von einem viel schlimmeren Ort. Sie können sich ändern, und lassen Sie sich bloß von niemandem etwas anderes einreden.«

»Wenn es doch nur so einfach wäre. Vor ein paar Monaten wäre es das vielleicht noch gewesen. Wenn Sie die Razzia… wenn wir…« Marchmonts Stimme versagte, dann setzte sie hinzu: »Können Sie herkommen? Bitte. Ich bin zu Hause. Ich muss Ihnen sagen, was vor sich geht, aber das kann ich nicht am Telefon. Es ist wichtig, dass Sie es wissen, es verstehen. Ich kann nicht leben, wenn Sie so über mich denken, wie Sie im Moment über mich denken müssen.«

»Nach dem, was neulich Abend passiert ist, weiß ich nicht, ob das klug wäre.« McLean drehte den EpiPen in seiner freien Hand, während er sprach.

»Bringen Sie jemanden mit. Ihre Kollegin, Ritchie. Sie gehört nicht dazu, aber ich weiß, dass sie's versteht.« Marchmont verstummte erneut, und auch McLean schwieg. Nur dass es dieses Mal nicht Teil der Verhörmethode war, die dazu diente, sie zum Reden zu bringen; er wusste wirklich nicht, was er sagen sollte.

»Bitte, Tony. Es muss jetzt sein. Die haben es auf mich abgesehen. Die wissen Bescheid.«

»Wer sind die? Was wissen die? Hat es was mit Eileen Prendergast zu tun? Und ihren beiden Pensionsgästen?«

»Nicht am Telefon. Die hören mit. Hören immer mit.«

Marchmonts Stimme war jetzt beinahe ein Flüstern. McLean stellte sie sich vor, wie sie zusammengekauert in einer dunklen Ecke des Folterkellers hockte und von Paranoia aufgefressen wurde. Sie brauchte Hilfe, so viel stand fest. Aber sie hatte nicht gefragt, wer Eileen Prendergast war, was darauf schließen ließ, dass sie den Namen zumindest schon einmal gehört hatte. Sie wusste etwas, und ihr Spiel mitzuspielen war die einzige Möglichkeit, Antworten von ihr zu bekommen, worin auch immer diese bestehen mochten.

»Ich will sehen, was ich tun kann, Heather. Aber ich kann Ihnen nichts versprechen.«

Er wartete auf eine Entgegnung, hörte aber nur das leise Tuten der unterbrochenen Verbindung.

»Wer war das?«

McLean schaute vom leeren Display seines Handys auf und sah Duguid, der sich über seinen Schreibtisch beugte. Er war so in das Gespräch vertieft gewesen, dass er gar nicht gemerkt hatte, wie der ehemalige Detective Superintendent aufgestanden und durch den Raum gegangen war. Ein kurzer Seitenblick ergab, dass Grumpy Bob sehr viel aufrechter an seinem Schreibtisch saß, als McLean den alten Detective Sergeant je erlebt hatte, seine Ohren bebten, so angestrengt lauschte er.

»Ich denke, Sie wissen ganz genau, wer das war. Sie sind doch derjenige, der die vollständigen Fakten über Headland House kennt.«

»Headland …?« Duguid hielt einen Augenblick inne, dann zeigte er auf das Telefon, das McLean noch immer in der Hand hielt. »Heather? Heather Marchmont?«

McLean lehnte sich zurück, genoss Duguids verwirrten und beunruhigten Gesichtsausdruck. »Dann haben Sie also doch gewusst, wie sie heißt. Hab mir gleich gedacht, dass Sie mich angelogen haben.«

»Aber woher? Wieso ruft sie Sie an?«

»Wann haben Sie das letzte Mal mit ihr gesprochen?«, fragte McLean.

»Gesprochen?« Duguid wirkte über die Frage verblüfft. »Seit vierundneunzig überhaupt nicht mehr. Als wir sie ans Jugendamt übergeben haben. Ich wollte sie an dem Abend vernehmen, aber man hat mich nicht gelassen. Niemand durfte mit ihr sprechen. Sie haben sie verschwinden lassen. Mein Chief Super hat mir erklärt, es geschehe zu ihrem Schutz. Geglaubt hab ich's ihm nicht, aber ich konnte nicht viel dagegen tun.«

»Aber Sie haben herausgefunden, wo sie war. Und sie im Auge behalten.«

»Eine Zeit lang, ja. Vor ein paar Jahren ist sie dann aber von der Bildfläche verschwunden. Da sie inzwischen über zwanzig war, dachte ich, ihr würde wahrscheinlich nichts mehr passieren. Woher zum Teufel kennen Sie sie?«

McLean ließ sein Handy auf den Schreibtisch fallen und merkte dabei, dass neben dem Namen auf dem Display auch die Nummer auftauchte. Vorwahl von Edinburgh, Stockbridge, nicht ihr Handy. Also hatte sie die Wahrheit gesagt, als sie behauptet hatte, sie sei zu Hause.

»Sie wohnt in Stockbridge. Es war ihr Haus, in dem wir das Bordell vermutet haben. Sie war da, hat aber nicht mitgemacht.«

»Nicht mitgemacht?«, fragte Duguid, dann hatte er's kapiert. »Oh.«

»Ich hab sie erkannt. Gleich als ich sie gesehen habe, war ich sicher, dass ich sie von irgendwoher kannte. Natürlich war sie erst zehn Jahre alt gewesen, als ich sie das letzte Mal gesehen hatte, deshalb konnte ich ihr Gesicht auch nicht gleich zuordnen. Erst MacBride hat mit seinem magischen Computer alle Teile zusammengesetzt. Sie hat die Identität eines toten Kindes bekommen. Wie man es im Zeugenschutzprogramm macht.«

»Aber warum ruft sie Sie an?« Duguid tigerte durch den Raum, machte an seinem eigenen Schreibtisch halt. Lehnte sich dagegen, sah McLean mit vorwurfsvoll starrem Blick an. Dann huschte etwas anderes über sein Gesicht. Entsetzen. »Du lieber Gott, war sie gemeint, als er von Ihrer neuen Freundin gesprochen hat? Sie haben doch nicht mit ihr gevögelt, oder?«

»Was? Nein. Ein bisschen Anstand können Sie mir schon zutrauen.«

»Was will sie? Wieso ruft sie Sie an?«

McLean nahm das Telefon und drehte es in seinen Händen. »Sie will, dass ich zu ihr komme. Sagt, sie hat mir etwas Wichtiges mitzuteilen. Nur hat sie jedes Mal der Mut verlassen, wenn sie's sonst versucht hat. Ich habe keine Ahnung, ob es dieses Mal genauso sein wird.«

»Aber Sie wollen zu ihr fahren? Auch wenn das die vermutlich dämlichste Entscheidung in einer langen Reihe sehr dämlicher Entscheidungen sein wird, die Sie getroffen haben?«

»Ich habe nicht vor, sie alleine zu besuchen. Ritchie wird …«

»Eine vorläufig zum Detective Inspector ernannte Kollegin mit guten Karriereaussichten trotz all dem, was Sie getan haben, um ihr diese zu ruinieren. Sie täten gut daran, Ritchie aus der Sache rauszulassen.«

»Ich wünschte, das könnte ich. Marchmont vertraut ihr. Und die ganze Sache hat mit der Razzia der SCU angefangen. Ich muss Ritchie wenigstens Bescheid geben, dass ich zu Marchmont fahre.«

Duguid stieß ein angestrengtes Seufzen aus, aber McLean wusste, dass es nur aufgesetzt war. Der ehemalige Detective Superintendent hatte zwar nie viel für ihn übriggehabt, aber dies war auch für ihn eine einmalige Chance, zum Kern eines

Rätsels durchzudringen, das ihn über zwei Jahrzehnte lang beschäftigt hatte. Auf keinen Fall würde er danebensitzen und zusehen.

»Bob. Fahren Sie ins Präsidium und sprechen Sie mit Ritchie. Wir wollen die Sache erst mal nicht in offizielle Bahnen leiten. Wir treffen uns drüben in Stockbridge. Wir werden die kleine Heather Marchmont alle zusammen besuchen.«

53

Sie parkten wieder an derselben Stelle gegenüber der Haustür, an der McLean und Jo Dexter auch am Abend der Razzia ihren Wagen abgestellt hatten. Nur damals war es ein Zivilfahrzeug der SCU gewesen, nicht McLeans kleiner roter Alfa Romeo. Es war seltsam, mit Duguid auf dem Beifahrersitz durch die Stadt zu fahren. DS Ritchie oder sogar Grumpy Bob wären ihm lieber gewesen. Duguid hatte den Großteil der glücklicherweise kurzen Fahrt leise über den »bescheuerten Wagen« gemeckert, aber kein einziges Mal versucht, McLean zu überreden, nicht mit ins Haus zu gehen. Bis jetzt.

»Sie wissen, dass Sie deswegen gefeuert werden, oder? Und wahrscheinlich wird es auch das Ende meines Pensionsplans sein.«

»Sir, Sie hätten ja nicht mitkommen müssen. Ich bin nicht so blöd, alleine da reinzugehen.«

»Aber Grumpy Bob und Ritchie sind noch nicht hier. Wie lange wollen Sie auf die beiden warten? Jetzt, wo Sie wissen, dass Marchmont da drin ist? Wissen, wer sie ist und was sie Ihnen verraten kann?«

McLean musste zugeben, dass Duguid nicht ganz unrecht hatte. Wahrscheinlich wäre er längst reingegangen, wäre der ehemalige Detective Superintendent nicht bei ihm gewesen. Geduld war noch nie seine Stärke gewesen.

»Ich bin pensioniert. Mir kann's egal sein, ob die mich feuern.« Duguid öffnete seinen Sicherheitsgurt und stieg in Anbetracht seines Alters und wie tief man in dem Wagen saß, erstaunlich gewandt aus.

McLean wollte ihm folgen, dann fiel ihm ein, dass der Alfa über keine moderne Zentralverriegelung verfügte. Bis er sich um alles gekümmert und abgeschlossen hatte, war Duguid längst auf der anderen Straßenseite und stieg die Steinstufen zur Haustür hinauf. Letzterer sah man noch deutlich die Spuren des gewaltsamen Aufbrechens durch die Polizei an.

Es war ein großes Haus. McLean erinnerte sich, aber die Razzia hatte nachts stattgefunden, und Dutzende von Polizisten hatten sich hier gedrängt. Jetzt stand er auf der stillen, leeren Straße und betrachtete die riesigen Fenster vorne und die Räume mit den hohen Decken dahinter, zählte die Stockwerke, die bis in den grauen Herbsthimmel hinaufragten. Auch an den Keller erinnerte er sich, mit dem nachgebauten Folterraum und dem Käfig. Selbst für eine große Familie war das Haus zu groß, von einer alleinstehenden Frau einmal ganz zu schweigen. Und trotzdem wurde es bei den wohlhabenderen Bewohnern der Stadt immer beliebter, diese riesigen Häuser in der New Town wieder in ihren ursprünglichen Zustand zu versetzen, nachdem sie in Wohnungen oder Büros unterteilt worden waren.

»So wohnen also die oberen Zehntausend.« Duguid sprang die Stufen hinauf und klingelte. Einen Augenblick lang herrschte Stille, als würde die Stadt den Atem anhalten, dann öffnete sich die Tür einen Spalt. Ein einzelnes Auge spähte misstrauisch hindurch.

»Miss Marchmont? Heather? Ich bin Detective Superintendent Charles Duguid. Wenn ich das richtig sehe, stehen Sie in Kontakt mit meinem Kollegen, Detective Inspector McLean?«

Marchmont bewegte sich ein kleines Stück, blickte von Duguid auf die Straße dahinter und entdeckte schließlich McLean unten an der Treppe. Dann öffnete sie die Tür ein kleines Stück weiter, wenn auch immer noch nicht gerade einladend.

»Ich hatte erwartet, dass …«

»DI Ritchie ist unterwegs.« Duguid trat einen Schritt zurück. »Miss Marchmont. Erinnern Sie sich an mich?«

Sie musterte ihn von oben bis unten und riss die Augen auf. »Kommen Sie lieber rein.«

Die Küche sah mehr oder weniger noch genauso aus, wie McLean sie in Erinnerung hatte; sie hätte genau so auch in irgendeiner Designerzeitschrift oder einer hochglänzenden Wochenendbeilage abgebildet sein können. In der kalten leeren Diele hatte man ihre Schritte hallen hören und auch beinahe den eigenen Atem in der eisigen Luft sehen können, aber es war wenigstens einigermaßen warm, und man hatte zumindest halbwegs das Gefühl, sich tatsächlich in einem bewohnten Haus zu befinden. Marchmont schenkte Kaffee aus einer Glaskanne ein und holte Milch aus dem Kühlschrank, der groß genug war, dass ein paar Leichen Platz darin gefunden hätten. Die ganze Zeit über sagte sie nichts und wartete, bis alle auf unbequemen Hockern am Frühstückstresen Platz genommen hatten, bevor sie endlich etwas sagte.

»Ich habe euch lange gehasst, wisst ihr das?« Sie sah von McLean zu Duguid und wieder zurück. »Alle beide.«

»Warum, Miss Marchmont?«, fragte Duguid.

»Heather, bitte. Jedenfalls halte ich mich für Heather. Das ist der Name, den man mir gegeben hat, als ich alt genug war, und einen anderen kenne ich nicht. Vorher war ich einfach nur ›das Mädchen‹, wenn ich überhaupt etwas war.« Marchmont nahm langsam einen großen Schluck Kaffee. »Ich habe euch gehasst, weil ihr mich im Stich gelassen habt. Ihr habt mich gerettet, und dann habt ihr mich denen übergeben.«

»Nachdem das Jugendamt eingeschaltet worden war, konnten wir nichts mehr tun. Ich habe damals die Ermittlungen geleitet, aber man hat mir nicht einmal mehr Ihren Namen verraten.«

»Aber Sie haben ihn trotzdem herausbekommen, nicht wahr?« Marchmont sah Duguid direkt an, und zum ersten Mal entdeckte McLean so etwas wie Lebendigkeit in ihren Zügen, eine Art Trotz, der durch die Jahre des Missbrauchs abgestumpft war. Ein Leben lang.

»Das hab ich. Aber McLean hat nichts gewusst. Er ist zu jung, zu untergeordnet, um etwas damit zu tun zu haben. Außerdem wurde er gleich im Anschluss sechs Monate zur Weiterbildung nach Aberdeenshire geschickt. Man hat es aussehen lassen wie eine Karrierechance, in Wirklichkeit aber wollte man ihn aus dem Weg haben.«

»Das weiß ich. Jetzt weiß ich das. Damals war das anders. Ich war nur ein Mädchen und habe nichts gekannt außer Missbrauch. Meine frühesten Erinnerungen handeln von …« Marchmont hielt inne, einen Augenblick lang war ihr Blick leer. Dann schauderte sie. »Ich will nicht daran denken, aber Sie können sich das nicht mal ansatzweise vorstellen. Und dann bist du gekommen, hast mich gerettet wie ein Ritter in schillernder Rüstung. Oder zumindest einer schwarzen Polizeiuniform. Eine Zeit lang war alles gut. Meine Pflegefamilie war nett zu mir. Aber man kann den Leuten, die mich in den Käfig gesteckt hatten, nicht entkommen. Man kann nicht vor ihnen fliehen. Sie haben mich gefunden und zurückgefordert. Missbraucht wurde ich nicht mehr. Zweifellos hatten sie inzwischen ein anderes Spielzeug gefunden, und wahrscheinlich war ich inzwischen auch schon zu alt für sie. Aber ich gehöre ihnen. Sie haben mir auf dem College geholfen. Mir einen Job besorgt. Und sie haben mich nie vergessen lassen, was ich ihnen schuldig war.«

Die Stille, die sich über die Küche gelegt hatte, war wie eine Decke aus Leiden. Wenn McLean Marchmont jetzt ansah, erkannte er das kleine Mädchen ganz eindeutig, das er damals, vor so vielen Jahren, in dem Käfig auf dem Dachboden von Headland House gefunden hatte. Er hätte sich wirklich mehr

Mühe geben sollen, sie im Blick zu behalten, herauszufinden, wo sie war, und sich hin und wieder davon überzeugen, dass es ihr gut ging. Der Tony McLean von heute hätte das getan. Aber damals war er ein anderer gewesen.

»Ich …« Er wollte sich entschuldigen, wusste aber, dass es nicht aufrichtig klingen würde. Die Türklingel unterbrach ihn. Marchmont verspannte, ihre Hände umklammerten ihren Kaffeebecher, sodass Flüssigkeit über den Rand schwappte.

»Das wird Ritchie sein.« Duguid schob sich erleichtert ächzend von seinem Hocker. »Ich lasse sie rein.« Er wartete die Antwort nicht ab, sondern ging einfach zur Tür. McLean schwieg, bis er weg war, dann fuhr er fort.

»Es tut mir sehr leid, was geschehen ist. Wenn ich gewusst hätte …«

Marchmont streckte ihre kaffeefeuchte Hand aus und legte sie auf seine. »Ihre Schuld ist das nie gewesen, Tony. Ich bin nicht mal sicher, ob überhaupt jemand schuld ist. So funktioniert das einfach auf der Welt.«

»Das glauben Sie doch nicht wirklich, oder? Männer haben Sie als Kind in einen Käfig auf einem Dachboden gesperrt. Männer mit Beziehungen, die Unglaubliches mit Ihnen vorhatten.«

»Männer?« Marchmont neigte den Kopf zur Seite, als würde sie zum ersten Mal über das Thema nachdenken. »Vermutlich. In gewisser Weise. Männer, Frauen. Sie kamen und gingen.«

Einen Augenblick lang ließ sie den Kopf hängen, als wollte sie eine besonders unangenehme Erinnerung verdrängen. »Wahrscheinlich fällt es Ihnen schwer, das zu glauben, aber ich hatte noch Glück. Ich hatte einen Zwillingsbruder, früher. Vor langer Zeit. Aber er ist gestorben.«

So wie sie es sagte, vermutete McLean, dass er nicht durch einen Unfall gestorben war.

»Haben die ihn getötet?«

»Sie sagen immer wieder ›die‹, als wollten Sie ihnen ein Etikett anheften, sie identifizieren, aufspüren und bestrafen. Aber so funktioniert das nicht, Tony. Das ist keine Geheimgesellschaft von Perversen. Das ist etwas Größeres, weniger eine Organisation als ein Organismus.«

McLean hörte Jo Dalgliешs Worte, ihre verrückte Theorie. »Aber es gibt Beziehungen, Verbindungen zwischen diesen Leuten. Und jemandem müssen auch die Häuser gehören, dieses und Headland House.«

»Organisationen gibt es. Überall gibt es kleine Grüppchen und informelle Zusammenschlüsse. Das liegt in der Natur der Sache.« Marchmont sah ihm direkt in die Augen. »Sie waren doch im Internat? Dann wissen Sie ja, was Jungs so anstellen. Die Initiationsrituale, die dummen kleinen Zeremonien. Man musste mitmachen, sonst hätte niemand mehr mit einem geredet, hab ich recht?«

Das war lange her. Er war noch furchtbar jung gewesen und hatte auch den Verlust seiner Eltern noch nicht wirklich verwunden, als seine Großmutter ihn auf die alte Schule seines Vaters geschickt hatte. Ein zugiger alter Landsitz in Hertfordshire, umgeben von so viel Leere, dass an Davonlaufen gar nicht zu denken war, egal wie elend man sich dort fühlte. Es herrschte ein brutales, verwirrendes Regime, mal waren die Lehrer mitfühlend, dann wieder unerklärlich zornig. Aber er erinnerte sich an die kleinen Bräuche, die den Zusammenhalt unter den Schülern stärkten. Was man gemeinsam an Verderbtheit durchstehen musste, schon weil die Alternative undenkbar war. Hätte man sich verweigert, hätte dies unglaubliche Demütigungen zur Folge gehabt. Im Alter von sechs Jahren schien das alles noch harmlos, aber später auf der weiterführenden Schule? Das war nichts, worauf er stolz gewesen wäre. Später an der Universität hatte er längst seine Außenseitermentalität entwickelt und gar nicht mehr zu diesem Club dazugehören wollen. Aber viele andere schon.

»So fängt es an.« Marchmont schien seine Gedanken zu lesen. »Teils geht es um Privilegien, teils sind es Bewältigungsstrategien. Diese Verbindungen, die man in der Kindheit knüpft, prägen. Wenn man Glück hat, mutig oder stark ist, kann man Nein sagen. Aber tief im Innersten seines Herzens will doch jeder dazugehören. Jeder will geliebt werden. Und wenn man einmal mitmacht, kann man schlecht wieder aufhören. Manche wollen das auch gar nicht.«

»Ich weiß nicht, was das alles mit dem zu tun hat, was hier geschehen ist«, sagte McLean, obwohl er es, wenn er ehrlich war, doch ziemlich genau verstand.

»Sie gehören nicht dazu, Tony. Das haben Sie nie, und ich begreife es jetzt. Aber so viele erfolgreiche Männer und Frauen stecken mit drin. Ihr Erfolg entstammt einer Mischung aus harter Arbeit und Chancen, verbessert durch die Beziehungen, die diese Leute bereits in ihrer Kindheit, an der Schule und der Universität geknüpft haben, und das Ganze wird durch die gemeinsame Angst vor dem zusammengehalten, was sie alle zusammen getan haben, der Angst, dass es ans Licht kommen könnte. Ihr sucht nach Geheimgesellschaften, Mächtigen im Hintergrund, die die Fäden ziehen, das Geschehen lenken, Menschen dazu bringen, unglaubliche Gräueltaten zu verüben, aber in Wirklichkeit läuft das alles sehr viel passiver ab. Dieselben Rahmenbedingungen lassen ebenso Gräueltaten wie Wohltätigkeit zu. Es handelt sich um ein System, das sich selbst am Leben erhält und sich bei Bedrohung mittels raffinierter Strategien selbst verteidigt.«

McLean lehnte sich zurück, er wusste nicht so genau, wie er das, was Marchmont ihm erklärte, verarbeiten sollte. »Und was genau haben Sie damit zu tun?«

»Sie ist eine dieser raffinierten Strategien. Jedenfalls war sie das eine Zeit lang.«

Er drehte sich zu abrupt um, sodass sein Hocker kippte und

er bei dem Versuch, sich nach der Person umzudrehen, die gerade gesprochen hatte, fast hingefallen wäre. Sie stand im Eingang und trug einen Anzug, der auch aus Stacey Craigs Kleiderschrank hätte stammen können. Zunächst erkannte er sie nicht, das glänzende schwarze Material lenkte ihn zu sehr ab, da es alles offenbarte, was es scheinbar unter sich verbarg. Dann trat sie in den Raum, und er erinnerte sich an die schlecht gelaunte Kellnerin, die ihm in dem Café um die Ecke Kaffee und Kuchen serviert hatte. Den Kuchen, den Jo Dalgliesh gegessen hatte und nicht er. Hinter ihr stolperte der ehemalige Detective Superintendent Duguid in den Raum, vorwärtsgestoßen von einem Mann, der nur der Zwillingsbruder der Frau sein konnte.

»Alice.« Marchmont spuckte die Worte aus wie eine wütende Katze. »Du hast gesagt, du wärst hier fertig. Du wolltest weg.«

»Was soll ich sagen, Heather? Ich hab gelogen.« Die Frau nickte kurz, dann richtete sie ihren Blick auf McLean. »Dann muss das wohl der sagenumwobene Tony McLean sein. Wenn das nicht genau der ist, den ich gesucht habe …«

54

McLean blieb reglos stehen und wusste nicht, ob er sich nicht mehr bewegen konnte oder nur vergessen hatte, wie man das machte. Der Geruch war ihm zuvor nicht aufgefallen, aber jetzt wurde er stärker, ein betörender Moschusduft erfüllte den Raum. Er legte sich in seine Kehle und drückte ihm die Luft ab, sodass Atmen beinahe unmöglich war. Die Küche, der Tisch, Heather Marchmont, alles verschwommen vor seinen Augen, bis er nur noch die Frau mit den schmutzig blonden Haaren sah.

»Helfen Sie mir.« Duguid kämpfte sich an ihr vorbei, versuchte zu McLean zu gelangen, stolperte aber gegen den Tisch und warf dabei noch ein paar Stühle um. Er lallte wie ein Mann, der einige Whiskys zu viel intus hatte. Oder einen Anfall erlitt. Die Bewegung und die Geräusche drangen teilweise durch die Benommenheit zu ihm durch, und McLean gelang es, einen Schritt zurückzutreten. Kopfschüttelnd versuchte er, den Nebel loszuwerden.

»Was haben Sie mit ihm gemacht?« Seine Stimme klang weit entfernt, als würde jemand anders sprechen. Die Frau – Alice, hatte Marchmont sie so genannt? – ging leichtfüßig durch den Raum und schwang die Hüften, als wollte sie Provokation parodieren. Sie ging zu Duguid, der wild um sich schlagend auf dem Boden lag, und McLean konnte nur zusehen, wie sie sich niederkniete, den ehemaligen Detective Superintendent am Kinn fasste und seinen Kopf zu sich herumdrehte.

»Armer alter Mann. Anscheinend hat er was gegessen, das ihm nicht bekommen ist.« Sie zog eine Schnute, steckte sich einen Finger in den Mund, zog ihn speichelfeucht glänzend wieder heraus und fuhr Duguid damit über die Lippen, wie eine müde Mutter, die ein ungezogenes Kleinkind beruhigt. Er wehrte sich noch einen Augenblick länger, dann erschlaffte er. Als sie aufstand und ihn losließ, fiel er reglos zu Boden.

»Ich steh auf ältere Männer, aber nur für den Anfang.« Jetzt stakste sie mit ihrem langsamen, überzogen lüsternen Gang auf McLean zu. Er wich ein paar Schritte zurück und merkte, dass er gegen etwas stieß. Sein Blick sprang zur Tür, wo der Mann gestanden hatte. Irgendwie war es ihm gelungen, die Küche zu durchqueren, ohne dass McLean es mitbekommen hatte, und sich direkt hinter ihn zu stellen. Kräftige Hände packten ihn an den Armen und zwangen sie auf seinen Rücken. Er wehrte sich, begriff aber nicht, wieso er das nicht längst getan hatte. Seine Gedanken waren langsam, als würden sie durch tiefes Wasser waten. Er hörte nur gedämpft.

»Wehr dich nicht. Dadurch wird es nur schlimmer.« Ob Alice das gesagt hatte, ihr Bruder oder Heather, McLean hätte es nicht feststellen können. Aber der Rat hatte die entgegengesetzte Wirkung, er wehrte sich umso mehr, ließ das Kinn auf die Brust fallen und warf den Kopf mit aller Kraft zurück. Zufrieden vernahm er das Geräusch einer brechenden fleischigen Nase, aber der Fesselgriff an seinen Armen lockerte sich nicht. Wenn überhaupt, dann hielt der Mann ihn jetzt noch fester gepackt und gab nur ein leises Stöhnen von sich, als würde Schmerz ihm gar nichts bedeuten.

»Tony, Tony, Tony. Beruhige dich.« Die junge Frau stand jetzt direkt vor ihm und griff mit einer sorgfältig manikürten Hand nach seinem Gesicht. Er zuckte zusammen bei ihrer Berührung, aber sie war sanft, streichelte seine Wange wie eine Mutter die eines Neugeborenen. Ihr Geruch war überwältigend; eine Mischung aus Blumen, Wein und dunkleren, erdigen Duftnoten, die ihm direkt ins Gehirn wanderten.

»Wer …?«

»Schsch.« Die Frau drückte ihm einen unangeleckten Finger auf die Lippen, und ihr Geschmack machte ihm das Atmen fast unmöglich.

»Du weißt, wer ich bin«, sagte sie. »Vor allen anderen du. Ich bin Aphrodite, die Göttin der Liebe. Ich bin der Waldgeist des Frühlings. Ich bin die Lebenskraft, die durch den Baumstamm aufsteigt, und die Vögel, die zwitschern. Ich bin das Leben.«

Ihr Geruch war überall, erfüllte seine Lunge, überwältigte seine Sinne. Es roch nach zertretenem Gras, frisch gepflückten Blumen an einem Sommermorgen und Lehm, aus dem Pilze sprießen. Es stank nach Verwesung und etwas Totem, das im Dunkeln verfault.

»Was … was haben Sie mit Duguid gemacht?« McLean wehrte sich gegen den stahlharten Griff, der ihn fixierte, wollte den Blick von der jungen Frau abwenden und die am Boden liegende Gestalt hinter ihr betrachten.

»Was interessierst du dich für ihn? Er kann dich nicht mal leiden.« Sie kniff McLeans Wangen zusammen und zwang seinen Blick zu ihr zurück. »Und du hasst ihn.«

»Nein … Hass …« McLean rang sich mit letzter Kraft die Worte ab. Vor lauter Gestank bekam er kaum Luft und ertrank im Pesthauch. Wie konnte das so schnell passieren? Wie war es den beiden gelungen, Duguid und ihn zu überwältigen?

»Nein?« Alice hob ungläubig eine Augenbraue. »Das spielt keine Rolle. Ich werde Spaß haben. Und du auch. Jeder sollte glücklich sterben.«

Sie zog ihn zu sich, beugte sich ihm langsam und unentrinnbar entgegen. McLean war machtlos, er konnte sich den glänzend roten Lippen, die sich nun öffneten und perfekte weiße Zähne offenbarten, und der zuckenden Zunge nicht widersetzen.

»Du kannst ihn nicht haben. Er gehört mir!«

Die Worte durchbrachen seine Benommenheit, als hätte man

ihm einen Eimer Eiswasser über dem Kopf ausgeleert. Noch immer träge, konnte er nicht feststellen, woher das Messer gekommen war, das jetzt aus der Brust der jungen Frau ragte. Eine dunkelrote Flüssigkeit drang heraus. Sie ließ ihn los und schaute an sich herunter, als könne sie nicht ganz begreifen, was geschah. Dann spürte McLean, wie sich ihr Griff löste und er die Arme freibekam, so plötzlich, dass er auf wackligen Beinen ins Taumeln geriet.

»Alice! Nein!«

Der junge Mann fing seine Schwester auf, als diese nach vorne fiel, und erst jetzt bemerkte McLean Heather Marchmont direkt neben sich. Blankes Entsetzen stand ihr ins Gesicht geschrieben. Sie hielt die rechte Hand über den Kopf, die Faust noch geballt, mit der sie das Messer gepackt und der jungen Frau ins Herz gerammt hatte.

Es dauerte lange, bis McLean seinen Gleichgewichtssinn wiedergewonnen hatte, und noch länger, bis ihm auffiel, dass der widerliche Geruch fast verschwunden war. Der junge Mann hatte seine Schwester langsam auf den Boden gelegt und machte sich jetzt an ihrem Kopf und Hals zu schaffen. Sie war so blass, fast schon weiß, Gesicht, Hals und Hände stachen gegen das schwarze Gummi ihres hautengen Anzugs ab. Blut sickerte aus der Wunde, die Messerspitze schaute wie eine hässliche Warze aus ihrer Schulter.

»Nein, nein, nein, nein, nein.« Seine Stimme war leise, verzweifelt und fand in Marchmonts Schluchzen einen Widerhall, und jetzt sank auch sie auf die Knie. McLean torkelte zurück und stieß gegen den Hocker, auf dem er kurz zuvor noch gesessen hatte. Es kam ihm vor, als wäre, seit sie dort gesessen und geredet hatten und Duguid zur Tür gegangen war, um Ritchie und Grumpy Bob hereinzulassen, ein Leben verstrichen. Wo zum Teufel blieben die beiden überhaupt?

Duguid.

Als ihm der ehemalige Detective Superintendent wieder einfiel, schaute McLean zum Esstisch und sah ihn ausgestreckt am Boden, die Stühle ringsum umgekippt. Er stolperte hinüber und kniete sich neben die ausgestreckt am Boden liegende Gestalt. Duguids Gesicht war dunkelrot und geschwollen, seine Lippen leicht geöffnet, als würde er vergeblich zu atmen versuchen. Seine Augen waren offen, und er starrte McLean mit einem Ausdruck blanken Entsetzens an, versuchte etwas zu sagen, aber es gelang ihm nicht.

McLean tastete Duguids Hals ab, lockerte seine Krawatte und knöpfte die beiden obersten Hemdknöpfe mit einer Hand auf, während er gleichzeitig mit der anderen in seiner Jackentasche kramte. Sein Gehirn funktionierte noch immer nicht richtig, aber er konnte sich an ungefähr eine Stunde zuvor erinnern. Als er mit Marchmont geredet hatte, hatte er ihn herausgeholt, wusste aber absolut nicht mehr, ob er ihn wieder eingesteckt oder auf dem Schreibtisch liegen gelassen hatte. Seine Hand umschloss das schlanke Plastikröhrchen, und er stieß ein kurzes erleichtertes Lachen aus. Dann zog er den EpiPen aus der Tasche und nahm die Kappe ab. Ein kurzer Pikser in Duguids Bein, festhalten, bis zehn zählen, so wie er es in der Ausbildung gelernt hatte. Er warf die benutzte Spritze weg, rieb über die Stelle, wo er sie injiziert hatte, und hoffte bei Gott, dass er den richtigen Riecher gehabt hatte.

»Oh, meine liebe, teure Heather. Das hättest du wirklich nicht tun dürfen.«

Die Worte schickten McLean einen kalten Schauder über den Rücken, so kalt wie die Person, die sie ausgesprochen hatte. Er drehte sich um und sah das Unmögliche. Alice stand langsam auf, ihr Bruder half ihr auf die Beine. Ihr Anzug war vorne blutverschmiert und hatte den Boden glitschig gemacht, wo sie gelegen hatte. Dabei hätte sie eigentlich auf keinen Fall stehen, auf keinen Fall noch leben dürfen. Es sei denn, sie war ohnehin kein lebendiges Wesen. Der Raum erfüllte sich wieder mit ihrem Duft, dem Geruch der Verwesung. Es stank nach Tod in all seinen vielfältigen Formen.

Marchmont wich zurück, aber der Hocker, den McLean umgeworfen hatte, lag im Weg, und sie wurde gegen den Tresen gepresst. Alice griff nach dem Messer in ihrer eigenen Brust, packte es fest am Griff und zog es mit einem entsetzlichen Geräusch heraus. Eigentlich hätte der Schmerz quälend sein müssen, aber sie lächelte nur, ein Tropfen tiefrotes Blut hing an der Spitze der Klinge. McLean wusste, dass er sich bewegen musste, aber seine Beine waren Baumstämme, fest im Boden verwurzelt.

»Hier, Cousine. Lass mich dir das wiedergeben.« Langsam, oh, so langsam, drehte sie das Messer in ihrer Hand. Dann, schneller als eine Schlange, stach sie zu und traf genau dieselbe Stelle in Marchmonts Brust wie diese zuvor bei Alice. Das Messer versank bis zum Griff darin, wurde mit solcher Kraft hineingestoßen, dass Marchmont in die Knie ging und einen fürchterlichen Schmerzensschrei ausstieß, der sich schon bald in ein blubberndes Husten verwandelte. Sie sah auf das Messer herunter, dann hinauf zu der jungen Frau und zur anderen Seite des Raums, wo McLean noch immer kauerte. Dann verlosch das Licht in ihren Augen, und sie sackte zu Boden.

Woher die Wut kam, konnte er nicht sagen. Eben noch hatte er neben Duguid gekauert, sein Kopf war noch immer schwer von dem Mief, der den Raum erfüllte wie dichter Nebel den Forth. Und jetzt war er schon auf den Beinen, hatte einen Stuhl geschnappt und rannte damit so laut schreiend, dass es durch das gesamte Haus hallte, durch die Küche. Er zog den Stuhl dem jungen Mann über den Rücken und die Schulter und erwischte ihn auch am Kopf, als er sich umdrehte, um sich zu verteidigen. Der Stuhl zersplitterte in ein Dutzend Einzelteile und zerkratzte McLean den Arm bis an die Schulter, aber der junge Mann zuckte nur leicht, wie von einem Federkissen getroffen. Er drehte sich auf einem Fuß herum und griff nach dem Stuhlbein, das McLean noch in der Hand hielt. McLean drehte sich, hielt sich mit aller Macht daran fest, streckte einen Fuß aus und nutzte die Wucht, mit der sein Gegner auf ihn zukam, um diesen zu Fall zu bringen. Er stürzte ungelenk, griff nach dem nächsten Hocker und schlug sich die Stirn am Frühstückstresen an. Das Geräusch, als er auf dem Boden aufkam, stand in keinem Verhältnis zu seiner Größe und seinem Umfang, aber dasselbe galt auch für seine Kraft. McLean beugte sich über ihn und erwartete, dass er sich wieder aufrichtete. Zu spät fiel ihm die Frau ein.

»Du solltest meinem Bruder nicht wehtun. Das macht ihn nur wütend.«

Er wirbelte um die eigene Achse und rutschte mit dem Fuß auf etwas aus, das Blut sein mochte. Sie war ihm so nahe, dass sie sich nicht einmal strecken musste, um ihn mit den Händen am Revers zu packen und festzuhalten. Er wollte sie mit den Händen abwehren und spürte dabei das feuchte und warme Blut auf ihrem Anzug. Sie schauderte bei seiner Berührung, schloss einen Augenblick lang die Augen und atmete tief ein. McLean roch den Duft, der in Wellen von ihr ausging und sich mit einem erdigen Kupfergeruch mischte und etwas Dunklerem, Bedrohlicherem. Er wollte nach hinten ausweichen, ihr entkommen, aber da war gleich die Wand. Und dann wurde er wieder an den Armen gepackt und bekam sie erneut auf den Rücken verdreht, bis er sich überhaupt nicht mehr rühren konnte. Er wagte einen Blick zur Seite und sah das Gesicht des jungen Mannes, ungerührt, sehr nah. Aus einer Platzwunde auf seiner Stirn lief rotes Blut in die Augen, seine Nase herunter. Ein Tropfen bildete sich an der Spitze und fiel, dabei spritzte er auf den dunklen Tweed von McLeans Jacke.

»Ich glaube, er mag dich.« Alice hob eine rot verschmierte Hand. Wessen Blut das war, ihres oder Heathers, konnte

McLean nicht sagen. Er wollte zurückweichen, hatte aber das Gefühl, von einem Berg fixiert zu werden. Ihre Berührung war sanft, ihre Finger feucht, sie streichelte ihm die Wange und schaute ihm mit einem müden Lächeln in die Augen, als wäre Marchmont ein Messer in die Brust zu stoßen lediglich ein Witz gewesen.

»Sie werden nicht von hier wegkommen«, sagte McLean, obwohl er wusste, dass es gelogen war. »Verstärkung ist schon unterwegs.«

Die Frau runzelte die Stirn. »Schade. Ich hätte gerne mehr Zeit mit dir verbracht. Dich besser kennengelernt. Du hast etwas sehr Faszinierendes.« Sie beugte sich zu ihm vor, der Geruch wurde stärker, je näher sie kam und je mehr sie ihren Körper an seinem rieb. Ihr Atem war wie gemähtes Heu auf einem zusammengerechten Haufen, das an einem Sommertag vermoderte, ihre Lippen waren kühl, als sie seine berührten.

Der Kuss war lang und intim. McLean versuchte sich zu wehren, wurde aber von ihrem Duft überwältigt, der Wärme ihres Körpers und den starken Armen, die ihn festhielten. Ihre Zunge stieß zwischen seine Lippen, erkundete seinen Mund mit kleinen zögerlichen Vorstößen. Sie schmeckte gleichermaßen betörend wie abscheulich, der Druck in seinem Kopf nahm zu, er wollte sich von ihr lösen und gleichzeitig immer mehr von ihr. Da wusste er, was Stacey Craig ins Koma hatte fallen lassen. Woran Eric Parker gestorben war und auch John Smith. Selbst Eileen Prendergast, alt und am Rande der Senilität. Sie alle hatten diesem berauschenden Vergnügen nachgegeben. Und auch er würde bald sterben. Alles würde umsonst gewesen sein. Vorbei.

Aber dann war sie weg, ließ von ihm ab, ließ sein Gesicht los. Alles fühlte sich fern an, gedämpft. Der junge Mann hinter ihm löste seinen Griff, und McLean sackte zu Boden, seine Beine konnten sein Gewicht nicht tragen. Er hatte Mühe, den Kopf zu heben, er sah Heather Marchmont auf dem Rücken liegen, das Messer ragte aus ihrer Brust, Blut lief auf die hellen Eichendielen. Mit ausdruckslosen Augen starrte sie an die Decke, sie atmete nicht.

»Wir sind hier fertig. Komm, Iain. Zeit, nach Hause zu gehen.«

McLean zwang sich auf die Knie. Der Raum um ihn herum schwankte, als er die Arme ausstreckte und die Zwillinge zurückhalten wollte. Die junge Frau, Alice, blieb an der Küchentür stehen, drehte sich zu ihm um und zwinkerte ihm zu. »War schön mit dir. Das sollten wir mal wieder machen.«

Dann war sie verschwunden.

Duguids Stöhnen riss ihn aus seiner Umnebelung. McLean schüttelte den Kopf und versuchte den Geruch loszuwerden, der wie billiges Aftershave an ihm haftete, er spuckte ihn aus. Als er hinübersah, entdeckte er den ehemaligen Detective Superintendent auf dem Rücken liegend, er atmete tief und schnell, als wäre er gerade einen Marathon gelaufen. Aber er lebte.

Lebte.

Er kroch auf allen vieren zu Heather Marchmont hinüber. Die Blutlache auf dem Boden neben ihr war dunkelrot. Durch den Stoff seiner Hose spürte er die Wärme an den Knien, sie hatte viel zu viel Blut verloren. Das Messer steckte tief in der Wunde, es hatte keinen Sinn, auch nur zu versuchen, es herauszuziehen. Aber der Griff bebte rhythmisch, da war ein langsamer, flacher Atem.

»Wir brauchen einen Krankenwagen. Schnell.« McLean krächzte die Worte und erwartete eigentlich keine Antwort, doch dann hörte er, wie jemand eine Nummer in ein Handy eingab, dann Duguids keuchendes einseitiges Gespräch mit der Zentrale. McLean drehte Marchmont auf die Seite, hob sie, so sanft es ging, ein kleines bisschen an und suchte ihren Puls. Sie regte sich, ihre Augen flatterten. Als sie ihn sah, huschte ein Lächeln über ihr Gesicht, und sie griff mit einer blutigen Hand nach seiner Wange.

»Du bist mich holen gekommen.« Das war nicht die Stimme der Frau, der er vor wenigen Wochen zum ersten Mal begegnet war, sondern die des verängstigten kleinen Mädchens im Käfig in der staubigen Dachkammer zwanzig Jahre zuvor. Mit den Worten kam auch Blut, blubberte tiefrot aus ihrem Mund. Ihr letztes gehustetes »Danke« war kaum mehr als ein Flüstern, dann erlosch das Licht in ihren Augen, und sie lag leblos in seinen Armen.

Hinter ihm hörte McLean eine Bewegung an der Küchentür und die vertraute Stimme von Detective Inspector Ritchie, die rief: »Ach, du Scheiße!« Doch in diesem Moment sah er nichts außer Heather Marchmont, die ihn aus schwarzen toten Augen anstarrte.

55

Haben Sie eine Ahnung, wie schlecht das aussieht? Was das für ein Licht auf uns wirft? Auf Police Scotland?«

McLean hatte noch nicht häufig auf der falschen Seite des Tisches in einem Vernehmungszimmer Platz nehmen müssen. Ein- oder zweimal während der Ausbildung natürlich. Und einmal, als ihm vorgeworfen wurde, er habe sich bestechen lassen und sei schwer drogenabhängig. Aber niemals vor dem Deputy Chief Constable. Niemals war er direkt von einem Tatort zur Vernehmung gebracht worden. Noch nie hatte er dabei den Geruch von Blut in der Nase und Blut an den Fingern und der Kleidung gehabt. Nie das Bild von den sterbenden Augen einer Frau noch frisch im Gedächtnis.

Er glaubte nicht, es je wieder vergessen zu können.

»Nicht halb so schlecht, wie es Heather Marchmont ergangen ist.«

Ihre sterbenden Augen verfolgten ihn. Ihr letztes geflüstertes »Danke«.

»Wahrscheinlich wäre sie noch am Leben, wenn Sie Ruhe gegeben hätten, so wie Sie es gesagt bekommen haben.«

McLean ballte die Fäuste unter dem Tisch und war sich der Tatsache bewusst, dass es seiner Karriere vermutlich nicht zuträglich wäre, wenn er jetzt aufsprang und sich auf den Deputy Chief Constable stürzte. Wenn von Karriere überhaupt noch die Rede sein konnte. Es war seiner Aufmerksamkeit nicht entgangen, dass die Vernehmung ohne Zeugen stattfand. Von Professional Standards hatte sich niemand blicken lassen, und soweit er wusste, waren die Kameras abgeschaltet, ebenso das Aufnahmegerät. Vielleicht gab es also noch Hoffnung.

»Im Gegenteil, hätten Sie die Ermittlungen infolge der Bordellrazzia nicht eingestellt, könnte sie noch leben. Was werden Sie unternehmen, um die Frau zu fassen, die sie ermordet hat?«

Der Deputy Chief Constable blieb stehen und drehte sich zu McLean um. »Was soll das für eine Frau sein? Die rätselhafte Unbekannte, der es irgendwie gelungen ist, Charles Duguid und Sie zu überwältigen? Und die nicht nur einen Messerstich in die Brust überlebt, sondern besagtes Messer noch eigenhändig wieder herausgezogen und gegen ihre mutmaßliche Angreiferin gerichtet hat? Haben Sie eine Ahnung, wie abgefahren das klingt?«

»Duguid war dabei. Er hat alles gesehen.« McLean wusste, dass das gelogen war, aber er klammerte sich an jeden Strohhalm. Das alles ergab keinen Sinn, eigentlich hätte man in der ganzen Stadt nach Alice und ihrem Bruder Iain fahnden müssen, aber jedes Mal wenn er von ihnen sprach, erntete McLean diese fürchterlich mitfühlenden Blicke. Die kannte er noch allzu gut von damals, als er die Leiche seiner Verlobten gefunden hatte. Darin steckte kein Vorwurf, zumindest nicht direkt. Eher Mitleid und vielleicht auch ein kleines bisschen Angst. Der Tod haftete an McLean, und damit wollte niemand etwas zu tun haben.

»So wie ich es verstanden habe, hatte Charles eine heftige allergische Reaktion, vermutlich hat er etwas gegessen, während Sie sich mit dieser Marchmont unterhalten haben. Zum Glück hatten Sie den EpiPen dabei. Wobei mir nicht ganz klar ist, warum eigentlich.«

»Eine Freundin wäre fast an einem anaphylaktischen Schock gestorben. Die Krankenschwester auf der Intensivstation hat ihn mir gegeben, damit ich ihn ihr gebe, sobald sie wieder auf den Beinen ist.« McLean wusste nicht, warum er seine Handlungen rechtfertigte, nur dass vernünftige Argumente ebenso wie Zeugen bei diesem Gespräch offenbar nicht zugelassen waren.

»Die Sache ist doch die, Tony, Charles war praktisch bewusstlos oder zumindest so gut wie. Da waren nur Sie und Miss Marchmont und ein Messer. Von außen betrachtet stellt sich einem Unbeteiligten das Ganze so und nicht anders dar.«

McLean erstarrte. Er begriff, worauf sein Gegenüber hinauswollte.

»Sie glauben doch nicht im Ernst, ich hätte …?«

»Sie ermordet?« Nennen-Sie-mich-Stevie grinste wie ein Hai im Comic. »Nein. Ein Mörder sind Sie nicht. Um ehrlich zu sein, glaube ich, Sie würden nicht mal aus Notwehr töten. Aber sehen wir der Sache ins Gesicht, die Frau war von Ihnen besessen. Ich kenne ihren Chef. In den letzten beiden Monaten hat sie ihre Arbeit vernachlässigt, jedes Fitzelchen an Information über Sie, das sie finden konnte, ausgegraben, Sie mit Anrufen belästigt, Treffen vereinbart, und wenn Sie wie verabredet erschienen sind, ist sie davongelaufen. Sie ist der klassische Fall eines weiblichen Stalkers, und sie kam nicht damit klar, dass Sie anders reagiert haben, als sie sich das vorgestellt hatte. Ich möchte wetten, dass was in dem Kaffee war, den sie Charles und Ihnen serviert hat; das hat Sie beide ausgeknockt. Vermutlich hat sie dann versucht, Sie zu verführen, und als sie zurückgewiesen wurde, ist sie gewalttätig geworden. Da Sie unter dem Einfluss von Drogen standen, wird man Ihnen kaum vorwerfen können, dass das Messer, mit dem sie Sie angegriffen hat, schließlich in ihrer eigenen Brust steckte. Das habe ich nur allzu häufig schon erlebt. Deshalb versuchen wir auch zu verhindern, dass Leute Messer mit sich herumtragen. In neun von zehn Fällen ist zum Schluss derjenige verletzt, der das verdammte Ding dabeihatte.«

McLean schaute in seinen Schoß, seine Hände ballten sich zu Fäusten. An seiner Haut klebte stellenweise noch immer getrocknetes Blut. Seine Finger zitterten, als er sie spreizte, um die Anspannung loszuwerden. Vage war ihm bewusst, dass der DCC verstummt war.

»Ich habe das Messer nicht angefasst, meine Fingerabdrücke können nicht drauf sein. Aber es müssen welche drauf sein. Die von Marchmont und die jener zweiten Frau.« McLean blickte langsam auf und schaute in das ausdruckslose Gesicht seines Chefs. »Eine einfache kriminaltechnische Analyse des am Tatort sichergestellten Bluts wird bestätigen, dass mindestens eine weitere Person dort anwesend war, Sir. Eine detailliertere DNA-Analyse jenes Blutes wird belegen, dass es sich um dasselbe Blut handelt, das in der Dachkammer von Eileen Prendergasts Haus in Duddingston gefunden wurde. Und es wird auch dem Speichel entsprechen, der an den Leichen von Eric Parker und John Smith nachgewiesen wurde. Ich denke, über die DNA lässt sich auch das Geschlecht der fraglichen Person ermitteln, aber den Prozess kann ich abkürzen. Es war eine Frau. Sie war da, und wenn Sie mich für Marchmonts Tod verantwortlich machen wollen, werde ich verdammt noch mal dafür sorgen, dass der Fall vor Gericht verhandelt wird.«

Nennen-Sie-mich-Stevie zuckte leicht zusammen. »Vor Gericht? Sie missverstehen mich, Tony. Das ist keine Sache fürs Gericht. Niemand unterstellt, dass Sie was mit Marchmonts Tod zu tun haben. Ich wollte Ihnen nur auseinandersetzen, wie das in unser aller Augen, die wir nicht selbst dabei waren, aussehen muss.«

»Also was unternehmen Sie dann, um diese Person zu fassen, die es getan hat?«

Der DCC tat, als hätte er nicht mal die Frage gehört.

»Natürlich wird es Ermittlungen geben. Eine Frau ist gewaltsam zu Tode gekommen, und dieser Vorgang muss gründlich untersucht werden. Ich denke, ich werde DCI McIntyre auf den Fall ansetzen, sie braucht ein bisschen Ablenkung von ihrer

Situation zu Hause. Bis der Fall aufgeklärt ist, werde ich Sie aber suspendieren müssen. Dürfte nicht länger als ein paar Wochen dauern. Höchstens einen Monat. Und natürlich erhalten Sie weiterhin sämtliche Bezüge. Wobei das bei Ihnen ja wohl gar keine Rolle spielt, wie? Länger kann ich Sie dann allerdings nicht entbehren, wenn ich ehrlich bin. Heutzutage gibt es viel zu wenig gute Detectives. Zu viele DI Carters. Na ja, PC Carters sollte ich vielleicht sagen. Keine Ahnung, wie er den Beförderungsausschuss ursprünglich davon überzeugen konnte, dass er den Aufgaben eines DI gewachsen sei. Mike Spence spricht natürlich in den höchsten Tönen von ihm.«

McLean ließ sich auf seinen Stuhl zurückfallen und ließ den DCC einfach weiterlabern, der offensichtlich bereits seine Geschichte für die unvermeidliche Pressekonferenz probte. Noch ein paar Probeläufe, und Nennen-Sie-mich-Stevie würde es perfekt draufhaben, vielleicht sogar allmählich selbst an seine Version glauben. So funktionierte das also. Es gab keine finstere geheimnisvolle Organisation, die die Menschen mittels Erpressung und Versprechungen manipulierte. Jeder handelte einfach nur aus Eigeninteresse, schützte sich und was ihm gehörte, auf Kosten dessen, was richtig war.

Er wusste, was geschehen war, und Duguid wusste es größtenteils ebenfalls, aber ihre Aussagen standen gegen die des Deputy Chief Constable. Und ihre Aussagen hatten etwas Unerklärliches. Er konnte versuchen, den Fall öffentlich zu machen, ihn in die Welt hinausschreien, wie Heather Marchmont wirklich gestorben war, aber er wusste, dass das sinnlos wäre. Er würde nichts davon je beweisen können. Wenn er Dalglieshs Theorien erwähnte, würden man ihn als verrückt abstempeln, aus dem Dienst entfernen, aufs Abstellgleis schieben.

Er wollte verflucht sein, wenn er das zuließ, und verflucht, wenn er untätig blieb.

Vage war er sich dessen bewusst, dass der DCC immer noch

redete. McLean schob seinen Stuhl zurück und scharrte beim Aufstehen laut mit den Stuhlbeinen über den Betonboden.

»Was soll das?«, fragte Nennen-Sie-mich-Stevie, den er mitten im Sprachfluss unterbrochen hatte.

McLean zupfte sein Jackett zurecht, Tropfen von dunkelrotem Blut verfärbten den Stoff. Er hatte sich noch nicht im Spiegel betrachtet, aber wenn allein die Manschetten so viel abgekommen hatten, war wahrscheinlich auch einiges im Gesicht gelandet. Wieso hatte ihm niemand seine Kleidung abgenommen und sie zur Analyse gegeben? Von wegen Vorschriften. Die Ermittlungen waren schon abgeschlossen, noch bevor sie überhaupt aufgenommen wurden. »Sie wollen mich nicht verhaften, Sir. Das haben Sie bereits gesagt. Anscheinend wollen Sie mich nicht mal feuern. Also fahre ich jetzt nach Hause, dusche und wasche das Blut und den Gestank der Korruption von mir ab. Danach nehme ich eine gute Flasche Whisky und versuche den bitteren Geschmack in meinem Mund loszuwerden.«

Er wollte nach Hause. Spazierte aus dem Vernehmungszimmer, hörte den Protest des Deputy Chief Constable kaum noch, ging begleitet von starren Blicken aus vorwurfsvollen und besorgten Gesichtern durch die Wache und hinaus auf den Parkplatz, wo sein kleiner roter Alfa Romeo auf einem reservierten Platz parkte. Jemand musste ihn von Marchmont zurückgefahren haben, wahrscheinlich Ritchie. Er erinnerte sich vage, ihr die Schlüssel gegeben zu haben und dass sie sie ihm später wiedergegeben hatte. In dem Moment war er nicht in der Lage gewesen zu fahren, und wenn er ehrlich war, dann war er das immer noch nicht. Entgegen seiner Behauptung Robinson gegenüber, dass er nach Hause fahren und die Schrecken des Tages mit Whisky herunterspülen wollte, schien ihm die Vorstellung, mit einer Flasche alleine zu sein, mit jedem Schritt weniger attraktiv.

Also ging er zu Fuß. Gehen hatte ihm immer schon Spaß gemacht; der Rhythmus seiner Schritte auf dem Bürgersteig half ihm beim Denken, half ihm, sich genau zusammenzureimen, was vor sich ging. Was geschehen war.

Er hatte noch lange bei Marchmont im Haus gesessen, still in einer Ecke der Küche, während Ritchie und Grumpy Bob den Tatort gesichert hatten. Duguid war in einem Krankenwagen weggebracht worden, am ganzen Körper zitternd aufgrund der Droge, die Alice ihm verabreicht hatte. Alice und Iain. Die Zwillinge. Er hatte keine Ahnung, wer sie waren, wo sie herkamen oder wohin sie verschwunden waren. Wenn er zu angestrengt über sie nachdachte, wofür sie standen, tat ihm nur der Kopf weh.

Also ging er. Gehen half ihm, einen klaren Kopf zu bekommen. Bewegung war das beste Gegenmittel gegen die Gifte, die in seinem Blutkreislauf sprudelten. Die Erinnerungen brachten sich jetzt selbst in die richtige Reihenfolge, auch wenn sonst nichts wirklich Sinn ergab. Er hatte Heather Marchmonts toten Körper angestarrt, wie er dort in einer Lache gerinnenden Bluts lag, bis ein Sanitäter ein Laken über sie breitete. Er hatte ihr Gesicht aufdecken, sie ein letztes Mal sehen wollen. Und ihr sagen, dass es ihm leidtat.

Was wahrscheinlich der Grund war, weshalb seine Füße ihn hierhergetragen hatten.

»Tony. Gütiger Gott, Mann, du siehst aus, als hättest du zehn Runden gegen Cassius Clay hinter dir.« Angus Cadwallader trug einen frischen grünen Kittel und war bereit, eine weitere Obduktion durchzuführen. Für Heather war es natürlich noch ein bisschen zu früh; sie konnte gerade erst im städtischen Leichenschauhaus eingetroffen sein. McLean schaute hinüber zur Wand mit den Kühlfächern und fragte sich, in welchem sie wohl lag.

»Tut mir leid, Angus. Ich wollte dich nicht bei der Arbeit stören. Aber irgendwie hatte ich einen beschissenen Tag.«

Cadwallader zog einen Stuhl unter einem Schreibtisch hervor. »Setz dich, Mann. Du siehst aus, als würdest du gleich umkippen.«

McLean versank dankbar im Stuhl, sah zu, wie sein alter Freund den Tisch umrundete, eine Schublade aufzog und eine Flasche mit zwei gedrungenen Kristallgläsern hervorzauberte.

»Musst du nicht arbeiten?«, fragte er.

»Das kann warten. In der Regel beschweren sich meine Kunden nicht.« Cadwallader schenkte zwei ordentliche Portionen ein und reichte ihm ein Glas. McLean roch an dem kräftigen, torfigen Islay Malt.

»Wahrscheinlich sollte ich nicht. Muss bald nach Hause fahren.« Er neigte das Glas und nahm einen tiefen Schluck, brannte den schlechten Geschmack im Mund mit dem unverwässerten Whisky weg.

»Ich hab gehört, was passiert ist«, sagte Cadwallader nach einer Weile.

McLean fiel auf, dass er noch nichts von seinem eigenen Glas getrunken hatte, sondern es nur in einer Hand hielt.

»Du wirst sie dir natürlich noch nicht angesehen haben.«

»Nein, aber wir hatten schon die Röntgenaufnahmen. Morgen Vormittag ist sie dran, aber ich kann sie auch vorziehen, wenn du willst. Ich weiß allerdings nicht, ob du dabei sein solltest, wenn ich sie untersuche. Jedenfalls nicht unter den gegebenen Umständen.«

McLean schüttelte den Kopf, er merkte den Whisky schon. Ihm fiel auf, dass die Flasche kein Etikett hatte. Stammte wohl aus Cadwalladers Privatvorrat. »Das will ich auch gar nicht, Angus. Ich weiß, was sie getötet hat. Wer sie getötet hat. Ich habe es gesehen. Ich war dabei.«

»Und wusstest du auch, dass sie schwanger war?«

Die Frage traf ihn wie ein Fausthieb in den Magen. McLean stellte sein leeres Glas auf den Schreibtisch. Als sich das letzte

Puzzleteil ins Ganze fügte, bekam er plötzlich einen vollkommen klaren Kopf.

»Schwanger?«, fragte er. »Bist du sicher? Wie lange schon? Hat sie es gewusst?«

»Geburtskunde ist eigentlich nicht mein Fachgebiet, Tony. Ich hab es eher mit dem anderen Ende der Wissenschaft zu tun.« Cadwallader grinste über seinen Scherz, aber sein Grinsen war ähnlich müde und angestrengt, wie McLean sich fühlte. »Trotzdem glaube ich, dass sie's gewusst hat. Sie war im vierten Monat. Allmählich hat man's auch gesehen.«

»Im vierten Monat«, wiederholte McLean, seine Gedanken rasten durch den Kalender. Lange bevor sie überhaupt von dem Bordell erfahren hatten. Ungefähr zu der Zeit, als Stacey Craig in Leith aufgegriffen und mit einer Verwarnung auf freien Fuß gesetzt wurde.

»Eigentlich doppelt tragisch.« Cadwallader hob endlich auch sein eigenes Glas und kippte den Whisky in einem Zug runter. »Es waren Zwillinge.«

56

Er hatte immer noch ihr Blut an den Händen. Es klebte unter seinen Fingernägeln, an seinen Hemdmanschetten, sein Jackett hatte sich vollgesogen. Wahrscheinlich war es auch überall am Lenkrad des Wagens, vielleicht sogar auf den Sitzen. So viel Blut. So viel vergeudetes Leben.

McLean wusste nicht genau, wie er es nach Hause geschafft hatte. Eigentlich hätte er gar nicht fahren sollen, nicht nachdem er Cadwalladers Whisky getrunken hatte, aber er war zu Fuß zur Wache zurück und hatte sich erst dann ins Auto gesetzt. Er war nicht betrunken, nur völlig verstört. Vage erinnerte er sich daran, dass er geschaltet hatte, den Blinker gesetzt und abgebogen war.

Wie er es unfallfrei geschafft hatte, wusste er nicht. Vielleicht gab es doch jemanden da oben, der auf ihn aufpasste, darauf achtete, dass ihm kein Leid geschah. Nur allen um ihn herum. Allen, denen er je nahekam.

Er saß an seinem leeren Küchentisch. Er erinnerte sich nicht, die Hintertür geöffnet und hierher durchgegangen zu sein, den Stuhl herangezogen und sich darauf niedergelassen zu haben. Er erinnerte sich nicht, den Kopf in die Hände gelegt und hemmungslos geschluchzt zu haben. Oder vielleicht doch. Vielleicht gehörte all das zu dem Traum.

Jemand stupste ihn an die Hand, lenkte ihn ab. Er blickte auf und sah Mrs McCutcheons Katze mitten auf dem Tisch, den Kopf gesenkt und leicht nickend, während sie versuchte, ihn auf sich aufmerksam zu machen. Instinktiv streckte er die Hand aus und kraulte sie hinter den Ohren. Seine Belohnung bestand in einem tiefen knurrenden Schnurren, das ausnahmsweise einmal nicht irgendwie vorwurfsvoll klang.

Aber er hatte noch immer Heathers Blut an den Händen.

»Ich habe getan, was ich konnte, weißt du?«

Die Katze sagte nichts, drehte ihm nur den Hintern zu und machte einen Buckel. Er streichelte sie ein paarmal, und dann stolzierte sie quer über den Tisch davon, sprang leichtfüßig auf den Boden und machte sich anschließend entschlossen und enthusiastisch über ihre Futterschüssel her. McLean dämmerte, dass ihre neu gefundene Zuneigung nichts mit seinem aktuellen Gemütszustand zu tun hatte, sondern eher mit dem Umstand, dass die ganzen lärmenden Hausgäste weg waren.

»Schön. Dann ist das eben so.«

Seine Beine und Arme schmerzten, als er die gefühllose Katze in der Küche zurückließ und langsam die Treppe hinaufging. Er zog die Jacke mit den Blutflecken aus, die Hose und das Hemd und warf sie in den Müll, nicht in den Wäschesack. Selbst wenn sie gereinigt werden konnten, er wollte sie nie wieder anziehen. Die Dusche war heiß, die ersten Spritzer Wasser rot von Heather Marchmonts Blut, das in den Abfluss herunterwirbelte so wie ihr ganzes verschwendetes Leben. Mit Seife und Shampoo wusch er sich sauber, blieb aber unter dem Wasser stehen, bis es kalt wurde, seine Finger und Zehen wurden schrumpelig wie weiße Trockenpflaumen. Das Prasseln auf seinem Kopf half, die Erinnerungen auszublenden, aber lange hielt die Wirkung nicht an. Die sterbenden Augen verfolgten ihn immer noch, das geflüsterte, fast stumme »Danke«.

Angezogen kehrte McLean in die Küche zurück und schaute reflexartig in den Kühlschrank, obwohl er eigentlich gar keinen Hunger hatte. Der Abend hatte kaum begonnen, normalerweise freute er sich um diese Zeit auf ein paar Stunden Arbeit in aller Ruhe. Jetzt wusste er nichts mit sich anzufangen.

Es gab nichts, um sich abzulenken, obwohl er ganz dringend

Ablenkung gebraucht hätte. Er ging den Wasserkessel aufsetzen, dann sah er, dass seine Hand zitterte. Verdammt, aber er musste jetzt nicht alleine sein.

Es dauerte eine Weile, bis er die Nummer gefunden hatte, irgendwo im Adressbuch seines Handys hatte er sie eingespeichert. Er zögerte, bevor er auf die Wahltaste tippte, teilweise aus Unsicherheit, teilweise weil das Zittern es ihm erschwerte, die richtige Stelle auf dem Display zu treffen. Es tutete vier qualvolle Male, bevor jemand dranging, und insgeheim betete er, die Mailbox würde anspringen.

»Hallo?«

»Hi, Jenny. Ich bin's, Tony. Tony McLean.«

»Hey, Tony. Wie geht's. Ich bin gerade eben erst zurückgekommen, hab Rae und Phil ein bisschen geholfen, sich zu organisieren. Ich schwöre, ich weiß nicht, wer von den beiden das größte Kind ist. Das arme Baby.«

»Klingt mir sehr nach Phil. Aber es besteht ja noch Hoffnung, dass ihn das Vatersein endlich erwachsen werden lässt.« McLean versuchte es mit einem Lachen, aber es wirkte selbst in seinen eigenen Ohren hohl.

»Alles klar, Tony? Du klingst irgendwie niedergeschlagen.«

»Tut mir leid. Ich sollte dich nicht damit belästigen. Bin gerade nach Hause gekommen, und das Haus ist leer, und ich hatte heute nicht gerade den besten Tag.«

»Hey, wozu sind Freunde da, wenn nicht zum Aufmuntern?«

»Na ja, ich dräng mich nicht gerne auf.«

Jenny lachte, ihre Stimme war ein willkommener Lichtstrahl in der Dunkelheit. »Meine Schwester hat sich dir die letzten beiden Monate aufgedrängt, Tony. Ich denke, du hast dir ein bisschen was an Gegenleistung verdient.«

»Danke. Ich vermute mal, ich bin einfach nicht gut darin, um etwas zu bitten. Hab mich zu sehr daran gewöhnt, mich um mich selbst zu kümmern.«

»Was du aber nicht besonders gut hinbekommst. Ich hab deinen Kühlschrank gesehen.« Jenny lachte wieder. »Hey, hast du schon was gegessen? In der Clerk Street hat ein neues Restaurant aufgemacht. Ein richtig guter Thailänder. Ich denke, den würdest du mögen.«

»Ich … Ja. Vielleicht. Das wäre schön.« McLean wusste nicht, was er wollte oder warum er Jenny überhaupt angerufen hatte, außer dass ihm niemand sonst eingefallen war. Oder machte er sich nur etwas vor, so wie der Deputy Chief Constable eine Lüge Wahrheit werden ließ, indem er sie einfach immer wieder wiederholte?

»Klingt, als solltest du nicht alleine sein. Ich sag dir was. Wenn dir nicht nach Thailändisch ist, komme ich rüber. Kannst was von einem deiner Lieblingsimbisse bestellen. Okay?«

Er sah vom Telefon auf, über den leeren Küchentisch hinweg, vorbei an Mrs McCutcheons Katze, die neben ihrer Futterschüssel saß und sich eine Pfote abschleckte, zur Pinnwand neben dem Festnetztelefon, an der die Imbissflyer hingen.

»Klar. Warum nicht?«

Nachdem er aufgelegt hatte, spazierte er zwanzig Minuten lang von der Küche in die Bibliothek, dann ins Wohnzimmer und die Diele, räumte halbherzig auf, obwohl eigentlich gar nichts unordentlich war. Phil und Rae mochten wirklich nicht die häuslichsten aller Eltern sein, und McLean wusste auch, dass Kinder kleine Chaosverbreiter waren, die sich nicht durch Disziplin zähmen ließen, aber jemand mit ein bisschen mehr Welterfahrung hatte darauf geachtet, dass sich der Wahnsinn nicht allzu weit ausbreitete.

Man musste kein Genie sein, um zu erraten, wer.

Er hatte sein Handy dabei und ging im Haus umher, rechnete jeden Augenblick damit, dass es klingelte und Jenny irgendeinen Vorwand fand, um nicht zu kommen und seinen Kummer mit ihm zu teilen. Er hätte es ihr kaum vorwerfen können. Immer wieder ließ ihn das Bild von Heather Marchmonts sterbenden Augen abrupt innehalten. Er hätte schwören können, in der Stille des leeren, großen Hauses ihre Stimme zu hören.

Und dann durchbrach ein Geräusch die Stille, das unverkennbare Knirschen von Autoreifen auf Kies. Jetzt war er wieder in der Küche und sah das Licht der Scheinwerfer auf die schwarzen Fensterscheiben fallen. Irgendwie war es Nacht geworden, als er kurz nicht hingesehen hatte. Plötzlich war der Winter da.

Er schaltete das Licht ein, ging durch die Diele und bemerkte erst jetzt die Post auf dem Fußabstreifer. Er hob sie auf, Gedanken an Postkarten waren längst vergessen, und legte den ganzen Stapel auf die Truhe. Der Wagen draußen setzte ein Stück zurück, als er die Haustür aufschloss und nach dem Lichtschalter griff, der den Eingangsbereich beleuchtete, und Jenny begrüßen wollte. Erst da merkte er, dass Jenny wahrscheinlich an die Hintertür gekommen wäre und nicht erwartet hätte, dass man ihr die Vordertür des Hauses aufschloss, das sie in den vergangenen Wochen so häufig besucht hatte. Und Jenny wäre auch mit ihrem eigenen Auto gekommen. Hätte hier vor der Tür geparkt.

Jetzt sah er, dass es gar nicht Jenny war.

»Hey, Tony. Hast du meine Postkarte bekommen?«

Sie hatte sich in den zwei Jahren verändert. Waren es wirklich schon zwei Jahre? Ihre Haare waren früher kurz gewesen, stachlig und so schwarz wie die Nacht. Vor ihrer Abreise hatte sie sie wachsen lassen, aber jetzt waren sie wieder kurz und mit grau durchsetzt. Das Reisen hatte ihre Gesichtszüge härter gemacht, aber nicht dramatisch. Sie wirkte jetzt eher distinguiert, wie jemand, der etwas zu erzählen hat. Sie war praktisch gekleidet, ein langer Ledermantel verdeckte eine Jeans und einen Schlabberpulli, der bereits bessere Tage gesehen hatte. Dazu trug sie Wanderstiefel. Ein großer Stoffbeutel hing über einer Schulter, und hinter ihr sah McLean jetzt, dass der Taxifahrer eine noch größere Tasche ausgeladen hatte. All diese Einzelheiten registrierte er nur unbewusst, seine Aufmerksamkeit galt ausschließlich ihrem Gesicht.

»Em?« Er trat einen Schritt vor, das Licht aus der Diele drang hinter ihm nach draußen und sorgte für Helligkeit.

»Du bist wieder da.«

57

Eine dünne Schneeschicht breitet sich über den Dielenboden, wird durch die kaputten Fenster links und rechts der Tür hereingeweht. Ihr fällt es nicht auf, auch nicht die Kälte, die ihr in die Stiefel steigt, der eisige Wind, der ihr um die Beine pfeift. Der stumpfe Schmerz dort, wo das Messer ihre Haut durchstach, ist das Einzige, was sie spürt. Das und die Traurigkeit.

»Schön, wieder zu Hause zu sein.«

Ihr Bruder sagt nichts. Seit sie die Stadt verlassen haben, hat er nichts mehr gesagt, seine Laune ist hinüber. Fast als hätte ihn der Schlag auf den Kopf wieder in den kleinen Jungen verwandelt, den sie vor so vielen Jahren gekannt hatte. Er geht an ihr vorbei, seine schwarzen Stiefel hinterlassen dunkle Abdrücke im Weiß. Sie folgt ihm an den Fuß der Treppe, dann bleibt sie stehen, sieht ihm nach, wie er langsam die hölzerne Wendeltreppe hinaufsteigt und in der Dunkelheit oben verschwindet. Seine Schritte hallen auf den Dielen wider, verklingen, hinterlassen nur das Seufzen des Windes in den Bäumen, die das Haus umgeben.

Sie lässt ihn gehen, dann wandert sie durchs Haus. Sie ist noch nicht bereit zu schlafen, ist noch aufgekratzt von der Stadt und dem Leben, das dort durch die Straßen wogt.

Ihre Schritte führen sie durch lange verlassene Räume, aber sie sieht nicht den Verfall, den Putz, der von den Decken bröckelt, die vom Schimmel pelzigen Vorhänge und die Kamine voller Zweige, die längst tote Vögel dort hingebracht haben. Es war immer ihr Zuhause gewesen, sie wurde hier geboren. Es darf sich nie verändern.

Hinter den eingefallenen Terrassentüren hat sich der Schnee langsam auf den Rasen gesenkt. Dicke Flocken schweben durch die Dämmerung, setzen sich auf ihren Kopf, ihre Schultern. Sie ignoriert sie, als sie zum Waldrand geht, dem kurzen Pfad bis auf die Lichtung folgt, die sie so häufig aufgesucht hat. Die Grabsteine ragen aus dem Boden wie verfaulte Zähne, klein und schlicht wie die Leichen, deren letzte Ruhestätte sie bezeichnen.

Vor einem kniet sie nieder und presst einen Finger auf die Narbe auf ihrer Brust. Zunächst sanft, aber dann fester durchstößt sie das Fleisch, wo es bereits zu heilen beginnt. Der Schmerz schwappt durch ihren ganzen Körper, lässt sie schaudern, und ein leises Stöhnen entweicht ihren Lippen, während träge Blut aus der Wunde tropft. In kindlichen Buchstaben malt sie einen Namen auf den Stein, dunkelrot und klebrig. Setzt Jahreszahlen dazu.

Heather
1984 – 2015
»Das Mädchen«

Danach steht sie auf, kann die Worte im abnehmenden Licht kaum noch erkennen. Das Haus hinter ihr ist dunkel, still, unheilvoll. Die Bäume, die sie umgeben, scheinen näher zu rücken, wie ein Schutzwall vor der Außenwelt. Sie wendet sich von den Gräbern ab und geht durch den Schnee zurück zur offenen Tür. Die Treppe hinauf in das Zimmer, das sie sich immer mit ihrem Bruder geteilt hat. Er liegt mit geschlossenen Augen im Bett, reglos wie eine Leiche. Die Tasche steht geöffnet auf einem Tisch, und sie tastet hinein, bis sie das Kleid findet. Das Material fühlt sich seltsam an, weich und gefährlich. Schnell zieht sie sich aus, zieht das Kleid über, streicht das Gummi über der vernarbten Haut glatt. Ihre Finger folgen den Kurven, erfreuen sich lange an dem sinnlichen Gefühl. Dann zieht sie sanft die Decke zurück und steigt neben ihren Bruder ins Bett. Jetzt wird sie schlafen. Beide werden sie schlafen.

Bis man sie wieder braucht.

Danksagung

Obwohl nur mein Name vorne auf dem Titel steht, ist die Entstehung eines Buches eine Teamleistung. Ich mag monatelang in einem dunklen Raum alleine mit meinen Gedanken an der Schreibmaschine sitzen, trotzdem sind es andere, die später aus meinen fieberhaften Fantasiegespinsten etwas Lesbares machen. An Alex, Tim, Viola und das ganze Team bei Michael Joseph geht ein riesiges Dankeschön für die harte Arbeit, die sie über die Jahre darauf verwandt haben. Der Erfolg dieser Bücher ist in nicht unbeträchtlichem Ausmaß euren Bemühungen zu verdanken.

Ich werde für immer in der Schuld meiner Agentin stehen, der unerschütterlichen Juliet Mushens, ebenso der ihrer supertüchtigen Kollegin Sarah Manning. Ohne sie wäre Tony McLean vermutlich immer noch Streifenpolizist.

Danke auch Barbara, die meine geistige Gesundheit erhält und mich bereits sehr viel länger erträgt, als ich es verdiene, und danke auch an Stuart MacBride, dessen Ratschlag vor so vielen Jahren, ich möge aufhören, Drachen- und Fantasygeschichten zu schreiben, und es mit der Kriminalliteratur versuchen, sich als ein sehr kluger erwiesen hat. Auch wenn ich ihm nicht ganz gefolgt bin.

Autor

Bereits während des Studiums der Psychologie an der Aberdeen University verfasste James Oswald erste Comics. Es folgten Kurzgeschichten, diverse Blog-Posts und eine Fantasyreihe. Neben dem Schreiben betreibt er heute eine Farm in der schottischen Grafschaft Fife, wo er sich der Zucht von Schottischen Hochlandrindern und neuseeländischen Romney-Schafen widmet. Mit seinen ersten beiden Thrillern »Das Mädchenopfer« und »Asche zu Asche, Blut zu Blut« wurde der Autor für den renommierten Debut Dagger Award der Crime Writers' Association nominiert. Mittlerweile stürmen James Oswalds Thriller um den charismatischen Ermittler Tony McLean regelmäßig die britischen Bestsellerlisten.
Mehr zu James Oswald unter: www.jamesoswald.co.uk.

James Oswald im Goldmann Verlag:

Die Tony-McLean-Reihe:

Das Mädchenopfer. Thriller • Asche zu Asche, Blut zu Blut. Thriller • Der dunkle Ort der Seele. Thriller • Die Gräber der Vergessenen. Thriller • Gedenke der Toten. Thriller

(Alle auch als E-Book erhältlich.)

Die Kurzkrimis mit Inspector Tony McLean:

Das Böse im Verborgenen. Zwei E-Book Only Kurzkrimis mit Detective Inspector Anthony McLean
Die Spur der Schatten. Zwei E-Book Only Kurzkrimis mit Detective Inspector Anthony McLean

(Beide als E-Book erhältlich.)

GOLDMANN
Lesen erleben

Unsere Leseempfehlung

640 Seiten
auch als E-Book
erhältlich

Martin Milne wird bereits seit drei Tagen vermisst, als Sergeant Logan McRae und sein Team eine Leiche finden. Doch es ist nicht Milne – es ist dessen Geschäftspartner. Ganz in der Nähe wurde zuvor ein weiterer Mord begangen. Hängen die Fälle womöglich zusammen? Die Ermittlungen leitet DCI Roberta Steel, die früher McRaes Vorgesetzte war, und das Verhältnis der beiden ist mittlerweile äußerst angespannt. Nun müssen sie sich zusammenraufen, um die beiden Morde aufzuklären. Oder sind es längst drei Morde? Von Martin Milne fehlt nämlich noch immer jedes Lebenszeichen …